Peter James

Der Konzern

Buch

Bendix Schere ist der Inbegriff eines modernen internationalen Pharmaunternehmens – und verfügt über einen gigantischen Forschungsetat. Dennoch zögert Dr. Richard Bannerman, angesehener Genetiker und Nobelpreisträger, ein lukratives Jobangebot anzunehmen. Denn er würde sich damit zugleich verpflichten, über seine Forschungsergebnisse zu schweigen, was seinen Prinzipien als Wissenschaftler widerspricht. Doch Bannerman steckt in finanziellen Schwierigkeiten und auf Drängen seiner Tochter Montana entscheidet er sich für den Job.

Schon bald aber zeigen sich Schatten auf der weißen Weste der Vorzeigefirma Bendix Schere. Montana erfährt, daß das millionenfach verwendete Präparat Maternox für den Tod von Neugeborenen verantwortlich sein soll. Als sie beginnt, auf eigene Faust zu recherchieren, ist sie plötzlich mit einer Reihe mysteriöser Todesfälle konfrontiert. Sie spürt, daß sie selbst in tödlicher Gefahr ist, aber sie ahnt nicht, daß ihre Spur sie in das Zentrum einer Verschwörung von unvorstellbaren Dimensionen führt. Einer Verschwörung, die dramatische Folgen für die gesamte Menschheit haben könnte.

Autor

Peter James, geboren 1948, lebt mit seiner Frau, einem ungarischen Hirtenhund und dem Geist eines römischen Zenturios in Sussex, England. Seine Romane wurden in mehr als zwanzig Sprachen übersetzt.

Peter James im Goldmann Verlag

Der Sohn. Roman (8070) · Der Alp. Roman (9745) · Das Herz. Roman (8097) · Schwelle ins Nichts. Roman (8107) · Die Prophezeiung. Roman (8114) · Wie ein Hauch von Eis. Roman (8125)

PETER JAMES

Der Konzern

Roman

Aus dem Englischen
von Manes H. Grünwald

GOLDMANN

Die Originalausgabe erschien unter dem Titel
»The Alchemist« bei Victor Gollancz Ltd., London

Der Goldmann Verlag
ist ein Unternehmen der Verlagsgruppe Bertelsmann

Deutsche Erstausgabe 10/97

Umschlaggestaltung: Design Team München
Umschlagfoto: TIB
Satz: Uhl + Massopust, Aalen
Druck: Presse-Druck, Augsburg
Verlagsnummer: 43678
KR · Redaktion: Alexander Groß
Herstellung: Heidrun Nawrot
Made in Germany
ISBN 3-442-43678-8
1 3 5 7 9 10 8 6 4 2

Eines ist stärker als alle Armeen dieser Welt;
und das ist eine Idee, deren Zeit gekommen ist.

Victor Hugo

1

Reading, England, November 1993

Nur eine von ihnen würde überleben. Sie schlängelten sich durch die Dunkelheit, geleitet einzig von Instinkten, die sie in Hunderten von Millionen Jahren erworben hatten. Und jede einzelne besaß weniger Intelligenz als irgendein mechanisches Spielzeug.

Nur eine Überlebende von fünfundsechzig Millionen... Die physische Stärke würde eine Rolle spielen, vornehmlich aber das Glück. Es galt, zur richtigen Zeit am richtigen Ort zu sein. Wie auch sonst im Leben.

Fünfundsechzig Millionen schwänzelnde, Kaulquappen ähnliche Kreaturen in einer Suppe aus Chemikalien, in die Fortpflanzungsorgane der Frau ejakuliert, zugleich befreit und dem Untergang geweiht... Kontraktionsschübe der Organe unterstützten die eigenen Anstrengungen und schoben sie, schmale Kriechspuren in der Schleimsuppe hinterlassend, mit einer Geschwindigkeit von drei Zentimetern alle acht Minuten voran, hinauf zum Uterus. Jede einzelne versuchte, die andere zu verdrängen, während sie sich durch die stacheligen Haarfollikel kämpften, die sie wie Tentakel zu umschlingen und den Weg zu blockieren versuchten. Einige blieben dabei auf der Strecke. Die Überlebenden kämpften sich weiter voran, angetrieben von einem elementaren Drang, den zu verstehen sie nicht ausgestattet waren, andererseits auch ohne Verständnis dafür, was Versagen bedeutete.

Sarah Johnson spürte nichts von dem Aufruhr in den Tiefen ihrer Organe. Sie schaute im Schimmer der Nachttischlampe hoch zum Gesicht ihres Mannes und lächelte. »Beweg dich nicht«, sagte sie. »Bleib in mir, es fühlt sich so schön an.« Sie hob den Kopf und küßte ihn.

Er erwiderte den Kuß und knabberte dann sanft an ihrem Ohr. »Wie war's?«

»Schön.«

»Nur *schön*?« fragte er und schien ein wenig enttäuscht zu sein.

»*Sehr* schön«, sagte sie und küßte seine Oberlippe.

»Mehr nicht?«

»Die Erde hat gebebt«, übertrieb sie.

»Nicht das ganze Universum?«

»Ich glaube, wahrscheinlich hat auch das ganze Universum gebebt«, sagte sie ruhig. Sie spürte, wie er ein wenig in ihr erschlaffte, und sie umspannte ihn mit ihren Muskeln, versuchte, ihn noch länger in sich zu halten. Liebevoll spielten ihre Augen miteinander. Sie waren seit drei Jahren verheiratet und liebten sich sehr.

Sie schob ihre Finger durch sein volles, gewelltes Haar, und ihr Herz raste immer noch; er dehnte sich ein wenig in ihr, entspannte sich dann wieder, und ein neues Nachbeben der Lust durchlief sie. Sie atmete tief durch; dennoch ließ das Rasen ihres Herzens nur langsam nach.

»Mein Gott, Sarah, ich liebe dich so sehr«, sagte er.

»Ich liebe dich auch«, sagte sie.

Über vierundsechzig Millionen Spermien waren jetzt abgestorben, aber die meisten von ihnen setzten ihren Weg dennoch fort, bewegten sich weiterhin so schnell voran wie diejenigen, die noch lebten, vorangetrieben durch die Kontraktionen des Uterus-Muskels wie Treibgut bei einer Sturmflut.

Nur dreitausend lebten noch, als sie den Muttermund erreichten. Weitere zweitausend starben auf den nächsten Zentimetern ab, und schließlich erreichte eine einzige gesunde Spermienzelle vor allen anderen das Ovulum, das weibliche Ei.

Das Spermium sonderte ein Enzym aus, das wie ein Betäubungsmittel auf die Zellen wirkte, die das Ovulum umschlossen, und so konnte es sie durchdringen, den schützenden Proteinmantel des Ovulums durchstoßen und schließlich mit ihm verschmelzen.

Die Aufgabe des Spermiums war fast erfüllt. Sein Kern drang in das Innere des Ovulums, und innerhalb weniger Minuten begann die Zellteilung. Das Spermium und das Ovulum enthielten je dreiundzwanzig Chromosomen – je einen Halbsatz. Jedes Chromosom wiederum enthielt 50 000 bis 100 000 Gene, eingebettet in die Desoxyribonucleinsäure, die DNS. Wie alle weiblichen Eier enthielt auch dieses ein X-Chromosom. Das Spermium enthielt ein Y-Chromosom.

Als Sarah Johnson schließlich einschlief, war sie mit einem Jungen schwanger. Weder sie noch ihr Mann Alan hatten böse Vorahnungen an diesem Abend. Sie konnten, einander in den Armen liegend, zu diesem Zeitpunkt nicht wissen, daß dieses Kind, nach dem sie beide sich so gesehnt hatten, Sarah das Leben kosten würde.

2

London, Oktober 1993

»Worüber man sich klar sein sollte, ist die Tatsache, daß die pharmazeutische Industrie im Verlauf der letzten hundertfünfzig Jahre vom Verkauf von Schlangenöl zur Kontrolle über die Zukunft der Menschheit aufgestiegen ist. Das Problem ist, daß sie immer noch von Schlangenöl-Verkäufern betrieben wird.«

O Gott, dachte Montana Bannerman und starrte auf den Fernsehbildschirm vor sich.

»Diebische, skrupellose Bastarde, alle miteinander!« Ihr Vater trommelte mit den Fingern auf den Tisch, und die Moderatorin neben ihm klimperte aufgeregt mit den Augenlidern.

Dr. Bannerman war in jeder Beziehung ein Gigant; sowohl im Hinblick auf seine große, kräftige Statur als auch aufgrund der Tatsache, daß er ein herausragendes wissenschaftliches Genie war. Aber mit seinem kahlen Schädel, der aus dem ergrauenden Haarkranz herausragte, den abgetragenen Jeans, den Chelsea-Boots und dem karierten Lumberjack-Hemd sah er eher wie ein in die Jahre gekommener Rockstar aus und nicht wie ein Molekularbiologe.

Monty hatte versuchte, ihren Vater davon abzuhalten, vor der Sendung Alkohol zu trinken, aber er hatte in der Gäste-Lounge des Senders *Sky News* zwei große Whiskys runtergekippt und war jetzt voll in Fahrt. Der rastalockige Bandleader der afro-karibischen Rap-Gruppe, deren Auftritt als nächster Programmpunkt vorgesehen war, nickte begeistert. »Er hat recht! Der Mann hat recht! Wow, er hat völlig recht!«

Monty lächelte durch zusammengebissene Zähne. Ihr Vater tat im Moment bestimmt nicht das Richtige, um sich beim Establishment der Pharmaindustrie beliebt zu machen, von der er zur Finanzierung seiner wissenschaftlichen Projekte immerhin abhängig war. Von der sie *beide* abhängig waren.

»Glauben Sie nicht, Dr. Bannerman, daß die Pharmazeutische Industrie das menschliche Leben sehr viel sorgenfreier gemacht hat? Sie hat den Schmerz fast gänzlich besiegt, und sie hat zahlreiche früher unheilbare Krankheiten ausgerottet oder zumindest unter Kontrolle gebracht. Welche Argumente wollen Sie dagegen ins Feld führen?«

»Das alles ist nur ein Nebenprodukt. Die Pharmaindustrie ist nur an einer einzigen Sache interessiert: am Profit. Wenn es sich ergibt, daß man bei der Verfolgung dieses Ziels ein paar Menschen helfen kann, na schön, dann springt das eben zusätzlich dabei heraus.«

»Das ist tatsächlich Ihre Überzeugung?« fragte die Moderatorin.

»Es ist das, was mir der Vorstandsvorsitzende eines der größten pharmazeutischen Unternehmen einmal wörtlich gesagt hat, als ich noch ein junger Student und mit Forschungsarbeiten beschäftigt war. Dieses ganze Wir-tun-Gutes-Gequatsche ist purer Unsinn. Schauen Sie sich doch mal den Nobelpreis an. Alfred Nobel machte mit der Erfindung des Dynamits ein Vermögen. Das setzte er dann dafür ein, einen jährlich zu vergebenden Friedenspreis zu stiften. Zynischer geht's ja wohl nicht.«

»Wenn Sie das so sehen, warum haben Sie dann den Nobelpreis für Chemie angenommen?«

»Manchmal wünschte ich, ich hätte es nicht getan.« Bannerman hob die Schultern. »Ich fürchte, in meinem Arbeitsgebiet müssen wir Wissenschaftler uns prostituieren, müssen uns an den verkaufen, der bereit ist, unsere Forschungsarbeiten für die nächsten drei Jahre zu finanzieren.« Er lächelte, und die innere Wärme des Mannes kam zum Vorschein, durchbrach für einen Augenblick die Zorneswolken auf seinem Gesicht. »Nobelpreise machen sich gut auf Visitenkarten.«

Stell endlich das Buch vor, Daddy! dachte Monty und starrte auf das dicke Buch, das ausgerichtet auf die Kamera vor ihrem Vater auf dem Tisch lag, jedoch nicht von ihr erfaßt wurde. *Deshalb bist du doch hier – um Reklame für dein Buch zu machen, nicht, um auf dem Establishment der Pharmaindustrie rumzuhacken!*

Die Moderatorin, mit Ende zwanzig etwa im gleichen Alter wie Monty, wechselte das Thema.

»Sie sind der erste Molekularbiologe, dem es gelungen ist, das Geheimnis zu entschleiern, wie die menschlichen Gene aktiviert und deaktiviert werden können. Das ist in der Welt der Wissenschaft als einer der größten Durchbrüche bejubelt worden, die jemals gemacht wurden. Bisher konnten die Wissenschaftler zwar bestimmte Gene identifizieren, besonders solche, die mit Krankheiten und dem Alterungsprozeß in Verbindung stehen, aber man konnte mit dieser Erkenntnis nicht viel anfangen. Keiner der Versuche einer Gen-Therapie, zum Beispiel bei Mukoviszidose, waren bisher wirklich erfolgreich. Die meisten Wissenschaftler in Ihrer Position hätten nun sicherlich versucht, ihre Erkenntnisse geheimzuhalten, aber Sie haben es abgelehnt, sie patentieren zu lassen, und sie nun in Ihrem neuen Buch *Die Gen-Bombe – der Holocaust des 21. Jahrhunderts* aller Welt zur Kenntnis gegeben.«

Die Kamera zoomte jetzt den Umschlag des Buches auf den Bildschirm. *Danke, Mädchen!* dachte Monty.

»Warum haben Sie das getan, Dr. Bannerman?«

Seine Stimme war kräftig und tief, und ein leichter transatlantischer Akzent spiegelte die Notwendigkeit wider, ständig mit amerikanischen Wissenschaftlern im Gespräch zu bleiben. »Weil niemand das Recht hat, sich das menschliche Leben in den Genen patentieren zu lassen. Gene werden den Wissenschaftlern letztlich eine absolute Kontrolle über das Leben verschaffen, wer aber wird die Wissenschaftler unter Kontrolle halten?« Er schlug mit der Faust auf den Tisch. »Nicht die Regierungen – man wird sie sich kaufen. Nein, die Pharmaindustrie wird diese Kontrolle ausüben. Eine so geheimnistuerische Industrie, daß sie niemand auch nur durch den Türspalt schauen läßt. Macht sie das aus Angst, man könnte ihre Geheimnisse stehlen? Nein! Die Leute haben Angst, man könnte herausfinden, wieviel Geld diese Industrie macht – und wieviel Geld sie für Bakschisch-Zahlungen aufwendet. Wußten Sie, daß die achtzehn größten Pharmafirmen der USA im Jahr 1988 Bestechungsgelder in Höhe von hundertfünfundsechzig Millionen Dollar an Ärzte gezahlt haben?«

Die Moderatorin zuckte zurück. »Haben Sie dafür Beweise?«

»Das sind Zahlen, die die amerikanische Regierung veröffentlicht hat«, sagte Bannerman triumphierend.

Monty stöhnte innerlich auf. Aber die Reporterin versäumte es, diese vielversprechende Story weiterzuverfolgen, und wechselte erneut das Thema. Monty seufzte erleichtert.

»Ich könnte mir vorstellen, Dr. Bannerman, daß alle Pharmafirmen der Welt Ihnen inzwischen die Tür einrennen, um Ihnen finanzielle Unterstützung anzubieten.«

»Sie brauchen gar nicht erst bei mir zu erscheinen, diese Bastarde. Sie haben mich dreißig Jahre lang ignoriert, und jetzt bin ich plötzlich jedermanns bester Freund. Wir haben siebzig Prozent unserer Gene gemeinsam mit den Schleimpilzen, aber bei den Managern der Pharmaindustrie ist dieser Prozentsatz weitaus höher.«

Monty schloß die Augen und stöhnte auf. *Das Buch, geh auf das Buch ein – wir brauchen das Geld!*

Sicher, ihr Vater hatte allen Grund, verbittert und wütend auf die Pharmaindustrie zu sein – wie auch auf die verschiedenen Regierungen des Landes –, die die Wissenschaftler so geringschätzig behandelten, daß sie zur Auswanderung gezwungen wurden oder einen Großteil ihres Arbeitslebens damit vergeuden mußten, finanzieller Unterstützung nachzujagen, statt sich auf die wissenschaftliche Arbeit konzentrieren zu können. Aber Dick Bannerman war ein Mann, der weder bei seiner Arbeit noch bei seinen ethischen Prinzipien zu Zugeständnissen bereit war. Ein wahres *Enfant terrible* der Wissenschaft... Er ging auf die sechzig zu, aber das Älterwerden hatte an seiner Einstellung auch nichts geändert.

»Wie war ich?« Es war immer dieselbe Frage, die er Monty nach einem Interview oder einem Vortrag stellte, und dann zeigte sich in seinen braunen Augen eine kindliche Unschuld, als ob er wisse, daß er etwas falsch gemacht habe, es aber nicht wahrhaben wolle.

Sie steuerte ihren MG langsam auf den Ausgang der Tiefgarage zu. »Was meinst *du* denn?«

»Vier auf einer Skala von zehn?«

»Na ja, vielleicht fünf.«

»Du bist sehr großzügig.«

Sie fuhr hinaus in den abendlichen Stoßverkehr Süd-Londons.

»Die Reporterin war ein Kind«, sagte Dick Bannerman wie zu seiner eigenen Entschuldigung.

»Sie hat wenigstens das Buch gelesen, und das unterscheidet sie von der Masse ihrer Mitmenschen.«

»Das ist wahr«, sagte er; es klang abwesend.

Monty erkannte die Anzeichen – ihr Vater zog sich in seine

eigene Gedankenwelt zurück. »Ich meine, du solltest den Anruf von Sir Neil Rorke beantworten«, sagte sie schnell und griff damit ein Thema wieder auf, das sie vor dem Interview diskutiert hatten.

»Meinst du, er will überhaupt noch mit mir reden?«

»Ja, wenn er sich SKY NEWS nicht angesehen hat.«

Sir Neil Rorke war Vorsitzender des Aufsichtsrates der *Bendix Schere Foundation*, dem drittgrößten Pharmakonzern Großbritanniens. Zusätzlich zum Hauptgeschäft, der Produktion von Medikamenten aller Art, stellte er in großem Umfang Babynahrung her, betrieb eine weltweite Kette von Kliniken zur Behebung von Unfruchtbarkeit und eine Anzahl renommierter Privatkrankenhäuser. Bendix Schere war einer der ersten Pharmakonzerne, der massiv in die Genforschung investiert hatte, und er war der größte Einzelspender in Großbritannien für die Genforschung außerhalb seines eigenen Bereichs.

In den vergangenen dreißig Jahren hatte Dick Bannerman es stets abgelehnt, sich mit der Bitte um finanzielle Unterstützung an die Pharmaindustrie zu wenden, denn er war leidenschaftlich gegen das Konzept des Patentierens wissenschaftlicher Erkenntnisse und Entdeckungen. Er war der Auffassung, daß Wissen geteilt werden sollte, und an diesem Prinzip hielt er beim Betrieb seines *Bannerman-Genforschungsinstituts* auf dem Campus der Berkshire-Universität unbeugsam fest. Die Gelder für das Institut kamen zum Teil von der Universität, zum Teil – und nur sporadisch – von der Regierung und noch sporadischer von einer Handvoll Wohltätigkeits-Organisationen – vor allem von solchen, die die Forschung auf dem Gebiet genetisch bedingter Krankheiten unterstützten wie der *Stiftung zur Unterstützung der Krebsforschung*, der *Mukoviszidose-Stiftung* und der *Parkinson-Stiftung*.

Aber der dauernde Zwang, die Technologie auf dem neuesten Stand zu halten, der zunehmende Druck der Investoren, für ihr Geld konkrete, anwendbare Ergebnisse präsentiert zu bekommen, sowie die Notwendigkeit, die Laboratorien mit zwanzig Angestellten unterhalten zu müssen, forderten ihren Tribut. Wenn Monty sich überlegte, welche wissenschaftliche Durchbrüche ihr Vater trotz aller Hindernisse geschafft hatte, mußte sie sich fragen, wieviel mehr er bei einer besseren finanziellen Ausstattung erreicht hätte. Vielleicht war Sir Neil Rorke die Antwort auf alle diese Fragen…

»Ich habe noch nie was Gutes über Bendix Schere gehört«, sagte Dick Bannerman.

»Was hast du denn Schlechtes darüber gehört?«

»Nichts Spezielles. Sie sind geradezu obsessiv geheimniskrämerisch.«

»Das gilt doch für die ganze Pharmaindustrie.«

»Rorke wird uns keine Unterstützung anbieten, ohne daß für Bendix Schere was dabei rausspringt.«

»Patente sind doch gar nicht so schrecklich, Daddy – und sie gelten ja nicht ewig. Siebzehn Jahre in Großbritannien – das ist keine lange Zeit.«

»In siebzehn Jahren bin ich weg vom Fenster.«

»Das will ich nicht hoffen.«

»Na ja – du schiebst mich dann im Rollstuhl durch die Gegend, und ich bin geistig weggetreten.«

»Und immer noch auf der Suche nach Geldgebern.«

Diese Bemerkung brachte ihn zum Schweigen, und Monty wußte, daß der Stachel tief in seinem Bewußtsein saß.

Er war es leid, ständig um Geld kämpfen zu müssen; und er wußte, daß ihm die Zeit davonlief. Sie hatten einen Brief von der Universität Berkshire bekommen, in dem ihnen mitgeteilt wurde, daß die Zuwendungen an das Institut für die nächsten drei Jahre halbiert werden müßten, und man hatte hinzugefügt, daß es Dr. Bannerman aufgrund seiner jüngsten Errungenschaften auf dem Gebiet der Genetik sicherlich nicht schwerfallen würde, im kommerziellen Bereich Geldgeber zu finden. Von Seiten der Regierung waren ähnliche Hinweise erfolgt. Eines Tages würde er mit dem Hut in der Hand bei der Pharmaindustrie die Runde drehen müssen, und im Moment war der Zeitpunkt dafür wegen seiner Popularität besonders günstig.

»Du hast nichts zu verlieren, wenn du dich mit Sir Neil triffst«, sagte Monty. »Wenn dir nicht gefällt, was er zu sagen hat, dann brauchst du es ja nicht zu akzeptieren.«

»Na schön, okay, ich werde mich mit ihm treffen, schau'n wir mal, was er anzubieten hat. Kommst du mit, um mir zu helfen, ihn aufs richtige Gleis zu bringen? Vielleicht kannst du ihm mit deinem Charme ja ein paar Zugeständnisse abringen.«

»Natürlich komme ich mit. Im Fernsehen macht er immer einen sehr netten Eindruck.«

»Kobras lächeln immer, bevor sie zubeißen.«

3

Georgetown, Washington, September 1994

Der Vogel hing reglos über dem kleinen Jungen in der Luft, mit ausgebreiteten Flügeln, und es sah aus, als ob sie von unsichtbaren Fäden gehalten würden. Langsam, wie die Rotorblätter eines startenden Hubschraubers, begann der Vogel sich um seine eigene Achse zu drehen: ein riesiger schwarzer Raubvogel, der die Landschaft unter sich nach Beute absucht.

Plötzlich kippte er zur Seite, als ob die Fäden, an denen er hing, durchtrennt worden wären, und stürzte im Zickzack nach unten, halb fliegend, halb fallend, wie ein Schatten, der sich selbst verfolgt, schlug unbeholfen mit den Flügeln, schien sich in der Luft festkrallen zu wollen.

Sekunden später schlug er mit einem dumpfen Geräusch nur ein paar Meter vor dem Jungen entfernt auf dem Boden auf. Sein Kopf zuckte hoch, und es sah so aus, als würden seine Augen den Jungen erstaunt anstarren.

Der Junge starrte einen Augenblick lang ungläubig zurück. »DAAADDDYYY!« schrie er dann. »DAAAADDD-DYYYY! DAAADD...«

»Liebling, wach auf! Mummy ist hier, Mummy ist bei dir!«

Das Gesicht des Vogels löste sich auf, wurde von grellem Licht überstrahlt.

Conor Molloy öffnete die Augen, starrte hoch auf die vertraute Deckenlampe, erkannte die Bücherregale mit seinen alten Comics, den College-Jahrbüchern, den Kinder-Lexika, seinem kleinen Mikroskop.

Das Zimmer war noch immer so ausgestattet, wie er es vor fünfzehn Jahren verlassen hatte; dieselben dünnen Vorhänge, der blaßrote Teppich, die weiße Kommode. Das Bett, in dem er lag, war noch dasselbe, aus dem er bereits als Teenager herausgewachsen war, das man aber nie ausgewechselt hatte.

»Conor, ist alles okay?«

Seine Mutter schaute besorgt auf ihn herunter. An ihren schlanken Fingern glitzerte das unechte Gold ihrer viel zu zahlreichen Ringe, und nichts schien sich verändert zu haben. Fünfzehn Jahre fielen von ihm ab, und er war wieder ein Kind, ein kleiner Junge, den seine Mutter aus einem Alptraum gerettet hatte.

Er schluckte den Kloß in seiner Kehle hinunter und nickte.

»Der Traum? War es wieder der Traum?« fragte sie.

Er überlegte, ob er es zugeben sollte, und war sich bewußt, daß ihm das wieder einmal einen Tadel einbringen würde. Aber er wußte auch, daß er vor ihr nichts verbergen konnte. Sie konnte seine Gedanken lesen, als ob diese auf seiner Stirn geschrieben stünden. »Ja«, sagte er.

Sie war sechsundfünfzig und noch immer schön. Ihr langes dunkles Haar war von einigen grauen Strähnen durchzogen, aber sie wirkten bei ihr eher wie Schmuck, nicht wie eine Alterserscheinung. Ihr klassisch schönes Gesicht mit den blauen Augen unterschied sich kaum von dem, das ihm aus vielen Versandhauskatalogen und Anzeigen in Magazinen entgegengeschaut hatte.

Wie sehr sie ihn als Kind mit ihrem seltsamen Verhalten vor seinen Freunden auch in Verlegenheit gebracht haben mochte, er hatte nie aufgehört, sie innig zu lieben, und er verehrte sie, weil sie ihm als Mutter so viel gegeben hatte. »Willst du weiterschlafen, oder soll ich dir einen Tee machen?« fragte sie.

Conor schaute auf die Uhr. Es war zehn nach drei. Aber morgen hieß es Abschied nehmen, und er würde sie lange Zeit nicht sehen. »Ein Tee wäre schön, Mom. Tut mir leid, daß ich dich aufgeweckt habe.«

»Das hast du nicht – ich habe noch nicht geschlafen.«

Er stieg aus dem Bett, schlüpfte in seinen Morgenmantel und ging ins alte Wohnzimmer. Das Haus war mit dem zunehmenden Wohlstand seiner Mutter in den letzten Jahren gewachsen; aus dem bescheidenen Bungalow war durch Anbauten ein weitläufiges Gebäude geworden.

In seiner Kindheit war dieses Wohnzimmer der Mittelpunkt des Familienlebens gewesen. Seine Mutter hatte den Raum inzwischen jedoch völlig umgestaltet. Sie hatte die Wände und die Decke mit Eichenholz täfeln lassen, was klaustrophobische Gefühle weckte, die noch dadurch verstärkt wurden, daß zwei der Wände vom Boden bis zur Decke von Bücherregalen eingenommen wurden, die mit okkultischen Werken und Schriften, zu bizarren Formen angeordneten Kristallsteinen, unheimlichen Bronzefiguren und steinernen Wasserspeier-Fratzen vollgepackt waren. Schwere, karmesinrote Vorhänge, die ständig zugezogen waren, hielten jegliches Licht von draußen fern. Zwei burmesische Katzen saßen wie Wächter zu beiden Seiten eines reich verzierten Eisenofens, in dem stets, Tag und Nacht, ein Gasfeuer brannte; auch zwei Räucherstäbchen qualmten ständig vor sich hin. An der Wand über dem Ofen hing ein schweres gewebtes Pentagramm, flankiert von zwei großen schwarzen Kerzen.

Conors Mutter kam, gekleidet in ein langes schwarzes Kleid, mit dem Kräutertee. Sie setzte sich auf eines der beiden Sofas vor dem kleinen Holztisch, an dem sie ihre Sitzungen abhielt. Eine Kristallkugel und eine kleine Glaspyramide lagen auf dem Tisch. An der gegenüberliegenden Wand starrten mehrere Wodu-Masken drohend auf ihre alte Computer-Workstation herunter, mit der sie okkulte Neuigkeiten ins Internet einzuspeisen pflegte, über Fax und E-Mail Anrufern die Tarot-Karten legte und Botschaften über mediales Heilen übermittelte.

Conors Mutter machte einen tiefen Zug an ihrer Zigarette und blies den Rauch zur Decke, die mit eingeschnitzten okkulten Symbolen bedeckt war. »Conor, du hast gesagt, du wärst fest entschlossen, aber ich möchte dich trotzdem bitten, dir das noch einmal zu überlegen.«

»Mom, ich werde doch nicht völlig von dir getrennt sein – wir können telefonieren, wir können täglich über E-Mail miteinander in Verbindung treten, und ich bin schließlich nur ein paar Flugstunden von dir entfernt.«

»Es geht mir nicht nur darum, von dir getrennt zu sein«, sagte sie, und ihr Ton wurde schärfer. »Ich habe kein gutes Gefühl, was diese Leute angeht, auch wenn sie heutzutage auf der Wir-sorgen-uns-um-Sie-Masche reiten. Es sind böse Menschen, und du solltest dich von ihnen fernhalten.«

Er sagte nichts.

»Mein Junge, ich mache mir große Sorgen um dich. Du hast keine gute Entscheidung getroffen. *Mußt* du es denn tun?«

»Ja, ich muß es tun.« Er lächelte. »Mom, wir haben tausendmal darüber gesprochen. Ich will und muß es tun.«

»Du bist genauso starrköpfig, wie dein Vater es war.«

»Ich bin schließlich sein Sohn«, sagte er lakonisch.

4

Berkshire, Oktober 1993

Am Dienstagabend ging Anna Sterlings Mann immer zum Rugby-Training, dem sich ein gemütliches Beisammensein mit den Mannschaftskameraden anschloß. Monty Bannerman und Anna aßen dann zusammen zu Abend oder gingen ins Kino.

Sie hatten diesen festen Termin, seit Monty sich erinnern konnte. Anna war ihre älteste Freundin, und sie war zugleich eine der wenigen verbliebenen Freundinnen, die noch keine Kinder hatten. Monty war sich darüber im klaren, daß diese Tatsache wahrscheinlich der Hauptgrund dafür war, daß sich zwischen ihnen nichts geändert hatte.

Montys dreißigster Geburtstag stand im nächsten April bevor, und sie war immer noch alleinstehend, obwohl sie einige enge Beziehungen zu Männern gehabt hatte. Es verwirrte sie, daß sie oft daran dachte, Kinder zu haben, denn im Grunde war sie überzeugt, stärker und emanzipierter zu sein als andere Frauen und nicht dazu bestimmt, Windeln zu waschen und Babys den Po zu putzen.

Manchmal gelang es ihr, sich selbst einzureden, daß sie Kinder nicht mochte, daß Kinder auf der Skala ihrer Wünsche ganz unten rangierten, aber es gab auch Tage, an denen sie von der Sehnsucht gepeinigt wurde, eigene Kinder zu haben...

Monty und Anna waren zusammen zur Schule gegangen, dann auch auf dasselbe College für Bildende Kunst. Anna war eine sehr begabte Bildhauerin. Sie hatte bereits mehrere erfolgreiche Ausstellungen hinter sich und war mit Aufträgen voll ausgelastet. Monty betrachtete sich selbst als mäßig talentierte Landschaftsmalerin, mehr nicht. Sie hatte sich aber dennoch Hoffnungen auf eine Karriere in der Welt der Kunst gemacht, entweder als Restauratorin oder als Kunstsachverständige. Aber im zweiten Jahr am College war ihre Mutter gestorben, und Monty hatte ihr Studium für ein paar Wochen unterbrochen, um ihrem Vater beizustehen, der den Verlust seiner Frau kaum verkraften konnte.

Sarah Bannerman war an Brustkrebs gestorben, innerhalb eines Jahres nach der Diagnose, und ihr Mann war von einem tiefen Gefühl der Schuld und des Versagens erfaßt worden, weil er es trotz aller Anstrengungen bei seiner Arbeit nicht geschafft hatte, eine Gentherapie zu entwickeln, die seine Frau hätte retten können – Gefühle, die sich seitdem noch vertieft hatten, nachdem es amerikanischen Wissenschaftlern gelungen war, eine Methode zu entwickeln, ein für den Brustkrebs verantwortliches Schlüssel-Gen zu diagnostizieren.

Dick Bannerman, dieser brillante Wissenschaftler, war ein miserabler Geschäftsmann und völlig abhängig von Montys Mutter gewesen, die seine Sekretärin, Buchhalterin und Pressereferentin gewesen war. Monty hatte gedacht, sie würde ihm nur so lange aushelfen müssen, bis eine neue Assistentin für ihn gefunden sei, aber jetzt, neun Jahre später, war sie immer noch bei ihm, und sie war zu seiner unentbehrlichen rechten Hand geworden.

Obwohl sie manchmal bedauerte, daß sie die Kunst, ihre große Liebe, aufgegeben hatte, gefielen ihr die Herausforderungen ihrer jetzigen Arbeit, und sie war sehr stolz auf ihren Vater. Sie hatte vorher wenig Interesse für die Naturwissenschaften gehegt, aber sein Enthusiasmus hatte sie angesteckt, und sie war inzwischen fasziniert von seiner Arbeit und hatte einen tiefen Respekt dafür entwickelt.

Anna und Mark Sterling lebten in einem alten georgianischen Farmhaus in einem Dorf in Berkshire, zehn Meilen von Montys Cottage entfernt. Mark arbeitete als Rechtsanwalt und verdiente mit seiner Praxis in London viel Geld. Anna war immer eine sehr selbstsichere Frau gewesen, aber in letzter Zeit schien sie, trotz ihrer Erfolge als Bildhauerin, einiges von ihrem Selbstbewußtsein verloren zu haben.

Auch jetzt, als sie in Annas unordentlicher Küche beisammensaßen, wirkte Anna zerfahren, und Monty beobachtete alarmiert, welche Veränderungen mit ihrer Freundin vor sich gegangen waren. Sie hatte zugenommen, auch wenn sie das unter einem weiten Pullover zu verstecken suchte.

»Anna, du siehst nicht glücklich aus«, sagte Monty. »Was ist los?«

Anna verschob die Flasche mit australischem Chardonnay auf der Tischplatte, als ob sie eine Schachfigur bewegen würde. Sie starrte mit verkniffenem Gesicht auf den Tisch. »Ich bin unfruchtbar«, sagte sie. »Ich kann verdammt noch mal kein Kind bekommen.«

»Ich… ich wußte nicht, daß du ein Kind haben wolltest«, sagte Monty erstaunt.

»Wir haben es seit zwei Jahren versucht. Meine Tage haben heute morgen wieder eingesetzt – drei Wochen zu spät. Ich dachte, wir hätten es diesmal geschafft.« Sie biß sich auf die Unterlippe.

»Hast du dich untersuchen lassen?«

»Natürlich. Alles schien in bester Ordnung zu sein. Mark hat die Anzahl seiner Spermien prüfen lassen – er produziert genug, um alle Frauen Chinas zu schwängern.«

»Warum hast du mir nichts davon erzählt?«

Anna füllte ihr Glas wieder auf. »Ich hatte gehofft, dich mit der guten Nachricht überraschen zu können, daß du bald Patentante wirst.« Sie hob die Schultern. »Ich fühle mich so… so unzulänglich. Ich muß jeden Tag meine Temperatur messen, in eine Tabelle eintragen und damit feststellen, welches die besten Tage im Monat sind, an denen wir uns lieben sollten, um ein Kind zu bekommen.« Sie sah Monty unglücklich an. »Ich habe Angst, nie Kinder kriegen zu können.«

»Du solltest dir noch nicht zu viele Gedanken darüber machen«, sagte Monty. »Da kann man doch vieles unternehmen – es gibt heutzutage ja sehr ausgeklügelte Behandlungsmethoden zur Behebung von Unfruchtbarkeit.«

Anna nickte. »Der Doktor will eine Behandlung mit einem Mittel namens Maternox bei mir machen.«

»Maternox? Ja, das ist sehr bekannt. Es soll das beste Mittel in solchen Fällen sein. Vielleicht ist das alles, was du brauchst.«

Anna stand auf und öffnete die Tür des Backofens. Der verheißungsvolle Geruch einer Lasagne drang in die Küche. Sie schloß die Backofentür und setzte sich wieder hin. »Braucht noch zehn Minuten… Wie ist es dir denn inzwischen ergangen?«

»Gut, alles okay.«

»Übrigens, ich habe deinen Vater am Dienstag im Fernsehen gesehen. Er ist ja ganz schön heftig mit der Pharmaindustrie umgesprungen. Das Buch klang sehr interessant, ich möchte versuchen, es zu lesen. Ist es so schwer zu verstehen wie Hawkings *Eine kurze Geschichte der Zeit*?«

»Nur in Teilen. Das meiste ist auch für Laien gut verständlich.«

»Wie geht es denn deinem Vater sonst so?«

»Er ist im Moment ziemlich gestreßt. Unsere finanzielle Lage ist katastrophal. Alle Mitarbeiter mußten sich inzwischen mit einer zehnprozentigen Gehaltskürzung einverstanden erklären, um Entlassungen zu vermeiden.«

»Ich verstehe nicht, daß ihr es bei all der Anerkennung, die die Arbeit deines Vaters findet, so schwer habt, Geld aufzutreiben.«

»Wenn er sich bereitfinden könnte, Geld für seine Forschung von der Pharmaindustrie anzunehmen, hätten wir keine Probleme mehr.«

»Und das will er wegen seiner Ansichten über die Patentierung wissenschaftlicher Forschungsergebnisse trotz der angespannten Lage immer noch nicht?«

»Ich glaube, er macht langsam ein paar Zugeständnisse. Am Montag treffen wir den Aufsichtsratsvorsitzenden von Bendix Schere... Heh, da fällt mir gerade ein, – Bendix Schere ist die Firma, die dieses Fertilitätsmedikament Maternox herstellt!«

»Vielleicht kannst du für mich ja einen Rabatt rausschlagen...«

»Das werde ich versuchen!« Monty grinste und stieß mit ihrer Freundin an. »Anna, sei zuversichtlich! Ich möchte wirklich gern in etwa einem Jahr an der Taufe deines Kindes teilnehmen.«

5

London, Oktober 1993

»Um wieviel Uhr ist das Treffen mit diesen Gaunern?«

»Um eins, Daddy«, antwortete Monty. »Wir müssen in einer halben Stunde losfahren.«

Ihr Vater hatte einen dunkelgrauen Anzug angezogen – wenigstens das. Aber er lief im Büro auf und ab wie ein Schuljunge, der darauf wartet, zur Kirche geschleppt zu werden.

Das Bannerman-Genforschungsinstitut war in einem schäbigen viktorianischen Gebäude untergebracht, das ursprünglich einmal als Waschhaus errichtet worden war. Es lag am Rand des Campus der Universität von Berkshire, hinter dem zentralen Parkplatz, und in den letzten drei Jahren war es dem permanenten Krach und Staub einer Baustelle direkt daneben ausgesetzt gewesen – dem Neubau eines wissenschaftlichen Lehrgebäudes.

Nach Montys Ansicht war es ein Wunder, daß das Labor des Bannerman-Instituts jedes Jahr aufs neue ohne große Untersuchung die Betriebsgenehmigung von der *Prüfstelle für gesundheitliche und sicherheitstechnische Belange* erhielt. Wenn einmal ein neuer Inspektor eingesetzt wurde, der sein Amt ernst nahm, würden Ausgaben in Höhe von mehreren zehntausend Pfund auf sie zukommen.

Monty schaute liebevoll durch die Trennscheibe in das Labor mit seinen Wissenschaftlern, Studenten und Technikern, die dort ihrer Arbeit nachgingen. Die älteren Mitarbeiter trugen weiße Kittel, die jüngeren Jeans und Sweatshirts. Einige dieser Leute hatten ihr gesamtes Berufsleben mit ihrem Vater verbracht. Walter Hoggin, der Leitende Techniker, gehörte dazu. Er war ein Riese von einem Mann, und sie sah ihm zu, wie er gewichtig im Labor hin- und herging. Er stand kurz davor, in den Ruhestand zu treten, fiel Monty ein, und dieser Gedanke machte sie traurig. Solange Walter mit seiner

Gründlichkeit die Laborarbeit leitete, konnte man sich darauf verlassen, daß trotz der beengten Unterbringung und der antiquierten Ausstattung die Sicherheit aller Mitarbeiter gewährleistet war.

Monty hatte ein Fax an die Universität von Georgetown vorbereitet, mit dem sie eine Einladung an ihren Vater, im kommenden Herbst einen Vortrag zu halten, akzeptierte. Aber das veraltete Faxgerät funktionierte wieder einmal nicht. Geld, dachte sie. Mein Gott, wir brauchen dringend Geld.

Der fensterlose, neunundvierzig Stockwerke hohe Monolith, der die Zentrale der Bendix Schere Foundation beherbergte, lag an der Euston Road und ließ das danebenstehende Bürohochhaus eines anderen Pharma-Giganten und Konkurrenten, der Wellcome Foundation, fast winzig erscheinen.

Selbst in einem Industriezweig, der für seine Geheimniskrämerei bekannt ist, umgab die Bendix Schere Foundation ein besonderes Mysterium; einerseits betrieb der Konzern eine breite Palette öffentlicher Aktivitäten – einschließlich Spenden in Milliardenhöhe an medizinische Forschungseinrichtungen verschiedenster Art –, andererseits umgab er sich mit einer geradezu obsessiven Geheimhaltung im Hinblick auf die Besitzverhältnisse und die interne Organisation, die auch von den cleversten und beharrlichsten Journalisten bisher nicht aufzudecken gewesen waren.

Nach den Zahlen, die der Konzern veröffentlicht hatte, um den Anforderungen der *Food and Drug Administration*, der amerikanischen *Aufsichtsbehörde für Nahrungsmittel und Medikamente* sowie der Abteilung Arzneimittel des britischen Ministeriums für Gesundheit und soziale Sicherheit zu genügen, rangierte Bendix Schere unter den pharmazeutischen Großkonzernen der Welt an sechster Stelle. Die Firma war in Liechtenstein registriert, und das Stammkapital wurde in Form von Inhaberobligationen gehalten, nicht in Form registrierter Aktienzertifikate, was die Identifizierung der Besitzer für Außenstehende so undurchdringlich machte wie den Zugang zu seinen Verwaltungs- und Fabrikationsgebäuden.

Der Motor von Montys MG röhrte, während ein Wachmann in einer Kabine, die wie eine Mini-Festung wirkte, ihre Zugangsberechtigung überprüfte und Monty schließlich zwei grüne Ausweiskarten überreichte, die man ans Jackenrevers anklipsen sollte. Dann ließ er das hohe Stahltor aufgleiten.

Sie fuhr auf den großen Parkplatz und steuerte, vorbei an Reihen tadellos sauberer Autos, die für Besucher reservierten Parkbuchten vor dem Gebäude an.

»Werden diese Wagen jemals benutzt?« murmelte ihr Vater. »Sie sind alle so verdammt sauber.«

Er hatte recht; die Wagen sahen alle aus, als kämen sie geradewegs aus den Ausstellungsräumen von Autohändlern. Nur die Nummernschilder verrieten, daß sie nicht brandneu waren.

»Vielleicht putzt jemand meinen Wagen auch, während wir da drin sind«, sagte Monty und schaute auf die verdreckte weiße Motorhaube ihres MG. Sie hatte den Wagen vor zehn Jahren gebraucht gekauft und liebte ihn immer noch heiß und innig. Der auf ihr lastende Streß im vergangenen Jahr, vor allem auch im Hinblick auf das dauernde Jonglieren mit den dürftigen Ressourcen des Instituts, hatte ihr keine Zeit gelassen, den Wagen so zu pflegen, wie er es verdient hätte.

Das Bendix-Gebäude, wie es genannt wurde, sah aus, als sei es aus einem einzigen Riesenblock blauen Stahls herausgeschweißt worden. Es ragte hoch in den Himmel, und die Abstufungen aus scharfen Linien und dunklen Nischen gaben ihm aus bestimmten Blickwinkeln das Aussehen einer mittelalterlichen Festung. Während sie auf den Eingang zugingen, war sich Monty nicht im klaren darüber, ob sie diese Architektur mochte oder nicht, und sie erinnerte sich an die kontroverse Diskussion, die beim Bau des Hochhauses in den Medien entbrannt war.

Es verfügte über ein eigens dafür konstruiertes sogenanntes *White-Sound*-Akustiksystem und ein weiteres für künstliches Tageslicht, das in der Kombination mit einer Ionisierungsanlage, wie die Architekten behaupteten, ein größeres *Gefühl des Wohlbehagens* als das natürliche Sonnenlicht-Umfeld erzeugte und nachweisbar die Produktivität der Beschäftigten steigerte. Es hatte aber auch finstere Gerüchte gegeben. Warum, hatten sich die Leute gefragt, bestand bei Bendix Schere das Bedürfnis, eine Zentrale ohne Fenster zu bauen? Was hatte der Konzern zu verbergen? War es einfach nur eine Frage architektonischer Gestaltung? Ein Experiment futuristischer Architektur? Oder führte man hinter dieser so seltsam gestalteten Fassade grausige Tierexperimente durch?

Es war ein milder Herbstmorgen, und weder Monty noch ihr Vater trugen einen Mantel. Monty hatte mehrere Tage überlegt, was sie zu diesem Treffen anziehen sollte und sich schließlich für ihre schwarze Samtjacke, eine weiße Seidenbluse, einen Wollschal von Cornelia James mit Dschungelmuster, einen kurzen schwarzen Rock und Schuhe mit mittelhohem Absatz, die sie ein wenig größer wirken ließen, entschieden. Vor einigen Jahren hatte eine Zeitung sie einmal als »kleines Persönchen« beschrieben, und seitdem trug sie keine flachen Schuhe mehr.

Sie wünschte sich manchmal, sie wäre größer als einsdreiundsechzig, aber mit ihren Beinen war sie sehr zufrieden. Hier hatte die Natur es gut mit ihr gemeint. Ihr Haar, eine Fülle wirrer blonder Naturlocken, die ihr bis auf die Schultern fielen, machte ihr hingegen des öfteren Kummer. An manchen Tagen sah es schön aus, richtig toll sogar, aber an anderen wirkte es, als ob jemand Unkrautvernichter darauf gesprüht hätte.

Das Aussehen und das Wesen hatte Monty von ihrer norwegischen Mutter geerbt. Das war durchaus willkommen, aber eines beunruhigte sie: Seit dem Brustkrebs-Tod ihrer Mutter hatte sich der Gedanke in ihrem Kopf festgesetzt, daß sie ihr auch ein höchst unwillkommenes Gen vererbt haben könnte. Monty brütete jedoch nicht ständig darüber nach, sondern setzte darauf, daß man durch Fortschritte in der Gentechnik dieses Problem in den Griff bekommen würde, ehe so etwas mit ihr passierte.

Fast jeder, der Monty kannte, mochte sie. Sie hatte eine positive Grundeinstellung zum Leben, sie strahlte Optimismus aus, und mit ihrem Humor gelang es ihr regelmäßig, das Gute, das in jedem Menschen steckt, hervorzulocken.

Als Vater und Tochter die weiße Marmortreppe hinaufgegangen waren, glitten elektronisch gesteuerte Glastüren auf, und sie kamen in ein Atrium von der Höhe einer Kathedrale. Der weiße Marmor der Treppe setzte sich im Inneren fort und verlieh der Halle eine kühle neoklassizistische Atmosphäre. Die einzige abweichende Farbe war das Grün großer Topfpflanzen.

Das gegenüberliegende Ende der Lobby wurde von einer Reihe elektronischer Drehtüren begrenzt. Seitlich davon befand sich ein langer Schalter, hinter dem drei uniformierte Sicherheitsbeamte saßen. Als die Bannermans sich dem Schalter näherten, lächelte einer der Männer sie höflich an.

Er war ein Schwarzer, schien jedoch krank zu sein, wirkte irgendwie ausgemergelt, und seine Gesichtsfarbe spielte eher ins Graue. »Kann ich Ihnen helfen?« fragte er. Seine Stimme klang wie die eines Mannes, der schwer erkältet ist.

»Ja, wir haben um zwölf Uhr fünfundvierzig eine Verabredung mit Sir Neil Rorke.«

»Darf ich Ihre Namen wissen?«

Monty sagte sie ihm, und er gab sie in das Keyboard eines Computers ein. Ein Drucker spuckte kurz darauf zwei Ausweiskarten aus, und der Sicherheitsbeamte bat sie, sie über den bereits erhaltenen grünen Karten am Revers festzuklipsen.

»Ich bringe sie hoch«, sagte er schließlich.

Er winkte sie durch eine der Drehtüren und ging ihnen dann, leicht hinkend, voraus in eine Halle mit zwei langen Reihen von Aufzugtüren. Am letzten Aufzug rechts, der etwa einen Meter von den anderen abgesetzt war, schob er eine Plastikkarte in einen Schlitz, und die Türen glitten fast lautlos auf. Als Monty in die mit einem Veloursteppich ausgelegte Kabine trat, stellte sie überrascht fest, daß es keine Leiste mit Bedienungsknöpfen gab.

Der Wachmann kam hinter ihrem Vater in die Kabine, schaute hoch und nickte. Die Türen schlossen sich lautlos. Monty folgte der Richtung seines Blicks und sah, daß über der Tür eine Kameralinse angebracht war.

Der Aufzug beschleunigte schnell, und Montys Füße wurden auf den Boden gepreßt. Dann verlangsamte er sein Tempo, hielt schließlich an, aber die Tür ging nicht auf. Der Wachmann wartete geduldig, als ob er das gewohnt sei, und nach einigen Sekunden glitten die Türen auseinander.

Monty und ihr Vater traten in einen großen, luxuriösen Empfangsraum. Der Marmor war hier im Gegensatz zur Lobby in Grautönen gehalten. Hinter einem Schreibtisch in der Mitte des Raumes saß eine elegante, etwa dreißigjährige Brünette. »Guten Tag, bitte nehmen Sie Platz«, sagte sie freundlich, aber irgendwie fast roboterhaft. »Sir Neil kommt sofort.«

Sie setzten sich auf ein graues Ledersofa. *Mein Gott, ist das beeindruckend!* dachte Monty. An den Wänden hingen mehrere große abstrakte Gemälde, von Künstlern, deren Namen man wohl kennen sollte, Monty aber nicht geläufig waren. Die moderne abstrakte Malerei entsprach nicht ihrem Geschmack. Sie mochte die Impressionisten und einige der Surrealisten, und mit den wilden, grellen, groben Kompositionen und verwirrenden Formen auf den dicken Leinwänden konnte sie nicht viel anfangen.

Aber wie schön, daß man in einem Empfangsraum überhaupt Gemälde aufhängte! Sie stellte einen Vergleich mit ihrem Institut an, wo es nicht einmal ein Empfangszimmer gab; Besucher mußten im winzigen Raum der Buchhaltung warten.

Mein Gott, hier stinkt es geradezu nach Geld! Sie schaute heimlich zu ihrem Vater hinüber und fragte sich, was ihm durch den Kopf ging. *Gib uns eine Chance, Daddy*, dachte sie. *Bitte!*

Ihr war flau im Magen. Nicht wegen des bevorstehenden

Treffens mit Sir Neil Rorke – sie hatte Angst, daß ihr unberechenbarer Vater seinen Ekel über die prunkhafte Ausstattung dieses Gebäudes zum Ausdruck bringen und wütend davonstürmen könnte. Er sah sich stirnrunzelnd um und fragte dann:

»Ist dir aufgefallen, daß es weder hier noch unten in der Lobby irgendwelche Darstellungen über die Firma gibt?«

»Du hast recht«, bestätigte sie.

»Wenn ich so viel Platz hätte, würde ich ihn nutzen, um einige meiner Forschungsergebnisse darzustellen.«

Er schien in guter Stimmung zu sein. *Bleib so,* dachte Monty inbrünstig. *Bleib wenigstens so lange in dieser Stimmung, bis wir uns ihren Vorschlag angehört haben!*

Sie schaute zu der Brünetten hinüber und fragte sich, ob der Monitor vor ihr das Innere der Aufzugskabine zeigte. Dann wurde plötzlich eine Tür am gegenüberliegenden Ende des Raumes geöffnet, und die unverwechselbare Gestalt von Sir Neil Rorke erschien im Türrahmen.

»Dr. Bannerman! Miss Bannerman! Wie schön, Sie zu sehen!«

Seine Bariton-Stimme klang warm und freundlich. Er trug einen weit geschnittenen Nadelstreifenanzug, und sein dichtes, gewelltes Haar war extravagant lang. Seine Wangen waren von geplatzten Äderchen überzogen, und die fleischigen Falten schienen die Atmosphäre holzgetäfelter Speisezimmer, wohlsortierter Weinkeller und Ehrenlogen bei Pferderennen widerzuspiegeln. Er wirkte einerseits onkelhaft-zutraulich, andererseits umgab ihn die Aura eines immensen Charismas. Monty brauchte einen Moment, um sich darüber klarzuwerden, daß sie sich in der Gesellschaft eines der größten Industriekapitäne und Spender für karitative Zwecke der Welt befand.

Die Hand, die er ihr entgegenstreckte, war lang und rosa, und als Monty sie schüttelte, war sie erstaunt, wie fest er zudrückte. Und als sie ihn ansah, bemerkte sie in seinen tiefen, haselnußbraunen Augen ein Glitzern, mit dem er ihr mitzuteilen schien, daß er sie verstand und genau wußte, welche

Probleme sie mit ihrem Vater hatte, daß er jedoch auf ihrer Seite stand, zu einem konspirativen Bündnis mit ihr bereit war – und daß sie ihm vertrauen konnte.

Während er sich ihrem Vater zuwandte, hatte sie das seltsame, aber positive Gefühl, diesen Mann schon seit langem zu kennen, und sie verstand jetzt, warum alle Welt ihn so schätzte. Nach den wenigen Sekunden ihrer Bekanntschaft sah sie in ihm den guten Onkel, mit dem man Pferde stehlen konnte.

»Kommen Sie in mein Büro auf einen Drink«, sagte er. »Dr. Crowe, unser Vorstandsvorsitzender, wird sich uns in wenigen Minuten zum Lunch anschließen.« Rorke hielt die Tür für sie auf, und sie kamen in einen langen, mit Teppichen ausgelegten Flur, an dessen Wänden weitere bizarre Gemälde hingen.

»Sie wollten einmal Malerin werden, nicht wahr, Miss Bannerman?« fragte Rorke.

Monty runzelte die Stirn und fragte sich, woher er das wußte. »Ja – vor langer Zeit einmal.«

»Aber Sie sind eine Anhängerin der traditionellen Malerei.« Er deutete auf die abstrakten Gemälde. »Diese da sind sicher nicht nach Ihrem Geschmack.«

Sie sah ihn an, erstaunt und verwirrt darüber, wieviel er über sie wußte. »Ich … ich bin noch nicht dazu gekommen, mich intensiv mit abstrakter Malerei zu beschäftigen«, antwortete sie. Sie wollte nichts Abfälliges über die Bilder sagen, falls sie seinem Geschmack entsprachen.

Rorke lächelte mild, und seine Stimme wurde melancholisch. »Nun ja, unser aller Leben besteht aus nicht angetretenen Reisen.« Er wandte sich ihrem Vater zu und meinte spitz: »Dem können Sie doch sicher zustimmen, Dr. Bannerman, oder?«

Ich mag diesen Mann, dachte Monty. *Wirklich, ich mag diesen Mann.*

6

London, Oktober 1993

Im Speiseraum der Direktoren im neunundvierzigsten Stock des Bendix-Gebäudes war die Luft so frisch, daß Monty sich fragte, ob sie nicht doch irgendwo durch ein nicht sichtbares Fenster hereinströmte.

Der Raum war in grauweißen Farbtönen gehalten und mit einem traditionellen ovalen Mahagoni-Eßtisch und dazu passenden Stühlen augestattet. An den Wänden hingen impressionistische Gemälde. Ihr gegenüber, an der Wand hinter ihrem Vater, hing ein Stilleben von Degas. Sie konnte kaum den Blick von ihm wenden. *Ein echter Degas! Keine Kopie oder Druck. Sie aß zu Mittag unter einem echten Degas!*

Das Essen war superb; es gab gegrillte Scampi, gefolgt von Filetsteak, dann einen exotischen Fruchtsalat. Und dazu natürlich wunderbare weiße und rote Weine.

Ihr Vater war bisher nicht aus der Rolle gefallen. Er beteiligte sich lebhaft am Gespräch, bei dem es vornehmlich um Gentechnik ging, und machte den Eindruck eines Wissenschaftlers, der fröhlich mit befreundeten Kollegen zu Mittag aß, nicht so sehr den eines Mannes, dessen Zukunft vielleicht von diesem Treffen abhing.

Rorke aß mit großem Appetit, während Dr. Crowe sich sichtlich zurückhielt. Er beteiligte sich nur soweit am Gespräch, daß sein Interesse an dieser Begegnung zum Ausdruck kam. Die ganze Zeit über jedoch beobachtete er Monty und ihren Vater mit wachsamen, stahlharten Blicken, denen nichts zu entgehen schien. Er war ein hagerer, zweiundfünfzigjähriger Mann, und in seinem langen, pferdeähnlichen Gesicht mit scharf ausgeprägten Zügen standen die Augen abnorm nahe beieinander, was seinem Blick eine Intensität verlieh, die Monty unangenehm war. Auch seine Lippen waren seltsam, wie Monty fand – sehr dünn und zinnoberrot in auffallendem Kontrast zu seiner bleichen Gesichtsfarbe.

Sie hatte ihre Hausaufgaben über Crowe gemacht und war beeindruckt von seinem beruflichen Hintergrund. Es war selten in der Pharmaindustrie, daß ein Vorstandsvorsitzender zugleich auch Wissenschaftler war, und Crowe hätte zweifellos eine brillante Karriere als Forscher machen können, wenn er sie angestrebt hätte. Er hatte in Cambridge sein Diplom in Biologie und Pharmakologie mit der Bestnote absolviert, war dann in die USA gegangen und hatte an der John-Hopkins-Universität über ein Thema des Immunsystems promoviert.

Nach seiner Rückkehr nach Großbritannien hatte er drei Jahre als Forschungsstipendiat bei der Staatlichen Stiftung für Krebsforschung gearbeitet. Dann war er zur Abteilung Klinische Erprobung bei Bendix Schere übergewechselt, und bereits nach zwei Jahren fungierte er als Leiter dieser Abteilung. Im Alter von sechsunddreißig Jahren war er als jüngstes Mitglied in der Geschichte der Firma in den Vorstand von Bendix Schere berufen worden. Zehn Jahre später, 1986, hatte man ihn nach dem plötzlichen Tod des bisherigen Amtsinhabers zum Vorstandsvorsitzenden ernannt. Sein Vorgänger war bei einem Flugzeugabsturz mit dem firmeneigenen Jet bei einem Routinebesuch der Bendix-Schere-Fabrik auf den Philippinen ums Leben gekommen.

Während Rorke ein Mann war, der seine Spitzenposition eindeutig auf Grund seiner Führungsqualitäten und seiner Persönlichkeit erreicht hatte, war Crowe nach Montys spontaner Beurteilung eher als energischer Macher und geschickter Taktierer einzustufen. Anders als bei Rorke konnte sie sich nicht für ihn erwärmen. Aber sie wußte, daß es für ihren Vater ein großer Vorteil war, es mit einem Wissenschaftler an der Spitze der Firma zu tun zu haben, weil beide zumindest dieselbe Sprache sprachen.

Dick Bannerman schluckte den letzten Bissen Käse herunter. »Sir Neil, eines hat mich schon immer neugierig gemacht, und das ist die Obsession für Geheimhaltung in Ihrem Konzern.«

Monty beobachtete die drei Männer ängstlich. Zum ersten

Mal zeigte sich eine leichte Feindseligkeit bei ihrem Vater. Rorke jedoch lächelte freundlich. »Eine sehr berechtigte Frage, Dr. Bannerman.«

Monty fiel auf, daß trotz der entspannten Atmosphäre ihre Gastgeber keine Anstalten machten, zur Anrede mit den Vornamen überzugehen.

Rorke wischte ein paar Schweißtröpfchen von seiner Stirn. »Sehen Sie«, sagte er, »in unserem Geschäft sind wir Anfeindungen durch vielerlei Gruppierungen ausgesetzt. Leute empören sich über die Preise unserer verschreibungspflichtigen Medikamente; sie übersehen dabei, daß die Entwicklung eines neuen Medikamentes und seine Einführung auf dem Markt im Durchschnitt mehr als hundert Millionen Pfund kostet und daß wir nur eine begrenzte Zeit zur Ausschöpfung der Patentrechte zur Verfügung haben, um diese enormen Kosten wieder einzunehmen. Und es gibt unter den Tierschützern einige sehr unangenehme Fanatiker – oft genauso gefährlich wie politische Terroristen. Wir halten Informationen über die Firma geheim, um die Besitzer der Inhaberobligationen, die Direktoren und unsere gesamte Mitarbeiterschaft zu schützen. So einfach ist das.«

»Wären Sie denn bereit, mir die Besitzverhältnisse des Konzerns offenzulegen?«

Rorke wechselte einen schnellen Blick mit Crowe und lächelte dann freundlich. »Wir werden Ihnen heute einen Vorschlag machen, Dr. Bannerman. Wenn Sie ihn akzeptieren, werden wir vor Ihnen nichts geheimhalten.«

Dick Bannerman lehnte sich zurück und sah die beiden Männer nacheinander an. »Und wie lautet Ihr Vorschlag?«

»Wir möchten Sie zunächst einmal ein wenig herumführen, Ihnen einen Einblick in die Arbeit geben, die wir hier machen, und Ihnen unsere technischen Einrichtungen zeigen – die Zeit dazu sollten wir uns nehmen, wenn Sie einverstanden sind.«

Rorke ging zur Tür und öffnete sie. Als Monty an ihm vorbeiging, blinzelte er ihr zu.

Sie gingen zu dem Aufzug, mit dem sie hochgekommen waren. Rorke schaute zu der Linse über der Tür und sagte mit übertriebener Betonung: »Sechste Etage.«

Die Türen schlossen sich, und der Aufzug glitt langsam nach unten.

»Wie funktioniert *das* denn?« fragte Monty.

»Eine Kombination aus visueller und vokaler Erkennung«, erklärte Crowe stolz. »Computergesteuerte Personen-Identifikation. Das System vergleicht das Gesicht der Person, die den Befehl gibt, mit einem in seiner Datenbank abgespeicherten Foto, stellt eine Verbindung zu einer ebenfalls gespeicherten Sprechprobe her und akzeptiert bei Übereinstimmung den Befehl.«

Der Aufzug hielt an, und sie kamen in einen Flur mit smaragdgrünem Teppichboden und hellgrünen Wänden. Eine Wand war viel heller als die andere, als ob sie in Sonnenlicht gebadet sei, das durch unsichtbare Oberlichter hereinströmte. Alle Türen hatten elegante Messinggriffe, und bis auf kleine Beobachtungsfenster in den Wänden und einen leicht beißenden Geruch wirkte der Flur eher wie der eines modernen Fünfsternehotels als der eines Labors.

Rorke steckte eine Plastikkarte in den Schlitz einer Tür, tippte eine Folge von Zahlen in das Kombinationsschloß und ließ Monty und ihrem Vater höflich den Vortritt in einen weiteren Flur. An den Wänden hingen Tafeln mit Sicherheitsvorschriften sowie verschiedene Poster; der beißende Geruch wurde intensiver; Monty fühlte sich hier schon eher an ein Labor der Molekularbiologie erinnert.

»Auf dieser Etage und den beiden darüber betreiben wir reine Genforschung«, erklärte Crowe, »und von hier aus koordinieren wir auch die Forschungsprogramme unserer anderen Forschungseinrichtungen in Reading, Plymouth, Carlisle, Frankfurt und Charlottesville.«

»Die Firma baut neue Laboratorien in Slough, nicht wahr?« fragte Dick Bannerman.

»Ja«, bestätigte Crowe. »Wir erstellen dort ein völlig neues Forschungszentrum. Wenn es in drei Jahren fertig ist, verfügen wir über das größte transgenetische Forschungszentrum der Welt.«

»Und es ist komplett unter der Erde angelegt, nicht wahr?« hakte Bannerman nach.

Crowe zuckte leicht zusammen, lächelte dann aber. »Ja, der transgenetische Komplex. Ich wußte gar nicht, daß das bereits an die Öffentlichkeit gedrungen ist.«

»Unterirdische Labors auf einer Fläche von hundertzehntausend Quadratmetern, oder?«

»Hundertfünfzehntausend«, korrigierte Crowe.

»Warum unter der Erde? Aus Sicherheitsgründen?«

»Ja, genau deshalb.«

»Und Sie glauben, ein solches Umfeld sei förderlich für die Arbeit? Man könne auf diese Weise das Beste aus den Mitarbeitern rausholen?«

»Wie finden Sie die Atmosphäre hier, Dr. Bannerman?«

»Sehr beeindruckend, das muß ich zugeben. Ich kann es kaum glauben, daß es hier keine Fenster gibt.«

»In Slough wird es nicht anders sein. Es ist nichts Magisches am Tageslicht. Wie Sie wissen, trägt es erheblich zur Korrosion bei. Wir haben uns ganz einfach auf wissenschaftliche Untersuchungen verlassen, die positiven Qualitäten des Tageslichts verstärkt und die negativen ausgeschaltet. Die Produktivität hier im Bendix-Gebäude ist um dreißig Prozent höher als in konventionellen Einrichtungen dieser Art.«

»Na, da möchte ich aber mal wissen, wie Sie an diese Zahlen gekommen sind«, sagte Bannerman skeptisch.

Monty warf ihm einen warnenden Blick zu. Es lief bis jetzt so gut, und sie wollte nicht, daß alles durch einen Temperamentsausbruch ihres Vaters wieder zunichte gemacht wurde.

»Wir sind von diesen Zahlen so überzeugt, daß wir auch in unseren neuen Krankenhäusern künstliches Tageslicht installieren werden. Wir sind überzeugt, daß wir damit die Genesungszeit der Patienten um erhebliche Prozentsätze senken können.«

Monty fand das Innovations-Ethos des Konzers großartig. Sie fühlte sich privilegiert, in diesem futuristischen Gebäude und bei diesen mächtigen, einflußreichen Männern sein zu können.

Rorke führte sie in ein großes Labor, bei dessen Anblick Monty vor Neid erblaßte. Sie hatte noch nirgends ein Labor gesehen, das so gut ausgestattet und ordentlich war. Auf den Arbeitstischen standen modernste Geräte, und die Laborantinnen und Laboranten in weißen Kitteln hatten so viel Platz zu ihrer Verfügung, daß eine effiziente Arbeit gesichert war.

Ihr Vater deutete auf eine Videokamera über der Tür. »Was hat die denn für einen Zweck?« fragte er mißtrauisch.

»Sicherheit«, antwortete Crowe. »Wenn jemand im Labor abends oder an Wochenenden Überstunden macht und es kommt zu einem Arbeitsunfall, ist sofortige Hilfe sichergestellt.«

Rorke führte sie durch weitere Labors, einige noch größer, andere viel kleiner, aber alle ebenso gut ausgestattet. Das Bannerman-Forschungsinstitut hätte in jedes der Labor-Stockwerke ein dutzendmal hineingepaßt. Sie schaute ihren Vater an und hoffte, daß er ebenso beeindruckt war wie sie selbst.

»Ah, Mr. Seals!« begrüßte Crowe einen langhaarigen Mann in weißem Kittel, der ihnen im Flur entgegenkam. »Mr. Seals ist der Cheflaborant unserer genetischen Abteilung.« Er stellte ihm Monty und ihren Vater vor.

Monty bemerkte, daß Seals ihrem Vater einen anerkennenden und bewundernden Blick zuwarf. Er war etwa Mitte Dreißig, und als er sein langes braunes Haar zurückstrich, blitze an seinem linken Ohrläppchen ein Ohrring auf. Er wäre ein gutaussehender Mann, dachte Monty, wenn sein Gesicht nicht so von Aknenarben entstellt wäre.

»Sie haben eine beeindruckende Laborausstattung«, sagte ihr Vater.

»Vielen Dank. Ich muß zugeben, daß vieles von der Technik, die wir bei unserer Arbeit anwenden, auf den von Ihnen veröffentlichten Forschungsergebnissen beruht.«

»Gut so«, sagte Bannerman. »Deshalb habe ich sie ja publik gemacht – um mein Wissen weiterzugeben. Geben auch *Sie* Ihr Wissen weiter?« fragte er mit unüberhörbarer Schärfe in der Stimme.

Seals wurde rot. »Das habe nicht ich zu entscheiden.«

»Ich nehme an, Sie geben ganz schön viel Geld in dieser Abteilung aus.«

»Modernes Gerät ist sehr teuer, Dr. Bannerman, wie Sie sicher wissen.«

Monty bewunderte die Art, wie der junge Mann auf die Fragen reagierte. Er wirkte selbstsicher, fast arrogant, und er schien vor niemandem besonderen Respekt zu haben. Während er ihrem Vater die neue Generation der Geräte zur Gen-Sequenzanalyse erklärte, merkte man ihm sein Engagement für seine Arbeit deutlich an.

Monty verglich diesen intelligenten, tatkräftigen jungen Mann mit Walter Hoggin, ihrem bereits ziemlich alten Cheflaboranten, der mit Computern nicht viel anfangen konnte und jeglichem High-Tech-Gerät mißtrauisch gegenüberstand. Und sie erkannte, daß es, bei aller Liebe zu Walter, Leute vom Kaliber eines Mr. Seals waren, die sie in ihrem Institut dringend brauchten – und nicht bezahlen konnten.

Ein goldener Frosch von der Größe eines Fußballs kauerte in der Mitte von Sir Neil Rorkes massivem Schreibtisch. Monty fragte sich, ob es eine Trophäe war, und konnte sich des respektlosen Gedankens nicht erwehren, daß er von der Gestalt her Rorke irgendwie ähnlich sah. Sie haßte Frösche, hatte immer Angst vor ihnen gehabt, und dieser hier zeigte ein reptilisches Grinsen, das sie erschaudern ließ.

Auf dem Schreibtisch befanden sich zwar die üblichen Bürogeräte bis hin zum Computerterminal, aber zu Montys Verwunderung war weder dort noch irgendwo sonst im Büro ein einziges Blatt Papier zu sehen. Ihr fiel ein, daß auch in den Labors nirgends irgendwelche Papiere herumgelegen hatten.

Rechts vom Schreibtisch stand ein hohes, weißes Gerät,

das ihr bereits in den Labors aufgefallen war. Sie konnte es zunächst nicht einordnen, bis ihr einfiel, daß sie ein ähnliches Gerät vor kurzem in einem Film gesehen hatte: ein Reißwolf.

Sie setzten sich an den Besprechungstisch, und als die Sekretärin Tee serviert hatte, sah Rorke ihren Vater an.

»Dr. Bannerman, lassen Sie uns ganz offen miteinander reden«, sagte er. »Ich kenne Ihre Ansichten über die Patentierung wissenschaftlicher Entdeckungen im allgemeinen und bei der Humangenetik im besonderen. Ich habe ein gewisses Verständnis dafür. Aber wie die Dinge nun einmal liegen, muß das Geld für die wissenschaftliche Forschung ja irgendwie aufgebracht werden, und die Profite von Bendix Schere stammen aus der Produktion von Medikamenten, für die wir Patente halten. Und diese Patente sind zeitlich begrenzt – in Großbritannien auf siebzehn Jahre. Nur für diesen Zeitraum haben wir exklusiv die Herstellungsrechte. Wenn man bedenkt, wieviel wir in die Entwicklung unserer Produkte investieren müssen, ist das ein sehr kurzer Zeitraum.«

Monty befürchtete, ihr Vater würde jetzt in eine seiner Anti-Patentierungs-Polemiken verfallen, aber zu ihrer Erleichterung tat er es nicht. Sie wußte, er war von dem, was er heute nachmittag gesehen hatte, tief beeindruckt, und bei allen geradlinigen Prinzipien, die er verfolgte: er war kein Narr.

»Wir könnten Ihnen natürlich Gelder aus unserem Spendenfonds für den Betrieb Ihres Instituts in Berkshire zur Verfügung stellen«, fuhr Rorke fort. »Aber ich glaube nicht, daß wir damit die beste Amortisation für unsere Investition bekämen. Und, ehrlich gesagt, ich glaube auch nicht, daß Sie bei der derzeitigen Ausstattung Ihres Instituts Ihr wahres Potential voll ausschöpfen können, selbst wenn Sie ausreichend Mittel zur Verfügung hätten. Dr. Crowe und ich sind der Meinung, daß Sie der fähigste Genforscher unseres Landes sind, vielleicht sogar der ganzen Welt. Und Sie sind noch jung genug, Sie haben noch viele produktive Jahre vor sich, vielleicht sogar die produktivsten Ihres Lebens.«

Bannerman lächelte.

»Wenn Sie die richtigen Einrichtungen und die erforderlichen Mittel zur Verfügung hätten, könnten Sie viel mehr erreichen, als das jetzt der Fall ist – und das soll keineswegs eine Herabsetzung dessen sein, was Sie bisher geleistet haben.«

»Was für Einrichtungen?«

»Wie Sie sie unten im sechsten, siebten und achten Stock gesehen haben. Dazu die bestehenden Einrichungen in Reading, Birmingham, Edinburgh, Bern, Frankfurt und Baltimore sowie die im Bau befindlichen neuen Forschungsstätten.« Rorke unterbrach sich und rührte in seinem Tee. »Unser Vorschlag ist sehr einfach: Wir bieten Ihnen den Posten des Leiters des weltweiten Genforschungsprogramms der Bendix Schere Foundation an.«

Bannerman schüttelte den Kopf. »Ich bin sehr geschmeichelt, Gentlemen, aber ich bin Wissenschaftler und kein Geschäftsmann. Ich will forschen – nicht Leiter einer riesigen Organisation sein.«

»Vielleicht ist es nicht deutlich genug zum Ausdruck gekommen«, schaltete Crowe sich ein. »Forschen ist genau das, was Sie bei uns tun sollen, sonst nichts. Wir möchten Ihnen alle menschlichen und technischen Ressourcen der Bendix Schere Foundation zur Verfügung stellen, und Sie sollen sie nach eigenem Ermessen einsetzen.«

Dick Bannerman strich sich mit seinen großen Händen durchs Haar. »Ich kann meine Mitarbeiter nicht im Stich lassen ...«

»Ich glaube nicht, daß das ein Problem wäre«, sagte Rorke und sah Crowe fragend an.

»Nein«, bestätigte Crowe, wenn auch ein wenig zögernd. »Ich denke schon, daß wir Ihre wichtigsten Mitarbeiter übernehmen könnten.«

»Alle meine Leute sind wichtige Mitarbeiter«, sagte Bannerman. »Ehe ich überhaupt über eine Entscheidung nachdenke, möchte ich Ihre Versicherung, daß ich niemand entlassen muß. Und ich möchte Ihre Versicherung, daß meine

Tochter weiterhin als meine Assistentin und rechte Hand eingesetzt wird.«

»Ich denke, das läßt sich regeln«, sagte Rorke und ignorierte dabei ein warnendes Augenzeichen von Crowe.

Monty war begeistert von diesem Vorschlag und froh, daß ihr Vater ihn nicht sofort abgelehnt hatte. Aber sie wußte, es war durchaus möglich, daß er morgen früh seine Meinung wieder änderte. Je mehr konkrete Vorschläge sie jetzt aus Rorke und Crowe herausholen konnte, um so mehr Munition würde sie haben, ihn bei der Stange zu halten. »Würden Sie uns genauer sagen, wie das Ganze geregelt werden soll, welches Budget wir zur Verfügung hätten und welches Gehalt sie meinem Vater und mir zahlen würden?« fragte sie.

Crowe lächelte und zog zwei gleich aussehende Dokumente aus einer Schublade des Konferenztisches. Ein Exemplar gab er Monty, das andere ihrem Vater. Es waren die ersten Papierbögen, die Monty in diesem Gebäude zu Gesicht bekam.

Über dem Text stand in Fettschrift: **Eingeschränkter Verteiler. Nur für Mitglieder des Aufsichtsrates und des Vorstandes.** Die Überschrift lautete: VORSCHLAG ZUR ÜBERNAHME DES BANNERMAN-GENFORSCHUNGS-INSTITUTS.

»Sie sind Mistkerle, diese Leute, meinst du nicht auch?« fragte Dick Bannerman, als sie im Aufzug nach unten fuhren.

Monty legte den Finger auf die Lippen und schaute argwöhnisch zu der Kameralinse über der Tür. »Vorsicht, sie hören vielleicht zu«, flüsterte sie.

Er zuckte mit den Schultern, sagte aber nichts mehr, bis sie aus dem Gebäude waren und auf ihren Wagen zugingen.

»Warum meinst du, sie wären *Mistkerle*, Daddy?«

»Ziehen diese Show mit dem tollen Essen ab, meinen, sie könnten mir mit so was imponieren!«

»Ich war beeindruckt«, sagte sie. »Ich war von den Labors und auch von den beiden Männern sehr beeindruckt.«

»Sie haben natürlich eine ganz ordentliche Geräteausstattung. Ein paar Apparate, die wir auch gebrauchen könnten.«

»Ein *paar*?«

»Ich sehe ja durchaus die Pluspunkte«, sagte er. »Aber ich sehe auch verdammt viele Minuspunkte.«

»Ich kann keinerlei Minuspunkte entdecken«, sagte sie. »Überhaupt keine.«

7

London, Samstag, 22. Oktober 1994

Conor Molloy schaute auf die hochgereckten Schilder mit handgeschriebenen Namen in der Menschenmenge vor der Zollbarriere des Flughafens Heathrow. Sein Name war nicht darunter. Er lehnte sich auf den Bügel seines Gepäckkarrens und sah sich die Schilder genauer an.

Er war Anfang Dreißig, einsdreiundachtzig groß und hatte sein kurzes schwarzes Haar modisch mit Gel bearbeitet und zurückgestrichen. Selbst mit den vom Jet-lag geröteten Augen und der zerknautschten Kleidung war er eine imponierende, attraktive Erscheinung, und einige der Leute betrachteten ihn aufmerksam und fragten sich, ob er ein Filmstar sei, den sie kennen müßten.

Sowohl seine Kleidung als auch sein Aussehen schienen zu sagen: *Unterhaltungs-Industrie.* Er trug ein am Hals offenes Denim-Hemd, darunter ein weißes T-Shirt, verwaschene Jeans, klobige Boots und eine wildlederne Bomberjacke. Sein Gesicht glich in manchen Zügen dem von Tom Cruise und Tim Robbins, war aber attraktiver als das jedes der beiden Stars. Es war kraftvoller, klarer und besser proportioniert als das von Cruise und wärmer, lakonischer und entspannter als das von Robbins. Conor Molloy war in fast jeder Hinsicht ein attraktiver Mann. Sein Charme beruhte zum Großteil darauf, daß er sich dieser Tatsache bewußt war, und in dem von ihm gewählten Beruf spielte gutes Aussehen auch keinerlei Rolle.

Schließlich blieb sein Blick an einem Mann hängen, der sich durch die Menge drängte, und er dachte sich, daß das wahrscheinlich der Fahrer war, der ihn abholen sollte.

»Conor Molloy? Ich bin Charley Rowley. Wir werden in Zukunft zusammenarbeiten… Verdammt dichter Verkehr heute morgen – dachte schon, ich käme nicht mehr rechtzeitig her.«

»Der Flieger kam zu früh an, glaube ich. Der Pilot sagte, wir hätten starken Rückenwind.« Die fröhliche Art des Mannes gefiel ihm auf Anhieb.

Sie schüttelten sich die Hände. Charley Rowley war etwa im selben Alter wie Conor, aber nach seinem keuchenden Atmen und dem Schwitzen zu urteilen war er in schlechter körperlicher Verfassung. Er ignorierte Conors Protest und schob den Gepäckkarren durch die Ankunftshalle.

Conor hastete neben ihm her, den Riemen der Tasche mit seinem Laptop über der Schulter. »Sehr nett von Ihnen, daß Sie mich abholen kommen. Aber ich hätte mir natürlich auch ein Taxi nehmen können.«

»Die Firma hätte das nicht geduldet. BS ist ganz groß in persönlicher Fürsorge. Sie kennen ja sicher ihren Wahlspruch, oder? ›Bendix Schere – die fürsorglichste Firma der Welt.‹ Das gilt sowohl für ihre Mitarbeiter als auch für ihre Kunden.«

Conor meinte, einen Anflug von Zynismus aus seinem Tonfall herauszuhören. »Ich bleibe dabei – es ist sehr nett von Ihnen, einen Samstagmorgen zu opfern und mich abzuholen.«

Rowley grinste. »Na ja, eigentlich haben Sie recht.«

Er hatte ein rundes, pausbäckiges Kindergesicht und helles, welliges kurzes Haar. Er trug ein am Hals offenes, blauweiß gestreiftes Hemd, einen grünen Anorak, eine ausgebeulte rote Kordhose und abgestoßene Leder-Mokassins, aber trotz des recht schmuddeligen Äußeren ging von ihm das Flair einer guten Erziehung aus – etwas, das Amerikaner den Briten oft vergeblich nachzuahmen versuchen.

Er war ein gutes Stück kleiner als Conor, etwa einsdreiundsiebzig. Seine Aussprache klang nasal, so daß Conor Schwierigkeiten hatte, alles zu verstehen, was er sagte. Er sah nicht besonders gut aus – das Gesicht wirkte aufgedunsen, und er hatte die dicksten Lippen, die Conor je bei einem Mann gesehen hatte. Aber er strahlte menschliche Wärme aus, vermischt mit einer Art nachlässiger Arroganz und einem charismatischen Charme, und das alles ließ ihn wie einen zu groß geratenen rebellischen Schuljungen wirken. Sie waren sicher unterschiedliche Typen, aber Conor spürte, daß ihn mit diesem Mann eine gewisse Geistesverwandtschaft verband.

Dennoch – als sie zum Parkhaus gingen, war Conor sehr vorsichtig, mit dem, was er sagte. Er durfte niemandem trauen. Keinem einzigen Menschen... Er hatte fünfundzwanzig Jahre auf diese Gelegenheit gewartet, hatte sich angestrengt, die erforderliche berufliche Qualifikation zu erwerben, und jetzt war ihm ein erster Schritt in Richtung auf sein Ziel gelungen, etwas, das ihm einst als unerreichbar erschienen war. Er war sich im klaren darüber, daß die Ängste seiner Mutter um seine Sicherheit völlig berechtigt waren, und er unterschätzte keinesfalls die Intelligenz, die Ressourcen und die enorme Macht des Gegners, gegen den er antrat. Er wußte mit absoluter Sicherheit, daß ihn ein einziger Fehler zu Fall bringen konnte – und ihn wahrscheinlich auch das Leben kosten würde.

»Ach du heilige Scheiße!« Conor schaute sich in seinem Appartement um. »Das gehört alles mir?«

Charley Rowley nickte.

Conor ging zum Fenster und schaute hinaus auf den Hyde Park und South Kensington. »Tolle Aussicht!« Er unterdrückte ein Gähnen und wünschte, er hätte während des Fluges nicht soviel getrunken und geraucht. Er hatte Kopfschmerzen, hätte gerne geduscht und sich umgezogen; vor allem aber hätte er jetzt gerne einen starken Kaffee getrunken und eine Zigarette geraucht. Aber er war vorsichtig mit dem

Rauchen; vielleicht war Charley Rowley Nichtraucher, und Conor wollte nicht gleich zu Beginn ihrer Bekanntschaft einen schlechten Eindruck auf ihn machen. Einen großen Vorteil brachte es mit sich, wenn man allein lebte: Man brauchte keine Rücksicht auf den Gesundheitsfaschismus anderer zu nehmen.

Seit er sich vor achtzehn Monaten von seiner letzten Freundin getrennt hatte, hatte er den Luxus genossen, nicht mehr hinunter auf die Straße gehen zu müssen, wenn er rauchen wollte... Er war durchaus nicht abgeneigt, sich hier in England auf das eine oder andere sexuelle Abenteuer einzulassen, nicht aber auf eine emotionale Bindung. Er würde in den kommenden Monaten den Kopf für sein Vorhaben frei haben müssen und durfte sich nicht ablenken lassen.

»Nein, keine schlechte Aussicht«, bestätigte Rowley. »Im Sommer ist es noch besser, wenn die Miezen oben ohne auf dem Rasen im Hyde Park liegen.«

Conor grinste. »Meinen Sie, ich könnte bis zum nächsten Sommer hier wohnen bleiben?«

Rowley strich sich mit der Hand durchs Haar. »Jemand von der Personalabteilung wird sich am Montag mit Ihnen wegen der Anmietung einer ständigen Wohnung in Verbindung setzen.«

»Ich werde sicher keine bessere Wohnung als diese hier finden. Kann ich sie nicht von der Firma mieten?«

Sein britischer Kollege grinste nur und schaute dann auf die beiden schweren Koffer neben der Tür und die Plastiktüte des Duty-free-Shops, die umgekippt war; eine Stange Marlboro-Zigaretten war herausgerutscht und lag auf dem Boden.

»Also dann, ich lasse Sie jetzt besser allein. Sie müssen verdammt müde sein.«

»Wollen Sie nicht noch schnell einen Kaffee mit mir trinken?«

Rowley schaute auf seine Uhr und hob dann zustimmend die Hand. »Okay, danke, aber wirklich nur ganz kurz... Ein Grundstock an Vorräten müßte in der Küche vorhanden sein – es gibt hier eine Frau, die sich um die BS-Appartements kümmert; sie wird Ihnen alles besorgen, was eventuell fehlt.« Er gähnte und schaute wieder auf die Uhr. »Ich muß meine Freundin abholen. Wir gehen heute abend zu einem Wohltätigkeitsball in Dorset – ich hätte Ihnen sonst vorgeschlagen, daß wir gemeinsam was unternehmen.«

»Das wäre nicht nötig. Ich werde erst mal ein paar Stunden schlafen, dann schaue ich mich ein bißchen in der Gegend um.« Conor nickte zu dem dicken Umschlag voller Broschüren und Papiere hinüber, den der Engländer ihm übergeben hatte. »Und Sie haben mir ja genug Lesestoff über die Firma für das ganze Wochenende dagelassen.«

Sie gingen in die Küche, die aussah, als sei sie noch nie benutzt worden, und machten sich auf die Suche nach Kaffee und dem nötigen Geschirr.

»Haben Sie Freunde hier?«

Conor schüttelte den Kopf, gab die Antwort, die er seit Monaten eingeübt hatte: »Nur ein paar Verwandte drüben in Irland; wir gehören aber nicht zu den Familien, die fest zusammenhalten.«

»Irische Vorfahren?«

»Ja – aber kaum mehr Kontakt miteinander.«

»Sie sind nicht verheiratet, oder?«

»Nein.«

Rowley grinste. »Nächste Frage: Ich konnte es nicht verhindern, die Zigaretten da drüben zu sehen – rauchen Sie?«

»Hmm«, brummte Conor vorsichtig.

»Großartig! Willkommen im verbotenen Raucherzimmer von Bendix Schere!«

»Wie meinen Sie das?«

Rowley zog eine Schachtel Silk Cut aus der Tasche und bot Conor eine Zigarette an. »Bendix Schere ist eine Nichtraucher-Firma.« Dann gab er Conor mit einem goldenen Dunhill Feuer.

Conor inhalierte gierig. »So was gibt es auch in den Staaten.«

»Aber nicht so extrem wie bei BS.«

»Extrem?«

»Es ist Ihnen nicht nur verboten, auf firmeneigenem Gelände zu rauchen, es ist Ihnen verboten, überhaupt zu rauchen, überall und jemals.«

»Aber doch wohl nicht bei mir zu Hause?«

»Doch. Zu Hause, im Urlaub, auf dem Mars…« Rowley suchte nach einem Aschenbecher, fand keinen, nahm schließlich eine Untertasse.

»Sollte ich etwa noch weitere Vorschriften dieser Art kennen?« Conor füllte den Wasserkessel.

»Hat man Ihnen denn nicht die Liste zugeschickt?«

»Vielleicht habe ich das Kleingedruckte nicht gelesen.«

Rowley schüttelte den Kopf. »Es gibt seitenlange Verhaltensvorschriften, und sie sind völlig unrealistisch und weltfremd. In Ihrem Arbeitsvertrag steht, daß Sie sie auswendig kennen müssen. Haben Sie das nicht gelesen?«

»Ich habe diesen Passus gelesen, aber die Verhaltensvorschriften waren nicht beigefügt.«

»Man wollte Sie vielleicht nicht abschrecken. Sie trinken doch hoffentlich nicht?«

Conor sah ihn alarmiert an. »Trinken? Alkohol? Natürlich trinke ich Alkohol.«

Rowley wedelte ihm tadelnd mit dem Zeigefinger vor der Nase herum. »Na, na, Sie böser Junge! Trinken ist strikt *verboten*! Wer dennoch Alkohol trinkt, darf das Gelände der Firma vierundzwanzig Stunden nach dem Konsum nicht betreten.«

»Das ist doch völlig schwachsinnig!«

»Wenn die Gedankenpolizei Sie erwischt, werden Sie gefeuert.«

»Wenn mich *wer* erwicht?«

»So nennen wir sie. Die Firmenpolizei.«

Conor sagte nichts.

»Soll ich weitermachen? Ihr Wagen – richtig, Sie kriegen am Montag einen Firmenwagen… Also, Sie sind verpflichtet, diesen Wagen stets in sauberem Zustand zu halten. Die Gedankenpolizei überprüft das ständig auf dem Parkplatz.

Wenn sie den Wagen eines Mitarbeiters der Firma verschmutzt vorfindet, wird er abgeschleppt und eine Woche später zusammen mit einer Rechnung über neunzig Pfund zurückgegeben. Wird vom Gehalt abgezogen.«

Conor starrte ihn an. »Das soll doch wohl ein Witz sein!«

»Keineswegs. Wenn Ihnen die Ehre zuteil wird, für Bendix Schere arbeiten zu dürfen, dann müssen Sie sich nach den Vorschriften der Firma richten. Hinter jedem Mitarbeiter wartet eine lange Schlange darauf, seinen Job zu bekommen. BS zahlt die höchsten Gehälter, hat die beste Ausstattung und meist auch die qualifiziertesten Mitarbeiter. Das strategische Planziel ist es, die größte Pharmafirma der Welt zu werden. Ich kenne eine ganze Reihe von Leuten, denen Bendix Schere unheimlich ist; sie haben geradezu Angst vor der Firma.«

»Auch Mitarbeiter?«

Rowley schaute sich in der Küche um, schien die Wände nach versteckten Wanzen abzusuchen. »Ja, auch. Und Leute in ähnlichen Branchen... BS hat lange Tentakel, und sie liegen permanent auf der Lauer.«

»Eine Menge Tochtergesellschaften, nicht wahr?«

»Sie glauben gar nicht, was alles zu BS gehört... In etwa zwei Jahren wird die Firma den Markt für Babynahrung fest unter Kontrolle haben. Sie besitzt die Hälfte aller Firmen in Europa und den USA, die rezeptfreie Medikamente herstellen, und sie kauft ständig rund um den Globus Firmen aller möglichen Branchen auf.«

»Davon habe ich gehört«, sagte Conor.

»Haben Sie auch von ihrem Einstieg in den Einzelhandel gehört?« fragte Rowley und senkte dabei die Stimme.

»Einzelhandel?«

Rowley nickte. »In den pharmazeutischen Einzelhandel. Ihnen gehört bereits PriceSave DurgSmarts, eine der größten pharmazeutischen Einzelhandelsketten in Großbritannien.«

Conor runzelte die Stirn; diese Kette war auch einer der größten Anbieter pharmazeutischer Produkte in den USA, aber bei seinen Recherchen über Bendix Schere war er nicht darauf gestoßen, daß sie zu BS gehörte. »Das wußte ich nicht«, sagte er.

»Das sollen Sie ja auch gar nicht wissen.« Rowley schraubte den Deckel einer Dose Nescafé auf, als der Kessel zu zischen begann. »Sie sollen auch nicht wissen, daß BS neben anderen Wohltätigkeitsorganisationen auch die Herpes-Gesellschaft der USA, die Internationale Psoriasis-Gesellschaft – Psoriasis ist die Schuppenflechte, falls Sie das nicht wissen sollten – sowie die Internationale Arthritis-Gesellschaft finanziert.«

»Viele pharmazeutische Firmen geben Spenden an Wohltätigkeitsorganisationen...«

»Ja, *Spenden.* Bei BS sind das mehr als Spenden. BS *finanziert* diese Gesellschaften. Sie kontrollieren sie und ernennen die Treuhänder.«

»Diese Gesellschaften empfehlen dann also die Medikamente von Bendix Schere in ihren Zeitschriften...«

»Exklusiv. Und machen die Produkte der Konkurrenten runter.»

»Selbst wenn sie besser sind?«

»Ganz besonders dann, wenn sie besser sind.«

Conor fragte sich, was er sonst noch alles bei seinen Recherchen über die Firma nicht herausgefunden hatte.

Rowley hob die Augenbrauen und fügte hinzu: »Sie machen nichts anderes als die Konkurrenzfirmen – sie machen es nur besser.«

Das Wasser kochte, und sie machten sich ihren Nescafé. »Am besten kümmert man sich nicht darum, Conor. Sie bezahlen gut, und es gibt auch ein paar anständige Leute unter den Hyänen an der Firmenspitze. Ziehen Sie den Kopf ein und kümmern Sie sich nicht um die Politik der Firma, und ehe Sie sich versehen, sind Sie fünfundsechzig und kassieren Ihre Firmenpension.«

Conor kniff die Augen zusammen. *Das mag für dich zutreffen,* dachte er. *Aber nicht für mich, mein Lieber.*

Rowley drückte seine Zigarette aus, stand auf und verabschiedete sich. »Bis Montag also... Oh, ehe ich es vergesse –

bei der Arbeit bin ich *Mr.* Rowley, und Sie sind *Mr.* Molloy, okay?«

»Natürlich«, sagte Conor überrascht.

»Eine weitere Firmenvorschrift«, erklärte Rowley. »Keine Anrede mit dem Vornamen unter den Mitarbeitern. Nach der Vorschrift könnte ich sogar bestraft werden, wenn ich Sie hier in diesem Appartement Conor nenne.«

»Gottlob hört ja niemand zu«, sagte Conor.

Rowley lächelte ihn verkniffen an. »Da wäre ich mir nicht so sicher.«

»Meinen Sie das im Ernst?«

»Na ja, hier wahrscheinlich nicht – aber seien Sie vorsichtig, was Sie im Büro sagen. Man weiß nie, wann die Gedankenpolizei zuhört.«

»Großartig …«

»Man gewöhnt sich dran. Wir werden es überleben!« Dann ging er.

Conor schloß die Tür hinter ihm, spürte die Leere, die er hinterließ. Er war jetzt allein, zum erstenmal allein in diesem fremden Land, und sein Vorhaben schien an Schwere gewonnen zu haben. Er schlenderte von Zimmer zu Zimmer, schaute sich um und fragte sich, ob tatsächlich Wanzen angebracht waren. Egal – von ihm würde niemand etwas über ein Mikrophon erfahren …

Drei Schlafzimmer, jedes mit eigenem Bad und Toilette. Eine Designer-Küche. Eine Gästetoilette. Ein Besenschrank. Ein Müllschlucker. Und ein riesiges Wohnzimmer mit angegliedertem Eßzimmer. Parkettfußboden, darauf diche Orientteppiche. Ein Kamin mit Gasfeuerung. Stühle, die aussahen, als hätte man sie aus einem Museum für moderne Kunst gestohlen. Diese Wohnung hatte *Stil.* Wie auf einer Reklameseite in *Schöner Wohnen.*

Aber je mehr er dies alles bewunderte, desto mehr ekelte er sich auch davor …

Er machte sich eine zweite Tasse Kaffee, packte dann sein Macintosh-Powerbook aus und schaltete das Gerät ein. Während sich das Betriebssystem auflud, wickelte er das

Kabel des Modems aus, steckte das eine Ende in den Anschluß am Computer, kniete sich dann hin, zog den Telefonstecker aus der Buchse in der Wand und drückte statt dessen den Stecker am anderen Ende des Modem-Kabels hinein.

Nach wenigen Sekunden war der Computer arbeitsbereit. Er öffnete das E-Mail-Programm. Es lagen zwei Nachrichten vor. Eine stammte von seinem alten Freund und Arbeitskollegen Dr. Schwab, der inzwischen beim US-Patentamt arbeitete. Er wünschte ihm viel Glück im neuen Job. Die zweite Nachricht trug keine Absender-Identifikation und war in scheinbar sinnlosen Zahlen- und Buchstabenreihen verschlüsselt.

Conor ging in sein Schlüsselprogramm, bewegte den Curser auf das Kästchen ENTSCHLÜSSELN und klickte es an...

8

Reading, Montag, 5. September 1994

Alan Johnson fuhr aus dem Schlaf hoch. Splitterndes Glas. Sarah... Sie warf sich hin und her. Schrie.

»Tu was! Alan, um Himmels willen tu was!«

Seine Hand zuckte hoch zum Nachttisch, fand den Druckknopf der Lampe, drückte zu.

O Gott...

Sarah wurde von konvulsivischen Zuckungen geschüttelt. Ihr Gesicht war auf der einen Seite angeschwollen, auf der anderen wie von einem Krampf verzerrt, und ihre von dunklen Ringen umgebenen Augen starrten wild um sich. Ihre Haut war feucht, das Gesicht fahl, von roten Flecken überzogen. Und von dem dunkeln Schorf des bösartigen Ausschlags, der sie seit Monaten quälte.

Sie schrie wie eine Besessene, drehte sich hin und her, hob den Körper an, ließ sich auf den dick geschwollenen Bauch fallen, wieder und wieder, biß vor Schmerz in ihr Kopfkissen.

»Liebling, um Gottes willen, was ist los? Kommt das Baby? Ich rufe den Doktor an.«

Sie warf sich herum auf den Rücken, und Alan starrte entsetzt auf ihren Bauch. Es war, als ob das Baby in ihr einen Tobsuchtsanfall hätte, als ob es mit ungeheurer Wut versuchen würde, aus seinem Gefängnis auszubrechen. Es schlug und trat um sich, beulte die Bauchdecke so weit aus, daß Alan für einen schrecklichen Moment dachte, die Haut könnte aufplatzen und eine Hand oder ein Fuß würde hindurchstoßen.

Er sprang aus dem Bett, wählte die Nummer des Arztes. Das Baby war frühestens in vierzehn Tagen fällig, aber Sarah wurde schon seit vielen Wochen von diesem scheußlichen Ausschlag, von Kopfweh und Übelkeit geplagt. Und niemand hatte ihr helfen können, niemand hatte gewußt, was mit ihr los war, und man hatte ihr nicht zu viele Schmerzmittel geben wollen, um das Baby nicht zu gefährden. Ein unbekannter Virus: das war alles, was Dr. Humphreys hatte sagen können.

Die kalte Stimme der Telefonistin eines Antwortdienstes erklärte ihm, daß Dr. Humphreys nicht zu erreichen sei, und wenn es sich um einen Notfall handele, solle Alan den ärztlichen Notdienst alarmieren.

Die letzten Worte der Telefonistin wurden von einem wilden Aufschrei Sarahs übertönt. »Alan! Um Himmels willen tu was! Bitte ...« Die Worte gingen in ein gurgelndes Stöhnen über, und er sah entsetzt, daß Blut aus ihrem Mundwinkel lief. Er drückte die Telefongabel nieder und wählte 999. Drückte die freie Hand auf ihre nasse Stirn. »Sie sind unterwegs, es wird alles wieder gut«, sagte er mit zitternder Stimme.

Alan Johnson drückte die kalte, feuchte Hand seiner Frau. Sarah lag auf einem Chromtisch in der überfüllten Notaufnahme, umgeben von medizinischem Personal in grünen Kitteln, das hastig Kabel anschloß, Schläuche anlegte und Monitore in Gang setzte.

Alan hatte Sarah vor vier Jahren geheiratet. Er war Buchhalter in einer Baufirma und hatte Sarah bei den Bibelstunden ihrer gemeinsamen Kirchengemeinde kennengelernt. Auch sie war Buchhalterin, bei einem pharmazeutischen Forschungslabor, und sie hatten schnell herausgefunden, wie gut sie zueinander paßten.

Sarah reagierte nicht auf seinen Händedruck, lag still und mit geschlossenen Augen da, und Alan sah verzweifelt zu dem Geburtshelfer hinüber, einem kräftigen, ruhig wirkenden Mann. Er trat auf ihn zu, flüsterte hastig: »Es wird doch alles wieder gut, nicht wahr?«

Der Arzt sah ihn mit grauen, müden Augen über der Gesichtsmaske an, deutete auf eine orangefarbene, unregelmäßig gezackte Linie auf einem der Monitore und sagte dann: »Mr. Johnson, diese Linie zeigt die Herzaktivität des Babys, und wir entnehmen daraus, daß sie zwischen Hyperaktivität und langen Perioden verlangsamter Herztätigkeit schwankt. Die Herzfrequenz liegt dann ständig unter 80. Das Leben des Baby ist gefährdet. Wenn wir es retten wollen, müssen wir einen Kaiserschnitt machen, aber …« Er zögerte. »Aber es besteht die Gefahr, daß ihre Frau die Narkose nicht überlebt. Sie ist sehr geschwächt. Sie … Sie werden eine Entscheidung treffen müssen.«

»Entscheidung?« wiederholte Alan Johnson verständnislos. Er sah in die ruhigen Augen des Arztes und fragte dann mit zitternder Stimme: »W-w … was raten Sie mir?«

Der Arzt brachte es ihm so sanft bei, wie er konnte: »Mr. Johnson, ich glaube nicht, daß Ihre Frau eine Überlebenschance hat, wenn wir nicht operieren. Das Baby wird sie umbringen, wenn wir nichts unternehmen. Wenn wir den Kaiserschnitt machen, besteht wenigstens eine kleine Chance, daß sie überlebt – und das Baby ebenfalls.«

Alan Johnson rang die Hände. Nickte langsam. »Operieren Sie, bitte. Es ist wohl besser, Sie machen es …«

Sie erlaubten ihm, mit in den Operationssaal zu kommen, in einem grünen Kittel, einer Gesichtsmaske und weißen Überschuhen; sie baten ihn, ein Stück vom Operationstisch entfernt neben dem Narkosegerät stehenzubleiben.

Alan erinnerte sich gut daran, wie glücklich sie gewesen waren, als Dr. Humphreys ihnen eröffnet hatte, daß Sarah schwanger war. Sie hatten sich gleich nach der Heirat ein Kind gewünscht, aber in den ersten drei Jahren ihrer Ehe war es trotz häufigem und leidenschaftlichem Geschlechtsverkehr nicht zu einer Schwangerschaft gekommen. Dr. Humphreys hatte Sarah schließlich ein Fertilitätsmedikament namens Maternox verschrieben, und drei Monate nach Beginn der Einnahme war sie tätsächlich schwanger geworden.

Zunächst hatten sich bei ihr keine der üblichen Schwangerschaftssymptome gezeigt. Sie war weder morgens von Übelkeit befallen worden, noch hatte sie seltsame Eßgelüste entwickelt. Dann aber hatten die Beschwerden begonnen: zunächst eine tiefe Müdigkeit, dann erste Attacken des quälenden Ausschlages, dann schlimme Kopfschmerzen, schließlich Übelkeit und Erbrechen. Der Ausschlag hatte Dr. Humphrys besonders alarmiert; Sarah wurde deshalb an einen Dermatologen verwiesen. Der hatte eine virulente Abart der Schuppenflechte diagnostiziert, aber eine Laboranalyse hatte dies nicht bestätigt. Es war keine der bisher bekannten Arten der Schuppenflechte, und Dr. Humphreys hatte sich schließlich in die Diagnose geflüchtet, es müsse sich um eine Infektion durch einen bisher unbekannten Virus handeln.

Der Geburtshelfer drehte sich zu Alan um. »Ich habe noch nie einen solchen Ausschlag bei einer Schwangeren gesehen«, sagte er. »Waren Sie irgendwo in den Tropen? Das ist doch kein üblicher Virus-Stamm …«

»Man konnte ihn nicht identifizieren«, sagte Alan. »Auch das Zentrum für Tropenkrankheiten hat …«

Er brach ab, als er sah, daß der Bauch seiner Frau sich plötzlich in drei Richtungen auf einmal auszubeulen schien. Die Bauchdecke bebte wie blubbernde Lava in einem Vulkan. Der Arzt drehte sich wieder um, und das Operationsteam rückte zusammen, nahm ihm die Sicht.

Alan starrte auf die Linien und Digitalzahlen auf den Monitoren, krallte die Hände ineinander, betete: »Bitte, lieber Gott, laß sie nicht sterben, laß meine geliebte Sarah nicht sterben, bitte, laß sie leben!«

Plötzlich entstand Unruhe am Operationstisch. Zwei Krankenpfleger zerrten ein Gerät auf Rädern heran. Alan hörte das scharfe Zischen von Preßluft, wieder und wieder, dann trat plötzlich eine unheimliche Stille ein. Der Raum drehte sich um Alan. Eine Hand faßte seinen Arm, stützte ihn. Und dann die ruhige, müde, traurige Stimme des Arztes:

»Es tut mir leid, Mr. Johnson…«

Er schaute mit tränenerfüllten Augen auf seine Frau. Eine der Operationsschwestern drehte bereits die Infusionsflaschen ab, eine andere entfernte die Drähte und Schläuche von ihrem Körper. Ihr Bauch zuckte immer noch, und es dauerte einen Moment, bis Alan begriff, daß seine Frau zwar tot war, das Baby in ihrem Bauch aber noch lebte.

Der Arzt machte einen Schnitt in die bebende Bauchdecke, Blut quoll heraus. »Ist sie… ist sie…« Niemand hörte sein Stammeln; die Sicht wurde ihm erneut durch das hektisch agierende Operationsteam blockiert.

Und dann hob der Arzt eine winzige, schleimige, blutige, zappelnde Kreatur in die Höhe, von der eine weiße Schnur nach unten hing.

Alan Johnson erwachte aus seiner Erstarrung: Sarahs Baby! Ihr gemeinsames Kind! Ihr Kind war geboren!

Er drängte sich an den Leuten in den grünen Kitteln vorbei und nahm die seltsame Stille im Raum nicht wahr, sah nicht die düsteren Blicke in den Augen über den Masken.

Und dann erstarrte er. Schaute in ungläubigem Entsetzen auf das Kind. Sein und Sarahs Kind. Auf die KREATUR.

Nein. O Gott, bitte…

Er starrte auf die kleine, blutbefleckte, schleimige menschliche Gestalt, die wie ein Fisch auf dem Trockenen zappelte. Starrte auf den Kopf, auf das Gesicht, aber da war gar kein Gesicht… Da war nur eine Masse aus scheußlichen, mißgestalteten Fleischlappen mit nackter Haut. Keine Nase, kein

Mund. Und nur ein Auge, das in einem schrägen Winkel in der Mitte dessen saß, was anscheinend die Stirn sein sollte.

»O Gott«, sagte jemand hinter ihm.

»Es lebt«, sagte eine andere Stimme. »Es lebt.«

»Ein Junge.«

Alan stand wie gelähmt da. Der Arzt drehte das Baby um, und Alan sah, daß sein Rücken mit einem dichten Haarpelz bedeckt war.

Er stöhnte auf, seine Beine versagten. Jemand stützte ihn, führte ihn aus dem Raum in den Flur und setzte ihn auf einen Stuhl.

Der Arzt kam ihm nach, setzte sich neben ihn und sagte mit gedämpfter Stimme. »Es tut mir leid, aber wie Sie gesehen haben, ist das Kind schrecklich mißgebildet. Der kleine Kerl hat kein Gesicht. Es handelt sich um die Abart einer sehr seltenen Fehlentwicklung, die entweder durch ein zusätzliches Chromosom oder durch das Fehlen eines kleinen Chromosomensegments hervorgerufen wird. Wir wissen noch nicht genug über die DNS, um genau zu wissen, was da vor sich geht.« Er unterbrach sich für einen Moment. »Es wird Zyklopie oder Zyklopen-Syndrom genannt.«

»Kann man... kann man denn gar nichts machen?«

Der Arzt schüttelte langsam den Kopf. »Leider nicht... Die Zyklopie ist äußerst selten, und man kann sie bei einer Ultraschalluntersuchung nicht feststellen. Das Baby lebt, aber sobald wir die Nabelschnur durchtrennen, wird es aus eigener Kraft nicht überleben können. Ich meine, es wäre humaner, das Kind sterben zu lassen, als es mit Hilfe unserer Überlebensapparaturen am Leben zu erhalten.«

Alan Johnson schüttelte langsam den Kopf hin und her. »Kann man denn nicht... Eine Operation, plastische Chirurgie...« Er klammerte sich an einen Strohhalm, das war ihm klar.

»Es wäre am besten, nichts zu unternehmen«, sagte der Arzt mit ruhiger, aber fester Stimme.

Alan Johnson bedeckte das Gesicht mit den Händen. Das Bild des verunstalteten Babys brannte in seinem Bewußtsein;

er versuchte sich vorzustellen, wie Sarah reagiert hätte, wenn sie noch … noch … Er sah wieder vor sich, wie der Arzt das Kind umdrehte, sah den dichten Haarpelz auf seinem Rücken … Ein Zittern schüttelte ihn. Er starrte den Arzt hilflos flehend an, dann vergub er das Gesicht wieder in den Händen und fing an zu weinen, erst leise, dann mit einem wilden, würgenden Schluchzen …

9

London, Dienstag, 25. Okotober 1994

Conor Molloy hatte sich verfahren und eine halbe Stunde länger gebraucht als erwartet, und so war es bereits acht Uhr, als er mit dem neuen BMW in die Einfahrt zum Bendix-Gebäude einbog. Der Wächter winkte ihn durch, nachdem Conor ihm seinen Firmenausweis gezeigt hatte; er fuhr zum Parkplatz, der trotz der recht frühen Stunde bereits ziemlich voll war.

Er stellte den Wagen ab, stieg aus und warf einen prüfenden Blick auf den grauen Lack des Wagens, der bis auf den weißen Klecks aus Vogeldreck auf dem Dach makellos sauber war. Er würde noch einige Tage warten können, ehe er zur Waschanlage fahren mußte, um der Strafe für schmutzige Wagen, auf die Charley Rowley ihn hingewiesen hatte, zu entgehen.

Vorschriften und Regeln … Es gab hier mehr Vorschriften als in einem Internat, und man schien jede Minute auf neue zu stoßen. Er hatte seinen ersten Arbeitstag bei BS gestern vor allem damit verbracht, sich diese Vorschriften einzuprägen. Darüber hinaus hatte er unter Charley Rowleys Führung die einzelnen Bereiche des Gebäudes kennengelernt. Als Rowley ihn am Samstag vom Flugplatz abgeholt hatte, hatte er ihm verschwiegen, daß er Leiter des Referats »Patente Genetik« und nicht nur ein einfacher Kollege war.

Aber bei diesem ersten Treffen hatte Rowley sich eher wie ein Kollege und nicht wie ein Vorgesetzter verhalten, und Conor war fest entschlossen, ihre beginnende Freundschaft auszubauen.

Er hatte erfahren, daß die Konzernverwaltung von Bendix Schere in fünf Abteilungen gegliedert war: Produktion, Marketing, Forschung und Entwicklung (F&E), Finanzen und Verwaltung (F&V) und Sicherheitsdienst. Jede dieser Abteilungen hatte wiederum eine Unzahl von Unterabteilungen. Auch die oberste Konzernleitung und die Administrationsbüros für alle globalen Operationen des Konzerns sowie einige der wichtigsten Forschungslabors waren in diesem Gebäude untergebracht. Die Freizeiteinrichtungen bestanden aus einer luxuriösen Kantine für die Mitarbeiter und einem beeindruckend ausgestatteten Fitneßcenter im Kellergeschoß – einschließlich Squash- und Tennisplätzen und einem Schwimmbad von olympischen Ausmaßen.

Rowley hatte ihm fast jedes Stockwerk gezeigt – bis auf die drei obersten Etagen, zu denen der Zutritt verboten war. Der 49. Stock war den Direktoren vorbehalten, im 47. und 48. residierte das »Pentagon«, wie Rowley es nannte – die globale Sicherheitszentrale der Bendix Schere Foundation.

Conor war einer ganzen Reihe von Unterabteilungsleitern vorgestellt worden und hatte gehofft, unter ihnen auf weitere rebellische Typen wie Charley Rowley zu stoßen, aber zu seiner Enttäuschung war dies nicht der Fall gewesen. Einschließlich seiner eigenen Unterabteilung, *Patente und Verträge,* schienen alle Mitarbeiter streng dem Ethos der Firma verhaftet zu sein. Man begrüßte ihn mit kräftigem Handschlag, sah ihm fest in die Augen und murmelte einstudierte Willkommensfloskeln, ohne irgendwelche Emotionen erkennen zu lassen; die Leute schienen ihre Begrüßungsworte in einer fremden, auswendig gelernten Sprache herunterzubeten.

Er bemerkte auch, daß es keine häßlichen, behinderten oder übergewichtigen Mitarbeiter zu geben schien und daß Schwarze nur in der Sicherheitsabteilung oder in untergeordneten Jobs beschäftigt wurden. Die Mitarbeiter waren von einer solchen Uniformität, daß man meinen konnte, sie seien aus einem kleinen Genpool von Menschen gleicher Intelligenz, Persönlichkeit und äußerem Erscheinungsbild ausgewählt worden. Oder, fragte sich Conor, färbte das Künstliche im Inneren dieses Gebäudes nach einer gewissen Zeit auf die Beschäftigten ab?

Am Ende des ersten Tages zweifelte Conor, ob es neben Charley Rowley und einem langhaarigen Labortechniker namens Jake Seals, mit dem er sich bei der Vorstellung kurz unterhalten hatte, noch irgendwelche Mitarbeiter mit einem Funken Widerwillen gegen das Bendix-System oder zumindest einer ausgeprägten Individualität gab. Wenn die wissenschaftlichen Erkenntnisse über das Klonen weiter fortgeschritten wären, hätte man meinen können, die Mitarbeiter seien alle aus einer einzigen Kultur im Labor gezüchtet worden.

Konformität, dachte Conor, als er die Marmorstufen zum Eingang des Gebäudes hochstieg. Wissenschaft wurde mit systematischer Beobachtung, Experimentieren und Messen assoziiert, aber die Medizin stand in dem Ruf, eine unexakte Wissenschaft zu sein, und vielleicht versuchte Bendix Schere, mit seltsamen Vorschriften und straffer Disziplin der Welt den Eindruck zu vermitteln, sein besonderes medizinisches Wissen sei exakter, als es der Realität entsprach.

Er ging durch die elektronisch gesteuerte Eingangstür in die riesige, in weißem Marmor gehaltene Lobby, zeigte einem weiteren Wächter seinen Ausweis, setzte mit seiner Smartcard eine der Sicherheits-Drehtüren in Bewegung und ging zu den Aufzügen.

Sie waren gerade alle unterwegs, und so nutzte er die Gelegenheit und überprüfte den Sitz seiner Paisley-Krawatte in der spiegelnden Messingtür eines Aufzugs.

Er trug einen konservativen blauen Zweireiher und ein weißes Button-down-Hemd, darüber einen langen blauen Regenmantel. Während er sein vom Wind zerzaustes Haar glattstrich, merkte er plötzlich, daß er beobachtet wurde.

Eine junge Frau Ende Zwanzig stand neben ihm und sah ihm amüsiert zu.

Er war peinlich berührt. Sie war ein gutes Stück kleiner als er, hatte lockiges langes Haar und ein ausgesprochen hübsches und intelligent wirkendes Gesicht. Ein Aufzug kam an, und sie traten, gefolgt von einigen weiteren Leuten, in die Kabine. Die junge Frau lächelte ihn ein wenig schadenfroh an, weil sie ihn bei seiner Eitelkeitspose überrascht hatte, aber in ihrem Lächeln lag auch eine Andeutung von Interesse.

»Welche Etage?« fragte Conor sie und unterdrückte den Drang zurückzulächeln.

»Zur zwölften bitte.«

Er drückte auf zwölf für sie und zwanzig für sich selbst und sah sie dann wieder an. Wunderschöne blaugrüne Augen voller Wärme und Temperament… Sie ragte aus der Masse der Leute in diesem Gebäude heraus, strahlte Individualität und Nonkonformität aus. Im zwölften Stock befand sich eines der Genforschungs-Labors, wie er sich erinnerte.

Conor versuchte, einen Blick auf ihre Beine zu erhaschen, aber ihr Trenchcoat verhüllte die Sicht. »Gefällt es Ihnen hier?« fragte er.

»Im Aufzug?«

Er brauchte einen Augenblick, um ihren Witz zu verstehen, und grinste sie dann an. »Natürlich – er ist ja was Besonderes. Und der Rest des Gebäudes?«

»Bis jetzt gut. Wir sind noch dabei einzuziehen.«

»Sie werden hier arbeiten?«

»Ja, mein Vater und ich.« Sie hatte eine angenehme Stimme.

Einige Leute sahen sie stirnrunzelnd an; die Mitarbeiter waren angewiesen, in den Aufzügen nicht miteinander zu reden. Die Sicherheit verlange das, lautete die Begründung – man könne ja nie wissen, wer da mithöre.

Er warf einen verstohlenen Blick auf ihre Hände. Sie trug keinen Verlobungs- oder Ehering. Dann hielt der Aufzug im zwölften Stock, und er sah ihr nach, als sie in den grün ausgelegten Flur hinaustrat. *Hübsch,* dachte er. *Sehr hübsch sogar. Charmant, witzig und aufgeschlossen.*

Nach dem Verlassen des Aufzuges im 20. Stock kam er in eine kleine Empfangshalle, wo eine attraktive, aber kühle junge Frau hinter mehreren Monitoren saß und auf einer Tastatur herumhackte.

»Guten Morgen, Mr. Molloy«, sagte sie, schaute jedoch nur kurz von ihrer Arbeit auf. Kalt wie ein Eiszapfen, dachte er.

»Guten Morgen, ehm...« Ihr Name war weg, aber dann fiel er ihm gottlob wieder ein. »Miss Paston.«

Bendix Schere operierte mit einem System anonymer Sekretärinnen. Einige Büros waren bereits mit Spracheingabe-Prozessoren ausgerüstet, aber im allgemeinen wurden die Korrespondenz und die Dokumentenerstellung von Schreibdiensten ausgefertigt; mit den dort tätigen Sekretärinnen kam man kaum je in Kontakt.

Das System war einfach, wie Rowley ihm erklärt hatte. Auf dem Screen jedes Bürocomputers gab es ein Icon »Diktat«. Man klickte es an, diktierte sein Schreiben auf herkömmliche Weise und schickte es zum Schluß per Kommandoeingabe an den Schreibdienst. Nach einiger Zeit erschien das Schreiben dann auf dem Screen des Bürocomputers, und man konnte jetzt direkt Korrekturen vornehmen. Jedes Schreiben wurde automatisch vom Computer für den Ersteller unterzeichnet, eine Kopie auf Diskette abgespeichert.

Er ging an Miss Eiszapfen vorbei, schob seine Smartcard in den Schlitz der Tür hinter ihr und gab seinen Zahlencode ein. Das Schloß klickte, und er schob die Tür auf.

Jede Abteilung hatte ihre eigene Farbe. Die Unterabteilung Patente und Verträge, kurz P&V, gehörte zur Abteilung Forschung und Entwicklung, und ihre Räume waren in demselben Smaragdgrün gehalten wie die Laboratorien. Aber im Kontrast zu dem futuristischen Eindruck des restlichen Gebäudes sah es bei P&V noch ziemlich konventionell aus.

Im Labyrinth schmaler Flure lagen Büroräume und Großraumbüros, die mit Möbeln, Geräten und Menschen vollgestopft waren. Man hatte zwar eine moderne Computerausstattung, aber die Masse der Arbeit wurde nach wie vor auf Papier erledigt, und so waren alle Wände mit Aktenschränken vollgestellt, in denen zum Teil uralte Akten aufbewahrt wurden; dazu kamen Regale, die mit Fachliteratur, Handbüchern, wissenschaftlichen Magazinen sowie Computerterminals, Fotokopierern, Faxgeräten und Scannern vollgepackt waren.

Selbst einige von Conors neuen Kollegen sahen erfreulich altmodisch aus: Ernste, gelassene Männer in verschiedenen Schattierungen grauer Anzüge mit verschiedenen Schattierungen ergrauender Haare, Hemden mit nicht zueinander passenden Streifen und Krawatten in den falschen Farben und längst überholtem Zuschnitt. Das Modebewußtsein im Department konzentrierte sich auf die Frauen – sie waren durchweg chic und elegant gekleidet. Und wie in allen Patentbüros, in denen Conor bisher gearbeitet hatte, herrschte hier trotz der enormen Bedeutung für den Konzern die gelehrtenhafte Atmosphäre einer Fachbibliothek, was darüber hinwegtäuschte, daß hier der Dreh- und Angelpunkt war, um den die globalen Aktivitäten der Bendix Schere Foundation kreisten.

P&V wurde von einem Team aus britischen und internationalen Patentanwälten und Patentagenten geleitet. Kein Produkt, das von Bendix Schere erfunden oder entwickelt wurde und/oder verkauft werden sollte, war für den Konzern von irgendeinem Nutzen, wenn er nicht die weltweiten Patentrechte besaß, und die Aufgabe von P&V war es, in den Besitz der wichtigsten Patente zu kommen, um die Produkte des Konzerns rechtlich abzusichern und Konkurrenten abzublocken, diese Patentrechte rigoros gegen Nachahmungen zu verteidigen und jeden nur irgendwie möglichen Trick anzuwenden, die Geltungsdauer der Patente auszudehnen. In Extremfällen gelang es manchmal, neue Patentrechte für ein altes Produkt zugesprochen zu bekommen, indem man die Produktbeschreibung einfach neu formulierte.

In den meisten Ländern war die Geltungsdauer von Patenten gesetzlich auf 18–20 Jahre festgelegt, aber bei einem jährlichen Profit von über fünfhundert Millionen Pfund bei den erfolgreichsten pharmazeutischen Produkten bedeutete jedes weitere Jahr, das man herausschlagen konnte, einen enormen zusätzlichen Profit.

Conors Büro lag neben dem von Charley Rowley, und als er daran vorbeiging, sah er durch das Sichtfenster Rowleys offene Aktentasche auf dem Schreibtisch liegen. Er war also bereits angekommen, anscheinend aber irgendwo unterwegs. Ich werde mich nachher bei ihm entschuldigen, daß ich so spät dran bin, dachte Conor, als er den Zahlencode in seine Bürotür eintippte und die Tür aufstieß. Praktisch jede Tür im Bendix-Gebäude hatte ein Sicherheits-Kombinationsschloß. Und wenn man in Räumlichkeiten hineinwollte, für die eine besondere Zutrittsberechtigung erforderlich war, zum Beispiel die Labors oder den P&V-Bereich, mußte man zusätzlich eine Smartcard benutzen.

Sein Büro war winzig klein, aber er tröstete sich damit, daß es ihm mehr Privatsphäre ließ als ein Großraumbüro. Er hängte Mantel und Jacke an die Innenseite der Tür, drückte sich an den drei großen Aktenschränken und dem Reißwolf vorbei und setzte sich hinter seinen Schreibtisch.

Papierkörbe waren aus Sicherheitsgründen strengstens verboten. Jedes Stück Papier, das nicht gebraucht wurde, mußte in den Reißwolf gesteckt werden. Sperrigere Gegenstände mußte in schwarze Müllbeutel gesteckt und über einen Müllschlucker im Flur entsorgt werden. Es war ein strafwürdiges Vergehen, irgendein Stück Papier außer ungeöffneter Korrespondenz in einem unbesetzten Zimmer herumliegen zu lassen.

Zwei fremde Gegenstände lagen heute morgen auf Conors Schreibtisch: ein großformatiger, an ihn adressierter brauner Umschlag und ein karmesinrotes, in Leder gebundenes Buch, auf dessen Einband in Goldprägung ein kniender, ins Gebet versunkener kleiner Junge mit Heiligenschein zu sehen war sowie die Inschrift DAS BENDIX-SCHERE-KREDO.

Conor hatte das Buch am Tag zuvor ungläubig durchgeblättert. Alle Mitarbeiter waren gehalten, es von vorne bis hinten zu lesen. Es erzählte, wie der Gründer der Firma, Joshua Bendix, ein Vermögen mit der Herstellung von unsichtbarer Tinte aus Zitronensaft gemacht hatte. Auf der ersten Seite sah man die Zeichnung einer Flasche und darüber die Worte: JOSHUA BENDIX' ERSTAUNLICHE UNSICHTBARE TINTE.

Bis ins Detail wurde das zutiefst christliche Ethos der Firma in den Gründerjahren, den achtziger Jahren des vergangenen Jahrhunderts, geschildert. Conor erfuhr, daß regelmäßig ein gemeinsames Morgengebet aller Mitarbeiter stattgefunden hatte. Und Joshua Bendix hatte verfügt, daß 10 % aller Gewinne der Firma für wohltätige Zwecke zu spenden waren, eine Praxis, die bis heute befolgt wurde.

Was in dem Buch nicht stand, hatte Charley Rowley gestern Conor erzählt, als sie zum Mittagessen in einen nahe gelegenen Pub gegangen waren: Die Spenden wurden ausschließlich an Gesellschaften und Stiftungen vergeben, die sich mit bestimmten chronischen Krankheiten, für die Bendix Schere Medikamente herstellte, beschäftigten.

Der braune Umschlag auf dem Tisch war bereits sauber aufgeschlitzt worden. Man hatte Conor informiert, daß Korrespondenz grundsätzlich geöffnet wurde, eine Maßnahme, die wohl davor abschrecken sollte, sich private Post ins Büro schicken zu lassen.

In dem Umschlag steckten Unterlagen von Maklern, die Mietwohnungen anboten. Eine junge Frau von der Wohnungsfürsorge der Firma hatte ihn gestern besucht und ihm zu seinem Erstaunen erklärt, daß Mitarbeiter von Bendix Schere nur in bestimmten, auf einem Stadtplan markierten Bezirken Londons wohnen sollten. Es sei zwar *noch* nicht Pflicht, werde es aber bald sein, und es wäre wohl am besten, wenn Conor sich gleich eine Wohnung in einem dieser Bezirke suchen würde. Er steckte den Umschlag in seine Aktentasche, um sich am Abend mit den Angeboten zu beschäftigen, schaltete den Computer an und loggte sich ein.

Wie man ihm angekündigt hatte, erschien als erstes ein

seltsames Formblatt mit der Überschrift Bewertungsbogen für Arbeitskollegen auf dem Screen. Man sollte in diesem Bogen die Namen von Kollegen angeben, mit denen man eng zusammenarbeitete, und ihnen nach einer bestimmten Bewertungsskala unter den Aspekten Korrektheit, Selbstvertrauen, Umgang mit Kollegen und Loyalität gegenüber der Firma Punkte zuerkennen.

Er überlegte einen Moment, was er tun sollte, gab dann den Namen Charley Rowley ein und bewertete ihn knapp unter dem Maximum. Er wollte weder als zu streng noch als zu großzügig oder kritiklos erscheinen.

Dann ging er mit dem Curser auf das entsprechende Icon in der linken oberen Ecke des Screens, schickte durch Mausklick den Bogen ab, wohin auch immer, und schloß die Datei. Dann öffnete er seine E-Mail-Box. Es lag nur eine Nachricht vor:

»09.15 Besprechung im Konferenzraum 20. Etage. Hole Sie ein paar Minuten vorher ab. CR.«

Seine Gedanken wanderten zu der Blonden im Aufzug, die im zwölften Stock ausgestiegen war. Er würde Charley Rowley fragen, wer sie war. *Wir sind gerade dabei, hier einzuziehen,* hatte sie gesagt. *Mein Vater und ich.* Es dürfte nicht allzu schwer sein, ihren Namen herauszufinden – Charley Rowley schien, was das Personal der Firma anging, ein wandelndes Lexikon zu sein.

Ja, diese attraktive junge Frau war es wert, daß man sie genauer unter die Lupe nahm…

10

London, Dienstag, 25. Oktober 1994

Bill Gunn wanderte langsam durch die Sicherheits-Operationszentrale im 47. Stock des Bendix-Gebäudes und machte seine tägliche Geräte-Überprüfung. Er hatte ein Team von dreißig Technikern unter seinem Kommando, viele von ihnen Universitäts-Absolventen, aber der Chef des Sicherheitsdienstes des Bendix-Schere-Konzerns zog es vor, alles persönlich zu inspizieren. Alte Gewohnheiten legt man eben nur schwer ab.

Diese spezielle Gewohnheit rührte aus seiner Zeit als Funker bei den Fallschirmjägern des Marinecorps. Er hatte keinem elektrischen oder elektronischen Gerät getraut, von dem sein Leben abhängen konnte, und es vor jedem Einsatz auseinandergenommen und wieder zusammengebaut, um sicher zu sein, daß es auch wirklich funktionierte. Aus demselben Grund hatte er auch stets seinen Fallschirm selbst gepackt.

Er war ein stämmiger, kräftig gebauter, achtundvierzigjähriger Mann, in der Größe knapp unter dem Durchschnitt, und er hatte ein teilnahmslos wirkendes, hartes Gesicht, das unverkennbar den Stempel *Soldat* trug. Das braune Haar war zum Bürstenschnitt gestutzt. Wie viele Exmarineinfanteristen wirkte er deplaziert in seinem Zivilanzug, obwohl er nun bereits seit fünfundzwanzig Jahren so gekleidet war. Und wie viele zu Kämpfern ausgebildete Männer war er absolut loyal gegenüber den Leuten, die ihn bezahlten – wobei es bei Bendix Schere noch andere, komplexere Dinge gab, die ihn an die Firmenleitung banden.

Von der Marineinfanterie hatte man ihn zum Funkaufklärungs-Zentrum des Britischen Geheimdienstes in Cheltenham geholt. Er war in der Abteilung »Terrorismusbekämpfung« eingesetzt worden, und seine Aufgabe war es gewesen, Abhörsysteme in ausländischen Botschaften in Großbritannien, aber auch in wichtigen Einrichtungen in potentiell feindlichen Ländern, vor allem in Rußland, dem Iran und dem Irak, zu installieren und zu betreiben. Als Bendix Schere ihn beim Geheimdienst abgeworben hatte, war Gunn einer der am besten informierten Überwachungsexperten der Welt gewesen.

Sowohl die Räume auf dieser Etage als auch die auf der darüberliegenden sahen wie Weltraumstationen aus, nicht wie konventionelle Büroräume. Sie waren vollgepackt mit der modernsten, anspruchsvollsten Abhör- und Satellitenverfolgungs-Technologie, die auf dem Planeten verfügbar war. Allerdings wurde sie in weit größerem Umfang dazu eingesetzt, die eigenen Mitarbeiter zu überwachen als zum Ausspionieren der geschäftlichen Konkurrenten.

Gunn blieb vor der großen Schalttafel des Fahrzeug-Verfolgungssystems stehen. Sie enthielt mehr als fünftausend kleine rote Lämpchen, die mit darunterstehenden Nummern gekennzeichnet waren. Etwa zwei Drittel der Lämpchen brannten nicht, der Rest blinkte in hellem Rot. Jedes Lämpchen entsprach einem Firmenfahrzeug – entweder Personenwagen, Lieferwagen oder Lastwagen –, und die blinkenden zeigten an, daß diese Fahrzeuge derzeit unterwegs waren.

Durch die Eingabe der jeweiligen Nummer in einen neben der Schalttafel stehenden Computer konnte Gunn alle Einzelheiten über das betroffene Fahrzeug abrufen, überall auf der Welt, dazu die bis auf vier Meter genauen Koordinaten seines derzeitigen Standortes einschließlich einer Beschreibung dieses Ortes; zusätzlich konnte er sich auf einer Straßenkarte bis hin zum Maßstab eins zu fünftausend den Standort zeigen lassen. Der Computer war auch in der Lage, ein Fahrtenbuch über alle Fahrten eines Wagens in den vergangenen vier Wochen zu führen und es mit einem Fahrtenbuch der vergangenen zwölf Monate abzugleichen, womit signifikante Abweichungen vom üblichen Verhaltensmuster aufgezeigt werden konnten.

Ein anderes System auf dieser Etage war Gunns ureigene Erfindung, und er war besonders stolz darauf: BEWEGUNGSABLAUF. Jedesmal, wenn ein im Gebäude Beschäftigter seine Smartcard in einen Türschlitz steckte, wurde ein Signal an Gunns Datenbank übermittelt. Der Computer konnte somit jede Bewegung eines Mitarbeiters im Gebäude festhalten, sie monatlich zusammenfassen und mit dem Bewegungsmuster der davorliegenden zwölf Monate abgleichen – und Gunn alarmieren, wenn sich einschneidende Änderungen ergaben, die eine genauere Überprüfung für angebracht erschienen ließen.

Weniger anspruchsvolle technische Einrichtungen in Gunns Überwachungssystem ermöglichten es ihm, von seinem Büro aus jeden in irgendeinem Bendix-Schere-Gebäude auf der Erde eingehenden oder ausgehenden Telefonanruf sowie jedes Gespräch in einem Büro oder einem Gemeinschaftsraum des Konzerns abzuhören. Und alle Aktivitäten in den Labors konnten über ein betriebseigenes Fernsehnetz beobachtet werden.

Zufrieden damit, daß offensichtlich alles in bester Ordnung war, ging er in sein komfortables Büro im 48. Stock, setzte sich auf den Drehstuhl vor der Batterie von Monitoren und ging zum nächsten Punkt in seiner stets gleichen wöchentlichen Routine über: neue Mitarbeiter. Er gab einen Befehl ein, und die Liste erschien auf einem der Bildschirme.

Sie enthielt rund zwanzig Namen, von denen drei als »wichtige Neuzugänge« blinkten, darunter auch der Name »Conor Molloy«. Gunn holte sich Schritt für Schritt seine bisherigen Aktivitäten auf den Bildschirm: Computeraktivität gering – nur eine E-Mail von Charley Rowley heute morgen sowie ein ausgefüllter Bewertungsbogen für Arbeitskollegen. Bewegungsablauf gestern ausgesprochen intensiv – erklärbar durch die Besichtigungstour. Alles okay... Dann sah sich Gunn den Bewertungsbogen näher an.

Nur zwei Punkte unter dem Maximum... Gunn runzelte die Stirn. Charley Rowley stand schon lange auf seiner Gefahrenliste möglicher Unruhestifter: er schien ein Loyalitätsproblem gegenüber der Firma zu haben. Es war unglaubwürdig, daß jemand mit normalem Beurteilungsvermögen ausgerechnet diesen Rowley so extrem hoch bewertete. Er legte nahe, daß Conor Molloys Fähigkeit zur charakterlichen Beurteilung anderer entweder nicht besonders ausgeprägt oder daß er ein Arschkriecher war.

Es war nicht unüblich, daß neue Mitarbeiter hohe Noten

verteilten; sie brauchten zwar keine Angst vor dem Bekanntwerden ihrer Notengebung zu haben – sie wurde gemäß der offiziell bekanntgemachten Regeln streng vertraulich behandelt, aber die Leute trauten der Sache nicht und vergaben vorsichtshalber positive Noten. Conor Molloy hatte sich mit dieser Benotung nicht ernsthaft verdächtig gemacht, nicht in dem Maß, daß ein Warnlicht aufleuchtete, nichts Dramatisches, aber ein kleiner Schönheitsfehler war es doch, und Gunn hatte die Erfahrung gemacht, daß bei vermehrtem Auftreten solcher Schönheitsfehler etwas nicht stimmte. Sein Instinkt sagte ihm jedenfalls, daß er diesen amerikanischen Patentanwalt im Auge behalten mußte.

Er holte sich Molloys Bewerbungsbogen auf den Bildschirm und las den beruflichen Werdegang sorgfältig durch. Beeindruckend, das mußte man sagen. Diplom in Biochemie mit summa cum laude in Harvard. Magister in Stanford in Organischer Chemie. Zwei Jahre Studium der Molekularbiologie am Carnegie Mellon College. Schließlich drei Jahre Jurastudium in Harvard, erfolgreicher Abschluß, Zulassung als Patentanwalt. Dann hatte ihn das Pharmaunternehmen Merck vom Fleck weg angeheuert, und er hatte zwei Jahre in der Patentabteilung dieser Firma gearbeitet.

Merck war der viertgrößte Pharmakonzern der Welt. Das Unternehmen war als fürsorglicher Arbeitgeber bekannt und zahlte seinen Mitarbeitern gute Gehälter. Warum hatte Molloy dann das Pferd gewechselt? Die Antwort ergab sich im Grunde aus der Bewerbung: Weil Bendix Schere das fortschrittlichere Genforschungsprogramm verfolgte. Okay, das stimmte, Gunn hatte nichts daran auszusetzen. Und Merck hatte ihn, so gab Molloy an, nach Kalifornien versetzen wollen, aber er war nicht bereit, an der Westküste der USA zu leben. Eine durchaus verständliche Erklärung. Bendix Schere hingegen eröffnete ihm die Möglichkeit, einige Jahre im schönen England zu arbeiten, und Conor Molloy hatte die Gelegenheit ergriffen. Nichts daran auszusetzen... Der Mann war unverheiratet, offensichtlich heterosexuell und wollte ein wenig von der Welt sehen, ehe er sich endgültig irgendwo niederließ. Alles glaubwürdige, verständliche Gründe.

Warum zum Teufel sagte Gunns Instinkt ihm dann, daß irgend etwas mit diesem Mann nicht stimmte?

11

London, Dienstag, 25. Oktober 1994

Monty Bannermans Ärger kochte zur Wut hoch, als sie den Brief in ihrer Hand noch einmal las.

Welcher verdammte Bastard hatte das veranlaßt? Und auf wessen Anordnung? Sie schaute auf die Uhr. Zehn Uhr dreißig. Um elf hatte sie einen Termin bei Sir Neil Rorke. Er würde das wieder in Ordnung bringen. Sie atmete tief durch, versuchte sich zu beruhigen. Seit der Brief gestern morgen in ihrem alten Labor angekommen war, hatte sie sich maßlos geärgert und in der Nacht sogar fast nicht schlafen können.

Gott sei Dank war ihr Vater nicht dagewesen, und sie hatte seine Post geöffnet. Wenn er diesen Brief gelesen hätte, wäre er Amok gelaufen. So aber hatte er nur gefragt, wo Walter Hoggin, ihr Cheflaborant, sei, und sie hatte ihn anlügen müssen, er habe sich krank gemeldet.

Die Übernahme des Bannerman-Genforschungsinstituts durch Bendix Schere war vor acht Monaten besiegelt worden, aber die Überführung war nicht einfach. Viele noch laufende Experimente konnten nicht abgebrochen oder transferiert werden, und so war der Umzug von der Berkshire-Universität in das Bendix-Gebäude in London ein langsam ablaufender, mühsamer Prozeß, der sich wohl noch einige Monate hinziehen würde.

Berge von Papier mußten von der Unterabteilung »Patente und Verträge« bei Bendix Schere bearbeitet werden, und das war derzeit der Fluch des Lebens, denn die Patentanwälte mußten praktisch jedes Stück Papier, das auch nur im geringsten mit irgendeinem Experiment beim Bannerman-Institut zu tun hatte, lesen und auswerten. Und fast alles, was im Institut auf Papier festgehalten war, mußte in das Computersystem bei Bendix Schere eingegeben werden.

Seit dem vergangenen Februar hatten Monty und ihr Vater ihre Zeit zwischen dem alten Labor und ihren großzügigen neuen Räumlichkeiten im zwölften Stock des Bendix-Gebäudes aufteilen müssen. Es war eine anstrengende Zeit gewesen, in der Monty all ihren Takt und ihr Verhandlungsgeschick hatte aufwenden müssen, nicht zuletzt auch, weil viele Leute bei Bendix Schere weitaus weniger hilfsbereit waren, als sie erwartet hatte. Statt einen Mann von Dick Bannermans Kaliber freudig willkommen zu heißen, hatten viele den Eindruck erweckt, daß sie ihn als Eindringling betrachteten.

Und ihr Vater hatte die Nerven des Aufsichtsrates ganz schön strapaziert, als ob er testen wollte, wie weit er gehen konnte. Bis jetzt war jede Anforderung zur Anschaffung neuer Geräte genehmigt worden; der Kauf eines Cray-Computers zur Gensequenzierung im Wert von dreihunderttausend Pfund allerdings erst nach einigen Monaten und langwierigen Verhandlungen. Bendix Schere war nicht bereit, das Geld aus dem Fenster zu werfen, setzte es aber großzügig ein, wenn eine Chance bestand, die Konkurrenten aus dem Feld zu schlagen.

Bis jetzt hatte der Konzern sich strikt an die Bestimmungen des Vertrages mit Dr. Bannerman gehalten, und bei allen immer noch an ihm nagenden Zweifeln, ob er das Richtige getan hatte, mußte er zugeben, daß Bendix Schere sich ihm gegenüber korrekt verhalten hatte.

Er gestand Monty sogar ein, daß es eine große Erleichterung war, ein regelmäßiges Gehalt zu beziehen und sich nicht bei jeder eintreffenden Rechnung Gedanken über die Begleichung machen zu müsen. Sie hatten beide ansehnliche Monatsgehälter, dazu den Bonus, daß Bannerman an jedem Gewinn, der durch seine Arbeit erzielt wurde, prozentual beteiligt war. Monty verdiente mehr als das Doppelte von dem, was sie bisher dem Bannerman-Institut für sich zu entziehen gewagt hatte.

Was also steckte hinter diesem Brief? War es einfach nur ein bürokratischer Fehler? Mangel an Kommunikation? Oder zeigte sich nun, daß auf die Versprechungen von Sir Neil Rorke und Dr. Vincent Crowe doch nicht voll Verlaß war?

In einer halben Stunde würde sie es herausfinden.

Sie steckte den Brief in ihre Handtasche und wandte sich den Bewerbungsschreiben auf ihrem Schreibtisch zu. Ihr Vater war dabei, seinen Mitarbeiterstab in den nächsten zwölf Monaten von fünfunddreißig auf zweihundert zu erweitern. Es war für ihn ein ganz neues Gefühl, Leute einstellen zu können und nicht abweisen, oder, schlimmer noch, entlassen zu müssen, weil er sie nicht bezahlen konnte. Zum ersten Mal seit dem Tod ihrer Mutter schien ihr Vater glücklich zu sein, und Monty wollte, daß es so blieb.

Um zehn vor elf nahm sie ihre Handtasche, ging zur Damentoilette und richtete ihr Make-up und ihr Haar, kehrte dann in ihr Büro zurück und zog den zweireihigen Blazer an.

Sie war an den Luxus eines eigenen Büros noch nicht gewöhnt, nachdem sie zehn Jahre lang ein kleines Zimmer mit ihrem Vater geteilt hatte. Dieses hier war zwar nicht ausgesprochen groß, aber modern ausgestattet und im selben Smaragdgrün gehalten wie die ganze 12. Etage. Das einzige, was sie vermißte, war ein Außenfenster. Man hätte von hier oben sicher einen großartigen Ausblick auf London gehabt; statt dessen war alles, was sie durch das Innenfenster zum Flur sehen konnte, die Tür zu einem gegenüberliegenden Labor. Die Temperatur im Raum war angenehm, die Luft frisch und sauber, aber Monty hatte manchmal doch ein leicht klaustrophobisches Gefühl, wie es sie auch in unterirdischen Kaufhauspassagen überfiel.

Sie machte sich auf den Weg. In der Halle wandte sie sich, wie man sie angewiesen hatte, an den Wachmann hinter dem Schalter und bat ihn, den Direktoren-Aufzug für sie zu holen. Alle anderen Aufzüge fuhren nur bis zum 48. Stock, und allein die Direktoren konnten mit Hilfe einer speziellen Smartcard den Direktoren-Aufzug zum 49. Stock benutzen.

Mein Gott, sind diese Direktoren paranoid, dachte Monty. *Warum diese Abschottung? Wovor haben sie Angst? Vor Terroristen? Fanatischen Tierschützern? Irren?*

Während sie auf den Aufzug wartete, dachte sie kurz an den Amerikaner, mit dem sie heute morgen hochgefahren war. Ein attraktiver Mann…

Der Aufzug kam, und kurz darauf trat sie in den großen Vorraum mit den abstrakten Bildern, den sie vom ersten Besuch bei Sir Neil Rorke und Dr. Crowe und den nachfolgenden Verhandlungsrunden zur Übernahme des Bannerman-Instituts kannte.

Rorkes Privatsekretärin erwartete Monty bereits und führte sie in sein Büro. Rorke kam ihr mit ausgestreckter Hand und einem so warmen Lächeln auf dem Gesicht entgegen, daß sie überzeugt war, er freue sich aufrichtig, sie zu sehen.

»Miss Bannerman! Guten Morgen, guten Morgen!« Die Baritonstimme vibrierte vor Charme und guter Laune.

»Guten Morgen, Sir Neil, danke, daß Sie mir die Gelegenheit zu diesem Gespräch geben.«

»Für Sie habe ich immer Zeit, meine Liebe.«

Er führte sie zu einer bequemen Sitzgruppe in einiger Entfernung von seinem Schreibtisch und setzte sich neben sie. »Kaffee oder Tee?« fragte er.

»Kaffee, mit Milch bitte.«

Die Sekretärin verschwand. Monty hatte erwartet, ihm am Schreibtisch gegenübersitzen zu müssen, und war über die Ungezwungenheit, mit der er sie behandelte, angenehm überrascht.

»Erzählen Sie mal: Wie läuft alles?« fragte er.

Monty wollte nicht mit der Tür ins Haus fallen. »Im Grunde bestens«, antwortete sie. »Obwohl der Umzug viel länger dauert, als wir erwartet haben.«

Er verschränkte seine Hände. »Ich habe von Dr. Crowe

gehört, daß alle anscheinend glücklich und zufrieden sind.« Er lächelte sarkastisch. »Ihr Vater versteht es bestens, unser Geld auszugeben.«

»Aber nur für zwingend benötigte Ausstattung.«

»Natürlich! Ich beklage mich ja auch nicht – wir freuen uns über seinen Enthusiasmus.«

Monty lächelte höflich.

»Nun, was verschafft mir die Ehre Ihres Besuches? Wollen Sie ganz allgemein über den Stand der Dinge mit mir plaudern oder haben Sie ein spezielles Anliegen?«

Die Sekretärin brachte den Kaffee, und Monty schaute sich um. An der Wand hingen mehrere gerahmte Fotos. Auf einem schüttelte die Königinmutter Rorke die Hand. Auf einem anderen scherzte er mit Prinz Charles. Auf einem dritten war er Arm in Arm mit Präsident Clinton zu sehen. Und auf einem vierten stand er neben einem Rennpferd und nahm einen Preis von der Königin entgegen. Dann fiel Montys Blick auf den großen goldenen Frosch auf seinem Schreibtisch, und ein Schauder überlief sie, wie beim ersten Mal, als sie ihn gesehen hatte. Heute schien der Frosch sie feindlich anzustarren.

Sie wartete, bis die Sekretärin gegangen war, atmete tief durch und sagte: »Ich habe ein spezielles Anliegen, Sir Neil.« Sie holte den Brief aus ihrer Handtasche. »Dieser Brief, adressiert an meinen Vater, kam gestern bei uns an. Er stammt von unserem Cheflaboranten Walter Hoggin, der von Beginn an für meinen Vater gearbeitet hat. Er teilt meinem Vater darin mit, daß er am Samstag zu Hause ein Schreiben von Bendix Schere erhalten hat, unterzeichnet von Mr. Willis, dem Personalchef, in dem ihm eröffnet wird, daß er aus Altersgründen mit sofortiger Wirkung entlassen sei, daß er die firmeneigenen Einrichtungen nicht mehr betreten dürfe und daß seine persönlichen Sachen ihm umgehend überbracht würden.« Sie sah Rorke herausfordernd an und stellte mit Befriedigung fest, daß er beunruhigt erschien.

Rorke lehnte sich vor und rührte gedankenvoll in seinem Kaffee. »Aus Altersgründen? Wie alt ist der Mann?«

»Sechsundsechzig.«

Er lehnte sich zurück. »Ach so«, sagte er. »Das ist wahrscheinlich die Antwort. Ein Jahr über der Ruhestandsgrenze.«

»Wir haben bisher niemanden gezwungen, bei Erreichen eines bestimmten Alters in den Ruhestand zu gehen.«

Rorkes Gesichtszüge verhärteten sich; die Veränderung war kaum wahrzunehmen, aber Monty erkannte darin die Offenlegung der harten Seiten des Aufsichtsratsvorsitzenden. »Leider haben wir sehr strenge Vorschriften im Hinblick auf die Altersgrenze unserer Mitarbeiter, Miss Bannerman.«

Der Ärger kochte wieder in ihr hoch, aber sie blieb äußerlich gelassen. »Das verstehe ich durchaus, Sir Neil, aber wie Sie wissen, war die Erhaltung der Arbeitsplätze für unsere Mitarbeiter eines der wichtigsten Anliegen meines Vaters – und auch meines. Beim ersten Treffen mit Ihnen und Dr. Crowe haben Sie beide uns in dieser Hinsicht entsprechende Zusagen gemacht. Es war eine der grundlegenden Bedingungen, die wir in den Vertrag mit Ihnen eingebracht haben.«

Er nickte. »Wir wollen natürlich keinesfalls gegen einen vereinbarten Vertrag verstoßen – das entspräche nicht unserem Firmen-Ethos. Ich werde mit Dr. Crowe sprechen. Wir werden sicher eine Ausnahme machen können. Wahrscheinlich läßt sich ein Posten für den Mann in Slough finden.«

»Ich würde mich sehr darüber freuen«, sagte Monty erleichtert. »Die Sache ist dringend. Walter ist sehr niedergeschlagen.«

»Wir sind eine große Organisation, aber wie haben auch ein großes Herz.«

»Das höre ich gern.«

»Ich schätze Sie und Ihren Vater sehr. Ich möchte nicht, daß unsere Beziehung getrübt wird oder daß Sie sich über Bendix Schere ärgern müssen. Wenn zukünftig irgend etwas in dieser Hinsicht anliegen sollte, sagen Sie es mir bitte. Meine Tür steht immer für Sie offen.«

»Herzlichen Dank, Sir Neil.«

Er brachte sie zum Aufzug. Bevor sie einstieg, sagte er: »Miss Bannerman, ich habe das ernst gemeint. Wenn Sie oder Ihr Vater mit irgend etwas nicht zufrieden sind, müssen Sie direkt zu mir kommen. Versprechen Sie mir das?«

Sie versprach es.

12

London, Mittwoch, 2. November 1994

Conor Molloy meinte, er würde Dr. Bannerman inzwischen sehr gut kennen, obwohl er dem Nobelpreisträger bisher noch nicht begegnet war. Er hatte sich während der vergangenen zehn Tage Dokument um Dokument durch sein wissenschaftliches Lebenswerk gearbeitet und sich so fast unablässig, ob im Büro oder zu Hause, mit ihm beschäftigt.

Bendix Schere wollte so viele Patente wie nur möglich in Großbritannien, den anderen europäischen Ländern und den USA aus Bannermans wissenschaftlicher Arbeit herausschlagen, und Conor war die Aufgabe gestellt worden, einen Bericht über mögliche Patenterteilungen in den USA zu erstellen. Der Bericht war bis Ende der Woche dem Vorstandsvorsitzenden des Unternehmens, Dr. Vincent Crowe, höchstpersönlich vorzulegen.

Conor war sich im klaren darüber, daß man ihn mit dieser Aufgabe sofort nach seiner Ankunft auf den Prüfstand gestellt hatte. Anträge zur Patenterteilung waren teuer und zeitraubend. Wenn er empfahl, ein Patent zu beantragen, und dieser Antrag dann abgelehnt wurde, befand er sich in einer schlechten Position. Wenn er andererseits eine Gelegenheit zur Patenterteilung versäumte, konnten dem Konzern Millionen, ja sogar Milliarden an Einnahmen entgehen – was Conor allerdings keine schlaflosen Nächte bereiten würde.

Um ein Patent zu erhalten, mußte man dem Patentamt nachweisen, daß der Erfinder oder wissenschaftliche Entdecker keine Einzelheiten seiner Erfindung oder Entdeckung veröffentlicht hatte, die es anderen erlaubten, davon Gebrauch zu machen. Dr. Bannerman hatte praktisch jeden Detailaspekt der Ergebnisse seiner Forschungsarbeit veröffentlicht und sie somit aller Welt zugänglich gemacht. Conors Bericht würde der Hoffnung von Bendix Schere, große Gewinne aus Bannermans Forschungsarbeit zu erzielen, einen erheblichen Dämpfer versetzen.

Conor lächelte vor sich hin. *Ich habe Sie noch nicht getroffen, Dr. Bannerman,* dachte er, *aber ich mag Sie. Ich mag Sie wirklich.*

Die Tür seines Büros, die er angelehnt gelassen hatte, wurde aufgestoßen, und Charley Rowley kam herein. »Na, wie läuft's?« fragte er.

»Ganz gut, denke ich.«

»Haben Sie am Freitagabend schon was vor? Ich gebe eine kleine Dinner-Party und dachte mir, es könnte nicht schaden, wenn Sie mal ein paar normale Menschen kennenlernen.«

Conor wußte, was Rowley damit meinte. Er war inzwischen mehrmals mit ihm zum Mittagessen in einem Pub gewesen und hatte gleich bei einem der ersten Male den offensichtlichen Mangel an sozialen Kontakten zwischen den Mitarbeitern in der Unterabteilung »Patente und Verträge« angesprochen. Rowley hatte ihm erklärt, daß das nicht nur für P&V gelte. Es sei gezielte Firmenpolitik, die Mitarbeiter von privaten Kontakten während und außerhalb des Dienstes abzuhalten. Das stand im Gegensatz zur Politik der meisten anderen großen Unternehmen, und Rowley hatte es mit dem geradezu paranoiden Drang zur Geheimhaltung bei Bendix Schere erklärt.

»Natürlich, ich habe am Freitag nichts vor, ich komme gern«, sagte Conor. Bis auf Rowley hatte er noch keinen anderen Mitarbeiter näher kennengelernt.

Er war ein paarmal abends im Kino gewesen und hatte das vergangene Wochenende dazu genutzt, die wichtigsten Sehenswürdigkeiten Londons zu erkunden. Den größten Teil der dienstfreien Zeit hatte er jedoch mit der Arbeit an den

Bannerman-Unterlagen verbracht, nur unterbrochen durch die gelegentliche Besichtigung angebotener Appartements. Er hatte jedoch noch kein angemessenes gefunden.

»Um acht Uhr«, sagte Rowley.

»Kleidung?«

»Zwanglos. Ich schicke Ihnen die Adresse und eine Wegbeschreibung über E-Mail. Ist in Wandsworth, direkt auf der anderen Flußseite.«

Conor fragte sich, ob das einer der von BS empfohlenen Wohnbezirke war. »Ich ahne, wo das ist«, sagte er.

»Leicht zu finden. Ein Teil der Gegend ist sogar BS-Gebiet«, sagte er grinsend. »Meine Straße allerdings nicht. Sie werden also auf die Ausgestoßenen in den Slums stoßen.«

»Wenn rauchen erlaubt ist, werde ich es überleben«, sagte Conor und grinste zurück. Rowley schien ein Typ zu sein, der sicher ein paar ungebundene weibliche Singles in seinem Bekanntenkreis hatte. Rowleys Gesicht wurde ernst. »Werden Sie bis Freitag den Bericht für Crowe fertigkriegen?«

»Kein Problem. Ich muß nur noch einige Lücken in den Unterlagen über die Schuppenflechte schließen, und bei einigen anderen Dingen kann ich mir noch kein abschließendes Urteil bilden. Ich werde diese Dinge mit Dr. Bannerman besprechen müssen, um Klarheit zu bekommen.«

»Das kann ein heikle Angelegenheit werden. Er ist sehr empfindlich.«

»Empfindlich?«

»Er ist strikt gegen die Patentierung von Forschungsergebnissen. Wenn Sie ihn in schlechter Laune erwischen, macht er Kleinholz aus Ihnen. Haben Sie ihn schon kennengelernt?«

»Nein, noch nicht.«

»Es ist nicht so einfach, bei ihm einen Besprechungstermin zu kriegen. Am besten halten Sie sich an seine Tochter.«

»Seine Tochter?«

Rowley nickte. »Sie ist seine rechte Hand – verdammt gescheites Mädchen, kennt sich bestens aus.« Er grinste Conor anzüglich an. »Und sie sieht verdammt gut aus.«

Eine Erinnerung tauchte auf. Diese Blonde am vergangenen Dienstag, die mit ihm im Aufzug hochfuhr... *Wir sind gerade dabei, hier einzuziehen... mein Vater und ich,* hatte sie gesagt.

Er fragte sich, ob Charley Rowley diese junge Frau meinte; er hoffte es sehr.

Monty hatte sich nach dem Gespräch mit Sir Neil Rorke besser gefühlt und war beeindruckt, mit welcher Schnelligkeit er reagiert hatte. Walter Hoggin war innerhalb von vierundzwanzig Stunden wieder eingestellt worden, und zwar bei der Qualitätskontrolle in einer Bendix-Schere-Fabrik ganz in der Nähe, zum gleichen Gehalt wie bisher. Und man hatte ihm einen Bonus von sechs Monatsgehältern zur Kompensation »für das aufgetretene Mißverständnis« zuerkannt.

Monty hatte das Gefühl, daß im Zusammenhang mit Rorkes Eingreifen Köpfe rollen würden, und sie hoffte, der von Dr. Vincent Crowe werde darunter sein – aber sie wußte, daß das sehr unwahrscheinlich war.

Von ihrem Schreibtisch aus konnte sie durch das Innenfenster in den Flur sehen, an dem die vierzehn neuen Labors im Zuständigkeitsbereich ihres Vaters lagen. Sechs davon waren in kleinen Räumen untergebracht, weil das für die Erfüllung des Zweckes ausreichte, aber acht waren große, allgemeine Forschungslabors. Das größte lag direkt gegenüber von ihrem Büro.

Fast täglich wurden neue Geräte, die ihr Vater bestellt hatte, in den Labors installiert, und als Monty jetzt aufschaute, waren vier Männer gerade damit beschäftigt, eine schwere Kiste mit der Aufschrift VORSICHT! ZERBRECHLICH! durch die Tür des Labors gegenüber zu schleppen.

Dann tauchte die schlaksige Gestalt des Cheflaboranten Jake Seals, der den Einzug des Bannerman-Instituts bei Bendix Schere leitete, im Flur auf. Monty verstand inzwischen, warum ein Mann mit Seals' Wissen und Können hier gebraucht wurde – Walter Hoggin wäre mit der neuen Technologie völlig überfordert gewesen. Aber Seals war irgendwie arrogant, und das irritierte Monty… Er klopfte an ihre Tür, öffnete sie dann mit seiner Smartcard und stieß sie auf, ohne auf ihre Antwort zu warten.

Er war ungefähr fünfunddreißig und sah recht gut aus, sein Blick jedoch wirkte irgendwie verschlagen. Sein langes, bis auf die Schultern reichendes Haar fiel ihm immer wieder über das rechte Auge, und er schüttelte es dann jedesmal mit einer nervösen Kopfbewegung zurück. Er trug ein Sweatshirt und Jeans unter seinem weißen Kittel, was gegen die Kleiderordnung von Bendix Schere verstieß, aber hinter der nachlässigen Erscheinung verbargen sich ein analytischer Verstand, ein umfassendes Fachwissen und ein eiserner Einsatzwille; er machte lange, unbezahlte Überstunden, ohne sich je zu beklagen. Monty wußte, sie *mußte* mit diesem Mann zurechtkommen, und bemühte sich deshalb, stets freundlich zu ihm zu sein.

»Guten Morgen, Mr. Seals«, begrüßte sie ihn fröhlich. »Wie geht es Ihnen heute?«

Er warf sein Haar zurück, schloß die Tür hinter sich und setzte sich auf den Stuhl vor Montys Schreibtisch. »Haben Sie 'ne Minute Zeit?«

»Ja, aber gleich kommt jemand, der mich sprechen will.«

Er hielt seinen Daumen hoch, studierte den Nagel und sagte dann ohne aufzuschauen: »Sie sind nicht gerne hier, habe ich recht?«

Die Frage kam für Monty völlig überraschend. »Wie kommen Sie auf diese Idee?«

»Irgendwas nagt an Ihnen, stimmt doch, oder?«

»Es ist noch zu früh, als daß ich mir eine Meinung hätte bilden können«, sagte sie steif und vorsichtig, wußte nicht, worauf er hinauswollte.

Er ließ seinen Daumen sinken, schaute zur Decke, als wolle er sie nach Abhörwanzen absuchen. »Sie wissen, was ich meine… Es ist nur so – Sie wissen nicht mal die Hälfte.«

»Die Hälfte von was?«

Er stand auf, warf wieder sein Haar zurück, steckte die Hände in die Kitteltaschen. »Wir müssen uns mal länger unterhalten. Nicht hier, nicht in diesem Gebäude. Irgendwo anders.« Er verließ das Zimmer und verschwand im Flur.

13

Ein kleiner schwarzer Christbaum prangte hinter jedem der vierunddreißig Namen auf dem Screen, und Bill Gunn ging sie sorgfältig nacheinander durch. Für Außenstehende war das sicher ein harmloses Symbol, aber für den Sicherheitschef war mit diesen Namen nichts Harmloses verbunden: Es waren Mitarbeiter, deren Loyalität gegenüber Bendix Schere fraglich erschien, und Gunn hielt sie unter straffer Bewachung.

Es gehörte zu den Routinearbeiten am Mittwochmorgen, die Computerergebnisse über ihre Aktivitäten zu überprüfen, und heute schenkte er Jake Seals besondere Aufmerksamkeit. Das Muster der Aktivitäten des Cheflaboranten hatte sich in den vergangenen drei Monaten verändert. Er hatte den Wagen weitaus häufiger benutzt als vorher, und die Aufzeichnung der Fahrten im einzelnen hatte ergeben, daß er drei Besuche bei einem der schärfsten Konkurrenten von Bendix Schere, der Firma Cobbold-Tessering, gemacht hatte – zwei in der Firmenzentrale, einen im Forschungslabor in Buckinghamshire.

Die Abwerbung von guten Fachleuten durch Konkurrenten war ein schwerwiegendes Problem. Natürlich betrieb Bendix Schere dieses »Headhunting« genau wie alle anderen auch; Cobbold-Tessering beunruhigte Gunn jedoch in besonderem Maße. Die Ergebnisse der eigenen Industriespionage, an der Gunn in erheblichem Maß beteiligt war, zeigten auf, daß Cobbold-Tessering neben Bendix Schere die größten Anstrengungen auf dem Gebiet der Genforschung betrieb. Jake Seals hatte nach Gunns Beurteilung in seiner Position viel zu umfassenden Zugang zu Forschungsinformationen, als daß man ihn an Cobbold-Tessering verlieren durfte. Es würde eine Katastrophe bedeuten, und der ganze Aufsichtsrat wußte das. Gunn lehnte sich zurück, verschränkte die kurzen Finger auf der Schreibtischplatte und starrte auf die Monitore. Hin und wieder entschränkte er die Finger und tippte etwas auf dem Keyboard ein, ging Schritt für Schritt die Aufzeichnung der Bewegungen Seals' im Bendix-Gebäude in den vergangenen zwölf Monaten durch und verglich sie mit den neuesten Daten. Dieser verdammte Seals machte ihm schon seit Wochen Kummer!

»Was hast du kleiner Scheißer vor?« murmelte er vor sich hin, verschränkte die Finger so fest ineinander, daß ihm die Knöchel weh taten. Er trank einen Schluck von seinem Kaffee und rief dann den größtmöglichen vergleichenden Detailierungsgrad von Seals' Bewegungen im Gebäude auf.

Das Muster hatte sich einschneidend verändert. Das Programm zeigte, daß Seals sich weit mehr im 12. Stock aufhielt als im 13., wo sein Büro war. Das war allerdings nicht verwunderlich, wie Gunn ein wenig enttäuscht feststellte, da Seals für den Einzug des Bannerman-Instituts verantwortlich war.

Gunns internes Telefon klingelte. Es gehörte zu einem Netz, das nur auf den beiden Etagen der Sicherheitsabteilung eingerichtet war und von außen nicht abgehört werden konnte. Er nahm den Hörer ab. »Ja?«

»Ich habe gerade was Interessantes aufgeschnappt, Mr. Gunn.«

Norbert Ricks … Dieser junge Bursche war wie ein Roboter, und Gunn dachte manchmal, sein Gehirn sei mit seiner Arbeit verdrahtet. Er war sechsundzwanzig, sah mickrig aus, machte seinen Job als Abhör-Analytiker aber großartig. Und anders als Gunn, dem er sklavisch ergeben war, hatte er keinerlei Kontakte innerhalb des Unternehmens. Wie die meisten handverlesenen Mitarbeiter in Gunns Team litt er unter einer schweren Persönlichkeitsstörung. In seinem Fall handelte es sich um das Aitcken-Yeltz-Syndrom – die Unfähigkeit zu Kontakten mit Arbeitskollegen.

Alle Mitarbeiter in Gunns Abteilung arbeiteten jedoch ohnehin in beabsichtigter Isolation. Teile und herrsche – das war die Politik von Gunns Idol Adolf Hitler gewesen. Bill Gunn hatte jedes Wort gelesen, das über Hitler und das Dritte Reich veröffentlicht worden war. Hitler hatte alles gewußt, was es über Organisation, Manipulation und Kontrolle zu wissen gibt. *Der Führer* hatte es verstanden, Loyalität bei den Menschen zu wecken, und er hatte es nicht nur fertiggebracht, ein paar tausend Leute zu unerschütterlicher Treue ihm gegenüber zu erziehen, er hatte es sogar geschafft, eine ganze Nation zu manipulieren.

Man mußte seine Mitarbeiter sorgfältig aussuchen: brillante, aber psychisch angeknackste Leute. Und wenn man sie eingestellt hatte, mußte man sie voneinander abschotten, sie isolieren, ihnen Zuckerbrot und Peitsche geben, Zwietracht und Zweifel säen, bis sie nur noch einem einzigen Menschen trauten: Bill Gunn.

Und Gunn wußte, daß das nicht nur die beste Methode war, sein Tean zu leiten, es war auch die beste persönliche Versicherungspolice: Niemand bei Bendix Schere würde ihn jemals rausschmeißen können – das ganze Sicherheitssystem des Konzerns würde dann nämlich zusammenbrechen.

»Ja, Mr. Ricks, was gibt es denn?« fragte er.

»Sie sollten es sich selbst anhören. Ich habe es gerade im SaS festgestellt.«

SaS war ein spezielles, durch *Stimmen aktiviertes System*. Über die in allen Büros und Freizeiträumen des Bendix-Gebäudes versteckten Mikrophone war das System in der Lage, die Stimmen der vierunddreißig Personen zu erkennen, die unter verschärfter Überwachung standen, und alles, was sie sagten, wurde automatisch aufgezeichnet. Da das System auf andere Stimmen nicht ansprach, war es für den geschulten Ricks relativ einfach, aus den Gesprächen der Betroffenen das herauszufiltern, was von Bedeutung sein konnte.

»Geben Sie es mir rüber«, sagte Gunn.

»Kommt auf Kanal drei.«

Gunn drückte einen Knopf auf seinem Schaltbrett. Sogleich hörte er die Stimme von Jake Seals und die einer Frau, die er nicht identifizieren konnte:

»Sie sind nicht gerne hier, habe ich recht?«

»Wie kommen Sie auf diese Idee?«

»Irgendwas nagt an Ihnen, stimmt doch, oder?«

»Es ist noch zu früh, als daß ich mir eine Meinung hätte bilden können.«

»Sie wissen was ich meine... Es ist nur so – Sie wissen nicht mal die Hälfte.«

»Die Hälfte von was?«

»Wir müssen uns mal länger unterhalten. Nicht hier, nicht in diesem Gebäude. Irgendwo anders.«

Ein Klicken, dann herrschte Stille. Gunn rief Ricks zurück. »Wer ist die Frau?«

»Miss Bannerman – Dr. Bannermans Tochter.«

»War es das? Oder liegt noch mehr vor?«

»Das war's. Das Gespräch fand um zehn Uhr vierunddreißig statt.«

Gunn schaute auf die Uhr. Es war zwölf. »Gute Arbeit«, sagte er und legte auf.

Gunn hatte einen trockenen, leicht bitteren Geschmack im Mund, den er vergeblich mit einem Schluck lauwarmem Kaffee herunterzuspülen versuchte. Er hörte sich das Gespräch noch mehrmals an. Die Frau klang harmlos, aber das war nicht der springende Punkt.

Die Übernahme des Bannerman-Instituts war für die langfristige Planung von Bendix Schere von großer Bedeutung, weitaus bedeutsamer, als man den Wissenschaftler bei den Verhandlungen hatte wissen lassen. Gunn wußte, wie schwer es gewesen war, Bannerman für Bendix Schere zu gewinnen, und weder er selbst noch seine Tochter noch irgend jemand aus seinem alten Team durfte jetzt noch abgeschreckt werden. Seals aber wollte der Tochter etwas mitteilen, das für den Konzern sehr schädlich sein konnte, und er würde es in naher Zukunft und an einem Ort tun, den Gunn nicht unter Kontrolle hatte.

Er holte sich die Liste der Mitarbeiter im Bendix-Gebäude

auf den Bildschirm und fügte hinter dem Namen Montana Bannerman einen kleinen Christbaum ein. Ihre Gespräche würden ab sofort über SaS abgehört und aufgezeichnet werden. Dann ordnete er über sein internes Telefon an, daß Jake Seals' privates Telefon abzuhören und er rund um die Uhr zu überwachen sei.

14

Mit einem Stapel Akten unter dem Arm drückte Conor kurz nach halb elf auf den Knopf zum 12. Stock. Während der kurzen Fahrt schaute er auf die Wände und die Decke der Kabine, wie er es jedesmal tat, wenn er einen Aufzug im Bendix-Gebäude benutzte. Die Worte von Charley Rowley gingen ihm nicht aus dem Kopf:

»Und seien Sie vorsichtig im Büro – man kann nie wissen, wann die Gedankenpolizei mithört.«

Die Türen glitten auf, und Conor trat in den grün ausgelegten Vorraum der Genforschungsabteilung. Der Sicherheitsmann hinter der imposanten Eichenkonsole schaute auf. Er war ein Mann in den Fünfzigern, dünn, fast ausgemergelt, und hatte dunkle Ringe unter den Augen. *Der sieht aus wie ein kranker Papagei,* dachte Conor.

»Zu wem möchten Sie bitte, Sir?« fragte er. Seine Stimme war kaum lauter als ein Flüstern, als ob ihm das Sprechen Schmerzen bereiten würde. Das Namensschild an der Brust wies ihn als Mr. R. Oban aus.

»Zu Miss Bannerman.« Eine Videokamera über der Tür hinter dem Sicherheitsmann war direkt auf ihn gerichtet.

»Zimmer 1214, fünfte Tür rechts im Flur«, sagte er mit einem glasigen, desinteressierten Blick, als ob er diese Auskunft heute schon tausendmal gegeben hätte.

Als Conor an der Konsole vorbeiging, warf er einen verstohlenen Blick auf die Monitore. Einer zeigte ein leeres Treppenhaus, ein anderer einen leeren Flur. Auf einem dritten war ein großer Laborraum zu sehen, in dem mehrere Leute bei der Arbeit waren. Mr. R. Oban schaute träge auf seine Monitore. Conor prägte sich den Namen des Mannes ein. *Vielleicht eine Schwachstelle,* dachte er. Dann schob er seine Smartcard in die Tür zum Flur und ging hinein.

Zwei Männer in weißen Overalls bugsierten gerade eine Kiste auf einer Sackkarre in eines der Zimmer. Die Tür gegenüber hatte die Nummer 1214. Durch ein Fenster sah Conor einen Schopf langer, blonder gelockter Haare, und sein Herz machte einen kleinen Sprung, als er erkannte, daß es sich tatsächlich um dieselbe junge Frau handelte, die er damals im Aufzug getroffen hatte. Er klopfte an die Tür, die einen Spalt offenstand.

»Herein.«

Conor spürte sofort wieder die Anziehungskraft, die von dieser Frau ausging. In der Luft hing der Duft ihres Parfums, den er schon im Aufzug so erotisch gefunden hatte, und ihr warmes, erkennendes Willkommenslächeln ließ ihn zurücklächeln; es war, als ob sie beide einen gemeinsam erlebten, ganz privaten Schmerz miteinander teilen würden.

Ihr weizenblondes Haar rahmte ihr attraktives Gesicht vorteilhaft ein, und die klaren blauen Augen funkelten voller Leben und Fröhlichkeit. In ihrem flaschengrünen Kostüm mit der weißen Bluse und der geschmackvollen Silberkette sah sie sehr elegant aus.

»Hi«, sagte er. »Conor Molloy – wir haben uns neulich im Aufzug getroffen, nicht wahr?«

»Guten Morgen, *Mister* Molloy.« Sie betonte das »Mister«, als ob sie ihn an die Firmenvorschrift erinnern wollte; andererseits aber kam damit auch zum Ausdruck, daß sie diese Formalität nicht sehr ernst nahm.

»Guten Morgen, *Miss* Bannerman«, sagte er und grinste.

Sie deutete auf einen Stuhl vor ihrem Schreibtisch, und er setzte sich, legte seine Akten auf den Schoß. Er fühlte sich ausgesprochen wohl in ihrer Gegenwart und freute sich an dem belustigten Glitzern in ihren Augen. Du bist ein tolles Mädchen, dachte er. Du bist wirklich großartig …

»Möchten Sie Kaffee?« fragte sie.

»Gerne. Schwarz, ohne Milch.«

Sie stand auf und ging hinaus in den Flur. Sie war recht klein, knapp über einssechzig, schlank und strahlte Sinnlichkeit aus. Er brauchte einige Zeit, bis er sich auf die Fragen konzentrieren konnte, die er ihr gleich stellen wollte. Dann schaute er sich um, suchte nach persönlichen Gegenständen, die ihm mehr über sie verraten konnten.

Die ungeöffnet herumstehenden Kisten und Kartons verrieten, daß sie den Einzug in das Büro noch nicht abgeschlossen hatte, und so waren nur wenige persönliche Dinge zu sehen: Einige Topfpflanzen, ein gerahmtes Foto an der Wand, auf dem Dr. Bannerman neben einer Frau zu sehen war, die eine ältere Version von Montana Bannerman zu sein schien – vermutlich ihre Mutter –, sowie eine schwarze Lackvase mit Stiften auf dem Schreibtisch. Ein weißer Burberry-Mackintosh hing an einem Haken an der Tür.

Er schaute zur Decke mit den eingebauten Lampen, den Klimatisierungsschächten und den häßlichen Stutzen der Sprinkleranlage und fragte sich, was sonst noch da oben versteckt sein mochte.

Sie ist eine Nonkonformistin, dachte er. Läßt sich nichts gefallen. Daran besteht kein Zweifel … Man würde ihr ein wenig auf die Sprünge helfen müssen; langsam, ganz langsam natürlich. Wenn er aber seine Karten richtig ausspielte, würde er in ihr eine wertvolle Verbündete gewinnen können. Und sie hatte eine geradezu ideale Position; ihr Vater war der Leiter des gesamten Genforschungsprogramms von Bendix Schere, und es würde nur wenige Informationen auf diesem Gebiet geben, zu denen sie keinen Zugang hatte.

Sie kam mit zwei Plastikbechern zurück. »Ich fürchte, der Kaffee hier ist nicht besonders gut«, sagte sie entschuldigend.

»Die Qualität des Kaffees steht auf der Liste der Vergünstigungen, die diese Firma bietet, nicht an erster Stelle«, sagte er und stellte den heißen Becher, den sie ihm reichte, schnell auf den Schreibtisch. »Vielen Dank.«

Sie setzte sich wieder hin. »Sie arbeiten bei P&V?«

»Ja.«

»Und Sie sind Patentanwalt?«

»Ja.«

»Wo kommen Sie her?«

»Aus Washington. Kennen Sie es?«

»Ja. Ich bin schon ein paarmal dort gewesen. Mein Vater hat verschiedene Vorträge an der Georgetown-Universität gehalten.«

»Ich habe dort studiert.«

»Aha... Wir fliegen in einigen Wochen wieder rüber. Er hält ein paar Vorlesungen und machte eine kurze Werbetour für sein neues Buch durch die Staaten.«

»Wie heißt das Buch?«

»*Die Gen-Bombe – der Holocaust des 21. Jahrhunderts.*«

Er sah sie an, sondierte das Terrain. »Das klingt kontrovers.«

»Ist es auch. Mein Vater neigt zu Kontroversen. Schadet sich damit leider selbst.«

»Das habe ich mir beim Lesen seiner Veröffentlichungen auch gedacht. Er scheint sich nicht viel um die in seinem Beruf üblichen Konventionen zu kümmern.«

»Nein, das tut er wahrlich nicht.«

»Und wie steht es bei Ihnen?«

»Ich versuche mein Bestes, ihn vor dem Schlimmsten zu bewahren.«

»Sie stimmen also mit seinen Ansichten über die Patentierung wissenschaftlicher Erkenntnisse nicht überein?«

Sie schüttelte den Kopf, und eine Spur von Traurigkeit verdüsterte ihr Gesicht. »Mein Vater ist ein Genie, Mr. Molloy, und wie viele Genies lebt er nicht immer in der realen Welt. Ich habe Verständnis für seine Ansicht, Wissen müsse geteilt werden, insbesondere auf dem Gebiet der Gentechnik, aber ich glaube im Grunde an die Notwendigkeit des Patentierungssystems. Ich glaube an diese Firma – ich fühle mich privilegiert, daß ich hier arbeiten darf.«

Conors Optimismus, sie als Verbündete gewinnen zu können, erhielt einen Dämpfer, vor allem, als er ihren ernsten Gesichtsausdruck sah. Sie sagte das nicht, um irgend jemanden zu beeindrucken, sie glaubte ernsthaft an das, was sie sagte. *Gib mir Zeit, du großartiges Geschöpf,* dachte er. *Gib mir ein wenig Zeit, und ich werde deine Ansicht über diese Firma ändern. Ich verspreche es dir…*

15

Reading, England; Dienstag, 13. September 1994

Dünne Perlen aus Regenwasser rollten über die glänzende Kühlerhaube des kleinen blauen Nissan. Im Wagen roch es nach Reinigungsmitteln; das Armaturenbrett und die Ablage waren sorgfältig geputzt, die Fußmatten gereinigt worden. Als Alan Johnson das letzte Mal im Wagen seines Schwiegervaters mitgefahren war, ging es ihm trotz aller verzweifelten Trauer durch den Kopf, war der Nissan völlig verdreckt gewesen, und alte Zeitungen, Bonbonpapier und gelbe Notizzettel hatten überall herumgelegen. Sein Schwiegervater hatte den Wagen für das Begräbnis eigens reinigen lassen.

Die Scheibenwischer zeichneten einen Bogen auf die Windschutzscheibe, aber die Tränen in seinen Augen machten die Sicht nach draußen nicht besser. Sie fuhren jetzt gerade vor dem Haus vor; letzte gelbe Rosen im Vorgarten bogen sich unter dem Gewicht des Regenwassers. Sarahs Rosen… sie hatte sie gepflanzt, gepflegt – und würde sie nie mehr sehen.

Sie war tot. Kam nie mehr zurück. Nie mehr…

Kein Licht im Haus. Und Sarah hatte ihm doch gesagt, man müsse immer Licht im Haus anlassen, wenn man wegging. Sie war so realistisch, so praktisch gewesen, viel mehr als er. Sie hatte eingekauft, die Rechnungen bezahlt, alle Bankgeschäfte erledigt… Alan starrte auf das Haus; kaum ein Jahr alt, modern, gemütlich eingerichtet. Sarah hatte alles ausgesucht – den Anstrich der Wände, die Vorhänge, die Möbel, die Kücheneinrichtung. Hatte das Haus warm und freundlich gestaltet. Und jetzt sah es düster und abweisend aus. Und leer. So entsetzlich leer…

Er sah seinen Schwiegervater an. »Kommst du noch mit mir rein – ich… ich fürchte, ich breche zusammen, wenn ich allein reingehe.«

»Natürlich, natürlich«, sagte Hubert Wentworth ruhig. Er stellte den Motor ab, lehnte sich zurück. »Du kannst… ehm… auch bei mir übernachten, wenn dir das lieber ist.«

Alan schüttelte den Kopf. »Danke… Ich… ich will…« Seine Stimme erstarb. Er wollte letztlich allein mit seinem Schmerz und seinem Kummer sein, aber jetzt… Er starrte ängstlich auf das Haus; es schien mit aller Finsternis und Verlassenheit der Hölle erfüllt zu sein.

Sein Schwiegervater löste den Sicherheitsgurt und schob seine stämmige Gestalt aus dem Wagen. Alan war dankbar dafür, daß er ihn begleitete, und durch den Nebel seines eigenen Schmerzes wurde ihm bewußt, wie groß auch der Kummer dieses stets so freundlichen Journalisten sein mußte. Ein gemeinsamer Schicksalsschlag verband sie: Auch Hubert Wentworth hatte vor vielen Jahren seine Frau auf tragische Weise verloren. Und jetzt war sein einziges Kind tot…

O Gott, warum nur? Sarah, warum nur? Warum du, Sarah? O Gott, warum hast du mir das Liebste auf der Welt genommen?

Die Bilder brannten unauslöschlich in seinem Bewußtsein. Die kleine, schleimige, zappelnde Kreatur in den Händen des Arztes. Die so schrecklich ineinander verwachsenen Fleischlappen anstelle des Gesichtes; keine Nase, kein Mund; das entsetzliche eine Auge in der Mitte dessen, was vermutlich die Stirn war…

Es tut mir leid, aber der kleine Kerl ist schrecklich mißgebildet…

Sie gingen zur Haustür. Alan war seinem Schwiegervater dankbar, daß er nichts sagte. Er schloß die Tür auf, und sie gingen in die dunkle Diele. Als sein Schwiegervater die Tür hinter ihnen schloß, schien der Wind ihnen gefolgt zu sein, umwehte sie noch immer. Er schien von oben zu kommen. Als Alan das Licht anmachte, schlug im Obergeschoß eine Tür zu.

Die beiden Männer sahen sich an, starrten dann nach oben. Hubert Wentworth legte beruhigend die Hand auf den Unterarm seines Schwiegersohnes. »Du hast anscheinend ein Fenster offengelassen.«

Alan schluckte. Sein Blick fiel auf das Sticktuch an der Wand: GOTT SEGNE DIESES HAUS! Ein Fenster offengelassen... Ja, so mußte es sein. Gestern hatte er die Zeitung und die Post in den Kühlschrank gesteckt. Den Teller mit seinem Abendessen, das er gerade in der Mikrowelle heiß gemacht hatte, in den Abfalleimer geleert. Autopilot... Er wurde von einem Autopiloten gesteuert, und das System hatte Fehlfunktionen.

Er folgte seinem Schwiegervater die Treppe hinauf. Wentworth knipste das Licht im oberen Flur an, und Alan mußte ein Schluchzen unterdrücken, als er das fröhliche blau-weiße Porzellanschild sah, das Sarah an der ersten Tür rechts angebracht hatte: KINDERZIMMER! Er mußte sich dazu zwingen, den Griff zu drücken und die Tür aufzustoßen.

Ein schweres Gewicht schien sich ihm entgegenzustemmen, und ein heulender Windstoß fauchte ihm entgegen. Als er das Licht anmachte, durchzuckte ihn ein Schock: Das Fenster war bis auf ein paar spitze Zacken zersplittert, und Scherben glitzerten auf dem gelben Teppich. Ein Mobile aus fliegenden Tieren war von der Decke gerissen worden und hatte sich im Gitter des brandneuen Kinderbetts verfangen. Die beiden Männer wechselten einen alarmierten Blick.

Alan hatte davon gehört – von rücksichtslosen Einbrechern, die die Todesanzeigen in der Zeitung lasen und dann während des Begräbnisses die Häuser ausräumten. Aber das konnte man ihm doch nicht angetan haben, nachdem Sarah und das Baby auf so schreckliche Weise gestorben waren...

Hubert Wentworth reagierte schnell. Er lief zum Elternschlafzimmer, Alan hinter ihm her. Blieb erstarrt in der Tür stehen: Alle Schubladen von Sarahs Kommode waren herausgerissen, der Inhalt auf den Boden geworfen worden. Die Türen des Kleiderschrankes standen auf, und seine und Sarahs Kleidung lag ebenfalls auf dem Boden.

Alans Blick flog zu ihrem Hochzeitsbild im Silberrahmen auf dem Fensterbrett, und er war seltsam erleichtert, daß die Einbrecher es nicht mitgenommen hatten. Wenigstens das nicht. Auch das Radio und der tragbare Fernseher waren noch da, und er fragte sich, wieso die Diebe diese relativ teuren Geräte nicht gestohlen hatten. Dann folgte er seinem Schwiegervater in das sich anschließende Badezimmer. Die Spiegeltür des Medizinschrankes stand zu seiner Überraschung offen, und mehrere Tablettenröhrchen und Salbentuben lagen darunter auf dem Boden. Auch die Tür des Schränkchens unter dem Waschbecken war offen, und der Inhalt – Klopapierrollen, Toilettenartikel, Waschbeutel, Vorräte an Seife und Zahnpasta – lag davor auf dem Boden.

»Was zum Teufel haben diese Mistkerle hier gesucht?« schrie Alan in einem plötzlichen Anfall von Zorn. »Drogen? Waren es Jugendliche, die nach Drogen gesucht haben?«

Der Journalist sagte nichts. Er ging zurück in den Flur und die Treppe hinunter. Alan folgte ihm. Sie überprüften das Wohnzimmer, das Eßzimmer, die Küche. Nichts. Hier unten waren keine Anzeichen für eine Durchsuchung zu sehen.

Hubert Wentworth rief die Polizei an. Als er den Hörer auflegte, fragte Alan mit zitternder Stimme: »Glaubst du, wir… wir haben sie gestört? Haben sie deshalb nichts mitgenommen?«

Wentworth antwortete nicht sofort. Er ging, gefolgt von Alan, wieder nach oben ins Badezimmer, schaute sich noch einmal um. »Nichts anrühren«, sagte er.

»Wer hat das getan? Wer zum Teufel?« fragte Alan. Er schien kurz vor einem hysterischen Anfall zu stehen. »Welche Schweine bringen so was an einem Tag wie dem heutigen fertig?«

Der Journalist sagte immer noch nichts. Er kniete sich hin und betrachtete die heruntergeworfenen Arzneimittel aus der Nähe. »Nahm Sarah regelmäßig irgendwelche Tabletten?« fragte er dann.

»Wie … wie meinst du das? Was für Tabletten?«

»Irgendwelche. Nahm sie irgendwas während der Schwangerschaft? Oder *vor* der Schwangerschaft?«

Sein Schwiegersohn errötete, nickte dann und stammelte: »Nun ja, also … Also, wir … wir hatten schon drei Jahre versucht, ein … ein Baby zu kriegen. Warum … warum fragst du das?«

Das Gesicht des Journalisten verfinsterte sich. Dann aber lächelte er und sagte sanft: »War nur so eine Idee. Ich will keine voreiligen Schlüsse ziehen. Wir … ehm … müssen erst mal rausfinden, was gestohlen worden ist. Die Polizei wird vielleicht wissen, was zu tun ist. Es ist … noch viel zu früh für irgendwelche Schlußfolgerungen …«

16

Berkshire, England; Sonntag, 6. November 1994

Kaninchen huschten über den holprigen Feldweg, als Monty den MG vorsichtig zu ihrem Cottage steuerte. Sie war müde von der langen Fahrt im dichten Verkehr und freute sich sehr auf ihr Zuhause, nachdem sie ein stressiges Wochenende in Bath bei einer alten Schulfreundin und ihrem Mann sowie den drei arg verzogenen, nervenden Kindern verbracht hatte.

Foxhole Cottage lag eine halbe Meile abseits einer ruhigen Landstraße und vier Meilen von der nächsten Ortschaft entfernt. Montys nächster Nachbar war eine Farmerfamilie, die eine Meile weiter den Feldweg entlang wohnte. Ihre Farm lag in einer Senke hinter einer Reihe von Hochspannungsmasten und war von Foxhole Cottage aus nicht zu sehen.

Außer den Fahrzeugen der Farmersleute und gelegentlichen Wanderern kam niemand am Cottage vorbei. Monty fühlte sich sicher hier; es war ihr Refugium. Es lag nur zwanzig Fahrminuten von ihrem alten Institut auf dem Campus der Universität entfernt und war bisher für das tägliche Pendeln ideal gewesen. Jetzt, da sie fast täglich nach London fahren mußte, war seine Lage weniger günstig. Sie war bei verschiedenen Gelegenheiten mit dem Zug gefahren, aber die Fahrzeit war nicht kürzer, und außerdem war es erheblich teurer als die Fahrt mit dem Auto. Sie verdiente jetzt zwar doppelt soviel wie vorher, schwamm aber dennoch nicht im Geld.

Sie kam rechts an der großen Scheune vorbei, sah dann die Silhouette des Hauses. Es brannte kein Licht hinter den Fenstern, und sie war zunächst beunruhigt, weil sie sich mit Bestimmtheit daran erinnerte, daß sie das Licht in mehreren Zimmern hatte brennen lassen. Aber dann fiel ihr ein, daß Alice, ihre Putzfrau, heute hergekommen war, um die Katzen zu füttern. Alice war eine gescheite Frau, aber es war nicht in ihren Kopf zu kriegen, daß es keine Verschwendung war, wenn man tagsüber Licht brennen ließ.

Das Cottage war äußerlich in einem schlechten Zustand. Der weiße Staketenzaun brauchte dringend einen neuen Anstrich, und einige der Bretter der Holzverkleidung im oberen Stockwerk hatten sich aus ihrer Verankerung gelöst, was darauf zurückzuführen war, daß sich der Teppich aus Efeu, Geißblatt und Clematis in jeden Spalt im Holz und zwischen den Backsteinen festgekrallt hatte.

Monty war ursprünglich mehr von der ruhigen Lage und der Aussicht auf die sanft geschwungenen Hügel ringsum angezogen gewesen als von dem Fachwerkhaus selbst, das in den achtziger Jahren des vergangenen Jahrhunderts eher nach funktionellen Gesichtspunkten als nach Maßstäben der Schönheit erbaut worden war. Es war mit seinen drei Schlafzimmern, einem großen Wohnzimmer, einem Eßzimmer und einem Arbeitszimmer größer als ein traditionelles Farmhaus.

Monty bugsierte den MG in die Garage, fuhr so dicht wie möglich an den Stapel mit Apfelkisten an der gegenüberliegenden Wand heran; ein paar Zentimeter waren dafür entscheidend, ob das Garagentor noch zuging oder nicht.

Als sie ausstieg, sog sie mit Genuß den Duft der Äpfel ein. Die fünf Apfelbäume im Garten hatten ihr in diesem Jahr eine Rekordernte eingebracht. Sie war nur eine sporadisch tätige Gärtnerin, aber sie aß sehr gerne ihre eigenen Produkte, vor allem, weil sie dann sicher war, daß sie nicht mit irgendwelchen Giftmitteln gespritzt worden waren.

Sie ging zur Haustür und schloß sie auf. Es war ein kalter Abend – kalt genug für Minustemperaturen, wie sie dachte.

Zwei grüne Augenpaare glitzerten ihr aus der Dunkelheit in der Diele entgegen. »Hallo Jungs!« rief sie, stellte ihre Tasche auf den Boden, kniete sich hin und streichelte Watson und Crick, ihre beiden Tigerkatzen.

»Ihr Armen, Alice hat euch im Dunkeln zurückgelassen!«

Sie knipste das Licht an und sah, daß Alice ihre Zeitungen, die *Mail on Sunday,* den *Observer* und die *Sunday Times,* ordentlich auf dem Dielentisch zurechtgelegt hatte. Monty war eine fleißige Zeitungsleserin, vor allem im Hinblick auf wissenschaftliche Informationen, die für ihren Vater von Bedeutung sein konnten; neuerdings suchte sie auch stets danach, ob Besprechungen seines neuen Buches erschienen waren.

Sie ging in die Küche, wo sie von der wohligen Wärme des Aga-Herdofens empfangen wurde. Das rote Licht des Anrufbeantworters blinkte, und während sie den Wiedergabeknopf drückte, überzeugte sie sich durch einen Blick auf den Boden, daß ausreichend Milch und Futter für die Katzen in den Schalen war.

Die erste Nachricht stammte von ihrer Freundin Anna Sterling, die für den kommenden Donnerstag ein Treffen in London vorschlug, um die neue Kunstausstellung in der National Gallery zu besuchen. Der zweite Anruf war von ihrem Vater, der gereizt fragte, an welchen Tagen in der nächsten Woche Monty in London sei und wann in ihrem alten Institut. Er klang stets gereizt, wenn er eine Nachricht auf dem Anrufbeantworter hinterlassen mußte, als ob er darüber verärgert sei, daß sie sich nicht persönlich meldete. Ein dritter Anruf stammte von Walter Hoggin, ihrem früheren Cheflaboranten, der sich dafür bedanken wollte, daß Monty ihm zur Wiedereinstellung bei Bendix Schere verholfen hatte. Er werde wieder anrufen, sagte er.

Monty nahm eine Packung Pilze aus dem Kühlschrank und machte sich zum Abendessen einen Toast mit warmen Pilzen. Nicht mehr als einen, befahl sie sich. Sonst setze ich Pfunde an… Bald überquere ich die Dreißig, dann geht's den Bach runter, und ehe ich mich versehe, bin ich eine alte, dicke Jungfer, die ihre Abende mit den Katzen vor dem Kamin verbringt…

Plötzlich flogen ihre Gedanken zu dem amerikanischen Patentanwalt, der heute zur ihr ins Büro gekommen war. Conor Molloy. Mr. Perfekt. Groß, schlank, schick… Und sie hatte in seinen Augen einen interessierten Blick wahrgenommen. Aber sie wischte diesen Gedanken schnell beiseite; er machte den Eindruck eines Mannes, der mit jeder Frau flirtet. Hatte wahrscheinlich eine glamouröse Schönheit im Schlepptau – ein junges Fotomodell, das war wahrscheinlich seine Kragenweite. Männer, die wußten, daß sie gut aussahen, gingen ihr auf die Nerven, und dieser hier schien es nur *zu gut* zu wissen…

Crick und Watson erstarrten plötzlich, drehten die Köpfe zur Tür. Monty zuckte zusammen. »Was ist los, Jungs?« Dann ertönte das dünne Zirpen der Türklingel, und ein Gefühl der Unruhe überfiel sie. Unangemeldete Besucher kamen ganz selten hierher, schon gar nicht nach Einbruch der Dunkelheit.

Sie ging in die Diele und schaute durch den Spion in der Tür. Ein sanft wirkender Mann mit beginnender Glatze stand draußen. Er entsprach nicht auf Anhieb der Vorstellung, die Monty sich von einem Massenmörder machte, aber sie blieb dennoch vorsichtig; sie legte die Sicherungskette vor, ehe sie die Tür einen Spalt öffnete.

Er war in den Fünfzigern, schätzte sie, und machte den Eindruck eines Mannes, der einmal bessere Tage gesehen hat, andererseits aber auch noch nicht sehr heruntergekommen ist. Er trug einen gut geschnittenen, inzwischen aber schäbig gewordenen Regenmantel und derbe Straßenschuhe. Seine kräftige Statur und seine Hängebacken erinnerten sie an Romangestalten bei Dickens. Auf seinem Gesicht lag der Ausdruck tiefer Trauer. Er sprach langsam und in entschuldigendem Tonfall. »Ich... ehm... ich suche das Haus von Miss Bannerman.«

Monty war beunruhigt, daß sie kein Auto im Hof stehen sah, und ließ die Sperrkette eingehakt. »Ich bin Miss Bannerman. Und wer sind Sie, bitte?«

»Oh, natürlich... Entschuldigen Sie. In der Einsamkeit hier muß man natürlich vorsichtig mit Fremden sein...« Er zog eine Brieftasche aus seiner Jacke, holte eine Visitenkarte heraus und gab sie ihr durch den Türspalt.

Hubert Wentworth, Chefredakteur, Thames Valley Gazette, las Monty.

»Meine Tochter, verstehen Sie...« Er seufzte leise. »Hat mal für Sie... ehm... und Ihren Vater gearbeitet. Im Bannerman-Genforschungsinstitut, so heißt es doch, nicht wahr?«

»Ihre Tochter?« Monty erinnerte sich nicht an den Namen Wentworth.

»Verheiratete Johnson...«

»Ach so – Sarah Johnson! Natürlich, sie arbeitet seit rund drei Jahren bei uns als Buchhalterin. Ist vor etwa sechs Monaten in Schwangerschaftsurlaub gegangen... Wie geht es ihr? Hat sie das Baby...« Sie brach ab, als sie den Ausdruck auf seinem Gesicht sah; der Mann schien innerhalb von Sekunden um Jahre gealtert zu sein. »Bitte kommen Sie rein...«

»Vielen Dank, nur ganz kurz, ich will Sie nicht lange aufhalten.«

Er trat ein und bewegte sich dabei wie ein uralter Mann, obwohl er höchstens Ende Fünfzig sein konnte.

»Schön«, sagte er. »Sehr schönes Haus. Schöne Gegend. Wollte selbst auch immer auf dem Land wohnen, aber... ehm... Francoise...« Er senkte den Kopf; er hatte offensichtlich Schwierigkeiten, Haltung zu bewahren.

Monty nahm ihm den Mantel ab. Er schaute auf ein Bild an der Wand – eine schlichte Landschaft mit einem Schuppen und einem Eichenbaum. »Darf ich wissen, wer das gemalt hat?«

Sie wurde rot. »Ich habe es gemalt.«

»Oh... Sehr talentiert. Haben Sie schon mal ausgestellt?«

»Nein. Ich habe seit Jahren nicht mehr gemalt. Keine Zeit mehr.«

»Ja, ja – die Zeit, der Erbfeind des Menschen...« Er lächelte traurig.

»Möchten Sie etwas trinken? Kaffee, Tee? Ein Bier?«

»Ein Glas Wasser wäre schön... Ich habe meinen Wagen an der Landstraße stehenlassen, weil ich nicht wußte, ob ich mit dem Auto bis hierher durchkomme.«

Sie hängte seinen Mantel auf. Wie sie jetzt sah, trug er einen zerknitterten grauen Flanell-Anzug, ein weißes Hemd und eine grüne Krawatte. Einige Haarsträhnen standen von seinem Kopf ab wie Äste einer Kiefer auf einem windumtosten Hügel.

»Kommen Sie, wir gehen in die Küche.«

»Ich werde Sie nicht lange aufhalten«, sagte er erneut.

Monty nahm die Pfanne von der Warmhalteplatte des Aga und schloß den Deckel des Herdes. »Mineralwasser?«

»Oh, einfach nur Leitungswasser, bitte.«

Sie ließ das Wasser einige Sekunden lang laufen, füllte dann ein Glas und gab es ihm. Er trank dankbar einen Schluck. »Gutes Wasser«, sagte er und sah Monty dann düster an. »Sie haben es also noch nicht gehört – von Sarah, meine ich?« Er schüttelte den Kopf, als ob er selbst wisse, daß er keine Antwort erwarten konnte. »Natürlich, woher sollten Sie es auch wissen... Gar kein Grund... Sie ist gestorben – bei der Geburt...«

Monty ließ sich auf den Stuhl ihm gegenüber fallen. »Was? Sarah ist tot...?«

Er nickte langsam.

»O mein Gott... Das ist ja schrecklich... Es tut mir furchtbar leid...«

»Danke ... Sie sind sehr liebenswürdig. Sarah sagte immer, Sie und Ihr Vater seien sehr nette Leute.«

»Sie war eine liebenswerte junge Frau. Ich mochte sie sehr gerne. Ich kann es gar nicht glauben, daß sie ... daß sie ...«

»Es ist schrecklich, ja«, sagte er.

»Und wie geht es ihrem Mann? Alan, nicht wahr? Wie verkraftet er das?«

Er legte die Hände um das Glas, als ob er die Finger daran wärmen wollte. »Das Baby war mißgestaltet – so schlimm mißgestaltet, daß es nicht überlebensfähig war.«

»O Gott, wie schrecklich! Es tut mir so leid für Sie, Mr. Wentworth, und auch für Alan. Ich werde ihm einen Kondolenzbrief schicken.«

»Vielen Dank, aber ...« Er schaute auf die Tischplatte. »Alan ... äh ...« Er brach ab, schien zusammenzuschrumpfen wie ein Ballon, aus dem die Luft entweicht. »Er konnte es nicht verkraften, verstehen Sie ... Hat sich einen Tag nach der Beerdigung umgebracht ... Er ... in seinem Wagen, verstehen Sie, in der Garage ... Die Abgase, mit einem Schlauch ...«

Monty erstarrte; sie konnte diese Nachrichten kaum verarbeiten. Sie sah den Journalisten an und fragte sich, warum er ihr diese Horrormeldungen persönlich überbrachte. Als ob er ihre Gedanken gelesen hätte, sagte Hubert Wentworth: »Ich hätte Sie natürlich auch anrufen können, hätte Ihnen diese Störung ersparen können, aber ... Sehen Sie, man muß am Telefon vorsichtig sein, wenn Sie verstehen, was ich meine.«

Sie runzelte die Stirn und fragte sich, ob der Kummer ihn ein wenig aus dem Gleichgewicht gebracht hatte.

»Zyklopie«, sagte er und sah ihr fest in die Augen. »Zyklopen-Syndrom. So nennt man das. Haben Sie schon mal davon gehört?«

»Nein.«

»Es handelt sich dabei um eine genetische Störung im Verlauf der fötalen Entwicklung. Eine scheußliche Sache, ganz scheußlich ...« Er trank wieder einen Schluck von seinem Wasser. »Völlig mißgestalteter Kopf, keine Gesichtszüge, kein Mund, keine Nase, nichts – bis auf ein Auge in der Mitte der Stirn. Manchmal auch starker Haarwuchs am Körper.«

»O Gott!« stöhnte Monty auf, schauderte, als sie sich dieses Bild vorstellte. »Und das ist bei Sarahs und Alans Baby aufgetreten?«

»Ja… Die Statistik der vergangenen dreißig Jahre besagt, daß es im Durchschnitt jährlich zwei Fälle dieser Art auf den britischen Inseln gibt. Nur zwei Fälle des Zyklopen-Syndroms im Jahr…«

»Das sind immer noch zwei zuviel«, sagte Monty.

»Ja… Ein Durchschnitt von einem Fall in sechsundzwanzig Wochen.« Er zögerte. »Es ist deshalb ziemlich bemerkenswert, daß es im vergangenen Monat allein *drei* Fälle gegeben hat, meinen Sie nicht auch?«

Monty überlegte einen Moment. »Ich nehme an, es gibt manchmal solche Häufungen; dann kommen eventuell wieder lange Perioden ohne einen Fall.«

»Natürlich, natürlich, Sie haben recht. Man darf keine voreiligen Schlüsse ziehen. Schock und Trauer können einem das klare Urteilsvermögen rauben… Aber es entgehen einem oft auch wichtige Zusammenhänge. Und sehr schnell tun wir solche Zusammenhänge, sofern wir sie erkennen, als reinen Zufall ab, meinen Sie nicht auch?«

»Zufall?«

Crick strich um Wentworths Beine, und er bückte sich und streichelte die Katze. »Ein Fall von Zyklopie hier in Berkshire, einer in Birmingham, einer in Edinburgh«, sagte er dann. »In jedem der drei Fälle starb die Mutter kurz vor oder während der Geburt an einer Infektion durch einen unbekannten Virus.«

»Tritt eine solche Virusinfektion bei den Müttern von Zyklopie-Babys immer auf?« fragte sie.

»Nein, eben nicht.« Er kraulte die Katze noch einmal, setzte sich dann auf, preßte die Lippen aufeinander und zuckte mit den Schultern. »Kann natürlich Zufall sein, daß es in diesen drei Fällen hintereinander so war…«

Eine tiefe Unruhe stieg in Monty auf. »Das ist sehr seltsam«, sagte sie. »Wirklich äußerst seltsam.«

Wentworth kratzte sich an einer seiner buschigen Augenbrauen. »Wir haben bei unserer Zeitung eine gescheite junge Frau als medizinische Reporterin. Ist ihr erster Job. Zandra Wollerton. Ich habe keine Zeit für größere Untersuchungen, verstehen Sie; man fährt viel durch die Gegend, braucht Geduld, Charme, muß rücksichtslos taktieren. Zandra kann das. In ein paar Jahren werden Sie ihren Namen in den überregionalen Zeitungen finden.« Er trank sein Glas aus.

»Noch ein Glas Wasser?«

»Nein, ich muß gehen...« Er brach ab, schien seine Gedanken zu sammeln. »Zandra, ja, cleveres Mädchen... Sie hat einen Zusammenhang entdeckt. Nur einen kleinen, winzigen. Vielleicht steckt auch gar nichts dahinter... Die Firma, die das Institut ihres Vaters übernommen hat, Bendix Schere, stellt doch dieses Fertilitätsmedikament *Maternox* her, nicht wahr?«

»Es gehört zu den am meisten verkauften Medikamenten des Unternehmens«, bestätigte Monty. »Ich glaube, es ist sogar das am meisten verkaufte Fertilitätsmedikament auf der Welt.«

»Richtig. Und deshalb muß man vorsichtig mit Schlußfolgerungen sein. Aber es ist interessant, daß alle drei Frauen vor ihrer Schwangerschaft Maternox eingenommen haben.«

Montys ungutes Gefühl legte sich wieder. Einen Moment hatte sie gedacht, er würde mit etwas herausrücken, was sie wirklich schocken würde, aber er schien sich doch nur an einen dünnen Strohhalm zu klammern. »Das ist sicher ein seltsames zufälliges Zusammentreffen, Mr. Wentworth, aber man muß das im großen Zusammenhang sehen. Eine von sechs Frauen auf der Erde hat Fruchtbarkeitsprobleme. Eine enorme Zahl von Frauen in unserem Land hat irgendwann einmal Maternox genommen. Und weltweit geht die Zahl in die Millionen. Im Hinblick auf nur drei Fälle, wie schlimm sie auch sein mögen, läßt sich da noch... ich meine...« Sie hob die Hände. »Es ist sicher sehr merkwürdig, da stimme ich zu, aber Schlußfolgerungen kann man meines Erachtens daraus nicht ziehen.«

»Natürlich, natürlich, Sie haben völlig recht. Aber es kommt noch ein Detail dazu. Wieder nur ein kleines, und wenn man es einzeln betrachtet, läßt es wieder keine Schlüsse zu.« Er drehte das leere Glas in der Hand hin und her. »Auf meinen Vorschlag hin ist Zandra Wollerton zum Pressesprecher von Bendix Schere gegangen und hat ihn gefragt, ob dem Konzern etwas über einen möglichen Zusammenhang zwischen dem Medikament Maternox und dem Zyklopen-Syndrom bei Babys bekannt sei.«

»Und? Wußten sie etwas darüber?«

»Natürlich nicht, wie man mit großem Nachdruck versicherte.« Er lehnte sich vor und kraulte wieder die Katze. »Aber drei Tage nach diesem Gespräch wurde in Zandras Wohnung eingebrochen. Alles wurde auf den Kopf gestellt, aber nichts gestohlen. Gar nichts.«

»Profis?«

»O ja, gar kein Zweifel. Keine Fingerabdrücke, nichts. Die Polizei meinte, die Einbrecher hätten genau gewußt, nach was sie suchten.« Er unterbrach sich wieder. »Und noch etwas ist äußerst merkwürdig: Am Tag von Sarahs Beerdigung wurde im Haus der Johnsons eingebrochen und im oberen Stock alles durchwühlt. Aber Alan stellte fest, daß nichts fehlte.« Er runzelte die Stirn. »Die Einbrecher haben weder Schmuck noch Silber noch sonst irgendwas mitgenommen. Vielleicht wurden sie gestört, aber es ist doch seltsam, daß sie die Zeit fanden, den Medizinschrank im Badezimmer genau zu durchsuchen. Finden Sie nicht auch, daß das seltsam ist?«

Monty sagte nichts. Ihre Kehle zog sich zusammen.

»Jetzt verstehen Sie vielleicht, warum ich hergekommen bin und Ihnen das alles persönlich erzählt habe, statt das Telefon zu benutzen.«

Monty nickte düster. Irgendwie war sie über die Hartnäckigkeit des Mannes verärgert, aber seine Ernsthaftigkeit ließ es andererseits nicht zu, seine Argumente einfach vom

Tisch zu wischen. »Sie stellen hier schwerwiegende Vermutungen an, Mr. Wentworth.«

»Ja. Und ich kann damit völlig falsch liegen; wollen wir hoffen, daß ich falsch damit liege ...«

»Und was stellen Sie sich vor, wie ich Ihnen in dieser Sache helfen kann?«

»Ich brauche jemanden bei Bendix Schere, der weitere Informationen beschaffen kann. Sarah hat immer von Ihrer und Ihres Vaters moralischer Integrität gesprochen. Ich hatte gehofft, ich könnte Sie – unter den gegebenen Umständen – dazu bringen, mir zu helfen, weitere Informationen zu bekommen. Absolut vertraulich natürlich. Keine Namen. Nichts, was man mit Ihnen in Verbindung bringen könnte, absolut nichts ...«

Sie dachte nach, versuchte ihre Gedanken zu ordnen. Dann sah sie ihn an, spürte, wie eine tiefe Besorgnis in ihr aufstieg, als ob die Dunkelheit da draußen auf sie eindringen und sie umschließen wollte.

»Erklären Sie mir, was Sie brauchen«, sagte sie schließlich. »Ich werde versuchen, es Ihnen zu beschaffen.«

17

London, Montag, 7. November 1994

Um kurz nach zehn kämpfte Monty sich durch den dichten Verkehr, und die kleinen Scheibenwischer des MG arbeiteten gegen den strömenden Regen an. Im Radio diskutierten zwei Politiker über Bosnien; durch einen Riß im Verdeck tropfte ein ununterbrochener Strom von Regenwasser auf ihre Stirn. Sie kam vom alten Institut in Berkshire, wo sie einige Unterlagen geholt hatte, die Conor Molloy brauchte, und war auf dem Weg zum Bendix-Gebäude.

Sie hatte kaum geschlafen und war erschöpft und gereizt. Ihre Gedanken hatten sich nicht von dem Drama um die

Johnson-Familie lösen können, und die Andeutungen dieses seltsamen Hubert Wentworth, das von Bendix Schere produzierte Medikament Maternox könnte dieses Drama verursacht haben, irritierten sie. Aber – war dieser Journalist nicht doch vielleicht paranoid? Klammerte er sich nur an einen Strohhalm? Oder war an dem, was er sagte, doch etwas dran?

Sie wußte, daß fast jedes Medikament, das auf dem Markt war, zwangsweise auch eine Schattenseite hatte; daß es immer Menschen geben würde, die unter seinen Nebenwirkungen zu leiden hatten. Es war völlig verständlich, daß Wentworth über das Drama seiner Familie außer sich vor Schmerz war und daß er sich in diesem Schmerz an jeden Strohhalm klammerte, um eine Erklärung für das entsetzliche Geschehen zu finden. Aber hatte es irgendeine Beweiskraft, daß zwei anderen Frauen ähnliches passiert war?

Und auch ein anderer moralischer Aspekt durfte nicht außer acht gelassen werden: Selbst wenn die Sache etwas mit Maternox zu tun hatte – mit dem Medikament war Millionen von Menschen auf der Welt geholfen worden. Es gab unzählige glückliche Kinder auf der Welt, die ihre Existenz diesem Medikament verdankten. Bei allen pharmazeutischen Produkten gab es eine Schattenseite, und es war manchmal eine Frage des Abwägens zwischen den positiven und negativen Wirkungen eines Medikaments, und dann mußten emotionslose, harte Entscheidungen getroffen werden. Prozentuale Möglichkeiten... Es war einfach, sich mit solchen prozentualen Möglichkeiten abzufinden, wenn man anonyme Statistiken vor sich hatte. Sehr viel schwerer aber war es, wenn ein Mensch, den man persönlich kannte, davon betroffen war – und gänzlich unmöglich, wenn es um jemanden ging, den man liebte.

Wenn Wentworth aber richtig damit lag, die Einbrüche mit diesen grausigen Ereignissen in Verbindung zu bringen, bekam die ganze Sache einen düsteren Hintergrund. Sie brauchte mehr Informationen, überlegte sie, ehe sie etwas unternahm. Die Beziehung der Bannermans zu Bendix

Schere war noch viel zu frisch, als daß sie Staub aufwirbeln und peinliche Fragen stellen durfte – sie hatte sowieso genug Probleme damit, ihren Vater davon abzuhalten, die Bendix-Leute auf die Palme zu bringen. Und sie hatte einen Horror davor, ihren Namen plötzlich in allen Zeitungen wiederzufinden.

Mr. Wentworth schien ein ehrenwerter Mann zu sein, aber sie hatte im Lauf der Jahre die Erfahrung gemacht, daß die Menschen die Pharmaindustrie – und alles und jeden, der damit in Verbindung stand – als legitimes Angriffsziel betrachteten. Man mußte bei den Medien sehr vorsichtig sein …

Sie bog nach links in eine Nebenstraße ein und hielt vor einer leeren Telefonzelle. Sie ging hinein, schob die Tür hinter sich zu, suchte in ihrem Notizbuch nach der Nummer, die ihr der Journalist gestern abend gegeben hatte, und wählte.

»Thames Valley Gazette«, meldete sich eine Frau.

»Ich möchte bitte Zandra Wollerton sprechen.«

»Moment bitte.«

Einen Augenblick später ertönte die harte, kurz angebundene Stimme einer Frau, die in Eile zu sein schien: »Zandra Wollerton.«

»Hallo – mein Name ist Montana Bannerman. Hubert Wentworth sagte mir, ich solle mich mit Ihnen in Verbindung …«

»Richtig«, unterbrach die Journalistin. »Er sagte mir, Sie würden anrufen. Wir treffen uns am besten irgendwo. In der Nähe Ihres Büros. Haben Sie morgen nachmittag Zeit?«

»Ja, ich kann das irgendwie …«

»Um vier? Kennen Sie das Hotel Thistle – liegt ganz in Ihrer Nähe.«

»Nein.«

»Zu Fuß höchstens fünf Minuten. Ecke Mottram und Gower Place – ein großes, häßliches Gebäude.«

»Ich werde es finden.«

»Hat ein Café im ersten Stock, *The Woolsack*.«

»Okay – aber wie erkenne ich Sie?«

»Ich kenne *Sie*, ich habe ein Foto von Ihnen in den Akten, aus dem Bericht über die Übernahme Ihres Instituts duch Bendix Schere. Ich habe kurzes, schwarzes gekräuseltes Haar und trage eine Brille. Bin ziemlich klein.«

»Bin ich auch.«

»Hat seine Vorteile... Also, vier Uhr, The Woolsack im Thistle.« Sie legte auf.

Sehr charmant, dachte Monty. Man könnte meinen, sie würde *mir* einen Gefallen tun...

Monty ging durch den langen Korridor, schaute auf der Suche nach Jake Seals durch alle Fenster in die Labors. Schließlich fand sie den Cheflaboranten in einem kleinen, sonst unbenutzten Labor am Ende des Flures.

Er trug einen Schutzanzug, Handschuhe und eine Schutzbrille und stand direkt unter dem massiven Chromkopf einer Notfall-Dusche. Er hob gerade vorsichtig einen blauen Kanister aus einer Panzerglas-Vitrine, auf der die Warnung VORSICHT! BIOLOGISCHE GEFÄHRDUNG! angebracht war.

Er stellte den Kanister auf einen weißen Arbeitstisch, drehte den Verschluß auf und holte eine bernsteinfarbene Flasche heraus, die mit einem Schutzfilm aus einer durchsichtigen Plastikmasse überzogen war. Er stellte die Flasche mit aller Vorsicht, die bei ätzenden oder giftigen Stoffen angebracht war, auf den Tisch.

Monty wartete, bis er sich wieder aufgerichtet hatte, und sagte dann: »Guten Morgen, Mr. Seals.«

Er drehte sich zu ihr um und schüttelte sein langes, strähniges Haar aus dem Gesicht. »Hallo. Wie geht es Ihnen?«

»Danke, alles okay. Hatten Sie ein schönes Wochenende?«

»Ja, war ganz nett«, antwortete er mit einem zweideutigen Grinsen. »Und Sie?«

Sie hob die Schultern. Die Intensität seines Blicks war ihr unangenehm. Seine Augen schienen sie zu durchleuchten, als ob sie die Geheimnisse ihrer Seele erforschen wollten. Er machte das immer, und es war ihr lästig. Sein ganzes Verhalten ging ihr auf die Nerven. »Brauchbar, würde ich sagen. Was ist in dieser Flasche?«

»Bendix-Suppe.«

»Aha … Mit welchen Zutaten? Croûtons?«

»Wenn Ihnen daran liegt, können wir Croûtons reintun. Das Problem ist nur, daß sie zerschmelzen würden, ehe Sie dazu kommen, sie zu essen. Und auch der Löffel und der größte Teil ihres Gesichts würden sich auflösen.«

»Nettes Zeug.«

»Ich kenne ein paar Leute, denen ich es gerne mal servieren möchte.«

»Hat es noch einen anderen Namen als ›Bendix-Suppe‹?«

»BS93L5021.« Er hob die Augenbrauen.

»Klingt interessant.«

»Sie wollen es aber wahrscheinlich nicht näher kennenlernen, oder? Das Zeug dürfte gar nicht hier sein – müßte in einer Isolierkammer aufbewahrt werden. Typisch für den Scheißdreck, der bei Bendix Schere produziert wird. Es existiert offiziell nicht mal.« Er schüttelte seine Mähne. »Haben Sie Kurt Vonneguts *Katzenwiege* gelesen?«

»Ja – ist eines meiner Lieblingsbücher.«

»Erinnern Sie sich an *Eis Neun*?«

»Das Zeug, das für den Vietnamkrieg entwickelt wurde? Wenn man es in einen Sumpf kippte, fror die ganze Chose ein, oder?«

Seals nickte. »Das hier wirkt ebenso überzeugend. Wenn man drei bis vier Liter davon in einen Swimmingpool kippt, löst sich in Sekundenschnelle ihr Fleisch in nichts auf, wenn Sie reinspringen. Ist wirklich ein scheußliches Zeug. Wenn Sie es auf die bloße Haut kriegen, gibt es nichts, aber auch *gar nichts,* was Sie noch machen können. Es gibt kein Mittel, das das Zeug neutralisieren könnte. Es ist die karzinogenste Substanz, die es gibt – sie zerfrißt das Fleisch und dringt gleichzeitig in den Blutkreislauf ein, verursacht sofort innere Blutungen und zerstört das Lungengewebe. Wenn ich dem Umweltministerium davon etwas sagen würde, würde man das ganze Gebäude abriegeln – ich übertreibe nicht.«

Monty war es gewöhnt, in der Nähe toxischer Substanzen zu sein, aber jetzt wich sie doch ein kleines Stück zurück. »Wahrscheinlich erfüllt das Zeug einen Zweck, oder?«

Er warf ihr einen seiner arroganten Blicke zu, bei denen sie sich wie eine Schwachsinnige fühlte. »Ich bin sicher, Bendix Schere hätte es auch nur so zum Spaß hergestellt, selbst wenn es keinem Zweck dienen würde.«

Sie lächelte unsicher.

»Es ist zwar ein scheußliches Zeug, aber auch sehr interessant. Es ist noch in der Entwicklungsphase, also hat man es bisher weder registrieren noch patentieren lassen. Ein Teil unserer Arbeit hier besteht darin, bei Saatgut sowie einfachen Lebensformen durch Genmanipulation die Resistenz gegen Schadstoffe zu steigern. Derzeit steigt die toxische Verschmutzung in den Weltmeeren immer weiter an und gerät in die Nahrungskette. Eine ganze Anzahl natürlicher Substanzen wird durch diese Verschmutzung karzinogen.« Er tippte mit der Fingerspitze gegen die Flasche. »Und dieses Schätzchen hier verstärkt die karzinogene Wirkung toxischer Verschmutzungen noch um einen erheblichen Faktor.«

Monty schaute hoch zu dem großen Kopf der Notfall-Dusche und fragte sich, wie wirkungsvoll Wasser sein würde, wenn etwas von diesem supergiftigen Zeug auf menschliche Haut geraten würde. Dann sah sie zurück auf die Flasche. »Wozu setzt mein Vater es ein?«

»Es gibt mehrere Anwendungsmöglichkeiten. Hauptsächlich wird es benutzt, um Experimente zu beschleunigen, bei denen es um die Wirkung von Karzinogenen auf anfällige Gene geht.«

»Ich wundere mich, daß er erlaubt, das Zeug hier aufzubewahren – er hat ja sonst sehr entschiedene Ansichten über diese Art von Substanzen.«

»Das weiß ich«, sagte Seals. »Er scheint übrigens einige meiner Ansichten über Bendix zu teilen.

Monty zögerte und sagte dann: »Letzte Woche haben Sie mir angedeutet, es gäbe bei Bendix Schere einige Dinge, über die Sie gerne mit mir sprechen möchten, irgendwo außerhalb dieses Gebäudes.« Sie sah ihn an. Sein Gesicht blieb ausdruckslos. »Haben Sie in den nächsten Tagen mal Zeit mit mir zum Mittagessen in einen Pub zu gehen?«

»Ich habe heute Zeit«, sagte er.

Sie saßen in einem düsteren Pub mit dröhnender Rockmusik, zu nahe an einem Lautsprecher, als daß Monty sich wohlfühlte. Jake Seals war beim zweiten Bier; Monty hatte erst wenige Schlucke von ihrem Weißwein getrunken.

»Ich habe noch nie was von diesem Zyklopen-Syndrom gehört«, sagte er und warf sein Haar zurück. Er klopfte eine Marlboro aus der Zigarettenpackung und steckte sie sich mit einem Streichholz an. »Drei Fälle – das klingt nicht nach besonders viel.«

»Nummer zweiunddreißig!« rief die Frau am Tresen.

»Unser Essen«, sagte Monty. »Ich hole es.«

Sie ging zum Tresen, holte die Würstchen mit Bratkartoffeln für Jake und den Thunfischsalat für sich selbst, dazu Ketchup, Besteck und Servietten, und setzte sich wieder hin.

»Maternox wird in verschiedenen Fabriken des Konzerns hergestellt«, sagte Seals. »In Reading, Plymouth und Carlisle hier bei uns, in vier Fabriken in den USA, in Korea, Südafrika und Australien, selbst in Rußland stellt eine Fabrik sie in Lizenz her. Es besteht immer die Möglichkeit, daß es zu einer Serie mit einer fehlerhaften Zusammensetzung der Tablette kommt, aber das würde bei der Qualitätskontrolle auffallen, und es ist sehr unwahrscheinlich, daß so was in den Handel kommt.«

Er zog an seiner Zigarette. »Beim Herstellungsprozeß sind eine ganze Reihe von Qualitätskontrollen eingebaut: Kontrolle der äußeren Form, Kontrolle der Zusammensetzung, Kontrolle der Einhaltung der Formel – alles, bis hin zur Verpackung. Von jeder Serien- oder Losnummer werden nach dem Zufallsprinzip Muster entnommen und untersucht.«

»Wie untersucht?«

»Chromatographische Analyse. Bei der Auflösung jedes Medikaments in seine Bestandteile ergibt sich ein eindeutiger ›Fingerabdruck‹, der durch Einfärbung oder ultraviolettes Licht sichtbar gemacht wird.«

»Besteht nicht doch die Möglichkeit, daß ein fehlerhaftes Los durch die Qualitätskontrolle rutscht?«

»Es gibt einen Mangel bei der chromatographischen Analyse – sie gibt einem nur die Informationen, nach denen man sucht. Dinge, nach denen man nicht sucht, werden auch nicht dargestellt.«

»Und was könnten das für Dinge sein?«

Er zuckte mit den Schultern. »Wenn dem Medikament ein Stoff beigefügt wurde, der nicht drin sein dürfte.«

»Warum sollte jemand das tun?«

»Ich weiß jedenfalls, daß es gemacht wird. Wenn eine Pharmafirma die Zusammensetzung eines Medikaments ändern will, schmuggelt sie heimlich ein paar Lose des veränderten Mittels unter die normalen Lose und schaut sich an, was passiert. Man erspart sich damit mühsame Tierversuche.«

Sie starrte ihn an. »So was wird tatsächlich gemacht?«

»Ja.«

»Vielleicht bei irgendwelchen skrupellosen Herstellern, aber doch nicht bei Unternehmen wie Bendix Schere, oder?«

Er hob die Augenbrauen. »Es geht bei einigen Präparaten um Hunderte von Millionen Pfund im Jahr. Wenn eine Firma wie Bendix sich drei Jahre mühsame Forschung und Entwicklung ersparen kann, verdient sie drei Jahre länger an dem Medikament.«

»Aber die Risiken sind doch enorm hoch – keine Firma kann es sich leisten, bei so was erwischt zu werden.«

Er hob die rechte Hand und rieb Daumen und Zeigefinger aneinander. Monty verstand das Zeichen sofort. Geld. Bestechung. »Gibt es einen Weg, die Losnummern der Maternox-Kapseln rauszufinden, die diese drei Frauen eingenommen haben?«

Sie rechtfertigte diese Frage vor sich selbst damit, daß, wenn Jake die Losnummern herausfinden und man einige Muster dieses Loses beschaffen und überprüfen konnte, es

Hubert Wentworth gegenüber ein eindeutiger Beweis für die Harmlosigkeit des Medikaments sein würde. Und daß es jedes Risiko für den guten Ruf der Firma in der Öffentlichkeit ausschließen würde.

»Ich kenne Rick Wilson, den Leiter der Qualitätskontrolle in Reading«, sagte Seals nachdenklich. »Wir waren zusammen auf dem College. Ich könnte mit ihm reden und rausfinden, ob er die Losnummern für mich identifizieren kann. Sie legen von jeder Losnummer Muster zurück, falls es zu Schwierigkeiten kommen sollte... Und ich könnte versuchen ihn zu überreden, diese Muster zu überprüfen... Oder sie mir samt der detaillierten Formel für Maternox zuzuschicken. Dann könnte ich die Überprüfung selbst machen.«

»Ich wäre Ihnen sehr dankbar«, sagte sie.

»Alles, was Bendix Knüppel zwischen die Beine wirft, ist mir recht«, sagte er und grinste sie an. »Ende des Monats steige ich bei Bendix aus und gehe mit einer fünfzigprozentigen Gehaltserhöhung zu Cobbold-Tessering. Bendix Schere soll zur Hölle fahren.«

»Warum? Was haben Sie denn gegen Bendix?«

Sein Blick flog zur Tür, und Monty sah, daß plötzlich Angst in seinen Augen aufflackerte. Eine tiefe, wirkliche Angst, die ihr einen eisigen Schauder über den Rücken jagte.

Verstört folgte sie seinem Blick zu einem Mann, der gerade zur Tür hereingekommen war; er war Ende Dreißig, kräftig gebaut und trug einen braunen Anorak. Dann zu einem anderen Mann mit blondem Haar und Sommersprossen, der in Hörweite an einem Nebentisch saß und Zeitung las. Wieso hatte sie diesen Mann nicht gesehen, als sie das Essen geholt hatte? Wahrscheinlich, weil sie weder auf ihn noch auf die anderen Leute um sie herum geachtet hatte... Sie sah Seals fragend an. Er war noch blasser als sonst.

»Alles in Ordnung, Jake?« fragte sie.

Er nickte, warf ihr einen warnenden Blick zu und sagte dann laut: »Was für Hobbys haben Sie neben Ihrer Arbeit?«

18

London, Montag, 7. November 1994

Bill Gunn saß vor der Monitor-Wand im Auswertungsraum. Nur ein Screen war eingeschaltet. Er spielte die Audio-Kassette, die er sich gerade angehört hatte, noch einmal zurück, brachte einige Schieber, mit denen die Hintergrundgeräusche ausgefiltert wurden, in die Maximalstellung und ließ das Band wieder laufen.

»Ich habe noch nie was von diesem Zyklopen-Sydrom gehört…« Die Stimme von Jake Seals… *Drei Fälle – das klingt nicht nach besonders viel.«*

Gunn stoppte das Band. Er war wütend und geschockt. Wo war die undichte Stelle? Wo zum Teufel?

Er schaltete die Kassette wieder ein, hörte sich das Gespräch bis zum Ende an. Der Kaffee vor ihm wurde kalt, aber er scherte sich nicht darum und ließ das Band noch einmal ganz von vorne laufen… *Diesmal hab' ich dich erwischt, mein Freund,* dachte er. *Jetzt kann ich dich endlich an deinem häßlichen dürren Hals packen…*

Er schaltete das Band aus und drückte auf den Video-Startknopf. Auf dem Screen vor ihm erschienen in Schwarzweiß Jake Seals und Montana Bannerman. Sie saßen in einem Pub und aßen zusammen zu Mittag. Bill Gunn bevorzugte Schwarzweißaufnahmen. Farbaufnahmen mochten hübscher sein, aber bei schlechten Lichtverhältnissen war die Bildauflösung in Schwarzweiß besser. Er schaute auf die roten Digitalzahlen der Schaltbrett-Uhr, dann auf seine Rolex. Viertel vor acht…

»Scheiße.« Er hatte Nikky versprochen, pünktlich nach Hause zu kommen. Sie wollten ins Theater gehen. Shakespeare. Sie studierte Literaturwissenschaften an der Uni in London. Er hatte nichts gegen ein bißchen Kultur – hin und wieder. Heute abend stand Othello auf dem Programm. Ein Stück voller Intrigen, und das gefiel ihm. Wenn Othello ein so effizientes Abhörsystem zur Verfügung gehabt hätte wie er bei Bendix Schere, hätte Desdemona nicht sterben müssen.

Nikky war ein nettes Mädchen. Zwanzig... Es war jetzt zwei Jahre her, daß er sich von dem *Miststück* hatte scheiden lassen, das zehn Jahre lang sein Leben ruiniert hatte. Selbst jetzt noch brachte er es nicht fertig, ihren Namen auszusprechen – die Wunden saßen zu tief. Und so war sie für ihn nur das anonyme *Miststück*. Nikky würde ihn eines Tages langweilig finden und sich einem Mann zuwenden, der eher ihrem Alter entsprach, und eine Familie gründen. Aber bis dahin verbrachte er eine schöne Zeit mit ihr, bekam das, was er brauchte: Wilden Sex, wenig Fragen und uneingeschränkte Heldenverehrung. Es hatte schlechtere Zeiten in seinem Leben gegeben.

Er nahm den Hörer des externen Telefons ab und gab die Zahl für die gespeicherte Nummer ein. Nikky meldete sich nach dem zweiten Läuten.

»Ich habe mich verspätet. Spring in ein Taxi, hinterleg meine Eintrittskarte am Theaterschalter. Wir treffen uns drinnen.« Er legte auf, ohne ihre Antwort abzuwarten.

Schnelligkeit. In einer Situation wie dieser war schnelles Handeln wichtig. Es gab zwei besonders gefährliche Leute in der Firma. Charles Rowley und Jake Seals. Er hatte schon vor einiger Zeit vorgeschlagen, Rowley rauszuschmeißen, aber die anderen Vorstandsmitglieder meinten, Rowley wisse zu viel über die Genforschung bei Bendix Schere, man dürfe das Risiko nicht eingehen, ihn an einen Konkurrenten zu verlieren. Und das würde mit Sicherheit geschehen, wenn man ihn bei Bendix feuerte; jede andere Pharmafirma würde ihn mit Handkuß nehmen. Also hatte man Gunn beauftragt, ihn strikt überwachen zu lassen. Gunn war auch der Meinung, daß es nicht gut war, den neuen Patentanwalt Conor Molloy so eng mit Rowley zusammenzubringen, aber auf die Frage nach den Gründen hatte er nur seinen Instinkt, der sich bisher stets bewährt habe, anführen können.

Sein Rat, Seals rauszuschmeißen, war aus denselben Gründen nicht akzeptiert worden – zu großes Risiko, daß er zu einer Konkurrenzfirma wechselte. Jetzt aber sah das anders aus.

Das Zyklopen-Syndrom ... O Gott ...

Er spielte die Kassette und das Video noch einmal ab. Wer hatte das Gespräch begonnen? Seals oder diese Bannerman?

Gunn lehnte sich zurück und dachte nach. Er hatte angeordnet, Seals rund um die Uhr zu überwachen, aber diese blöden Kerle hatten zwei Schlüsselmomente verpaßt: Was zum Teufel hatte sich abgespielt, als diese Miss Bannerman zu Seals ins Labor gegangen war und mit ihm gequatscht hatte, und wie hatte das Gespräch im Pub begonnen? Hatte Montana Bannerman als erste vom Zyklopen-Syndrom gesprochen? Oder hatte Seals damit angefangen, um ihre Loyalität der Firma gegenüber zu vergiften? Auf diese Fragen würden die Vorstandsmitglieder eine Antwort haben wollen, und Gunn konnte ihnen keine geben. Noch nicht. Aber er würde eine finden ... Und bis dahin war eine Schadensbegrenzung dringend erforderlich.

Er nahm den Hörer seines internen Telefons ab, gab seinen Zugangscode ein und wählte eine bestimmte Nummer.

19

London, Dienstag, 8. November 1994

Im Gegensatz zu ihrer Stimme am Telefon wirkte Zandra Wollertons Gesicht zart und freundlich. Aber es strahlte auch Charakterstärke, Entschlossenheit und Einsatzwillen aus, und Hubert Wentworth hatte sicher recht damit, daß sie einmal eine erfolgreiche Journalistin werden würde. Sie hatte ihr Notizbuch, eine Akte und ein Handy ordentlich neben ihrer Teetasse aufgestapelt.

Kurzes Kraushaar, Brille, Sommersprossen, Stupsnase, Grübchen beim Lachen, schicker blauer Hosenanzug ... Sie kann höchstens einundzwanzig sein, dachte Monty.

Zandra schlug die Akte auf, nahm einen kleinen Stapel zusammengehefteter Bögen heraus und reichte ihn Monty über den Tisch. »Die Krankenakte von Sarah Johnson.« Ihre Stimme war wie am Telefon – hart und bestimmt.

Die erste Seite enthielt die Fotokopien mehrerer Karteikarten, alle in einer kleinen, krakeligen Schrift ausgefüllt. Arztnotizen, erkannte Monty.

Sie sah auf, fühlte sich schuldig, in so persönlichen Unterlagen über einen anderen Menschen herumzuschnüffeln. »Wie sind Sie daran gekommen?« fragte sie.

»Ich beantworte solche Fragen niemals«, antworte Zandra Wollerton entschieden. Monty kam sich dumm vor, die Frage überhaupt gestellt zu haben.

»Soviel also zur Vertraulichkeit in Arztsachen…«

»Sie ist tot.«

»Hätte es für Sie einen Unterschied gemacht, wenn sie noch leben würde?«

Die Journalistin wich für einen Moment ihrem Blick aus und hob dann die Schultern. »Ich habe eine Menge Dinge zu tun, die nicht sehr schön sind, Miss Bannerman. Das ist in meinem Beruf nun einmal so. Ich suche nach der Wahrheit, und das ist oft nicht besonders angenehm.« Ihre Worte machten sie plötzlich viel älter, wie Monty fand. Zandra nahm zwei weitere Papierbögen aus der Akte und legte sie vor sich hin.

»Drei Frauen sterben in den Wehen an einer Infektion durch einen unbekannten Virus, der aussieht wie eine Kreuzung aus den Viren, die Gürtelrose, Masern und Schuppenflechte hervorrufen, und jede von ihnen bringt ein Baby mit dem Zyklopen-Syndrom zur Welt.« Die Reporterin unterbrach sich, trank einen Schluck Tee. »Aus den Krankenakten geht als einzige Verbindung zwischen ihnen hervor, daß sie wegen Fruchtbarkeitsproblemen mit einem Medikament namens Maternox behandelt wurden, das von Bendix Schere hergestellt wird.« Sie legte den Kopf schief und hob die Augenbrauen.

»Sie haben keine anderen Medikamente genommen?«

»Nein. Zumindest sind ihnen von ihren Hausärzten oder Gynäkologen keine anderen Mittel verschrieben worden. Ich habe das überprüft.«

Monty dachte einen Moment nach. »Vor kurzem ging die Meldung durch die Presse, daß es zu einer Häufung von Mißbildungen bei Babys gekommen ist, die man auf verseuchtes Meerwasser zurückführt. Es wäre doch möglich, daß die drei Frauen im gleichen Badeort am Meer Urlaub gemacht haben. Könnten sie sich nicht dort irgendwas eingefangen haben?«

Die Journalistin schüttelte den Kopf. »Keine der Frauen hat während der Schwangerschaft den Wohnort verlassen. Auch das habe ich überprüft.«

»Sie waren sehr gründlich«, sagte Monty bewundernd.

Zandra Wollerton ignorierte das Kompliment. »Da ist noch etwas, das von Bedeutung sein könnte. Alle drei Frauen haben das Maternox in Drug-Smart-Läden gekauft.«

»Wieso könnte das bedeutsam sein?«

»Bendix Schere besitzt diese Ladenkette.«

»Tatsächlich? Das wußte ich nicht.«

»Nur wenige Leute wissen das. Bendix Schere bemüht sich sehr, es geheimzuhalten. Die Firma hat auf diese Weise eine sichere, exklusive Verkaufsbasis für ihre Produkte, wobei aber der Anschein erweckt wird, es sei der freie Wille der Ladenkette, diese Produkte anzubieten. Ein geschicktes Marketing-Konzept.«

Monty überlegte und sagte dann: »Ich kann dennoch nicht erkennen, warum es eine Rolle spielen sollte, ob die drei Frauen die Maternox-Kapseln in DrugSmart-Läden gekauft haben oder irgendwo anders.«

Zandra Wollerton zuckte mit den Achseln. »Nun ja, vielleicht nicht, aber es ist auf jeden Fall eine weitere Gemeinsamkeit.«

Monty rührte in ihrem Tee. »Haben Sie mit den Hausärzten der drei toten Frauen gesprochen?«

»Ich habe es versucht; kein Erfolg, aber das ist ja nicht verwunderlich – der hippokratische Eid und all so was ...«

Monty fragte sich wieder, wie die Journalistin an die Krankenakten gekommen war. Hatte sie Einbrüche in die Arztpraxen oder Krankenstationen verübt? Hatte der scheinbar so sanfte Zeitungsmann Hubert Wentworth jemanden angeheuert, das für ihn zu erledigen? »Ärzte sind doch verpflichtet, das Auftreten von Nebenwirkungen bei Medikamenten, die sie verschreiben, zu melden, nicht wahr?«

»Sicher, sie *sollten* das tun, aber viele kümmern sich nicht darum. Ist ihnen zu viel Papierkram.«

»Wie hat denn die Presse- und Informationsabteilung bei Bendix Schere reagiert – die Leute dort waren doch sicher sehr interessiert, oder?«

Die Reporterin lachte zynisch. »Zuerst wollten mich die unteren Chargen abwimmeln, aber ich habe mich schließlich zur Chefin der PR-Abteilung durchgeboxt, einem Eisberg namens Linda Farmer. Sie sagte, es lägen keinerlei Berichte von Ärzten über Nebenwirkungen bei Maternox vor. Dann ließ sie das ganze Zeug über Maternox auf mich los, das der offiziellen Firmenlinie entspricht – daß vierzig Millionen Frauen weltweit das Medikament genommen hätten und bisher kein einziger Bericht über Nebenwirkungen eingegangen sei.«

»Was hat Sie denn ursprünglich veranlaßt, die Fälle der drei Frauen miteinander in Verbindung zu bringen?«

»Der Auftrag von Mr. Wentworth. Ich sollte herausfinden, wie viele Fälle im Jahr normal wären.«

»Glauben Sie, daß er eine Art Verfolgungswahn im Hinblick auf Bendix Schere entwickelt hat?«

»Er hat definitiv eine Abneigung gegen den Konzern, aber Verfolgungswahn kann man es trotzdem nicht nennen. Ich nehme an, wenn man eine Tochter auf diese Art verloren hat, will man mit aller Macht herausfinden, welches die wahren Gründe für ihren Tod gewesen sind.«

»Sie glauben also nicht wirklich, daß irgendwas an der Sache dran ist? Nur ein vom Schmerz überwältigter Mann, der Gründe für den Tod seiner Tochter sucht?«

Die Journalistin schüttelte den Kopf. »Es steckt mehr dahinter.«

»Wie kommen Sie zu dieser Meinung?«

Sie zögerte, lehnte sich dann vor und starrte in ihre Teetasse, als ob sie nach etwas suche, das ihr hineingefallen war. »Die Sache stinkt«, sagte sie.

»Sie meinen das ernst?«

»Ja. Es ist vor allem mein Instinkt, der mir das sagt, und vielleicht liege ich ja völlig falsch – aber ich könnte mir vorstellen, daß jemand von Bendix Schere – oder im Auftrag der Firma – mein Appartment durchsucht hat. Ich habe nicht genug in der Hand, um irgendwas beweisen zu können – noch nicht. Ich warte nur darauf, daß eine weitere schwangere Frau ein Baby mit dem Zyklopen-Syndrom zur Welt bringt und im Kindbett an einer unbekannten Viruserkrankung stirbt, und dann werde ich dem zuständigen Hausarzt rund um die Uhr auf der Pelle hocken, bis er mit mir redet.«

»Mr. Wentworth sagte, es sei nichts aus Ihrem Appartement gestohlen worden. Stimmt das?«

»Ja.«

»Und wenn nun Bendix Schere nicht dahintersteckt – haben Sie eine Ahnung, wer es sonst gewesen sein könnte?«

»Ein Perverser, nehme ich an«, grinste Zandra Wollerton. »Ein Wäschefetischist. Vielleicht hat ihm meine Unterwäsche nicht gepaßt.«

20

London, Dienstag, 8. November 1994

»Was halten Sie davon?«

»Optimal«, sagte Charley Rowley und schaute sich, zustimmend nickend, im Wohnzimmer um.

»Die Miete ist doch angemessen, oder?« fragte Conor.

»Man zahlt natürlich einen Zuschlag für die Lage – wir sind hier schließlich in Chelsea. Und sie müssen die Nebenkosten im Auge behalten – sie können einen um Kopf und

Kragen bringen. Sie müssen auch was gegen die undichten Fenster tun – es zieht hier drin ja unglaublich.«

Conor überflog noch eimmal das Angebot des Maklers. »Sieht nicht schlecht aus.«

»Die Wohnungsfürsorge der Firma wird den Mietvertrag für Sie überprüfen, ehe Sie unterschreiben. Sie müssen nur aufpassen, daß klare Regelungen über die Höhe der Nebenkosten getroffen werden.«

»Natürlich.« Conor hatte sich sofort in dieses Appartement verliebt, als er es sich am Samstag zum erstenmal angesehen hatte. Die hohen Decken, die Stuckverzierungen, der große Marmorkamin – mit ein paar alten Teppichen und antiken Möbeln würde man hier eine klassische englische Wohnung einrichten können …

Das Schlafzimmer war groß, ebenso das Badezimmer mit der riesigen alten Badewanne auf Löwenfüßen und den echten Messinghähnen. Die Küche war recht klein, ging aber in eine gemütliche Eßnische mit gewölbter Decke über. Er sah schon vor sich, wie er hier beim Kerzenlicht-Dinner sitzen würde – vielleicht mit Montana Bannerman. Er hatte morgen früh wieder eine Besprechung mit ihr, und er freute sich schon darauf. Er hatte am Wochenende öfter an sie gedacht – vor allem an die menschliche Wärme, die von ihr ausging.

Er ertappte sich dabei, wie er sie mit dem Mädchen verglich, das bei Charley Rowleys Party am Freitagabend neben ihm gesessen hatte. Amanda Soundso. Hatte toll ausgesehen, aber dauernd Kaugummi gekaut und kaum geredet. Überhaupt – die Party war aus seiner Sicht ein totaler Flop gewesen. Lauter wohlsituierte Leute, aber recht langweilig; Gespräche ohne Tiefgang. Zum Schluß hatte man reihum Witze erzählen müssen. Ein Lichtblick war Rowleys kleines, elegantes georgianisches Reihenhaus gewesen, das von den Teppichen über die Möbel und Bilder bis hin zum Geschirr und Besteck mit Antiquitäten ausgestattet war. Conor hatte den Eindruck gewonnen, daß Rowley einen solchen Besitz nur durch Erbschaft erworben haben konnte.

Rowley schaute auf die Uhr. »Ich treffe um sieben ein paar Freunde im Duke of Boots – haben Sie Lust mitzukommen?«

Conor nickte; er hatte heute abend nichts anderes vor. »Danke, gerne.«

»Ich werde mir ein paar Bierchen genehmigen. Lulu wird mich morgen früh zur Arbeit fahren.«

Lulu war Rowleys Freundin. Conor hatte sie bei der Party am Freitag kennengelernt. Sie hatte Übergewicht und redete zu laut. Conor blickte nicht durch, wie die Beziehung der beiden sich gestaltete. Lulu hatte das Essen bei der Party zubereitet, schien auch Rowleys Haushalt zu führen, spielte also durchaus eine feste Rolle in seinem Leben, wohnte aber nicht mit ihm zusammen. In Rowleys Gedankenwelt schien sie kaum zu existieren.

Sie gingen aus der Wohnung hinaus ins Treppenhaus, und Conor schloß die Tür hinter sich ab. Durch das enge Treppenhaus kamen sie in die Lobby des Gebäudes, in der einige Fahrräder an den Wänden lehnten.

Dann überquerten sie die Straße und gingen zu Conors BMW. Als sie im Wagen saßen und Conor den Wagen gestartet hatte, schaltete Rowley das Radio an. »Mal sehen, wie die Aktien heute stehen.«

»Oh, Sie haben in Aktien investiert?«

»Nur so zum Spaß. Peter Rawlings, den Sie bei meiner Party kennengelernt haben, ist ein cleverer Broker – wenn Sie ihn mal brauchen, gebe ich Ihnen gerne seine Nummer.«

Conor brauchte nicht lange nachzurechnen, um zu wissen, daß er bei den Kosten zur Einrichtung der Wohnung und der anfallenden Miete kaum Geld übrig haben würde, um am Aktienmarkt spekulieren zu können. »Danke«, sagte er. »Ich werde dran denken.«

Rowley hatte den Nachrichtensender im Radio gefunden.

»… hat der britische Pharmakonzern Bendix Schere heute bekanntgegeben, daß er mit dem amerikanischen Unternehmen Morgan-Pheltz ein Abkommen zur Übernahme dieser Firma abgeschlossen hat. Mit dem Kauf von Morgan-Pheltz wird Bendix Schere zum viertgrößten Pharmakonzern der

Welt. In einem Interview am frühen Nachmittag kündigte der Aufsichtsratsvorsitzende des Unternehmens, Sir Neil Rorke, an, daß ein substantieller Teil der Produktion von Morgan-Pheltz nach Glasgow verlegt wird, wo eine neue Fabrik mit dreitausend Arbeitsplätzen errichtet werden soll. Und nun zum Sport…«

Rowley stieß einen leisen Pfiff aus, schüttelte eine Zigarette aus seiner Packung und bot sie Conor an.

Conor lehnte ab. »Wußten Sie etwas von dieser Übernahme?«

»Nein. Nicht mal andeutungsweise. Die Bendix-Bosse sind bei solchen Dingen sehr zurückhaltend.«

»Haben Sie denn schon mal eines der Aufsichtsratsmitglieder kennengelernt?«

»Ja. Rorke – er ist okay. Einer der guten Jungs da oben an der Spitze. Aber er paßt nicht so richtig ins Bild – er ist zwar der Aufsichtsratsvorsitzende, übt das Amt aber sozusagen nur als Teilzeitjob aus. Arbeitet dort nur zwei bis drei Tage in der Woche. Ich glaube, sie benutzen ihn als eine Art Tarnmaske für ihr wahres Gesicht des gnadenlosen pharmazeutischen Kapitalismus… Mit Crowe sieht es anders aus.«

»Warum?«

Rowley zuckte mit den Schultern. »Ist nur so ein Gefühl. Er ist ein intriganter Manipulierer. Und er ist selbst Wissenschaftler, was bei einem Konzernchef sehr selten vorkommt.«

»Ich wußte nicht, daß er Wissenschaftler ist.«

»Er ist Molekularbiologe. Fing in der klinischen Forschung an… Man steigt nicht aus einem Labor in die Chefetage eines großen Konzerns auf, weil man ein guter Wissenschaftler ist – man schafft das nur, wenn man gerissen und skrupellos ist. Und Crowe steht in dem Ruf, tatsächlich ein widerlicher Mistkerl zu sein.«

»Alle erfolgreichen Typen sind mehr oder weniger Mistkerle«, sagte Conor.

21

London, Mittwoch, 9. November 1994

Mit der Reisetasche in der Hand, die er als Aktenkoffer benutzte, trat Jake Seals aus dem Aufzug im sechsten Stock, durchquerte den verlassenen Empfangsraum, gab die Smartcard und seinen Zugangscode in das Türschloß ein und ging dann zügig durch den Flur zu den Labors. Das Quietschen seiner Gummisohlen auf dem Boden, das ständige, leise Zischen der Luft aus dem Klimatisierungssystem und das Summen einer defekten Neonlampe waren die einzigen hörbaren Geräusche.

Er gähnte, fühlte sich todmüde und ein wenig desorientiert, als ob er vor einiger Zeit eine Droge genommen hätte, deren Wirkung noch nicht verflogen war. Wenn man müde war, mußte man bei der Arbeit besonders vorsichtig sein, das wußte er, denn sonst passierten leicht irgendwelche Unfälle. Ein heftiger Schmerz durchzuckte plötzlich seine Stirn. Er blieb neben einem Feuerlöscher an der Wand stehen und schloß die Augen. Verdammte Scheiße, dachte er, gähnte erneut, atmete tief durch und schaute verstohlen den Flur hinunter. Alle Lichter in den Labors und Büros waren ausgeschaltet, nur der Flur war erleuchtet. Wie er gehofft hatte, war niemand zu sehen; außer den Sicherheitsbeamten unten in der Lobby und einigen Computertechnikern der Nachtschicht war das ganze Gebäude zu dieser frühen Morgenstunde menschenleer.

Er schaute auf die Uhr. 5 Uhr 35. Miss Bannerman würde gleich kommen. Wahrscheinlich hatten sie volle zwei Stunden für sich, bevor irgend jemand anderer erschien. Reichlich Zeit. Er zitterte, rieb sich die Hände. Es war kalt draußen und hier drin nicht viel wärmer. Die Heizungssensoren würden seine Anwesenheit jedoch inzwischen erfaßt und den Thermostat hochgestellt haben. In wenigen Minuten würde es warm werden.

Er ging in sein kleines Büro am Ende des Flurs und stellte die Tasche auf den Besucherstuhl. Wieder zuckte ein Schmerz durch seine Stirn, und in seinem Kopf tanzten sprühende Funken. Er blieb einen Moment reglos stehen und wartete, bis der Anfall vorüberging. Kaum Schlaf, das war das Problem. Und der verdammte Streß...

Er zog seinen Anorak aus und hängte ihn an den Haken an der Innenseite der Tür, behielt aber sein Jackett an und streifte einen Overall darüber. Dann ging er zurück in den Flur, zum Getränkeautomaten, und wählte die Taste »Kaffee extrastark«. Während der Kaffee in den Becher lief, brach ihm plötzlich der Schweiß aus allen Poren, und er spürte, wie seine Beine unter ihm nachzugeben drohten. Er lehnte sich an die Wand, schloß die Augen, atmete tief durch. Vielleicht hatte er sich irgendeine Infektion eingefangen...

Er hatte gestern abend eigentlich vorgehabt, früh ins Bett zu gehen, aber ein Kumpel hatte ihn überredet, auf ein schnelles Bier mit ihm auszugehen. Aus dem einen Bier waren sechs geworden, und dann waren sie noch mit ein paar Mädchen in eine Disko gegangen. Um halb eins hatte er sich schließlich auf dem Parkplatz vor einer riesigen Wohnanlage in Hounslow wiedergefunden – bei dem erfolglosen Versuch, es auf dem Rücksitz seines Wagens mit einem der Mädchen zu treiben.

Er bedauerte es jetzt, daß er dieser Bannerman-Tochter versprochen hatte, ihr zu helfen. Vornehmes kleines Miststück. Er wußte nicht mehr, warum er überhaupt zugestimmt hatte, und es hatte ihn viel mehr Arbeit als erwartet gekostet, alles für einen beweiskräftigen Test vorzubereiten. Obwohl – seine ersten Grobuntersuchungen hatten gezeigt, daß irgend etwas nicht stimmte, und das machte ihn neugierig genug fortzufahren. Er schüttelte das Haar aus dem Gesicht. Seine Augen schienen in Sandpapier gelagert zu sein, und sein Gehirn arbeitete nur mit halber Kraft.

Er ging mit dem heißen Becher zurück in sein Büro, öffnete die Tasche und breitete den Inhalt systematisch auf dem Schreibtisch aus. Sechs kleine weiße Glasfläschchen mit

Maternox-Kapseln, alle mit verschiedenen Serien- und Losnummern versehen. Daneben eine Kopie des Chromatogramm-Musters der chemischen Formel des Medikaments, wie es sich bei korrekter Zusammensetzung auf einer Chromatographie-Platte darstellen mußte. Dann las er noch einmal die Nummer auf der ersten Phiole: BS-M-6575-1881-UKMR.

Die Buchstaben und Zahlen hatten eine feste Bedeutung und dienten vor allem dem Zweck, im Falle eines auftretenden Qualitätsproblems die Produktionsstätte und die Herstellungszeit identifizieren zu können. Über hunderttausend Frauen allein in England nahmen jährlich Maternox ein. Täglich viermal zwei Kapseln mußten an vierzehn Tagen hintereinander jeden Monat eingenommen werden, bis zu sechs Monate lang; die durchschnittliche Einnahmezeit vor einer Empfängnis betrug fünf Monate.

Miss Bannerman hatte ihn gebeten, die Losnummern der Maternox herauszufinden, die die drei verstorbenen Frauen eingenommen hatten, um schwanger werden zu können. Am Montag abend nach dem Lunch mit ihr hatte er seinen alten Freund Rick Wilson, den Chef der Qualitätskontrolle bei der Bendix-Fabrik in Reading, angerufen und ihm die Details der Verschreibung des Medikaments durch die jeweiligen Hausärzte der verstorbenen Frauen durchgegeben. Statt jedoch wie sonst die Freundlichkeit und Hilfsbereitschaft in Person zu sein, war Wilson sehr still und geradezu absurd förmlich geworden und hatte Seals darauf hingewiesen, daß eine solche Anfrage über Dr. Linda Farmer, die Leiterin der Presse- und Informationsabteilung, abgewickelt werden müsse.

Wilson war ihm einen Gefallen schuldig; Seals hatte ihn darauf angesprochen, aber Wilson war abweisend, ja fast feindselig geblieben, und so hatte Seals keinen weiteren Druck auf ihn ausgeübt.

Dann aber hatte am Montag abend zu seiner Überraschung ein brauner Umschlag in seinem Briefkasten gesteckt, darin ein Zettel ohne Unterschrift, wahrscheinlich aber in Wilsons Handschrift, auf dem stand, daß alle drei Frauen Maternox aus derselben Losnummer BS-M-6575-1881-UKMR erhalten hätten. Neben dem Fläschchen mit Kapseln dieser Losnummer waren fünf weitere Phiolen in dem Umschlag, die Maternox-Kapseln mit anderen, nach dem Zufallsprinzip ausgesuchten Losnummern enthielten.

Die drei Frauen hatten in Reading, Birmingham und Edinburgh gelebt. Es sah nach einem mehr als seltsamen Zufall aus, daß bei den Tausenden von jährlich in den drei Fabriken in Großbritannien produzierten Losnummern diesen drei Frauen in völlig verschiedenen geographischen Regionen Maternox mit derselben Losnummer verkauft worden waren.

Seals schaute auf die Uhr. 5 Uhr 45. Sie hatte sich jetzt schon um eine Viertelstunde verspätet... Er steckte die Phiolen in die Taschen seines Overalls, nahm das Referenz-Chromatogramm und seinen Kaffeebecher und ging damit in das gegenüberliegende Labor, das er für die Experimente benutzte, die er persönlich überwachte. Das Licht, von Sensoren gesteuert, ging bei seinem Eintreten automatisch an.

Während er zwischen den weißen Arbeitstischen hindurchging, warf er flüchtige Blicke auf die Experimente, die er in Gang gesetzt hatte und deren Ergebnisse er nächsten Monat heimlich mit zu Cobbold-Tessering nehmen wollte. In einer Kolbenflasche lag ein Zellhaufen in einer stark verdünnten Lösung der toxischen Säure BS93L5021, der er den Spitznamen »Bendix-Suppe« gegeben hatte. Mit bloßem Auge sah er, daß während der Nacht keine Reaktion erfolgt war.

Die Lösung ist *zu* dünn, dachte er, stellte den Kaffee auf einen Arbeitstisch, legte die Referenz-Chromatogrammplatte daneben und streifte die Schutzhandschuhe über. Er müßte eigentlich auch die Schutzbrille anziehen, wie es die Sicherheitsvorschriften verlangten, aber er meinte, er könne die Enge der Brille über seinem brummenden Schädel nicht ertragen. Dann hörte er plötzlich einen schlurfenden Laut und fuhr herum. Niemand zu sehen. Meine Phantasie spielt mir einen Streich, dachte er.

Er ging zu der Vitrine aus Panzerglas mit der Aufschrift VORSICHT! BIOLOGISCHE GEFÄHRDUNG!, öffnete sie und holte einen blauen Plastikkanister mit Schraubdeckel heraus. In dem Kanister steckte eine bernsteinfarbene Zweiliterflasche mit der »Bendix-Suppe«.

Zu seiner Überraschung blieben seine Schutzhandschuhe an den Seiten des Kanisters hängen, als ob er mit Klebstoff überzogen wäre. Er versuchte, die Hände wegzuziehen, aber sie ließen sich nicht lösen. Klebstoff am Kanister? Was zum Teufel...

Und dann griff irgend etwas unter der Vitrine nach seinen Fußknöcheln und riß ihm die Beine unter dem Körper weg. Er fiel rückwärts auf den Boden, die Hände in den Schutzhandschuhen immer noch am Kanister festgeklebt. Er starrte entsetzt auf den Behälter, dessen Schraubdeckel sich löste, auf die bernsteinfarbene Flasche mit der Säure, die daraus hervorrutschte und mit dem Hals voran auf ihn herunterstürzte.

Der Verschluß der Flasche war offen.

Mit ungläubigen Entsetzen sah er, daß ein Schwall der Säure aus der Flasche herausspritze, ihm ins Gesicht und auf die Brust klatschte. Er spürte ein scharfes Brennen im Gesicht, schrie auf, versuchte verzweifelt, die Hände von dem Kanister loszureißen. Das Brennen ging in unerträgliche Schmerzen über, als die Säure seinen Hals zerfraß, seine Augäpfel wegbrannte, seine Lippen zerschmolz und seine Kleidung auflöste...

Monty hörte das leise Surren eines Alarms, als sie aus dem Aufzug im sechsten Stock trat. Sie hätte schon vor einer halben Stunde hier sein sollen, aber als sie zu ihrem Wagen gekommen war, hatte sie festgestellt, daß ein Reifen platt war. So etwas war ihr seit Jahren nicht mehr passiert...

Sie blieb im Empfangsraum stehen, horchte. Definitiv eine Alarmglocke. Sie erledigte hastig die üblichen Prozeduren zum Öffnen der Flurtür und stieß sie auf. Das leise Surren wurde zum Schrillen, und sie sah ein rotes Licht über der Tür des Labors gegenüber von Jake Seals' Büro grell aufzucken.

Sie rannte hin, schaute durch das Glas; sah nichts Auffälliges. Sie steckte ihre Smartcard in das Türschloß, gab ihren Zugangscode ein, stieß die Tür auf.

Sofort umfing sie ein beißender Dunst, brannte in ihren Augen, in der Kehle, in der Lunge; sie hustete, schrie keuchend Jake Seals Namen, riß ihren Schal vom Hals und hielt ihn sich vor Mund und Nase. Dann ging sie weiter in das Labor hinein.

Zunächst sah sie nichts Ungewöhnliches, aber dann hörte sie einen scheußlichen, röchelnden Laut, der jeden Nerv in ihrem Körper zum Vibrieren brachte. »Mr. Seals!« schrie sie, mußte wieder husten, ging ein paar Schritte weiter. »Mr. Seals!

Vor ihr bewegte sich etwas. Sie ging darauf zu und erstarrte, als sie die Gestalt am Boden sah. Ein Wimmern brach aus ihrer Kehle.

Ein menschlicher Körper; als der von Jake Seals nur an den Cowboystiefeln und einigen wenigen, langen braunen Haarsträhnen zu erkennen, die an dem dampfenden Schädel hingen. Der Körper wandt sich auf dem Boden wie eine sterbende Schlange und stöhnte und winselte vor Schmerzen.

Seals Gesicht war eine formlose Masse aus schwarzem, dampfendem Brei, die sich in Sekundenschnelle veränderte; während Monty hinschaute, tropften kleine Partikel aus Fleisch und Haut auf den Fliesenboden. Auch der Oberkörper und die Arme und Hände bestanden nur noch aus einer brodelnden dunklen Masse. Die verschmolzenen Überreste eines Schutzhandschuhs waren an einer Hand noch zu erkennen, daran schien ein kleiner Klumpen aus blauem Plastik zu hängen.

Sie zuckte zusammen, nannte flüsternd seinen Namen, wollte ihm sagen, daß sie bei ihm war, daß sie ihm helfen würde, aber der Schock lähmte jeden vernünftigen Gedanken. *Wasser gegen Verbrennungen*, das war das einzige, was sie denken konnte, und sie starrte hoch zu der großen Düse der Notdusche unter der Decke. Was um Himmels willen hatte er abbekommen? Säure? Wasser war gut gegen Säure. Verdünnte sie.

»Jake, um Gottes willen, was ist das für ein Zeug, das Sie abbekommen haben?«

Ein mitleiderregender, unverständlicher Laut drang aus dem zerfließenden Gesicht. Es drehte sich ihr zu, und ein kleiner Spalt öffnete sich dort, wo der Mund gewesen sein mußte, und ein weiterer unartikulierter Laut drang daraus hervor.

Sie starrte entsetzt auf diesen Spalt und stammelte: »Was wollten Sie sagen, Jake?«

Er stieß ein neuerliches dumpfes Stöhnen aus, dann einen scheußlichen, schrillen Schmerzenschrei. *Wasser – Wasser verdünnt Säuren,* das war alles, was Monty noch denken konnte, und sie griff nach dem großen Ring der Notdusche, zog ihn kräftig nach unten. Sofort ergoß sich ein enormer Schwall Wasser aus der tellergroßen Düse, verursachte eine explosionsartige Dampfentwicklung am Boden. Monty hörte noch einen Aufschrei, dann verschwand Jakes Gestalt in der Dampfwolke, die eine scheußliche grünlich-gelbe Farbe annahm.

Die Wolke wurde dichter, dehnte sich schnell aus, drang auf Monty ein. Sie trat hastig ein paar Schritte zurück und hustete. *Du darfst das nicht einatmen,* zuckte es ihr durch den Kopf. Sie drehte sich um, rannte zum Telefon an der gegenüberliegenden Wand und griff nach dem Hörer. Sie mußte jetzt um Luft kämpfen, spürte, wie sich ihre Kehle, ihre Lunge zusammenzog. Alles um sie herum verschwamm vor ihren Augen.

Sie schob ihr Gesicht dicht vor die Nummernplatte, drückte 9-9-9. In ihren Ohren dröhnte das Gurgeln aus ihrer eigenen Brust und übertönte Jakes Todesschreie. *Ich muß es schaffen,* dachte sie, aber als sich eine Stimme am anderen Ende meldete, sackte sie zusammen, fiel auf den harten Fliesenboden …

22

London, Mittwoch, 9. November 1994

Conor hatte sich entschlossen, morgens früher zum Büro zu fahren und abends länger zu arbeiten, um mit seinem Arbeitspensum fertig zu werden.

Als er um Viertel vor sieben noch recht verschlafen die Euston Road hinunterfuhr und einer scharfen Kritik an Michael Heseltine, der angeblich die britische Politik nicht in den Griff bekam, im Radio lauschte, sah er plötzlich blitzende Blaulichter vor sich. Beim Näherkommen sah er zwei Feuerwehrwagen und einen Streifenwagen mit Blaulicht vor dem Bendix-Gebäude stehen. Er hielt vor der Schranke an der Zufahrt an und fragte den Wachmann, während er ihm seinen Ausweis zeigte: »Was ist passiert?«

»Chemischer Unfall«, sagte der Mann in gelangweiltem Ton, als sei das ein Routinevorfall.

»Wo?«

»In einem der Labors«, antwortete der Mann ungeduldig, öffnete die Schranke und winkte Conor durch.

Conor stellte den Wagen ab und betrat die fast leere Eingangshalle. Nur ein Feuerwehrmann in Uniform und ein nach höherem Rang aussehender Polizeibeamter standen am Ende des Sicherheitsschalters und unterhielten sich. Conor ging zu dem Wachmann hinter dem Schalter; es war, wie er sah, der freundlichste von den fünf Männern, die diesen Dienst abwechselnd versahen.

Er war ein krank aussehender Schwarzer, dessen Gesicht unter der ergrauenden Kraushaarbürste von scharfen Falten durchzogen war. Es war schwer, sein Alter zu schätzen; er mußte zwischen fünfzig und sechzig Jahre alt sein. Auf dem Namensschild an seiner Brust stand: W. SMITH – SICHERHEITSDIENST LOBBY.

Conor zeigte ihm seinen Hausausweis und fragte: »Es hat einen Unfall gegeben?«

Der Wachmann nickte. Conor entdeckte eine tiefe Traurigkeit in seinen rotgeränderten Augen. »Ja, Sir, mit einer chemischen Flüssigkeit.«

»Was für einer Flüssigkeit?«

»Das weiß ich nicht, Sir. Es war oben im sechsten Stock.«

»Hat es Verletzte gegeben?«

Der Mann zögerte und nickte dann. »Ja. Mr. Seals, der Cheflaborant, ist schwer verletzt. Ich glaub nicht, daß er...« W. Smith unterbrach sich mitten im Satz. »Der Krankenwagen hat auch die junge Frau mitgenommen. Ich weiß nicht, in welchem Zustand sie ist. Die Dämpfe, haben sie gesagt.«

»Eine junge Frau?«

»Sie ist sehr nett. Arbeitet hier mit ihrem Vater zusammen. Der ist sehr berühmt. Dr. Bannerman. Hat den Nobelpreis gekriegt.«

Conor hatte das Gefühl, eiskaltes Wasser sei in seine Därme gepumpt worden. »Miss Bannerman? Sie ist verletzt? Aber Sie wissen nicht, wie schwer?«

Der Wachmann schüttelte den Kopf. »Der Sanitäter hat's mir nicht gesagt. Sie lag auf 'ner Trage, hatte 'ne Sauerstoffmaske auf dem Gesicht.«

»Verdammte Scheiße! Wo hat man sie hingebracht? In welches Krankenhaus?«

»Das weiß ich nicht, Sir.«

»Paddington.«

Conor fuhr herum. Der Feuerwehrmann schaute zu ihnen herüber. »Man hat die beiden ins Paddington-Hospital gebracht.«

»Wie komme ich da hin?«

Der Feuerwehrmann erklärte es ihm. Conor bedankte sich und hastete dann zu seinem Wagen.

In der Notaufnahme des Paddington-Hospitals mußte Conor eine Weile warten, bis die Schwester hinter dem Aufnahmeschalter eine Arbeit an ihrem Computer zu Ende gebracht hatte. »Tut mir leid, daß Sie warten mußten«, sagte sie schließlich. »Wir sind heute morgen ziemlich im Streß. Was kann ich für Sie tun?«

»Etwa vor einer Stunde ist ein Unfallopfer mit dem Krankenwagen hergebracht worden. Der Name ist Miss Bannerman. Können Sie mir sagen, wie es ihr geht?«

Sie überflog die Liste und runzelte dann die Stirn. »Sind Sie ein Verwandter?«

Von draußen drang das Jaulen einer herannahenden Sirene herein. »Ich ... ich bin ihr Bruder«, log er und hoffte, daß sie nicht nachhaken würde. In den Staaten gaben Krankenhäuser in solchen Fällen Informationen nur an Verwandte weiter, und er nahm an, daß es hier ebenso sei.

Die Schwester führte ein kurzes Telefongespräch und sagte dann zu ihm: »Gleich kommt jemand und kümmert sich um Sie. Nehmen Sie solange Platz.«

Er brauchte nicht lange zu warten. Eine Frau in weißem Kittel kam durch die Tür und sah ihn an. »Sie sind Mr. Molloy?«

Er stand auf. »Ja.«

Auf ihrem Namensschild stand WENDY PHILLIPS – OBERSCHWESTER NOTAUFNAHME. Sie hatte müde Augen, und Conor fragte sich, ob sie die ganze Nacht über Dienst gehabt hatte. »Sie sind Miss Bannermans Bruder?«

»Ja.« Er spekulierte darauf, daß auch Geschwister unterschiedliche Familiennamen haben konnten.

»Möchten Sie sie sehen?«

»O ja, gerne. Wie geht es ihr?«

»Es ist noch zu früh, etwas dazu zu sagen. Sie liegt noch unter der Sauerstoffmaske.« Sie führte ihn durch den Flur.

»Sie hat irgendwelche chemischen Dämpfe eingeatmet?«

»Wir hoffen, es waren keine extrem giftigen Dämpfe. Ihr Mund- und Rachenraum scheint in Ordnung zu sein, aber in der Lunge ist anscheinend eine Bläschenbildung entstanden, die auf eine Verbrennung durch ätzende Chemikalien hinweisen könnte. Es ist jedoch noch zu früh, um beurteilen zu können, ob sie einen langfristigen inneren Schaden erlitten hat.«

»Weiß man denn, um welche Chemikalie es sich handelt?«

»Offensichtlich um eine unbekannte Substanz – eine Chemikalie, die noch Laborversuchen unterlag.« Ein Gerät in Schwester Phillips' Brusttasche piepste los. Sie ging zu einem Wandtelefon und führte ein kurzes Gespräch. »Eine chemische Lösung zur Neutralisierung der Substanz wird vom Labor der Firma in Berkshire unter Polizeibegleitung hergebracht«, sagte sie dann zu Conor.

Vor dem Sichtfenster eines mit medizinischen Geräten vollgestopften Krankenzimmers blieben sie schließlich stehen. Im Zimmer lag eine Frau mit einer Sauerstoffmaske über dem Gesicht auf einem Rollbett. An den gelockten blonden Haaren erkannte Conor, daß es sich um Montana Bannerman handelte. Eine Schwester stand neben dem Bett und trug die orangen Digitalzahlen auf einem Monitor in ein Formular ein.

Monty hatte die Augen geöffnet, und der zur Decke gerichtete leere Blick verlor sich, als er ans Bett trat und sie ihn erkannte. »Hi«, sagte er leise.

Sie nickte kaum merklich.

Er lächelte sie an. »Alles okay?« fragte er. Eine dumme Frage, das wußte er, aber ihm war nichts anderes eingefallen.

Sie nickte wieder.

Instinktiv strich er ihr mit den Fingerspitzen über die Wange; er erschrak, wie kalt und feucht sie sich anfühlte, aber er ließ es sich nicht anmerken. Ihr ging es offensichtlich *nicht* gut... Zwei Krankenpfleger kamen herein, gefolgt von einem ernst aussehenden jungen Mann in einem grauen Nadelstreifenanzug.

»Dr. Goode, das ist der Bruder der Patientin«, stellte Schwester Phillips Conor vor.

Conor war verlegen, fürchtete, der Doktor könnte peinliche Fragen an ihn richten. Aber der Arzt sah ihn nur kurz an. »Wir werden Ihre Schwester jetzt zum Röntgen bringen. Wir werden auch eine Spezialuntersuchung des Lungengewebes machen. Ich gehe davon aus, daß sie Spuren einer nicht aggressiven Substanz eingeatmet hat, und wir müssen herausfinden, ob sie einen Schaden davongetragen hat.«

»Glauben Sie, es könnte schlimm sein?«

Sie traten ein paar Schritte vom Bett zurück. »Es sind keine Verätzungen an den Lippen, im Nasen-Rachenraum oder im oberen Kehlkopfbereich zu erkennen, und das sind gute Zeichen, aber sie war bewußtlos und hatte schwere Atemprobleme, als das Notarztteam bei ihr eintraf. Und da wir nichts über die Zusammensetzung der chemischen Substanz wissen, können wir im Augenblick auch nichts darüber sagen, welche internen Schäden sie verursacht haben könnte.«

Conor sah besorgt zu Monty hinüber. »Wie geht es der anderen Person, die mit ihr zusammen in dem Labor war?«

Dr. Goode senkte seine Stimme: »Wir konnten nichts mehr für den Mann tun.«

»Er ist tot?« fragte Conor ungläubig.

»Er war bereits tot, als er hier eintraf. Völlig von dieser Säure zerfressen. Einer der Sanitäter des Notarztteams hat ebenfalls Verätzungen davongetragen; auch er leidet unter Atembeschwerden... Weiß der Himmel, was die sich da für ein Teufelszeug zusammengebraut haben.« Der Arzt schaute auf die Uhr. »Unsere Untersuchungen werden gut zwei Stunden dauern. Sie können natürlich hier warten, wenn Sie wollen. Jemand von der Firma ist mit einer Neutralisierungs-Lösung für diese Säure unterwegs, aber man hat uns bereits informiert, daß sie nicht sehr wirksam sein soll.«

»Ich komme dann lieber später noch mal vorbei.«

»Machen Sie das. Rufen Sie gegen Mittag an.«

Auf der Rückfahrt zum Büro gingen Conor vielerlei Gedanken durch den Kopf. Was hatten Montana Bannerman und dieser Labortechniker zu so früher Morgenstunde im Bendix-Gebäude zu tun gehabt? Etwas, von dem andere nichts erfahren sollten, das war sicher. Sein instinktives Gefühl im Hinblick auf diese Frau schien sich nun doch zu bestätigen. Sie würde für seine Pläne nützlich sein. Sehr nützlich sogar. Er hoffte, daß sie nicht zu schwer verletzt war...

23

London, Mittwoch, 9. November 1994

Montys Kehle brannte wie Feuer, und auch die Augen taten ihr weh.

»Wir nehmen jetzt die Maske weg und schauen uns mal an, wie Sie ohne Sauerstoff zurechtkommt, okay?«

Sie starrte hinauf zu dem stämmigen Mann mit dem groben Gesicht eines Neandertalers, sah seinen strähnigen, wirren Haarschopf und die Haare, die an seinem Hals über den Kragen des gestreiften Hemdes quollen. Er war flankiert von zwei Krankenschwestern; dahinter stand eine dichtgedrängte Gruppe anderer Leute.

Eine Hand schob sich unter ihr Genick, dann wurde die Maske von ihrem Gesicht gehoben. Ein kurzer Anfall von Panik überfiel sie, als sie plötzlich keine Luft mehr zu bekommen glaubte. Sie hatte das Gefühl, ihre Lunge sei wund wie nach exzessivem Zigarettenkonsum, und in ihrem Mund spürte sie einen scheußlichen, bitteren Geschmack.

Irgend etwas am Gesichtsausdruck des Arztes an ihrem Bett beunruhigte sie, und Schweiß brach ihr aus allen Poren, als sie daran dachte, welchen Schaden sie vielleicht davongetragen hatte. Irreparablen Schaden. Sie erinnerte sich an Jake Seals' Worte über die Gefährlichkeit der Substanz …

Und sie sah Seals vor sich auf dem Boden liegen. Sah seinen Körper in der explosionsartig aufzischenden Dampfwolke verschwinden, als sie die Notfalldusche in Gang gesetzt hatte. Erinnerte sich, daß sie zum Telefon gerannt war, um den Notarzt zu alarmieren, erinnerte sich, wie sie kämpfen mußte, die Notrufnummer noch eintippen zu können. Und dann nichts mehr. »Wie … wie geht es … ihm?« Ihre Stimme klang seltsam, viel höher als sonst, fast quiekend.

»Ihrem Kollegen? Es tut mir leid … Er hat es nicht geschafft.« Der Arzt brach ab und sagte dann: »Sie haben alles in Ihrer Macht Stehende getan.«

Sie biß sich auf die Unterlippe, die sich geschwollen anfühlte. »Nein, ich… ich…« Sie versuchte sich zu erinnern, die Szene im Labor noch einmal durchzuspielen. Sie hatte ihn am Boden liegenlassen, während er sich schreiend unter dem Wasserschwall gewunden hatte. Und bei lebendigem Leib von der Säure aufgefressen wurde…

Sie spürte den metallischen Geschmack von Blut und den schärferen, saureren Schwefelgeschmack der Chemikalie noch auf ihrer Zunge, hatte den scheußlichen Geruch noch in der Nase. Und dieses Zeug fraß sich jetzt langsam auch durch sie hindurch. Deshalb waren so viele Leute hier. Medizinstudenten; man hatte sie zusammengetrommelt, damit sie sich ihren Todeskampf anschauen konnten. Es würde wie bei Jake Seals sein – nur viel langsamer.

»Sie haben alles richtig gemacht«, sagte der Arzt.

Sie dachte an den rebellischen, arroganten Jake Seals in dem Pub, der plötzlich das Gespräch über die Firma abgebrochen hatte, als ob er sich vor etwas fürchten würde. Und er hatte grundsätzlich nicht den Eindruck eines Mannes gemacht, der leicht vor etwas Angst bekam. Und dann hatte er ihr gestern ganz ruhig gesagt, er hätte die Pillen, die sie haben wollte; aber er hatte immer noch verängstigt ausgesehen.

Was war mit diesen Maternox-Kapseln geschehen? Waren sie auch von der Säure vernichtet worden oder lagen sie noch irgendwo im Labor herum? Konnte sie noch eine Nachricht an Mr. Wentworth übermitteln, ehe auch sie starb?

»Wie fühlt sich Ihre Kehle an?« fragte der Arzt.

Sie sah ihn an, schluckte zur Probe. »Ganz gut – nur ein bißchen wund.«

»Die Untersuchung hat ergeben, daß sie ein kleines Ödem in der Lunge haben, aber das ist kein Grund zur Besorgnis. Es gibt keine Anzeichen dafür, daß Sie bleibende Schäden davontragen werden. Sie haben einige kleinere Verätzungen am Gewebe der Luftröhre, und sie werden Ihnen noch ein paar Tage lästig sein, aber spätestens nach zwei Wochen sind sie abgeheilt. Sie müssen sich allerdings noch ein paar Tage schonen.«

Zuerst war sie nicht erleichtert; sie meinte, er würde sie anlügen. Und selbst wenn er die Wahrheit sagte – wie konnte er sicher sein? Er wußte nicht, wie zerstörerisch diese Säure war. Niemand wußte das.

Sie atmete wieder tief ein. Der metallische Geruch wurde plötzlich von Blumenduft überlagert. Sie drehte den Kopf und sah einen großen Blumenstrauß auf dem Nachttisch stehen. Und ihren Vater daneben auf einem Stuhl sitzen. Seine Anwesenheit beruhigte sie sofort. Er blinzelte ihr zu.

»Du warst sehr tapfer, mein Schatz, daß du versucht hast, dem armen Kerl noch zu helfen«, sagte er.

»Ich habe alles falsch gemacht. Ich hätte nicht das Wasser anstellen dürfen. Ich hätte bei ihm bleiben sollen.«

»Es war richtig, das Wasser anzustellen; du hättest sonst nichts tun können.«

Der Arzt schaltete sich wieder ein. »Ich komme morgen früh wieder vorbei«, sagte er zu Monty. Und zu ihrem Vater: »War schön, dich wiederzusehen, Dick.«

»Ich danke dir, daß du hergekommen bist.«

Als der Arzt samt dem ganzen Geschwader gegangen war, sagte ihr Vater: »Gordon Lanscomb. Er ist der führende Lungenfacharzt Englands. Ich habe vor ein paar Jahren mal mit ihm in diesem Gremium zur Beratung der Regierung über die Genetik zusammengearbeitet. Du bist bei ihm in besten Händen.«

Sie lächelte dankbar. »Wieviel Uhr ist es?«

»Halb fünf.«

»Was – schon halb fünf?«

»Du hast lange geschlafen, mein Schatz. Wie fühlst du dich?«

»Ganz gut. Du mußt nicht länger hierbleiben, Dad, du hast ja viel zu tun.«

»Ich muß tatsächlich gehen – halte diesen Vortrag an der Universität von Sussex. Ich komme morgen wieder zu dir.«

»Wie lange muß ich denn hierbleiben?«

»Gordon meint, noch zwei Tage – zur Beobachtung.« Er

drückte ihre Hand. »Mach dir keine Sorgen, du bist doch mein tapferes großes Mädchen, nicht wahr?«

»Diese Säure berunruhigt mich ...«

»Der gesunde menschliche Körper hält ganz schön viel aus. Man hat dir einen sehr wirkungsvollen Cocktail aus anti-karzinogenen Medikamenten injiziert – man hat ihn für Arbeiter in Atomkraftwerken entwickelt, falls sie bei einem Unfall einer radioaktiven Strahlung ausgesetzt werden. Du kommst wieder ganz in Ordnung ... Dr. Crowe hat mich vorhin angerufen und angeboten, dich in eine der Bendix-Kliniken aufzunehmen. Sie sind großartig, aber ich glaube, mit Gordon Lanscomb als Fachberater bist du hier bestens versorgt. Was meinst du dazu?«

»Ich bleibe hier.«

»Sehr vernünftig.« Er hob die Augenbrauen. »Jetzt erzähl' mir mal, was da eigentlich passiert ist. Warum zum Teufel warst du so früh am Morgen dort?«

Monty reagierte nicht sofort, sammelte ihre Gedanken. Sie wollte ihrem Vater auf keinen Fall zu viel verraten. »Mr. Seals hatte mir gesagt, er werde Bendix in ein paar Wochen verlassen, und vorgeschlagen, mich in alle anstehenden Dinge seines Arbeitsgebietes einzuweisen. Wir kamen dann überein, uns dazu ein paarmal in den frühen Morgenstunden zu treffen, um das in Ruhe erledigen zu können.«

»Warst du dabei, als der Unfall passiert ist?«

Sie schüttelte den Kopf.

»So was passiert oft, wenn man übermüdet ist. Das war bei ihm anscheinend der Fall – aber zum Teufel, man hätte doch von dem Mann erwarten können, daß er noch klar genug im Kopf ist, nicht derart leichtsinnig mit einer so gefährlichen Chemikalie rumzuhantieren, wenn der Verschluß geöffnet ist. Und das auch noch ohne Schutzbrille!«

»Er hat noch versucht, mir was zu sagen, aber ich ... ich habe es nicht verstanden. Ich hörte den Alarm, als ich aus dem Aufzug kam und bin hingerannt. Er ... er ...« Ihre Stimme versagte.

»Okay, okay, reden wir nicht mehr darüber.« Er wechselte

das Thema, deutete auf das Blumenbouquet. »Wer hat das denn geschickt? Ein heimlicher Verehrer?«

Monty drehte den Kopf und schaute auf die Blumen. Sie streckte die Hand nach dem Brief aus, der an dem Bouquet festgesteckt war. Ihr Vater nestelte ihn los und gab ihn ihr. Sie las die kurzen, handgeschriebenen Zeilen:

Sie waren heute morgen außerordentlich tapfer, und Sie haben Schlimmes erlebt. Unsere Gedanken sind bei Ihnen. Wir sind alle sehr stolz auf Sie. Neil Rorke.

Der Brief heiterte sie auf, und sie reichte ihn ihrem Vater. »Das ist sehr nett, meinst du nicht auch, Daddy?«

»Ist ja wohl selbstverständlich. Vielleicht will er nur einer Klage auf Schmerzensgeld vorbeugen.«

»Du bist wieder mal viel zu radikal!« tadelte sie ihn. »Er ist wirklich ein netter Mann. Er hat sich für Walt...« Sie biß sich auf die Lippen. Sie hatte ihrem Vater nichts über Walter Hoggins Entlassung und Wiedereinstellung gesagt.

»Walt?«

»Ich... ich mag Sir Neil«, sagte sie hastig.

Ein lautes Klopfen an der Tür unterbrach das Gespräch. Die Tür wurde aufgestoßen, und ein Mann trat ins Zimmer. »Miss Bannerman?« fragte er.

»Ja?«

Sie sah sofort, daß er kein Arzt oder Krankenpfleger war. Er wirkte eher wie ein Bankangestellter. Er war Mitte Vierzig, hatte ein recht attraktives Gesicht mit klaren Zügen und kurzgeschnittenes, schwarzes Haar. Über dem Arm trug er einen ordentlich zusammengefalteten Regenmantel.

»Detective Superintendent Levine«, stellte er sich vor. Er nickte Dick Bannerman kurz zu, trat vor Montys Bett und zeigte ihr seinen Ausweis. »Ich möchte Ihnen ein paar Fragen stellen, wenn Sie gestatten.«

»Natürlich.«

»Kann das nicht bis morgen warten?« knurrte Bannerman.

»Das ist okay, Daddy«, sagte Monty.

Bannerman gab ihr einen Kuß auf die Wange. »Okay, ich gehe dann. Morgen früh besuche ich dich wieder.«

»Das brauchst du nicht, Daddy. Du hast doch im Moment so viel zu tun.«

»Du bist mir wichtiger als alles andere«, sagte er und ging.

Der Polizeibeamte wartete, bis der Wissenschaftler die Tür hinter sich geschlossen hatte, und setzte sich dann hin. Er musterte Monty mit wachen grauen Augen, und seine makellos weißen Zähne vermittelten den flüchtigen Eindruck eines Lächelns. Seine Gesichtshaut zeigte die Art leichter Bräune, die man auf der Sonnenbank erwirbt, und seine drahtige Gestalt ließ darauf schließen, daß er sich in Form hielt, vielleicht obsessiv. Er ist ein kühl analysierender, nüchterner Mann, dachte Monty, und dieser Eindruck wurde durch seine äußerst formelle Ausdrucksweise noch verstärkt.

»Ich möchte Sie nicht lange belästigen, Miss Bannerman, aber da Sie die einzige Person sind, die gesehen hat, was vorgefallen ist, bitte ich um Verständnis für die Notwendigkeit dieses Gespräches.«

»Natürlich.«

»Würden Sie mir bitte alles erzählen, an das Sie sich erinnern?«

Monty tat es, und er hörte ihr schweigend zu, ohne sich Notizen zu machen. »Ich verstehe nicht, wie das passieren konnte«, sagte sie zum Schluß. »Er war immer unglaublich vorsichtig.«

Er schwieg zunächst und sagte dann: »Ich weiß nicht, ob Sie es noch wahrnehmen konnten, Miss Bannerman, aber Ihr Kollege stand unter dem Einfluß von Alkohol. Er hatte den doppelten für das Autofahren zulässigen Alkoholspiegel. Dies mag vielleicht seine außergewöhnliche Sorglosigkeit erklären.«

»Es paßt dennoch nicht zu ihm…«

Der Detective Superintendent hob die Hände mit den manikürten Fingernägeln. »Er hat gestern abend verschiedene Lokale besucht und war bis um zwei Uhr morgens mit einer jungen Frau zusammen. Er scheint eine Menge getrunken zu haben, wenn sein Blutalkoholspiegel heute morgen um Viertel vor sechs noch so hoch war.«

Monty hörte, was er sagte, aber es erstaunte sie. Allerdings – sie hatte Jake Seals ja kaum gekannt. Es war möglich, nahm sie an; alles war möglich. Vielleicht hatte er sogar auch noch andere Drogen intus gehabt...

Levine sah sie mit einem durchdringenden Blick an. »Viertel vor sechs klingt nach einem sehr frühen Arbeitsbeginn, Miss Bannerman. Ist das bei Ihnen der Normalfall?«

Sie dachte kurz nach, wollte ihm keine Ansatzpunkte für ein intensiveres Nachhaken geben. »Wenn man für jemanden wie meinen Vater arbeitet, muß man so früh mit der Arbeit beginnen, um mit ihm Schritt halten zu können.«

»Natürlich.« Auf seinem Gesicht war keine Reaktion zu erkennen, aber seine Augen ließen sie nicht los. »Sie fangen also jeden Morgen so früh mit der Arbeit an.?«

»In unserem Institut in Berkshire war das so«, log sie. »Ich hoffte, es würde bei Bendix Schere mit mehr Assistenten besser werden, aber das war ein Irrtum. Wir sind immer noch dabei, unser altes Institut abzuwickeln, und so müßte ich oft an zwei Orten gleichzeitig sein. Ich hatte mich entschlossen, von heute an morgens wieder früh mit der Arbeit zu beginnen.«

»Und war das bei Mr. Seals auch üblich?«

»Das weiß ich nicht.«

»Ich dachte, nur wir Polizisten müßten zu unsozialen Tageszeiten arbeiten.« Diesmal lag wirkliche Wärme in seinem Lächeln.

»Ich mache das nicht freiwillig«, sagte sie. »Da können Sie sicher sein.«

Er stand auf. »Vielen Dank, Sie haben mir sehr geholfen. Wenn Sie gestatten, werde ich in ein paar Tagen jemanden zu Ihnen schicken, der ein förmliches Protokoll aufnimmt. Und man wird Sie wahrscheinlich auffordern, bei der gerichtlichen Untersuchung auszusagen.«

»Ja, natürlich...«

Als er gegangen war, legte Monty sich zurück und dachte nach. Detective *Superintendent*... Sie wußte nicht viel über die Dienstgrade bei der Polizei, aber das klang nach einem hohen Tier. Sie wunderte sich, daß ein so hochrangiger Polizeioffizier zur Untersuchung eines Industrieunfalls eingesetzt wurde, aber vielleicht zollte man damit Bendix Schere den Respekt, den die Firma verdiente – oder auf dem sie bestand.

Sie schloß die Augen und fiel in einen unruhigen Halbschlaf.

Monty wachte auf, als eine Schwester in blauer Tracht einen Teewagen mit dem Abendessen neben das Bett schob. »Es gibt Tomatensuppe, gedünsteten Fisch und Eis«, sagte sie. »Versuchen Sie, ein wenig davon zu essen.«

Sie ging aus dem Zimmer, steckte aber sofort wieder den Kopf durch die Tür. »Sie kriegen Besuch«, sagte sie.

Conor Molloy kam herein. Er hielt einen Blumenstrauß in der einen und einen großen Spankorb voller Früchte in der anderen Hand. »Hi«, begrüßte er sie. »Oh, Sie wollten gerade essen – ich komme später wieder vorbei!«

»Nein, bleiben Sie doch. Heh, was ist das denn alles?«

Er wurde rot. »Ich... ehm... ich...« Dann grinste er. »Ich habe im Aufzug eine alte Dame überfallen.«

Sie grinste zurück. »Wie schön – vielen Dank!«

»Ich... will die Schwester fragen, ob sie eine Vase oder so was hat... Wie geht es Ihnen?«

»Gut – bis auf die Stimme.«

»Ja – Sie klingen ein wenig wie Donald Duck. Paßt irgendwie zu Ihnen.«

»Herzlichen Dank!«

»Keine Ursache.«

Monty hatte sich eben noch sehr erschöpft gefühlt, aber das Erscheinen des Amerikaners ließ alle Müdigkeit von ihr abfallen. Sie fragte sich, ob sie überhaupt noch Make-up trug und wünschte, sie hätte vorher in einen Spiegel schauen können, um ihr Haar zu richten. Ich sehe bestimmt aus wie ein Wrack, dachte sie.

»Sie sehen besser aus als heute morgen«, sagte er. »Viel mehr Farbe im Gesicht.«

»Es war sehr lieb von Ihnen, daß Sie heute morgen reingeschaut haben. Ich fürchte, ich war nicht sehr gesprächig.«

Er lächelte und ging zur Tür. »Ich hole schnell eine Vase.«

Monty tunkte ein Stück Toast in die Tomatensuppe und führte es zum Mund. Der Geschmack weckte ein wenig ihren Appetit und rief Erinnerungen an ihre Mutter wach; sie hatte Monty, als sie noch ein Kind war, stets Heinz-Tomatensuppe eingeflößt, wenn es ihr nicht gutging.

Conor kam mit einer großen Glasvase zurück, füllte sie im Bad, das dem Krankenzimmer angegliedert war, mit Wasser, stellte die Blumen hinein und fragte, wo sie sie haben wolle. Sie deutete auf den Nachttisch, und er verlagerte Sir Neil Rorkes Bouqet auf einen Tisch am Fenster, stellte seinen Strauß an den gewünschten Platz und setzte sich auf den Stuhl an Montys Bett.

Der Amerikaner sah müde aus. Er war blaß, und das Weiße um seine braunen Augen war gerötet, als ob er in der vergangenen Nacht nicht genug Schlaf bekommen hätte. Er trug eine modische Krawatte mit einem Muster aus tropischen Fischen, ein hellblaues Button-down-Hemd und ein Crombie-Jackett. Montys Blick fiel auf seine Hände, die er auf die Oberschenkel gelegt hatte, auf die langen, eleganten Finger mit den sauberen, kurzgeschnittenen Nägeln und die altmodische, klobige Uhr an seinem muskulösen Handgelenk.

Er hat etwas Solides an sich, dachte Monty. Er sieht zwar aus wie ein Hollywood-Star, aber dahinter verbirgt sich mehr. Ganz besonders gefiel ihr sein ruhiger, manchmal aber auch gequält wirkender Blick. Als ob unter der selbstsicheren Oberfläche eine andere Schicht verborgen wäre – etwas Verletzliches und Geheimnisvolles.

»Geht es Ihnen inzwischen besser?« fragte er.

»Ja. Ich habe anscheinend etwas von diesem Dampf eingeatmet, was ich wohl besser vermieden hätte.«

»Nach allem, was ich darüber gehört habe, ist das richtig. Was ist denn nun eigentlich passiert – hat dieser Bursche irgendwas zusammenmixen wollen oder was?«

»Ich weiß es nicht – ich war nicht dabei; ich hörte den Alarm, als ich aus dem Aufzug stieg.«

»Wieviel Uhr war es denn da?«

»Ungefähr fünf vor sechs. Ich war spät dran…« Sie brach ab. Das hätte sie nicht sagen sollen. Ihre Zunge war mit ihr durchgegangen.

»Spät dran?« fragte er prompt. »Es war fünf vor sechs, und Sie waren *spät dran*? Wann gehen Sie denn normalerweise morgens ins Büro?«

Sie wischte mit dem letzten Toast den Rest der Suppe aus dem Teller. Ihre Finger zitterten leicht. »Das… das ist unterschiedlich.« Sie vermied es, ihm in die Augen zu sehen. »Mr. Seals hatte die Absicht, Bendix Schere am Ende des Monats zu verlassen, und er wollte vorher noch eine ganze Reihe von Dingen für meinen Vater zu Ende bringen. Er… er schlug vor, wir sollten uns früh morgens treffen, um das zu besprechen, ehe der übliche Trubel losgeht, verstehen Sie?«

Conor sah sie aufmerksam an. Es konnte wahr sein, was sie da sagte, aber er zweifelte doch sehr daran. Jake Seals hatte Zugang zu vielen geheimen Informationen, und wenn er Bendix Schere mitgeteilt hätte, daß er die Firma verlassen wolle, hätte man ihn wahrscheinlich sofort nach Hause geschickt und ihm den weiteren Zugang zu den Labors verboten.

»Lassen Sie Ihr Essen nicht kalt werden«, sagte er.

»Ich habe nicht viel Hunger.«

Ihre Augen trafen sich, und sie lächelten sich an. »Würden Sie mir sagen, was der wirkliche Grund für dieses frühe Treffen mit Seals war?« fragte er dann. »Verzeihen Sie, wenn ich mit dieser Frage auf privates Terrain vordringe, verstehen Sie, also, ähm… Es könnte ja eine persönliche Beziehung zwischen Ihnen und Mr. Seals gegeben haben…«

Monty merkte, daß sie sich bei dieser Frage verkrampfte, sich aber Mühe gab, es nicht zu zeigen, und versuchte, gelassen den Kopf zu schütteln. »Es hat keine persönliche Beziehung zwischen mir und Mr. Seals gegeben – ich fürchte, ich habe mich nicht einmal gut mit ihm verstanden.« Sie spießte ein Möhrchen auf, merkte, daß ihre Finger zitterten, und spürte, daß sie rot wurde. Sie versuchte, den Amerikaner nicht anzuschauen, aber ihre Augen wurden magisch von seinem Blick angezogen. »Das ist die Wahrheit«, ergänzte sie, als sie meinte, eine Art liebenswürdiger Skepsis in seinen Augen zu erkennen.

Er lächelte wieder und blinzelte. »Natürlich... Ich bitte vielmals um Entschuldigung – ich möchte Sie nicht aushorchen oder so was... Wenn Sie wollen, werfe ich mich Ihnen im Büßergewand vor die Füße.«

Sie lachte, stöhnte dann aber vor Schmerz auf. »Nein, das brauchen Sie nicht zu tun.«

»Haben Sie denn irgendeine Vorstellung, wie dieser Unfall passieren konnte?«

Sie fragte sich, ob sie ihm von Detective Superintendent Levines Aussage berichten sollte, daß Seals unter starkem Alkoholeinfluß gestanden hatte, empfand das aber irgendwie unfair dem Toten gegenüber. »Nein«, sagte sie.

Conor Molloy schwieg einen Moment und fragte dann: »Glauben Sie denn überhaupt, daß es sich um einen Unfall gehandelt hat?«

»Nein«, sagte sie.

Die Spontaneität ihrer Antwort verblüffte sie selbst genauso wie Conor Molloy.

24

London, Mittwoch, 9. November 1994

»Wir scheinen zwei Probleme zu haben: Als erstes den Mann, der Seals die Maternox-Kapseln gegeben hat, und zweitens müssen wir...«

»Er ist kein Problem«, warf Bill Gunn ein und schaute Vincent Crowe über den Japanlack-Schreibtisch hinweg an. Die Ausstattung in Crowes Büro erinnerte den Sicherheitschef eher an ein Boudoir als an ein Arbeitszimmer, aber sie entsprach wohl Crowes düsterem Charakter. Der schwarze Pappmaché-Frosch, der die Vorderseite des Schreibtisches dominierte und Gunn teilweise die Sicht auf den Firmenchef nahm, starrte ihn mit seinen roten Glasaugen böse an.

Frösche. Sie waren als firmeninterner Scherz gedacht. Jeder Direktor hatte von Crowe einen dekorativen Frosch als Ausstattungsobjekt für sein Büro erhalten. Gunn war ein Plüschtier-Kermit mit einem Walkman-Kopfhörer auf den Ohren übergeben worden; er bewahrte ihn in der untersten Schublade seines Schreibtisches auf. Die Sache mochte als Scherz gedacht sein, gab aber versteckte Hinweise auf den Arbeitsbereich des jeweiligen Direktors – und das gefiel Gunn in seinem Fall nicht.

»Wieso ist dieser Mann kein Problem?« Crowes graue Raubvogelaugen tauchten über dem Frosch auf. Das Büro war wie immer nur schwach beleuchtet und vermittelte selbst am strahlendsten Sommertag den Eindruck grauer Winterdämmerung. Alles an Dr. Vincent Crowe war kalt, selbst sein Händedruck. Gunn respektierte den Vorstandsvorsitzenden – und er fürchtete ihn. Crowe war der furchteinflößendste Mann, den er je getroffen hatte; und Gunn war in seinem Leben gewiß vielen furchteinflößenden Männern begegnet...

»Richard Wilson ist Leiter einer der drei Qualitätskontroll-Teams in Reading, Sir«, sagte Gunn. »Seals hatte ihn gebeten, ihm Maternox-Kapseln der Losnummer M-6575-1881 zu besorgen. Wilson lehnte ab. Aber dann sah das Überwachungsteam, das wir auf Seals angesetzt hatten, daß Wilson noch am selben Abend vor Seals' Haustür auftauchte und einen braunen Umschlag in den Briefkasten steckte. Wir fanden raus, daß er Seals einen Gefallen schuldig war – Seals hatte ihm vor Jahren bei einer außerehelichen Liebschaft Deckung verschafft. Und die Begleichung dieses Gefallens hatte Seals jetzt wohl eingefordert.«

»Und gedroht, er werde Mrs. Wilson alles sagen, wenn Wilson seine Schuld nicht beglich?«

»Sieht so aus, Sir.«

»Und in dem Umschlag waren Maternox-Kapseln mit dieser Losnummer?«

»Ja.«

»Wo sind sie jetzt?«

»Wir haben sie heute morgen in Seals' Labor auf einem Arbeitstisch gefunden und sichergestellt, ehe die Polizei und die Inspektoren von der Gesundheitsbehörde eintrafen.«

Crowe nickte, zeigte aber keine Anzeichen von Erleichterung über diese Nachricht. »Wieso hatte dieser Wilson Zugang zu den Kapseln?«

»Die Qualitätskontrolle hat die Losnummer M-6575-1881 genauso behandelt wie alle anderen, um jeden Verdacht zu vermeiden.«

»Warum sind diese Kapseln nicht durch Kapseln von einer anderen Losnummer ersetzt worden?«

»Dafür trage ich keine Verantwortung.«

»Alles, was die Sicherheit von Bendix Schere betrifft, liegt in Ihrer Verantwortung, Major Gunn.« Crowe sprach ihn stets mit seinem früheren militärischen Dienstgrad an.

»Ich bin mir dessen bewußt, Sir, aber ich kann nur dort tätig werden, wo ich vertrauenswürdige Leute sitzen habe, und bei der Qualitätskontrolle in Reading ist das nicht der Fall – es erschien bisher nicht erforderlich, dort solche Personen einzuschleusen. Der Plan war – und ist immer noch –, die betroffenen Maternox-Lose so in das Verteilersystem einzuspeisen, daß niemand auch nur eine Augenbraue hebt, und so ist das Los M-6575-1881 nichts anderes als eines von rund vierhundert Losen, die aus der Produktion in Reading in den Verkauf gelangen. Man hat mich nicht darauf hingewiesen, Vorsichtsmaßnahmen gegen das Problem zu treffen, dem wir uns jetzt ausgesetzt sehen.«

»Ich habe es immer als Ihre Aufgabe angesehen, uns auf potentielle Gefahren hinzuweisen.«

Gunn erkannte, daß eine Fortsetzung dieser Diskussion ihm nichts einbringen würde. Er hatte Crowe damals gewarnt, daß es Probleme geben könnte, wenn dieses spezielle

Maternox-Los zu Nebenwirkungen bei Patientinnen führen würde, aber Crowe hatte den Einwand nicht gelten lassen und behauptet, man könne das im Griff behalten, selbst wenn solche Nebenwirkungen zu Maternox zurückverfolgt werden könnten – was Gunn stark bezweifelt hatte. Und jetzt schien aus einem Grund, den er noch herausfinden mußte, genau dieser Fall eingetreten zu sein.

»Ich bitte um Entschuldigung, Sir, aber ich bin kein Wissenschaftler. Man hat mir damals erklärt, daß es wegen der zeitlichen Lücke zwischen der Verschreibung der Maternox und einer nachfolgenden Geburt extrem unwahrscheinlich sei, eine Verbindung zu Maternox herstellen zu können.«

»Es gefällt Ihnen, Major Gunn, daß die Sicherheit bei dieser Versuchsreihe so bedeutsam ist, nicht wahr? Sie sind sich im klaren darüber, was auf dem Spiel steht, oder?«

»Darüber bin ich mir stets im klaren, Dr. Crowe«, antwortete Gunn, wütend über diese Anspielung.

Crowe setzte die Ellbogen auf die Schreibtischplatte und verschränkte seine langen, marmornen Finger ineinander. »Mr. Seals bittet seinen Freund Mr. Wilson, ihm Kapseln einer bestimmten Maternox-Losnummer zu beschaffen. Wenige Stunden nach Erfüllung dieses Wunsches stirbt Mr. Seals. Wenn Sie dieser Freund von Mr. Seals wären, würde da nicht ein leiser Verdacht in Ihnen aufsteigen, daß es einen Zusammenhang zwischen diesen beiden Geschehnissen geben könnte?«

»Unter bestimmten Umständen würde ich das für möglich halten, aber nicht in diesem Fall. Erstens: Seals' Tod war ein Unfall – alle unsere Angestellten werden das so sehen. Zweitens: Wenn Seals seinen alten Freund Wilson erpreßt hat, damit der ihm diesen Gefallen tut, glaube ich nicht, daß Wilson großes Interesse daran hat, in der Sache rumzustochern; er müßte ja befürchten, daß der Diebstahl von Firmeneigentum, den er begangen hat, rauskommt und im Zusammenhang damit vielleicht auch sein damaliger Ehebruch. Ich halte Wilson seit heute morgen unter Beobachtung, und wenn ich auch nur den leisesten Verdacht habe, ich müßte eine Neutralisierungs-Aktion gegen ihn starten, dann werde ich das tun. Aber ich glaube nicht, daß das erforderlich sein wird.«

»Sie lassen ihn eine Weile rund um die Uhr beobachten?«

»Natürlich.« Gunn schaute verstohlen auf die Uhr. Crowe arbeitete regelmäßig bis spät am Abend, manchmal sogar bis nach Mitternacht, wie Gunns Bewegungs-Meldesystem auswies. Und saß dennoch jeden Morgen um halb acht wieder an seinem Schreibtisch. Gunn fragte sich, ob dieser Mann überhaupt Schlaf brauchte.

Es war inzwischen 19 Uhr 45. *Scheiße.* Am Montag, als er sich mit Nikky Shakespeares *Othello* im Old Vic anschauen wollte, war er wegen der Auswertung des Gespräches zwischen Jake Seals und Montana Bannerman erst zum dritten Akt im Theater eingetroffen. Heute hatte Nikky sich mit ihm Oliviers *Heinrich V.* im National Film Theatre ansehen wollen, und er hatte ihr hoch und heilig versprochen, pünktlich zu sein und nach der Vorstellung mit ihr zu *Poons* in Covent Garden, wo man durch eine Glasscheibe das Geschehen in der Küche beobachten konnte, zum Essen zu gehen. *Kultur*... Er hatte sich noch nie eine solche Häufung von verdammten Shakespeare-Stücken anschauen müssen – aber letztlich war das keine Zeitverschwendung. Der alte Poet war ein durchtriebener Bursche, und man konnte sehr viel über Manipulation von ihm lernen.

»Das andere Problem ist diese Miss Bannerman«, sagte Crowe. »Sie beunruhigt mich. Was wollte sie so früh am Morgen im Gebäude?«

»Seals treffen, ohne Zweifel.«

»Wer hat denn nun die Verbindung zwischen Maternox und den toten Frauen sowie dem Zyklopen-Syndrom bei den Babys entdeckt – sie oder Seals?«

»Diese Frage kann ich im Moment noch nicht beantworten, Sir.«

»Wird die Frau denn glauben, daß Seals' Tod ein Unfall war?«

»Sie hat keinen Anlaß, es nicht zu glauben.« Gunn lächelte. »Ich meine, es war doch ein Unfall, nicht wahr?«

Crowe hob die Augenbrauen. »Wie ist ihr Zustand?«

»Es geht ihr besser.«

»Sie lassen sie im Krankenhaus überwachen?«

»Wir haben eine Wanze in ihr Zimmer gepflanzt, aber sie funktioniert nicht.«

»Was heißt das, sie funktioniert nicht?«

»Sie nimmt die Gespräche nicht auf – Sie ist entweder kaputt oder irgendwie beschädigt oder vielleicht sogar entfernt worden. Wir überprüfen das gerade. Aber sie liegt in einem Privatzimmer, und wir müssen sehr vorsichtig sein.«

»Haben Sie unter Kontrolle, wer sie besucht?«

»Selbstverständlich.«

»Hat sie interessante Besucher gehabt?«

»Mr. Molloy war bei ihr.«

»Wer?«

»Mr. Molloy vom Bereich Patente und Verträge. Junger, dynamischer Patentanwalt. Von uns aus Washington hergeholt, um an der Patentierung der Bannerman-Forschungsergebnisse zu arbeiten.«

»Er hat also Arbeitskontakte zu Miss Bannerman, oder?«

»Ja.«

»Dann ist es ja nur normal, daß er sie besucht und sich nach ihrem Befinden erkundigt.«

Gunn zögerte. »Ja«, sagte er dann.

Das Telefon klingelte. »Ist es dringend?« meldete Crowe sich barsch. Er hörte eine Weile zu und fragte dann: »Sie haben den Namen?« Er notierte sich etwas mit einem dünnen goldenen Füller, legte dann den Hörer auf und sah Gunn an. »Die Presse«, sagte er.

Gunn nickte. »Unsere PR-Abteilung wurde den ganzen Tag über wegen der Seals-Sache von den Medien belagert – aber wir haben das im Griff. Ich habe unsere Leute entsprechend instruiert.«

»Es ging bei diesem Anruf nicht um Seals«, sagte Crowe ernst. »Es ging um Maternox.«

Gunn unterdrückte gerade noch einen lauten Fluch; Crowe war allergisch gegen unflätige Ausrücke.

»Sie wollten wissen, ob mir etwas über einen Zusammenhang zwischen der Einnahme von Maternox und dem Auftreten von Fällen des Zyklopen-Syndroms bekannt sei.« Die bisherige Kälte in Crowes Stimme hatte sich in kochende Wut verwandelt.

Gunns Gedanken überschlugen sich. »Welche Zeitung?«

»Irgendein Käseblättchen, von dem ich noch nie was gehört habe«, sagte Crowe geringschätzig. »*The Thames Valley Gazette.* Kennen Sie es?«

Gunn zuckte innerlich zusammen, wählte seine Worte jetzt sehr vorsichtig. »Ja – tatsächlich ein Käseblättchen. Eine Abendzeitung mit einer Auflage von vierzigtausend in der Region Reading-Slough. Fast nur Kleinanzeigen und wenig echte Information.«

Crowe schaute auf seine Notiz. »Eine Reporterin mit Namen Zandra Wollerton.«

Gunn nickte. »Sie hat vor ein paar Wochen schon einmal Fragen nach Maternox gestellt.«

»Tatsächlich? Und warum ist mir das nicht gesagt worden?«

»Wir haben sie damals überprüft. Sie schien keine Informationen zu haben, über die wir uns hätten Sorgen machen müssen.«

Crowes Augen funkelten wütend. »Wer hat diese Feststellung getroffen?«

Gunn schluckte. »Ich, Sir – ich hielt es nicht für erforderlich, Sie damit zu belästigen.«

Crowes Finger wurden weiß, als er sie zusammendrückte. »Ich muß sagen, Major Gunn, Sie handhaben diese ganze Sache nicht sehr gründlich. Ich hoffe doch sehr, daß es nichts in Ihrem Privatleben gibt, das Sie von Ihren dienstlichen Pflichten ablenkt?«

»Nein, Sir«, antwortete Gunn kühl, fragte sich aber im Hinterkopf, wie er Nikky wegen seiner erneuten Verspätung besänftigen könnte. Was das Privatleben anging, hatte er sich oft gefragt, wie es damit bei Crowe stand. Der Vorstandsvorsitzende war verheiratet, aber kinderlos geblieben. Gunn hatte Ursula Crowe bei verschiedenen Gelegenheiten getroffen; eine einseitig intellektuelle, humorlose Frau, genauso kühl wie ihr Mann. Die beiden hatten sich gesucht und gefunden. »Ich werde mich sofort um diese Zandra Wollerton kümmern.«

Crowe lehnte sich zurück. »Stellen Sie fest, wem diese Zeitung gehört. Es könnte ja sein, daß wir ihnen Anzeigenaufträge geben.« Er sah seinen Sicherheitschef an und hob die Augenbrauen.

»Natürlich, Dr. Crowe.« Gunn lächelte. »Ich habe verstanden.«

25

London, Mittwoch, 9. November 1994

Conor starrte Monty an, war im stillen freudig erregt über ihre Aussage und mußte sich zusammenreißen, ihr das nicht zu zeigen. Er war sich im klaren darüber, daß vielleicht jemand mithörte, und senkte daher die Stimme: »Sie meinen tatsächlich, daß Seals' Tod nicht auf einen Unfall zurückzuführen ist?«

Sie brauchte einen Moment, um ihre Gedanken zu sammeln und fragte sich, ob sie nicht besser einen Rückzieher machen sollte, ehe sie sich noch tiefer in die Sache verstrickte. Sie kannte diesen Amerikaner kaum, hatte bisher nur ein einziges längeres Gespräch mit ihm geführt und wußte nicht, wie es um seine Loyalität der Firma gegenüber bestellt war. Bis vor wenigen Augenblicken hatte sie angenommen, er stehe loyal zu Bendix Schere, aber die Art, in der er die Frage gestellt hatte, schien nahezulegen, daß sie sich geirrt hatte. Der Argwohn in seiner Stimme war so unmißverständlich gewesen wie ihre Antwort spontan.

Mit wachsender Angst dachte sie plötzlich an die Schlußfolgerungen, die sich wie die ersten Anzeichen eines Wirbelsturms in ihren Gedanken abzeichneten. Ein Zittern durchfuhr sie. Sie dachte an diesen Journalisten und Nachrichtenredakteur Hubert Wentworth, der den Schmerz über den Tod seiner Tochter nicht verwinden konnte. Dachte an diese aufsässige junge Reporterin Zandra Wollerton, deren Wohnung von einem Einbrecher durchwühlt worden war. Dachte an Jake Seals, den die Säure zerfressen hatte. Dachte an Detective Levine, der gesagt hatte, Seals sei betrunken gewesen…

Hatte sie genug Argumente für die Behauptung, Jake Seals sei umgebracht worden? Ihre Logik verneinte diese Frage, sagte ihr, daß sie vor Müdigkeit, Angst und Streß emotional aufgewühlt und ihre spontane Antwort auf Conor Molloys Frage aus dem hohlen Bauch gekommen war. »Ich… ich…« Seine warmen, haselnußbraunen Augen schienen sie aufzufordern: *Vertrau mir. Vertrau dir selbst. Vertrau deinen Instinkten!* Ich… ich weiß nicht, warum ich das gesagt habe«, stammelte sie schließlich.

Eine flüchtige, zunächst für sie nicht deutbare Veränderung zeigte sich auf seinem Gesicht, aber sie erkannte, daß dieser Mann irgend etwas wußte, was er vor ihr geheimhielt. Aber was?

Conor sah die Verwirrung in ihren Augen, erkannte, daß er sie vielleicht zu sehr bedrängt hatte. Aber ihre Verwirrung war echt, und es galt jetzt, sie auszunutzen.

Mein Gott, ist diese Frau attraktiv, dachte er. Sie sieht wunderschön aus, selbst ohne jedes Make-up und nach allem, was sie heute durchgemacht hat. Ich begehre dich, Montana Bannerman, ich begehre dich aus vollem Herzen. Ich mag sogar deinen verrückten Namen…

Sie lächelte ihn an, und er meinte, ihre Wärme würde ihn zärtlich umschließen. »Ich weiß nicht mehr, was ich glauben soll«, sagte sie dann. »Ich muß erst einmal richtig schlafen, um wieder klar im Kopf zu werden.« Sie war noch immer in einem Schockzustand, das wußte sie, und das konnte sich verheerend auf ihre Emotionen auswirken. Aber etwas an diesem Mann führte dazu, daß sie sich in seiner Gegenwart wohl fühlte. Sie wollte nicht, daß er ging, wollte einfach nur mit ihm über etwas anderes plaudern als über Seals' Tod. Sie bereute ihre spontane Bemerkung, wußte aber nicht, wie sie sie rückgängig machen konnte, ohne dabei lächerlich zu wirken.

Mein Gott, wenn er anderen Leuten in der Firma erzählte, sie sei der Meinung, Jake Seals sei ermordet worden – was dann? Sir Neil Rorke würde es bestimmt nicht sehr freundlich aufnehmen, wenn sie solche Gerüchte verbreitete. Es könnte sein, daß sie dann in der Firma erledigt war, und ihr Vater würde ebenfalls darunter zu leiden haben.

»Hören Sie«, knirschte sie, »ich… ich weiß nicht, warum ich das gesagt habe.«

»Vielleicht, weil Sie es so gemeint haben?« hakte er sanft nach.

Sie schüttelte den Kopf. »Nein. Es war ein tragischer Unfall – es *muß* so gewesen sein. Bei all den Sicherheitsmaßnahmen hätte doch sowieso niemand in dieses Labor reinkommen und ihn attackieren können. Und wer sollte so was gewollt haben?«

Conor Molloy sagte nichts und wartete darauf, daß sie fortfuhr.

»Fanatische Tierschützer? Wir… wir hatten mal Probleme mit solchen Leuten in Berkshire«, sagte sie. »Sie brachen eines Nachts in unser Tierhaus ein und ließen alle Kaninchen und Mäuse frei. Und sie sprühten mehrmals Parolen an die Wände des Instituts. Aber sie sind sicher nicht so gut organisiert, daß sie in ein Gebäude wie das Bendix-Gebäude einbrechen können, oder?«

»Das glaube ich nicht«, sagte er.

»Was meinen Sie denn eigentlich?«

»In einer normalen Firma würden jetzt alle möglichen Gerüchte herumschwirren. Bei Bendix Schere ist das nicht so. Man stößt auf eine Mauer des Schweigens. Alles, was man mir gesagt hat, ist, er wäre mit einer Zweiliterflasche Säure in der Hand gestolpert. Wenn es aber so war, warum ist die Flasche dann nicht einfach auf den Boden gefallen? Wie zum

Teufel kam es, daß die Säure sich über seinen Kopf ergossen hat? Über seine Brust? Über seinen ganzen Körper?«

»Er fiel hin und die Flasche dann auf ihn?« rätselte sie.

»War die Flasche zerbrochen, als sie sie sahen?«

»Ich ... ich habe nicht auf die Flasche geachtet. Aber es lagen überall Glassplitter herum, also nehme ich an, daß sie zerbrochen war.«

»Wenn die Flasche auf ihn gefallen ist, hätte sein Körper sozusagen als Polster gewirkt, und sie wäre nicht zersplittert.«

»Aber sie kann doch auch direkt auf den Fliesenboden gefallen sein.«

»Sicher.« Er nickte zustimmend und atmete tief durch. »Jedenfalls muß der Verschluß der Flasche geöffnet gewesen sein, denn sonst hätte sich die Säure nicht über ihn ergießen können. Ist es normal, daß Laboranten Flaschen mit einer so lebensgefährlichen Substanz mit geöffnetem Verschluß herumtragen?«

»Nein, natürlich nicht.«

»Kommt es Ihnen dann nicht komisch vor, daß Seals das anscheinend getan hat?«

»Darüber habe ich noch nicht nachgedacht.« Sie fragte sich, ob die Information des Polizeibeamten, Seals sei betrunken gewesen, sich in der Firma noch nicht herumgesprochen hatte. »Vielleicht fühlte er sich nicht wohl und hat sich nicht konzentrieren können?«

»Sie kannten ihn ja«, sagte er. »Hätte das zu ihm gepaßt?«

Sie zögerte. »Nein«, sagte sie dann.

»Wäre er nach Ihrer Meinung ein Typ, der betrunken zur Arbeit gekommen sein könnte?«

Ihre Blicke verhakten sich ineinander. Sie dachte sorgfältig nach, ehe sie antwortete. »Nein.«

»Ich sehe, daß Sie sehr müde sind«, sagte er. »Lassen Sie uns noch mal darüber reden, wenn es Ihnen besser geht. Vielleicht darf ich Sie in der nächsten Woche mal zum Lunch einladen?«

»Das würde mir gefallen«, sagte sie.

Er lächelte. »Mir auch. Sehr sogar.«

Als er aufstand, sagte sie schnell: »Mr. Molloy, würden... würden Sie bitte niemandem erzählen, daß ich... verstehen Sie... daß ich gesagt habe, es wäre kein Unfall gewesen?«

Er legte den Zeigefinger auf die Lippen. »Keiner Menschenseele.«

Einige Stunden später wachte Monty auf, als die Tür geöffnet wurde und Licht aus dem Flur ins Zimmer fiel. Eine schattenhafte Gestalt – die Nachtschwester, wie sie vermutete – kam herein.

»Ja?« murmelte sie schläfrig.

Die Gestalt blieb am Fußende des Bettes stehen, schien sich vergewissern zu wollen, ob mit ihr alles in Ordnung sei. Dann duckte sie sich, fingerte an irgendwas herum. Einen Augenblick später wurde die Tür wieder geschlossen...

26

London, Donnerstag, 10. November 1994

Der Moderator war ein weltgewandter Mann, und er schaute ein wenig spöttisch in die Kamera, als ob sie ein ungeladener Gast bei einer Party wäre: »Genmanipulation – ist das eine gute oder eine schlechte Sache? Wenn Sie mit einem Gen auf die Welt gekommen wären, das eine schlimme Krankheit hervorruft, ein Gen, das Sie verkrüppelt oder in späteren Jahren zu Ihrem Tod führt, möchten Sie dann, daß man Ihnen das mitteilt? Wenn man Sie informiert, daß das Baby, das Sie gerade empfangen haben, ein Gen in sich trägt, das eine tödliche Krankheit hervorruft oder es zum Krüppel macht, würden Sie dieses ungeborene Kind dann abtreiben?«

Er trat unter die Zuschauer und hielt einer Frau das Mikrophon vors Gesicht. »Susan Bennett ist Trägerin eines

Mukoviszidose-Gens. Sie und ihr Mann haben ganz bewußt die Entscheidung getroffen, keine Kinder zu haben, weil das Risiko besteht, daß dieses Gen an sie weitergegeben werden könnte.«

Monty lag mit aufgeschichteten Kissen unter Kopf und Rücken im Krankenbett und genoß das seltene Vergnügen, das Morgenfernsehen anschauen zu können. Das Thema *Gene* ist allgegenwärtig, dachte sie. Man konnte kaum eine Zeitung aufschlagen, das Radio einschalten oder in die Mattscheibe schauen, ohne daß eine neue Entdeckung auf diesem Gebiet bekanntgegeben und diskutiert wurde. Sie fand das spannend und aufregend. Bei der Arbeit für ihren Vater gefiel ihr am meisten, daß sie zu den privilegierten Insidern auf dem heißesten wissenschaftlichen Gebiet ihres Zeitalters gehörte.

Sie fühlte sich mittlerweile besser. Ihr Kopf war klarer, und der Schmerz in den Augen, im Hals und in der Lunge hatte ein wenig nachgelassen.

Die *Daily Mail* lag aufgeschlagen auf einem Tablett auf ihrem Schoß. Auf Seite 15 stand ein kleiner Artikel über den Tod von Jake Seals. Er war mit HORROR MIT TÖDLICHEM AUSGANG IN FORSCHUNGSLABOR überschrieben, und auch sie wurde darin erwähnt: *Montana Bannerman, 29, Tochter des Genforschers und Nobelpreisträgers Dr. Richard Bannerman, wurde mit einem Schock und Verletzungen der Atemwege ins Krankenhaus eingeliefert.*

Anscheinend hatten gestern mehrere Reporter versucht, sie zu sprechen, aber ihr Vater hatte strikte Anweisungen an das Krankenhauspersonal gegeben, daß nur Freunde und Arbeitskollegen sie besuchen durften. Das Zimmer duftete wie ein Gewächshaus. Drei weitere Blumenbouquets waren seit dem Frühstück vor einer Stunde eingetroffen – eines von ihrer Freundin Anna Sterling, eines von Polly und Richard Maguire, bei denen sie das vergangene Wochenende in Bristol verbracht hatte, und eines von einem Onkel und einer Tante – der Schwester ihrer Mutter –, die sie seit zwei Jahren nicht mehr gesehen hatte, wie sie schuldbewußt feststellte.

Aber seit dem Tod ihrer Mutter hatte ihr Vater den Kontakt mit den beiden eingestellt, weil ihn seine Schwägerin zu sehr an seine Frau erinnerte.

Es klopfte, und die Tür wurde aufgestoßen. Zu Montys Überraschung kam Zandra Wollerton herein. Sie trug einen offenen Kamelhaarmantel über einem schwarzen Hosenanzug und hielt einen kleinen Kassettenrecorder in der Hand.

»Miss Bannerman! Hallo!« Sie schloß die Tür und setzte sich, als ob sie hier wohnen würde, auf den Stuhl neben Montys Bett.

»Hallo«, sagte Monty höflich, war aber nicht begeistert von diesem Überfall, vor allem, weil die Diskussion im Fernsehen sie sehr interessierte.

»Ich habe gestern von dem Unfall im Radio gehört und kam sofort her, aber man hat mich nicht zu Ihnen gelassen.«

»Und wie haben Sie das heute morgen geschafft?«

»Ich habe dem Schlachtroß von Stationsschwester gesagt, ich wäre Ihre Privatsekretärin«, erklärte sie stolz, schaltete den Recorder ein und hielt ihn Monty unter die Nase. »Sie waren die erste Person, die am Unfallort eintraf, nicht wahr?«

Alarmglocken schrillten in Montys Kopf auf. Die Reporterin benahm sich, als ob sie unter Starkstrom stehen würde. »Ja, das war ich.«

»Und Sie haben den sterbenden Mann in den Armen gehalten, während Sie auf den Notarzt warteten?«

»Nein, das ... das habe ich nicht getan.«

»Aber Sie trugen bei dem Versuch, das Leben dieses Mannes zu retten, Verletzungen davon, nicht wahr?«

Monty schüttelte den Kopf. »Das klingt sehr viel heroischer, als es in Wirklichkeit war. Ich habe überhaupt nicht viel getan. Als ich ankam, lag er schon ...«

»Es gibt Gerüchte, Mr. Seals sei betrunken gewesen. Würden Sie aus seinem Verhalten schließen, daß das stimmen könnte?«

Die Frage ärgerte Monty. »Nein, das würde ich nicht. Ich

wäre sehr überrascht, wenn sich herausstellen würde, daß er betrunken war. Er war ein …«

Sie zögerte, sagte sich, daß sie sich beruhigen mußte und sich keinesfalls in einen Erregungszustand hineinsteigern durfte. Alles, was sie sagte, konnte in der Presse verfälscht dargestellt werden. Das war schon mehrmals vorgekommen, und sie hatte bittere Erfahrungen machen müssen. »Mr. Seals war ein verantwortungsbewußter Fachmann in einer sehr verantwortungsvollen Position. Es ist unvorstellbar, daß er betrunken zur Arbeit gekommen sein könnte.«

»Das entspricht nicht dem, was ich von der Polizei erfahren habe«, widersprach Zandra Woollerton.

»Sie scheinen mehr zu wissen als ich«, sagte Monty knapp. Es machte sie wütend, daß die Reporterin nach dem ernsten Gespräch am Dienstag jetzt nur noch daran interessiert zu sein schien, einige vage Vermutungen zu einer sensationellen Story hochzustilisieren.

Zandra Wollerton schaltete den Recorder aus. »Die Polizei präsentiert die Aussage eines Mädchens, mit dem Mr. Seals gestern nacht zusammen war. Sie gibt zu Protokoll, er habe viel getrunken und sei völlig besoffen gewesen, als sie sich um halb drei morgens trennten.« Sie startete wieder den Recorder.

»Der Unfall hat sich mehrere Stunden später ereignet«, sagte Monty. Sie war ein wenig erleichtert. Wenn er tatsächlich betrunken war, rückte ein Unfall wieder in den Bereich des Möglichen.

»Er scheint an diesem Morgen sehr früh zur Arbeit gegangen zu sein. Hat er das oft getan? Und wie sieht das bei Ihnen aus?«

Monty atmtete tief durch, verschaffte sich damit eine kurze Atempause. Sie fühlte sich unter dem Ansturm der schonungslosen Fragen zerschlagen und gepeinigt. »Ja, ich gehe oft früh zur Arbeit. Ich habe zur Zeit sehr viel zu tun.«

»Meinen Sie, es könnte einen Zusammenhang zwischen dem Tod von Mr. Seals und dem Tod von drei Frauen geben, die im Kindbett starben und Babys mit dem Zyklopen-Syndrom zur Welt brachten, nachdem sie das von Bendix Schere hergestellte Fertilitäts-Medikament Maternox eingenommen hatten?«

Monty starrte erstaunt in das ernste Gesicht der jungen Reporterin. *Gefährliche Frage*, schoß es ihr durch den Kopf. *Sehr gefährliche Frage.* »Ich sehe keine Gründe, die die Herstellung eines solchen Zusammenhangs rechtfertigen würden«, antwortete sie gespreizt.

Es entstand ein unangenehmes Schweigen. Die Reporterin schaltete den Recorder aus. »Möchten Sie mir inoffiziell noch etwas sagen? Ich dachte eigentlich, Sie wären ein wenig hilfreicher.«

»Ich fürchte, das ist alles, was ich Ihnen sagen kann.«

Die junge Frau zog eine Visitenkarte aus der Tasche und gab sie Monty. Ihre Stimme wurde weicher, klang jetzt wie die einer Freundin, nicht mehr wie die einer Inquisitorin. »Wenn Sie auf irgendwas Interessantes stoßen – hier haben Sie meine Privat-, meine Dienst- und meine Handy-Nummer.«

Monty legte die Karte auf den Nachttisch, ohne einen Blick darauf zu werfen. »Okay.«

»Es war nett, mal wieder mit Ihnen zu reden, Miss Bannerman«, sagte sie. »Ich hoffe, es geht Ihnen bald wieder gut.«

Monty lächelte sie an. Unter der Oberfläche der »harten Reporterin« steckte ein guter Mensch. Mr. Wentworth hatte recht, sie würde es weit bringen. Aber nicht zu Lasten des guten Auskommens der Bannermans mit Bendix Schere…

Die Reporterin schulterte ihre Tasche. »Ich bin mit meinen Recherchen über Bendix Schere noch nicht fertig«, sagte sie. »Noch lange nicht.«

27

London, Donnerstag, 10. November 1994

Das Telefon des Vorstandsvorsitzenden läutete. Er hob den Hörer ab, konzentrierte sich aber weiterhin auf Conor Molloys Bericht, den er gerade las. Der Bericht faßte die Erfolgsaussichten zusammen, die sich für die Erteilung von Patenten aus Dr. Bannermans Forschungsergebnissen ergaben, vor allem im Hinblick auf die Identifizierung und Kontrolle der Gene, die chronische Erkrankungen hervorrufen, darunter Schuppenflechte, Arthritis, Asthma, Arteriosklerose, Magengeschwüre sowie das Schlüssel-Gen, das die biologische Uhr des Menschen steuert.

»Ja?« meldete sich Crowe.

»Dr. Crowe, in der Lobby ist eine Miss Zandra Wollerton, die darauf besteht, Sie sprechen zu wollen. Sie hat keinen Termin bei Ihnen, will aber auch nicht sagen, welchen Grund sie für ihren Besuch hat.«

Crowe legte den Bericht auf die Schreibtischplatte. Er erinnerte sich sofort daran, daß dieser Name gestern abend von Major Gunn erwähnt worden war. Er rollte seinen Stuhl vor den Computer, behielt den Hörer am Ohr. »Buchstabieren Sie den Namen bitte.«

Während die Sekretärin das tat, tippte er den Namen auf dem Keyboard ein, drückte dann auf die Search-Taste. Gunn hatte seit dem vergangenen Abend keine Zeit verschwendet, wie er sah. Der volle Namen, das Alter (21), der familiäre Hintergrund und der Lebenslauf erschienen auf dem Screen. Es folgten Angaben zur Verbreitung und zu den Besitzverhätlnissen der *Thames Valley Gazette*. Das Blatt gehörte zum Zeitungskonzern *Central Publishing Plc*.

Bendix Schere hatte im vergangenen Jahr über hunderttausend Pfund für Anzeigen bei Central Publishing ausgegeben, vor allem für seine rezeptfreien Medikamente, seine Babynahrung und seinen Krankenhaus-Service. Eine ganz schöne Summe, überlegte Crowe, aber weniger, als er erwartete hatte. Eine Drohung mit dem Entzug der Anzeigen könnte wirken – keine Zeitung verzichtete gerne auf die Einnahmen aus Werbeanzeigen –, aber bei einem Konzern von dieser Größe war das kein ausschlaggebender Betrag, und wenn das Spielchen nicht funktionierte, konnte das negative Rückwirkungen auf Bendix Schere haben.

In einer halben Stunde traf er sich mit Rorke zum Lunch. Ich werde ihn ins Spiel bringen, dachte Crowe. Rorke kannte Gott und die Welt. Wenn der Aufsichtsratsvorsitzende von Central Publishing ein Freund des Aufsichtsratsvorsitzenden von Bendix Schere war, würde Sir Neil Rorke eine unliebsame Veröffentlichung abwürgen können.

»Bringen Sie sie zu mir«, sagte er in den Hörer.

»Major Gunn rief eben an. Er wartet in seinem Büro auf Ihren Rückruf.«

Crowe unterbrach die Verbindung und drückte auf die Taste der abhörsicheren Leitung zu seinem Sicherheitsdirektor.

»Guten Morgen, Sir«, sagte Gunn, als er die Stimme Crowes erkannte. »Ich möchte Ihnen den neuesten Stand unserer Erkenntnisse über die Bannerman-Tochter mitteilen.« Er betrachtete Crowes Schweigen als Zustimmung und fuhr fort: »Die Reporterin, von der wir gestern gesprochen haben, hat sie heute morgen im Krankenhaus besucht. Wir konnten das Problem mit der defekten Wanze lösen und alles mithören. Miss Bannerman ist okay, wie ich meine; sie ging auf keine der drängenden Fragen ein, so daß wir uns um sie zunächst mal keine Sorgen zu machen brauchen. Ich gehe davon aus, daß Seals ihr von der Verbindung zwischen Maternox und dem Zyklopen-Syndrom erzählt hat und daß er es war, der diese Reporterin Zandra Wollerton ins Spiel gebracht hat. Miss Bannerman wird der Presse gegenüber nichts Negatives verlauten lassen. Und ich glaube, Seals stand bei ihr nicht sehr hoch im Kurs.«

»Wir werden endgültige Klarheit haben, wenn sie versuchen sollte, sich irgendwie weitere Maternox mit der betreffenden Losnummer zu beschaffen, nicht wahr?« fragte Crowe scharf.

»Jawohl, Sir.«

»Behalten Sie also diese ganze Sache scharf im Auge.«

»Jawohl, Sir, und ich werde eine Lösung finden.«

»Miss Wollerton ist übrigens gerade auf dem Weg zu mir.«

»Möchten Sie mich dabeihaben?« fragte Gunn besorgt.

»Nein, ich werde schon mit ihr zurechtkommen.« Crowe legte auf, sammelte seine Gedanken.

Kurz darauf brachte seine Sekretärin eine junge Frau in sein Büro.

Crowe sah Zandra Wollerton entgegen, ohne das Kinn von den verschränkten Händen zu heben. »Nehmen Sie Platz«, sagte er barsch und deutete mit den Augen auf einen der beiden Stühle vor seinem Schreibtisch.

Die Reporterin setzte sich, schlug die Beine übereinander, schaltete ihren Kassettenrecorder ein und sah ihn herausfordernd an.

»Was kann ich für Sie tun, junge Frau?«

»Ist Ihnen bekannt, Dr. Crowe, daß drei Frauen, die das von Ihrer Firma produzierte Fertilitätsmedikament Maternox eingenommen haben, bei der Niederkunft an einer unbekannten Viruserkrankung gestorben sind und daß alle drei Babys mit dem Zyklopen-Syndrom zur Welt kamen?«

»Wie ich gehört habe, Miss Wollerton, haben Sie sich ja bereits vor vierzehn Tagen die Mühe gemacht, bei unserer Informationsabteilung in dieser Sache vorzusprechen. Haben Sie inzwischen neue Erkenntnisse gewonnen?«

»Ich bin an Ihrer Meinung als Vorstandsvorsitzender der Bendix Schere interessiert.«

»Wir überprüfen sehr sorgfältig alle ärztlichen Berichte über Nebenwirkungen bei unseren Medikamenten. Wir haben jedoch keine Berichte von Ärzten in Verbindung mit dem Tod dieser drei Frauen erhalten, und wir gehen deshalb davon aus, daß die betroffenen Ärzte Ihre Meinung nicht teilen, es könnte hier einen Zusammenhang geben. Haben Sie selbst denn eine medizinische Ausbildung irgendeiner Art?«

»Nein.«

»Es wird Sie sicher interessieren, daß im vergangenen Jahr weltweit zwei Millionen Frauen dank der Wirkung unseres Maternox-Präparates schwanger geworden sind. Das Medikament ist seit neun Jahren auf dem Markt, und es hat bisher keinen einzigen Hinweis über irgendwelche Nebenwirkungen von irgendeinem Arzt auf der Welt gegeben.«

»Drei Millionen, wenn man die über Unterlizenzen produzierten und auf den Markt gebrachten Versionen des Medikaments mitrechnet.«

Crowe war überrascht von ihrem Wissen, ließ es sich aber nicht anmerken.

»Dr. Crowe, ein Cheflaborant aus Ihrer genetischen Forschungsabteilung ist gestern morgen ums Leben gekommen«, fuhr sie fort. »Kann man davon ausgehen, daß es keinen Zusammenhang zwischen seinem Tod und dem der drei Frauen gibt?«

»Ein Zusammenhang? Wie zum Teufel kommen Sie denn auf den Gedanken, es könnte da einen Zusammenhang geben? Das ist eine ungeheuerliche Unterstellung!«

Zandra Wollerton blieb gelassen. »Wie ich gehört habe, war er ursprünglich der Cheftechniker des Labors, in dem Maternox entwickelt wurde.«

»Und was bringt Sie auf den Gedanken, daraus einen Zusammenhang zu konstruieren?« Crowe kochte vor Wut, versuchte aber, es sich nicht anmerken zu lassen.

»Es könnte sich natürlich auch um ein unglückliches zufälliges Zusammentreffen handeln.«

»Ich an Ihrer Stelle wäre jedenfalls sehr vorsichtig, Mrs. Wollerton.«

»Miss«, sagte sie mit entwaffnendem Lächeln. »Ich bin immer sehr vorsichtig, Dr. Crowe ... Sie wissen wahrscheinlich, daß die drei verstorbenen Frauen Maternox von derselben Losnummer eingenommen haben – BS-M-6575-1881-UKMR.« Sie leierte die Kombination auswendig herunter wie ein Kind in der Schule.

Crowe preßte wütend die Knöchel der geballten Fäuste

gegeneinander. »Auf welchen Informationen beruht diese Aussage?«

»Ich weiß jedenfalls, daß sie zutrifft«, sagte sie mit einer Arroganz, die den brennenden Wunsch in ihm weckte, sie zu packen und durchzuschütteln.

»Was berechtigt Sie zu einer so überheblichen Feststellung?«

Sie sah sich im Büro um, schaute auf die großen Topfpflanzen und die grauen Wände, an denen weder Fotos noch Bilder hingen, die etwas über den Benutzer des Raums hätten aussagen können. »Finden Sie es nicht bedrückend hier drin ohne Fenster?«

»Ich bin nicht daran interessiert, mit Ihnen über Architektur zu diskutieren, Miss Wollerton. Würden Sie mir bitte meine Frage beantworten?«

»Ich gebe niemals Auskünfte über meine Quellen.«

Crowe nahm sich vor, gleich nach dem Gespräch die Rechtsabteilung anzurufen und Anweisung zu geben, mit der Zeitung Kontakt aufzunehmen. Diese junge Frau war eine gefährliche Zeitbombe. Zu clever, um sie ruhigzustellen. Und wer zum Teufel war ihre Quelle? Seals? Ja, er mußte es gewesen sein. Jeder Angestellte kannte das strikte Kontaktverbot mit Medienvertretern. Bei entsprechenden Versuchen hatte er auf die PR-Abteilung zu verweisen.

»Sie wissen sicher, Dr. Crowe, wie selten das Zyklopen-Syndrom in Großbritannien ist?«

»Ich bin kein wandelndes Lexikon für medizinische Statistiken.«

Sie lächelte und ließ sich von seiner Aggression nicht beeindrucken. »Dann wird Sie folgendes sicher interessieren: Es sind zwei Fälle im Jahr. Drei Fälle innerhalb eines Monats sind daher ein wenig auffällig, meinen Sie nicht auch? Besonders, wenn die einzige Gemeinsamkeit zwischen den drei Müttern die ist, daß sie Maternox-Kapseln aus derselben Losnummer eingenommen haben.«

»Und Sie meinen, Sie könnten daraus schlüssige Beweise ableiten?«

»Nein, aber es reicht, um der Sache nachzugehen. Und der Tod von Mr. Seals ist in diesem Zusammenhang ein weiteres interessantes Detail.«

Er setzte sich aufrecht hin und legte die Fingerspitzen auf den Rand des Schreibtischs. »Und Sie sind zu mir gekommen, um mir das zu sagen? Nur das? Ich hätte gedacht, Sie würden sich nicht dieser Mühe unterziehen, wenn Sie Ihrer Sache so sicher wären.«

»Ich *bin* mir meiner Sache sicher. Ich dachte nur, es wäre fair, Ihnen die Chance zu einer Stellungnahme zu geben. Bendix Schere ist offensichtlich beunruhigt – warum hätte die Firma sonst den Herausgebern meiner Zeitung mit dem Entzug von Anzeigen drohen sollen?«

Bei dieser Aussage meinte Crowe, der Teppich unter seinem Stuhl würde weggezogen. Wer zum Teufel hatte sich so vorschnell an die Zeitung gewandt? Gunn? Seine Gedanken überschlugen sich. Es mußte Gunn gewesen sein. Was zum Teufel hatte sich dieser arrogante Kommißkopf dabei gedacht, die Sache so unüberlegt anzugehen? Gunn hatte doch bisher immer ein gutes, ja sogar brillantes Beurteilungsvermögen gezeigt. Wenn er es jetzt verlor…

Es kostete Überwindung, aber er schwenkte auf ein versöhnlicheres Gleis um. Seine zinnoberroten Lippen verzogen sich zu einem Lächeln, und kleine Fältchen durchzogen plötzlich wie Risse sein porzellanweißes Gesicht. »Maternox hat vielen Millionen unfruchtbaren Frauen zu glücklicher Mutterschaft verholfen, und weder die Mütter noch ihre Kinder hatten gesundheitliche Probleme, die besonders auffällig waren. Wenn Sie jetzt mit wilden Behauptungen hausieren gehen und die Leute in Angst versetzen, nur um ein größeres Zeilenhonorar einstreichen zu können und Ihre Karriere zu beschleunigen, dann sollten Sie sich der schwerwiegenden Konsequenzen eines solchen Handelns bewußt sein, Miss Wollerton.«

Sie starrte auf ihren Recorder, prüfte, ob er noch lief, und hielt ihn dann wieder in seine Richtung. »Dr. Crowe, in diesem Augenblick liegt eine schwangere Frau auf der Intensivstation im University College Hospital; sie leidet an einer Infektion durch einen unbekannten Virus, und einem Ausschlag, der der Schuppenflechte ähnelt. Ihr Zustand verschlechtert sich von Stunde zu Stunde. Sie hat Maternox genommen, weil sie nicht schwanger werden konnte – und zwar aus derselben verdächtigen Losnummer wie die anderen Frauen. Es wird interessant sein zu sehen, ob das Baby heil und gesund ist, meinen Sie nicht auch? Sie werden am Montag einen Kaiserschnitt machen, wenn sich der Zustand der Frau nicht bessert. Ich werde zu diesem Zeitpunkt im Krankenhaus sein.«

Er schwieg einen Moment und sagte dann: »Ich habe gute Erinnerungen an das University College Hospital. Aus meiner Doktorandenzeit.«

Sie stellte den Recorder ab und stand auf. »Wollen wir hoffen, daß es bei diesen guten Erinnerungen bleibt«, sagte sie. »Die Thames Valley Gazette mag sich Drohungen vielleicht beugen, aber die großen Zeitungen in der Fleet Street werden das bestimmt nicht tun.«

Sie drehte sich um und verließ grußlos den Raum.

28

London, Donnerstag, 10. November 1994

Die Uhr auf Bill Gunns Bildschirm zeigte 16 Uhr 32. Er war bereits um 6 Uhr 50 ins Büro gekommen, nachdem er es erst drei Stunden vorher verlassen hatte. Er hatte seither unzählige Tassen Kaffee getrunken, und sein Kopf dröhnte. Er las noch einmal sorgfältig den Bericht durch, den er sich auf den Computerscreen geholt hatte.

Die vierunddreißig Stunden seit Jake Seals' Tod waren ein Alptraum gewesen, und er war nicht in der Stimmung, sich noch einmal von Crowe zusammenstauchen zu lassen. Er mußte zugeben, daß Crowe mit der Vermutung, er sei privat abgelenkt, recht hatte – und er war auch jetzt wieder abgelenkt, wenn er an Nikky dachte. An ihr langes, kastanienbraunes Haar, wie es über ihre wunderschönen weißen Brüste fiel…

Er riß sich zusammen, konzentrierte sich auf seine Arbeit, hob dann den Telefonhörer ab und drückte auf den Direktwahl-Knopf zu Crowe. Ein gereiztes »Ja?« begrüßte ihn.

»Ich habe herausgefunden, wie diese Zandra Wollerton an die Information über Maternox gekommen ist, Sir.«

Von Crowe kam keine Reaktion, und Gunn fuhr fort: »Sie hat die Information von einem unserer Angestellten in Reading erhalten. Sein Name ist Walter Hoggin. Er war früher Cheflaborant beim Bannerman-Institut und ist zu unserer Fabrik in Reading in die Qualitätskontrolle versetzt worden.«

»Ein Außenseiter? Sie lassen es zu, daß ein Außenseiter in der Qualitätskontrolle eingesetzt wird?«

Gunn hielt den Hörer ein Stück vom Ohr weg, als die Stimme Crowes sich fast zu einem Schreien steigerte. »Sind Sie denn von allen guten Geistern verlassen, Major Gunn?«

Der Sicherheitsdirektor war nicht gewillt, sich unberechtigterweise anschnauzen zu lassen. »Er ist auf Weisung von Sir Neil Rorke dort eingesetzt worden«, sagte er schnell. »Wir haben Mr. Hoggin befragt, und er sagt, er habe nie etwas von einer Zandra Wollerton gehört.«

»Er lügt also?«

»Ich glaube nicht, Sir. Er behauptet, Dr. Linda Farmer, unsere PR-Direktorin, habe ihn angerufen und nach dieser Sache gefragt. Sie wiederum sagt, sie habe nie eine solche Anfrage an Hoggin gerichtet. Eine Überprüfung der von hier ausgehenden Telefongespräche bestätigt ihre Aussage. Als wir die Liste der in Reading eingegangenen Telefonate überprüften, stellten wir fest, daß Hoggin zweimal über die Vermittlung von einem Mobiltelefon aus angerufen wurde, das auf die *Thames Valley Gazette* zugelassen ist. Die Vermittlung hat als Anrufer tatsächlich Dr. Linda Farmer registriert. Die Reporterin hat sich also offensichtlich Hoggin gegenüber als Dr. Farmer ausgegeben.«

Crowe dämpfte seine Stimme, sprach jetzt mit kalter Wut. »Hoggin ist ein seniler alter Narr. Sir Neil wollte, daß wir ihn irgendwo weiterverwenden, um die Bannerman-Tochter ruhigzustellen – gegen meinen ausdrücklichen Rat.«

»Es sieht so aus, als ob Sie recht gehabt hätten, Sir«, sagte Gunn salbungsvoll.

Es herrschte einen Moment Stille, dann sagte Crowe: »Ich glaube, es ist besser, Sie kommen mal zu mir.«

29

London, Donnerstag, 10. November 1994

Nach dem Treffen mit Dr. Crowe fuhr Zandra Wollerton mit ihrem neuen Dienstwagen noch zur Zentrale des Bauernverbandes in London und führte mit dem Sekretär des Verbandes ein Interview über die Anwendung von Giftstoffen in der Landwirtschaft. Als sie sich schließlich auf den Heimweg machte, war es schon nach sieben, und zu allem Unglück geriet sie auf dem Westway auch noch in stockenden Verkehr.

Als die Uhr auf dem Armaturenbrett dann 7 Uhr 38 anzeigte, geriet Zandra leicht in Panik. Sie war mit Tony Easton verabredet – *dem* Tony Easton, der die Talk-Show über das aktuelle politische Geschehen bei *Radio Berkshire* moderierte. Er sah gut aus, war beliebt und erfolgreich, und sie fand ihn darüber hinaus auch noch wirklich nett.

Um acht Uhr wollte er sie an ihrer Wohnung abholen. Es gab keine Möglichkeit, ihn zu verständigen, daß sie sich verspäten würde. Scheiße… Würde er warten, wenn auf sein Klingeln niemand öffnete? Natürlich nicht. *Verdammtes Miststück, hat mich einfach versetzt*, würde er denken.

Sie mußte es über Nebenstraßen versuchen. Wenn dort nicht zu viel Verkehr war, konnte sie es gerade noch schaffen. Aber jetzt ging es wieder mal keinen Meter vorwärts. Und es fing an zu regnen.

Das Gesicht von Dr. Vincent Crowe tauchte plötzlich vor ihrem geistigen Auge auf. Ich kriege dich, du blasierter Bastard, dachte sie. Ich kriege euch alle.

Dann dachte sie an Montana Bannerman und fragte sich, warum man ihr den Namen eines Staates der USA als Vornamen gegeben hatte.

Seit dem vorangegangenen Treffen hatte sich eine deutliche Veränderung in der Haltung der jungen Frau gezeigt. Bei der ersten Begegnung am Dienstagnachmittag hatte Zandra den Eindruck gewonnen, Montana Bannerman sei ernsthaft an dem interessiert, was Zandra ihr zu sagen hatte, obwohl sie auch da schon vorsichtig mit ihren Reaktionen gewesen war. Mr. Wentworth hatte ihr gesagt, Miss Bannerman sei zur Hilfe bereit, und am Ende des Treffens hatte sie ja auch versprochen, es Zandra wissen zu lassen, wenn sie etwas Interessantes über Maternox herausfinden würde.

Heute morgen hingegen war sie nicht bereit gewesen, irgend etwas Konkretes zu sagen. Vielleicht lag es daran, daß sie noch unter Schock stand. Oder hatte sie *Angst*? Das schien aus Zandras Sicht wahrscheinlicher zu sein. Montana Bannerman wußte jedenfalls nicht mehr, als sie zugab. Man muß ihr Zeit lassen, dachte Zandra; wenn sie sich von dem Unfall erholt hat, werde ich mich wieder an sie wenden.

Ihr Instinkt sagte ihr, daß es hier um eine Story ging, die weit über einen simplen Betriebsunfall hinausging. Es lohnte sich ganz bestimmt, darin herumzustochern. Und sie brauchte eine gute Story, um in die überregionale Presse zu kommen und den Sprung nach London zu schaffen … Crowe sah aus wie ein Mann, der etwas zu verbergen hatte. Bendix Schere konnte, wenn sie die Sache richtig anpackte, der große Durchbruch für ihre Karriere werden …

Wie auch immer, es war nicht ihre eigene Idee, nicht der wilde, spontane Verdacht einer einundzwanzigjährigen Anfängerin gewesen. Ihr Nachrichtenredakteur hatte sie auf diese Story angesetzt. Hubert Wentworth wußte, daß da etwas faul war. Er war sich ganz sicher. Drei tote Babys mit dem Zyklopen-Syndrom. Der tote Labortechniker… Die Sache stank, daran gab es keinen Zweifel.

Endlich erreichte sie die Abzweigung der Landstraße; sie bog ein und gab Gas. 7 Uhr 46… Tony Easton würde aus Höflichkeit sicher ein paar Minuten warten. Ein Schatten huschte über ihren Rückspiegel, und ihre Kopfhaut zog sich plötzlich in einem Anfall von Angst zusammen. Für einen Moment meinte sie, ein anderes Auto verfolge sie, sei direkt hinter ihr, mit ausgeschalteten Lichtern.

Sie ging vom Gas, schaute wieder in den Rückspiegel, drehte den Kopf nach hinten. Nichts zu sehen…

Vor ihr leuchtete ein doppeltes Rotlicht auf. Ein Eisenbahnübergang. Scheiße. Sie behielt den Rückspiegel im Auge, bremste ab und stoppte, als die Schranken sich schlossen. Stille. Kein anderes Auto war zu sehen, auch nicht auf der Gegenfahrbahn… Sie schaute wieder durch das Heckfenster, sah nichts; nichts als pechschwarze Dunkelheit. Sie schaute erneut auf die Uhr. 7 Uhr 51… Rechts von ihr kam der Zug angefahren. *Bitte, lieber Gott, laß die Schranken nur für diesen einen Zug unten!* Plötzlich erfolgte ein dumpfer Aufprall am Heck des Wagens, und ihr Körper wurde gegen die Rückenlehne gedrückt. Ehe sie realisieren konnte, was da geschah, erfolgte ein weiterer Aufprall. Und noch einer… Ihr Wagen wurde nach vorne gegen den Schlagbaum gedrückt. Rasende Panik durchfuhr sie, und sie trat mit voller Kraft auf die Bremse. Die blockierenden Räder rutschten auf dem nassen Asphalt quietschend weiter.

»Heeh!« schrie sie, wütend und panisch zugleich. »Heeh!«

Jetzt erst hörte sie das Röhren eines Motors direkt hinter sich. Spürte, wie die blockierten Räder ihres Wagens sich gegen den Druck stemmten, ihn vibrieren ließen. Spürte, daß sie unbarmherzig auf den Schlagbaum zugeschoben wurde.

»Heeeeh! Sie verdammter…«

Die Front des kleinen Ford durchbrach den Schlagbaum. Die Scheinwerfer zersplitterten, erloschen. *Ich muß raus hier!* schoß es ihr durch den Kopf, und sie suchte mit zitternden

Fingern nach dem Türgriff. Sie fand ihn nicht sofort, war noch nicht vertraut mit dem neuen Wagen...

Sie schrie vor Entsetzen, schrie und schrie, als sie sah, daß der Wagen auf das Gleis ruckte. Fand endlich den Türgriff, stieß die Tür mit dem Ellbogen auf. Wind und Regen fauchten in den Wagen. Ein Signalhorn jaulte auf. Und eine donnernde Wand kam auf sie zugerast.

Sie wollte den Sicherheitsgurt lösen, fand die Drucktaste erst nach mehreren Versuchen. Ließ sich seitlich aus dem Wagen fallen. Fiel hinein in das Dröhnen des Horns und den grellen Schein der heranrasenden Lichter...

Mit offenem Mund und wimmernd vor Entsetzen starrte sie hilflos nach oben, von den Lichtern hypnotisiert wie ein Kaninchen vom Blick der Schlange, und klammerte sich in ihren letzten Gedanken an das schwarze Kleid, das sie heute morgen auf dem Bett zurechtgelegt hatte, und an den attraktiven Radio-Moderator, der in ein paar Minuten an ihrer Tür läuten würde...

30

Berkshire, Sonntag, 13. November 1994

Monty legte zwei Buchenscheite ins offene Kaminfeuer, schlüpfte aus ihren Slippern, kauerte sich auf dem Sofa zusammen und balancierte dabei den Teller auf ihrem Oberschenkel. Es war sieben Uhr abends, und sie freute sich auf den Luxus eines Fernsehabends und ein frühes Schlafengehen. Mit der Fernbedienung holte sie sich die Sendung über Genforschung auf den Bildschirm, die in der Zeitung angekündigt worden war. Während sie zuschaute, biß sie in ihren Toast und grub die Gabel immer wieder in die Rühreier, die sie sich zum Abendessen gemacht hatte.

Es ging ihr inzwischen wieder gut, und sie freute sich darauf, morgen zur Arbeit gehen zu können. Der Arzt hatte ihr zwar empfohlen, noch eine Woche zu Hause zu bleiben, aber die Kehle, die Lunge und die Augen taten ihr nicht mehr weh. Sie war am Samstagmorgen aus dem Krankenhaus entlassen worden, und ihr Vater hatte sie nach Hause gefahren. Sie hatte ihn vorhin angerufen und daran erinnert, daß er sie morgen früh abholen mußte, da ihr MG noch auf dem Parkplatz des Bendix-Gebäudes stand.

Jake Seals' Beerdigung fand am Mittwoch statt, aber nur im engsten Familienkreis, und Monty hatte veranlaßt, daß ein Blumengebinde übersandt wurde. Sie war ein wenig überrascht gewesen, daß der Leichenbeschauer den Toten so schnell freigegeben hatte. Wahrscheinlich hatte er keinen Grund, ihn nicht freizugeben, aber irgend etwas störte Monty daran, als ob mit der Einäscherung irgendwelches Beweismaterial vernichtet würde.

Beweismaterial wofür?

Sie hatte erwartet, daß der Amerikaner sie noch einmal im Krankenhaus besuchen würde, und war ein wenig enttäuscht gewesen, als er nicht mehr kam. Aber er hatte sie ja in der kommenden Woche zum Lunch eingeladen, und sie freute sich darauf, wollte aber auch versuchen, dahinterzukommen, was er vorhatte. Wußte er etwas über Bendix Schere? Oder über Maternox?

Dieser Gedanke führte dazu, daß sie plötzlich an ihre Freundin Anna Sterling dachte, und ein Schauder überlief sie. Anna und ihr Mann Mark waren heute morgen bei ihr vorbeigekommen, um sich nach ihrem Befinden zu erkundigen...

Die drei Frauen waren vor rund einem Monat im Kindbett gestorben, und Monty stellte eine schnelle Berechnung an: Sie waren also im Januar oder Februar schwanger geworden. Da sie zu Maternox Zuflucht genommen hatten, mußten sie bereits seit längerer Zeit wissen, daß sie kein Kind empfangen konnten. Monty hatte einmal aufgeschnappt, daß die durchschnittliche Einnahmezeit von Maternox bis zum Eintritt einer Schwangerschaft fünf Monate betrug. Sie rief sich das Gespräch in Erinnerung, das sie vor rund einem Jahr mit

Anna geführt hatte; Anna hatte ihr damals gestanden, sie sei unfruchtbar.

»Der Arzt will mir ein Medikament namens Maternox verschreiben.«

Anna hatte also etwa zu dieser Zeit begonnen, das Mittel einzunehmen …

Sie wurde aus ihren Gedanken gerissen, als draußen ein entferntes Geräusch erklang, das sich wie ein Automotor anhörte. Crick machte schläfrig die Augen auf, während Watson unbeirrt weiterschlief.

Sie fragte sich, ob sie ihre Freundin vor der möglichen Gefahr von Maternox warnen sollte, meinte aber, daß sie sie nicht beunruhigen durfte. Drei Fälle des Zyklopen-Syndroms … Drei von hunderttausenden, ja Millionen Frauen, die jedes Jahr nur mit Hilfe dieses Medikaments schwanger werden konnten. Drei Fälle – statistisch gesehen war das absolut bedeutungslos. Die Presse versuchte mal wieder, aus reiner Sensationsgier eine Bedrohung zu konstruieren. Typisch … Sie würde die Sache im Auge behalten, entschloß sie sich, aber nichts zu Anna sagen, es sei denn, es würden sich weitere Beweise für die Gefährlichkeit des Medikaments ergeben.

Sie trank einen Schluck von ihrem australischen Chardonnay und aß weiter. Schließlich bückte sie sich zu dem Zeitungsstapel auf dem cremefarbenen Teppich und schlug das Wochenendjournal der *Times* auf.

Zu ihrer Überraschung stieß sie auf das freundliche Gesicht von Sir Neil Rorke. Sein Foto war im Rahmen eines Artikels mit der Überschrift MEIN PERFEKTES WOCHENENDE abgebildet.

Rorke trug einen abgenutzten Barbour-Mantel und Gummistiefel und hatte die Hände an den Griffen eines Schubkarrens. Ein breites Grinsen lag auf seinem Gesicht, als ob er sich über nichts auf der Welt Sorgen machen müßte.

Sein perfektes Wochenende bestehe darin, erklärte er, sich in sein Haus in Schottland zurückzuziehen und mit seiner Frau und den Hunden Spaziergänge zu machen, Mozart zu hören, Glenlivet-Whisky, weißen Burgunder und Chateau Margaux zu trinken sowie schottischen Lachs und nicht ganz durchgebratenes Rindfleisch zu essen. Am leichtesten könne er auf seine Krawatten und seinen Schreibtisch verzichten.

Er strahlte Wärme aus, und für Monty stand fest, daß er in der kühlen Hochglanz-Atmosphäre bei Bendix-Schere mit kalten, arroganten Typen wie Dr. Vincent Crowe fehl am Platze war.

Sie fuhr zusammen. Ein heller Lichtschein zuckte über den Garten, verschwand wieder. Autoscheinwerfer. Angst zog ihre Kopfhaut zusammen wie ein Stromschlag. Sie sprang auf und schaute aus dem Fenster.

Die Türglocke läutete. Monty erstarrte. Ihr Herzschlag hallte in den Ohren wider, ihr Mund war trocken. Sie schaltete den Fernseher aus. Ich bin doch sonst nicht so schreckhaft, beruhigte sie sich.

Sie ging zur Haustür, schaltete das Außenlicht an und schaute durch den Spion. Sie erkannte den Mann mit der Halbglatze in dem schäbigen Regenmantel sofort, und eine Welle der Erleichterung durchströmte sie.

Sie öffnete die Tür. »Mr. Wentworth! Guten Abend!«

Der Journalist blinzelte sie durch die randlosen Brillengläser entschuldigend an. »Miss Bannerman, verzeihen Sie, daß ich Sie störe. Aber ich wollte das Telefon nicht benutzen, wäre zu riskant … Haben Sie einen Moment Zeit?«

»Natürlich, kommen Sie rein.«

»Ich werde Sie nicht lange aufhalten; niemand hat gern unerwarteten Besuch am Sonntagabend … Geht es Ihnen besser? Ich hörte, Sie waren im Krankenhaus. Schlimme Sache.« Er zog den Mantel aus; darunter trug er einen zerknitterten Anzug samt Krawatte. Monty fragte sich, ob er von einem Kirchgang kam.

»Vielen Dank, es geht mir gut.«

Sie hängte seinen Mantel auf und führte ihn ins Wohnzimmer. Er blieb vor einem Gemälde mit einer Hafenszene bei Sonnenuntergang stehen.

»Ihr Werk?« fragte er.

»Ja. Ithaka, vor ungefähr fünf Jahren.«

»Sie sollten Künstlerin sein, nicht Sekretärin.«

Sie lächelte wehmütig. »Sie sind sehr freundlich.« Es war ihr ein wenig peinlich, daß das Tablett mit dem schmutzigen Teller noch auf dem Boden stand, aber sie ließ es stehen, setzte sich auf das Sofa und deutete auf einen Sessel: »Bitte, nehmen Sie Platz. Darf ich Ihnen etwas zu trinken anbieten?«

Wie bei seinem ersten Besuch bat er nur um ein Glas Wasser, und sie ging in die Küche, um es zu holen. Als sie zurückkam, sah sie, daß er sehr erschöpft wirkte.

»Schlechte Nachrichten«, sagte er und nickte dazu, als wollte er die Bedeutung seiner Ankündigung unterstreichen. »Haben Sie davon gehört? Die gestrige *Gazette* gelesen?«

»Nein, leider nicht.«

»Ich habe Ihnen ja von unserer jungen Reporterin Zandra Wollerton erzählt, nicht wahr?«

»Ja, ich habe sie inzwischen zweimal getroffen – am Dienstag und am Donnerstag.«

Er sah sie überrascht an. »Sie haben sie am vergangenen Donnerstag getroffen?«

»Ja.«

»Hier?«

»Nein – im Krankenhaus...« Sie fragte sich immer noch, was denn nun die neueste schlechte Nachricht war.

»Auf einmal gibt es viele Todesfälle, Miss Bannerman«, sagte er. »Bei weitem zu viele... Und unsere Freunde von Bendix Schere haben versucht, kommerziellen Druck auf meinen Herausgeber auszuüben, die Maternox-Story nicht weiter zu verfolgen. Hat Zandra Ihnen davon erzählt?«

»Nein. Ich... ich muß gestehen, ich war sehr müde, als sie am Donnerstag bei mir war. Wir haben nur kurz miteinander gesprochen.«

Crick strich um Wentworths Fußknöchel, und er bückte sich und streichelte die Katze. »Zandra hat Ihnen dann also wahrscheinlich auch nicht erzählt, daß dieser unglückliche

Labortechniker Mr. Seals es geschafft hatte, an die Informationen über Maternox ranzukommen, für die wir uns interessieren?«

»Nein!« stieß Monty hervor. Ihre Gedanken überschlugen sich.

Er nickte. »Sie war ganz wild darauf, die Story zu veröffentlichen, aber ich sagte ihr, sie müsse noch warten und brauche mehr Beweise, um die Sache glaubhafter zu machen. Man kann nicht etwas auf Verdacht hin veröffentlichen. Man braucht harte Fakten.« Er sah Monty an, und sein Gesicht verfinsterte sich. »Ich nehme an, Sie wissen noch nichts von der Sache mit Zandra?«

Monty schüttelte den Kopf und machte sich darauf gefaßt, daß das, was er jetzt sagen würde, etwas Ernstes war.

»Ein Eisenbahnübergang. Sie fuhr direkt vor den Zug. Tragisch.« Er hob die Hände. »So ein sinnloser Verlust.«

Monty war sprachlos. Darauf war sie nicht gefaßt gewesen.

»Sie starb am Donnerstag abend. Ich meinte, Sie sollten das wissen... Es sieht aus wie ein Unfall, wie ein ganz normaler, wenn auch scheußlicher Unfall. Keine Zeugen. Ein Autofahrer sagte aus, sie hätte ihn ein paar Meilen vorher überholt und es anscheinend sehr eilig gehabt.«

Monty fühlte sich, als sei eine kleine Bombe in ihr explodiert. Sie sah die junge Reporterin vor sich, wie sie so zielstrebig zu ihr ins Krankenhaus gekommen war. Das Bild quälte sie.

»Ich kann es nicht glauben«, flüsterte sie. »Ich...« Ihre Stimme versagte, und sie überließ sich dem Gefühl, daß die Realität ihr entglitt. Sie dachte an den selbstbewußten, zynischen Jake Seals, der sich in dem Pub plötzlich wie ein verängstigtes Kind umgeschaut hatte, und sie hörte die Stimme der ehrgeizigen Reporterin, die ihrer Story nachjagte...

Sie starrte auf das Bild von Ithaka, auf den warmen Sanderson-Bezug der Polstermöbel, auf die tanzenden Flammen im Kamin, auf die nachtschwarze Dunkelheit vor den Fenstern.

»Ein weiterer Unfall«, sagte Wentworth, als wollte er das ihr und auch sich selbst gegenüber klarstellen.

»War es wirklich ein Unfall?« fragte sie. »Wie viele Tote muß es noch geben, ehe …« Sie biß sich auf die Zunge.

»Miss Bannerman, ich sollte Sie nicht in die Sache mit hineinziehen. Sie sind eine freundliche junge Frau; meine Tochter Sarah sagte immer, Sie und Ihr Vater seien gute Menschen. Ich sollte verschwinden und Sie Ihr eigenes Leben führen lassen.«

»Sie ziehen mich in nichts rein. Ich stecke schon mittendrin.«

Ihr Besucher starrte vor sich hin. »Positiv und negativ. Yin und Yang. Gut und böse. Hell und dunkel. Vielleicht sind diese Dinge für immer miteinander verwoben. *Das Licht kann nur in der Dunkelheit scheinen* – was für eine einfache Wahrheit!« Seine Augen zeigten plötzlich einen harten, konzentrierten Ausdruck, als er in weniger geheimnisvollen Redewendungen weitersprach. »Pharmazeutische Produkte … Medikamente, die den Schmerz lindern, den Krebs bekämpfen, die verheerenden Wirkungen der Senilität hinauszögern, die Kindersterblichkeit minimieren. So viel Gutes, und die Pharmaindustrie hat es erreicht. So viele Verbesserungen der Lebensqualität.«

»Wenn sich diese Industrie in den Händen verantwortungsvoller Leute befindet«, ergänzte Monty.

Ihre Worte brachten den Hauch eines Lächelns auf sein Gesicht. »O ja, das stimmt. Sehr treffende Bemerkung.« Er griff in die Brusttasche seiner Jacke, holte einen zerknitterten Umschlag heraus und gab ihn ihr.

»Möchten Sie sich das ansehen?«

In dem Umschlag steckte ein Paßfoto. Es zeigte eine sehr attraktive indochinesische Frau im Alter von Mitte zwanzig.

»Sie ist schön, meinen Sie nicht auch?«

»Sehr schön.« Monty sah ihn an und fragte sich, wer sie sei.

»Meine verstorbene Frau«, sagte er.

Sie versuchte, ihre Überraschung zu verbergen.

»Wir sind uns 1960 in Vietnam begegnet. Ich war Korrespondent für die Nachrichtenagentur Reuter, sie Reporterin der französischen Zeitung *Le Monde*. Eines Tages waren wir mit einer Kompanie der amerikanischen Infanterie auf dem Weg zu einem vietnamesischen Dorf, in dem man ein Versteck des Vietcong vermutete. Ein amerikanisches Kampfflugzeug griff uns versehentlich mit Napalm an. Francoise saß in einem Jeep hundert Meter von mir entfernt, und sie verbrannte bei lebendigem Leib vor meinen Augen. Ich konnte nichts tun…«

Monty sah die Trauer in seinen Augen und ließ ihn weiterreden.

»Dreiunddreißig Jahre später habe ich manchmal Schwierigkeiten, mich an ihr Gesicht zu erinnern. Aber ich rieche noch immer den Geruch ihres verbrennenden Fleisches, und ich höre immer noch ihre Schreie – so deutlich, als ob es erst ein paar Stunden her sei.« Er starrte auf den Boden. »Es gibt chemische Substanzen, die man einfach nicht herstellen sollte. Niemand sollte das tun. Aber irgend jemand macht es dennoch. Es gibt immer irgend jemanden, der es macht.« Er schüttelte den Kopf. »Profit, verstehen Sie? Profit, das ist der Satan.«

Er schaute wieder hoch, verzog das Gesicht. »Ich sah zu, wie Francoise aus dem Jeep sprang und als menschliche Fackel in ein Reisfeld lief. Sie war von Kopf bis Fuß mit dieser brennenden, gallertartigen Substanz bedeckt, die von Bendix Schere für die amerikanische Luftwaffe hergestellt wurde.« Er blinzelte. »Von derselben Firma, die Salben gegen Verbrennungen fabriziert. Von derselben Firma, die schmerzstillende Mittel gegen Arthritis produziert, die Lotionen zum Schutz gegen Sonnenbrand herstellt, die Millionen für wohltätige Zwecke spendet und für die Forschung ausgibt… Ein Produkt von Bendix Schere hat vor meinen Augen die Haut meiner Frau auf ihrem Körper schmelzen lassen, und ich konnte nichts tun, um es zu verhindern.«

Die grenzenlose Verbitterung dieses Mannes ließ Monty

beinahe frösteln. »Es tut mir leid«, murmelte sie. »Ich wußte das nicht…«

»Die pharmazeutische Industrie verfügt über so viel Potential, Gutes zu tun, Miss Bannerman, aber am liebsten bewegt sie sich im Bereich der grausigen Alchemie: sie verwandelt den Tod in Gold.« Wentworth stand auf und deutete mit dem Zeigefinger an die Decke. »Holzbalken. Schön, ein Zimmer zu sehen, das noch welche hat.« Dann wandte er sich ihr wieder zu. »Ich übernehme die Story jetzt selbst, Miss Bannerman. Von jetzt an gehe ich der Sache persönlich nach.«

»Ich werde Ihnen helfen, wo ich nur kann.«

Er ging langsam zur Diele. »Sie sind sehr freundlich, aber ich weiß nicht, ob es klug von Ihnen wäre, sich weiter in dieser Sache zu engagieren.«

Sie schwieg einen Augenblick und sagte ihm dann, daß sie bereits zu stark involviert sei, um noch einen Rückzieher zu machen. »Aber ich weiß nicht, wieviel ich Ihnen von Nutzen sein kann.«

»Alles, was ich beim jetzigen Stand der Dinge wissen will ist, ob es tatsächlich einen Zusammenhang zwischen Maternox und dem Tod meiner Tochter Sarah und dem der beiden anderen Frauen gibt.« Er zögerte. »Zandra Wollerton hat mich am Donnerstag morgen angerufen und mir berichtet, sie habe herausgefunden, daß alle drei Frauen tatsächlich Maternox derselben Losnummer eingenommen hätten. Aber ich weiß nicht, wie groß diese Lose quantitativ sind. Ich weiß nicht, ob dieses spezielle Los sich qualitativ von den anderen unterschieden hat. Und es beunruhigt mich sehr, daß die beiden Menschen, die mehr darüber herausfinden wollten, innerhalb von anderthalb Tagen Unfällen zum Opfer gefallen sind.«

»Das kann natürlich ein tragischer Zufall sein und nicht mehr«, meinte Monty.

»Natürlich.«

»Geben Sie mir diese Losnummer, und ich kümmere mich darum. Sobald ich etwas herausgefunden habe, setze ich mich mit Ihnen in Verbindung.«

»Noch eine Warnung«, sagte Wentworth, nachdem er ihr die Losnummer aufgeschrieben hatte. »Seien Sie äußerst vorsichtig bei der Benutzung des Telefons innerhalb der Firma.«

»Sie glauben, es wird angezapft?«

»Lassen Sie mich es so sagen: Ich wäre erstaunt, wenn es nicht so wäre.«

»Ernsthaft? Jedes Gespräch wird Ihrer Meinung nach mitgehört?«

»Es gibt heutzutage sehr wirkungsvolle Methoden, so etwas zu machen. Vielleicht sogar in den Privatwohnungen der Angestellten.« Er starrte auf das Telefon auf dem Tisch in der Diele. »Benutzen Sie einen Münzfernsprecher, wenn Sie Kontakt mit mir aufnehmen. Meine Telefonnummern habe ich Ihnen letztes Mal gegeben?«

»Ja, ich habe sie«, sagte sie und sah ihn ungläubig an. Seine paranoide Abhörangst erschien ihr absurd.

Sie half ihm in den Mantel, griff nach der stets bereitliegenden Taschenlampe und öffnete die Haustür. »Es ist sehr dunkel, ich begleite Sie zum Wagen.«

Beide Katzen huschten an ihnen vorbei und verschwanden im Garten. Sie knipste die Taschenlampe an und richtete den Strahl auf den kleinen Nissan, der auf dem Zufahrtsweg abgestellt war.

Wentworth drehte sich zu ihr um. »Ich will nicht, daß Sie sich in irgendeiner Weise verpflichtet fühlen. Wenn Sie morgen früh aufwachen und sich anders besonnen haben, kann ich das sehr gut verstehen. Sie sind noch jung, haben Ihr Leben noch vor sich. Ich möchte nicht dafür verantwortlich sein, daß Ihre Zukunft Schaden nimmt.« Er schob sich auf den Fahrersitz.

»Ich werde mich nicht vor meiner Verantwortung drükken.« Sie lächelte.

»Bitte denken Sie genau darüber nach.« Er steckte den Schlüssel ins Zündschloß. »Kennen Sie das chinesische Sprichwort über Rache?«

»Nein.«

Er sah sie intensiv an. »Ehe du dich rächen willst, gehe erst einmal hin und hebe zwei Gräber aus.« Er startete den Wagen. »Verstehen Sie, Miss Bannerman, für mich ist es etwas anderes. Ich habe keine Wahl, das zu tun, was ich tun werde. Aber Sie haben kein Motiv, sich zu engagieren.«

»Das stimmt nicht, ich habe sehr wohl ein Motiv«, sagte sie. »Ich sorge mich sehr um die pharmazeutische Industrie; ich möchte, daß sie moralisch und verantwortungsbewußt handelt. Wenn etwas faul bei ihr ist, möchte ich dagegen angehen. Sir Neil Rorke ist ein großartiger Mann. Er wäre entsetzt, wenn in dieser Hinsicht bei Bendix Schere, das heißt in seiner Verantwortlichkeit, etwas nicht stimmen würde. Er würde sofort eingreifen, da bin ich ganz sicher. Und ich habe jederzeit Zugang zu ihm.«

»Bitte überstürzen Sie nichts. Es ist immer gut zu wissen, daß man mächtige Verbündete hat, aber halten Sie ihn sich zunächst einmal noch in Reserve. Lassen Sie uns Schritt für Schritt vorgehen.«

Sie stimmte zu, und er wendete und fuhr los. Monty schaute den Rücklichtern nach, bis sie verschwunden waren.

Zitternd vor Kälte rief sie die Katzen und ging mit ihnen zurück ins Haus. Sie schloß sorgfältig die Haustür ab, überprüfte die Hintertür, dann jedes einzelne Fenster.

Zwei Menschen, die sie gekannt hatte, waren innerhalb weniger Tage ums Leben gekommen. Eine unheimliche Sache. Es war doch wohl nicht möglich, daß Bendix Schere in gesetzwidrige Dinge verstrickt war? Nein – Hubert Wentworth war ein armer Kerl, der sich in seiner Trauer an einen Strohhalm klammerte.

Dann wurde ihr klar, daß sie sich mit diesen Überlegungen selbst an einen Strohhalm klammerte …

31

London, Montag, 14. November 1994

»Sie hatten also keine Auseinandersetzung mit Mr. Seals?«

Detective Constable Brine, der in Montys Büro gekommen war, um ihre Aussage zu protokollieren, war ein aggressiver junger Mann und ging ihr ganz schön auf die Nerven.

Es war halb eins; sie war kurz nach neun ins Büro gekommen und hatte feststellen müssen, daß sich während ihrer Abwesenheit ein Berg von Arbeit aufgetürmt hatte. Sie hätte sehr gut auf diese Befragung verzichten können. Aber es ging jetzt wenigstens dem Ende zu. »Nein, das hatte ich nicht.«

»Nun, Sie müssen doch aber zugeben, daß das seltsam ist – Sie und er noch vor Morgengrauen allein in diesem Labor, und dann hat er diesen *Unfall*...«

Der unterstellte Verdacht verletzte und ärgerte sie zugleich, und sie fauchte ihn an: »Sie sollten sich daran erinnern, daß ich gerade ausgesagt habe, daß der Unfall bereits geschehen war, als ich ankam... Sie sind unnötig aggressiv und ohne jedes Einfühlungsvermögen. So werden Sie nie etwas herausfinden!«

DC Brine sah sie mit der Unverschämtheit eines gescholtenen, aber uneinsichtigen Kindes an und stand auf. »Ich habe alles, was ich im Moment brauche, danke, Miss Bannerman.«

Als er gegangen war, verglich sie ihn mit dem weltgewandten Detective Superintendent Levine, der zumindest höflich gewesen war. Was für eine Rolle hatte dieser Anfänger eben gespielt? Levine hatte ihr gesagt, Seals sei zweifelsfrei betrunken gewesen. Warum versuchte dieser DC Brine nun eine Konstruktion aufzubauen, sie habe vielleicht doch etwas mit dem Unfall zu tun? Niemand konnte doch ernsthaft auf den Gedanken kommen, sie habe Seals ermordet? Oder doch?

Dann fragte sie sich, ob ein solcher Verdacht der Grund gewesen war, weshalb ein so hochrangiger Polizeibeamter wie Levine zu ihr gekommen war. Und spielten sie jetzt das alte Wechselspielchen Guter Cop – Böser Cop? Mit dem Anfänger Brine in der Rolle des bösen Cops, der sie absichtlich so auf die Palme bringen sollte, daß sie die Fassung verlor und etwas sagte, womit man sie festnageln konnte... Sie war nicht böse, als das Telefon läutete.

»Mr. Best für Sie, Miss Bannerman. Es geht um das Symposium in Washington, an dem Dr. Bannerman nächsten Monat teilnimmt. Ihr Vater meldet sich nicht an seinem Apparat.«

Die Stimme der Frau war Monty inzwischen vertraut; es war eine der entfernten, höflichen Stimmen der Frauen in der Telefonzentrale. Sie hatte nie eine der Frauen persönlich kennengelernt, und so würde es mit großer Wahrscheinlichkeit auch bleiben. Es gehörte zur Philosophie von Bendix Schere, die Mitarbeiter voneinander fernzuhalten. *Teile und herrsche*. Das war das Prinzip, so hatte Monty einmal gelesen, nach dem Adolf Hitler Nazi-Deutschland aufgebaut hatte.

Sie nahm den Anruf entgegen. Mr. Best, der Organisator des Symposiums – über die Ethik der Patentierung von Genen – war für zwei Tage in London und fragte an, ob die Möglichkeit zu einem Treffen mit Dr. Bannerman bestehe. Und er wollte dringend wissen, ob der Nobelpreisträger an einem Dinner für Delegierte, das Präsident Clinton gebe, teilnehmen wolle. Monty wußte, daß ihr Vater Clinton – wie die meisten Politiker – nicht besonders schätzte, und bat Mr. Best, ihn zurückrufen zu dürfen, wenn sie ihn gefragt hatte.

Sie ging zum Büro ihres Vaters, aber er war nicht da. Man sagte ihr, er sei in Labor 6.

Monty eilte durch den Flur. Sie hatte einen Kloß in der Kehle; es war das Labor, in dem Jake Seals umgekommen war. Sie war als erstes heute morgen dorthin gegangen und hatte – erfolglos – nach den Maternox-Kapseln gesucht, die er vermutlich dabeigehabt hatte. Kalte Schauer waren ihr dabei über den Rücken gelaufen… Sie blieb am Sichtfenster des Labors stehen und sah ihren Vater damit beschäftigt, Teströhrchen in den Rüttelrahmen eines Wasserbades zu stecken.

Als sie ins Labor ging, sah sie wieder die dunklen Flecken auf dem weißen Arbeitstisch und dem Fußboden, wo Jake Seals gelegen hatte, und sie mußte gegen eine Welle kalter Angst ankämpfen.

Ihr Vater war darin vertieft, jedes einzelne Röhrchen zu überprüfen. Dann schaltete er das Rüttelsystem ein, und der Rahmen mit den Röhrchen begann zu vibrieren. Er nahm Monty erst wahr, als sie neben ihn trat.

»Ich habe gerade mit Dr. Best, dem Organisator des Symposiums in Washington telefoniert. Er möchte dich gerne für eine Stunde treffen, wenn du Zeit dazu hast.«

»Er soll herkommen, dann können wir zusammen zum Lunch in die Kantine gehen.«

»Er ist bereits zum Lunch verabredet.«

Bannerman schüttelte den Kopf. »Dann geht's nicht.«

»Okay, ich sage ihm, es wäre nicht möglich… Aber hör dir das an – er hat eine Einladung für dich ins Weiße Haus! Zu einem Dinner mit Präsident Clinton während des Symposiums!«

Der Wissenschaftler beobachtete sorgfältig den Inhalt der vibrierenden Teströhrchen. »Ich bin nicht daran interessiert, diesen Obergauner zu treffen.«

»Ich meine aber, du solltest hingehen, Daddy.«

»Warum zum Teufel?«

»Weil die Leute denken, du wärst nicht eingeladen gewesen, wenn du nicht hingehst.«

Er lächelte sie an. »Ich vermute, du hast die Einladung bereits angenommen, oder?«

»Das nicht. Aber ich habe es vor.«

Er lächelte wieder. »Ich habe also in dieser Sache nicht viel zu sagen – wie immer, nicht wahr?«

»Nein, kein bißchen!«

»Bist du auch eingeladen?«

»Ich weiß ja noch nicht, ob ich dich in die USA begleite – ich wollte abwarten, wie weit wir mit der Arbeit hier kommen.«

»Sag den Leuten, ich möchte, daß du auch zu diesem Dinner eingeladen wirst.«

»Ich werd's versuchen.«

»Hast du heute schon Pläne fürs Mittagessen?«

»Nein.«

»Wollen wir uns um eins in der Kantine treffen?«

»Ja, gerne.«

Er runzelte plötzlich die Stirn. »Hör mal, mein Schatz – du mußt ein bißchen sorgfältiger mit Unterlagen umgehen, die du aus meinen Aktenschränken nimmst. Ich habe heute morgen eine halbe Stunde mit der vergeblichen Suche nach meinen Arbeitsnotizen über die Schuppenflechte-Gene vergeudet. Du hast sie anscheinend an den falschen Platz gestellt.«

Monty schüttelte den Kopf. »Ich habe deine Schuppenflechte-Unterlagen nicht angerührt.«

»Ich meine nicht heute – vielleicht letzte Woche, vor dem Unfall?«

»Nein. Nicht schuldig … Sie sind vielleicht beim Umzug an einen falschen Platz geraten.«

Er dachte einen Moment nach. »Ja«, sagte er dann. »So wird es wohl sein. Vielleicht habe ich sie selbst falsch eingeordnet.« Er schaute wieder auf die Substanzen in den Röhrchen. »Man wird älter und immer verwirrter«, knurrte er. »Du mußt mir versprechen, den Stecker rauszuziehen, wenn ich völlig beknackt und vergreist bin.«

Sie lächelte, freute sich über seinen unverwüstlichen Elan und schaute liebevoll auf seinen kahlen Schädel und das lange, wilde graue Haar, das auf beiden Seiten des Kopfes bis fast auf die Schultern fiel. »Du warst immer beknackt, seitdem ich dich kenne. Woran soll ich erkennen, wenn es noch schlimmer wird?«

»Oh, das wirst du leicht feststellen können – es ist soweit, wenn ich anfange, auf Ratschläge zu hören.«

Conor Molloys Tür wurde aufgestoßen, und Charley Rowley kam herein. Conor konnte über die hohen Aktenstapel auf seinem Schreibtisch hinweg nur seinen Kopf und die narzissengelbe Krawatte sehen. Auch der Boden des Büros war mit Papierstapeln bedeckt.

»Guten Morgen, Mister Amerika! Schönes Wochenende gehabt?« Rowley hatte ein weiteres Aktenbündel in den Händen und schaute sich nach einer Ablagemöglichkeit auf dem Boden um.

»Brauchbar«, antwortete Conor. »Habe die meiste Zeit gearbeitet. Und selbst?«

»Familiendienst. Mußte zu meinen Eltern. Die Ärmsten hatten ihren zweiunddreißigsten Hochzeitstag.« Er grinste. »Ich bin zweiunddreißig – war schon immer ein sehr heikles Thema.«

Auch Conor grinste.

»Heh, Sie können aber doch nicht dauernd arbeiten – macht einen zum Langweiler... Wann ziehen Sie in die neue Wohnung?«

»Am Mittwoch.«

»Schön. Wenn Sie mich brauchen – Anruf genügt.«

»Vielen Dank, aber ich glaube, die Leute von unserer Sozialabteilung haben die Sache fest im Griff.«

Rowley schien sehr vergnügt zu sein. »Nächstes Wochenende fahre ich zu meinem Cottage in Sussex – wollen Sie mitkommen? Verschafft Ihnen ein wenig Erholung von London und die Möglichkeit, die Gegend da unten kennenzulernen.«

»Vielen Dank, Landjunker.«

Rowley hob das Aktenbündel in seinen Händen ein Stück höher. »Wo soll ich das hinlegen?«

»Was ist es denn?«

»Veröffentlichungen über Menschenversuche im Zusammenhang mit dem Bannerman-Karies-Gen.«

Conor starrte verzweifelt auf das Papierbündel. »*Weitere* Veröffentlichungen?«

»Leider ja.«

Conor schüttelte den Kopf und zeigte auf die Aktenstapel

im Zimmer. »Haben Sie jemals so viele Veröffentlichungen über wissenschaftliche Erkenntnisse gesehen?«

»Man muß diesen prinzipientreuen Mann bewundern.«

»So kann man es natürlich auch sehen.« Er deutete auf einen letzten freien Platz auf dem Boden. »Legen Sie sie bitte dorthin.«

Rowley tat es und ging. Conor holte sich die Datei mit dem ersten Entwurf für einen Patentierungsantrag in den USA aus Bannermans Forschungsarbeit auf den Bildschirm. Die Überschrift lautete: REKOMBINIERENDES PROTEIN. Dann lehnte er sich zurück und las noch einmal die Liste mit den Fragen durch, die er Montana Bannerman zu diesem Thema stellen wollte. Er fragte sich, ob sie schon wieder arbeitete und wählte ihre Nummer.

Eine Sekretärin meldete sich und sagte ihm, daß Miss Bannerman zum Lunch gegangen sei und um zwei Uhr zurückerwartet werde. Er schaute auf die Uhr auf seinem Computerscreen. Es war fünf nach eins. Der Morgen war wie im Flug vergangen. Er loggte sich aus dem Computer aus und entschloß sich, ebenfalls schnell etwas essen zu gehen. Er schaute auf die Papierstapel auf dem Boden und dem Schreibtisch. Man durfte selbst während der Mittagspause keine Papiere offen herumliegen lassen, aber es waren einfach zu viele, um sie wegzuräumen. Er entschied, das Risiko einzugehen und alles liegen zu lassen, stand auf und machte sich auf den Weg zur Kantine.

Was offiziell als Kantine bezeichnet wurde, war vom Stil her eher ein modernes Restaurant, das in seiner Ausdehnung an die Abflughalle eines Flughafens erinnerte. Alle Tische waren aus rostfreiem Stahl, und die Stühle bestachen durch ein Design aus High-Tech-Stahlröhren und grünem Velours. Der Boden war mit dem üblichen smaragdgrünen Teppichboden ausgelegt.

Als Conor sich in die kurze Schlange vor einem der Selbstbedienungs-Schalter einreihte, sah er den blonden Haarschopf Montana Bannermans direkt vor sich. Sie sprach mit einem Mann Ende Fünfzig, den er nach den Fotos in den bearbeiteten Zeitungsausschnitten als Dr. Bannerman erkannte.

Er wartete auf eine Pause in ihrem Gespräch und sagte dann: »Schön, Sie hier zu sehen, Miss Bannerman. Geht es Ihnen wieder gut?«

Sie drehte sich um und lächelte ihn erfreut an. »Mr. Molloy! Danke, ja, es geht mir wieder gut. Haben Sie… ähm… meinen Vater schon kennengelernt?«

»Nein, ich hatte noch nicht das Vergnügen. Guten Tag, Sir.«

»Mr. Molloy ist Patentanwalt, Daddy, und er arbeitet an der Auswertung deiner Forschungsarbeit für die Patentierung in den USA.«

Dick Bannerman schüttelte Conor die Hand und sah ihn mißtrauisch an. »Und wie steht es damit?«

»Nun, ich weiß nicht, wieviel wir erreichen werden – Sie haben ja fast alles bereits veröffentlicht.«

»Wenn Sie meine Meinung dazu hören wollen – je weniger Sie erreichen, um so besser ist es«, knurrte Bannerman mürrisch.

»Daddy!«

»Diese ganze verdammte Patentiererei kann mir gestohlen bleiben«, sagte der Wissenschaftler und sah Conor fest in die Augen.

»Nun ja, ich glaube, die Gen-Patentierung ist derzeit sehr umstritten«, reagierte Conor geschmeidig.

Sie hatten den Schalter erreicht und wählten ihr Essen aus. Conor sah mit Freude, daß Monty trotz ihrer schlanken Figur einen gesunden Appetit zu haben schien. Er fand Frauen, die Spaß am Essen hatten, sehr attraktiv.

»Sind Sie allein?« fragte Monty.

»Ja.«

»Wollen Sie sich uns anschließen?«

Conor sah den abweisenden Ausdruck auf Bannermans Gesicht. »Nein, danke, ich möchte Sie nicht stören…«

»Sie stören nicht«, sagte sie und lächelte bestimmt.

»Nun denn, vielen Dank, gerne...«

Sie fanden einen freien Tisch an der gegenüberliegenden Wand, auf die von der Decke aus das Diabild eines Fragonard-Gemäldes mit einer idyllischen Picknick-Szene an einem See geworfen wurde. Als sie sich hinsetzten, sagte Dick Bannerman: »Ich verstehe nicht, warum diese Idioten keine Fenster hier oben eingebaut haben. Ist doch wirklich komisch, im vierzigsten Stock zu sitzen, von dem aus man einen wunderbaren Blick über London hätte und sich statt dessen ein Diabild anschauen zu müssen.«

»Da stimme ich Ihnen zu, Sir«, sagte Conor. Dann wandte er sich an Monty.

»Sie tun mir aufrichtig leid – was Sie in der vergangenen Woche alles durchmachen mußten... Es war sicher schlimm.«

»Ja, das war es«, antwortete sie. »Beunruhigend für mich ist, daß mir niemand etwas über die Langzeitwirkung dieser Chemikalie sagen kann. Ich kann nur hoffen, daß ich nicht eines Tages aufwache und meine Arme haben sich aufgelöst.«

Conor zuckte zusammen und fragte dann: »Hat man denn inzwischen herausgefunden, wie der Unfall passiert ist?«

Monty schüttelte den Kopf.

»Glauben Sie, daß es moralisch gerechtfertigt ist, Gene zu patentieren?« fragte ihn Bannerman abrupt.

Conor goß sich Cola in sein Glas. »Ich glaube, die Genforschung wirft mehr Fragen auf, als sie Antworten gibt.« Er schaute sich vorsichtig um und senkte dann die Stimme. »Bendix Schere nennt sich *das fürsorglichste Unternehmen der Welt*. Kann denn aber eine Firma, die Genmanipulationen betreibt und sich Mutanten-Kaninchen patentieren läßt, die automatisch fünf Tage nach der Geburt bösartigen Krebs entwickeln, wirklich ein fürsorgliches Unternehmen sein?«

»Glauben Sie, jegliche Kontrolle über das Leben sollte die alleinige Domäne Gottes sein?« fragte Bannerman aggressiv.

»Nein, Sir, das glaube ich nicht.«

»Sind Sie religiös?«

Conor zögerte und sah, daß Monty ihn aufmerksam beobachtete. »Ich bin kein praktizierender Christ, aber ich glaube, daß es Gott gibt.«

»Dann erklären Sie mir doch mal eines«, sagte der Wissenschaftler mit unverhohlen feindlichem Unterton. »Wenn Sie nicht glauben, daß Gott die ausschließliche Kontrolle über das Leben haben soll, warum sind Sie dann gegen die Genforschung?«

Diese Attacke brachte Conor für einen Augenblick fast aus dem Konzept. »Ich bin keinesfalls dagegen«, sagte er dann. »überhaupt nicht. Es ist nur so – es gibt so viel Spielraum für Mißbrauch in der Genforschung, daß ich meine, die damit befaßten Firmen müßten sehr verantwortungsbewußt damit umgehen.«

»Ist die gentechnische Züchtung eines Kaninchens, das automatisch Krebs entwickelt, etwas Schlimmeres, als einem gesunden Kaninchen ein Karzinogen einzuspritzen?«

»Daddy«, schaltete Monty sich ein, »meinst du nicht auch, das Kaninchen hätte ein Recht auf ein normales Leben?«

»Nichts auf diesem Planeten hat ein geheiligtes Recht auf irgend etwas. Wir haben allerdings die Pflicht, Tiere human zu behandeln, und ich meine, das tun wir.«

»Ich denke manchmal, die Wissenschaft macht zu schnelle Fortschritte«, sagte Conor. »Wir kommen gar nicht mehr dazu, über die Auswirkungen im einzelnen nachzudenken.«

»Für meinen Geschmack sind die Fortschritte nicht schnell genug«, sagte Bannerman. »Gehen Sie gerne zum Zahnarzt, Mr. Mulrony?«

»*Molloy*«, korrigierte Conor. »Nein, Sir, nicht besonders gern.«

»Hatten Sie mal Karies-Löcher in den Zähnen.«

»Ja.«

»Haben Sie sich mal vor Augen geführt, wie es vor fünfzig Jahren beim Zahnarzt zuging? Er konnte Ihnen noch keine Spritze mit einem Betäubungsmittel geben, und den Bohrer hat er noch mit Pedalen antreiben müssen. Möchten Sie heute noch eine Blinddarmoperation wie vor hundert Jahren über sich ergehen lassen – festgeschnallt auf eine Holzbank und mit billigem Fusel gegen den Schmerz betrunken gemacht? Pharmazeutika und Technologie haben das Leben lebenswerter gemacht. Vor allem, weil man den Schmerz fast besiegt hat. Nur ganz wenige Menschen in der westlichen Welt müssen heute noch unter Schmerzen leiden, und in einem Vierteljahrhundert wird man ihn wahrscheinlich eliminiert haben. Wenn ein paar Mutanten-Kaninchen der Preis sind, den wir dafür zu zahlen haben, dann akzeptiere ich das. Ich kann gut damit leben.«

Conor war enttäuscht; es zeigte sich, daß Bannerman ein größerer Traditionalist war, als er erwartet hatte. Sein Wert für Conors Pläne schien nicht gerade groß zu sein.

Der Wissenschaftler lehnte sich vor. »Ich werde sehr häufig mißverstanden, Mr. Molloy. Ich bin nicht gegen den Fortschritt in der Wissenschaft. Ich bin gegen Firmen wie Bendix Schere, die lauthals verkünden: *Hört zu, Leute, wir haben die Gene identifiziert, die Schuppenflechte hervorrufen; die Gene, die für kardiovaskuläre Erkrankungen, für Niereninsuffienz, für Depressionen, für Zwölffingerdarmgeschwüre, für Brustkrebs verantwortlich sind – was auch immer. So, und jetzt lassen wir uns diese Gene patentieren und uns von euch allen, liebe Mitbürger, zwanzig Jahre lang Lösegeld dafür bezahlen – bezahlt oder sterbt!*« In Dick Bannermans Augen stand ein leidenschaftlicher Glanz, und seine Worte schienen nicht nur aus seinem Herzen, sondern aus der Tiefe seiner Seele zu kommen.

»Ist Ihnen klar, welche Macht in der Patentierung von Genen liegt?« fuhr er fort. »Es ist die Macht über Leben und Tod. Es geht nicht mehr nur darum, laut zu verkünden: *Also, Leute, wir haben bessere Heilmittel als alle unsere Konkurrenten – nehmt Bendix-Medikamente, sie sind besser als die von Welcome oder Pfizer oder Beecham.* Nein, es geht darum, den Leuten zu sagen: *Hören Sie zu, wir wissen, was Sie so schrecklich leiden läßt oder gar tödlich für Sie ist; wir haben in unseren Panzerschränken den Schlüssel für Ihre Heilung liegen. Sie, Madam, haben bedauerlicherweise ein Brustkrebs-Gen. Wir können es für Sie ausschal-*

ten oder Sie dem Tod überlassen – und hier ist nun unser Preisangebot, wenn Sie überleben wollen.« Bannerman hob die Augenbrauen. »Was ist denn nun der Preis für ein Menschenleben?«

Conors Enttäuschung legte sich. Die Haltung dieses Mannes gab Grund zur Hoffnung. In ihm hatte er einen Verbündeten, wenn er vorsichtig zu Werke ging – einen wahrlich mächtigen Verbündeten. »Man kann dafür keinen Preis festlegen.«

»Sehr richtig«, sagte Bannerman. »Es gibt keine Grenze dafür, was die Leute dafür bezahlen würden, wenn man sie von Schmerzen befreien oder ihr Leben retten könnte. Keinerlei Grenze. Sie, ich, meine Tochter, wir alle würden zahlen. Wir würden den letzten Cent für uns selbst oder für Menschen, die wir lieben, zusammenkratzen, gar keine Frage.«

»Aber glauben Sie denn, Dr. Bannerman, daß eine verantwortungsbewußte Firma wie Bendix Schere tatsächlich so weit gehen würde, von den Menschen diese Art von Lösegeld zu verlangen?«

»Ja, das glaube ich.«

»Sind Sie da nicht ein bißchen rigoros, Sir? Ich glaube daran, daß Bendix Schere ernsthaft um das Wohl der Menschheit bemüht ist.«

»Oh, tatsächlich? Der Gründer der Firma, der verstorbene Joshua Bendix, ist Ihnen doch ein Begriff, oder?«

»Ja – ich habe sein Foto in der Bendix-Bibel gesehen.«

»Wissen Sie, was er jedem seiner neu eingestellten Handelsvertreter zu sagen pflegte?«

Conor schüttelte den Kopf.

»Er ließ sie in sein Büro kommen und sagte: ›Ich bin nicht an Medizin interessiert. Darauf scheiße ich. Ich bin einzig und allein an einem interessiert – an *Profit*. Und wenn wir dabei zufällig ein paar Menschen helfen sollten, okay, das ist nicht mein Problem.‹« Bannerman sah Monty und Conor herausfordernd an. »Das war von Anfang an das Grundprinzip der Firma, für die Sie und ich und Monty arbeiten, und denken Sie ja nicht, daran hätte sich etwas geändert.«

Conor hatte Mühe, ein triumphierendes Lächeln zu unterdrücken.

32

London, Montag, 14. November 1994

Um Viertel nach sechs fuhr Monty mit dem Aufzug in die Lobby. Normalerweise verließ sie das Bendix-Gebäude später, wartete, bis die erste Welle des abendlichen Berufsverkehrs abgeebbt war, aber heute wollte sie auf dem Heimweg noch einen Besuch machen.

Nur wenige Leute gingen durch die drei bewachten Ausgänge. Sie wählte den mittleren, als sie sah, daß er von dem schwarzen Jamaikaner mit Namen Winston Smith besetzt war, dem einzigen der Wachmänner, der ein wenig gesprächig war.

Sein stets verloren wirkender Gesichtsausdruck löste bei ihr den Wunsch aus, mit ihm zu reden und ihn aufzuheitern, und sie hatten eine ganz spezielle Freundschaft entwickelt, als sie ihn gefragt hatte, ob er wisse, daß sein Name der des Helden aus George Orwells Roman *1984* sei. Er hatte es nicht gewußt, sich dann aber das Buch gekauft, und es hatte ihm gefallen. Seitdem bat er sie manchmal um Buchempfehlungen; bei Nachtschichten hatte er viel Zeit zum Lesen.

Er schniefte, als sie jetzt bei ihm stehenblieb. »Entschuldigung«, sagte er mit Schnupfenstimme und schneuzte sich. »Geht es Ihnen gut, Miss Bannerman? Ich hab' gehört, Sie wären bei dem Unfall letzte Woche verletzt worden.«

»Es geht mir wieder gut, danke.«

»Das war schrecklich. Hat man rausgefunden, wie das passiert ist?«

»Nein.«

»Ich mochte Mr. Seals. Gab nicht viele, die ihn mochten, aber er war okay, ja, das war er…« Er zog wieder die Nase hoch.

»Sind Sie erkältet?«

Er nickte. »Bin ich regelmäßig. Wird bis Weihnachten dauern.«

»Schon Vitamin C probiert? Und Zink und Knoblauch? Bei mir hilft das immer.«

Er schnüffelte wieder. »Ist keine normale Erkältung, Miss Bannerman. Ich hab' das das ganze Jahr über, es kommt und geht – ich nehm' an, deshalb lassen sie mich diesen Job machen.«

Sie sah ihn fragend an. »Wie meinen Sie das?«

Er schaute sich um, als wollte er sich vergewissern, daß niemand zuhörte, und senkte die Stimme. »Seit den Tests, die ich mitgemacht hab'.«

»Was für Tests?«

Er senkte die Stimme noch mehr. »Vor zehn Jahren – ungefähr – haben sie den Angestellten angeboten, für tausend Pfund bei 'nem Test mitzumachen, bei dem ein neues Medikament ausprobiert werden sollte. Seitdem bin ich fast dauernd erkältet.«

»Was war das für ein Medikament?« fragte sie entsetzt.

Er hob die Hände. »Das ham sie uns nicht gesagt.«

Ein Aufzug öffnete sich, und mehrere Leute gingen an ihnen vorbei. Sie sprachen erst weiter, als sie in der Dunkelheit verschwunden waren.

»Sie haben Ihnen nicht gesagt, was das für ein Medikament war?«

»Ich hab' damals das Geld gebraucht – hab' mir nicht denken können, daß es schädlich sein könnte. Sie hätten's doch sonst nicht an Menschen ausprobiert.«

»Was ist mit den anderen geschehen, die es genommen haben?«

Er hob die Schultern. »Keine Ahnung.«

Es war gängige Praxis, Medikamente an Freiwilligen zu testen. Alle neuen Mittel wurden zunächst an Nagetieren oder anderen Tieren auf schädliche Wirkungen überprüft; danach kamen vier Stufen der Versuche mit Menschen – die erste mit einer kleinen Gruppe von Freiwilligen, die dafür meistens bezahlt wurden.

»Und man hat Ihnen keine Entschädigung für Ihre Krankheit angeboten?«

»Wie ich Ihnen schon gesagt hab', ich nehm' an, daß ich deshalb den Job hier weitermachen darf. Ich würd' keinen andern mehr kriegen – bin mindestens drei Monate im Jahr krankgeschrieben; dann wird's so schlimm, daß ich im Bett liegen muß.«

Monty hatte großes Mitleid mit ihm und war wütend, daß die Firma ihm überhaupt noch eine Arbeit zumutete. »Sie Ärmster ... Wie denken Sie denn darüber?«

»Ich bin verbittert, Ma'am, aber ich kann ja nichts machen.« Er lächelte plötzlich. »Hab' das Buch gelesen, das Sie mir letzte Woche empfohlen ham – *Am Abgrund des Lebens* von Graham Greene. Dieser Pinkie ist 'n widerlicher Typ.«

»Erinnert mich an Dr. Crowe«, sagte sie.

Der Wachmann lachte glucksend. »Das ist gut! Das gefällt mir! Dr. Crowe!« Er kicherte. »Dr. Crowe war damals der Chef von den Versuchen – er hat mir die Pillen gegeben.«

»Persönlich?«

»Ja. Er hat sich da echt reingehängt.«

»Ich werde mal ein Wörtchen mit ihm reden!«

Winston Smith verzog entsetzt das verhärmte Gesicht. »Nein – bitte machen Sie das nicht! In dem Vertrag, den ich unterschrieben hab', steht drin, daß ich mit niemand drüber reden darf. Rühr'n Sie bitte nicht da drin rum, es könnt' mich den Job kosten.«

»Okay, machen Sie sich keine Sorgen.« Insgeheim fragte sie sich, ob sie mit Rorke darüber sprechen sollte. Aber dann würde es auch Crowe erfahren. »Ich werde kein Wort sagen.«

»Danke, Miss Bannermann. Ich wünsch' Ihnen 'nen schönen Abend.«

Sie lächelte ihn noch einmal an und ging dann zu ihrem Wagen.

Ein Unfall weiter vorne führte zu schleichendem Verkehr auf dem Westway, und Monty brauchte eine Stunde, bis sie die M40 erreichte. Aber die Verzögerung machte ihr nichts aus, und sie war dankbar für die Einsamkeit in ihrem Wagen; sie gab ihr Gelegenheit zum Nachdenken.

Immer wieder stellte sie sich die Frage, ob Jake Seals Tod auf einen selbstverschuldeten Unfall zurückzuführen war oder ob der Unfall absichtlich herbeigeführt worden war. Wenn man aber nachgeholfen hatte, wer hatte es dann getan? Und warum?

Hatte es etwas damit zu tun, daß Jake Seals Bendix Schere verlassen und jemand das mit Gewalt verhindern wollte? Aber Bendix Schere konnte doch unmöglich so skrupellos sein, aus diesem Grund einen Angestellten umzubringen, das war doch logisch… Oder? Ihr Vater hatte heute beim Lunch allerdings ganz schön auf die Moral der Firma geschimpft. Es war ihr peinlich gewesen, daß er das so ausführlich im Beisein von Conor Molloy getan hatte. Der Amerikaner hatte nur wenig dazu gesagt. Sie hatte jedoch deutlich erkannt, daß er mit den Ansichten ihres Vaters sympathisierte.

Der Lunch war nicht gerade ein großer Erfolg gewesen. Ihr Vater hatte in schneller Folge Bendix Schere, Bill Clinton und das amerikanische Patentierungssystem schlechtgemacht. Molloy war dabei bemerkenswert höflich geblieben, hatte ruhig und intelligent reagiert und es sogar geschafft, ihren Vater ein paarmal zum Lachen zu bringen. Je näher sie ihn kennenlernte, um so mehr mochte sie ihn, und sie fragte sich, ob er sein Versprechen, sie zum Lunch einzuladen, wahrmachen würde. Sie hoffte es. Sie hoffte, ihr Vater habe ihn nicht zu sehr vor den Kopf gestoßen.

Ihre Gedanken schwenkten wieder zu Jake Seals zurück. Hatte jemand herausgefunden, daß er Tests mit den Maternox-Kapseln machen wollte? Und wenn man von Seals' Beteiligung an dieser Sache wußte, dann wußte man vielleicht auch, daß sie ebenfalls darin verwickelt war… Wenn man es vor seinem Tod nicht gewußt hatte, dann wußte man es jetzt ganz bestimmt. Ihr frühes Eintreffen im Bendix-Gebäude an jenem Morgen war ein klarer Hinweis darauf. Offiziell würde man die Gründe, die sie dafür genannt hatte, akzeptieren, aber würde man ihnen auch wirklich Glauben schenken?

Sie dachte an die Reporterin Zandra Wollerton, bekam plötzlich Angst, schaute in den Rückspiegel, sah aber durch das stumpfe Plastikfenster des Verdecks nur das verwischte Glitzern von Scheinwerfern hinter sich.

Jetzt komm, Monty, dreh nicht durch. Du hörst wieder mal zu viel auf deinen Vater.

Sie nahm die Ausfahrt nach Reading, fand ohne Schwierigkeiten die gesuchte Straße und hielt vor dem Haus mit der Nummer 31. Auf ihr Klingeln öffnete eine etwa sechzigjährige kleine rundliche Frau die Haustür und schob dabei mit dem Fuß eine rötlichgelbe Katze zurück. Der intensive Geruch nach gebratenem Fleisch drang Monty in die Nase. Als die Frau Monty erkannte, richtete sie sich respektvoll auf.

»Miss Bannermann! Guten Abend!« Sie sprach mit einem weichen walisischen Akzent.

Monty hatte die Frau erst einmal bei einer Weihnachtsfeier des Instituts getroffen. »Ich hoffe, ich störe nicht – Sie sind hoffentlich nicht gerade beim Essen…«

»Nein… Er hat erst vor einer Stunde seinen Tee gehabt. Guckt sich gerade irgendwas im Fernsehn an. Bitte, kommen Sie rein.«

In der kleinen Diele bat sie Monty, einen Moment zu warten, und huscht durch die Flurtür davon. Ein wenig verloren hörte Monty, wie sie mit Ehrfurcht in der Stimme sagte: »Walter, es ist Miss Bannerman. Sie möchte dich sprechen.« Dann kam sie zurück. »Er kommt sofort. Möchten Sie einen Tee? Oder sonstwas?«

»Nein danke. Ich bin auf dem Weg nach Hause. Entschuldigen Sie, daß ich noch so spät vorbeikomme – der Verkehr war wieder mal schrecklich.«

»Das macht doch nichts, Sie sind in unserem Haus immer

willkommen, Miss Bannerman. Wir sind Ihnen so dankbar, daß Sie Walter wieder zu einer Arbeit verholfen haben. Er war sehr unglücklich, als er plötzlich arbeitslos dastand, das kann ich Ihnen sagen… Er liebt seine Arbeit sehr – hat mir immer erzählt, wie glücklich er war, daß er für so nette Leute wie Sie und ihren Vater arbeiten durfte.«

»Vielen Dank. Wir waren auch glücklich, daß Walter für uns gearbeitet hat.« Das offensichtlich von Herzen kommende Kompliment hatte sie erröten lassen, und sie beugte sich zu der Katze hinunter, die ihr um die Beine strich, streichelte sie und sagte: »Na du, riechst du meine beiden kleinen Räuber?«

Dann kam der frühere Cheflaborant ihres Vaters in die Diele. Er war knapp einsneunzig groß und kräftig gebaut und hatte ein sanftes Gesicht unter dem vollen, ergrauten Haar. Monty hatte in ihm immer einen freundlichen Riesen gesehen, einen höflichen, respektvollen und unerschütterlich loyalen Mitarbeiter. Er schien in den letzten Wochen gealtert zu sein, aber vielleicht kam ihr das auch nur so vor, weil sie ihn bisher ausschließlich in Hemd und Krawatte unter dem weißen Laborkittel gesehen hatte.

»Guten Abend, Miss Montana«, sagte er. »Das ist ja eine erfreuliche Überraschung. Wieder auf den Beinen, wie ich sehe. Wie ich gehört habe, waren Sie eine tapfere junge Lady.«

Sie hob die Schultern. »Ich war nicht tapfer – ich war nur zufällig da und mußte irgendwas unternehmen.« Sie lächelte. »Ich möchte es kurz machen…«

»Kommen Sie rein, meine Liebe.« Er komplimentierte sie ins Wohnzimmer, das fast ganz von einer wuchtigen Polstergarnitur und einem großen Fernsehgerät eingenommen wurde.

Sie sank tief in das Polster des Sofas. Walter Hoggin setzte sich in einen Sessel. »Ich habe Ihnen noch gar nicht richtig dafür gedankt, daß Sie mir wieder zu einem Job verholfen haben«, sagte er.

»Man hätte Sie niemals entlassen dürfen – das stand ausdrücklich im Übernahmevertrag mit Bendix Schere. Aber so was passiert eben manchmal in großen Organisationen ... Wie geht es Ihnen denn?«

»Kann mich nicht beklagen. Die Arbeit ist recht interessant – bis auf die Bürokratie. Ich muß für alles Anforderungsformulare ausfüllen, und zwar meistens in dreifacher Ausfertigung.«

Sie lächelte. »Darüber beklagt sich mein Vater auch.«

»Wie geht es Ihrem Vater?«

»Gut – wir sind ja immer noch dabei, uns einzurichten. Er hat jetzt die Labors und die finanziellen Mittel, von denen er immer geträumt hat, aber er hat noch immer vielerlei Vorbehalte gegen die Firma. Ich glaube, tief in seinem Herzen trauert er dem alten Labor nach. Und er vermißt Sie.«

»Nun, ich vermisse ihn auch, und Sie natürlich ... Und alle anderen.« Er hob die Schultern. »Aber nichts im Leben bleibt auf Dauer bestehen, so ist das nun mal.«

Sie schaute auf die Katze hinunter, die den Kopf an ihrem Handrücken rieb, sah dann den alten Mann an und fühlte sich plötzlich verantwortlich für die Veränderungen, die sie alle betroffen hatten. »Walter, ich möchte Sie um einen Gefallen bitten, aber ich wollte nicht am Telefon mit Ihnen darüber sprechen.«

»Falls es abgehört wird?«

Ihre Augen weiteten sich.

Er bemerkte ihre Überraschung und sagte: »Es schwirrt in der Fabrik von Gerüchten, die Mitarbeiter würden abgehört. Man sagt, die Telefone, Büros und Labors wären mit Wanzen vollgestopft, und beim Sicherheitsdienst von Bendix Schere wären eine ganze Menge Leute beschäftigt, die nichts anderes tun, als Telefonate und Gespräche abhören. Angst vor Industriespionage.« Er lachte belustigt. »Sie wissen es wahrscheinlich längst, aber ich habe es gerade heute erst erfahren – Angestellten von Bendix Schere ist es verboten, in Zügen oder Flugzeugen an Firmenakten zu arbeiten, aus Angst, es könnte ein Spion neben ihnen sitzen! Wenn man es trotzdem tut, ist das ein Grund für die fristlose Kündigung.«

Sie nickte. »Es gibt bestimmt keine andere Firma auf der Welt, die auf dem Gebiet so paranoid ist wie Bendix Schere.«

»Ich habe neulich einen fürchterlichen Anschiß bekommen, weil ich mit der Presse gesprochen habe. Ich mußte befürchten, daß sie mich endgültig rausschmeißen – und das wäre wirklich schrecklich gewesen, nachdem Sie den ganzen Ärger auf sich genommen hatten, mir die Arbeit wieder zu beschaffen. Aber ich konnte gar nichts dafür – ich bin von der Presse geleimt worden…« Er unterbrach sich. »Nun ja… Was für einen Gefallen kann ich Ihnen tun, Miss Bannerman?«

Sie atmete tief durch. »Ich möchte Sie bitten, mir etwas zu beschaffen.«

Er sah erfreut aus. »Alles, was in meiner Macht steht, das wissen Sie.«

»Ist Ihnen das Medikament Maternox ein Begriff?«

Er sah plötzlich irgendwie beunruhigt aus. »Natürlich – das Zeug ist mein tägliches Brot. Wir produzieren es ununterbrochen.«

»Ich benötige ein wenig Detektivarbeit.« Monty schlug ihr Notizbuch auf und suchte nach der Seite, auf der sie die Einzelheiten festgehalten hatte, die Hubert Wentworth ihr beim letzten Treffen mitgeteilt hatte. »Ich habe hier eine Losnummer aus der Maternox-Produktion und wäre Ihnen dankbar, wenn Sie mir ein oder mehrere Muster der Kapseln mit dieser Losnummer beschaffen könnten. Wäre das möglich?«

Er schaute auf die Losnummer, runzelte die Stirn und kratzte sich am Kinn. »Ich… ich weiß nicht, ob das jetzt Zufall ist… Aber das ist dieselbe Losnummer, die ich für die Reporterin identifiziert habe – die, die sich als Dr. Linda Farmer von unserer Presseabteilung ausgegeben hat.«

Monty starrte ihn an. »Wie hieß die Reporterin? War ihr Name Zandra Wollerton?«

»Das weiß ich nicht – man hat es mir nicht gesagt.« Er runzelte wieder die Stirn. »Jetzt klingelt's aber doch bei mir – sie haben diesen Namen glaub' ich erwähnt… Ich war ganz schön aufgeregt, um die Wahrheit zu sagen. Mister Gunn, der Sicherheitsdirektor der Firma, kam höchstpersönlich zu mir, und er war stocksauer. Ich dachte schon, er zerreißt mich in der Luft.«

Diese Neuigkeiten beunruhigten Monty. »Wenn die Gefahr besteht, daß Sie Ärger kriegen, dann lassen wir es lieber, okay, Walter? Ich möchte natürlich nicht, daß Sie deswegen Ihren Job riskieren.«

»Machen Sie sich darüber keine Gedanken, Miss Bannerman. Wenn Sie ein Muster von diesen speziellen Kapseln brauchen, dann werde ich es Ihnen besorgen … Ich benötige wahrscheinlich ein bis zwei Tage – ich muß mir eine Möglichkeit ausdenken, wie ich es anstelle, ohne Verdacht zu erregen.«

»Natürlich. Es besteht kein Zwang zur Eile; machen Sie es, wenn es am günstigsten ist.« Sie war plötzlich nervös. »Bitte seien Sie vorsichtig, Walter – in Ihrem eigenen Interesse …«

»Ich werde vorsichtig sein.« Er lächelte sie beruhigend an.

33

London, Dienstag, 15. November 1994

Das Restaurant war fast leer, und die klagende Thai-Musik verstärkte noch den düsteren Eindruck des Lokals.

Anna Sterling, wie üblich in einen zu weiten Pullover und schwarze Leggins gekleidet, schien heute besonders gut gelaunt zu sein. Sie sah auch glücklicher und entspannter aus als bei den letzten Treffen.

»Ich bin schwanger!« verkündete sie.

»Tatsächlich?« Monty war freudig überrascht.

»Ja, wirklich! Ich bin tatsächlich schwanger!«

»Das ist ja wunderbar! Seit wann weißt du es?« Monty spürte unter der aufrichtigen Freude für ihre Freundin einen Anflug von Neid, und versuchte, ihn zu unterdrücken.

»Ich habe die endgültige Bestätigung heute morgen bekommen. Ich hatte meine Tage um sechs Wochen überschritten, aber ich wollte meine Hoffnungen nicht zu hochschrauben.«

»Wann soll das Baby kommen?«

»Am 10. Juni.«

»Wunderbar! Das sind ja wirklich großartige Neuigkeiten. Wir sollten das mit Champagner feiern!«

Anna schüttelte den Kopf. »Ich möchte es noch nicht allgemein bekanntgeben und lieber noch ein paar Wochen warten, bis die risikoreiche Anfangszeit vorbei ist. Ich habe es nur Mark gesagt und jetzt dir. Sonst wird es niemand erfahren. Irgendwie fürchte ich, es könnte Unglück bringen, wenn ich es lauthals aller Welt verkünde.«

Monty nickte. »Und wie geht es dir? Es muß doch ein ungeheueres Glücksgefühl sein.«

»Ja, das ist es. Aber ich bin auch nervös ...« Sie wurde von der Kellnerin unterbrochen, die ihre Bestellung entgegennahm.

Ein dunkler Schatten legte sich auf Montys Gedanken. Maternox... Hatte Anna bis zum Eintritt der Schwangerschaft Maternox eingenommen? War sie durch Maternox überhaupt erst schwanger geworden? Sollte sie ihre Freundin warnen?

Warnen wovor? Daß drei von vielen Millionen Maternox-Schwangerschaften in einem Desaster geendet hatten? Noch gab es keinen Beweis, daß Maternox diese Desaster verursacht hatte – es waren weitaus mehr solcher Fälle erforderlich, um einen Kausalzusammenhang herstellen zu können. Sie warnen und vielleicht grundlos ängstigen? Und würde Anna ihr für diese Warnung dankbar sein? Oder würde sie sie als Boshaftigkeit empfinden? Als ein neidisches Sticheln?

Es brachte nichts, wenn sie Anna jetzt etwas von ihrem Verdacht erzählte, entschied Monty. Nicht, bis sie halbwegs schlüssige Beweise hatte... Die Kellnerin brachte die Getränke, und Monty hob ihr Glas und stieß mit Anna an.

»Auf das Baby!« sagte sie.

»Ich möchte dich bitten, Patin zu werden, Monty. Einverstanden?«

»Aber natürlich«, antwortete sie. »Danke – es wird mir eine Ehre sein. Hast du dir schon einen Namen ausgesucht?«

»Ja – sowohl für einen Jungen als auch für ein Mädchen.«

Mein Gott, dachte Monty, *ich hoffe, es geht alles gut. Anna, ich wünsche dir das von ganzem Herzen…*

34

London, Dienstag, 15. November 1994

»Irgendwas Neues zu dem Unfall?«

Conor schaute beim Klang von Charley Rowleys Stimme von seinen Papieren hoch. »Nicht daß ich wüßte.«

Rowley lehnte am Türrahmen, wie immer ein wenig schlampig in einen verwegenen blauen Anzug mit breiten kalkweißen Streifen und eine grelle, rot-giftgrün gemusterte, auf Halbmast hängende Krawatte gekleidet; zwei der Knöpfe an seinem Hemd standen offen. Sein Pfannkuchengesicht war heute morgen noch aufgedunsener als sonst, als ob er eine lange Nacht hinter sich hätte. »Fragte mich nur… Sah Sie gestern in der Kantine mit Vater und Tochter Bannerman plaudern. Dieses Mädchen ist es wert, sich mit ihr zu beschäftigen.«

Conor nickte zustimmend. »Das ist wahr.«

»Wahrscheinlich steht irgendwas im Bendix-Verhaltenskodex, daß ein Techtelmechtel zwischen Mitarbeitern verboten ist… Aber ich würde da nicht nein sagen.«

Conor stellte fest, daß ihm diese Bemerkung mißfiel. Jetzt hatte er schon besitzergreifende Gefühle einer jungen Frau gegenüber, mit der er sich bisher noch nicht einmal verabredet hatte… »Nun, Sie haben ja aber schon eine sehr nette Freundin«, sagte er und dachte an die ein wenig seltsame Lulu, die er bei Rowleys Party kennengelernt hatte.

»Lulu?« Ein gequälter Ausdruck erschien auf Rowleys Gesicht. »Na ja, Lulu ist ganz okay ...« Er schaute auf die herumliegenden Papierstapel und kam dann auf sein ursprüngliches Thema zurück. »Ziemlich dämlich, besoffen zur Arbeit zu kommen. Hab' so was noch nie gehört. Unglaublich.«

»*Zu* unglaublich«, sagte Conor, aber diese Nuance schien Rowley zu entgehen.

Um halb zwölf kam Monty in die Lobby des Bendix-Gebäudes. Sie war vorher im alten Institut gewesen und hatte Akten über die Publikationen ihres Vaters herausgesucht, die Conor Molloy für seine Arbeit brauchte. Sie trug die Fotokopien in zwei dicken Umschlägen unter dem Arm.

Als sie vor den Aufzügen warten mußte, gähnte sie. Sie hatte schlecht geschlafen und war von Alpträumen verfolgt worden, in denen Anna Sterling ein mißgestaltetes Baby zur Welt brachte und sie anschrie: *»Warum hast du mich nicht gewarnt? Warum hast du mir das nicht gesagt?«*

Sie wurde vom Surren eines nach unten fahrenden Aufzugs in ihren Gedanken unterbrochen. Das Geräusch kam vom Direktoren-Aufzug, der ein Stück von den anderen Aufzügen entfernt war und den sie während der Verhandlungen zur Übernahme des Bannerman-Instituts durch Bendix Schere mehrmals benutzt hatte. Er muß zum Fitneßcenter im Keller gefahren sein, dachte sie.

Als sie in ihrem Büro angekommen war, loggte sie sich in den Computer ein und holte sich Conor Molloys Anforderungsliste auf den Bildschirm. Dann wählte sie seine Nummer und war überrascht, als er sich sofort meldete.

»Montana Bannerman hier«, sagte sie. »Sind Sie heute morgen sehr beschäftigt?« Es freute sie, daß seine Stimme nach Nennung ihres Namens wärmer wurde.

»Heh! Beschäftigt? Sie machen wohl Spaß! Ich fühle mich wie ein ägyptischer Pharao, der unter seiner Pyramide begraben liegt. Sie sollten herkommen und sich die Papierstapel in meinem Büro ansehen... Sagen Sie mal, wollte ihr Vater eigentlich ins Guiness-Buch der Rekorde kommen, indem er versucht hat, mehr Papiere zu publizieren als jeder andere Wissenschaftler? Sieht so aus, als ob er über jeden Gang zur Toilette ein Papier veröffentlicht hätte. Ich bin überrascht, daß er seine verdammten Einkaufslisten nicht publiziert hat – oder hat er das, und ich bin nur noch nicht darauf gestoßen?«

Wenn diese Kritik an ihrem Vater von einem anderen gekommen wäre, hätte es Monty geärgert, aber so lächelte sie nur vor sich hin. »Er ist ziemlich chaotisch, verlegt dauernd irgendwas; Sie werden wahrscheinlich noch irgendwo auf Einkaufslisten stoßen.«

»Ich brauche Ihre Hilfe bei einigen der Themen… Hatten Sie gestern einen schönen Abend?«

Sie fragte sich erschrocken, ob er mit seiner Frage auf ihren Besuch bei Walter Hoggin anspielte. Aber das war ja unmöglich; er konnte von diesem Besuch nichts wissen. Also mußte es sich um eine normale Höflichkeitsfloskel handeln. »Ja, danke«, sagte sie.

»Der Lunch gestern hat mir gefallen. Ihr Vater ist wirklich ein echtes Original.«

»Ja, das ist er.«

»Haben Sie irgendwann in dieser Woche einmal Zeit für einen gemeinsamen Lunch?«

Such dir einen Tag aus, dachte Monty, *Ich habe jeden Tag Zeit.* Aber das wollte sie ihn nicht wissen lassen. »Ich schaue mal in meinem Terminkalender nach.« Sie wartete einen Moment und sagte dann: »Es geht nur heute oder morgen.«

»Morgen geht es bei mir nicht – ich ziehe um in ein anderes Appartement. Wie wär's also heute?«

»Okay. Wollen wir uns in der Kantine treffen?«

»Ich meine, wir sollten mal die Tapeten wechseln. Ich kenne da ein kleines italienisches Restaurant – vom Haupteingang rechts die Straße runter. Es heißt *Il Venezia.*«

»Wir könnten uns ja in der Lobby treffen und zusammen hingehen. Wäre doch einfacher.«

Er klang jetzt ausweichend. »Wir gehen besser getrennt hin. Ein Uhr?«

»Okay.«

»Ich rufe dort an und bestelle uns einen Tisch. Wenn es Probleme gibt, rufe ich Sie zurück.«

Als Monty aufgelegt hatte, ging sie in die Toilette und überprüfte ihr Make-up und ihre Frisur. Es war kalt draußen, und sie hatte sich eher warm als schick angezogen, trug einen Rollkragenpullover und einen Bouclé-Hosenanzug; jetzt wünschte sie sich, sie hätte sich femininer gekleidet …

Als Monty im *Il Venezia* ankam, saß Conor Molloy schon an einem Tisch in einer Nische. Das altmodisch eingerichtete Lokal war gut besucht. An den Wänden hingen Poster von Venedig, und die gedämpfte Beleuchtung vermittelte den Eindruck einer gewissen Intimität.

Sie begrüßten sich, und nachdem er ihr aus dem Mantel geholfen hatte, setzten sie sich gegenüber an den Tisch. »Was möchten Sie trinken?« fragte er.

Sie schaute auf die Flasche San-Pellegrino-Wasser vor ihm und grinste. »Ein kleines Mineralwasser bitte.«

»Sie dürfen ruhig etwas Alkoholisches trinken, ich werde Sie nicht verraten.«

Sie schüttelte den Kopf. »Wir wollen doch nicht gegen die Firmenregeln verstoßen, nicht wahr?«

Er sah sie prüfend an und versuchte herauszufinden, ob sie es ernst oder im Spaß meinte. »Vielleicht machen sie stichprobenartig Alkohol-Atemtests in den Korridoren.«

»Würde mich nicht überraschen«, sagte sie. »Warum diese Geheimniskrämerei mit dem getrennten Herkommen?«

Er bestellte ein weiteres San Pellegrine und sah Monty dann wieder an. »Angestellte sollten nicht privat miteinander verkehren.«

»Aber man ermutigt uns, Arbeitsessen miteinander zu haben.« Sie lächelte. »Ist das nicht paranoid?«

»Bei Bendix Schere kann nichts paranoid genug sein.«

Sie sah ihn an und erinnerte sich schaudernd daran, wie Jake Seals damals in dem Pub plötzlich von Angst gepackt worden war. Aber Bendix Schere konnte ja nicht permanent alle Angestellten überwachen lassen. Unmöglich. Und warum sollte die Firma das auch tun?

»Sie sehen großartig aus!« sagte er unvermittelt. »Es gefällt mir, wie Sie angezogen sind.«

Sie faßte an ihre Jacke. »Die hier? Ist ein altes Ding, ich habe sie nur angezogen, weil sie schön warm ist.«

»Steht Ihnen sehr gut.«

»Danke.« Sie war geschmeichelt, schaute auf seinen modernen Zweireiher. Es ging etwas Fürsorgliches und Solides von ihm aus, und das führte dazu, daß sie sich in seiner Gegenwart ausgesprochen wohl fühlte.

»Erzählen Sie mir ein bißchen von sich«, sagte er. »Haben Sie einen Freund?«

Die Kellnerin brachte ihr Mineralwasser. Monty schüttelte den Kopf, fühlte sich ganz entspannt. »Nein, ich habe im Moment keinen festen Freund.«

Er nickte zufrieden, und es entstand ein angenehmes, erwartungsvolles Schweigen zwischen ihnen. Um so unvorhergesehener traf Monty seine nächste Frage.

»Warum glauben Sie, daß Jake Seals' Tod kein Unfall war?«

»Oh, Sie meinen, was ich im Krankenhaus gesagt habe? Ich stand zu diesem Zeitpunkt noch unter Schock.«

»Mir kamen Sie ganz normal vor, sogar erstaunlich rational, wenn man überlegt, was Sie durchgemacht hatten.« Der Patentanwalt hob die Augenbrauen. »Irgendwas hat Ihnen das Gefühl gegeben, daß da was nicht stimmte.«

Sie griff nach ihrem Glas, schaute sich um, lehnte sich vor, näher zu ihm hin. »Nun ja, da ist tatsächlich was – aber es ist nicht viel.«

»Erzählen Sie es mir. Sie können mir völlig vertrauen – ich werde nichts von dem, was Sie mir sagen, jemals an irgend jemanden weitergeben.«

Sie sah ihm fest in die Augen. *Ja,* dachte sie. *Du bist für mich noch fast ein Fremder, und doch habe ich das Gefühl, daß ich dich schon lange kenne.*

Sie erzählte ihm von Hubert Wentworth, berichtete, was er

ihr gesagt hatte, als er zum erstenmal bei ihr gewesen war. Von seiner Tochter Sarah Johnson, die bei der Geburt eines Babys mit dem Zyklopen-Syndrom gestorben war und von seinem Schwiegersohn, der danach Selbstmord begangen hatte. Von den beiden anderen Frauen, die dasselbe Schicksal erlitten hatten. Von ihrem Kontakt zu Jake Seals, um an die Information über die speziellen Maternox-Kapseln zu kommen. Von Zandra Wollerton – dem Einbruch bei ihr und ihrem Tod. Und schließlich auch von ihrer Kontaktaufnahme mit Walter Hoggin.

Ihre Finger zitterten, als sie fertig war. Sie wollte ihr Glas zum Mund führen, traute sich aber nicht zu, es halten zu können. »Die rationale Erklärung für das alles ist natürlich, daß es sich um Zufälle handelt, nicht wahr?«

Conors Gesicht zeigte einen abwesenden Ausdruck. »Meinen Sie das wirklich?«

»Ich hoffe, daß es so ist.«

Der Amerikaner sagte ruhig: »Bendix Schere hat dieses günstige, fürsorgliche Image in der Öffentlichkeit, aber keiner von uns weiß *irgend etwas* über seinen Vorstand, seinen Aufsichtsrat. Wir wissen nicht einmal, wer die Firma *überhaupt besitzt*. Das einzige, was wir mit Sicherheit wissen ist, daß bei einem Medikament, das sich so großartig verkauft wie Maternox, eine Unmenge Geld auf dem Spiel steht.«

»Genug, um dafür zu morden?«

»Vor ein paar Jahren hat die Weltgesundheitsorganisation Bendix Schere öffentlich beschuldigt, jeden Monat mehr Kinder umzubringen als die Atombombe auf Hiroshima.«

»*Was?*« fragte Monty ungläubig.

»Durch die Verkaufstechnik von Milchpulver in der Dritten Welt. Haben Sie nie etwas davon gehört? Bendix Schere ist nicht gerichtlich gegen diese Beschuldigung vorgegangen. Wenn man bedenkt, wie prozeßsüchtig sie sonst sind, sieht das doch sehr nach einem Schuldeingeständnis aus, oder?«

Sie runzelte die Stirn. »Wie kann man denn aber Kinder mit Milchpulver umbringen?«

»Ein nettes kleines Schwindelspielchen… Sie setzen unter

dem Vorwand medizinischer Hilfe Teams von Ärzten und Krankenschwestern in Entwicklungsländern wie zum Beispiel Äthiopien ein, die hauptamtlich als Verkaufsteams für Bendix-Schere-Produkte, in diesem Fall Milchpulver, tätig sind. Sie reden schwangeren Müttern ein, im Westen würde man Babys schon lange nicht mehr mit Muttermilch ernähren. Das sei nicht hygienisch, und Milchpulver habe weitaus mehr Vitamine. Und um zu demonstrieren, wieviel Vertrauen sie in ihr Milchpulver haben, bieten sie diesen Frauen eine kostenlose Versorgung damit für den ersten Monat nach der Geburt an.«

Er trank einen Schluck von seinem Wasser und fuhr dann fort: »Die Frauen füttern also im ersten Monat nach der Geburt ihre Babys mit dem kostenlosen Milchpulver, und in dieser Zeit trocknet die natürliche Muttermilch aus. Die Frauen sind jetzt darauf angewiesen, für die nächsten zwei Jahre das Bendix-Schere-Milchpulver zu kaufen. Aber rund die Hälfte der Leute kann sich das nicht leisten, und folglich verhungern ihre Babys. Und die, die es sich leisten können, lösen das Pulver oft in verseuchtem Wasser auf und müssen dann schnell feststellen, daß das Pulver nicht die Antikörper enthält, wie sie in der Muttermilch enthalten sind. Und raten Sie mal, wer dann zur Stelle ist, um ihnen die Medikamente zu verkaufen, die sie für die erkrankten Kinder brauchen? Verstehen Sie das Spielchen?«

Monty nickte entsetzt.

»Und wenn man sich dann das Riesengeschäft mit Maternox vor Augen hält – ein paar Menschenleben spielen bei solchen Dimensionen doch gar keine Rolle.«

»Sie meinen wirklich…« Ein Kloß saß ihr im Hals. »Sie meinen wirklich, die Firma wäre fähig, Menschen zu ermorden? Zandra Wollerton, Jake Seals?«

Die Kellnerin kam und wartete auf die Bestellung. »Wir sind noch nicht soweit«, sagte Conor und sah dann wieder Monty an.

»Ich *glaube* nicht, daß die Firma dazu fähig ist – ich *weiß* es«, sagte er.

»Woher wollen Sie das wissen?«

»Ich weiß es... Sie müssen mir vertrauen, Montana.«

Monty war so gefesselt von dem Gespräch, daß sie kaum wahrnahm, daß er gegen das Firmengesetz verstoßen und sie mit Vornamen angeredet hatte. »Dieses Milchpulver – eine schreckliche Sache... Aber das wirft ja auch eine ethische Frage auf, und Bendix Schere führt wahrscheinlich ins Feld, daß es in der Dritten Welt sowieso eine hohe Kindersterblichkeits-Rate gibt; ich könnte mir vorstellen, daß die Firma Statistiken erstellt, die beweisen, daß ihr Milchpulver in Wirklichkeit Leben rettet. Halten Sie das für möglich?«

»Genau das tut die Firma. Aber die Tatsache bleibt bestehen, daß sie es nicht gewagt hat, gegen den erhobenen Vorwurf rechtlich vorzugehen.«

Monty fragte sich, was Conor Molloy zu dieser Haltung trieb. Sie schaute in ihre Speisekarte, dachte wieder über diese Milchpulver-Sache nach. Vielleicht hatte er ja recht, aber es klang für sie doch ein wenig nach militanter Studenten-Rhetorik, nach diesem paranoiden »Kampf des Kleinen Mannes gegen die Großen Institutionen«, wie er an den Universitäten in den sechziger und siebziger Jahren »in« gewesen war.

»Wenn Sie so über Bendix Schere denken«, fragte sie, »warum arbeiten Sie dann für den Konzern?«

»Ich kann Ihnen diese Frage jetzt noch nicht beantworten«, sagte er.

»Aha...«

»Sie werden es eines Tages verstehen – so hoffe ich.«

Sie lächelte. »Sie geben sich sehr geheimnisvoll.«

Er reagierte nur mit einem flüchtigen Heben der Augenbrauen, nahm dann die Speisekarte und lehnte sich zurück. »Erzählen Sie mir mehr über Jake Seals.«

»Ich weiß nicht viel über ihn. Er war ziemlich arrogant. Ließ sich nur schwer in die Bendix-Gußform pressen.«

»Dann hat er sich wohl mit einigen Leuten angelegt, oder?«

»Er hat sich bestimmt mit vielen Leuten angelegt. Auch

ich fand ihn anfangs sehr schwierig und unangenehm. Aber ich lernte dann, ihn zu respektieren – er war äußerst professionell und sehr, sehr gründlich.«

»Glauben Sie an die Theorie, er sei betrunken gewesen?«

»Ein hoher Polizeioffizier hat es mir gesagt, und er hat sich das sicher nicht ausgedacht.«

»War Seals bei Bewußtsein, als sie auf ihn stießen?«

»Ja – aber unter Schock.«

»Hat er noch was zu Ihnen gesagt?«

»Nein.«

Er schwieg einen Moment. »Es gibt zehntausend Journalisten in Großbritannien«, sagte er dann. »Vielleicht auch zwanzig- oder dreißigtausend. Und die Journalistin, die sterben muß, ist ausgerechnet diejenige, die Recherchen über Maternox anstellt... Und in derselben Woche stirbt ein Mann, der Informationen über Maternox sammeln will. Das regt wahrscheinlich noch keinen Untersuchungsrichter auf, aber es reicht, einem ein unangenehmes Gefühl zu vermitteln, meinen Sie nicht auch?«

Monty starrte mit leerem Blick auf die Speisekarte und nickte in stiller Zustimmung.

35

London, Donnerstag, 17. November 1994

Kurz vor sieben fuhr Conor auf den Parkplatz des Bendix-Gebäudes. Als er ausstieg, schaute er sich auf dem leeren, von Flutlicht erhellten Platz nach Charley Rowleys BMW-Coupé um. Zu seiner Erleichterung sah er ihn nicht.

Im Flur der Abteilung P&V ging er zunächst zu Rowleys Büro und schaute durch das Sichtfenster. Das Zimmer war dunkel. Rowley war definitiv noch nicht da. *Sehr gut*, dachte er.

Er ging in sein Büro. Der gestrige Tag seines Umzugs in

das neue Appartement mußte aufgeholt werden. Statt wie sonst als erstes den Computer einzuschalten und seine E-Mail zu überprüfen, schloß er die Aktenschränke auf und legte die Aktenbündel wieder auf dem Boden und auf dem Schreibtisch aus. Dann setzte er sich an den Schreibtisch und schlug einen Ordner mit der Aufschrift ANTRAG PUSTULÖSE PSORIASIS auf und machte sich daran, die acht Arbeiten durchzulesen, die Dr. Bannerman über die Identifizierung der Gene dieser Krankheit veröffentlicht hatte.

Kurz vor acht hörte er im Flur die dröhnende Stimme Charley Rowleys, der jemanden begrüßte, und er wappnete sich für sein Vorhaben. Einen Moment später blieb Rowley in der geöffneten Tür stehen. »Guten Morgen, Mr. Molloy, wie geht's uns heute?« Er stellte die Frage mit der Oberflächlichkeit eines Chefarztes bei der Visite.

»Gut. Alles klar. Und Ihnen?«

»Bestens!« Trotz der Fröhlichkeit in seiner Stimme sah Rowley wie üblich miserabel aus, so, als ob er die ganze Nacht durchgefeiert hätte. Sein Gesicht war fahl, die Augen blutunterlaufen. »Wie ist der Umzug gelaufen?«

»Gut. Sie müssen mal zu einem Drink vorbeikommen...«

»Gerne.« Er zupfte sich am Ohrläppchen. »Hatte ich Sie für dieses Wochenende aufs Land eingeladen?«

»Mmm.«

»Wir müssen das wegen des Wetters verschieben. Ist da drüben in Gloucester noch schlimmer als hier. Ich schlage das übernächste Wochenende vor. Einverstanden?«

»Gerne. Kein Problem. Läßt mir mehr Zeit für meine Terminarbeit.«

»Sehr schön.« Rowley schaute auf die Papierstapel. »Kommen Sie zurecht? Kann ich Ihnen irgendwie helfen?«

»Ein kleines Problem habe ich.« Conor stand auf und ging auf ihn zu. »Mit meinem Terminal. Funktioniert nicht. Ich habe den Störungsdienst schon verständigt, aber es dauert eine Weile, bis jemand kommen kann. Ich erwarte eine dringende E-Mail – darf ich auf Ihrem Gerät einen schnellen Blick in meine Mailbox werfen?«

Rowley gähnte. »Natürlich, aber am besten gleich. Ich werde den ganzen Morgen an meinem Computer arbeiten müssen.«

Conor folgte ihm die wenigen Schritte zu seinem Büro und stellte sich dort links hinter Rowley, der sich vor den Computer gesetzt hatte. So hatte er unbehinderte Sicht auf das Keyboard.

Rowley schaltete den Computer ein, und auf dem Screen erschienen die Worte: Geben Sie Benutzernamen ein.

Conor schaute auf den Screen, als Rowley mit einem finger eintippte: charleyr.

Dann erschien auf dem Bildschirm die Aufforderung: Geben Sie Paßwort ein.

Wie bei den meisten Systemen wird das Paßwort selbst nicht auf dem Screen erscheinen, wenn es eingetippt wurde, um zu vermeiden, daß es jemand mitlesen konnte. Conor schaute daher jetzt nicht länger auf den Bildschirm, sondern auf die Tastatur. Er war froh, daß Rowley nur mit zwei Fingern tippen konnte – und jetzt sogar nur einen benutzte.

Er merkte sich jede Taste, die Rowley nacheinander drückte. Heraus kam das Paßwort Lu*1*u/.

Conor prägte sich nun die Folge der Buchstaben und Zeichen fest ein. Es war ein gutes Paßwort – einfach und doch sehr schwer zu knacken. Rowley hatte den Namen seiner Freundin als Basis genommen, das mittlere »L« jedoch durch die Zahl »1« ersetzt, diese zu beiden Seiten mit Sternchen eingerahmt und zusätzlich einen Schrägstrich angefügt. Kein Hacker, der ein Spezialprogramm zum Scannen von Namen, Zahlen oder Wörtern in einem Lexikon einsetzte, würde dieses Paßwort knacken können.

Auf dem Screen erschienen die Worte: Willkommen beim Bendix-Schere-Computerservice. Autorisationsstufe 3. Geben Sie gewünschten Service ein.

Es gab fünf Autorisationsstufen im Bendix-System. Stufe 1 war für die Direktoren des Vorstandes reserviert, Stufe 2 für das obere Management, Stufe 3 für das mittlere Management. Stufe 4, in die Conor eingeordnet war, und Stufe 5 waren im Zugang stark eingeschränkt; Conor konnte E-Mail absenden und empfangen, hatte On-Line-Zugang zur gemeinsamen wissenschaftlichen Bibliothek, darüber hinaus Zugang zu den Dateien der Firma über Patente sowie zum Internet, aber zu keinen anderen Programmen. Stufe 5 schließlich war dem Sicherheitsdienst zur Personenüberprüfung zugeordnet.

Rowley tippte ein: Mailbox-Register.

Auf dem Screen erschien die Frage: Welche Mailbox soll geöffnet werden?

Rowley gab ein: C. Molloy.

Der Screen reagierte mit den Worten: Zugang in dieser Mailbox ist auf C. Molloy beschränkt. Eingabe Paßwort C. Molloy erforderlich.

Rowley stand auf und überließ Conor seinen Stuhl. »Okay, Mr. Molloy, jetzt sind Sie dran.«

Conor setzte sich und gab sein Paßwort ein: stea<lth.

Die Mailbox erschien sofort auf dem Screen. Es lagen zweiundzwanzig Nachrichten für ihn vor.

»Ich hole mir schnell einen Kaffee«, sagte Rowley. »Wollen Sie auch einen?«

»Gerne. Schwarz, kein Zucker. Ich brauche nur ein paar Minuten.«

»Lassen Sie sich Zeit.«

Als Rowley gegangen war, notierte Conor sich schnell sein Paßwort und ging dann die Nachrichten durch. Es war nichts Wichtiges darunter.

Rowley kam zurück. »Fertig?« fragte er.

»Ja, alles klar. Vielen Dank.« Conor stand auf, und Rowley setzte sich wieder vor den Computer. Er starrte auf den Bildschirm und seufzte: »Ein kleines Vögelchen hat mir heute morgen gesungen, daß ein schwerer Tag vor mir liegt.«

36

London, Donnerstag, 17. November 1994

Conor ging nicht zum Lunch, unterbrach die Arbeit nur, um das Bendix-Gebäude zu verlassen und von einer Telefonzelle an der Straße ein Gespräch zu führen. Um drei Uhr sagte er Rowley, er müsse früher weg, weil er eine Möbellieferung in seinem neuen Appartement erwarte.

Er fuhr nach Süden aus London heraus, dann ein Stück entlang der Ringstraße M25, bog schließlich nach Süden auf die M23 ein, kam am Flughafen Gatwick vorbei und fuhr weiter in Richtung Kanalküste.

Um zwanzig vor fünf erreichte er den Stadtrand von Brighton. Er hielt auf dem Parkplatz eines Pubs und schlug das Computer-Magazin auf, das er auf dem Beifahrersitz bereitgelegt hatte. Nach einigem Herumblättern fand er den Namen der Firma, nach der er suchte, dazu die handschriftlichen Notizen über den Weg dorthin, die er sich in der Telefonzelle gemacht hatte. Er prägte sich alles ein und fuhr dann weiter in Richtung Meer. Nach zehn Minuten erreichte er seinen wichtigsten Orientierungspunkt, den von einem Wald aus kuppelgekrönten Minaretten überragten *Royal Pavilion*, den der extravagante Narr George IV. für eine seiner Mätressen gebaut hatte. Nach einer Ampelkreuzung war er dann am Ziel – vor ihm lag ein elegantes Regency-Reihenhaus, in dessen Fenstern im ersten Stock Schilder mit der Aufschrift PAVILION INTERNET PLC hingen.

Er stellte den Wagen in dem nahe gelegenen Parkhaus ab, das man ihm empfohlen hatte, und ging, seinen Apple-Mac-Laptop fest unter den Arm geklemmt, durch den beißend kalten Wind zurück zu dem Reihenhaus.

Auf sein Klingeln wurde ein Türsummer betätigt, und er stieg durch das enge Treppenhaus in den ersten Stock, wo er im Flur von einer eleganten jungen Dame erwartet wurde. Sie begrüßte ihn mit einem herzlichen Lächeln.

»Mein Name ist Bob Frost«, sagte Conor. »Ich habe mich heute mittag telefonisch bei Ihnen angemeldet.«

»Ja, aus Canterbury, nicht wahr? Haben Sie uns leicht gefunden, Mr. Frost?«

»Ihre Wegbeschreibung war großartig.«

»Kommen Sie rein. Möchten Sie einen Tee oder Kaffee?«

»Kaffee bitte, schwarz, ohne Zucker.« Er folgte ihr durch einen schmalen, langen Raum, der in seiner Ausstattung wie das Mission Control Center in Houston aussah, in einen noch größeren, chaotisch wirkenden Raum, der mit Schreibtischen und Computerterminals vollgepackt war, an denen ein glatzköpfiger älterer Mann, ein Jugendlicher mit Pferdeschwanz und ein grimmig dreinschauender junger Mann mit Bürstenhaarschnitt und einer Zigarette zwischen den Lippen in fieberhafter Konzentration arbeiteten.

Die junge Frau bot Conor einen Stuhl an, der zwischen einem Schreibtisch und einem Stapel Internet Yellow Pages eingeklemmt war, nahm ihm den Mantel ab und sagte ihm, es werde sich sofort jemand um ihn kümmern. Tatsächlich erschien nach wenigen Sekunden ein großer, schlanker Mann mit langem, vorzeitig ergrautem Haar, altmodischer Brille und einer silbernen Musiknote im rechten Ohrläppchen.

»Mr. Frost? Ich bin Andy Holyer, was kann ich für Sie tun?«

Der Mann war eindeutig schwul, sein Auftreten angenehm und professionell.

»Ich brauche eine E-Mail-Adresse.«

»Kein Problem.« Er schaute auf Conors Laptop. »Für einen Mac?«

»Ja.«

»Ist das ein 540er?«

»540er Colour, ja.«

»Wir berechnen eine Aufnahmegebühr von 17.75 Pfund, dann einen monatlichen Beitrag von 14.75 Pfund – keine Extragebühren, auch keine Zahlung für die in Anspruch genommenen Einheiten. Das Handbuch und die Software sind im Preis inbegriffen. Unser Service schließt die E-Mail-Zugangsberechtigung und vollen Zugriff auf das Internet ein.«

»Können wir das sofort erledigen?«

»Wir können Sie am Ende des Arbeitstages in das System laden und Ihnen das Programmpaket heute abend noch mit der Post zuschicken.«

»Ich … ehm … ist es möglich, daß ich das Programmpaket gleich mitnehme?«

Andy Holyer schaute auf die Uhr. »Wenn Sie zwischen sechs und halb sieben noch mal herkommen, geht das.«

»Okay, das mache ich.«

Die junge Frau brachte Conors Kaffee. »Toni«, sagte Andy Holyer zu ihr, »dieser Gentleman möchte die Zugangsberechtigung zu einer Mailbox eingerichtet haben. Bitte kümmere dich um die Einzelheiten. Er kommt nach sechs wieder her, um alles gleich mitzunehmen.«

»Geht in Ordnung.« Sie führte Conor zu ihrem Schreibtisch in einer ruhigen Ecke des Raumes, schob ihm einen Stuhl zurecht und übergab ihm ein Formular. Er legte seinen Laptop vorsichtig auf den Schreibtisch, stellte den Kaffee daneben und überflog das Formular. Es war einfach; nur der Name, die Adresse, die beabsichtigte Zahlungsmethode und die Wünsche für die Gestaltung des Programms im einzelnen waren einzutragen.

Er trug seinen fiktiven Namen und die ebenso fiktive Adresse in Canterbury ein, zögerte dann bei den Zahlungswünschen, da nur die Option »Scheck« und »Kreditkarte« angeboten wurden. »Ich möchte bar bezahlen – geht das?«

»Natürlich. Kein Problem.«

Er zahlte für sechs Monate im voraus, und sie gab ihm eine Quittung. »Unter welchem Namen möchten Sie die Mailbox eingetragen haben?« fragte sie dann.

Er schrieb *eumenides* in die entsprechende Spalte des Formulars, drehte das Blatt um und hielt es ihr vors Gesicht, damit sie den Namen ablesen konnte. Sie gab ihn mit ausdruckslosem Gesicht in ihren Computer ein, ließ nicht erkennen, ob er ihr etwas sagte oder nicht. »Ihre E-Mail-

Adresse lautet dann also: *eumenides&pavilion.co.uk.* Richtig?«

»Ja, klingt gut.«

»Okay«, sagte sie fröhlich. »Wenn Sie kurz nach sechs wieder vorbeikommen, haben wir alles fertig für Sie.«

»Haben Sie ein Handbuch, in das ich inzwischen mal reinschauen kann?«

Sie bückte sich und holte ein Handbuch sowie einige Broschüren aus einer der unteren Schubladen des Schreibtisches. »Ich gebe Ihnen auch einige Broschüren über unsere Firma mit, aus denen im einzelnen hervorgeht, welche Dienste wir anbieten«, sagte sie. »Sie können natürlich auch hier warten, aber wenn Sie aus der Eingangstür kommen, nach rechts gehen und dann gleich wieder rechts, stoßen Sie auf zwei Cafés, wo es wahrscheinlich gemütlicher ist als hier.«

Conor schaute auf die Uhr. Es war erst Viertel nach fünf. Er dankte ihr, zog seinen Mantel an, nahm das Handbuch und seinen Computer und machte sich auf die Suche nach einem Ort, wo er die nächste dreiviertel Stunde totschlagen konnte.

Als Monty auf das Cottage zufuhr, sah sie mit Freude, daß Alice, die Putzfrau, auf ihre Notiz reagiert und das Licht im Haus eingeschaltet hatte. Sie fuhr den Wagen in die Garage, nahm ihre Aktentasche heraus, in der einige Papiere steckten, an denen sie nach dem Abendessen arbeiten wollte, und ging ins Haus.

Wie immer kamen ihr die beiden Katzen entgegengelaufen. »Crick! Watson! Hallo Jungs, wie geht's euch?« Sie kniete sich hin und streichelte sie.

Sie fühlte sich ein wenig niedergeschlagen. Der Lunch mit Conor Molloy am vergangenen Dienstag war ja gut verlaufen, aber sie hatte nicht viel Neues über ihn erfahren und war sich immer noch nicht ganz im klaren über ihn. Er war gestern umgezogen, wie er ihr gesagt hatte, aber sie hatte insgeheim erwartet, heute etwas von ihm zu hören – vergebens. Ihr Vater war in Berkshire gewesen, und sie war zur Lunchzeit in die Kantine gegangen, hatte gehofft, den Amerikaner anzutreffen, aber er war nicht dort gewesen. Sie war mehrmals in Versuchung geraten, ihn unter einem Vorwand anzurufen, hatte dem Drang dann aber doch widerstanden. *Du darfst nicht den Eindruck erwecken, du würdest hinter ihm herlaufen*, hatte sie sich gesagt.

Das Läuten des Telefons unterbrach ihre Gedanken. Conor Molloy? Sie lief in die Küche und nahm den Hörer ab. »Jahallo«, meldete sie sich ein wenig atemlos.

»Oh… ehm… Miss Bannerman?«

Eine weibliche Stimme, die Monty irgendwie bekannt vorkam, aber sie konnte sie nicht sofort einordnen. Waliser Akzent… Die Frau klang höflich, aber bedrückt.

»Ja, am Apparat«, sagte sie, ein wenig distanziert, enttäuscht, daß es nicht der Amerikaner war. Sie hatte ihm ja aber noch gar nicht ihre private Telefonnummer gegeben, wie ihr einfiel.

Am anderen Ende war es zunächst still. »Miss Bannerman, es tut mir sehr leid, daß ich Sie störe«, sagte die Frauenstimme dann. »Hier ist Mrs. Hoggin, Walters Frau.«

»O ja, natürlich, Mrs. Hoggin! Hallo, wie geht es Ihnen?«

Es kam wieder keine sofortige Reaktion. Dann sagte Mrs. Hoggin mit belegter Stimme: »Ich dachte, Sie sollten es wissen… Sie hatten Walter ja gebeten, etwas für Sie zu erledigen, und es könnte ja sein, daß Sie… daß Sie darauf warten.« Ihre Stimme begann zu schwanken, stockte. »Ich… ich muß Ihnen sagen, er hat heute nachmittag bei der Arbeit einen… einen Herzanfall gehabt. Sie… sie haben gesagt…« Ihre Stimme versagte jetzt völlig, und Monty blieb einer schrecklichen Stille überlassen, spürte, wie Angst ihr den Magen zusammenkrampfte.

»Sie… sie haben gesagt, sie hätten noch Wiederbelebungsversuche mit ihm gemacht, aber als der Krankenwagen bei der Klinik ankam, war er… war er schon tot.«

37

London, Donnerstag, 17. November 1994

Auf dem Rückweg nach London leuchtete Conor das Schild GATWICK AIRPORT entgegen. Er überholte noch schnell zwei Lastwagen und bog dann in die Abfahrt ein.

Mehrere Schilder von Hotels tauchten auf. Jedes von ihnen würde den von ihm gewünschten Zweck erfüllen, und er entschied sich schließlich spontan für das an seinem Weg liegende POST HOUSE. Er bremste scharf ab, ignorierte das Hupen des Wagens hinter ihm, fuhr auf den Parkplatz des Hotels, stellte den Motor ab, nahm die Aktentasche mit dem Laptop, stieg aus und ging in die Lobby. Es war ziemlich ruhig hier; einige Geschäftsleute mit Namensschildern an den Revers standen in einer Ecke beisammen, zwei Männer saßen in Sesseln und unterhielten sich, und eine attraktive Brünette las in einem Magazin.

Am Empfangsschalter mußte er warten, bis die junge Angestellte damit fertig war, Computerpapier aus einem Drucker zu ziehen. Schließlich sah sie ihn an, lächelte strahlend und fragte: »Was kann ich für Sie tun?«

»Haben Sie noch ein Einzelzimmer frei?«

»Wir haben nur Doppelzimmer, Sir, aber wir bieten sie bei Benutzung durch eine Person zum reduzierten Preis von fünfundvierzig Pfund an.«

»Schön, ich nehme eins.«

Sie legte einen Block mit Anmeldeformularen vor ihn hin. »Wenn Sie das bitte ausfüllen würden, Sir.« Conor trug den falschen Namen und die falsche Adresse ein und zahlte im voraus. Sie gab ihm den Zimmerschlüssel.

Er ging zu seinem Zimmer im vierten Stock und hängte als erstes das Schild BITTE NICHT STÖREN an den äußeren Türknauf. Dann nahm er seinen Laptop, das Modem-Kabel und das Handbuch von Pavilion Internet aus der Aktentasche und schaltete den Computer ein.

Er summte bestätigend, und während er das Betriebssystem lud, folgte Conor dem Telefonkabel bis zur Buchse an der Wand hinter dem Nachttisch. Er zog den Telefonstecker heraus und drückte statt dessen den Stecker des Modemkabels in die Buchse, schloß dann das andere Ende des Kabels an das Modem an, klappte die Metallbeine des Laptops aus und stellte ihn neben den Fernseher.

Er wartete, bis der Computer das Booten beendet hatte, öffnete dann das Programm *InterSLIP* und gab eine 9 plus ein Komma ein, danach die zentrale Telefonnummer von Bendix Schere, drückte schließlich auf die CONNECT-Taste – und hielt den Atem an. Das Modem schien einen Augenblick zu zögern, dann aber stieß es das bekannte Brummen und Piepsen aus und stellte die Verbindung her.

Benutzernamen eingeben, erschien auf dem Screen.

Conor tippte charleyr ein und drückte die Return-Taste.

Paßwort eingeben.

Conor tippte langsam und konzentriert Carley Rowleys Paßwort ein: lu*1*u/.

Nach einer Pause erschienen auf dem Screen die Worte: Willkommen bei Bendix-Schere-Computerservice. Autorisationsstufe 3. Geben Sie gewünschten Service ein.

Conor schaute auf die Uhr. Er hatte sich in den vergangenen beiden Monaten so viel Wissen wie nur irgend möglich über das Computersystem von Bendix Schere verschafft, meistens durch Herumschnüffeln in den ihm zugänglichen Dateien, und festgestellt, daß es für eine Firma mit so hohem technologischem Anspruch und so hohen Sicherheitsstandards ein erstaunlich veraltetes System aus vernetzten Macintoshs war.

Es war überfällig für eine Modernisierung, aber sie würde nicht vor Mitte des nächsten Jahres durchgeführt werden, wie er erfahren hatte, und das gab ihm genug Zeit, die Schwächen des gegenwärtigen Systems für seine Zwecke auszunutzen. Die wichtigste dieser Schwächen war, daß es für den Computer-Sicherheitsdienst extrem schwierig und zeitaufwendig war, das Eindringen gewiefter illegaler Benutzer in das System aufzuspüren. Und je kürzer man sich einhackte, um so größer waren diese Schwierigkeiten für den Sicherheitsdienst. Jetzt allerdings war besondere Kürze nicht erforderlich; wenn es keinen versteckten Alarmauslöser im System gab, von dem er nichts wußte, gab es keinen Grund für irgend jemanden, über sein Eindringen alarmiert zu sein.

Daß das Bendix-Schere-Computersystem so veraltet war, erschien nicht mehr so erstaunlich, wie es Conor zunächst vorgekommen war, nachdem er einige Gründe dafür erfahren hatte: Systemmanager bei Bendix Schere war Cliff Norris, den Conor kennengelernt hatte, ein intelligenter, zweiunddreißigjähriger Softy, der durchaus darauf aus war, die neueste Technologie für sein System zu bekommen, jedoch definitive Probleme mit seiner Selbstsicherheit hatte und sich gegen die Bosse nicht durchsetzen konnte. Der Chef des Sicherheitsdienstes, der bei dieser Sache ein gewichtiges Wort mitzureden hatte, war ein achtundvierzigjähriger, aalglatter Typ namens Bill Gunn, den Conor ebenfalls kennengelernt hatte.

Gunn hatte seine sicherlich hervorragende technische Ausbildung beim Funkaufklärungsdienst des britischen Geheimdienstes erhalten, wie Conor gehört hatte, aber das war zehn Jahre her, und wenn er sich wahrscheinlich auch in den wichtigsten Bereichen der neuesten Hardware und Software auskannte, schien er doch enorme Lücken in seinem Wissen über die moderne Informatik insgesamt zu haben. Trotz eines riesigen Mitarbeiterstabes – niemand wußte genau, wie viele Leute in der Sicherheitsabteilung arbeiteten – schien Gunn am liebsten alles selbst machen zu wollen, als ob er Angst habe, die Schwächen des Systems könnten bekannt werden. Und er kam nicht gut mit Cliff Norris aus.

Als Ergebnis, so hatte Conor herausgefunden, gab es ein schweres Kommunikations-Defizit zwischen der Abteilung Sicherheit und dem Betreiberpersonal des Computersystems.

Conors Plan war einfach: Diese Situation mußte er zu seinem Vorteil nutzen.

Als nächstes arbeitete er sich durch das System, bis er zu den Eingabebefehlen für den Super-User-Status kam. Dann pflanzte er sein erstes trojanisches Pferd in das System, indem er das Paßwort für die echte Befehls-Schnittstelle, das er natürlich nicht kannte, durch ein fiktives ersetzte, eines, das ihm gerade in den Sinn kam. Dann wartete er geduldig darauf, daß einer der Zugangsberechtigten mit dem Super-User-Status sich einloggen würde. Das konnte ein paar Minuten dauern, vielleicht aber auch einige Stunden.

Er behielt den Screen im Auge und steckte sich eine Zigarette an. Zehn Minuten vergingen. Zwanzig. Er steckte sich die nächste Zigarette an. Seine Nerven waren angespannt. Und dann, fünf Minuten später, als er die Zigarette gerade ausdrückte, erschien das Wort cliffnor auf dem Screen. Der Systemmanager Cliff Norris höchstpersönlich loggte sich ein!

Das Wort verschwand, statt dessen erschien a*l*c/hem>ist auf dem Bildschirm.

Mit breitem Grinsen kopierte er den Benutzernamen des Systemmanagers und das Paßwort für den Super-User-Status in den Speicher seines Laptops und löschte das eben eingegebene fiktive Paßwort. Cliff Norris würde in diesem Moment feststellen, daß ihm der Zugang verweigert wurde, und er würde mit Sicherheit davon ausgehen, daß er sich bei der Eingabe des Paßwortes vertippt hatte. Conor steckte sich die nächste Zigarette an und wartete geduldig, bis Norris den Versuch zum Einloggen wiederholt hatte. Diesmal klappte es.

Norris blieb rund zwanzig Minuten im System. Er machte eine Serie von Routinechecks und loggte sich dann wieder aus – wie Conor hoffte, bis zum nächsten Morgen. Um ganz sicher zu sein, loggte auch er sich aus, zog den Modem-Stecker aus der Buchse, schloß das Telefon wieder an, machte einen Anruf bei der Telefonzentrale von Bendix Schere und verlangte Cliff Norris zu sprechen. Man bat ihn, einen Moment zu warten und teilte ihm dann mit, Norris sei bereits nach Hause gegangen und nicht mehr zu erreichen.

Conor schloß das Modem wieder an, loggte sich ein, diesmal mit dem Benutzernamen des Systemmanagers und dem Paßwort für den Super-User-Status. Mit diesem Status ging er die Mainframe-Archivdatei durch, in der die System-Software für alle Macintoshs im Bendix-Gebäude gespeichert war, und fügte dann die Version eines von MAC TCP entwickelten Korrektur-Viruses an der Schnittstelle ein, an der die Daten zwischen jedem einzelnen Computer und dem System zusammenliefen. Diese Version enthielt einen besonderen Programm-Code, der alle Datenleitungen des Systems überwachen und jede Information, die Conor thematisch festlegte, herausgreifen und automatisch in seiner Mailbox bei Pavilion Internet abspeichern würde. Auf diese Weise hatte Conor sich einen »toten Briefkasten« im Bendix-Schere-Computernetz eingerichtet...

Auf dem Screen erschien die Aufforderung: Geben Sie gewünschte Suchwörter ein.

Conor tippte Maternox ein und drückte dann die Returntaste. Sein Virus würde jetzt also immer dann, wenn in einem Text im Bendix-Schere-Computersystem das Wort »Maternox« auftauchte, eine Kopie des eingegebenen Textes veranlassen und sie an seine Pavilion-Mailbox weiterleiten und abspeichern...

Auf dem Screen erschien die nächste Aufforderung: Geben Sie nächstes Suchwort ein oder drücken Sie die Returntaste, wenn kein weiteres Suchwort gewünscht wird.

Conor drückte die Returntaste.

Dann loggte er sich in Norris' Mailbox ein und tippte eine E-Mail-Nachricht an Mr. Gunn; sie enthielt die Information, daß eine auf den neuesten Stand gebrachte, entwanzte Version von MAC TOP mit Namen TETRUS T. G. an Stelle der bisherigen in das System aufgenommen worden sei und alle Workstations der Firma darüber zu informieren seien.

Als Conor sich schließlich ausloggte, vibrierten seine Nerven, aber er war sehr zufrieden mit sich. Wenn alles gut ging, würde Bill Gunn in den nächsten vierundzwanzig Stunden unwissentlich zu seinem wertvollsten Mitarbeiter werden.

38

London, Freitag, 18. November 1994

Das Miststück wollte doch tatsächlich jeden Penny aus ihm raussaugen. Es hatte das Sorgerecht für die Kinder, und jetzt wollte es immer mehr Geld... Gunn saß hinter seinem Schreibtisch, nippte an seinem Kaffee und las den Brief, den er von den Anwälten seiner Exfrau bekommen hatte, zum zweiten Mal durch.

»Es ist zu unserer Kenntnis gelangt, daß Sie wahrscheinlich im Besitz von Aktien der pharmazeutischen Firma Bendix Schere sind, was Sie weder uns noch dem Sozialamt – im Hinblick auf die gemeinsamen Kinder aus der Ehe mit unserer Mandantin – mitgeteilt haben. Wir bitten Sie, uns binnen sieben Tagen darzulegen, in welchem Umfang Sie Aktien der besagten Firma besitzen.«

Wie waren die Anwälte an diese Information gekommen? Das Miststück mußte es ihnen gesagt haben. Hatte er es aber dem Miststück überhaupt erzählt? Wahrscheinlich habe ich das getan, überlegte er, vor langer Zeit, als ich diese Frau noch geliebt habe oder meinte, sie zu lieben. Oder schnüffelte da jemand in seiner Vermögenslage rum?

Die Sache beunruhigte ihn sehr. Der Besitz von Inhaberobligationen an Bendix Schere war ein streng gehütetes Geheimnis; keine Papiere wechselten je von Hand zu Hand, und es gab keinerlei Dokumentation darüber – der Besitz wurde treuhänderisch verwaltet. Und man *besaß* die Obligationen nicht wirklich. Als Gunn in die Firma eingetreten war, hatte man ihm gesagt, es seien zweihunderttausend Inhaberobligationen auf seinen Namen hinterlegt. Die jährliche Dividende werde am 1. Mai jeden Jahres für ihn auf ein Schweizer Nummernkonto eingezahlt. Und das war tatsächlich auch geschehen. In den vergangenen zehn Jahren war sein Depot bei der *Mehne-Bank* in Zürich auf über drei Millionen Pfund angewachsen. Es gab allerdings zwei Haken bei der Sache: Man konnte erst im Ruhestand an das Geld heran, und man verlor jeden Anspruch darauf, wenn man vorher aus der Firma ausschied – freiwillig oder durch Rausschmiß.

Er würde mit jemandem aus der Rechtsabteilung der Firma sprechen, entschloß er sich. Sie sollten die Sache für ihn regeln. Er steckte den Brief ein und wandte sich dem zweiten Problem des Tages zu: Conor Molloy.

Warum war Mr. Molloy gestern nach Brighton gefahren?

Er sah sich den Computerausdruck über die Bewegungen des Amerikaners am gestrigen Tag noch einmal an; der Leiter der »Gruppe Bewegungsverfolgung« hatte Gunn auf Unstimmigkeiten aufmerksam gemacht. Die Aufzeichnung war zusammengesetzt aus Bewegungsmeldungen innerhalb des Bendix-Gebäudes, gesteuert über die Benutzung der Smartcard bei Öffnung von Türen, und Meldungen des satellitengesteuerten Fahrzeugverfolgungssystems über Bewegungen mit den firmeneigenen Wagen. Beides wurde automatisch und fortlaufend in das Computersystem eingespeist.

Gunn brauchte nur wenige Sekunden für die Feststellung, daß die Fahrt des Amerikaners nach Brighton eine einschneidende Abweichung von seiner üblichen Routine war. Dem Ausdruck war der Hinweis beigefügt, daß Molloy am Mittwoch in ein anderes Appartement umgezogen sei und die Abweichung möglicherweise damit in Zusammenhang stehe.

Gunn drückte eine Folge von Tasten und holte sich die Bewegungen Molloys in den vergangenen Tagen auf den Screen. Es sah alles normal aus. Er war kurz vor acht ins Büro gekommen und hatte es abends gegen sieben wieder verlassen. Er hatte exakt jeweils eine Stunde Mittagspause gemacht, meist in der Kantine, manchmal auch außerhalb des Gebäudes. Er war direkt von seinem Appartement zum Bendix-Gebäude gefahren und abends wieder zurück. Keinerlei Auffälligkeiten.

Die Aufzeichnung des Mittwochs zeigte, daß er zwei Fahrten von seinem Firmen-Appartement zu seiner neuen Wohnung in Earls Court gemacht hatte. Auch okay – Umzug. Was also hatte die gestrige Fahrt nach Brighton zu bedeuten?

Molloy war um 6 Uhr 54 in seinem Büro angekommen, eine Stunde früher als sonst. Mittags hatte er nur zehn Minuten Pause gemacht statt der sonst üblichen Stunde. Um drei Uhr war er dann zu der Fahrt nach Brighton aufgebrochen.

Gunn griff zum Telefon und wählte die Nummer des Leiters der Gruppe Bewegungsverfolgung. »Wo hat Molloy in Brighton geparkt?« fragte er, sobald der Hörer am anderen Ende abgenommen wurde.

»In einem Parkhaus am Palace Pier, ganz in der Nähe der Strandpromenade.«

»Kennen Sie Brighton?«

»War mal dort. Kenne es aber nicht sehr gut.«

»Man kann dort gut Antiquitäten einkaufen, nicht wahr?«

»Ja, Sir. Manche Leute nennen Brighton die Antiquitäten-Hauptstadt Europas.«

»War mal die Bums-Hauptstadt Europas«, knurrte Gunn. »Gibt es in der Nähe dieses Parkhauses gute Einkaufsmöglichkeiten für Antiquitäten?«

»Liegt günstig zur Lanes Street und Kemp Town Street, den Einkaufsstraßen, Sir. Ich prüfe das zur Sicherheit noch mal nach und rufe Sie dann zurück, Sir.«

Gunn legte auf und sah sich noch einmal den Computerausdruck an. Molloy hatte um 18 Uhr 20 die Rückfahrt von Brighton angetreten, war zum Hotel *Post House* am Flughafen Gatwick gefahren, wo er drei Stunden und zehn Minuten geblieben war; dann war er geradewegs nach London zu seiner Wohnung zurückgefahren.

Drei Stunden und zehn Minuten in diesem Hotel? Was hatte er dort gemacht? Jemanden getroffen? Vielleicht einen Kollegen oder Freund aus den USA, der für einen kurzen Zwischenaufenthalt in Gatwick gelandet war? Wäre möglich… Zu Abend gegessen? Nein, zu lang… Mit jemandem rumgebumst? Möglich, aber nicht wahrscheinlich – wenn er das gemacht hätte, wäre er wohl die Nacht über dortgeblieben.

Gunn mußte baldmöglichst einen größeren Coup landen, um Crowe gegenüber etwas vorweisen zu können, und sein Instinkt sagte ihm, daß bei Conor Molloy dafür eine Möglichkeit bestand. Aber noch hatte er nicht genug gegen ihn in der Hand. Er war noch nicht zufrieden mit dem, was er über seinen Hintergrund wußte, aber er war überzeugt, daß in den Bewerbungsunterlagen dieses Mannes irgendwas nicht stimmte, nicht paßte, aber er hatte noch nicht herausgefunden, was es war.

Seit Molloy diesen Scheißkerl Rowley auf dem Bewertungsbogen für Kollegen gleich zu Anfang mit nur zwei Punkten unter der Höchstnote eingestuft hatte und auch in den folgenden Wochen bei dieser hohen Note geblieben war, war er Gunn verdächtig vorgekommen. Aber Molloy erhielt von Rowley und von Christopher Pett, dem Chef der Unterabteilung Patente und Verträge, ebenso hohe Bewertungen. Es lag also nichts Handfestes gegen ihn vor. Nichts – bis auf Gunns instinktive Gefühle.

Er überlegte, ob er ihn rund um die Uhr unter Beobachtung stellen sollte, um ein für allemal Klarheit zu bekommen. Aber das war im Hinblick auf die Kosten für die Einsatzstunden seiner Leute sehr teuer, und seine Leistung als Sicherheitsdirektor wurde auch daran gemessen, wie er mit seinem Budget haushalten konnte. Heute war der 18. November, und er hatte den Etat für das Jahr 1994 bereits überzogen; außerdem gab es mehrere Angestellte in anderen Abteilungen, die derzeit dringend überwacht werden mußten. In der Bendix-Schere-Fabrik in Newcastle waren wertvolle Chemikalien verschwunden, und man hatte ihm einen Hinweis gegeben, daß ein neu eingestellter Marketing-Mann in der Abteilung für Babynahrung in Reading ein Journalist sein könnte, der sich eingeschlichen habe, um die Verkaufstechniken von Bendix Schere in der Dritten Welt aufzudecken.

Dr. Crowe hatte ihn am Ende des vergangenen Jahres wegen der enormen Kosten für die Sicherheit und die im Vergleich dazu »jämmerlichen Resultate« gewaltig zur Brust genommen. Dieses Jahr war ein noch schlimmerer Flop. Er hatte keinen einzigen Fall von Industriespionage aufgedeckt, nicht einmal einen kleinen, er hatte versagt, als es darum ging, Jake Seals' bevorstehende Fahnenflucht zu erkennen, und Crowe hätte ihm wegen der leichtfertigen Behandlung der Sache mit der Thames Valley Gazette sicher am liebsten die Gedärme aus dem Leib gerissen.

Komm, Mr. Molloy, gib mir einen Grund zur Freude! Mach irgendwas Falsches, du schleimiger kleiner Yankee. Komm, mach einen einzigen falschen Schritt, tret kräftig in die Scheiße!

In der Gewißheit, daß alles auf der Festplatte seines Computers abgespeichert war, ließ er die beiden Blätter des Computerausdrucks durch den Reißwolf neben seinem Schreibtisch laufen. Dann wandte er sich wieder seiner Mailbox zu und las die Nachricht des Systemmanagers Cliff Norris noch einmal, daß eine auf den neuesten Stand gebrachte, entwanzte Version des MAC TCP mit Namen TETRUS T. G. anstelle der alten Version in das System aufgenommen worden sei und daß dies allen Workstations der Firma bekanntzugeben sei.

In einer ersten wütenden Reaktion wollte er Cliff Norris anrufen und dem faulen Bastard sagen, er solle sich gefälligst selbst um die Weitergabe kümmern. Dann aber beruhigte er sich schnell wieder; ihm fiel seine strikte Anordnung ein, daß alle Computer-Software ausschließlich von ihm selbst und niemand sonst autorisiert und verteilt werden durfte und daß er diese Weisung mit der Drohung verbunden hatte, ein Verstoß dagegen könne als Grund für eine fristlose Entlassung aus der Firma betrachtet werden. Niemand durfte irgendeine Software benutzen, die nicht von ihm selbst zur Benutzung freigegeben war – die einzige Möglichkeit, das System vor Viren zu schützen. Und es ist ein verdammt gutes System, dachte Gunn stolz, als er das Kommando zur Verteilung der neuen Version der MAC-TCP-Software an alle Workstations im weltweiten Bendix-Schere-Imperium in das System eingab. Zumindest in dieser Angelegenheit konnte Crowe ihm nicht ans Bein pinkeln …

39

London, Freitag, 18. November 1994

Conor wischte sich die letzten Spuren des Rasierschaums vom Gesicht und rieb es mit *Eternity*-Rasierwasser ein. Es war 6 Uhr 58. In zwanzig Minuten mußte er zur Arbeit aufbrechen.

Er legte sich zum Schutz gegen die Kälte das feuchte Handtuch um die Schultern; wegen der nicht fest schließenden Fenster war das Appartement nicht warm zu kriegen. Er ging in die Küche, machte sich einen Becher Kaffee und nahm ihn mit ins Wohnzimmer zu seinem Laptop. Obwohl er mit der Software vertraut war, folgte er Schritt für Schritt den Anweisungen im Pavilion-Internet-Handbuch und loggte sich in seine neu eröffnete Mailbox ein, um zu sehen, ob sein gestriger Computer-Coup erste Ergebnisse zeigte.

Fast augenblicklich erschienen auf dem Screen die Worte: Übertragung... 1. Nachricht von 25.

Heilige Scheiße! dachte er, grinste breit und ging dann ins Schlafzimmer um sich anzuziehen, während der Computer die Nachrichten lud.

Als er die Krawatte knotete, hörte er den Gong, mit dem der Laptop das Ende des Transfers anzeigte. Er ging zurück ins Wohnzimmer und loggte sich aus dem Transferprogramm aus. Es war jetzt 7 Uhr 15. Er überlegte, ob er noch schnell einen Blick auf die Nachrichten werfen oder sie erst im Büro lesen sollte. Er zögerte einen Moment, schaltete dann aber den Computer aus und schob ihn in seine Aktentasche. Da er gestern den halben Nachmittag frei genommen hatte, sollte er heute pünktlich zur Arbeit erscheinen, wie er meinte. Er konnte die Nachrichten auf dem Laptop auch im Büro lesen, ohne daß irgend jemand merkte, was er machte. Er nahm seinen Wagenschlüssel und ging – brennend vor Neugier, was sich da in seinem feingesponnenen Computernetz verfangen hatte.

Monty hatte einen schlechten Morgen. Ihr Vater, geschockt von der Nachricht über Walter Hoggins Tod, war in miserabler Laune, die noch dadurch verstärkt wurde, daß er eine bestimmte Akte nicht finden konnte. Er schwor, er habe sie erst zwei Tage vorher auf seinem Schreibtisch gehabt, aber Monty war überzeugt, daß sie beim Umzug von Berkshire hierher verschlampt worden war. Wenn die Akte nicht doch noch auftauchte, würde sie über das Wochenende im alten Institut danach suchen müssen, und das war keine erfreuliche Perspektive. Schon wenn sie unter der Woche dorthin mußte, war das deprimierend genug, noch schlimmer aber war es, wenn sich am Wochenende außer ihr keine Menschenseele in dem Gebäude aufhielt.

Inzwischen war nur noch eine Handvoll ihrer früheren Mitarbeiter im alten Institut damit beschäftigt, den letzten Rest des Umzugs abzuwickeln, und in einem Monat würde keiner von ihnen mehr dort tätig sein. Einige waren auf das attraktive Angebot von Bendix Schere zur vorzeitigen Zurruhesetzung eingegangen, andere wurden in der Fabrik in Reading, wo auch Walter Hoggin gearbeitet hatte, weiter beschäftigt.

Monty war heute morgen zuerst zum Institut gefahren, um die Mitarbeiter über den Tod Walter Hoggins zu unterrichten, und sie hatte ihre Tränen nicht zurückhalten können, als sie in die geschockten und traurigen Gesichter geschaut hatte. Walter Hoggin hatte im Leben all dieser Menschen eine wichtige Rolle gespielt, und sein Tod markierte, mehr noch als die Übernahme des Instituts durch Bendix Schere, das Ende einer Ära.

Als sie kurz nach zehn in ihr Büro im Bendix-Gebäude kam, wartete auf dem Anrufbeantworter eine Nachricht von Conor Molloy auf sie, aber als sie bei ihm anrief, erreichte sie ebenfalls nur seinen Anrufbeantworter; sie hinterließ nun ihrerseits eine Bitte um Rückruf.

Dann ging sie ein Stockwerk tiefer in den »Papierschuppen«, wie der große Archivraum für die Akten aller Labors im Gebäude scherzhaft genannt wurde. In diesem Raum wurden automatisch ausgefertigte, zusätzliche Computerausdrucke aller Dokumente und Forschungsberichte der Labors in feuerfesten Stahlschränken aufbewahrt. Ihre Suche nach der verschwundenen Akte blieb jedoch auch hier erfolglos.

Auf dem Rückweg zu ihrem Büro holte sie sich einen Kaffee aus dem Automaten im Flur, und als sie ihre Smartcard in den Schlitz der Bürotür steckte, hörte sie ihr Telefon klingeln. Sie lief ins Zimmer und riß den Hörer ans Ohr. »Hallo?«

»Miss Bannerman – guten Morgen, endlich finden wir beide zueinander!«

»Mr. Molloy! Guten Morgen!« Die formale Anrede kam ihr absurd vor, nachdem sie in diesem Mann immer mehr einen Freund sah. »Wie ist Ihr Umzug gelaufen?«

»Gut, ohne Probleme. Ich habe ja nur die notwendigsten Möbel… Wie geht es Ihnen?«

»Nicht besonders gut. Ich…« Sie stand auf, schloß die Tür des Büros und sprach dann mit gesenkter Stimme weiter. »Können wir uns draußen irgendwo treffen? Ich muß mit Ihnen sprechen. Zum Lunch?«

»Das geht leider nicht, ich habe eine Besprechung. Aber jetzt gleich wäre es möglich. Würde Ihnen das passen?«

Monty schaute auf die Uhr. Zehn nach elf. »Ja.«

»Treffen wir uns doch im selben Lokal, wo wir letztesmal zusammengegessen haben, okay? In zehn Minuten?«

»Okay.«

Als sie auflegte, zitterten ihre Hände.

Im *Il Venezia* herrschte die übliche Flaute zwischen Frühstück und Mittagessen. Monty kam vor Conor an und setzte sich an denselben Tisch wie beim letzten Mal. Eine Minute später kam Conor mit hochgeschlagenem Mantelkragen und einer Aktentasche in der Hand herein.

Er strahlte sie an. »Hi«, sagte er und setzte sich neben sie. »Ich habe was Interessantes mitgebracht.«

»So?« Alles an ihm wirkte so sicher, so kraftvoll, selbst die Bewegungen seiner großen Hände, als er jetzt die Aktentasche öffnete und seinen Laptop herausholte. Die Kellnerin kam zu ihnen an den Tisch.

»Was möchten Sie trinken?« fragte Conor Monty.

»Einen Cappuccino bitte.«

»Und ich einen doppelten Espresso, dazu einen Doughnut. Sie sollten auch einen essen, sie sind sehr gut hier.«

»Okay.«

Die Kellnerin ging mit dieser Bestellung zur Theke.

»Sind Sie in Ordnung, Montana? Sie sehen sehr blaß aus.«

Monty wartete, bis die Kellnerin weit genug entfernt war und sah dann Conor an. »Wie Sie sich sicher erinnern, habe ich Ihnen am Dienstag erzählt, daß ich unseren ehemaligen Cheflaboranten Walter Hoggin gebeten habe, mir Maternox-Kapseln mit der verdächtigen Losnummer zu besorgen.« Sie hakte nervös die Finger ineinander. »Er ist gestern gestorben. Hatte einen Herzanfall.«

Conor runzelte die Stirn. »Wie alt war er?«

»Sechsundsechzig.«

»Hatte er schon länger Probleme mit dem Herz?«

»Nicht daß ich wüßte.«

Er schwieg einen Moment. »Wo ist das passiert?« fragte er dann.

»An seinem Arbeitsplatz in der Bendix-Fabrik in Reading.«

»In welches Krankenhaus hat man ihn gebracht?«

»Ich… das weiß ich nicht. Warum fragen Sie?«

»Wissen Sie denn wenigstens, ob es ein normales Krankenhaus oder ein Bendix-Krankenhaus war?«

»Ein Bendix-Krankenhaus?«

»Natürlich, eine der Bendix-Kliniken – dort werden Mitarbeiter der Firma normalerweise hingebracht.«

»Man hat mir gesagt, er wäre im Krankenwagen gestorben.«

Die Kellnerin brachte die Getränke und die Doughnuts. Conor starrte in seinen Espresso. »Sie bitten Mr. Seals, Ihnen Informationen über Maternox und diese Muster-Kapseln zu beschaffen, und er stirbt. Die Zeitungsreporterin recherchiert über Maternox und stirbt. Dann bitten Sie Mr. Hoggin in dieser Sache um Hilfe, und er stirbt ebenfalls. Das sind wirklich unglaubliche Zufälle.«

»Ab welchem Punkt hören Sie auf, an Zufälle zu glauben?« fragte sie.

Er schaute auf seinen fettigen runden Doughnut. »Wenn man als Kind heranwächst, erreicht man irgendwann das Stadium, in dem man aufhört, an Märchen und an den Weihnachtsmann zu glauben. Es gibt da kein spezielles Datum, keinen Strich an der Wand, bei dessen Erreichen in der Körpergröße man sich plötzlich ändert. Es ist ein allmählicher Prozeß, nicht wahr? Man merkt nach und nach, daß die Dinge so keinen Sinn mehr machen, wie man sie bisher betrachtet hat, und dann fängt man an, die Wahrheit zu erkennen.«

»Ich glaube, ich bin an diesem Punkt angekommen«, sagte Monty. »Ich habe ihn sogar bereits überschritten.«

Conor biß in seinen Doughnut, kaute, hielt ihn vor sie hin, als sei er ein Ausstellungsstück. »Sehen Sie diese Glasur?«

»Ja, natürlich«, sagte sie, ein wenig überrascht.

»Sie wird aus demselben Gel hergestellt, das Bendix Schere in seinen Labors für bestimmte Tests an der DNS benutzt. Die Firma ist der größte Hersteller dieses Gels auf der Welt.«

Sie schaute auf ihren Doughnut und verzog das Gesicht. »Wirklich?«

»Ja.«

»Er sieht plötzlich nicht mehr besonders appetitlich aus.«

»Wissen Sie, Bendix Schere ist überall. Streckt seine Tentakel in alle Richtungen aus. Arbeitet langsam darauf hin, einmal das Monopol für die Gesundheit der Menschen in die Hand zu kriegen. Die Firma ist bereits kurz davor, das Monopol für Babynahrung zu erringen. Hier und da hat sie bereits Einbrüche in die Erwachsenen Ernährung erzielt.« Er hob die Augenbrauen. »Wo wird sie haltmachen?«

»Ich weiß es nicht. Wo?«

Er hob die Hände, zuckte mit den Schultern.

»Und Sie glauben wirklich, daß die Firmenbosse auch vor Mord nicht zurückschrecken?«

»Wenn es nach ihrer Ansicht gute Gründe dafür gibt...«

»Okay, und was könnten das für Gründe sein?«

Er gab keine Antwort, klappte statt dessen den Deckel des Laptops hoch und schaltete den Computer ein. »Sehen Sie sich das mal an; sagt es Ihnen was?«

Er holte seine Pavilion-Mailbox auf den Screen und klickte eine bestimmte Nachricht an. Es war ein Memo von Dr. Linda Farmer, der Direktorin für medizinische Information, an Dr. Vincent Crowe, und es enthielt drei schlichte Sätze:

Ein viertes Maternox-Problem zeichnet sich ab – Mrs. C. Kingsley. Behalte Entwicklung im Auge. Werde laufend berichten.

»Sagt Ihnen das was?« fragte Conor noch einmal.

Monty versteifte sich und trommelte mit dem Zeigefinger auf die Tischplatte. »Wo haben Sie das her?«

Conor blinzelte sie verschwörerisch an. »Diese Frage kann ich im Moment noch nicht beantworten. Sagt Ihnen diese Mitteilung irgendwas?«

Sie nickte, erinnerte sich an die Aussage Zandra Wollertons, als sie sich in dem Hotelcafé getroffen hatten:

Ich warte nur darauf, daß eine weitere schwangere Frau bei der Niederkunft eines Babys mit dem Zyklopen-Syndrom an einer unbekannten Viruserkrankung stirbt, und dann werde ich dem zuständigen Hausarzt rund um die Uhr auf der Pelle hocken, bis er mit mir redet.

Conor sah sie erwartungsvoll an.

»Zandra Wollertons Unterlagen«, sagte sie. »Sie hat doch ganz bestimmt irgendwelche Unterlagen über die Sache bei der Zeitung.«

»Ich verstehe nicht ganz...«

Sie trank ihre Tasse leer. »Geben Sie mir Ihre Privatnummer – ich fahre jetzt sofort nach Berkshire und rufe Sie heute abend an.«

Er zögerte. »Natürlich gebe ich Ihnen meine Privatnummer, aber hören Sie zu, Sie müssen äußerst vorsichtig sein, was Sie am Telefon sagen. Rufen Sie an, um ein Treffen zu vereinbaren, keinesfalls, um auch nur *das Geringste* zu der Sache selbst zu sagen. Und wir beide sollten ab sofort streng darauf achten, mit wem wir über die Angelegenheit reden.« Er trank einen Schluck Kaffee. »Ich fahre morgen aufs Land; werde das Wochenende mit meinem direkten Vorgesetzten, Charley Rowley, verbringen. Ist er Ihnen schon mal über den Weg gelaufen?«

Sie schüttelte den Kopf. »Höchstens ganz kurz. Kann mich nicht an ihn erinnern.«

»Er kennt sich bestens in der Firma aus, und er ist okay. Wenn sich die Gelegenheit ergibt, werde ich mit ihm sprechen, um rauszufinden, ob er was weiß.«

Monty faßte zusammen, was jetzt vorrangig zu tun sei: »Wir müssen ein paar Maternox-Kapseln von dieser verdächtigen Losnummer in die Finger kriegen und ihre chemische Zusammensetzung mit Kapseln aus normalen Serien vergleichen.« Sie schrieb die verdächtige Losnummer auf einen Zettel und gab ihn Conor.

Er nickte. »Ich werde sehen, was ich tun kann.«

Sie starrte auf ihren Doughnut, hatte aber keine Lust mehr, ihn zu essen.

40

Berkshire, Freitag, 18. November 1994

Nach einigem Suchen fand Monty die Redaktion der *Thames Valley Gazette*, ein vierstöckiges, recht schäbiges Gebäude im *Enterprise Industriepark* von Reading.

Sie stellte den MG auf dem Besucherparkplatz ab und ging in das Gebäude. Sie hatte nach dem Treffen mit Conor Molloy bei Hubert Wentworth angerufen, und er hatte ihr gesagt, er habe leider eine Verabredung zum Lunch, würde sich aber sehr freuen, wenn sie danach zu ihm käme. Es war jetzt 15 Uhr 15.

Ein uniformierter Wachmann am Empfang schob ihr ein Besucherbuch zu und rief bei Wentworth an. »Er kommt in ein paar Minuten«, sagte er.

Monty setzte sich in einen Besuchersessel und blätterte in einem Exemplar der *Gazette*. Die Schlagzeile lautete:

VIKAR AUS READING PLANT WEIHNACHTSBESUCH IN BOSNIEN.

Weihnachten, dachte sie. Es waren nur noch sechs Wochen bis dahin, und sie hatte gar keine festen Pläne gemacht. Anfang Dezember sollte sie ihren Vater nach Washington begleiten, und sie fragte sich, ob sie ihn dazu überreden könnte, einen Urlaub anzuhängen und mit ihr über Weihnachten nach Vermont zum Skilaufen zu fahren. Ein solcher Urlaub würde ihnen beiden guttun; ihr Vater hatte seit zehn Jahren kaum einmal einen freien Tag genommen, und der längste Urlaub, den sie in dieser Zeit gemacht hatte, hatte eine Woche gedauert.

Als Kind und Teenager hatte sie Weihnachten sehr geliebt, aber das hatte mit dem Tod ihrer Mutter aufgehört. Seither hatte ihr Vater die Festtage über durchgearbeitet, als seien sie normale Arbeitstage. Als einzige Konzession hatte er sich, wenn auch stets widerstrebend, zum Lunch am ersten Weihnachtstag bei seiner Schwester bereit gefunden.

Die einzigen schönen Weihnachten, die Monty seit zehn Jahren erlebt hatte, waren die beiden Male gewesen, als sie während der fünfjährigen Beziehung mit Charles Saddler die Festtage bei seiner Familie in deren wunderschönem, großem Cottage in Yorkshire verbracht hatte. Sie hatte sich während dieser Zeit oft gefragt, ob sie mehr in Charles' weitläufige, harmonische Familie und die von ihr ausgehende Wärme verliebt war als in Charles selbst.

Charles war Management-Berater bei einer großen Consulting-Firma, und als er vor zwei Jahren nach Glasgow versetzt worden war, hatte er erwartet, daß Monty ihn begleiten würde. Aber sie hatte ihren Vater nicht allein lassen wollen, und als sie und Charles sich danach nur noch an den Wochenenden sahen, war die Beziehung schnell versandet. Monty hatte sich in den vergangenen anderthalb Jahren oft gefragt, ob das ihre letzte Chance für eine Ehe gewesen war.

Sie blätterte die Gazette durch. Fast ausschließlich Lokalnachrichten – Unfälle, Einbrüche, Diebstähle, Hochzeiten. Und Anzeigen. Dann stieß sie auf das Foto eines total zertrümmerten Autos, und ein Schauder lief ihr über den Rücken.

RÄTSELHAFTER UNFALLTOD EINER GAZETTE-REPORTERIN.

Die Trümmer des Ford Escort, in dem unsere 21jährige Reporterin Zandra Wollerton starb.

»Miss Bannerman!«

Hubert Wentworths Stimme ließ Monty zusammenzucken, und sie stand hastig auf. »Oh, hallo, ehm, schön, Sie zu sehen.«

Er sah auf die aufgeschlagene Zeitungsseite und deutete darauf. »Schrecklich … Zandra war ein gescheites Mädchen, sie hätte es weit gebracht. War energisch, hart. In diesem Geschäft muß man hart sein, Miss Bannerman.« Er senkte den Kopf, als wollte er unterstreichen, daß auch er, wenn es erforderlich war, hart sein konnte.

»Man weiß noch nicht, wie es zu dem Unfall kommen konnte?«

»Ich habe gerade mit der Polizei gesprochen. Es gibt einen Zeugen, einen Mann, den sie ein paar Meilen vorher überholt hat. Er sagt, sie sei sehr schnell gefahren. Sieht so aus, als ob sie eine Verabredung gehabt hätte und zu spät dran war. Vielleicht hat sie gedacht, sie könnte den Eisenbahnübergang noch schnell überqueren, ehe die Schranke runterging. Die Experten bei der Polizei untersuchen zur Zeit noch das Wrack. Vielleicht wird ja bei der Autopsie und der gerichtlichen Untersuchung noch was rauskommen?« Er hatte den letzten Satz wie eine an Monty gerichtete Frage formuliert. Dann schaute er auf die Uhr. »Es müßte jetzt in der Kantine ziemlich ruhig sein, wir könnten uns dort sicher ungestört unterhalten. Ist nur einen Stock höher, wir können zu Fuß gehen, wenn es Ihnen nichts ausmacht.«

Er ging voraus und grüßte alle Mitarbeiter, die ihnen entgegenkamen, auf sehr persönliche, zuvorkommende Weise, und sie grüßten ebenso zuvorkommend und respektvoll zurück. Monty entdeckte eine neue Seite an diesem Mann.

In der großen Kantine gingen sie zunächst zum Schalter, wo sie sich einen Tee und Monty zusätzlich ein Käsebrötchen geben ließen. Dann gingen sie zu einem der kleinen Tische an der gegenüberliegenden Wand und setzten sich. Die Stühle waren ziemlich unbequem. Monty erzählte Hubert Wentworth mit gesenkter Stimme von ihrer Bitte an Walter Hoggin und seinem nachfolgenden Tod.

Als sie fertig war, sah er sie einen Moment mit traurigen Augen an. »Mr. Seals, Zandra und jetzt Mr. Hoggin...«, sagte er nachdenklich. »Der Blutzoll wird immer höher. So sehen sie es doch auch, Miss Bannerman, nicht wahr?«

Sie biß in ihr Brötchen, kaute und schluckte, so schnell es ging und sagte dann: »Hat Zandra Ihnen irgend etwas über einen vierten Maternox-Fall gesagt?«

»Ein weiteres Baby mit dem Zyklopen-Syndrom?«

»Ja.«

Er schüttelte den Kopf. »Nein, nichts. Aber sie kann natürlich trotzdem eine entsprechende Spur verfolgt haben.«

»Könnten wir uns nicht mal ihre Unterlagen ansehen?«

Er hob die Augenbrauen, und es sah aus, als ob zwei große, haarige Insekten sich zum Abflug bereit machten. »Natürlich! Sehr gute Idee! Wir schauen gleich mal in ihrem Schreibtisch nach.«

»Aus dem, was sie mir gesagt hat, schließe ich, daß sie einem vierten Fall auf der Spur war – zumindest dem Fall einer schwangeren Frau, bei der dieselben Symptome wie bei Ihrer Tochter und den beiden anderen Frauen aufgetreten sind.«

Sie gingen nach oben in die Nachrichtenzentrale und kamen dort an Reihen von Schreibtischen mit Computern vorbei, von denen einige besetzt waren, andere den Eindruck machten, als seien sie wegen einer Bombendrohung fluchtartig verlassen worden.

Vor einem sauber aufgeräumten Schreibtisch mit einer nicht eingeschalteten Workstation, einem Metallstift mit einem dicken Stapel aufgespießter Notizzettel und einem großen Terrakotta-Becher voller Stifte blieben sie stehen. Beim Anblick dieser trostlosen Verlassenheit schnürte es Monty die Kehle zu.

Wentworth zog die Schubladen des Schreibtisches auf. Sie enthielten nichts, was nach Unterlagen zum »Fall Maternox« aussah. Dann lehnte der Journalist sich vor, schaltete den Computer an und gab eine Folge von Kommandos auf dem Keyboard ein; schließlich erschien das Wort MATERNOX auf dem Screen.

Monty lehnte sich vor und las die drei Namen, die unter der Überschrift standen: Sarah Johnson, Zeenat Patel, Roberta McDonald. Neben jedem Namen waren das Todesdatum und der Name des Arztes, der den Totenschein unterschrieben hatte, aufgeführt. Sonst war unter dieser Datei nichts abgespeichert.

Wentworth ging aus der Datei und gab ein neues Suchkommando ein. Eine Liste mit verschiedenen Datei-Angeboten erschien auf dem Screen. Eines davon lautete: NEUE FÄLLE.

Wentworth warf Monty einen Blick zu und tippte dann den Befehl zum Öffnen der Datei ein. Zusammen lasen sie den Text, der auf dem Bildschirm erschien:

Mrs. Caroline Kingsley. Geb. 14. 7. 67. Adresse: 15 Roland Gardens, London SW10.

Im 8. Monat schwanger. Erhielt zur Behandlung von Unfruchtbarkeit im Juni 1993 Maternox vom Hausarzt verschrieben – Dr. Paul Corbin, 64 Redcliffe Road, SW10 (Info erhalten von Ehemann am 12. 11. 94.). Ausschlag am ganzen Körper, Virusinfektion – Symptome wie bei anderen drei Fällen. Aufgenommen in Intensivstation St.-Thomas-Hospital am 10. 11. Zuständiger Arzt und Geburtshelfer Dr. Gordon Benchley.

Montys Magen zog sich zusammen. *Mrs. C. Kingsley* – das war auch der Name gewesen, den Conor Molloy ihr auf seinem Computer heute morgen gezeigt hatte. »Der Name stimmt überein«, sagte sie.

»Stimmt überein?«

»Mit einer Information, auf die ich gestoßen bin.«

»Wir sollten uns erkundigen, wie es ihr geht, meinen Sie nicht auch?«

Monty nickte mechanisch.

Wentworth nahm den Hörer des Telefons auf Zandras Schreibtisch ab, ließ sich mit dem St.-Thomas-Hospital in London verbinden und von der dortigen Zentrale zur Intensivstation. »Ah, guten Tag«, sagte er schließlich. »Meine Nichte, Mrs. Caroline Kingsley, ist am vergangenen Mittwoch bei Ihnen eingeliefert worden. Würden Sie mir bitte sagen, wie es ihr geht? Hat sie das Baby bekommen?«

Monty beobachtete ihn. Seine Gesichtszüge waren zunächst erwartungsvoll angespannt, lockerten sich dann. »Ich verstehe«, sagte er schließlich. »Ich verstehe … Ich … ich wußte das nicht. Bin erst heute morgen von einer Reise zurückgekehrt. So … so schlimm war das also …« Er sah Monty ausdruckslos an. »Ja, sicher, sie werden sich natürlich mit Ihnen in Verbindung setzen, alle waren ja so besorgt … Ja, ihr Vater, mein Schwager … Ich rufe ihn an. Natürlich, das mache ich. Vielleicht, ähm, noch eine zusätzliche Frage … Das Baby? Können Sie mir sagen, ob das Baby, ähm, vielleicht mißgestaltet war? Das Zyklopen-Syndrom etwa?« Er sah Monty wieder an. »Nein, natürlich, verstehe … Dr. Benchley, der Geburtshelfer … Ist er derzeit im Dienst? Verstehe, verstehe … Haben Sie herzlichen Dank.«

Er legte den Hörer auf und wandte sich Monty zu. »Mrs. Caroline Kingsley ist gestern nachmittag nach einem Kaiserschnitt im Kindbett gestorben. Die Stationsschwester wollte mir nicht bestätigen, daß das Baby, das ebenfalls gestorben ist, das Zyklopen-Syndrom hatte, aber sie schien nicht besonders erstaunt über meine Frage zu sein. Sie sagte, nur der Arzt und Geburtshelfer sei befugt, mir darauf zu antworten.«

Sie starrte ihn an. »O mein Gott!« Dann las Monty den Namen des Hausarztes auf dem Screen. »Dr. Paul Corbin. Ich werde ihm einen Besuch abstatten. Jemand muß jetzt in die Zusammenhänge eingeweiht werden. Ich gehe hin und sage ihm, daß er mir einfach glauben *muß*.«

»Soll ich nicht lieber einen anderen Reporter auf die Sache ansetzen?«

»Nein. Es ist gefährlich, und es sind schon zu viele Leute in die Sache verwickelt. Ich gehe selbst zu ihm.«

»Unsere stärkste Waffe wäre, die Sache zu veröffentlichen, Miss Bannerman, aber ich brauche dafür handfeste Beweise. Etwas, das mein Herausgeber nicht zurückweisen kann, trotz des finanziellen Drucks, den man auf ihn ausübt. Irgendwas, das auch die großen Zeitungen in der Fleet Street überzeugt.«

Sie sah ihn besorgt an. »Haben Sie bereits den Versuch gemacht, etwas zu der Sache zu veröffentlichen?«

»Nein, aber ich habe meinen Herausgeber unterrichtet. *Central Publishing Plc*, der Zeitungskonzern, in dessen Besitz unser Blatt ist, wurde von Bendix Schere gewarnt, man werde ihm sämtliche Anzeigen entziehen. Das würde dem Konzern natürlich schweren Schaden zufügen. Gott sei Dank ist mein Herausgeber ein Mann mit Prinzipien. Wenn wir es schaffen, die Story mit Beweisen zu untermauern, wird er nicht zögern, sie zu veröffentlichen.«

Er preßte die Lippen zusammen, als ob er an einem Bonbon lutschen würde, und nickte nachdenklich. »Es gibt da einen recht unangenehmen Mann bei Bendix Schere, einen gewissen Mr. Gunn – er ist der Sicherheitschef und hat durch seine Intervention bei Central Publishing Staub aufgewirbelt.« Er lächelte. »Ich kenne jemanden bei der Fernmeldeaufklärung des Geheimdienstes, der mir einige Informationen im Zusammenhang mit Gunns Scheidung zukommen ließ. Ich kann Gunn das Leben schwermachen, aber vielleicht ist das nicht die beste Taktik… Und Sie sind immer noch bereit, mir zu helfen – trotz allem, was inzwischen geschehen ist?«

»Mehr denn je«, sagte Monty entschlossen.

Er ließ seine Teetasse auf dem Unterteller rotieren. »Übrigens – haben Sie bei der Vernehmung durch die Polizei irgendwas von dem erwähnt, was Zandra oder ich Ihnen gesagt haben? Oder von Ihrem Verdacht?«

»Nein, kein Wort.«

Er sah erleichtert aus. »Sehr gut. Und wer weiß von Ihrem Interesse an der Sache?«

Die Besorgnis in seiner Stimme vertiefte ihre Angst. »Niemand – bis auf einen Arbeitskollegen, und er ist von sich aus damit auf mich zugekommen.«

Er legte ihr den Arm um die Schultern und führte sie in den Flur. Dort blieb er stehen und sah sie ernst an. »Bendix Schere ist ein skrupelloser Konzern, Miss Bannerman... Seien Sie vorsichtig.«

»Sie auch«, sagte Monty. Ihr Mund war trocken.

Er schüttelte den Kopf. »Ich habe schon vor langer Zeit mit meinem Leben abgeschlossen. Ihres aber beginnt erst.«

Sie drehte den Kopf zur Seite und wünschte, sie wäre so tapfer, wie sie vorgab.

41

Brighton, Samstag, 19. November 1994

Der Pub in Brighton war überfüllt, aber Conor und Rowley hatten einen Zweiertisch in einem Nebenzimmer gefunden. Sie hatten den Morgen bei *Michael Norman Antiques* verbracht, um ein paar Möbelstücke für Conors Wohnung zu kaufen, aber das übergroße Angebot an Kostbarkeiten hatte ihn so verwirrt, daß er um eine Pause gebeten hatte.

Rowley schlürfte den Schaum von seinem *Flowers*, Conor goß sich sein *Budweiser* ein und fragte dann: »Sagen Sie mal, Charley, kennen Sie Dr. Linda Farmer, die Direktorin für Medizinische Information?«

»Bin ihr ein paarmal begegnet.«

»Wie ist sie so?«

Rowley schlürfte den nächsten Schluck. »Schwieriger Fall.«

»Aber wie steht sie zu Bendix Schere? Ist sie völlig loyal gegenüber der Firma? Was meinen Sie?«

Rowley sah ihn von der Seite an. »Ist der Papst Katholik?«

Conor grinste und bot ihm eine Marlboro an. Rowley nahm sie sich, und Conor gab ihm Feuer. »Warum fragen Sie?«

Conor steckte sich seine Zigarette an und überlegte sich seine Antwort sorgfältig. Er betrachtete Rowley inzwischen zwar als einen Freund, und er wußte, wie sehr er die kleinkarierten Reglementierungen bei Bendix Schere verachtete, aber er wußte nicht genau, wie weit diese Verachtung ging. »Weil es zwei Arten von Leuten bei Bendix Schere zu geben scheint: diejenigen, die durch eine Gehirnwäsche auf das Ethos der Firma eingeschworen sind, und diejenigen, die sich einen offenen Geist bewahrt haben.«

»Dr. Farmer gehört zu den Leuten, die einer Gehirnwäsche unterzogen wurden und jetzt selbst Gehirnwäschen betreiben«, sagte Rowley und nahm wieder einen kräftigen Schluck von seinem Bier. »Man muß sich einfach damit abfinden, daß neunundneunzig Prozent der Mitarbeiter der Firma wie Roboter sind. Mich juckt das nicht weiter.«

Conor drückte seine Zigarette aus und dachte intensiv nach, während Rowley zur Bar ging, um das bestellte Essen zu holen. Als er zurückkam, fragte ihn Conor: »Würde es Sie wundern, wenn die Firma in illegale Machenschaften verstrickt wäre?«

Rowley grub die Gabel in seine Spaghetti und begann mit Heißhunger zu essen. »Welcher Art?« fragte er schließlich.

Conor hob die Schultern. »Veränderung der Zusammensetzung eines Medikaments, ohne es irgendwelchen klinischen Tests unterzogen zu haben.«

»Hmm... Meinen Sie nun eigentlich *illegal* oder *unethisch*?« fragte Rowley mit vollem Mund und undurchdringlichem Gesicht.

»Beides, nehme ich an.«

»Nun ja, es ist in der gesamten pharmazeutischen Industrie üblich, hin und wieder Abkürzungen zu nehmen. Warum fragen Sie?« Er hob die Augenbrauen.

Conor ignorierte die Frage, spießte einen Zwiebelring aus seinem Thunfischsalat und schob ihn in den Mund. »Wieviel wissen Sie über die interne Sicherheit bei der Firma?« fragte er.

»Völlig paranoid. Außer dem Aufsichtsrat weiß kein Mensch, was da vor sich geht. Es gibt alle möglichen Gerüchte – würde mich nicht wundern, wenn sie mehr Abhörgeräte eingebaut hätten als Schnüffler vom Geheimdienst. Man erzählt sich sogar, es würde eine geheime unterirdische Etage im Bendix-Gebäude geben.«

»Tatsächlich?«

»Unter dem Fitneßcenter im Keller. Dort würden Hunderte von Zwergen mit aufgesetzten Kopfhörern herumsitzen und jedes Gespräch im Gebäude abhören.«

Conor war schockiert, aber dann sah er das Grinsen auf Rowleys Gesicht. »Sie wollen mich verarschen, wie?«

Rowley blinzelte ihm zu.

Conor trank einen Schluck und stellte das Glas wieder ab. »Kennen Sie in der Fabrik in Reading jemanden näher? Einen Menschen aus dem *einen Prozent*, die nicht wie Roboter sind? Dem Sie vertrauen können?« Conor beobachtete Rowleys Gesicht aufmerksam, suchte nach Veränderungen, die anzeigen könnten, daß ihm Conors Illoyalität nun doch zu weit ging, aber Rowley sah ihn ganz offen an, wenn auch ein wenig verwirrt.

»Wozu bräuchten Sie einen solchen Kontakt?« fragte er.

Conor erzählte ihm vom Tod der drei schwangeren Frauen und erklärte, daß er Muster der Maternox-Kapseln brauche, die die Frauen eingenommen hatten, um sie mit der ursprünglichen Zusammensetzung des Medikaments vergleichen zu können. Allerdings erzählte er nichts von dem möglichen Zusammenhang mit dem Tod von Jake Seals, Zandra Wollerton und Walter Hoggin. Schließlich gab er ihm die verdächtige Losnummer des Medikaments.

»Heiliger Strohsack, da haben Sie aber ein Szenario entwickelt!« sagte Rowley.

»Ich möchte nicht, daß jemand was davon erfährt…« Conor zögerte, wollte seinem Freund nicht zu viel erzählen, um ihn nicht in Gefahr zu bringen.

»Hören Sie, Mann, ich kann Ihnen beschaffen, was Sie da brauchen, gar kein Problem. Aber wo soll das alles hinführen?«

Conor schaute ihn an, sah die blonden Haarsträhnen über der beginnenden Glatze, die Wärme in den blauen Augen und den Humor in den Mundwinkeln mit den dicken Lippen. Dieser Mann wirkte absolut anständig und zuverlässig, und Conor brachte es deshalb nicht fertig, die Wahrheit vor ihm zu verheimlichen. »Charley – ich muß Sie warnen…«

»Ich habe das schon kapiert – Sie klauen die Formel und hauen damit ab, nicht wahr?«

Conor schaute sich um. Es saß niemand so nahe bei ihnen, daß er eventuell mithören konnte. »Sie müssen wissen, Charley, die beiden Männer, die bisher versucht haben, an diese Information heranzukommen, sind tot.«

Rowley riß in gespieltem Schock die Augen auf. »Sagen Sie das noch mal!«

Conor hob die Schultern, traf eine schnelle Entscheidung und erzählte Rowley die ganze Geschichte. Als er geendet hatte, sah Rowley wirklich geschockt aus.

»Conor, ich stimme ja zu, das klingt alles ziemlich unheimlich; aber Sie *müssen* falsch damit liegen. Bendix Schere ist eine verdammt seltsame Firma, das gebe ich zu – aber nach meiner Erfahrung ist sie nicht viel anders als die anderen Pharma-Giganten. Sie sind alle skrupellos und verstoßen gegen Gesetze, wo sie nur können. So ist das nun mal, wenn Milliarden auf dem Spiel stehen.« Er zog hastig an seiner Zigarette und stieß eine dicke Rauchwolke aus. »Aber Leute umbringen… Nein, das tun sie verdammt noch mal nicht.«

42

London, Montag, 21. November 1994

Der Wind, der sich am Wochenende zu einem Sturm gesteigert hatte, blies immer noch sehr stark, als Monty in London ankam. Sie hatte nach dem Besuch bei der *Gazette* am Freitag nachmittag versucht, Dr. Paul Corbin, den Hausarzt des vierten Opfers, telefonisch zu erreichen, aber er war, wie man ihr sagte, bereits ins Wochenende aufgebrochen. Die Sprechstundenhilfe am Telefon hatte weder besonders freundlich noch hilfsbereit geklungen.

Nach einem kurzen Telefongespräch mit Conor Molloy am Freitagabend hatte Monty erneut darüber nachgedacht, ob sie Anna Sterling etwas von ihrem Verdacht gegen Maternox sagen sollte. Aber es waren eben nur vier Fälle unter Hunderttausenden von Schwangerschaften... Und was konnte ihre Freundin tun, außer sich Sorgen zu machen? Konnte man das Zyklopen-Syndrom bei einem Baby im Mutterleib während einer Ultraschall-Untersuchung erkennen? Monty glaubte das nicht; die anderen Frauen hätten dann bestimmt ihre Schwangerschaften abbrechen lassen.

Am Samstag war sie zum alten Institut gefahren und hatte nach der verschwundenen Akte ihres Vaters gesucht, aber ohne Erfolg. Spontan hatte sie sich dann in einem Video-Laden in Cookham, der nächstgelegenen Stadt, den Film *Silkwood* ausgeliehen. Sie hatte den Film vor langer Zeit schon einmal gesehen; er handelte von einer Frau, die den Kampf gegen die allmächtige amerikanische Atomindustrie aufnimmt und dabei ihr Leben verliert. Monty hatte gedacht, sie könnte daraus etwas lernen, aber der einzige Erfolg war, daß der Film sie gegruselt und böse Träume hervorgerufen hatte.

Jetzt parkte sie den Wagen in einer Nebenstraße der King's Road und ging, den Mantel fest geschlossen, zurück zum donnernden Verkehr der Redcliffe Road.

Sie brauchte nicht lange nach dem Haus mit der Nummer

46 zu suchen. *Dr. T. Paul Corbin* stand als dritter Name von oben auf dem Messingschild neben dem Eingang. Sie läutete, schob nach dem Ertönen des Summers die Tür auf und kam in einen mit Teppichen ausgelegten Empfangsraum.

Die Frau am Schalter telefonierte gerade, und wie Monty an der Stimme erkannte, war es die Frau, die am Freitag so unfreundlich zu ihr gewesen war.

Die Frau legte den Telefonhörer auf und sah Monty an. »Kann ich Ihnen helfen?«

»Ja – ich muß dringend mit Dr. Corbin sprechen.«

»Sind Sie eine Patientin des Doktors?«

»Nein.«

»Er nimmt keine neuen Patienten mehr an, tut mir leid.«

»Es geht nicht um mich... Ich meine, ich... ich muß ihn nicht wegen einer Erkrankung bei mir sprechen, sondern...«

Monty ärgerte sich, daß sie sich nicht besser vorbereitet hatte. »Aber es ist wirklich dringend.«

Die Frau sah sie teilnahmslos an. »Weiß Dr. Corbin, wer Sie sind, Miss... ehm... Mrs...?«

»Bannerman«, sagte Monty. Manchmal öffnete der Name Bannerman alle Türen, aber hier schien er keine Wirkung zu haben. »Nein, er kennt mich nicht – ich muß mit ihm über eine seiner Patientinnen sprechen.«

Im selben Moment ging die Tür neben Monty auf, und eine elegante Chinesin kam heraus, gefolgt von dem Arzt, der sie zum Ausgang begleitete. Dann kam er auf die beiden Frauen zu. Er war Mitte Fünfzig, hatte ein kräftige Statur und wirkte fit, und sein zuvorkommendes Wesen strahlte eine Aura aus, die die bestmögliche Behandlung, die man für Geld kaufen kann, versprach.

Er überging Monty mit einem dünnen Begrüßungslächeln und wandte sich an seine Sprechstundenhilfe. »Ich muß jetzt los zu Mrs. Enright. Sagen Sie den wartenden Patienten, daß ich wegen eines Notfalls weg mußte und in einer halben Stunde zurückkomme.«

»Okay, Doktor.«

Er sah Monty freundlich an, dann die Sprechstundenhilfe,

aber sie gab ihm nicht die erwartete Erklärung für Montys Anwesenheit.

»Dr. Corbin, ich muß Sie dringend sprechen«, sagte Monty. »Nur ganz kurz.«

»Tut mir leid, aber ich habe im Moment wirklich keine Zeit«, sagte er höflich-bedauernd. »Worum geht es denn?«

»Um Mrs. Caroline Kingsley.«

Sein Gesichtsausdruck änderte sich schlagartig, wurde abweisend.

Monty hakte schnell nach: »Es gibt da etwas im Zusammenhang mit ihrem Tod, das Sie wissen sollten.«

Sein Gesicht verfinsterte sich. »Eine sehr kranke Patientin wartet auf mich... Wer sind Sie überhaupt? Die junge Frau von der Presse, die mich am vergangenen Wochenende angerufen hat?«

»Presse?« fragte Monty erstaunt. »Zandra Wollerton?« Sie bedauerte sofort, daß sie nicht den Mund gehalten hatte. »Hören Sie, wenn Sie mir ein paar Minuten Ihrer Zeit opfern, werde ich Ihnen alles erklären. Ich kann auch gerne warten, bis Sie wieder zurück sind.«

»Ich habe Ihnen nicht das geringste zu sagen«, knurrte der Arzt, drehte sich um und ging in sein Sprechzimmer.

Monty ignorierte den zornigen Protest der Sprechstundenhilfe und eilte ihm nach. »Bitte, Doktor, hören Sie mich doch an... Ich glaube, daß Caroline Kingsley wegen einer bestehenden Unfruchtbarkeit das Medikament Maternox genommen hat. Ich arbeite bei Bendix Schere, und es gibt da etwas, das Sie über Maternox wissen sollten...«

Der Arzt fuhr herum. »Junge Frau, lassen Sie mich Ihnen etwas sagen, und ich möchte es in aller Klarheit tun... Miss Wollerton hat mich vor kurzem darüber informiert, es seien in den vergangenen zwei Monaten drei Geburten mit dem Zyklopen-Syndrom zu verzeichnen gewesen, und die schwangeren, bei der Niederkunft verstorbenen Frauen hätten Krankheitssymptome gezeigt, wie sie auch bei meiner Patientin aufgetreten sind. Ich habe daraufhin Kontakt zur Leiterin der Informationsabteilung bei Bendix Schere aufgenommen, und sie hat mir gesagt, dem Konzern lägen keinerlei offizielle Berichte von Ärzten über solche Deformationen bei Babys vor; der Konzern gehe davon aus, daß die Sensationspresse eine Story konstruieren wolle, für die es keinerlei wahren Hintergrund gebe... Ich wünsche Ihnen einen guten Tag.« Er funkelte sie wütend an und hielt ihr die Tür auf.

»Ich bin keine Journalistin, Dr. Corbin. Ich arbeite bei Bendix Schere.«

»Dann reden Sie mit den zuständigen Leuten dort, nicht mir mir.«

Sein Telefon klingelte. Er nahm den Hörer ab und rief gleichzeitig der Sprechstundenhilfe zu: »Führen Sie diese junge Frau nach draußen, und zwar gleich, bitte.«

Kurz darauf stand Monty wieder auf der Straße, fluchte, daß die Sache so schlecht gelaufen war, faßte aber den Entschluß, sich damit nicht zufriedenzugeben. Sie würde Dr. Corbin ein paar Tage Zeit lassen, sich zu beruhigen, und dann würde sie es noch einmal mit ihm versuchen... Sie ging zurück zu ihrem Wagen; sie erinnerte sich, daß sie in seiner Nähe eine Telefonzelle gesehen hatte.

In der Telefonzelle kramte sie den Zettel aus der Handtasche, auf dem sie sich bei der *Thames Valley Gazette* die verschiedenen Telefonnummern notiert hatte, fand die dienstliche Nummer von Charles Kingsley und wählte sie. Eine Sekretärin erklärte ihr, Mr. Kingsley sei wegen eines privaten Trauerfalls nicht im Dienst, und sie wisse nicht, wann er wieder zurückkomme. Monty dankte ihr, legte auf und wählte Kingsleys Privatnummer.

Nach dem vierten Läuten schaltete sich ein Anrufbeantworter ein, und eine männliche Stimme erklärte, daß Caroline und Charles Kingsley im Moment nicht erreichbar seien, man möge doch, falls man wolle, nach dem Piepston eine Nachricht hinterlassen.

Monty entschloß sich, nur ihren Namen und die Privatnummer zu hinterlassen, aber keinen Hinweis für den Grund ihres Anrufs. Als sie nach dem Piepston gerade »Hier ist…« gesagt hatte, wurde sie von einer Stimme am anderen Ende der Leitung unterbrochen.

»Jahallo?«

Die Stimme klang, als ob eine Kassette in der falschen Geschwindigkeit abgespielt würde. Dann aber erkannte Monty, daß es dieselbe Stimme war wie auf dem Anrufbeantworter.

»Charles Kingsley?«

»Ja?«

»Ich… ich möchte Ihnen mein Beileid zum Tod Ihrer Frau aussprechen. Ich muß jedoch trotzdem dringend mit Ihnen sprechen – ich glaube, daß es beim Tod Ihrer Frau nicht mit rechten Dingen zugegangen ist und etwas vertuscht werden soll… Kann ich kurz mal bei Ihnen vorbeikommen?«

Zunächst blieb es still in der Leitung. »Nein, es tut mir leid, das geht nicht«, sagte der Mann dann mit langsamer, abwesend klingender Stimme. »Ich kann jetzt mit niemandem sprechen. Vielleicht später… Danke für den Anruf.« Er legte auf.

»Scheiße!« Monty war einen Moment wütender auf den Mann, als sie Mitleid mit ihm hatte. Sie trat aus der Telefonzelle und winkte ein Taxi heran.

15 Roland Gardens war ein viktorianischer Backstein-Wohnblock neben der Old Brompton Road an der Grenze zwischen South Kensington und Earl's Court, wo einige Straßenzüge vornehmlich von Nutten in möblierten Zimmern bewohnt waren, andere aber noch als »anständig« galten. Roland Garden schien zur letzteren Sorte zu gehören.

Monty drückte auf die Klingel mit dem Namen *Kingsley* und schaute auf das Sprechgitter, aber es meldete sich niemand. Sie versuchte es noch mal, wartete eine volle Minute. Nichts rührte sich.

Eine grell geschminkte und ebenso gekleidete ältere Frau mit einer Zigarette in der Hand stieß die Haustür auf und kam, eingehüllt in eine Parfumwolke, heraus auf die Veranda. Monty hielt ihr die Tür auf; die Frau dankte erfreut und ging dann hoheitsvoll die Treppe zur Straße hinunter.

Monty trat in die altmodisch-pompöse Halle mit gefliestem Fußboden und einem Aufzug, der in einer offenen Messingkabine nach oben führte. Sie stieg ein und fuhr zum dritten Stock, wo es ihr einige Schwierigkeiten machte, die schwere Gittertür aufzubekommen. Dann trat sie in den nur schwach beleuchteten Flur, der in seiner altmodischen Grandeur die Eingangshalle im Erdgeschoß fast noch übertraf. Er war mit einem roten Teppich ausgelegt, alle Türrahmen waren mit Schnitzereien verziert, und das düstere Licht stammte aus hübschen Art-deco-Leuchtern an den Wänden.

Sie blieb vor der Wohnung mit der Nummer 38 stehen – und starrte erstaunt auf den in Höhe des Schlosses zersplitterten Türrahmen. Die schwere Eichentür stand ein Stück auf, und als sie näher hinsah, erkannte sie den Grund dafür: Die Tür war mit Gewalt aufgebrochen, das solide Banham-Schloß aus seiner Fassung herausgerissen worden.

Monty erstarrte, und ihre Nerven vibrierten. War das gerade erst passiert? War der Einbrecher noch in der Wohnung? Nein, doch nicht am hellichten Tag... Und sie hatte ja vor fünf Minuten, höchstens zehn, noch mit Kingsley am Telefon gesprochen. Es mußte früher geschehen sein.

Sie wappnete sich dennoch gegen das Unerwartete, drückte auf die Klingel, hörte das Läuten in der Wohnung. Sie wartete einige Sekunden, aber es war kein Laut zu hören. Sie läutete noch einmal, wartete eine volle Minute und öffnete dann langsam die Tür, horchte.

Totenstille... In der Diele brannte kein Licht. Sie atmete tief ein und rief dann zaghaft: »Hallo?«

Es kam keine Antwort, und sie bewegte sich langsam vorwärts, in die Diele, dann in den anschließenden Flur. Die erste Tür, die sie erreichte, war geöffnet; sie blieb stehen, schaute um die Ecke. Ein geräumiges Badezimmer...

Die Türen der Schränke waren geöffnet, der Inhalt lag verstreut auf dem Boden. Monty schaute hastig zurück in die Diele, dann den Flur hinunter.

War die Polizei hiergewesen? War sie auf dem Weg hierher? Sie mußte gegen den Drang ankämpfen, kehrtzumachen und davonzulaufen, und ging weiter, zur nächsten

Tür. Ein Schlafzimmer. Ebenfalls durchwühlt. Der Boden voller Kleidung... Nein, das konnte nicht erst nach ihrem Anruf bei Kingsley geschehen sein.

Aus der Tür des nächsten Zimmers strömte ein starker Geruch nach Farbe – ein kleines, frisch gestrichenes und eingerichtetes Kinderzimmer mit einer Wiege. Ein Kloß stieg ihr im Hals hoch... Auch hier war alles durchwühlt.

Zwei weitere, geschlossene Türen. Die Besenkammer. Die Küche – keine Spuren einer Durchsuchung...

Am Ende des Flurs war eine breitere Tür, die nur einen Spalt offenstand. Sie blieb davor stehen, hielt den Atem an, stieß sie dann ganz langsam auf. Das Wohnzimmer... Die Vorhänge waren zugezogen, aber sie erkannte, daß es sehr schön mit antiken Möbeln ausgestattet war. Sie ging in das Zimmer, sah, daß die Schubladen einer Walnußkommode herausgerissen und auf den Boden geworfen worden waren.

Dann hörte sie plötzlich ein scharfes Rascheln hinter ihrem Rücken und fuhr herum. Ein Schatten bewegte sich in einem niedrigen Sessel... Ein entsetztes Wimmern drängte sich aus ihrer Kehle, und sie erstarrte vor Angst. Dann, nach langen Sekunden, erkannte sie, daß von dieser Bewegung keine Bedrohung ausging.

Eine Hand schob sich langsam, wie mechanisch auf eine Tischlampe neben dem Sessel zu und knipste sie an. Ein hageres, von Bartstoppeln bedecktes Gesicht unter einem zerzausten Haarschopf drehte sich um die Sessellehne, und die Augen starrten Monty mit einem Ausdruck an, wie man ihn bei einem Gefangenen erwarten würde, dem man alle Hoffnung genommen hat und der nun seinem Wärter, der ihm das Essen bringt, gleichgültig entgegenschaut.

»Ich... Entschuldigung... Ich habe geklingelt...« Ihre Entschuldigung verebbte, als sie den Mann jetzt voller Mitleid, nicht mehr verängstigt, anstarrte. Er war etwa vierzig, kräftig gebaut und trug einen Rollkragenpullover, eine Kordhose und Slipper. Schwarze Ringe lagen unter seinen blutunterlaufenen Augen.

»Ch... Charles Kingsley?«

»Übers Wochenend«, nuschelte er zusammenhanglos, aber mit ruhiger Stimme, verschluckte immer wieder einige Silben. »Die Polzei sagt, die machn das oft. Die wissn, wos 'n Trauerfall gibt und daß die Leute dann manchmal wegmüssn. Ich weiß nich', was sie genommn habn. Is auch egal… Is mir scheißegal, was sie mitgenommn ham.«

»Ich bitte um Entschuldigung, daß ich bei Ihnen eingedrungen bin«, sagte Monty. »Aber ich muß sie dringend etwas fragen… Ihre Frau hat doch vor der Schwangerschaft ein Medikament zur Behandlung ihrer Unfruchtbarkeit eingenommen, nicht wahr?«

Er starrte sie lange schweigend an. Er roch nicht nach Alkohol, und Monty kam zu der Überzeugung, daß er unter der Wirkung eines starken Beruhigungsmittels stand. »Caroline… Sie wollte nicht… verstehen Sie… daß… daß die Leute das erfahren«, sagte er dann stotternd, aber er schien sich jetzt zusammenzureißen und sprach mit klarer Stimme, verfiel dann allerdings wieder in Schweigen. Schließlich fuhr er fort: »Sie war so scheu, so gehemmt… Sie hat die Pillen versteckt, auch vor mir. Dachte, ich wüßte nicht, daß sie sie nimmt.« Er lächelte hilflos, wie ein Kind.

Monty hakte sofort nach. »Sie hat sie vor Ihnen versteckt? An einem sicheren Ort?«

Er senkte den Kopf, reagierte nicht. Er schien große Schwierigkeiten zu haben, die Augen offenzuhalten. »In einem Gewürzfläschchen in der Küche…«, murmelte er dann. »Ich koche nie, verstehen Sie? Sie dachte, ich würde sie dort nicht finden…«

»Sind sie immer noch dort?«

Aber Charles Kingsley hatte die Augen jetzt fest geschlossen, und sein Atem ging tief und regelmäßig. Er war offensichtlich eingeschlafen.

Monty wartete noch einen Moment, schlich dann auf Zehenspitzen aus dem Zimmer in den Flur und ging leise hinüber zur Küche.

Sie schaute sich hastig um, sah sofort eine Reihe marmorierter Fläschchen mit Korkpfropfen auf einem kleinen Regal über der Arbeitsplatte stehen. INGWER, KNOBLAUCH, GELBWURZ, LORBEERBLATT, SCHNITTLAUCH, OREGANO, STEINSALZ, KREUZKÜMMEL, BASILIKUM.

Die Chancen, daß in einem der Fläschen noch Maternox-Kapseln steckten, waren gering. Wenn Caroline Kingsley vor ihrem Mann hatte verheimlichen wollen, daß sie dieses Medikament nahm, war es sehr unwahrscheinlich, daß sie die Kapseln während der gesamten Schwangerschaft aufgehoben hatte. Sie hatten ja ihren Zweck erfüllt. Und dennoch – auch sie selbst, überlegte Monty, hatte die Angewohnheit, Medikamente noch jahrelang aufzuheben, auch wenn sie sie nicht mehr brauchte.

Sie zog Flasche für Flasche den Korken heraus, und als ihre Finger tief in den Lorbeerblättern herumtasteten, stießen sie auf etwas Hartes und Rundes.

Es war ein weißes Plastikgläschen. Eine Arznei-Phiole.

Sie zog es aus dem Gewürzfläschchen, wobei ein paar Lorbeerblätter mit herausrutschten. Ein leises Rascheln war zu hören. Auf dem Verschreibungs-Etikett stand. PRICESAVE DRUGSMARTS, 297 EARL'S COURT ROAD. Darunter in kleinerer Schrift: VOR DEM ZUGRIFF DURCH KINDER SCHÜTZEN. Und dann:

> 10 ML MATERNOX
> VIERMAL TÄGLICH ZWEI KAPSELN
> MRS. CAROLINE KINGSLEY 11. JAN 94

Auf der Rückseite der Phiole war die Lizenz-Nummer angegeben, darunter die firmeninterne Los-Nummer. Sie lautete: BS-M-6575-1881-UKMR.

Monty schraubte den kindersicheren Verschluß auf und sah, daß noch sechs blau-grüne Kapseln auf dem Boden des Gläschens lagen. Sie schraubte den Verschluß mit zitternden Fingern wieder zu, steckte die Phiole in ihre Handtasche und verließ eilig die Wohnung.

43

London, Montag, 21. November 1994

»Mr. Molloy, ich bitte um Entschuldigung, daß ich Sie bei Ihrer Arbeit unterbreche, aber ich möchte mit Ihnen über den Bericht sprechen, den Sie vorgelegt haben.« Dr. Vincent Crowe tippte mit dem Zeigefinger auf einen dicken Papierstapel auf der mit schwarzem Japanlack überzogenen Platte seines Schreibtischs.

»Ja, Sir – wegen der Patentrechte?«

»Richtig«, sagte Crowe mit einem Lächeln, das so blaß wie sein Gesicht war. Er saß kerzengerade da, zupfte an dem rosafarbenen Seidentuch, das aus der Brusttasche seiner Jacke quoll, und sah Conor erwartungsvoll an. »Ich war sehr erstaunt, daß so viel Material vorliegt.«

»Ich habe alles berücksichtigt, was Dr. Bannerman in den vergangenen zehn Jahren veröffentlicht hat.«

»Worüber? Über die ganze Bandbreite seiner Arbeit?«

»Nein, das nicht – es geht hier nur um die Psoriasis-Gene. Das von ihm publizierte Material über seine gentechnische Forschung im Zusammenhang mit anderen Krankheiten würde sicherlich zwanzig Räume füllen.«

Der Vorstandsvorsitzende preßte die Lippen so fest zusammen, daß sie zu einer einzigen dünnen, puterroten Linie verschmolzen. In dem seltsamen, abgedunkelten Licht des Strahlers an der Decke über seinem Vorgesetzten meinte Conor die Konturen seines Schädels und das Labyrinth der Venen unter der alabasterweißen Haut zu erkennen.

»Sie sind sich doch der Bedeutung der Übernahme des Bannerman-Forschungsinstituts in unsere Firma bewußt, Mr. Molloy?«

»Ich denke schon, Sir.«

»Die Patente für vier der sechs profitträchtigsten Medikamente von Bendix Schere laufen in den nächsten fünf Jahren aus. Wir müssen sie durch eine neue Generation von Medikamenten ersetzen, die sich international bestens verkaufen lassen und uns sicher ins einundzwanzigste Jahrhundert führen. Psoriatak, das Mittel gegen die Schuppenflechte, könnte eines dieser Medikamente sein. Einer von zehn Menschen leidet irgendwann im Verlauf seines Lebens einmal an Psoriasis. Die Verdienstmöglichkeiten bei einem Medikament, das – durch eine Gen-Therapie – das Auftreten eines breiten Spektrums der Beschwerden der Psoriasis ausschaltet, sind, wie Sie sich vorstellen können, enorm.«

»Es wird jedoch kaum einen Hautarzt auf der Erde aufjubeln lassen«, sagte Conor mit einem Lächeln, das jedoch schnell verflog, als er Crowes steinernes Gesicht sah.

»Die Entwicklung von Aspirin und Penizillin hat auch nicht viele Ärzte arbeitslos gemacht, Mr. Molloy.«

»Nein«, stimmte Conor zu, und ihm wurde klar, daß er es hier mit einem Mann ohne jeglichen Sinn für Humor zu tun hatte. Er nahm sich vor, in seiner Gegenwart nie wieder einen Witz zu machen.

Crowes Blick ging wieder über den Papierstapel, dann zurück zu Conor. »Ich gehe recht in der Annahme, daß Sie zu der Beurteilung gelangt sind, es gäbe bei weitem zu viel veröffentlichtes Material, als daß wir eine Chance zur Erlangung eines Patentes in den Vereinigten Staaten für Psoriatak hätten?«

»Nun, es gibt zu viel veröffentlichtes Material, als daß wir Chancen für ein Patent in *irgendeinem* Land hätten. Weder in Großbritannien noch in einem anderen Land der Europäischen Gemeinschaft. Nach meiner Beurteilung kommen wir nirgends damit durch.«

Crowe nickte langsam und starrte Conor mit seinen grauen Augen intensiv an. »Es gibt demnach zwei Lösungsmöglichkeiten. Entweder geben wir das Projekt Psoriatak auf – und müssen dann einen Großteil des Kaufpreises für Bannerman als Verlust abschreiben. Oder aber …« Seine Lippen formten jetzt einen engen Kreis. »Oder aber wir müssen ein wenig kreativer an die Sache herangehen.«

»Was meinen Sie mit *kreativer*, Sir?«

Crowe atmete tief durch die Nase ein und sah Conor mit einem abwägend-gerissenen Blick an. Dann tippte er auf den Papierstapel. »Indem wir ein wenig selektiver mit einem Teil dieser Papiere umgehen.«

Conor versuchte, sein ungläubiges Staunen zu verbergen. »Sie meinen, wir sollten einfach einen Teil dieser Unterlagen nicht zur Kenntnis nehmen?«

Crowe preßte die Fingerspitzen beider Hände mit den Nägeln nach oben fest zusammen und sah Conor darüber hinweg abwägend an. »Wir beide führen dieses Gespräch offiziell gar nicht, verstehen Sie?«

»Sie erwarten von mir, daß ich einige dieser veröffentlichten Unterlagen einfach unter den Tisch fallen lassen soll?«

»Ja, genau das.«

»Aber ... das wäre doch ...«

»Ja?«

»Das wäre unmoralisch; es würde gegen das Berufsethos verstoßen. Und es wäre ungesetzlich.«

»Sie wissen, wie der Hase beim US-Patentamt läuft, nicht wahr, Mr. Molloy?«

»Das gehört unter anderem zu meinen beruflichen Kenntnissen, ja, Sir.«

»Und Sie haben vermutlich auch Freunde dort?«

Conor schüttelte den Kopf. »Ich kenne niemanden dort, der sich ... bestechen lassen würde, wenn Ihre Frage darauf abzielen sollte. Die Leute, die dort als Patentsachverständige ihre Arbeit aufnehmen, scheinen eine einschneidende Veränderung durchzumachen, wie einem alle Welt bestätigt; man kann am College noch so eng mit jemandem befreundet gewesen sein – in dem Moment, in dem er beim Patentamt anfängt, heißt es: Ende der Freundschaft.«

Crowe ignorierte diese Antwort. »Das amerikanische Patentierungs-System arbeitet, ebenso wie das britische, weitgehend auf der Basis des Vertrauens, soweit ich informiert bin. Der amerikanische Patent-Prüfer wird akzeptieren, was Sie ihm sagen – das stimmt doch, nicht wahr?«

»Er wird akzeptieren, was ich ihm sage, weil er weiß, daß

ich als vereidigter Patentanwalt die Berufserlaubnis verliere, wenn ich der Lüge überführt werde.«

»Wenn sich aber niemand beschwert und ein großes Tamtam daraus macht, wird es nicht ans Tageslicht kommen … Und selbst wenn – der Prüfer würde bestimmt versuchen, eine solche Beschwerde zurückzuweisen, da man ihm sonst vorwerfen könnte, er habe ursprünglich nicht sorgfältig gearbeitet – das stimmt doch, oder?«

Conor wollte seinen Ohren nicht trauen, vor allem, wenn er Crowes Werdegang und seine jetzige Stellung betrachtete. »Dr. Crowe, das sind alles *veröffentlichte* Papiere. Sie sind in großen internationalen Fachzeitschriften wie dem *Scientific American* und dem *New Scientist* erschienen und darüber hinaus auch noch in nationalen Zeitungen und in Büchern. Wir könnten natürlich Augenwischerei betreiben und unsere ganze Sammlung hier im Reißwolf vernichten, aber was ist mit den wissenschaftlichen Aktenbeständen überall auf der Welt – von den tausendfachen, manchmal millionenfachen Kopien bestimmter Artikel gar nicht zu reden?«

Crowe brachte das nicht aus der Ruhe. »Das ist kein Problem. Wenn wir das Patent erst einmal haben, sind wir in einer Position der Stärke. Wenn unsere Konkurrenten dann versuchen sollten, ein ähnliches Medikament auf den Markt zu bringen, müssen sie mit der geballten Wucht unseres Widerstandes rechnen. Und wenn sie uns im Hinblick auf die Rechtmäßigkeit unseres Patentes ans Leder wollen, müssen sie erst einmal diese publizierten Artikel und Schriften aufstöbern, sie koordinieren – und haben doch keine Gewißheit, etwas damit zu erreichen.«

Er sah Conor erneut prüfend an. »Es versteht sich von selbst, Mr. Molloy, daß das, worum ich Sie bitte, über Ihre Verpflichtungen aus dem Arbeitsvertrag mit Bendix Schere hinausgeht. Wenn Sie ein ungutes Gefühl dabei haben, können wir Sie natürlich von Ihrem jetzigen Posten entbinden und Sie in einem weniger anspruchsvollen Bereich einsetzen.« Er hob fragend die Augenbrauen.

Conor überlegte blitzschnell. Es war im Moment von

großer Bedeutung, daß er mit der Firmenleitung gut zurechtkam und nicht den geringsten Zweifel an seiner Loyalität aufkommen ließ. Er lächelte den Vorstandsvorsitzenden an. »Dr. Crowe, ich habe im Grunde keine Bedenken; ich bin mir meiner Pflicht zur Loyalität Bendix Schere gegenüber bewußt, und ich werde natürlich tun, was Sie von mir erwarten.«

Crowes Gesicht entspannte sich sichtbar. »Sehr gut.«

»Ein Problem wird Dr. Bannerman sein«, fuhr Conor fort. »Er muß die Erklärung für den Patentprüfer unterschreiben, und nach meiner bisherigen Erfahrung ist er ein ziemlich schwieriger Bursche. Ich weiß nicht, ob wir ohne Schwierigkeiten an seine Unterschrift kommen.«

»Auch das ist kein Problem. In der Erklärung, die er unterschreibt, wird es heißen: ›Veröffentlichungen im Zusammenhang mit diesem Patentantrag sind in der Anlage beigefügt.‹« Crowe sah Conor verschwörerisch an. »Er wird nicht nachschauen, was sie da im einzelnen alles beigefügt haben, nicht wahr?«

Conor zögerte. »Ich nehme an, er wird keinen Grund dafür sehen.«

Crowe lächelte und stand auf. »Ich bin froh, daß wir uns verstehen, Mr. Molloy. Sie haben eine große Zukunft bei Bendix Schere vor sich. Eine exzellente Zukunft.«

44

London, Montag, 21. November 1994

Monty kam kurz nach elf in der Lobby des Bendix-Gebäudes an. Sie war wegen der Phiole mit den Maternox-Kapseln in ihrer Handtasche ziemlich nervös – als ob sie irgendeine Schmuggelware mit sich führen würde, die unter der Sicherheitsdrehtür entdeckt werden könnte.

Alle Aufzüge waren unterwegs. Sie sah auf der Anzeigentafel, daß der Fahrstuhl neben dem Expreß-Aufzug für die Direktoren als nächster ankommen würde. Während sie wartete, hörte sie hinter der gehämmerten Kupfertür des Direktoren-Aufzugs das leise Zischen und Rumpeln einer ankommenden Kabine, aber sie hielt nicht an, sondern fuhr weiter nach unten. Dann, nur einige Augenblicke später, hörte sie zu ihrer Überraschung erneut ein Rumpeln, dann einen Klingellaut, und die Türen des Direktoren-Aufzugs glitten auf.

Ein großer, distinguierter Mann stieg aus und ging rasch an ihr vorbei.

Dann kam ihr Aufzug, und sie trat in die Kabine, immer noch verwundert über das Geräusch, das sie eben gehört hatte. Der Direktoren-Aufzug war ganz eindeutig an der Lobby vorbei weiter nach unten gefahren; und es war ganz bestimmt nicht Zeit genug gewesen, daß er im Fitneßcenter im Keller angehalten haben und dann mit einem Passagier wieder nach oben gekommen sein könnte...

In ihrem Büro sah sie als erstes, daß das Lämpchen ihres Anrufbeantworters blinkte. Sie schaltete den Lautsprecher ein, drückte den »Play«-Knopf und zog ihren Mantel aus.

»Hi, Miss Bannerman, hier ist Conor Molloy. Es tut mir leid, aber ich muß unsere Verabredung zum Lunch absagen. Rufen Sie mich zurück?«

Monty war traurig. Sie hatte sich das ganze Wochenende darauf gefreut, Conor Molloy heute zum Lunch zu treffen, vor allem, um ihm von Caroline Kingsleys Tod zu berichten – und seit heute morgen auch, um ihm die Maternox-Kapseln zu zeigen, die sie gefunden hatte. Aber sie hatte sich *überhaupt* darauf gefreut, ihn wiederzusehen; er war der einzige Fels in dem von Stürmen aufgewühlten Meer, zu dem ihr Leben geworden war...

Sie biß sich vor Enttäuschung auf die Lippen, setzte sich dann hin und wählte Conor Molloys Nummer. Er meldete sich sofort. »Hi, wie geht es Ihnen? Wie war Ihr Wochenende?«

»Ganz ordentlich...«

»Das klingt nicht gerade begeistert. Was ist los?«

»Nichts. Es ist alles okay… Ich hatte einen schlimmen Morgen.«

»Hören Sie, es tut mir leid, aber ich muß einen Bericht für Dr. Crowe überarbeiten, den er am Nachmittag wieder vorgelegt haben will. Ich muß deshalb heute mittag durcharbeiten. Haben Sie später Zeit – zu einem Drink oder zum Abendessen?«

Die Erkenntnis, daß er sie heute doch noch sehen wollte, vertrieb schlagartig ihre trüben Gedanken. »Ich muß um halb fünf zu unserem alten Institut in Berkshire fahren, um einen Mann zu treffen, der unsere gesamte Büroausstattung dort kaufen will. Ich könnte danach wieder nach London zurückkommen.«

»Nein, das brauchen Sie nicht, ich komme nach Berkshire, und wir treffen uns dort irgendwo. Berkshire – wie weit ist das weg? Eine Stunde Fahrzeit?«

»Ja, ungefähr. Hängt vom Verkehr ab. Anderthalb Stunden im Berufsverkehr, sonst fünfundvierzig Minuten. Wann sind Sie denn mit der Arbeit fertig?«

»Das kann ich nicht genau sagen – um sieben vielleicht, wenn alles gut läuft.«

»Darf ich Sie dann zu mir nach Hause einladen? Ich koche uns was.«

»Hausgemachtes Essen?« Er klang begeistert. »Wissen Sie, das ist etwas, das ich schon lange vermißt habe!«

»Okay, gebongt!« sagte sie, und die Aussicht, ihn heute noch zu sehen, ließ ihr Herz höher schlagen. Und sie war begierig darauf, ihm von den Neuigkeiten zu berichten, die sie am Telefon nicht anzusprechen, ja nicht einmal anzudeuten wagte… Sie erklärte ihm den Weg zu ihrem Cottage.

Nach diesem Gespräch fühlte sie sich sehr viel besser. Sie ging den Flur hinunter zum Büro ihres Vaters und fand ihn in Hemdsärmeln hinter seinem Schreibtisch sitzend. Nach nur wenigen Wochen bei Bendix Schere war sein großes Büro bereits so unordentlich wie das völlig überladene, das sie im alten Institut mit ihm geteilt hatte.

»Hi, Darling«, sagte er und sah sie über seine Bifokal-Brille hinweg an. »Wo warst du? Ich habe dich schon gesucht.«

»Ich … ehm … mußte zum Zahnarzt«, log sie.

»Was Schlimmes?«

»Nein, nur eine Füllung.«

Er runzelte die Stirn. »Es fehlen schon wieder Akten; ich kann meine Unterlagen über die Diabetes-Gene nicht finden – das ganze Material, das wir im vorigen Jahr zusammengestellt haben, als wir merkten, daß die Welcome Foundation uns einen Schritt voraus war.« Er hob verzweifelt die Hände. »Weißt du vielleicht, wo wir das Zeug hingesteckt haben könnten?«

Sie warf einen Blick auf das Chaos um ihn herum. »Läßt du das alles nachts über hier rumliegen?«

»Natürlich.«

»Du weißt, daß das gegen die Firmenregeln verstößt?«

Er grinste sie an. »Nil illegitimi carborundum!«

»Was heißt denn das?«

»War ein inoffizielles Motto der US-Army im Zweiten Weltkrieg: *Laß dich von den Bastarden nicht unterkriegen.*«

»Ich glaube nicht, daß irgend jemand dich unterkriegen kann, Daddy.« Sie unterbrach sich und fragte dann: »Wozu brauchst du diese Diabetes-Unterlagen?«

»Ich bin vom *American Scientist Magazine* um ein paar Informationen über meine Forschungen auf diesem Gebiet gebeten worden – sie wollen im Zusammenhang mit dem Symposium in Washington einen Sonderartikel über den Fortschritt bei der Identifizierung der Diabetes-Gene veröffentlichen.«

Monty sah ihn argwöhnisch an. »Hast du das mit Dr. Crowe abgesprochen?«

»Dieser Scheißkerl …«

Sie atmete tief durch und sagte dann resignierend: »Daddy, du hast ein Übereinkommen unterschrieben, in dem festgelegt wurde, daß du nur mit schriftlicher Zustimmung von Dr. Crowe Kontakte zu den Medien aufnehmen darfst.«

»Nun ja, ich kann das Material ja sowieso nicht finden«, meinte er gereizt.

»So gesehen kann das nichts schaden.«

Er trommelte mit den Fingern auf die Schreibtischplatte. »Du hast das wahrscheinlich noch nicht in seiner ganzen Tragweite erfaßt«, sagte er. »Die Unterlagen sind *verschwunden* – sie sind schließlich nicht selbst davonmarschiert.«

»Sie sind auch nicht in Berkshire – ich habe am Samstag alles genauestens durchsucht. Vielleicht hast du nur am falschen Ort danach gesucht. Ich habe alle Akten, die abschließend bearbeitet sind, unten im Archiv abgelegt.«

Er wechselte das Thema. »Ich will gegen Abend mal dieses Luxus-Fitneßstudio im Keller ausnutzen und eine Runde schwimmen und in die Sauna gehen. Hast du Lust mitzukommen? Wir könnten danach zusammen zum Essen gehen. Würde nichts schaden, wenn du dich mal so richtig entspannst.«

»Das geht nicht… Nicht heute abend, ich muß um halb fünf zum Institut – der Möbelkäufer kommt, und ich muß einen guten Preis für uns rausschlagen.«

Er verzog das Gesicht. »Ich glaube nicht, daß wir noch viel für das alte Zeug kriegen.«

»Aber im Vertrag steht, daß wir den Erlös aus dem Verkauf behalten dürfen, und wir können jedes Pfund gebrauchen.«

»Natürlich.« Er stützte das Kinn in die Hand und sah sie nachdenklich an. »Du bist ein gutes Mädchen, Darling. Aber du hast in letzter Zeit zu viel gearbeitet, es muß mal wieder ein wenig Freude in dein Leben kommen.«

Sie ging nicht auf diese Bemerkung ein. »Ich gehe runter zum Archiv und schaue nach, ob deine Unterlagen dort sind. Vielleicht hat jemand sie einfach nur falsch abgelegt.«

»Du bist ein Engel.«

Sie fuhr mit dem Aufzug einen Stock tiefer und ging ins Archiv, das sich fast über die ganze Etage erstreckte und von einer einsamen Archivarin verwaltet wurde. Sie war eine humorlose Frau von unbestimmbarem Alter, die ihr graues Haar zu einem Nackenknoten geschlungen hatte und unablässig auf einem Keyboard herumhackte. Hinter ihrem Schreibtisch befanden sich mehrere Computerterminals, an denen man die Aktenverwaltung aufrufen konnte sowie eine Reihe von Mikrofilm- und Mikrofiche-Sichtanlagen.

Monty setzte sich vor einen der Terminals und gab den Namen der gesuchten Akte ein. Sie wollte sich vergewissern, daß sie nicht einfach nur falsch abgelegt worden war. Der Lagerort der Akte erschien auf dem Screen: Reihe M – 2307–15. Sie ging durch die engen, von Stahlschränken gesäumten Gänge, fand den angegebenen Ort, zog das Schubfach auf und überprüfte sorgfältig den Inhalt. Ihr Vater hatte recht – die Akte fehlte. Sie ging zurück zur Archivarin und fragte, ob jemand die Akte an sich genommen hätte.

»Niemand darf eine Akte ohne die schriftliche Erlaubnis des betroffenen Dezernatsleiters aus dem Bestand entnehmen«, antwortete die Frau scharf. »Wenn ein Dokument aus dem Dezernat von Dr. Bannerman einmal bei uns registriert ist, bedarf eine Entnahme seiner schriftlichen Genehmigung.«

»Haben Sie eine Übersicht über alle Akten, die derzeit aus dem Bestand entnommen sind?«

»Natürlich.«

Monty zeigte ihr die Registriernummer, und die Frau gab sie in ihren Computer ein. Unmittelbar darauf erschien ein seltsamer Ausdruck auf ihrem Gesicht.

»Es ist keine Entnahme registriert«, sagte sie, schaute aber Monty dabei nicht an.

Sie log. Monty sah es an ihrer Körpersprache. Sie konnte es an dem plötzlichen Versteifen des Körpers, am schnellen Blinzeln ihrer Augenlider und an der Unsicherheit, was sie mit ihren Händen anfangen sollte, erkennen.

»Vielleicht hat jemand sie nur eingesehen und dann an den falschen Platz zurückgestellt«, sagte die Frau patzig. »Das passiert dauernd, und wir brauchen manchmal Monate, so was wieder in Ordnung zu bringen.«

Monty wollte sich die Frau nicht zum Feind machen und stimmte zu: »Die Leute sind manchmal sehr nachlässig.«

Sie verbrachte die nächsten drei Stunden mit der vergeblichen Suche nach der Akte. Es war wie die Suche nach einer Stecknadel im Heuhaufen. Der Aktenbestand reichte zurück bis ins Jahr 1880. Er war zum Teil nach Krankheiten, zum Teil nach Markenbezeichnungen und zum Teil nur nach Aktenzeichen geordnet. Es gab Akten über jede nur mögliche Krankheit, über jedes Organ des menschlichen Körpers, über Wissenschaftler, über Universitäten, über Forschungsinstitute. Sie zog eine Metallschublade nach der anderen auf, durchsuchte staubige Ordner – und gab schließlich auf. Die Zeit lief ihr davon.

Sie dankte der Archivarin höflich und ging zurück zu ihrem Büro. Es war inzwischen drei Uhr geworden, und sie mußte nach Berkshire aufbrechen. Sie verschloß die herumliegenden Papiere in einer Schreibtischschublade, nahm Mantel und Handtasche und machte sich auf den Weg.

Als sie in der Lobby aus dem Aufzug trat, sah sie, daß Winston Smith, ihr Freund unter den Wachmännern, Dienst hatte.

Sie ging zu der von ihm bewachten Drehtür. »Sie sind früh im Dienst heute – haben Sie die Schicht gewechselt?«

Er drückte mit Daumen und Zeigefinger gegen seine Nasenflügel, unterdrückte dadurch ein Niesen. »Muß zusätzlich arbeiten, Miss Bannerman – ein paar von unser'n Leuten sind krank.« Er schloß die Augen, unterdrückte einen weiteren Niesanfall und suchte in seinen Hosentaschen nach einem Taschentuch.

»Immer noch schlimm erkältet?«

»Ist immer schlimm, Miss.«

Monty senkte die Stimme. »Sagen Sie mal – gibt es da drüben einen zusätzlichen Aufzug, den man auf dieser Ebene nicht sieht? Einen Lastenaufzug, der in den Keller fährt? Ich habe schon mehrmals so ein Geräusch gehört.«

Seine großen Pupillen zuckten in dem gelblichen Weiß seiner Augen aufgeregt hin und her. Er lehnte sich vor und senkte ebenfalls die Stimme: »Niemand weiß was von diesem Aufzug, Miss.« Er schaute sich vorsichtig um. Monty sah die Angst auf seinem Gesicht.

»Wieso nicht?« hakte sie sanft nach.

Er sah ihr fest in die Augen. »Das Gebäude ist anders, als Sie denken.«

Sie nickte ihm aufmunternd zu. »Wie meinen Sie das?«

Er sprach jetzt noch leiser. »Ich kann nicht viel d'rüber sagen. Aber es wär' sicher int'ressant, wenn Sie sich mal die Baupläne von dem Gebäude anschauen würd'n.«

»So?«

»Haben Sie mal Jules Verne gelesen, Miss?«

»O ja, ich mochte seine Bücher sehr. Ein prophetischer Schriftsteller.«

»*Eine Reise zum Mittelpunkt der Erde* – das ist es.« Er blinzelte ihr bedeutungsvoll zu; dann sagte er: »Und jetzt wünsche ich Ihnen noch einen schönen Nachmittag, Miss.«

»Danke«, sagte sie und ging an ihm vorbei, hinaus auf den Parkplatz – tief in Gedanken versunken.

45

Berkshire, Montag, 21. November 1994

Auf der Umgehungsstraße von Reading geriet Monty in zähfließenden Verkehr. Als er wieder einmal zum Stehen kam, sah sie ein großes, erleuchtetes Reklameschild vor sich, auf dem eine lächelnde Mutter in einem cremefarbenen Morgenmantel ein nacktes Baby an sich drückte. Darüber stand:

MATERNOX – DER WEG IN EINE GLÜCKLICHE ZUKUNFT

Und darunter das Firmenmotto:

BENDIX SCHERE – DIE FÜRSORGLICHSTE FIRMA DER WELT

Ein dicker Regentropfen zerplatzte an der Windschutzscheibe, dann weitere, und schließlich öffnete der Himmel seine Schleusen, verzerrte die Sicht auf das Schild. Monty schaltete das Radio ein.

»… Neue Hoffnung für eine Waffenruhe über Weihnachten in Bosnien«, sagte der Nachrichtensprecher gerade. Aber Monty war in Gedanken bei dem Essen, das sie gleich zubereiten würde. Bei diesem Verkehr würde sie noch eine halbe Stunde bis nach Hause brauchen, was ihr gerade noch genug Zeit zum Kochen lassen würde, bevor Conor Molloy kam. Sie wollte ihm ein Coq au vin vorsetzen, gefolgt von Brie-Käse und Trauben. Da sie nicht wußte, welchen Wein er bevorzugte, hatte sie je eine Flasche weißen und roten australischen Wein gekauft.

Der Regen platschte auf das Verdeck des Wagens. Im Radio sang Louis Armstrong inzwischen »We have all the time in the world«. Aber ihre Gedanken waren bei dem seltsamen Gespräch, das sie mit Winston Smith geführt hatte.

Dieses Gebäude ist anders, als Sie denken.

Jules Verne. Eine Reise zum Mittelpunkt der Erde…

Was zum Teufel hatte er damit gemeint?

Normalerweise liebte es Monty, wenn sie von der Hauptstraße in die Stille des Feldweges einbog, der zu ihrem Cottage führte. Aber heute abend empfand sie, zum ersten Mal überhaupt, die Stille und die bleierne Dunkelheit als Bedrohung, und sie fuhr schneller als sonst, bremste erst an der Scheune wieder ab und entschloß sich, nicht in die bedrängende Enge der Garage hineinzufahren. Sie stellte den Motor ab und ließ die Scheinwerfer noch einen Moment brennen. Sie schaute sich um und war erleichtert, daß Alice tatsächlich das Licht im Wohnzimmer und im Schlafzimmer angelassen hatte.

Sie machte sich nicht die Mühe, den Wagen abzuschließen und lief durch den prasselnden Regen unter das schützende Verandadach. Aus irgendeinem Grund bekam sie den Schlüssel nicht ins Türschloß. Sie fummelte einen Moment herum, schaffte es schließlich, aber als sie ihn zu drehen versuchte, ging es nicht. Sie versuchte es noch einmal, aber ohne Erfolg. Irgend etwas steckte von innen im Schlüsselloch. Schließlich trat sie zurück, überprüfte ein Fenster nach dem anderen, ob dahinter eine Bewegung zu sehen war, ging dann über den nassen Rasen zur Seite des Hauses, an den Mülltonnen vorbei – und erstarrte mitten im Schritt.

Die Küchentür stand einen Spalt offen.

Sie hatte sie von innen abgeschlossen, wie sie es immer tat, daran erinnerte sie sich genau; sie hatte sowohl das Türschloß mit dem Schlüssel verschlossen als auch die beiden Riegel am oberen und unteren Rand vorgeschoben.

Aber jetzt stand die Tür ein kleines Stück auf... Eine unsichtbare Hand preßte ihren Magen zusammen.

Sie trat einen Schritt zurück, schaute sich verängstigt um, und in einem ersten Instinkt wollte sie davonlaufen, aber es war ein weiter Weg zurück zur Landstraße, und wenn ihr unterwegs jemand auflauerte... Der Wagen... Sie lief hin, stieg ein, drückte auf den Startknopf.

Der Motor sprang nicht an. Sie versuchte es noch einmal, dann noch einmal, trat das Gaspedal voll durch. »Komm endlich, bitte, bitte...«, zischte sie durch zusammengebissene Zähne. Es stank nach Benzin. Scheiße... Die abgesoffene Maschine würde, das wußte sie aus Erfahrung, eine Viertelstunde brauchen, bis das Benzin so weit verdampft war, daß man wieder einen Startversuch machen konnte.

Sie starrte ängstlich durch die verschmierten Scheiben in die Dunkelheit. Schaltete die Scheinwerfer ein, zwang sich zur Ruhe, dachte nach...

Wenn jemand im Haus war, würde das Geräusch ihrer Startversuche ihn doch vertrieben haben, oder?

Sie kurbelte die Seitenscheibe herunter und horchte. Platsch, platsch, platsch... Außer dem Regen war nichts zu hören... Es war Viertel vor sieben. Noch mindestens eine Stunde, bis Conor kam, wahrscheinlich länger. Er würde das Cottage bestimmt nicht auf Anhieb finden – niemand, der zum erstenmal herkam, hatte das bisher geschafft.

Ich muß mich zusammenreißen, befahl sie sich. Sie stieg aus, blieb stehen, horchte...

Sie ging langsam zur Küchentür, zog sie vorsichtig ein Stück weiter auf, hielt den Atem an. Nichts... Sah im Streulicht der Autoscheinwerfer ihren Waliser Geschirrschrank, den Aga, den Kühlschrank, den Holztisch; alles sah unberührt aus. Die Katzen … Wo waren die Katzen?

Dann bewegte sich die Tür zur Diele. Ihr Herzschlag setzte aus … Aber dann sah sie vier grüne, wohlbekannte Katzenaugen, die sie aus der Dunkelheit anstarrten. Ein leises Fauchen … Die Katzen kamen Seite an Seite in die Küche, blieben kurz hinter der Tür stehen, schauten zu ihr hoch, als sei sie ihnen völlig fremd.

»Hallo Jungs«, sagte sie mit zitternder Stimme, machte einen Schritt auf die Katzen zu, aber die beiden huschten an ihr vorbei, durch die Tür in den Hof.

Hatte Alice ganz einfach vergessen, die Tür ins Freie zuzumachen? Wahrscheinlich … Dieser Gedanke gab ihr den Mut, die paar Schritte in die Diele zu machen. Sie schaltete das Licht an, schaute als erstes auf die Haustür. Und erstarrte.

Ein gebogener, dicker Draht hing aus dem Schlüsselloch.

Sie fuhr herum, rannte zurück in die Küche, riß ein Tranchiermesser aus der Halterung über dem Ofen, hielt es fest umklammert. Hob den Hörer des Wandtelefons ab, befürchtete, daß die Leitung tot war, hörte jedoch zu ihrer Erleichterung den Rufton.

Mit zitternden Fingern wählte sie 999. »Polizeinotruf«, meldete sich eine kräftige Männerstimme.

Sie hielt die Sprechmuschel dicht vor ihren Mund, keuchte, brachte mit verkrampfter Flüsterstimme die Worte zustande: »Bitte helfen Sie mir … In meinem Haus ist ein Einbrecher.«

46

Berkshire, Montag, 21. November 1994

Monty blieb reglos mit dem Messer in der Hand in der Küche stehen, horchte auf jedes Geräusch und beobachtete ängstlich jeden Schatten draußen vor der Tür und den Fenstern.

Schließlich hörte sie das Geräusch eines schnell herankommenden Autos, dann das Schlagen von Wagentüren. Das Licht einer Taschenlampe tanzte durch den Garten. Aber sie entspannte sich erst wieder, als sie das beruhigende Knistern eines Funksprechgerätes hörte. Das Licht des angekommenen Wagens erlosch; auch die Scheinwerfer ihres Wagens wurden ausgeschaltet.

Es waren zwei Polizeibeamte; einer blieb draußen, der andere, Police Constable Brangwyn, wie er sich vorgestellt hatte, durchsuchte in ihrer Begleitung das Haus, beginnend mit dem Schlafzimmer im Obergeschoß. Er machte seine Arbeit gründlich, schaute in jeden Schrank, in jede Ecke, die als Versteck dienen konnte. Regentropfen rollten ununterbrochen von seiner Mütze auf den schweren blauen Mantel.

»Sie sind ganz sicher, daß Sie nicht die Haustür von innen abgeschlossen und durch die Küchentür das Haus verlassen haben, Madam?«

»Ich bin ganz sicher, daß ich keinen Draht in das Schlüsselloch der Haustür gesteckt hätte, wenn es denn so gewesen wäre.« Sie brachte ein Lächeln zustande. »Ich bin nicht Houdini.«

Er sah sie nachdenklich an, schien den Scherz nicht verstanden zu haben. »Es gehört zu den üblichen Techniken professioneller Einbrecher, die Haustür von innen zu blockieren, um vor Überraschungen geschützt zu sein und sich zugleich einen anderen Ausweg für eine schnelle Flucht offenzuhalten – in diesem Fall die Küchentür… Fehlt irgend etwas?«

»Nichts, soweit ich das auf Anhieb sehen kann.«

»Es könnte natürlich sein, daß Sie die Einbrecher – wenn es mehrere waren – gestört haben, ehe sie etwas mitgehen lassen konnten.«

Diese Bemerkung ließ die Angst erneut in ihr aufsteigen.

»Haben Sie einen zeitlichen Routineablauf? Verlassen Sie immer zur selben Zeit das Haus und kommen zur selben Zeit zurück?«

»Das hat sich in den vergangenen Monaten geändert – ich habe bisher in Reading gearbeitet, fahre jetzt aber fast täglich nach London und zurück.«

»Zu welcher Zeit kommen sie normalerweise nach Hause?«

»Zwischen acht und neun.«

»Und heute abend?«

Sie zuckte zusammen. »Früher – um halb sieben.«

Er nickte. »Das könnte eine Erklärung sein... Sind Ihnen in letzter Zeit einmal unbekannte Fahrzeuge aufgefallen, die in der Nähe des Hauses oder an der Landstraße abgestellt waren?«

»Nein.«

Sie setzten die Durchsuchung im Erdgeschoß fort. Außer an den beiden Türen waren keine Anzeichen für einen Einbruch festzustellen. PC Brangwyns Kollege kam herein, die tropfnasse Mütze in der Hand. »Keine Fußspuren, auch keine anderen«, berichtete er.

Die Katzen kamen herein, strichen um PC Brangwyns Beine. Monty wunderte sich immer noch über ihr seltsames Verhalten vorhin. Brangwyn wandte sich jetzt in einem veränderten, formalen Ton an Monty:

»Wir werden alle patrouillierenden Streifenwagen verständigen, heute nacht ihr Haus im Auge zu behalten. Und Sie sollten zukünftig auf der Hut sein, alle Türen und Fenster stets fest verschlossen halten, auf Fremde achten... Wenn Sie irgendwelche fremden Wagen in der Umgebung sehen, notieren Sie sich die Zulassungsnummer und rufen Sie uns an.«

»Ja, vielen Dank.«

Sie blieb in der Tür stehen, als die beiden zu ihrem Wagen

gingen und davonfuhren. Als die Rücklichter verschwunden waren, fühlte sie sich sehr einsam. Sie ging zurück ins Haus und legte die Sicherheitskette vor. Die Katzen sahen sie erwartungsvoll an.

»Was war denn mit euch beiden los?« fragte sie, kniete sich hin und streichelte sie. »Hat euch jemand angst gemacht?«

Sie überprüfte noch einmal, ob die Küchentür auch richtig verschlossen war, knipste das Verandalicht an, zog die Vorhänge in allen Zimmern zu. Dann machte sie im Kamin im Wohnzimmer ein Feuer an.

Sie hatte vorgehabt, das Hähnchen im Schmortopf im Aga zu garen, aber dazu war es jetzt zu spät; es mußte in die Mikrowelle.

Zwei Minuten nach acht. Conor würde jeden Moment kommen, und sie hatte sich noch nicht umgezogen und Make-up aufgelegt... Sie lief ins Obergeschoß, hoffte insgeheim, er würde im Verkehr steckenbleiben oder sich verfahren, und die Hetze, alles vor seiner Ankunft zu regeln, ließ sie jede Angst vergessen.

Sie zog sich aus, rieb sich mit ein wenig Issey-Miyake-Cologne ein, zog einen schwarzen Pullover an, von dem sie wußte, daß er ihrer Figur schmeichelte, zwängte sich in ihre besten Jeans, schlüpfte in ihre Wildlederstiefeletten, fuhr sich mit den Fingern durchs Haar und lief wieder nach unten in die Küche.

Sie überlegte, ob sie das Dinner hier oder im Eßzimmer zu sich nehmen sollten. Mit ein paar Kerzen konnte es im Eßzimmer sehr romantisch sein. Vielleicht zu romantisch... Sie wollte dem Amerikaner auf keinen Fall Grund zu der Annahme geben, sie habe gezielt eine Verführungs-Szenerie aufgebaut. Also essen wir in der Küche, entschied sie.

Ihre Gedanken kehrten zu dem eben erlebten Vorfall zurück. Einbrecher... Einbrecher, die nichts gestohlen hatten. Das wurde in letzter Zeit zu einem vertrauten Szenarium.

Sie erinnerte sich an den Bericht von Zandra Wollerton über den Einbruch in ihrer Wohnung. Auch da war nichts gestohlen worden.

Und sie erinnerte sich unwillkürlich an Hubert Wentworths Worte, als er sie zum ersten Mal hier besucht hatte. Er hatte ihr von dem Einbruch bei seinem Schwiegersohn am Tag der Beerdigung von Sarah Johnson erzählt:

Noch etwas ist sehr seltsam: Am Tag von Sarahs Beerdigung wurde im Haus der Johnsons eingebrochen und im oberen Stock alles durchwühlt. Aber Alan stellte fest, daß nichts fehlte… Die Einbrecher haben weder Schmuck noch Silber noch sonst irgendwas mitgenommen. Vielleicht wurden sie gestört, aber es ist doch sehr seltsam, daß sie die Zeit fanden, den Medizinschrank im Badezimmer genau zu durchsuchen…

Und in Caroline Kingsleys Wohnung war ebenfalls eingebrochen worden, und auch dort hatten die Einbrecher den Medizinschrank durchstöbert…

Von draußen kamen die Geräusche eines vorfahrenden Wagens. Sie ging ins Wohnzimmer, schob den Vorhang ein Stück zur Seite und schaute hinaus. Tiefe Erleichterung durchströmte sie, als sie Conor Molloy, den Mantelkragen gegen den Regen hochgeschlagen, auf die Haustür zukommen sah.

Zeig dich ihm gegenüber nicht zu ängstlich, befahl sie sich. *Aber auch nicht zu mutig*. Sie wartete, bis sie die Türklingel hörte, dann noch einige Sekunden, und ging dann zur Haustür und öffnete sie.

Als sie ihm gegenüberstand, war es mit allen guten Vorsätzen vorbei. Er hatte die Krawatte abgenommen, den Kragen des weichen weißen Hemdes geöffnet, und auf seiner Stirn klebten zwei Locken. In einer Hand hielt er eine Weinflasche, in der anderen einen großen Blumenstrauß.

Ehe sie wußte, was sie tat, schlang sie die Arme um seinen Hals, drückte sich an ihn, und Tränen liefen ihr die Wagen hinunter. »Gott sei Dank«, murmelte sie, klammerte sich an ihn, als sei er der Treibholzstamm für eine Ertrinkende, spürte die Bartstoppeln auf seiner kalten Wange und den sanften, beruhigenden Druck seiner Arme.

»Hey!« sagte er. »Das ist ja eine tolle Begrüßung!«

Sie lösten sich voneinander, traten in die Diele, und Monty

schloß die Tür. »Mein Gott, ich hatte solche Angst!« stöhnte sie.

Er runzelte die Stirn, als er sah, wie aufgeregt sie war. »Was ist los? Was ist passiert?«

»Ich mache Ihnen erst mal einen Drink. Was möchten Sie?«

»Ich könnte einen Scotch vertragen.«

Sie nahm ihm die Geschenke ab, hängte seinen Mantel auf und führte ihn ins Wohnzimmer. Dort komplimentierte sie ihn in einen der beiden großen weichen Sessel vor dem Kaminfeuer, goß zwei große *Teacher's* für sie ein und setzte sich dann in den anderen Sessel.

Er sah sich voller Bewunderung im Zimmer um, bot ihr eine Zigarette an, die sie – widerstrebend – ablehnte, steckte sich selbst eine an. Dann begann sie mit der Schilderung der Ereignisse des Tages, und er hörte aufmerksam zu, unterbrach sie nur, um nach weiteren Einzelheiten zu fragen. Sie berichtete zuerst von dem Einbruch ins Cottage, dann von ihrem Besuch bei Hubert Wentworth in der Redaktion der *Gazette* und der Entdeckung des vierten Maternox-Opfers, Caroline Kingsley, in Zandra Wollertons Computer. Von ihrem Versuch, mit Dr. Corbin zu sprechen. Von ihrem Besuch in der Wohnung der Kingsleys. Schließlich nahm sie die Phiole mit den Maternox-Kapseln aus der Handtasche und gab sie ihm.

Er studierte sorgfältig das Etikett, drehte dann die Verschlußkappe ab und schüttelte die sechs Kapseln auf seine Handfläche.

Sie sah die Konzentration in seinem Gesicht, als er die Kapseln unter das Licht des kleinen Kupferleuchters neben seinem Sessel hielt. In der Ernsthaftigkeit seines Gesichtsausdrucks lag etwas, das über normale Neugier oder Höflichkeit ihr gegenüber hinausging. Sie sah den harten Ausdruck in seinen Augen, und der Gedanke drängte sich ihr auf, daß sie da einen Mann beobachtete, der von irgendeinem ganz privaten Dämon angetrieben wurde. Und je neugieriger er sie machte, desto attraktiver fand sie ihn …

Sie hatten beide ihre Whiskys ausgetrunken, und sie

sprang auf. »Noch einen?« wollte sie wissen – und fragte sich gleichzeitig, ob er sich Gedanken über Alkohol am Steuer bei der Heimfahrt machen würde… Aber er nahm ihr Angebot dankend an.

Als sie in Begleitung von Watson und Crick zurückkam, hielt der Amerikaner ein aufgeschlagenes schwarzes Notizbuch in der einen und die Maternox-Phiole in der anderen Hand; er war so vertieft in die Betrachtung der Phiole, daß er nicht merkte, wie sie das gefüllte Glas auf dem Tischchen neben ihm abstellte.

»Wie ich sehe, ist es dieselbe Losnummer«, sagte er mit äußerst angespanntem Gesichtsausdruck. »Unser alter Freund BS-M-6575-1881-UKMR…«

»Ja, ich weiß.« Trotz des Whiskys war ihr Mund trocken. »Kennen Sie sich mit dem System der Losnummern für Maternox aus?«

»Hmm… Es werden ungefähr fünfhundert Losnummern im Jahr für den Markt in Großbritannien hergestellt. Maternox wird in drei Fabriken produziert – in Reading, Plymouth und Newcastle, und die Verteilung erfolgt regional.«

»Sarah Johnson, die bei uns im Institut gearbeitet hat, wohnte in Reading, Caroline Kingsley in London – ich halte es für gut möglich, daß beide Frauen Maternox aus derselben Fabrik bekommen haben«, sagte Monty. »Aus Reading. Aber eines der beiden anderen Opfer lebte in Birmingham, das zweite in Edinburgh.« Sie dachte einen Moment nach. »Birmingham könnte ebenfalls von Reading aus versorgt werden. Aber Edinburgh bestimmt nicht.«

»Nein, Edinburgh wird von der Fabrik in Newcastle versorgt«, sagte Conor. »Ich habe das geprüft.« Er schob die Kapseln zurück in die Phiole, nahm sein Whiskyglas in die Hand, ließ die Eiswürfel klirren und trank einen Schluck. »Wir müssen eine chromatographische Analyse dieser Kapseln machen lassen, um zu sehen, ob sie mit der Maternox-Formel übereinstimmen oder ob sie…«

Er ließ den Satz unvollendet.

»Oder ob sie verfälscht wurden?« ergänzte Monty fragend.

»*Irgendwas* stimmt mit ihnen nicht. Dr. Farmer, die Chefin der PR-Abteilung, weiß das, aber sie unternimmt nichts – im Gegenteil, sie vertuscht irgendwas. Versucht mit aller Macht, etwas zu verbergen …«

»Warum aber? Wegen des finanziellen Schadens, den die Firma bei einem Skandal erleiden würde?«

Er schaute auf seinen Whisky; sein Gesichtsausdruck blieb undurchdringlich. Dann begann er: »Ich …«

Aber er wurde von einem plötzlichen Fauchen Cricks unterbrochen. Beide zuckten zusammen, starrten auf die Katze. Sie stand mit gekrümmten Rücken da, den Blick auf die Tür gerichtet. Auch Watson nahm dieselbe Haltung an. Dann schlichen beide Katzen entschlossen aus dem Zimmer, als ob sie auf Beute aus wären.

Monty und Conor wechselten einen Blick und folgten dann den Katzen. Diese rannten plötzlich los, zur Küche.

Watson blieb unter der Küchentür stehen, krümmte wieder den Rücken, fauchte. Crick schlich zum Tisch, hob die Pfote und tastete vorsichtig nach einem kleinen Tier auf dem Boden, das daraufhin von ihm weghüpfte. Monty schrie auf, trat zurück, stieß gegen Conor.

»Es ist ein Frosch«, sagte er. »Nur ein kleiner Frosch!«

Der Frosch machte einen weiteren Sprung. Crick tastete wieder versuchsweise mit der Pfote nach ihm, eher aus Neugier denn aus Jagdtrieb.

Conor ging zu dem Eindringling hin, bückte sich, nahm ihn hoch, umschloß ihn mit beiden Händen und hielt ihn Monty entgegen. »Armer Kerl – er muß durch die warme Witterung völlig durcheinander gekommen sein. Ich werde …«

Er unterbrach sich, sah jetzt, daß Monty kreidebleich geworden war. Sie wich mit weit aufgerissenen Augen vor ihm zurück.

»Hey! Es ist doch nur ein ganz harmloser kleiner …«

»Bitte«, unterbrach sie ihn. »*Bitte* nicht! Bringen Sie ihn nicht in meine Nähe, ich ekle mich schrecklich vor Fröschen!«

»Vor diesen niedlichen Tieren?«

»Bitte bringen Sie ihn raus.« Sie hastete zur Tür, schloß sie auf, schob die Riegel zurück und stieß sie auf.

»Halten Sie die Katzen zurück.« Conor ging nach draußen, setzte den Frosch ins Gras und kam wieder zurück.

Monty verschloß die Tür wieder hinter ihm. »Tut mir leid«, sagte sie reumütig.

Er legte den Arm beschützend um ihre Schulter und drückte sie fest an sich. »Schon okay. Wir alle haben ja unsere Phobien.«

Sie schniefte und mußte gegen aufsteigende Tränen ankämpfen. »Herrgott, meine Nerven schleifen heute am Boden.«

Sie gingen zurück ins Wohnzimmer und setzten sich wieder hin. Monty versuchte, eine entspannte Atmosphäre zu schaffen, und fragte: »Wie war Ihr Wochenende, Conor?«

»Nun, ich hatte ein interessantes Gespräch mit Charley Rowley. Er teilt meine Ansicht nicht, Bendix Schere könnte skrupellos genug sein, aus Geschäftsinteressen jemanden umzubringen.«

Monty trank einen weiteren Schluck Whisky. Sie spürte sein Brennen erst in der Kehle, dann im Magen, und schließlich breitete sich ein warmes Prickeln in ihrem ganzen Körper aus; es wirkte beruhigend auf sie; sie fühlte sich jetzt besser, kräftiger.

»Conor, Sie haben am Freitag gesagt, Sie seien an einem Punkt angekommen, wo die Dinge bei der bisherigen Betrachtungsweise keinen Sinn mehr machen würden, richtig?«

Er nickte.

»Nun, ich habe inzwischen die Betrachtungsweise, es könnte sich um Zufälle handeln, hinter mir gelassen. Was zum Teufel geht da vor, Conor?«

Der Wind rüttelte an den Fenstern, und die Vorhänge bauschten sich. »Wir müssen diese Kapseln testen«, sagte er ruhig. »Wir müssen die ursprüngliche Formel von Maternox in die Hand bekommen, dazu die chromatographische

Schablone der Formel, und dann werden wir einen Vergleich zum Inhalt dieser Kapseln da anstellen.«

Dann fügte er plötzlich, fast unzusammenhängend, hinzu: »Charley Rowley ist ein prima Kerl, aber naiv wie ein zweijähriger Junge. Er hat keine Ahnung, mit was wir es hier zu tun haben.«

»Haben *Sie* denn eine klare Vorstellung davon, Conor?«

»Ja, ich habe eine Vorstellung davon«, sagte er, und es klang sehr bedeutungsvoll.

47

Berkshire, Montag, 21. November 1994

Monty stocherte lustlos in dem Essen auf ihrem Teller herum. Sie zwang sich, ein paar Bissen von dem Gemüse herunterzuwürgen, ließ das Hähnchen aber unberührt. Zu viele Emotionen in den vergangenen Stunden hatten ihr den Appetit verdorben. Conor aß mit Heißhunger.

Sie hob ihr Glas. »Köstlicher Wein.« Sie merkte, daß sie beim Sprechen leicht nuschelte, aber es war ihr egal.

»Ihrer wäre sicher sehr viel besser«, schmeichelte Conor.

Sie schüttelte lächelnd den Kopf und trank einen weiteren Schluck von dem kräftigen französischen Rotwein. »Wirklich köstlich. Geradezu perfekt.« Sie schob eine kleine Kartoffel in den Mund.

Er nahm einen Hähnchenflügel in die Finger und nagte ihn ab. »Sie sind eine tolle Köchin.«

»Danke, aber in Wahrheit nur mit wechselndem Erfolg«, sagte sie bescheiden. »Ich neige dazu, mich improvisierend durch die meisten Rezepte hindurchzuhangeln. Manchmal klappt's, manchmal nicht… Kochen Sie denn gerne?«

»Hmmm… Ich kann prima Muscheln in schwarzer Bohnensoße mit gedünstetem Gemüse machen. Darf ich Ihnen das bei Gelegenheit mal beweisen?«

»Ja, gerne.«

»Ich muß nur erst einmal meine Küche fertig einrichten, dann lade ich Sie ein.«

»Wo liegt eigentlich Ihre neue Wohnung?«

»In Fulham – genauer in Earls Court, in einer Nebenstraße der Redcliffe Road.«

»Sieh mal einer an – dort war ich heute. Dr. Corbin hat seine Praxis in der Redcliffe Road.«

»Wieder mal ein Zufall...«

Sie lächelte dünn. »Hübsche Gegend. Ich mag diese Ecke von London. Wie sind Sie darauf gekommen?«

»Sie gehört zu den von Bendix Schere genehmigten Wohnbereichen.«

»Wie bitte?«

»Wissen Sie das nicht? Haben Sie die Bendix-Bibel etwa nicht gelesen?«

»Sie liegt in meinem Büro, aber ich bin noch nicht dazu gekommen, mal genauer reinzuschauen.«

»Ein äußerst faszinierendes Werk. Wir alle, Sie und ich und Ihr Vater und jeder andere Mitarbeiter der Firma, sind gehalten, in genehmigten Zonen in der Stadt oder auf dem Land zu wohnen.«

Sie schüttelte ungläubig den Kopf. »Das gibt's doch nicht...«

»Sie sollten mal nachschauen. Vielleicht besteht die Firma darauf, daß Sie umziehen.«

»Das sollten sie mal wagen«, sagte sie finster und grinste ihn dann an. »Na ja... Erzählen Sie mir mehr von Ihrer Wohnung.«

Er tat es und sagte zum Schluß: »Kommen Sie doch morgen abend zu mir, dann zeige ich Ihnen die Wohnung. Wir könnten auch bei mir essen – ich bringe irgendein Fertiggericht aus der Stadt mit.«

»Gerne...«

Er hob langsam sein Glas, hielt es ihr entgegen, und Ihre Blicke trafen sich. Sie stießen an, und er sagte: »Sie sind wirklich eine wunderbare Frau.«

Monty errötete und lächelte ihn warm an. Unter dem Einfluß des Alkohols fand sie ihn immer attraktiver. »Danke«, murmelte sie, und eine kribbelnde Erregung stieg in ihr auf.

»Wie kommt es, daß Sie nicht verheiratet sind? Ganz sicher hat sich doch eine lange Schlange von jungen Männern mit roten Rosen in den Händen vor Ihrem Haus gebildet… Oder sind Sie verheiratet, und ich weiß es nur nicht?«

»Nein, ich bin nicht verheiratet.« Sie zuckte mit den Schultern. »Ich bin eben eine sehr der Arbeit verpflichtete Karriere-Frau.«

Er legte den Kopf ein wenig schief. »Sind Sie das wirklich?«

»Ja.«

Er nickte zu dem Bild an der Wand mit dem Markusplatz hoch. »Ihr Werk?«

»Ja. Gefällt es Ihnen?«

»Ich glaube, Sie sind wirklich talentiert. Sie vergeuden Ihre Talente in der pharmazeutischen Industrie.«

Sie schüttelte den Kopf und griff dann in einem Anfall von Schwäche nach der Marlboro, die er ihr anbot. Sie inhalierte tief, ein Schwindel zuckte durch ihren Kopf, und sie mußte husten.

»Entschuldigung – meine erste Zigarette seit fünf Jahren.« Sie machte einen zweiten, weit vorsichtigeren Zug. »Das Malen ist nicht wichtig. Es gibt Tausende von Malern, die talentierter sind als ich. Aber es gibt bestimmt nicht Tausende von Menschen wie meinen Vater. Nicht einmal Hunderte.«

»Wahrscheinlich nicht einmal ein Dutzend«, sagte Conor.

Sie trank wieder einen Schluck, zog erneut an der Zigarette, diesmal ein wenig kräftiger. »Mein Gott, tut das gut… Hey, Sie Bösewicht, Sie bringen mich dazu, wieder mit dem Rauchen anzufangen!«

Er lehnte sich vor, nahm ihr sanft die Zigarette aus den Fingern und drückte sie aus.

»Hey! Es hat mir aber doch echt Spaß gemacht!«

»Oscar Wilde hat einmal gesagt, eine Zigarette sei das

perfekteste Suchtmittel – weil sie einen stets unbefriedigt läßt.«

»Wie wahr«, sagte sie.

»Also heißt das Motto: Geben Sie das Rauchen auf, solange Sie es noch unter Kontrolle haben, okay? Und dasselbe kann für Bendix Schere gelten.«

»Bendix Schere aufgeben?«

»Die Nachforschungen in Sachen Maternox aufgeben.«

»Meinen Sie das ernst?«

»Ja. Ich möchte nicht, daß Sie in Gefahr geraten.«

Sie schaute auf den zerdrückten Stummel im Aschenbecher. »Wissen Sie, Conor, ich gebe nicht so schnell irgend etwas auf.«

»Das habe ich befürchtet.« Er legte die eigene Zigarette in den Aschenbecher und sah sie prüfend an. »Ich habe eben gesagt, daß Charley Rowley keine Ahnung hat, mit was wir es hier zu tun haben. Dasselbe gilt für Sie.«

»Womit *haben* wir es denn zu tun, Conor?«

Er schüttelte den Kopf. »Vergessen Sie es ...«

Monty war mit dieser Antwort nicht einverstanden. »Wie Sie sich bestimmt erinnern, waren Sie es, der mich nachdenklich gemacht hat – als ich im Krankenhaus lag und Sie recht deutlich angesprochen haben, Jake Seals' Tod sei kein Unfall gewesen.«

»Der Prozeß hatte doch schon längst bei Ihnen eingesetzt«, sagte er. »Ich habe keine Gedanken oder Zweifel in Ihren Kopf gepflanzt, der nicht schon drin war. Richtig?«

Sie wußte, daß das stimmte. Sie wäre gar nicht erst im Krankenhaus gelandet, wenn sie Hubert Wentworth nicht zugehört und versprochen hätte, ihm zu helfen. »Also sagen Sie schon – was ist es, das Charley Rowley und ich nicht über Bendix Schere wissen?«

»Erzählen Sie mir erst einmal, was Sie wissen.«

Sie hob die Schultern. »Nicht viel. Ich ...« Sie zögerte plötzlich. »Fangen wir mit dem Aktuellen an. Heute nachmittag habe ich etwas sehr Seltsames erlebt. Ich habe mich mit einem der Wachmänner in der Lobby angefreundet ... Ich hatte schon zweimal einen unsichtbaren Aufzug in den Keller fahren hören, aber es ist merkwürdig – das Geräusch scheint keinen realen Ursprung zu haben. Als ich den Wachmann danach fragte, wurde er sehr nervös. Er sagte, ich sollte mir bei Gelegenheit mal die Baupläne des Gebäudes ansehen – deutete an, das Bendix-Gebäude sei nicht in jeder Hinsicht das, wofür man es halte. Dann sagte er noch, ich sollte mal Jules Vernes *Reise zum Mittelpunkt der Erde* lesen.« Sie lächelte.

Er lächelte dünn zurück. »Klingt, als ob der Bursche eine wilde Phantasie hätte«, sagte er.

»Conor, was verheimlichen *Sie* mir über die Firma?«

»Ich weiß nicht, Montana … Es ist nur so …« Er stand auf, schüttelte den Kopf und ging um den Tisch herum zu ihr. Langsam lehnte er sich über sie, nahm ihre Hände, umschloß sie mit den Fingern. »Ich möchte nicht, daß Ihnen irgend etwas passiert – Sie hätten das nicht verdient. Ich werde es nicht zulassen. Okay?«

Sie sah zu ihm hoch und spürte plötzlich ein wildes Verlangen nach ihm. »Okay«, stimmte sie zu.

Er umschloß ihre Hände noch fester, senkte sein Gesicht dicht vor das ihre. »Ich habe Sie gerade erst kennengelernt und möchte Sie nicht verlieren.«

Monty spürte eine tiefe Erregung in sich aufsteigen. Sein Gesicht füllte ihr Blickfeld aus, wurde zu einem warmen, nebelhaften Schleier. »Danke«, sagte sie. »Ich will Sie auch nicht wieder verlieren …«

Er lächelte, und es wirkte auf Monty fast hypnotisch. »Wissen Sie, Conor, es ist wirklich seltsam – aber ich habe das Gefühl, ich würde Sie schon seit unendlichen Zeiten kennen.«

»So geht es mir auch.«

Ihre Lippen berührten sich leicht, und eine wilde Begierde zuckte durch Montys Körper. Wieder trafen sich ihre Lippen, und sie erschauderte vor Lust, umschloß spontan seinen Kopf mit beiden Händen, küßte ihn fester.

Er erwiderte ihren Kuß begierig. Sie sprang auf, legte die

Arme um seinen Hals, zog ihn an sich. Sie küßten sich lange, preßten die Körper aneinander...

Schließlich lösten sie sich voneinander und sahen sich mit einem zärtlichen, verschwommenen Lächeln in die Augen.

»Mein Gott, ich habe solche Sehnsucht nach dir«, sagte er.

»Und ich nach dir.«

Sie nahm seine Hand, führte ihn die Treppe hinauf ins Schlafzimmer und machte die von einem dunklen Schirm beschattete Nachttischlampe an. Für einen kurzen Augenblick blieben sie voreinander stehen, sahen sich in die Augen. Dann zogen sie sich gegenseitig aus, langsam, ein Kleidungsstück nach dem anderen.

Gedanken an »safer sex« gingen Monty durch den Kopf. Kondome... Er mußte ein Kondom benutzen... Aber sie wollte keine Unterbrechung. Er war in Ordnung, er war gesund, ganz sicher... Und sie war bei der Pille geblieben, auch nach dem Ende ihrer letzten Beziehung. Er ließ sie langsam auf das Bett sinken, drang in sie ein, und sie stöhnte lustvoll auf. Seine festen Brustmuskeln preßten sich gegen ihre Brüste, dann schob er die Hände zwischen ihre Körper, streichelte ihre Brustwarzen, zwirbelte sie zwischen den Fingerspitzen, und sie stieß keuchende Lustschreie aus. Sie spürte, wie sein Glied in ihr anschwoll, tiefer und tiefer in sie eindrang, und eine Welle wilder Erregung baute sich tief in ihr auf, stieg höher und höher, flutete durch ihren Körper. Und als sie explodierte und grelle Funken der Lust durch jede einzelne Faser ihres Körpers zuckten, war Monty verloren für die Realitäten dieser Welt, vollkommen, absolut verloren...

Danach lagen sie eng umschlungen da, die Gesichter aneinandergepreßt. Sie machte die Augen auf, rückte ein Stück von ihm ab und sah, daß er sie liebevoll anschaute, sah, wie sich in seinen Augenwinkeln die Fältchen eines Lächelns bildeten. Sie lächelte zurück. »Wir haben das offensichtlich gebraucht«, sagte sie.

48

Berkshire, Montag, 21. November 1994

»DADDY! DAAAADDDDDYYYYYYYYY! DADDDDY-YYYYYYYY!«

Die Schreie rissen Monty aus dem Schlaf. Sie fuhr hoch. Es war stockdunkel im Zimmer, und ihr Mund war ausgetrocknet.

»DAAAAAADDDDDDYYYYYYYYYY!«

Wieder dieser Schrei … Angst fuhr durch ihre Brust.

Conor …

Sie hatten sich in dieser Nacht immer wieder geliebt, und jetzt lag er neben ihr und stieß im Schlaf diese Schreie aus …

»Hey!« sagte sie sanft. »Conor, was ist los?«

Er keuchte, und ein neuerlicher Schrei erstarb in seiner Kehle. »'tschuldigung«, nuschelte er dann. »Wollt dich nich wecken.«

»Was hast du geträumt, Conor? Möchtest du darüber reden?«

»Es ist immer derselbe …« Er brach ab, griff nach seinen Zigaretten auf dem Nachttisch, steckte sich eine an und inhalierte tief. »Ein blöder Traum. Von einem großen schwarzen Vogel.«

»Hmmm … Träume können sehr beängstigend sein«, sagte sie. »Sie haben oft eine Bedeutung.«

»Sicher.« Er zog an der Zigarette, und die Glut leuchtete hell auf. Dann sagte er unvermittelt: »Diese Tests mit den Maternox-Kapseln – ich könnte sie selbst machen, Montana. In einem der Labors, wenn ich an die Formel und das chromatographische Muster herankäme.«

»Das wäre aber gefährlich. Ich habe da eine bessere Idee. Du könntest die Tests in unserem alten Labor machen. Ich habe zwar gestern die ganze Ausstattung verkauft, aber sie wird erst in einem Monat abgeholt. Dort wärst du völlig ungestört.«

»Sehr gute Idee.«

Sie war jetzt vollkommen wach, ihre Gedanken klar. »Conor, ich habe eine Freundin, die Maternox genommen hat, und sie ist jetzt schwanger. Ich weiß nicht, ob ich sie warnen soll. Ich will sie nicht unnötig ängstigen, aber andererseits wäre es eine schreckliche Vorstellung, wenn sie …«

»Du mußt herausfinden, welche Losnummer die Kapseln haben, die sie genommen hat – und ich muß herausfinden, ob mit den Kapseln dieser Losnummer tatsächlich etwas nicht stimmt. Wir müssen ganz sicher sein.«

»Und was machen wir, wenn wir sicher sind? Zu Sir Neil Rorke gehen und ihm sagen, was da vor sich geht?«

»Laß uns erst einmal Beweise sammeln, dann treffen wir eine Entscheidung, okay?«

»Okay.« Sie küßte ihn auf die Schulter.

Er ließ die Silberkette mit dem Kreuz um ihren Hals durch seine Fingerspitzen gleiten. »Bist du katholisch?«

»Nein. Das Kreuz gehörte meiner Mutter. Mein Vater gab es mir nach ihrem Tod. Sagte, es wäre ein gutes Gefühl für ihn, wenn ich es tragen würde. Eines der wenigen sentimentalen Dinge, die er je getan hat.«

»Glaubst du an Gott?« fragte er.

»Manchmal. Irgendwie schon … Und du?«

»Ich glaube, daß es tatsächlich so etwas wie einen Gott da oben gibt.«

Sie lagen schweigend eine Weile da, dann küßte Conor sie, überall an ihrem Körper, und sie liebten sich erneut. Danach schliefen sie ein – sanken in einen tiefen, traumlosen Schlaf.

49

London, Dienstag, 22. November 1994

Der Regen hatte aufgehört, und einzelne Sterne blinkten durch den orangefarbenen Schimmer am Himmel über London. Monty steuerte den MG langsam durch die Straße und hielt nach der Hausnummer Ausschau, die Conor ihr heute morgen gegeben hatte, ehe er vom Cottage aus zur Arbeit aufgebrochen war.

Hausnummer 282... Sie bremste ab, sah etwa dreißig Meter weiter eine Lücke in der Reihe der geparkten Wagen und stellte den MG ab. Sie nahm die Champagnerflasche und den braunen Umschlag vom Nebensitz, schloß den Wagen ab und ging die Stufen hinauf zur Haustür. Auf ihr Klingeln ertönte eine verzerrte, kaum als Conors zu erkennende Stimme: »Komm rauf – erster Stock.«

Er erwartete sie auf dem Treppenabsatz, gekleidet in ein verwaschenes Sweatshirt, ausgebeulte Jeans und ausgelatschte Turnschuhe. Sie hatte ihn noch nie in einem so legeren Aufzug gesehen und stellte fest, daß er gut darin aussah. Zum Knuddeln, dachte sie.

Er begrüßte sie mit einem enthusiastischen »Hi!«, und sie fielen sich in die Arme, küßten sich hingebungsvoll, und sie fühlte sich zum erstenmal sicher, seit sie heute morgen, kurz nach ihm, das Cottage verlassen hatte. Dann hielt sie ihm die Flasche hin. »Ein kleines ›Housewarming‹-Geschenk.«

»Wow, BOLLINGER! Mein Lieblingschampagner – woher hast du das gewußt?«

Sie grinste und hob die Schultern. »Vielleicht hast du im Schlaf geredet.«

Er legte die Hand auf die Flasche. »Und er ist kalt – laß ihn uns gleich versuchen. Ich könnte einen Schluck gebrauchen.«

»Ich auch.«

Sie gingen in die zum Eßzimmer hin offene Küche, und Monty schaute neidisch auf die moderne Ausstattung. Neben dem Spülstein stand ein Weidenkorb mit exotischen Lebensmitteln in Dosen und Flaschen.

»Charley Rowley hat mir das von *Fortnum and Mason* schicken lassen.« Er nahm einige Dosen heraus. »Wachteleier; iranischer Kaviar; Pfirsiche in Weinbrand... Äußerst wichtige Vorräte für die Speisekammer.«

»Wer begnügt sich schon mit Brot und Käse?«

»Richtig.«

Monty ging zum Fenster und schaute prüfend hinunter auf die Straße, auf die am Bordstein abgestellten Wagen. »Conor, es mag paranoid klingen, aber ich hatte heute das Gefühl, verfolgt zu werden.«

Ein besorgter Ausdruck erschien in seinen Augen.

»Da war ein dunkelblauer Wagen – ein Ford Mondeo, glaube ich –, der immer wieder in meinem Rückspiegel auftauchte, als ich heute nachmittag zur Baubehörde des Westminster County gefahren bin. Ich bin ziemlich sicher, daß man mich dorthin verfolgt hat.«

»Siehst du den Wagen jetzt auch da unten?«

»Nein.«

»Hast du einen Blick auf das Gesicht des Fahrers werfen können? Oder auf das Nummernschild?«

Sie schüttelte den Kopf. »Nein. Ich war ziemlich nervös.«

»Kein Wunder nach dem Einbruch bei dir. Ich wäre dann auch nervös. Es würde mich außerdem nicht wundern, wenn Bendix Schere seine Mitarbeiter überwachen lassen würde – und sei es auch nur so zum Spaß.«

»Großartig!«

Er streichelte zärtlich ihr Gesicht. »Du mußt immer gut auf dich aufpassen, hörst du?«

Sie nickte.

»Ich meine das ernst.« Dann runzelte er die Stirn. »Baubehörde des Westminster County …? Was hast du denn dort gemacht?«

Sie hob den braunen Umschlag hoch. »Das hier besorgt. Ich habe mir die gesamten Baupläne des Bendix-Gebäudes geben lassen.«

Er sah sie erstaunt an. »Darf ich sie mir mal ansehen?«

»Natürlich – das mußt du sogar.«

»Okay, aber laß mich zuerst den Champagner öffnen und was zu essen bestellen, dann werde ich mich gerne den dunklen Geheimnissen zuwenden, mit denen du mich anscheinend überraschen willst … Chinesisch, okay?«

Sie nickte, und sie stellten sich anhand der Angebotsliste

ein opulentes chinesisches Menü zusammen. Während Conor die Bestellung telefonisch durchgab, schlenderte sie durch die Wohnung, sah sich alles an und fand schließlich in der Küche einen Stapel Bücher auf dem Fensterbrett. Sie schaute sie durch. Der Titel der ersten Buches lautete *Joshua Bendix – der unsichtbare Industriemagnat*. Beim Durchblättern merkte sie, daß es sich um eine nicht autorisierte Biographie des Gründers von Bendix Schere handelte. Ein anderes Buch, auf dessen Einband das Bendix-Logo eingeprägt war, trug den Titel *Von der unsichtbaren Tinte zu unsichtbaren Profiten – der Aufstieg des Bendix-Imperiums*.

Es gab noch weitere Bücher über Bendix Schere. Dann stieß sie auf eine ganze Reihe von Büchern mit Themen aus dem Bereich des Okkultismus, darunter auch eine Biographie über Aleister Crowley, Colin Wilsons *Jenseits des Okkulten* und einen sehr alt aussehenden Band, dessen Titel, in düster verschlungener Schrift, lautete: *Meister Grimoire – die magischen Riten und Zeremonien*.

»Wird eine halbe Stunde dauern«, sagte Conor und kam zu ihr herüber. »Ich sehe, du hast die Bibliothek im Ostflügel gefunden…«

»Ich bin bisher nie auf irgendwelche Bücher über die Firma gestoßen.«

»Kein Wunder. Wenn etwas veröffentlicht werden soll, kauft Bendix Schere alle Exemplare auf, noch ehe sie die Druckerei verlassen, und zahlt jeden aus, der damit zu tun hatte.«

»Wie bist du dann an diese Exemplare gekommen?«

Er rieb seine Nase und blinzelte. »Ein paar Ansichtsexemplare schlüpfen manchmal durchs Netz.«

»Darf ich sie bei Gelegenheit mal lesen?«

»Natürlich. Aber sie sind gar nicht so interessant, wie es auf den ersten Blick aussieht. Ich glaube, man hat den Autoren und Herausgebern mit so vielen Klagen gedroht, daß der Inhalt kastriert wurde.«

»Du hast auch eine ganze Menge Literatur über Okkultismus…«

Er schien peinlich berührt zu sein. »Oh, richtig ... Ich habe mal eine Phase durchgemacht, in der ich daran interessiert war«, sagte er ausweichend.

Sie merkte, wie unangenehm ihm das Thema war, was ihre Neugier nur noch verstärkte. »Und wie kam das?«

Er steckte sich eine Marlboro an. »Durch meine Mutter ... Ich nehme an, es liegt an ihrer irischen Herkunft.«

»Ist sie das, was man ›übersinnlich veranlagt‹ nennen könnte?«

Er hob die Schultern. »Ist nichts von Bedeutung, nicht der Rede wert ...« Er griff nach der Champagnerflasche, die er inzwischen geöffnet hatte, und füllte zwei Gläser. »Um acht gibt es auf Kanal Vier eine Wissenschaftssendung«, sagte er. »Man will über die Patentierung menschlicher Gene diskutieren – hast du was dagegen, wenn ich mir die Sendung ansehe?«

Sie schnippte verärgert mit den Fingern. »Verdammt – ich hatte das gelesen, und mein Vater bat mich, die Sendung aufzuzeichnen. Er mag ja ein brillanter Wissenschaftler sein, kommt aber mit seinem Videorecorder nicht zurecht.« Sie lächelte ihn an. »Aber ich war gestern abend ja auch abgelenkt – habe glatt die Programmierung des Recorders vergessen ...«

Sie setzten sich vor den großen, fabrikneuen Fernseher, und Conor schaltete ihn an. Der Abspann eines Wildtier-Dokumentarfilms lief über den Bildschrim. Ein Vogelschwarm verdunkelte den tropischen Himmel. Conor machte einen tiefen Zug an seiner Zigarette, stieß den Rauch durch den Mund aus und fragte dann unvermittelt: »Was hast du mit den Maternox-Kapseln gemacht?«

»Ich habe sie immer noch in meiner Handtasche.«

Er nickte. »Sag mal – hat die Polizei gestern abend im Cottage nach Fingerabdrücken gesucht oder so was?«

»Nein. Die beiden Polizisten sprachen zwar darüber, aber ohne große Begeisterung. Ich nehme an, weil nichts verschwunden oder beschädigt war. Ich hatte sowieso das Gefühl, daß sie nicht die Absicht hatten, die Sache formell als

Einbruch zu melden – wollten wahrscheinlich ihre Statistik nicht verderben ...«

»Hey! Schau dir das an!« unterbrach er, griff zur Fernbedienung und stellte die Lautstärke des Fernsehers höher. Bendix Scheres neuester Werbespot lief über den Bildschirm. Im Büro hatte alle Welt darüber gesprochen, aber Monty hatte ihn bisher noch nicht gesehen und schaute jetzt fasziniert hin.

Der Werbespot begann mit der Nahaufnahme von Lava, die aus einem Vulkan emporgeschleudert wurde. Eine sonore Männerstimme sagte dazu: »Vor siebzig Millionen Jahren entstand die Inselgruppe von Hawaii als Folge einer vulkanischen Eruption auf dem Boden des Pazifischen Ozeans.«

Die Kamera wich schnell zurück und enthüllte jetzt, daß der aktive Vulkan am Ende einer von dichter Vegetation bedeckten Insel lag. Dann zoomte sie tief in den Regenwald hinein, zeigte exotische Pflanzen und Vögel in Nahaufnahme, und der Sprecher fuhr fort: »Die Pflanzenwelt des hawaiischen Regenwaldes ist nicht nur eine Grundlage für die Ernährung von Menschen und Tieren, sie ist auch eine der reichsten Quellen für Medikamente auf der Erde.«

Die Kamera machte einen Schnitt, zeigte eine High-Tech-Fabrik von Bendix Schere, die von grünen Feldern umgeben war. »Mehr als jede andere Firma sind wir darauf aus, die natürlichen Wunder des Regenwaldes zu bewahren und seine Produkte zur Gestaltung einer besseren Welt für uns alle nutzbar zu machen.«

Wieder machte die Kamera einen Schnitt und zeigte ein Lehmhüttendorf in Äthiopien. Dutzende von kleinen schwarzen Kindern umschwärmten einen Mann mit leicht unbeholfenem Gang, der Monty bekannt vorkam. Er hatte überlanges, dunkles welliges Haar und trug einen hellen Leinenanzug, dazu eine extravagante, grelle Krawatte. Für diejenigen, die diesen Mann noch nicht kannten, war sein Name eingeblendet: *Sir Neil Rorke.* Er sprach direkt in die Kamera:

»Hallo. Ich bin der Aufsichtsratsvorsitzende von Bendix Schere, und ich möchte Sie bitten, sich diese vor Gesundheit strotzenden Kinder um mich herum anzuschauen. Sind sie nicht großartig?« Gleichzeitig legte er den linken Arm um einen Jungen, den rechten um ein Mädchen. »Ich habe meine Zweifel, ob diese Kinder ohne das mit Vitaminen angereicherte Milchpulver von Bendix Schere noch am Leben wären.« Er unterbrach sich und ließ der Kamera Zeit, die glücklichen Gesichter einzufangen.

»Ohne die Chemikalien, die wir aus dem Acobab-Baum im Regenwald von Hawaii extrahieren, wäre dieser Junge ein Krüppel. Ohne die Wurzel der Pe-eccu-Pflanze würde dieses Mädchen erblinden, wenn es zum Teenager heranwächst.«

Die Kamera fuhr auf Rorkes onkelhaftes Gesicht zu, zeigte es in Großaufnahme. »Unsere Firma gibt jährlich drei Milliarden Pfund für medizinische Forschung aus – fünfmal mehr als die britische Regierung. Wir von Bendix Schere versuchen mit all unserer Kraft, eine Welt zu schaffen, in der es weniger Schmerzen und weniger Krankheit gibt.«

Nun ertönte Musik, die Kamera fuhr zurück, weiter und weiter, und zeigte jetzt, daß Sir Neil Rorke nicht nur von einigen Dutzend glücklicher Kinder umgeben war, sondern von mehreren tausend. Dann füllte der Firmenslogan den Bildschirm aus:

BENDIX SCHERE – DIE FÜRSORGLICHSTE FIRMA DER WELT.

Conor grinste. »Für diese schauspielerische Leistung hätte der zynische Bastard den Oscar verdient.«

Sie nahm ihm sanft die Zigarette aus der Hand und machte einen Zug. Der Rauch schmeckte gut, gab ihr einen leichten Kick. »Zynisch? Ich mag ihn. Glaubst du denn, er weiß, was in der Firma alles vor sich geht?«

»Wie meinst du das?«

Sie gab ihm widerstrebend die Zigarette zurück. »Na ja – er ist doch nur eine Galionsfigur, nicht wahr? Er ist Vorsitzender des Aufsichtsrates, nicht der Firmenchef oder sonstwas. Soweit ich weiß, arbeitet er nur zwei oder drei Tage pro Woche für die Firma, wenn überhaupt. Meinst du nicht auch, daß Leute wie Dr. Crowe sich Sir Neils Image des ›netten Onkels‹ für ihre Zwecke zunutze machen? Wenn es ein Versteckspiel um Maternox gibt – ich glaube nicht, daß er das dulden oder etwa gar dabei mitmachen würde.«

Conor zog an seiner Zigarette, sagte nichts.

Sie ging in die Küche, kam mit dem braunen Umschlag zurück und zog einen Stapel Papiere heraus. »Das sind die Baupläne, die ich heute nachmittag besorgt habe.«

Sie faltete das erste Blatt auf dem Boden aus. Die Überschrift lautete: *Architekturbüro Garbutt McMillan. Pläne der neuen Bendix-Schere-Zentrale. Seitenansicht. 1971.* »Schauen wir uns das doch mal an!« Das Blatt zeigte die Fassade des Gebäudes zur Euston Road. Sie breitete das nächste Blatt daneben aus.

»Das ist die Westfassade«, sagte Conor. Dann falteten sie gemeinsam den Plan mit den einzelnen Etagen auf.

»Wonach suchen wir eigentlich?« fragte Conor.

»Ich weiß es auch nicht genau. Ich mache nur das, was Winston Smith mir geraten hat – der Wachmann, von dem ich dir erzählt habe.«

»Ach ja, der Bursche mit der permanenten Erkältung und der wilden Phantasie... Er hat dir keine weiteren Hinweise gegeben?«

»Er war zu verängstigt, Conor. Er hat wahrscheinlich schon gegen seine Vorschriften verstoßen, als er mir diesen geheimnisvollen Hinweis gab.«

Conor wandte sich dem Plan der Frontfassade zu und runzelte plötzlich die Stirn. »Irgendwas stimmt hier nicht«, sagte er dann. »Warte mal...« Er zählte die Stockwerke mit dem Zeigefinger ab. »Ich zähle sechsundfünfzig Stockwerke... Das sind doch die endgültigen, von der Baubehörde genehmigten Pläne, oder? Keine Entwürfe, die eventuell später noch mal geändert wurden?«

»Nein, das sind die endgültigen Pläne, nach denen das Gebäude dann auch gebaut wurde... Sechsundfünfzig Stockwerke, sagst du?«

Conor zählte noch einmal nach. »Ja«, sagte er dann.

»Aber … Das Gebäude ist doch nur neunundvierzig Stockwerke hoch …«

»Plus das Kellergeschoß. Das Fißneßcenter.«

»Also fünfzig Etagen. Auf diesem Plan sind aber sechs Etagen mehr eingezeichnet.« Sie runzelte die Stirn, und eine leichte Gänsehaut kroch ihr plötzlich über den Rücken.

»Wo sind sie, Conor? Wo zum Teufel sind diese sechs Stockwerke?«

»Das möchte ich auch gerne wissen.«

50

London, Mittwoch, 23. November 1994

Bill Gunn saß auf einem der geschnitzten, harten schwarzen Stühle vor Dr. Crowes Schreibtisch, legte ein Bein über das andere und schaute auf das kleine runde Loch in der Kappe seiner Schuhe, das er Nikky zu verdanken hatte. Es war in Würdigung seiner dreistündigen Verspätung entstanden; ein kurzer, fester Tritt mit ihrem Stiletto-Absatz, und dann war sie aus der Wohnung gerauscht und nicht wieder zurückgekommen. Er hätte sich natürlich gerne andere Schuhe angezogen – wenn er welche gehabt hätte. Aber sie hatte schon vor seiner Rückkehr in das Appartement alle seine Kleider aus dem Fenster geworfen, und sie hatten die ganze regnerische Nacht über unten im Garten gelegen.

Ihre Abwesenheit schmerzte, sein Fuß tat weh wie die Hölle, und der Ausdruck auf dem Gesicht des Vorstandsvorsitzenden verhieß nichts Gutes, als er jetzt den Telefonhörer auflegte und ihn an den Juwelenaugen des Pappmachéfrosches vorbei anstarrte.

»Wie konnten Sie nur so ungeschickt sein, Major Gunn? Sie haben doch wohl Leute zur Verfügung, die in der Lage sind, in ein einsam gelegenes, ungesichertes Haus einzudringen, ohne irgendwelche Spuren zu hinterlassen, oder?

»Ja, Sir, natürlich. Aber sie wurden überrascht. Die Frau kommt normalerweise zwischen 19 Uhr 45 und 20 Uhr 30 nach Hause, am Montag erschien sie aber aus irgendeinem Grund bereits um 18 Uhr 30. Meine Leute mußten warten, bis die Putzfrau gegangen war und wollten außerdem den Schutz der Dunkelheit ausnutzen.«

»Den Schutz der Dunkelheit?« fragte Crowe schneidend. »Ich wundere mich, daß sie ihre Anwesenheit nicht durch eine Musikkapelle und Flutlicht kundgetan haben.«

»Es waren äußerst unglückliche Umstände, Sir; die vorzeitige Heimkehr der Frau hat meine Leute auf dem falschen Fuß erwischt.«

»So, auf dem falschen Fuß erwischt? Sind Sie sich eigentlich bewußt, welcher Schaden entstehen könnte, wenn sie herausfinden würde, wer hinter dem Einbruch steckt?«

Gunn nickte.

»Und vielleicht hätten Sie die Güte, Major Gunn, mir zu erklären, warum Sie überhaupt die Notwendigkeit sahen, einen Einbruch in das Haus von Miss Bannerman zu veranlassen – Sie hätten das, was Sie suchten, hier in ihrem Büro sicher mit viel weniger Aufwand und Risiko finden können.«

»Ich war sehr beunruhigt über das Gespräch, das sie mit Mr. Seals geführt hat – das Gespräch, das wir nur zum Teil aufnehmen konnten«, erklärte Gunn. »Und wir wußten, daß sie sich mit dieser Journalistin Zandra Wollerton von der *Thames Valley Gazette* getroffen hat. Ich war der Meinung, wir müßten uns vergewissern, ob es da irgendwelche belastenden Papiere gäbe. In ihrem Büro war nichts, also kam ihr Haus an die Reihe.«

»Sind Sie sich des Risikos für unsere Firma wirklich bewußt, Major Gunn? Ich glaube, Sie sind es nicht. Dr. Bannerman ist von ausschlaggebender Bedeutung für unser Genforschungsprogramm, und seine Tochter wiederum ist unverzichtbar für ihn – sie hält im wahrsten Sinn des Wortes sein Leben zusammen, und sie ist der einzige Mensch, auf den er hört. Nur ihrem Einfluß auf ihn haben wir es zu verdanken, daß er sich der Firma angeschlossen hat.«

»Ich bin mir dessen bewußt, Sir.«

»Wenn er verprellt wird und die Firma verläßt – es gibt ganz einfach keinen anderen außer ihm, *keinen einzigen anderen Genforscher auf dieser Erde*, der die Kenntnisse in der Gentechnik hat, die für das Projekt Medici erforderlich sind. Wenn wir ihn verlieren, verlieren wir ein Jahrzehnt an diesem Projekt.« Crowe hob die Augenbrauen. »Das ist Ihnen doch hoffentlich klar, oder?«

»Dr. Crowe, ich kann meinen Job nicht korrekt ausführen, wenn ich durch Restriktionen lahmgelegt werde und man mir nicht genug Geld zur Verfügung stellt. Wenn ich über ein entsprechendes Budget verfügen würde, könnte ich auch genügend Überwachungsteams mit entsprechender Ausrüstung einsetzen, und dann wären meine Leute am Montag ganz sicher nicht von Miss Bannerman überrascht worden. Die Lage ist zur Zeit jedoch so, daß alle meine Überwachungsteams ununterbrochen unterwegs sind und viele Überstunden machen.«

Crowes Körper versteifte sich vor Zorn. »Kein ausreichendes Budget? Major Gunn, Sie haben in Ihrer Abteilung mehr Sicherheitskräfte, als wir Wissenschaftler, Forscher und Labortechniker in der Firma beschäftigen.«

»Alle Forschung ist verdammt zwecklos, wenn wir sie nur zum Vorteil unserer Konkurrenz durchführen«, entgegnete Gunn scharf.

Crowe inspizierte seine Fingernägel. »Ich muß Ihnen sagen, daß der Vorstand mit dem Sicherheitsbereich sehr unzufrieden ist.«

»Dann sagen Sie bitte den Herren, natürlich mit gebotenem Respekt, daß wir vom Sicherheitsbereich sehr unzufrieden mit dem Vorstand sind.«

Crowe sah Gunn kurz an und dann wieder auf seine Fingernägel. »Sie haben also in dem Haus nichts von Interesse gefunden?«

»Nein, nichts. Es war sauber.«

»Haben Sie Wanzen eingebaut? Das Telefon angezapft?«

Gunn zögerte. »Nein. Aber das können wir leicht nachholen, wenn wir zu der Auffassung kommen, daß hier tatsächlich ein Problem vorliegt.«

»Gut. Lassen Sie es sein, bis sich eine echte Notwendigkeit ergibt, okay? Ich möchte bei Miss Bannerman nicht unnötig das Risiko einer Entdeckung unserer Aktivitäten eingehen. Und ich möchte nicht noch einmal erleben, daß Sie solche überhasteten Aktionen starten wie diese Sache mit der Androhung eines Anzeigenentzugs gegenüber dem Herausgeber der *Thames Valley Gazette*.« Crowe erlaubte sich die Andeutung eines Lächelns. »Das soll natürlich nicht heißen, daß Sie in Ihrer Wachsamkeit gegenüber dieser Frau nachlassen. Wenn Sie auch in dieser Sache versagt haben, Major Gunn: ich bin oft von Ihren Instinkten beeindruckt gewesen.«

Gunn erwiderte das Lächeln, fühlte sich erleichtert und ermutigt. »Danke, Sir.« Ein Lob von Crowe, wie verschleiert auch immer, war extrem selten. »Wir haben ein weiteres mögliches Maternox-Problem, auf das ich Sie hinweisen möchte. Ich beabsichtige, es in der morgigen Vorstandssitzung anzusprechen.«

»Und das wäre?« Das Tauwetter auf Crowes Gesicht wich wieder der üblichen Kälte.

»Ein weiterer Mitarbeiter der Firma stellt Nachforschungen über die Maternox-Losnummern an.«

»Wer?«

»Mr. Rowley vom Dezernat ›Patente und Verträge‹. Ich habe ihn schon lange auf meiner Liste möglicher Unruhestifter.«

Crowe drückte die Fingerspitzen aneinander, so fest, daß die Knöchel weiß wurden. »Aber er hat doch arbeitstechnisch überhaupt nichts mit Maternox zu tun …«

»Ich weiß.«

»Die nächsten Wochen sind kritisch – vor allem, wenn noch weitere Probleme mit Maternox auftreten. Wir müssen diesen Mann aus dem Weg schaffen. Und das gilt auch für jeden anderen, der in Dingen herumschnüffelt, die wir geheimhalten wollen.«

»Einschließlich Bannermans Tochter, Sir?«

Crowe sah ihn gequält an. »Sie haben keine Beweise, daß sie etwas vorhat, das uns schaden könnte, oder?«

»Nein, noch nicht, Sir. Aber wenn dieser Fall eintritt?«

Es entstand ein langes Schweigen. »Dann werden wir eine sorgfältige Beurteilung anstellen«, sagte er schließlich.

Es gab noch etwas, was Gunn herausgefunden hatte, zunächst aber dem Vorstandsvorsitzenden noch nicht sagen, sondern als As im Ärmel zurückhalten wollte – falls Crowe wieder einmal besänftigt werden mußte. Vielleicht war allerdings auch nichts Aufregendes an der Sache... Man hatte ihm jedenfalls ein interessantes Ergebnis des Fahrzeug-Verfolgungssystems gemeldet: Am Montagabend war Mr. Conor Molloy mit seinem Firmen-BMW zu einer Adresse in Berkshire gefahren, die als Cottage von Miss Bannerman identifiziert wurde – und er war erst um 8 Uhr 47 am nächsten Morgen wieder von dort aufgebrochen.

51

The Big Island, Hawaii; Mittwoch, 23. November 1994

Pele war zornig. Die Göttin zeigte es dadurch, daß sie den zwei Meilen breiten Krater des Mount Kilauea mit blubbernder Lava füllte, zackige, von Gesteinsbrocken durchsetzte Feuerschleier in den Himmel schleuderte und Schwefeldämpfe ausstieß, die sich als giftig-schwarzbraune Wolken in der klaren Luft sammelten, die Sonne und den Horizont verdüsterten und den Erdboden mit einem ätzenden Tau aus Schwefelsäure besprühten.

Die zweitausend Grad heiße Lava floß in einem fast eine Meile breiten Strom hinunter zum Ufer des Ozeans, verschlang alles, was ihr dabei in den Weg kam, dehnte das Ufer der Insel immer weiter in den Pazifik hinein aus, vergrößerte Peles Herrschaftsbereich.

Eingezwängt zwischen der pazifischen, der indoaustralischen, der eurasischen und der nordamerikanischen Platte war der Vulkan das Zentrum des tektonischen »Feuerrings«. Pele hatte früher auf einer der kleinen Inseln, Niihau, residiert, aber der Gott des Meeres hatte sie von Insel zu Insel vertrieben, bis sie schließlich auf dem Mount Kilauea eine bleibende, uneinnehmbare Heimstatt gefunden hatte.

Der Engländer sah sich das ihm bekannte, aber doch immer wieder spektakuläre Schauspiel des Vulkanausbruchs aus dem Fenster des Learjets an, der sich im Landeanflug auf den Kona Airport befand. Ein Hubschrauber schwebte über dem Rand des von Eruptionen geschüttelten Kraters, ein weiteres halbes Dutzend drehte hinter ihm Warteschleifen, und alle waren mit Touristen besetzt, die es sich hundertfünfzig Dollar kosten ließen, dieses einmalige Schauspiel erleben zu können.

Einige mußten mehr bezahlen, als sie vorgesehen hatten … Erst vor ein paar Monaten hatte sich die aufsteigende Schwefelsäure so weit in die Antriebswelle eines Hubschraubers gefressen, daß er mit vier Touristen an Bord in die brodelnde Lava gestürzt war. Pele hatte ihre ganz spezielle Art, es aller Welt kundzutun, wenn sie hungrig war …

Der Engländer hatte schon vor langer Zeit gelernt, seiner Phantasie Zügel anzulegen, aber jetzt erlaubte er sich den Luxus der Vorstellung, wie es sein würde, wenn man in die glühendheiße Lava stürzte. Würde die Verbrennung sehr schnell erfolgen oder würde noch Zeit bleiben, den Schmerz zu spüren, zu winseln, zu schreien? Bei seinem letzten Besuch hier hatte ihm jemand erzählt, wenn man ein Körperglied in die Lava hielt, würde es in Sekundenschnelle verkohlen. Der Engländer war gewiß nicht zimperlich, aber dieser Gedanke ließ ihn erschaudern. Er konnte sich keinen schlimmeren Schmerz vorstellen.

Einige Stunden später stand der Engländer auf der Terrasse des Ritz Carlton Hotels und ließ das Geplapper des Hawaianers, der dem so bedeutenden Gast zu Gefallen sein wollte, geduldig über sich ergehen. Mit seinen Gedanken aber war er ganz woanders.

Der Ton des Hawaiianers änderte sich plötzlich. »Machen Sie sich über irgend etwas Sorgen?« fragte er.

»Sorgen? Nein. Ich mache mir so gut wie nie Sorgen.«

In der Lounge hinter den beiden Männern saßen elegant gekleidete Frauen und Männer in Gruppen um die Tische und unterhielten sich lebhaft, sofern sie nicht nach der Musik einer Achtmannband samt wasserstoffblonder Sängerin das Tanzbein schwangen.

Die Musik brach plötzlich ab, und die Paare auf der Tanzfläche blieben verunsichert stehen. Die Band spielte einen Tusch.

Mitternacht... Heute war der fünfundzwanzigste Jahrestag der Eröffnung des *Bendix-Forschungs- und -Produktionszentrums* auf der Insel. Zwischen der Terrasse und dem Strand gab es nun ein Feuerwerk. Raketen zischten hinter den Büschen und Palmen hoch, stiegen in den Himmel, explodierten, ließen wie Juwelen glitzernde Funken ins Meer regnen.

»Wir veranstalten am 31. Dezember immer ein großes Feuerwerk, um die bösen Geister vom neuen Jahr fernzuhalten«, sagte der Hawaiianer ernsthaft.

»Aha.« Der Engländer nahm diese Information mit einem leichten Neigen des Kopfes zur Kenntnis, trank einen Schluck von seinem Champagner. Mit geisterhaftem Jaulen stieg eine Formation von Raketen in den Himmel.

»Abergläubische Leute, mein Volk«, sagte der Hawaiianer. »Verjagen böse Geister und machen den Göttern Opfergeschenke.«

Aberglaube...

Die Worte des Hawaiianers interessierten den Engländer, zum erstenmal an diesem Abend.

Aberglaube... Geschenke an die Götter...

Die Menschen dieser Inseln dachten durchaus modern, wenn es um Geschäfte und das tägliche Leben ging. Sie waren seit fünfunddreißig Jahren amerikanische Staatsbürger, aber viele hatten ihren heidnischen Ursprung noch nicht vergessen, waren im Herzen den alten Göttern treu geblieben – *Lono*, dem Gott der Fruchtbarkeit, *Kane*, dem Schöpfer der Menschheit, *Kanaloa*, dem Gott des Meeres und *Ku*, dem Gott des Krieges. Dazu kam eine ganze Reihe unbedeutenderer Götter und Halbgötter, und die am meisten gefürchtete von ihnen war Pele, die Göttin des Vulkans und des Feuers.

Pele, dachte der Engländer und lächelte vor sich hin. Er fragte sich, warum er nicht eher auf den Gedanken gekommen war, warum es eines angetrunkenen Hawaiianers auf einer Hotelterrasse bedurft hatte, ihn auf diese Idee zu bringen…

Bendix Schere hatte in den vergangenen fünfundzwanzig Jahren viel Geld auf dieser Insel investiert – und viel von ihr profitiert. Tri-Zacktol, ein Rheuma-Medikament, extrahiert aus der Rinde von Bäumen des Regenwaldes; Cyvodenox, ein Mittel zur Wasserreinigung, extrahiert aus einer Larvenart im Vulkangestein; Phendol-Optyrvac, ein Medikament zur Abtötung von Bazillen, die in der dritten Welt eine bestimmte Art der Blindheit hervorriefen… Ja, viele Menschen auf dieser Insel waren abhängig von Bendix Schere. Stillschweigen über bestimmte Ereignisse würde also leicht zu erkaufen sein…

Der Engländer dachte an die Hubschrauber, die er über dem Vulkan hatte kreisen sehen, und lächelte weiter vor sich hin. Dachte an menschliches Fleisch, das in brodelnder Lava verglüht… Er hob sein Champagnerglas, prostete dem Hawaiianer zu und sagte: »Auf alle Götter Hawaiis!«

Der Hawaiianer hob ebenfalls sein Glas und grinste breit. »Auf alle Götter Hawaiis!«

Besonders Pele, dachte der Engländer.

52

London, Mittwoch, 23. November 1994

Monty bestellte telefonisch ein Blumengebinde für Walter Hoggins Beerdigung, an der sie und ihr Vater am Freitag teilnehmen wollten, und wandte sich dann ihrer E-Mail zu. Es lagen Dutzende von internen Rückfragen aus der Unterabteilung Patente und Verträge vor. Sie hatten es inzwischen mit mindestens dreißig Leuten von P & V zu tun, die alle die Anweisung hatten, so schnell wie möglich die Ergebnisse der wissenschaftlichen Arbeit ihres Vaters in den verschiedensten Ländern durch Patente abzusichern. Dementsprechend erstickte Monty fast in E-Mail-Anfragen.

Als sie die Liste der Fragesteller durchging, stieß sie auch auf Conor Molloys Namen, und Monty lächelte vor sich hin. Sie waren am gestrigen Abend übereingekommen, während der Bürozeit nur noch strikt dienstlich miteinander in Verbindung zu treten.

Sie würde Conor heute abend wieder treffen. Er hatte sie zum Dinner eingeladen, aber sie hatte ihm gesagt, sie müsse zunächst zum Cottage fahren, um die Katzen zu füttern und sich umzuziehen. Er hatte spontan vorgeschlagen, zu ihr ins Cottage zu kommen, und sie war dankbar darauf eingegangen, froh, den Abend – und die Nacht? – nicht allein verbringen zu müssen. Der Einbruch war ihr immer noch unheimlich – und von PC Brangwyn würde sie wohl nichts mehr hören…

Ihre Uhr zeigte 9 Uhr 10. Sie war seit einer Stunde im Büro, und ein arbeitsreicher Tag lag vor ihr… *Mein Gott, ich liebe dich so sehr, Conor Molloy,* dachte sie. *Ich liebe dich von ganzem Herzen…*

Sie unterdrückte jede weitere Ablenkung und wandte sich den Briefen zu, die mit der Post gekommen waren. Der erste stammte von einer Wissenschaftlerin, die sie seit vielen Jahren kannte und von der sie einmal gehofft hatte, sie könnte sich näher mit ihrem Vater anfreunden, aber er hatte kein Interesse gezeigt. Sie schickte einen Artikel über Gensequenzen in lymphatischen Tumoren bei Ratten, der ursprünglich in Frankreich veröffentlicht worden war. Eine handschriftliche Notiz war beigefügt: *»Ich dachte, das könnte deinen Pa interessieren.«*

Sie formulierte ein kurzes Dankschreiben und nahm den nächsten Brief in die Hand. Die Adresse auf dem Umschlag war in der wackligen Handschrift eines Neurotikers geschrieben, wie Monty sofort erkannte. Die Buchstaben kippten bei einigen Wörtern nach links, bei anderen nach rechts. Die Anschrift lautete:

Miss (nehme ich an) *Montana* (wie der US-Staat) *Bannerman.*

Genetikerin

Bendix-Schere-Imperium

Euston Road.

London.

Monty holte den Brief aus dem Umschlag und las:

»Sie Jüngerin des SATANS!

Die Genforschung ist das Werk des SATANS. *Gott hat uns erschaffen. Ihre Arbeit, mit der Sie sich anmaßen, Gottes Werke nachzuahmen, ist in der Bibel verboten!* FÜR DEN FALL, *daß Sie* DIE BIBEL NICHT KENNEN – ES STEHT IM DEUTERONOMIUM KAPITEL, VERS 15–18:

›Ihr habt keine Gestalt gesehen des Tages, da der Herr mit euch redete aus dem Feuer auf dem Berge Horeb, auf daß ihr euch nicht verderbet und machet euch irgend in Bild, das gleich sei einem Mann oder Weib oder Vieh auf Erden oder Vogel unter dem Himmel oder Gewürm auf dem Lande oder Fisch im Wasser unter der Erde.‹«

Das Schreiben trug weder Datum und Absender noch Unterschrift. Monty legte den Brief in der Akte ab, in der sie seit zehn Jahren die Briefe von solchen Spinnern sammelte. Das Bannerman-Institut war mehrmals von radikalen Tierschützern heimgesucht worden, und die Polizei hatte den Bannermans empfohlen, die Briefe aufzubewahren, falls sie als Beweismittel benötigt wurden.

Obwohl der Brief vermutlich von einem harmlosen Verwirrten stammte, beunruhigte er Monty mehr als üblich. Es gab eine Menge seltsamer Leute da draußen, und manche von ihnen waren ausgesprochen aggressiv. Die Genetik war ein Gebiet, das die Emotionen hochkochen ließ. Sie dachte an den Einbruch ins Cottage und an den Wagen, der ihr gestern gefolgt war, und sie fragte sich, ob hier ein Zusammenhang bestand. Sie würde es PC Brangwyn melden.

Vor einigen Jahren war ihrem Vater einmal ein Tierversuch mißlungen, und es war unbeabsichtigt, bedingt durch eine Mutation, zu einem Wurf junger Kaninchen ohne Augen und Ohren gekommen. Die Tiere waren bei einem Einbruch in das Institut zwei Tage später Tierschützern in die Hände gefallen, und Fotos von ihnen waren auf den Titelseiten mehrerer Zeitungen erschienen. Noch Monate später hatten sie und ihr Vater, aber auch Angestellte des Instituts Drohbriefe und wüste Telefonanrufe erhalten.

Sie dachte noch einmal genauer darüber nach. Es war doch recht unwahrscheinlich, daß der Einbrecher zugleich auch der Briefschreiber war – er hätte sonst ja wohl den Brief in ihren Briefkasten im Cottage gesteckt oder mit der Post dorthin geschickt und nicht hierher ins Büro, oder? Nein, bei dem Einbrecher handelte es sich höchstwahrscheinlich um einen fanatischen Tierschützer …

Sie nahm den Brief spontan wieder aus der Akte, machte sich eine Fotokopie und steckte sie in ihre Handtasche.

Conor und Monty setzten sich mit ihren Drinks an einen ruhigen Tisch in einer Ecke des *Plough*, Montys Stammlokal in der Nähe des Cottage, und warteten auf ihre Steaks mit Bratkartoffeln.

»Ich habe mich den ganzen Tag nach dir gesehnt«, sagte er, streichelte ihren Arm und lächelte.

»Ich habe dich auch sehr vermißt.« Sie nahm die Fotokopie des Spinner-Briefes aus der Handtasche und gab sie ihm. »Schau dir mal an, was mit der Morgenpost kam. Wieder nur ein zufälliges Zusammentreffen?«

Conor las den Brief genau durch, runzelte die Stirn und lächelte schließlich. »Das Werk des Satans, ganz klar, natürlich – alle Genforscher sind insgeheim Satanisten.« Er gab ihr den Brief zurück.

»Ich frage mich, ob ein Zusammenhang mit dem Einbruch ins Cottage besteht.«

»Ach was – es laufen einfach nur zu viele Beknackte frei herum.« Er wechselte das Thema. »Hast du die Möglichkeit gehabt, deinem Wachmann-Freund wegen der sechs fehlenden Stockwerke noch mal auf den Zahn zu fühlen?«

»Er war nicht da. Hatte entweder frei oder war krank… Hast du mit Charley Rowley gesprochen?«

»Er war heute im Patentamt der EG in München. Kommt morgen zurück.«

»Kann man ihm wirklich vertrauen?«

Conor grinste. »Er trinkt und raucht, und das sind heutzutage die besten Empfehlungen!«

Die Kellnerin brachte ihr Besteck und ein Körbchen mit Baguette-Brot. Conor nahm sich eine Scheibe davon.

»Ich war heute ziemlich verängstigt«, gestand Monty.

Conor sah die Besorgnis auf ihrem Gesicht und griff nach ihrer Hand. Er hatte keinesfalls beabsichtigt, so starke und tiefe Gefühle für sie zu entwickeln und sich in sie zu verlieben. Aber es war geschehen… »Hör mal«, sagte er, »ich weiß noch nicht, was da vor sich geht, aber wir werden dahinterkommen.« Er drückte fest ihre Hand.

»Ich klinge wohl ziemlich weinerlich.«

»Nein, es wäre wirklich seltsam, wenn du nach allem, was passiert ist, nicht verängstigt wärst.« Er lächelte. »Hör zu, immer, wenn ich mutlos bin, sage ich mir einen Spruch von Robert Frost vor. Er ist mein Lieblingsdichter.«

»Und wie lautet der Spruch?«

»Die Menschen sind unausrottbar – wie Fliegen und Bettwanzen. Es wird immer welche geben, die in Rissen und Spalten überleben – und wir werden dazugehören.« Er hob die Augenbrauen.

Monty lächelte und erwiderte den Druck seiner Hand. Sie war fest wie Mahagoniholz.

53

Berkshire/London, Donnerstag, 24. November 1994

Monty wurde von einem scharfen metallischen Klingeln, gefolgt von einem Klicken, aus dem Schlaf gerissen. Als sie, verwirrt und desorientiert, die Augen aufschlug, sah sie einen grün-grauen Lichtschimmer. Dann erinnerte sie sich – sie war zu Hause, zusammen mit Conor. Er saß aufrecht im Bett und hatte seinen eingeschalteten Laptop vor sich auf den Knien.

»Was machst du denn da?«

Er gab keine Antwort, tippte auf eine Taste des Keyboards, und sofort danach hörte Monty das Geräusch eines Modems, das eine Nummer anwählte. Dann lehnte er sich zu ihr herüber und küßte sie zärtlich. »Ich will nur was überprüfen. Ich habe das Modem an deine Telefonbuchse angeschlossen – du hast hoffentlich nichts dagegen?«

Die Uhr in der rechten oberen Ecke des Screens zeigte 3 Uhr 55. Sie behielt den Blick neugierig auf den Bildschirm gerichtet, während er die eingegangenen Nachrichten einer E-Mail Box aufrief. Dann riß sie erstaunt die Augen auf. Zu einer Säule am linken Rand geordnet stand untereinander immer wieder das Wort MATERNOX.

Er rief die erste E-Mail-Nachricht auf. Es war ein Verkaufsbericht über Maternox. Monty las den Namen des Absenders: dsmith&bendix.co.au, was »D. Smith, Bendix Schere Australien« bedeutete. Er war gerichtet an alowe&benidix.co.uk. Alan Lowe war der Direktor der Verkaufsabteilung des Konzerns im Bendix-Gebäude; Monty hatte ihn schon kennengelernt.

In der Zeile unter der Absender- und Empfängerangabe stand: bc: eumenides&pavilion.co.uk.

Die Abkürzung *bc* stand für *blind copy*. Bei *eumenides* erinnerte sie sich an Gestalten aus der griechischen Mythologie. »Woher kriegst du dieses Maternox-Zeug?« fragte sie.

»Bendix Schere schickt mir freundlicherweise stets Kopien von allen Maternox-Vorgängen«, antwortete er.

»Aha …?« Sie sah das belustigte Glitzern in seinen Augen.

»Wirklich – sie wissen allerdings nichts davon.«

»Eumenides? Das bist dann also du?«

»So ist es.«

»Ist das nicht eine der Furien in der griechischen Mythologie? Eine der gnadenlosen Rachegöttinnen?«

»Nein. ›Eumeniden‹ ist der Name, unter dem das Volk die *wohlwollenden* Furien zusammenfaßte. Er bedeutet wörtlich ›die Freundlichen‹. Ich benutze die ursprüngliche Mehrzahlform ›eumeni*des*‹.« Conor klickte die nächste Nachricht an und überflog sie. Es handelte sich um eine Statistik über die Entwicklung der monatlichen prozentualen Marktanteile von Maternox einschließlich einer Trendanalyse in Deutschland. Conor ging zur nächsten Nachricht über.

»Du hast also eine Mailbox bei dieser Firma ›Pavilion‹?«

Conor runzelte konzentriert die Stirn.

»Wäre es nicht möglich, daß die Bendix-Computerfachleute dahinterkommen und sie aufspüren?«

»Ist ziemlich unwahrscheinlich – sie könnten nur durch Zufall darauf stoßen: außerdem habe ich ein paar Abwehrfallen eingebaut.«

»Abwehrfallen?«

»Wenn jemand im Bendix-System zufällig da reinstolpern sollte, kriege ich sofort ein Warnsignal: gleichzeitig wird der Inhalt der Mailbox gelöscht.«

Sie lächelte anerkennend, war jetzt hellwach. »Du hast also nicht nur ein hübsches Gesicht, *Mr.* Molloy, stimmt's?«

Er bohrte den Zeigefinger in seine Wange und runzelte die Brauen. »Du kennst dich ja anscheinend in der griechischen Mythologie recht gut aus, oder?«

»Na ja – vieles habe ich vergessen …«

Er deutete auf ein Wort auf dem Screen.

Polyphemus, las sie.

»Du erinnerst dich, wer das war?«

»Ja – einer der Zyklopen.« Sie brauchte einen Moment, bis

der Groschen fiel. »Um Himmels willen...« sie lehnte sich vor und las die Nachricht, die kurz und bündig lautete:

*AKTE MEDICI: Änderung des Paßwortes. Das bestehende Paßwort läuft heute 00.00 Uhr WEZ aus. Es ist zu ersetzen durch: poly*phe^mus.*

Unterzeichnet war die Anweisung mit: B. Gunn, Direktor Abteilung Sicherheit.

Conor steckte sich eine Zigarette an. »Ist dieses neue Paßwort nun nur ein erstaunlicher Zufall? Oder haben wir den Jackpot geknackt?«

»Ich dachte, wir hätten uns entschlossen, nicht mehr an Zufälle zu glauben.«

»Richtig. Genau das war unser Entschluß.«

Conor zog den Mantel und die Jacke aus, sank schwer auf den Stuhl hinter seinem Schreibtisch, lehnte sich zurück und sammelte seine Gedanken.

Es war zehn nach acht. Er hatte alle Willenskraft aufbringen müssen, um aus dem Bett zu kommen, nachdem er und Monty sich nach dem Aufwachen noch einmal geliebt hatten. Er war erschöpft, aber gleichzeitig in Hochstimmung – zum einen wegen der wunderschönen Nacht mit Monty, zum anderen wegen seiner Entdeckung. Er brannte darauf, von dem neuen Paßwort Gebrauch zu machen, aber er würde bis heute abend damit warten müssen. Es wäre tollkühn und äußerst leichtsinnig, wenn er es hier im Büro versuchen würde.

Er holte sich einen Kaffee, loggte sich in den Computer ein und sah sich seine E-Mail an.

Einschließlich des gestrigen Tages waren über sechzig Nachrichten angekommen. Er sortierte zunächst die unwichtigeren aus. Einige stammten von alten College-Freunden in Washington, die ihm regelmäßig Nachrichten zukommen ließen, meist den neuesten Klatsch und die neuesten Skandale der Clintons, die neuesten Witze, gelegentlich auch ernsthafte Neuigkeiten aus dem Bereich der Genetik.

Es war seltsam, wie weit entfernt ihm Washington vorkam, und er fühlte sich ein wenig schuldig, weil er die letzten beiden Nachrichten seiner Mutter noch nicht beantwortet hatte. Er würde wahrscheinlich bald nach Washington fliegen müssen, um über die ersten Patentanträge zu verhandeln, und dieser Gedanke gefiel ihm gar nicht. Die Aufforderung Crowes, den Psoriatak-Antrag zu manipulieren, machte ihm große Sorgen. Wenn der wahre Sachverhalt herauskam, würde er ganz allein die Verantwortung übernehmen müssen – und das würde zweifellos das Ende seiner Karriere bedeuten. Und, was ihm viel wichtiger war, auch das Ende seiner Mission…

Auf dem Screen erschien die Meldung, daß ein Fax auf ihn wartete, und er rief es auf. Es war ein Standardformular des US-Patentamtes mit der Information, daß der Psoriatak-Antrag eingegangen war und der Prüfer dafür in Kürze bestimmt wurde. Dieser Prüfer werde dann Verbindung mit ihm aufnehmen.

Die Benennung von Prüfern für Patentanträge war ein Lotteriespiel; einige der Prüfer, das wußte er aus bitterer Erfahrung, waren weitaus härter und kleinlicher als andere, wobei jedoch keiner von ihnen oberflächlich arbeitete. Es würde sehr wichtig sein, welchen Prüfer man für seinen Antrag bestimmte. Und Crowe würde jeden einzelnen Schritt dieses Genehmigungsverfahrens im Auge behalten. Er war qualifizierter Biochemiker mit großer praktischer Erfahrung, und niemand bei Bendix Schere konnte ihm ein X für ein U verkaufen…

Es knackte an der Tür, und Charley Rowley ließ sich mit seiner Smart card ein.

»Guten Morgen, *Mr. Molloy.* Sie sind wieder mal spät dran. Harte Nacht gehabt?«

»Hi… Streuen Sie kein Salz in meine Wunde, *Mr. Rowley.* Ich fühle mich elend.«

Rowley schien ernster zu sein als sonst. »Ich muß mit Ihnen sprechen. Können wir uns um halb zwölf zum Lunch treffen?«

»Ja, gerne.« Conor fragte sich, ob Rowley eine Information für ihn hatte, sagte aber nichts.

»Hinter der King's Cross Station gibt es einen Pub namens *Northerner*...« Rowley beschrieb ihm den Weg. »Bis nachher«, sagte er und ging.

Der *Northerner* war ein recht schäbiger Pub mit nikotingeschwärzter Decke und viel zu lauter Rockmusik. Rowley saß in einer Nische und wirkte in seinem dandyhaften Aufzug in dieser Umgebung völlig fehl am Platz. Als Conor auf ihn zuging, stand er auf. »Ich dachte, man würde hier mittags was Warmes zu essen kriegen, aber es gibt nur Sandwiches – lassen Sie uns woanders hingehen«, sagte er lauter als nötig, wartete Conors Reaktion nicht ab und ging zum Ausgang.

Conor wunderte sich, aber seine Überraschung wurde noch größer, als Rowley draußen ein Taxi heranwinkte. Sie stiegen ein, und Rowley sagte zu dem Fahrer: »Cumberland-Hotel bitte.«

»Was zum Teufel ist los?« fragte Conor, als das Taxi losfuhr.

Rowley drehte vorsichtig den Kopf nach hinten, schaute durch das Rückfenster. »Ich hatte recht. Der Kerl aus dem Pub ist gerade ebenfalls in ein Taxi gesprungen und folgt uns.«

Er steckte die Hand in die Jackentasche und zog einen Briefumschlag heraus. »Kleines Geschenk für Sie. Stecken Sie es gleich weg.«

»Ist es das, wofür ich es halte?«

»Ja – die Maternox-Schablone, hinter der Sie her waren. Das chromatographische Muster der Maternox-Formel. Dazu ein paar Maternox-Kapseln mit verschiedenen Losnummern.«

Conor verstaute den Umschlag sorgfältig in der Innentasche seiner Jacke. »Danke. Dafür bin ich Ihnen was schuldig.«

»Gern geschehen.« Rowley steckte sich eine Zigarette an, kümmerte sich nicht um das große BITTE-NICHT-RAUCHEN-Schild über dem Rückspiegel des Fahrers und schaute sich dann wieder verstohlen um. »Wissen Sie, was

Sie mir da über die Firma erzählt haben…« Er schüttelte den Kopf. »Wahrscheinlich sind Sie gar nicht so paranoid, wie ich zunächst dachte. Ich hatte es höllisch schwer, meinen Kumpel zu überreden, mir die Schablone zu überlassen – habe selten jemanden gesehen, bei dem so schnell die Jalousien runtergingen.«

»Was haben Sie ihm gesagt?« fragte Conor besorgt.

»Keine Bange, das geht in Ordnung. Ich habe ihm erzählt, unsere Abteilung müsse nach Möglichkeiten suchen, das Maternox-Patent zu erweitern – prüfen, ob die Formel dazu noch Spielraum läßt.«

»Hat er noch andere Leute einschalten müssen?«

»Das war anscheinend das größte Problem, besonders im Hinblick auf die Kapseln, die Sie haben wollten. Sie werden äußerst streng unter Verschluß gehalten. Ich habe da wohl jemanden aufgeschreckt.«

»Und deshalb werden wir jetzt verfolgt?«

»Ich könnte mich täuschen – aber ich habe das Gesicht dieses Typen schon mal im Bendix-Gebäude gesehen. Ist doch irgendwie komisch, daß der Kerl dreißig Sekunden nach mir in den Pub kommt, ihn dreißig Sekunden nach mir wieder verläßt und jetzt im Taxi hinter uns herfährt… Da geht tatsächlich irgendwas vor sich, das nicht koscher ist. Ich werde mich näher damit beschäftigen, wenn ich aus Hawaii zurück bin.«

»Hawaii?«

»Man hat mir heute morgen eröffnet, daß ich morgen nach Hawaii fliegen muß. Wir haben dort ja eine unserer größten Fabriken, in der eine Vielzahl von Medikamenten produziert wird. Irgendwas ist da schiefgelaufen – anscheinend mit Patenten für den europäischen Markt.«

»Es gibt schlimmere Orte für eine Reise zu dieser Zeit des Jahres«, sagte Conor.

Rowley grinste. »Das kann man wohl sagen.« Er zog an der Zigarette. »Obwohl ich keinen Wert auf heiße Gegenden lege – der regnerische englische Sommer gefällt mir gut.«

»Ich würde sofort mit Ihnen tauschen«, sagte Conor.

»Mein Gott! Wenn ich daran denke, wie Sie da in der Sonne sitzen, Margaritas schlürfen und sich im Meer abkühlen …«

»Die beiden ersten Dinge werde ich tun, das letztere nicht. Ich kann nicht schwimmen.«

»Wirklich?«

»Nein. Bin wasserscheu. Hydrophobie – oder was es auch ist; bin wahrscheinlich als Kind mal von einem tollwütigen Hund gebissen worden oder so was.«

»Bendix Schere hat sicher eine Pille, die Sie davon heilen kann. Ich habe bei Merck mal an der Patentzulassung für ein Phobienmedikament gearbeitet.«

»Eines will ich Ihnen sagen – es gibt ganz tolle Miezen auf Hawaii. Soll ich Ihnen eine mitbringen?«

»Bringen Sie mir lieber was anderes mit«, sagte Conor. »In der Fabrik auf Hawaii wird der gesamte Bedarf an Maternox für die amerikanische Westküste produziert. Wäre recht nützlich, wenn Sie mir ein paar Muster von verschiedenen Losnummern mitbringen würden.«

»Null Problemo«, sagte Rowley.

»Noch eine Frage. Am Samstag sagten Sie mir, es gäbe Gerüchte über ein geheimes unterirdisches Kellergeschoß unter dem Fitneßcenter. Sie sagten, dort säßen Hunderte von Zwergen mit Abhörkopfhörern rum. Woher stammt dieses Gerücht?«

Rowley runzelte die Stirn. »Von Richard Drewett, dem damaligen Chef unseres Departments. Armer Kerl, starb an Meningitis im Alter von zweiundvierzig Jahren – ein Jahr, nachdem ich eingetreten war. Schade, Sie hätten sicher gerne mit ihm zusammengearbeitet; er hat sich auch einen Scheiß um die Firmenvorschriften gekümmert …«

54

London, Donnerstag, 24. November 1994

Trotz der ionisierten, unverschmutzen, den Schweizer Alpen entsprechenden Luft im Bendix-Gebäude verspürte Monty den Drang nach Tageslicht und einer Lunge voll echter Luft, wie dick und von Kohlenmonoxyd und Dieselpartikeln durchsetzt sie auch war.

Sie verließ zur Lunchzeit das Gebäude und schlenderte durch die Euston Road. Es war quälend, Conor irgendwo in der Nähe zu wissen und sich nicht nach Belieben mit ihm treffen zu können. Sie würden aber das ganze Wochenende miteinander verbringen, und sie freute sich schon sehr darauf.

Sie ging in einen Buchladen, um sich eine Zeitung zu kaufen. Die Schlagzeile des Magazins *Hello!* in einem Regal stach ihr ins Auge:

EIN SELTENES UND FREIMÜTIGES INTERVIEW MIT SIR NEIL RORKE BEI IHM ZU HAUSE.

Monty kaufte sich ein Exemplar und ging dann in einen Pub in der Nähe. Sie bestellte sich ein Sandwich mit Garnelensalat und einen Orangensaft und blätterte die Zeitschrift durch, bis sie auf den Artikel mit Sir Neil Rorke stieß. Ein Foto zeigte ihn neben einem Spiegel mit Goldrahmen in einem im Louis-XIV.-Stil eingerichteten Zimmer, die Hand auf die Schulter einer dunkelhaarigen Frau gelegt, die ein theatralisch wirkendes, hochgeschlossenes Kleid trug und das Gesicht zu einem verkrampften Lächeln verzog, wie es nur ein Facelifting hervorzubringen vermag. Die Unterschrift unter dem Foto lautete:

Eine der schillerndsten Gestalten in der Geschäftswelt Großbritanniens lädt uns in sein Landhaus in Kent ein und berichtet von seinem privaten und geschäftlichen Leben.

Der danebenstehende Artikel begann mit einem Zitat Rorkes:

»Die pharmazeutische Industrie verfügt heutzutage über eine furchteinflößende Macht. Ich bin mir der damit verbundenen Verantwortung zutiefst bewußt.«

Rorke ist ein wirklich humaner Mann, dachte Monty. Es ist unmöglich, daß er wissentlich in finstere Dinge verwickelt ist... Ganz offensichtlich nutzte die Firma sein gediegenes, onkelhaftes Image und seine Reputation als karitativer Wohltäter aus, und das Böse geschah hinter seinem Rücken, war von Crowe inszeniert – oder von jemandem ein paar Stufen tiefer auf der Leiter.

Sie dachte an das Memo von Dr. Linda Farmer an Crowe, das Conor ihr auf seinem Laptop gezeigt hatte: *Ein viertes Maternox-Problem zeichnet sich ab. Mrs. C. Kingsley. Behalte Entwicklung im Auge. Werde laufend berichten.*

Die Sache machte Monty zornig. Sie war es, die ihren Vater überredet hatte, zu Bendix Schere überzuwechseln, und sie hatte das getan, weil sie von der Integrität der Firma überzeugt gewesen war. Sie glaubte immer noch daran, und sie würde es nicht zulassen, daß einige faule Äpfel im Korb die Reputation der ganzen Firma verderben würden – und dabei auch der Name ihres Vaters besudelt wurde.

Noch hatte sie nicht genug Beweise. Wenn aber die Tests mit den Maternox-Kapseln irgend etwas Negatives aufzeigen würden, würde sie zu Sir Neil Rorke gehen und es ihm sagen. Und sie würde das tun, *ehe* sie Hubert Wentworth einschaltete und damit zuließ, daß die Medien die Firma in Stücke rissen...

Kurz vor zwanzig Uhr trat Monty aus dem Aufzug in der Lobby. Der Berufsverkehr war jetzt abgeflaut, und sie würde nicht mehr als vierzig Minuten zum Haus ihres Vaters brauchen. Sie hatte aber noch einen anderen Grund, bis zu dieser späten Stunde gewartet zu haben. Winston Smith war seit zwei Tagen nicht mehr im Dienst gewesen; Monty hoffte, er würde heute abend da sein, und sie spekulierte darauf, daß zu dieser Zeit nur noch wenige Leute in der Lobby sein würden und sie so ausführlich mit Smith sprechen könnte.

Sie atmete auf, als sie ihn hinter dem Schalter sitzen sah und ging zu ihm hinüber. Er war noch dünner geworden, sein Gesicht war erschreckend hager. Er sah gar nicht gut aus.

Sie begrüßte ihn, und er nickte ihr zu. Sonst war er immer aufgestanden, jetzt aber blieb er sitzen. »Guten Abend, Miss Bannerman.«

»Geht es Ihnen gut? Ich habe Sie ein paar Tage nicht gesehen.«

»Um ehrlich zu sein, es geht mir nicht besonders gut.«

»Ist die Erkältung noch schlimmer geworden?«

Er klopfte auf seinen Magen. »Vor allem hab' ich schlimme Magenschmerzen... Krieg' ich manchmal.«

»Ist nicht der Blinddarm, oder?«

Er lächelte wehmütig. »Nein, nicht so was. Ich wollt', es wär was, was man einfach rausschneiden kann, aber der Doc kann mir nur ein Mittel geben, damit ich die Schmerzen aushalte.«

»Was sagt der Arzt denn? Ist es vielleicht ein Magengeschwür?«

»Ich weiß es nicht. Er sagt mir nicht viel drüber.« Er sah sich nervös um, sprach leiser. »Um die Wahrheit zu sagen, ich glaub', es ist schlimmer, als sie mir sagen wolln.«

»Seit wann haben Sie denn die Schmerzen?«

»Seit drei Jahren.«

Monty war geschockt. »Schon so lange? Wer ist Ihr Arzt?«

»Dr. Seligman.«

»Er ist Ihr Hausarzt?«

»So was Ähnliches – er ist der Firmenarzt.«

»Ich wußte gar nicht, daß wir einen Firmenarzt haben.«

»Doch, den gibt's. Er ist ein netter Mann. Hat seine Praxis im Keller hinter dem Fitneßcenter. Ist immer freundlich. Wir gehn alle zu ihm.«

Monty schaute sich um und fragte dann: »Hören Sie, Mr. Smith, sind Sie auch mal bei einem anderen Arzt gewesen, um sich eine andere Meinung über Ihre Krankheiten anzuhören?«

»Ich bin in den vergangenen zehn Jahren bei allen möglichen Ärzten gewesen, Miss. Sie glauben gar nicht, was ich alles hatte. Der Ausschlag war am schlimmsten.«

»Ausschlag?«

»Ist so 'ne Art von Schuppenflechte. Dann juckt's einen am ganzen Körper, und man ist tagelang total krank.«

Schuppenflechte... Das Wort schoß förmlich durch Montys Gehirn. Die Schuppenflechte-Akte war eine der Unterlagen, die ihr Vater nicht hatte finden können. Irgend etwas an diesem Zusammenhang beunruhigte sie, aber sie sagte nichts. »Und was haben die anderen Ärzte gesagt?«

Er schüttelte den Kopf. »Nichts zu finden! Wär nichts Körperliches. Käm alles aus meinem Kopf! Ich hab' diesen Ausschlag vom Kopf bis zu den Zehen und hab' 39,4 Grad Fieber, und die sagen mir, sie könnten nichts finden, ich müßt' mich mit dieser Krankheit abfinden – es wär psychoirgendwas...«

»Haben Sie den Ärzten denn auch von den Tests erzählt, die man damals mit Ihnen gemacht hat?«

»Ja.«

»Und Sie glauben an diese Diagnose?«

»Ich wüßt' nicht, was ich sonst für Möglichkeiten hätt', Miss. Wenn man zu 'nem Spezialisten in der Harley Street geht und der Mann sagt, er kann nichts finden – wem soll man denn dann überhaupt noch glauben?«

Sie sah ihn stirnrunzelnd an. »Harley Street? Haben Sie das selbst bezahlt?«

Er schüttelte den Kopf. »Nein, Bendix hat das bezahlt. Als ich dem Dr. Seligman gesagt hab', ich würd' gern noch 'ne andere Meinung hören – ehrlich gesagt, meine Frau hat da dahintergesteckt –, hat er toll reagiert, hat 'nen Termin für mich gemacht und alles, und die Firma hat die Rechnung bezahlt. Sir Neil Rorke kam sogar mal zu mir an den Schalter und hat sich erkundigt, wie's mir geht. Die Firma hat alles für mich getan, was sie nur gekonnt hat, da bin ich sicher. Aber ich werd' sterben, das weiß ich, und der Grund dafür steckt nicht in meinem Kopf. Ich sterbe, und sie wollen's mir nicht sagen.«

Monty biß die Zähne aufeinander, ballte die Fäuste in den Manteltaschen. Dann fand sie die Sprache wieder. »Mein Vater und ich sind mit vielen Ärzten befreundet – vielleicht sollten Sie sich mal von einem von ihnen untersuchen lassen.«

»Ich möcht' aber Dr. Seligman nicht kränken – er war immer sehr gut zu mir.«

Monty sah entsetzt das naive Vertrauen auf dem Gesicht des Mannes. »Ich werde auf jeden Fall heute abend mal mit meinem Vater darüber sprechen«, sagt sie.

»Sie sind sehr freundlich.«

Sie schaute sich wieder um und stellte fest, daß niemand sonst in der Lobby war. Dennoch senkte sie die Stimme: »Hören Sie, als ich Sie neulich nach dem Aufzug gefragt habe, dessen Tür sich nie öffnet, haben Sie mir gesagt, es würde sich lohnen, sich mal die Baupläne des Gebäudes anzusehen, erinnern Sie sich? Ich habe das getan, und da stimmt wirklich was nicht. Es gibt anscheinend ein paar Stockwerke mehr, als offiziell bekannt ist. Wozu werden sie benutzt? Für geheime Tierversuche?«

Er sah plötzlich sehr beunruhigt aus, wirkte wie ein Tier in der Falle. »Stellen Sie mir dazu keine Fragen mehr, Miss, bitte. Ich hätt' das damals nicht zu Ihnen sagen dürfen.« Er sah sie voller Angst an, lehnte sich näher zu ihr hin. »Bitte erzählen Sie niemandem, daß ich Ihnen das neulich gesagt hab'.«

»Mr. Smith, im Bauplan sind sechs Stockwerke mehr eingezeichnet, als allgemein bekannt sind. Ich will sie mir mal ansehen.«

Er schüttelte heftig den Kopf. »Das ist unmöglich, Miss.«

»Sie geben also zu, daß diese Stockwerke existieren?«

Schweißtropfen bildeten sich auf seiner Stirn. »Bitte, stellen Sie mir keine Fragen mehr. Ich will meinen Job nicht verlieren, ich kriege doch keinen andern mehr... Ich würd' meine Rente verlieren, meine Versicherung, alles. Meine Frau sitzt im Rollstuhl, hat Parkinson. Ich darf nichts riskieren. Hätt' ich doch nur meine große Klappe gehalten!«

Monty seufzte, wünschte ihm eine gute Nacht und ging, tief in Gedanken versunken, hinaus auf den fast leeren Parkplatz. Als sie sich ihrem MG näherte, der im Schatten des Flutlichts vor der gegenüberliegenden Mauer stand, hörte sie plötzlich eilige Schritte hinter sich. Sie erschrak und fuhr herum.

Es war Conor.

»Hi«, begrüßte sie ihn freudig überrascht.

»Komm, wir setzen uns in deinen Wagen«, sagte er nur.

Als sie im MG saßen, gab er ihr einen kurzen Kuß auf die Wange und sagte dann: »Ich habe auf dich gewartet.«

»Das ist wirklich nett von dir!«

»Hör zu – ich habe die Maternox-Muster von Charley Rowley bekommen, aber er hat irgendwie die Aufmerksamkeit auf sich gezogen und wird überwacht. Ich kann die Tests in eurem Labor selbst machen, wenn ihr dort die entsprechende Ausstattung habt.«

»Ich kann das mit meinem Vater besprechen – ich sehe ihn heute abend. Sag mir, was du brauchst.«

Er tat es, und sie notierte sich alles. Dann gab er ihr wieder einen Kuß auf die Wange, stieg aus und ging mit schnellen Schritten zu seinem Wagen.

Erst ungefähr zehn Meilen vom Haus ihres Vaters entfernt merkte Monty, daß ein Paar Wagenscheinwerfer ständig in gleicher Entfernung hinter ihr herkamen. Sie beschleunigte und überholte den Wagen vor ihr. Kurz darauf sah sie im Rückspiegel, daß auch der verdächtige Wagen überholte. Sie bog spontan scharf rechts in eine Wohnstraße ab.

Die Scheinwerfer folgten ihr.

Sie bog links ab.

Die Scheinwerfer folgten ihr wieder.

Sie bog rechts ab.

Die Scheinwerfer blieben hinter ihr.

55

London, Donnerstag, 24. November 1994

Conor wartete in seinem BMW, bis Monty den Parkplatz verlassen hatte, startete dann den Motor und fuhr los. Sein Laptop lag griffbereit auf dem Beifahrersitz.

In dem immer noch starken Verkehr fuhr er nach Paddington, behielt dabei ständig den Rückspiegel im Auge. Charley Rowleys Verdacht, er werde beobachtet, hatte ihn angesteckt. Aber in dem Kaleidoskop der Scheinwerfer hinter sich konnte er nicht ausmachen, ob ihm jemand folgte oder nicht.

Er erreichte die Marylebone Road, fuhr die Rampe zur Stadtautobahn hoch, verließ sie jedoch gleich bei der Ausfahrt Paddington wieder und bog in eine breite Straße ein, die zu beiden Seiten von Hotels gesäumt wurde. Er blieb in der linken Spur, fuhr langsam, hielt Ausschau nach einem Hotel, das für seine Zwecke geeignet zu sein schien. Schließlich entschied er sich für ein Dreisternehotel, in dessen klassischen georgianischen Säulenvorbau man erbarmungslos moderne Glastüren und Fenster eingelassen hatte.

Der Portier bestätigte seine Fragen, daß noch ein Einzelzimmer frei und in diesem Zimmer ein Telefon mit Direktwahl ins öffentliche Netz vorhanden sei. »Für das Telefon brauche ich allerdings im voraus einen Kreditkarten-Imprint«, sagte er. Conor gab ihm seine Kreditkarte; der Portier ließ sie durch den Schlitz des Kartengerätes gleiten und gab sie ihm dann zurück. Die Rechnung für das Zimmer – fünfundsechzig Pfund – bezahlte er in bar.

In das Registrierungsbuch, das ihm der Portier zuschob, trug er sich mit einem fiktiven Namen und einer ebenso fiktiven Adresse in Washington ein. »Zimmer sieben, zweiter Stock«, sagte der Portier und händigte ihm den Schlüssel aus. »Ab sieben Uhr Frühstück im Zimmer oder im Speisesaal. Wollen Sie durch Anruf geweckt werden?«

»Nein, vielen Dank.«

Das Zimmer war kalt und fast höher als lang. Conor zog die Vorhänge zu, hängte seine Jacke über eine Stuhllehne und steckte das Modemkabel in die Telefonbuchse. Dann klappte er den Deckel des Laptop hoch und schaltete das Gerät ein.

Er steckte sich eine Zigarette an, während der Computer das Betriebssystem lud, dann wählte er das Bendix-Schere-Computersystem an. Die Reaktion erfolgte umgehend: Benutzernamen eingeben. Er tippte den Benutzernamen von Cliff Norris, dem Systemmanager, ein, dann Norris' Paßwort: a*l*/hem>ist.

Auf dem Screen erschien eine Liste der Optionen. Er rief eine Searchbox auf und gab ein: Datei Medici. Dann drückte er die Returntaste.

Auf dem Screen zeigte sich die Aufforderung: Eingeschränkter Zugang – Paßwort eingeben.

Conor schaute in sein Notizbuch, um ja keinen Fehler zu machen, und tippte dann: poly*phe ˆmus. Er drückte wieder die Returntaste.

Die Worte Gültige Autorisation blinkten an und aus, dann, nach einigen Sekunden, erschien eine Warnung:

Der Inhalt dieser Datei ist streng vertraulich. Sofern Sie nicht zum zugangsberechtigten Personenkreis gehören und dennoch Einblick in die Datei nehmen, machen Sie sich eines Vergehens nach dem Datenschutzgesetz von 1984 schuldig.

Falls nicht zugangsberechtigt, sofort mit D abbrechen.

Falls zugangsberechtigt, Returntaste drücken.

Conor drückte die Returntaste. Nach einigen Sekunden erschien die Überschrift: *Datei Medici*.. Darunter stand: Maternox. Status: Phase eins.

Er öffnete die Datei. Der Text lautete:

Losnummer: BS-M-6575-1881-UKMR.

Erstellungsdatum: 31. Oktober 1993.

Erwarteter konzentrierter Eingang von Ergebnissen:

Sep 94 - Jun 95.

Einzelfall-Berichte:
1. Mrs. Sarah Johnson. Maternox verschrieben 12 Wochen vor Empfängnis. Im fünften Schwangerschaftsmonat Auftreten eines nicht eindeutig zu spezifizierenden pustelartigen Ausschlages vom Typ Psoriasis. Dauer des Auftretens: zwei Wochen. Ausschlag tritt erneut im siebten Schwangerschaftsmonat auf, breitet sich in den folgenden vier Wochen über den gesamten Torso aus. Begleitet von Fieberschwankungen zwischen 37,7 und 39,9 Grad Celsius. Patientin zu Beginn des achten Schwangerschaftsmonats ins Berkshire General Hospital eingeliefert. Eintritt des Todes durch Versagen der Atmung nach acht Monaten und zwei Wochen der Schwangerschaft. Kind (m) postmortal durch Kaiserschnitt zur Welt gebracht. Symptome: Zyklopen-Syndrom in Verbindung mit akuter Psoriasis. Erstikkungstod aufgrund schwerer Deformation der Atmungsorgane.

Conor ging zum nächsten Namen in dem Bericht über:

2. Miss Zeenat Patel.

Die Schilderung der Symptome war die gleiche wie bei Sarah Johnson. Die Frau und ihr Kind waren im Queen Elizabeth Hospital in Birmingham gestorben. Beim dritten Fall handelte es sich um eine Mrs. Roberta McDonald. Wieder waren die Symptome die gleichen. Sie war im Royal Edinburgh Hospital gestorben. Dann kam der nächste Namen:

4. Mrs. Caroline Kingsley.

Das war die Frau, in deren Wohnung Monty die sechs Maternox-Kapseln gefunden hatten. Auch hier stimmten die Symptome bei der Frau und ihrem Kind mit denen bei den drei anderen überein.

Conor drückte seine Zigarette aus und las weiter:

ZWISCHENBERICHT:

Versuchsgruppe insgesamt:	100
Bisher erzielte Schwangerschaften insgesamt:	17
Bisher aufgetretene Fehlgeburten insgesamt:	3
Bisher aufgetretene Todesfälle insgesamt:	4

Voraussichtliche Geburtszeiten bei den verbleibenden Schwangeren:

Hosain Caroline (Mrs.)	10. 12. 94
Fanning Amy (Mrs.)	24. 12. 94
Donald Moira (Mrs.)	16. 01. 95
Symons Geraldine (Mrs.)	14. 02. 95
Liddiard Margaret (Miss)	09. 03. 95
Brown Anthea (Mrs.)	22. 04. 95
Townshend Lucy (Mrs.)	05. 05. 95
Cohen Sarah (Mrs.)	27. 05. 95
Sterling Anna (Mrs.)	10. 06. 95
Brook-Olsen Tania (Mrs.)	19. 06. 95

Conors Blick ging zurück zu dem Namen *Sterling*. Er kam ihm bekannt vor. *Anna Sterling*… War das nicht der Namen von Montys Freundin? Er steckte sich eine nächste Zigarette an und versuchte, sich das Gespräch mit Monty ins Gedächtnis zurückzurufen, war sich aber letztlich nicht sicher. Dann schaute er wieder auf den Screen, las noch einmal die Statuseinstufung in der Überschrift: STATUS: PHASE EINS…

Was zum Teufel ging da vor? Was war dann Phase zwei? Seine Hand zitterte leicht, als er die Zigarette zum Mund führte. Er war bisher davon ausgegangen, daß Bendix Schere versuchte, die Auswirkungen einer fehlerhaften, zufällig in den Verkauf geratenen Losnummer von Maternox vor der Öffentlichkeit zu verheimlichen. Aber was er hier sah, zeigte eindeutig auf, daß von Zufall nicht die Rede sein konnte – man hatte diese speziellen Maternox-Kapseln *vorsätzlich* in den Verkauf gebracht… Man hatte völlig bewußt einen skrupellosen Plan in die Tat umgesetzt…

Er las weiter:

ZWISCHENZEITLICHE SCHLUSSFOLGERUNGEN:

Aufgetretene Instabilitäten sind Folge zufällig aufgetretener Mutationen. Hundertprozentige Fehlerquote mit identischen Symptomen. Viele positive Faktoren. Verschiebung Latona Phase eins wird dringend empfohlen – sollte von weiteren Resultaten und eingehender Analyse abhängig gemacht werden. Bisherige Erkenntnisse sind unzureichend und lassen definitive Entschlußfassung nicht zu.

Conor sah, daß der Bericht nicht namentlich gekennzeichnet war. Jemand war da ausgesprochen vorsichtig. Sehr verständlich, dachte Conor wütend. Er hätte seinen Namen auch nicht gerne unter einen solchen Bericht gesetzt...

LATONA... Er las bis zum Ende des Berichtes weiter, stieß aber nicht wieder auf dieses Wort. Seine Neugier gebot ihm jedoch, danach zu suchen. Schließlich erschien der Hinweis auf dem Screen:

Die Datei Latona Phase eins ist noch in Arbeit. Kein Zugang zum Entwurf. Aufnahme der Endfasssung in System vorgesehen für 31. März 1995.

Conor stand auf und lief ein paarmal in dem kleinen Zimmer auf und ab. Er hatte das Gefühl, als hätte er gerade die Büchse der Pandora geöffnet...

Er suchte nach weiteren Informationen, gab Paßworte und Namen ein, einschließlich CROWE, DR. LINDA FARMER, GUNN, MEDICI INFORMATION UND POLYPHEMUS, aber es kam nichts dabei heraus.

Er speicherte die Datei Medici auf der Festplatte seines Laptop ab und sicherte sie mit einem Code – für den Fall, daß sein Laptop einem Unbefugten in die Hände fiel. Dann schaltete er den Computer aus, zog das Modemkabel aus der Buchse, steckte das Telefonkabel wieder ein, zog die Jacke an, nahm den Laptop und verließ das Zimmer. Er hatte weiß Gott Informationen erhalten, die die fünfundsechzig Pfund für das Zimmer wert waren...

Unten in der Lobby unterschrieb er die Kreditkarten-Telefonrechung und verließ das Hotel.

Er war so in seine Gedanken vertieft, daß er den Mann in dem dicken Schaffell-Parka mit gegen die Kälte hochgeschlagenem Kragen, der ein kleines Stück die Straße hinunter an einer Ecke stand, nicht bemerkte.

Der Mann wartete, bis Conor in seinen Wagen gestiegen und losgefahren war, dann schlenderte er gemächlich die Treppe zum Eingang des Hotels hoch und ging in die Lobby.

56

Berkshire, Donnerstag, 24. November 1994

Monty bemühte sich, die Ruhe zu bewahren. Sie bog wieder rechts ab. Die Scheinwerfer hinter ihr folgten. Dann stieg sie auf die Bremse, fluchte. Sackgasse...

Der Wendehammer vor ihr war mit Autos vollgeparkt, und der Wendekreis des MG war nicht klein genug, die Umkehr in einem Zug zu schaffen. Sie stieß zurück, wieder vor, wieder zurück – und starrte erstaunt das kurze Straßenstück hinunter.

Die Schweinwerfer waren verschwunden.

Sie fuhr los, warf einen prüfenden Blick auf die beiden letzten Wagen in der Sackgasse vor der Einmündung in die Straße, auf der sie gekommen war. Beide waren dunkel, kein Mensch darin zu erkennen. Wahrscheinlich war ihr Verfolger schnell wieder aus der Sackgasse zurückgestoßen. Würde er sich jetzt wieder an sie ranhängen?

Sie fand den Weg zurück zur Hauptstraße, schaute immer wieder in den Rückspiegel. Niemand war hinter ihr, als sie auf die Hauptstraße einbog. Auch auf dem weiteren Weg tauchten keine verdächtigen Scheinwerfer mehr hinter ihr auf.

Monty bremste scharf ab, als sie die Dreißigmeilenzone in der breiten Straße kurz vor dem Haus ihres Vaters in Maidenhead erreichte. Hier hatte sie ihre ganze Kindheit verbracht...

Alle Gebäude in der Straße waren alleinstehende Einfamilienhäuser, durch Vorgärten von der Straße getrennt, manche auch durch Sträucher und Bäume abgeschirmt. Das Haus ihres Vaters war ein um die Jahrhundertwende gebautes Pseudo-Tudor-Haus wie die meisten anderen in dieser Straße auch, gehörte aber zu den besonders schönen. Es hatte sechs Schlafzimmer, aber die Räume waren alle recht klein, so daß innen nicht die Landhaus-Atmosphäre herrschte, die man von außen vermutet hätte.

In den Jahren seit dem Tod ihrer Mutter hatte Monty mit ansehen müssen, wie das Haus langsam in einen recht vernachlässigten Zustand geraten war. Es sah besser aus, wenn man im Dunkeln ankam und die Einzelheiten nicht wahrnahm, ging es ihr durch den Kopf.

Nicht zum erstenmal wünschte sie, ihr Vater würde wieder heiraten. Aber sie war sich der Ironie dieses Gedankens bewußt – umgekehrt neckte er sie oft, weil sie schon fast dreißig war und keinen festen Freund hatte. Sie überlegte, ob sie ihm heute abend von Conor erzählen sollte, meinte dann aber, es sei noch zu früh dafür. Ihr ganzes Leben hatte sich seit Montagabend verändert, aber sie war sich noch zu unsicher über ihre Beziehung zu Conor, um darüber reden zu wollen. Sie liebte ihn aus vollem Herzen, das war klar, und er beherrschte alle ihre Gedanken. Aber sie kannte diesen Mann viel zu wenig, wußte kaum etwas über ihn, und er war von einer gewissen Aura des Geheimnisvollen umgeben, die sie zwar irgendwie aufregend fand, gleichzeitig aber auch beängstigend. Beängstigend, weil sie kaum Zugang zu seinen tieferen Gedanken hatte, nicht wußte, wie ernst er es mit ihr meinte. Konnte es nicht sogar sein, daß er in den USA eine feste Freundin oder, noch schlimmer, eine Ehefrau hatte?

Er hatte ihr erzählt, daß er von seiner verwitweten Mutter, die sich mit Okkultismus beschäftigte und als Hellseherin ein bescheidenes Einkommen hatte, aufgezogen worden war. Sonst wußte Monty nichts über seinen familiären Hintergrund. Wenn sie ihn nach seinem Vater gefragt hatte, war er stets hastig zu einem anderen Thema übergegangen. Er blieb für sie in vielerlei Hinsicht ein Buch mit sieben Siegeln; sie hatte ihn nicht einmal dazu bringen können, über diesen schlimmen Alptraum zu sprechen, den er bei ihr gehabt hatte.

Als Monty aus dem Wagen gestiegen war, schaute sie ängstlich hinter sich in die Dunkelheit. Nichts Verdächtiges zu sehen… sie schloß die Eingangstür auf und ging ins Haus.

»Hi!« rief sie. Der übliche muffige Geruch im Haus war vom appetitanregenden Aroma eines Eintopfgerichtes überlagert. Sie war angenehm überrascht, daß ihr Vater daran gedacht hatte, das Abendessen in den Ofen zu schieben. Er hatte eine Haushälterin, die ihm die Mahlzeiten zubereitete; er selbst war in der Küche völlig hilflos. Für Dick Bannerman wäre es sicher einfacher gewesen, ein Atom zu spalten als sich ein Ei zu kochen.

Durch die offene Tür des Arbeitszimmers sah sie ihn vor seinem Schreibtisch sitzen. Nur der Schein der Schreibtischlampe und der Schimmer des Computerbildschirms erhellten das Zimmer. Um ihn nicht zu erschrecken, sagt sie mit gedämpfter Stimme: »Hi Daddy.«

Er hob die Hand zum Zeichen, daß er sie gehört hatte, aber nicht gestört werden wollte, und drehte sich nicht nach ihr um. »Hi Darling«, murmelte er.

Sie ging zu ihm und schaute auf den Screen, erkannte, daß er an einem genetischen Code arbeitete, aber die Zeichen sagten ihr nichts. Sie wußte, daß die Gene aller lebenden Organismen, von Pflanzen bis zum Menschen, aus den vier *Basen* genannten Grundstoffen *Adenin, Guanin, Thymin* und *Cytosin* bestehen. Und daß man den jeweiligen genetischen Code mit den Anfangsbuchstaben dieser Basen, also A, G, T, C ausdrückt. Und sie hatte auch verstanden, daß jedes einzelne menschliche Gen aus einer Sequenz dieser Basen besteht, manche aus mehreren tausenden. Von daher war auch zu verstehen, daß im DNS-Strang der sechsundvierzig Chromosomen eines Menschen zusammen drei Milliarden genetische Codes vorhanden sind. Und daß jede einzelne Zelle des menschlichen Körpers einen vollständigen DNS-Satz enthält.

Aber ihr Wissen war ziemlich rudimentär, und sie hatte vielerlei Verständnisschwierigkeiten auf dem Feld der Genetik. Ihr Vater hatte ihr im Lauf der Jahre wiederholt bestimmte Detailgebiete erklärt, aber es war bei weitem nicht alles hängengeblieben. Sie verstand das Prinzip – daß die menschlichen Gene die Blaupause des Körpers darstellten, daß sie die treibende Kraft hinter der Entwicklung eines Embryos aus einer einzigen Eizelle waren und daß sie im Körper des erwachsenen Menschen den Anstoß gaben, sich zu erneuern und Schäden zu reparieren. Wenn man sich zum Beispiel in die Hand geschnitten hatte, gaben die Gene in den Zellen um die Wunde den Befehl, neues Gewebe zu bilden, wie sie auch das Wachsen der Haare steuerten oder dafür verantwortlich zeichneten, daß das Blut sich ständig erneuerte. Sie wußte aber auch, daß es zu Fehlsteuerungen bei den Genen kommen konnte und sie manchmal ihre Funktion einstellten oder aber übersteigert reagierten und dann bei den Menschen Krankheiten, von kleineren bis zu lebensbedrohenden wie Nierenversagen oder Tumorbildungen, hervorriefen.

Manchmal schienen die Gene aus eigenem Antrieb die Funktion einzustellen oder aber nach Jahren besten Funktionierens verrückt zu spielen; manchmal kam es auch dazu, daß Gene, die jahrelang nicht funktioniert hatten, aus unerklärlichen Gründen plötzlich ihre Funktion wiederaufnahmen. Ihr Vater war der Auffassung, daß manchmal Änderungen im Lebenszyklus wie Adoleszens, Pubertät, Schwangerschaft oder Klimakterium das An- oder Abschalten von Genen auslösten, wahrscheinlich aber auch externe Einflüsse wie Umweltverschmutzung, Streß oder Traumata. Wie alle Genforscher war er gezwungen, sich auf spezielle Bereiche zu konzentrieren, aber er war ein Mann mit genügend Vorstellungsvermögen und Eifer, sich nicht völlig einengen zu lassen.

»Irgendwas macht hier doch keinen Sinn«, knurrte er jetzt wütend.

Dann sind wir ja schon zu zweit, dachte Monty. Ihr Vater

schaute nicht hoch, tippte auf der Tastatur herum. Er alterte, wie Monty traurig feststellte. Sein Körper schien zu schrumpfen, die Schultern waren schmaler und der Rücken nicht mehr so muskulös, wie sie es in Erinnerung hatte.

»Crowe liegt falsch! So stellt sich dieses Gen *nicht* dar!« Dick Bannerman war wütend. »Der Mann hat keine Ahnung von dem, über was er da rumschwadroniert!«

Monty legte ihm die Hand auf die Schulter. »Wie gut kennt sich Dr. Crowe auf deinem Gebiet aus, Daddy?«

Er ignorierte ihre Frage und tippte weiter auf dem Keyboard herum. »Schau dir das an! Rekombinierende DNS! Ich habe ihm gesagt, wir sollten bei diesem Experiment Liposome und keinen Virus einsetzen. Zwei volle Arbeitstage sind mir dadurch verlorengegangen.« Jetzt endlich schaute er zu seiner Tochter hoch. »Dieser Mann hat eine Menge Auffassungen, die auf fehlerhaften Forschungsergebnissen basieren, aber er akzeptiert andere Auffassungen nur, wenn man ihm eindeutige Beweise vorlegt.«

»Er glaubt dir nicht?«

»Behandelt mich wie einen verdammten Studenten. Ich frag' mich oft, warum er mich überhaupt angeheuert hat. Möchte mal wissen, was in seinem, Kopf vorgeht – der Kerl scheint irgendeinen geheimen Plan zu haben, aber ich komme verdammt noch mal nicht drauf, was es sein könnte.« Er wandte sich wieder dem Computer zu.

Bei den Worten *geheimer Plan* runzelte Monty die Stirn, dachte an die fehlenden sechs Stockwerke im Bendix-Gebäude und an die Maternox-Kapseln. Und sie rief sich die Namen ins Gedächtnis, die sie heute morgen auf Conors Computerscreen gesehen hatte. *Eumenides; Medici; Polyphemus.* Sie war sehr besorgt …

Ihr Blick fiel auf eines der vielen Fotos an den Wänden. Es zeigte einen viel jüngeren Dick Bannerman in einem Dinnerjacket zwischen Francis Crick und Jim Watson, den Entdeckern der DNS. Den Ehrenplatz, umgeben von viel blanker Wand, nahm das Foto von der Verleihung des Nobelpreises für Chemie an ihren Vater ein. Sie war damals mit ihm nach Schweden gefahren, zwei Monate nach dem Tod ihrer Mutter. Sie erinnerte sich noch gut an den Applaus der Festversammlung, an die Gefühle des Stolzes und des Mitleids, die sie damals für ihn empfunden hatte – und auch jetzt wieder für ihn empfand, für ihren einsamen, alternden Vater, der immer verbitterter darüber wurde, daß er den Wechsel zu Bendix Schere vollzogen hatte. Und dabei hatte anfangs alles so vielversprechend ausgesehen …

Geheimer Plan. Die Worte schwirrten durch ihren Kopf. »Soll ich dir einen Drink machen?« fragte sie.

»Nein, wir werden gleich essen – ich habe Hunger. Mrs. Turnbull hat alles vorbereitet; ich bräuchte das Stew nur aus dem Backofen zu nehmen, hat sie, glaube ich zumindest, gesagt.«

»Ich richte das Essen für uns, dauert ein paar Minuten«, sagte Monty und ging in die Küche, wohlwissend, daß er den Anweisungen der Haushälterin bestimmt nicht richtig zugehört und wohl auch einiges vergessen hatte.

Sie setzten sich im Eßzimmer an den ovalen Nußbaumtisch, Monty gegenüber dem Vater auf dem früheren Platz ihrer Mutter, und widmeten sich, zunächst schweigend, dem Ochsenschwanz-Stew.

Monty vermißte Conor. Sie dachte fast ununterbrochen an ihn. Nach den vergangenen drei Nächten würde es ihr schwerfallen, allein zu schlafen – und das auch noch in ihrem alten Kinderzimmer …

»Weißt du, wer mir bei Bendix echt auf den Wecker geht?« frage ihr Vater unvermittelt, während er sein Rotweinglas wieder auffüllte.

»Wer?«

»Dieser verdammt feine Pinkel von einem amerikanischen Patentanwalt.«

Montys Magen krampfte sich zusammen. »Conor Molloy?«

»Ja. Dieser Bursche von der Patentabteilung, der vergangene Woche mal mit uns in der Kantine zu Mittag gegessen hat. Ich weiß nicht, was er für ein Spielchen treibt – ist mir dauernd auf den Fersen, will mich ausquetschen. Macht mich wahnsinnig.«

Monty bekam ein Stück von einer grünen Bohne in den falschen Hals, mußte husten, trank schnell einen Schluck Wasser, hustete wieder. »Ist vielleicht nicht seine Schuld«, brachte sie schließlich heraus.

»Ich weiß, was das für ein Typ ist. Einer von diesen verdammten Winkeladvokaten, die wissen, wie sie die Patent-Prüfer übers Ohr hauen können. Er kennt sich mit dem Patentierungsverfahren für Gen-Sequenzen aus, deshalb hat die Firma ihn wahrscheinlich aus den USA geholt – sie wollen ja möglichst viel vom menschlichen Leben patentieren lassen, und sie meinen, ich würde mich so ohne weiteres dafür hergeben... Mein Gott, dieser Molloy ist trotz allem nur ein blutiger Anfänger – sie haben so wenig Respekt vor mir, daß sie mir nicht mal einen ebenbürtigen Kontrahenten gegenüberstellen. Die meinen wohl, ich würde das nicht merken!«

Monty wollte Conor verteidigen, suchte nach einer Entgegnung. »Ich glaube, Dr. Crowe ist das eigentliche Problem, Daddy. Ich nehme an, Mr... ehm, Mr. Molloy tut nur das, womit er beauftragt wird.«

»Aha, er gehorcht also nur Befehlen, wie? Was ist er denn? Der Kommandant eines Konzentrationslagers oder was? Er ist ein *denkendes menschliches Wesen;* niemand *muß* unbedingt das tun, was ihm befohlen wird. Ich habe das jedenfalls nie getan.«

Er schaufelte sich die nächste Portion Stew auf seinen Teller. »Du hast die fehlenden Psoriasis- und Diabetesakten nicht gefunden?« fragte er dann.

Sie schüttelte den Kopf.

»Ich habe diese Diabetesakten selbst ins Archiv gebracht«, sagte er.

»Die Archivarin behauptet, sie könnten nicht ohne deine Erlaubnis dort wieder rausgenommen werden.«

»Verdammte Hexe. Greuliches Weibsstück.«

»Ja, das ist sie.« Monty dachte einen Moment nach. »Wir

haben ja Kopien der Akten auf Computerdisketten, also ist es kein Drama. Ich drucke sie für dich aus.«

»Ich bin nicht beunruhigt über Kopien meiner Arbeit – ich bin beunruhigt darüber, wer zum Teufel sich die Akten unter den Nagel reißt. Ich bin ja bereit, meine Arbeitsergebnisse mit aller Welt zu teilen, aber ich bin stocksauer, wenn sie mir irgend jemand klaut.«

Monty wartet, bis ihr Vater weiteraß, trank inzwischen einen Schluck Wein. »Daddy, was machst du am kommenden Wochenende?« fragte sie dann.

»Ich werde an dieser Psoriasis-Studie arbeiten – mache meine Hausaufgaben für den verdammten Oberlehrer Crowe.«

»Zu Hause?«

»Ja. Warum fragst du?«

»Ich wollte nur wissen, ob du zwischendrin mal in unser altes Labor gehst.«

Er hob die Schultern. »Das habe ich nicht vor. Ehrlich gesagt ist jeder Aufenthalt dort verdammt deprimierend für mich.«

Gut, dachte sie insgeheim.

57

Hawaii, Samstag, 26. November 1994

In der Ankunftshalle des Flughafens von Honululu wurde Charley Rowley von einem Mann in Pilotenuniform und einem kleinen, dunkelhäutigen Mann in einem schillernden schokoladenbraunen Anzug und weißen Mokassins begrüßt. Der Pilot nahm ihm den Koffer und die Aktentasche ab, der kleine Mann streckte ihm die Hand entgegen.

»Mr. Rowley? Ich bin Don Sontaree, Direktor von Bendix Hilo, unserer Fabrik hier auf Hawaii. Herzlich willkommen! *Ohahu* – wie wir sagen! Hatten Sie einen guten Flug?«

»Ja, danke«, antwortete Rowley, erstaunt darüber, vom Fabrikdirektor höchstpersönlich begrüßt zu werden.

Sie gingen zum Ausgang und stiegen in eine Limousine, die sie in weniger als zwei Minuten zu einem anderen Terminal brachte. Dort wartete ein großer Hubschrauber auf sie. Es war heiß, mindestens fünfundzwanzig Grad, aber der Wind machte die Hitze für Rowley in seinem Leinenanzug erträglich.

Im Passagierraum des Hubschraubers bestand der Direktor darauf, daß Rowley sich ans Fenster setzte. »Bitte, wir haben interessante Ausblicke zu bieten«, sagte er.

Als sie die Sicherheitsgurte anlegten und die Rotoren sich zu drehen begannen, fragte Rowley. »Niemand hat mich genauer eingewiesen – was ist eigentlich los? Warum hat man mich hergeschickt?«

Der Hawaiianer lächelte. »Alles zu seiner Zeit... Es ist jedenfalls eine große Ehre für uns, daß man Sie hergeschickt hat, wissen Sie.«

»Nein, das weiß ich nicht.«

Der Hawaiianer sah ihn abwesend an, hob die Hand. »Sie gibt uns so viel... Wir stehen so tief in ihrer Schuld...«

Rowley sah ihn erstaunt an. »*Sie*? Wen meinen Sie damit?«

Der Hubschrauber hob ab. Der Hawaiianer lehnte sich zu ihm hinüber und deutete auf eine Rauchwolke in der Ferne. »Pele.«

Rowley runzelte die Stirn. »Ich verstehe nicht...«

»Pele – es ist ihr Begrüßungssalut für Sie. Pele! Sie ist die Göttin unserer Vulkane.«

»Der Rauch da drüben, nicht wahr?«

»*Dampf*. Sie stößt Schwefeldampf aus. Eigens für Sie. Es ist ihre Art, Ihnen zuzurufen: *Ohahu, willkommen auf meiner Insel!*«

Der Hawaiianer nahm zwei Gläser aus einem kleinen Barschrank und mixte zwei Gin-Tonic. »Zum Wohl! Das ist *meine* Begrüßung für Sie.«

»Cheers.« Rowley schaute auf den hohen Vulkanberg, der immer näher kam. Er fragte sich, wie jemand wie dieser fahrig und verschlagen wirkende Mann eine so hohe Position erreicht haben konnte. Dann machte er sich klar, daß Bendix Hilo zwar eine bedeutende Forschungs- und Produktionsstätte war, daß hier jedoch sicher keine bedeutsamen Entscheidungen getroffen wurden. Sontaree mochte den hohen Titel eines Direktors tragen, aber im Grunde war er nichts als ein gerissener Fabrikleiter.

»Alles, was wir hier auf dieser Insel zum Wohle der Menschheit produzieren können, verdanken wir der Großzügigkeit unserer Göttin Pele«, sagte Sontaree und riß in demütiger Verzückung die Augen auf.

Der meint das ernst, dachte Rowley verwundert. *Der glaubt tatsächlich an diese Göttin Pele.*

Sie flogen jetzt seitlich an dem Vulkan vorbei. Dahinter ging die kahle, erstarrte Vulkanlandschaft in das saftige Grün eines ausgedehnten Regenwaldes über. Der Hubschrauber verlor an Höhe, als in einem Tal der riesige Komplex einer Fabrik auftauchte. Er bestand aus einem großen, fünfeckigen Zentralgebäude, das von vielen, langen flachen Gebäuden sternförmig umgeben war.

»Sieht aus wie das Pentagon!« sagte Rowley.

»Ja, aber eines Tages werden wir viel mächtiger sein«, prahlte Sontaree, und es schien ihm ernst damit zu sein.

Rowley sah ihn ungläubig an. »Tatsächlich?«

Vierzig Minuten später begleitete der Hawaiianer Rowley zur Rezeption des *Waikoloan-Hilton* und kümmerte sich um die Erledigung der Formalitäten einschließlich der Anweisung, alle Rechnungen von Mr. Rowley an Bendix Hilo zu schicken. Dann schüttelte er Rowley die Hand. »Ruhen Sie sich jetzt erst einmal aus. Wir haben heute abend eine kleine Begrüßungsparty für Sie vorbereitet. Ich lasse Sie um halb sechs abholen.«

»Wann fangen wir mit der Arbeit an?«

»Dazu ist es am Montag noch früh genug. Bis heute abend.«

»Was soll ich anziehen?«

Sontaree zögerte und sagte dann: »Strandkleidung. Es wird heiß sein.«

Die Limousine wartete pünktlich um halb sechs vor dem Hoteleingang. Der Chauffeur hielt die hintere Tür auf, und Rowley, gekleidet in ein buntes Hemd und ebenso bunte Bermuda-Shorts, stieg ein.

Sie fuhren ins Landesinnere, und nach einer knappen halben Stunde erreichten sie in der anbrechenden Dämmerung ein imposantes, weitläufiges Landhaus. Auf dem Rasen links des Hauptgebäudes stand der Hubschrauber. Er sah, wie Rowley fand, irgendwie bedrohlich aus.

Sontaree kam aus dem Haus, öffnete ihm die Wagentür, begrüßte ihn überschwenglich und führte ihn in ein großes Wohnzimmer, das mit Rattan-Möbeln ausgestattet war und durch ein riesiges Aussichtsfenster einen phantastischen Blick auf das ferne Meer bot. Der Hawaiianer nahm zwei bereitstehende Gläser Champagner und hielt ihm eines hin. »Cheers!«

Rowley trank das Glas gierig aus, und Sontaree füllte ihm sofort nach. Der Mann schien irgendwie nervös zu sein, wie Rowley feststellte.

Der Hawaiianer deutete durch das Aussichtsfenster. »Das da rechts ist Waikoloa, links liegt Kona«, sagte er.

Rowley merkte plötzlich, daß er Schwierigkeiten hatte, den Blick zu fokussieren. Er kniff die Augen zusammen, versuchte es wieder. Alles verzerrt… Der Boden unter ihm wankte. Ich habe den Champagner zu schnell getrunken, dachte er. Dann schien das Glas des Aussichtsfensters sich zu biegen, und er hatte das Gefühl, aus einem Goldfischglas nach draußen zu schauen. Er drehte sich um, sah Sontaree an. Das Gesicht des Mannes zerfloß, schien zu schmelzen. Rowley spürte, daß ihm das Glas aus der Hand genommen wurde.

»Muß mich hinsetzen«, murmelte er.

»Wir gehen nach draußen. Dann können Sie sich setzen.«

Rowley spürte, daß man ihn nach draußen führte, zum

Hubschrauber. Die hintere Tür wurde aufgeschoben, und eine Treppe wurde ausgefahren. Er war überrascht, daß sich die Stufen entgegen seiner Erwartung nicht durchbogen.

Er hatte das Gefühl, sein Gehirn würde im Schädel herumkreisen. Man schob ihn auf einen Sitz. Geräusche explodierten um ihn, über ihm. Das Röhren des startenden Motors... Vibrationen... Der Hubschrauber hob ab, stieg auf. Kurz darauf legte er sich schräg, flog eine Kurve. Rowley riß die Augen auf, starrte angestrengt aus dem Fenster, sah in den letzten Strahlen der untergehenden Sonne das Observatorium auf dem Mona Kea unter sich liegen.

Sie flogen weiter, nach Osten; als die Sonne hinter dem Horizont verschwunden war, erreichten sie den Krater des Mount Kilauea und setzten zu einer Umkreisung seiner Wolke aus Schwefeldampf an. Dann, als sie sich direkt über dem Rand des drei Meilen breiten Kraters befanden, erkannte Rowley, jetzt mit zunehmender Klarheit, schräg unter sich den rotglühenden, brodelnden Lavasee im Kessel des Kraters. Sieht aus wie ein flammend entzündeter Kehlkopf zwischen aufgerissenen Lippen, dachte er.

Plötzlich wurde etwas über seinen Kopf gezogen, versperrte ihm die Sicht, nahm ihm den Atem. Eine Kapuze... Ein eisiger Schreck durchfuhr ihn. »Heh!« schrie er auf.

Die Kapuze wurde unter seinem Kinn festgebunden. Undurchdringliche Finsternis...

Er wurde vom Sitz gerissen und mit dem Gesicht nach unten auf den Boden geworfen. Seine Hände wurden auf dem Rücken gefesselt, dann auch die Füße zusammengebunden. Panische Angst erfaßte ihn. Er keuchte und versuchte verzweifelt zu begreifen, was da vor sich ging.

Der Hubschrauber blieb aus Sicherheitsgründen hoch über dem Krater. Der erfahrene Pilot wußte sehr gut, daß die aus dem Krater aufsteigende Hitze den Flug destabilisieren konnte; er brach den Vorwärtsflug ab, ging in den Schwebeflug über.

Charley Rowley wand sich, stöhnte und wimmerte, bekam kaum noch Luft unter der Kapuze. Dann hörte er, daß die Tür des Hubschraubers aufgezogen wurde, und plötzlich umtoste ihn kalter, erfrischender Wind ... Seine Gedanken wurden ein wenig klarer. Das ist irgendein Scherz, dachte er. Ein verdammter Jux, den sich dieser schleimige, verschlagene Sontaree ausgedacht hatte ...

Aber dann erfaßte ihn eisiges Entsetzen.

Sein Körper wurde angehoben; Hände unter seinem Bauch, der Brust, an den Beinen ... Das Röhren des Windes wurde lauter, und er zerrte an seinem Hemd, den Shorts, der nackten Haut seiner Beine.

Dann rollte er plötzlich; keine Hände mehr, die ihn hielten. Er fiel ...

Eisige Luft preßte die Kapuze gegen sein Gesicht wie eine zweite Haut. Beißender Schwefeldampf brannte in seiner Lunge.

Er fiel und fiel ...

Hitze drang plötzlich auf ihn ein. Sengende, brennende, höllische, unerträgliche Hitze. Er stieß noch einen Schrei aus, einen gedämpften Schrei des Entsetzens, ehe seine Stimmbänder verkohlten ...

Aus dem Hubschrauber sah man die dunkle Gestalt kopfüber nach unten stürzen, wie eine Bombe. Sie explodierte in einer kleinen Rauchwolke, als sie auf der Oberfläche der 2000 Grad heißen Lava aufschlug. Dann war sie spurlos verschwunden.

58

Berkshire, Samstag, 26. November 1994

»Nach ungefähr einer Meile müssen wir rechts abbiegen«, sagte Monty und massierte ihre Schläfen. Sie war heute morgen mit schlimmen Kopfschmerzen aufgewacht. Während Conor vom Gas ging, nahm sie eine Packung Nurolief-Kapseln, die sie kurz vorher beim Stopp an einer Apotheke gekauft hatte, aus der Handtasche, steckte zwei Kapseln in den Mund und schluckte sie runter.

»Wenn die Dinger was taugen, könnte ich auch welche gebrauchen«, sagte Conor. »Ich habe gestern abend wohl zu viel Rotwein getrunken.«

»Und Champagner und Kognak.« Monty grinste ihn an und steckte ihm dann zwei Kapseln in den Mund. »Ist das beste Mittel gegen einen Kater, das es gibt. Auch wenn es von Du-weißt-schon-wem hergestellt wird.«

»Das war vielleicht eine Nacht«, stöhnte er genüßlich. »Hergott, war *das* eine Nacht…«

Sie zwickte ihm zustimmend in den Oberschenkel und sagte dann: »So, hier rechts rein.«

Sie kamen auf den Campus der Berkshire-Universität. Monty dirigierte Conor zu einem fast leeren Parkplatz am Ende des Komplexes und dort zu einem Schild mit der Aufschrift: RESERVIERT FÜR BANNERMAN-INSTITUT. Sie stiegen aus und gingen an der Baustelle des neuen Wissenschaftsgebäudes vorbei zu einem schäbigen, von Verfall gekennzeichneten Backsteingebäude, über dessen Eingang ein verblaßtes Schild verkündete: BANNERMAN-GENFORSCHUNGSINSTITUT. Die Eisengitter vor den Fenstern, die man vor einigen Jahren zum Schutz vor Einbrüchen durch wildgewordene Tierschützer angebracht hatte, ließen das Gebäude wie ein ausgedientes Gefängnis wirken und nicht wie ein wissenschaftliches Forschungslaboratorium.

Monty zog einen Schlüsselbund aus der Handtasche, der von der Größe her wie der altmodische Zellenschlüssel eines Gefängniswärters aussah, schloß die Eingangstür auf und ging schnell voraus in den Flur, um die Alarmanlage auszuschalten. Conor folgte ihr, und sie schloß die Tür hinter ihm ab.

Das Geruchsgemisch aus Holz, Linoleum und Chemikalien beschwor bei Monty alte Erinnerungen herauf, als sie mit klickenden Absätzen den Flur hinunterging. Durch ein Innenfenster konnte man einen Blick in die ehemalige Buchhaltung werfen; leere alte Holzschreibtische, leere Aktenschränke, abblätternder Verputz... Sie sah Conor an und fragte sich, was das für einen Eindruck auf ihn machte.

»Hat Charakter, dieses Gebäude«, sagte er. »Muß traurig für dich sein, es verrotten zu sehen.«

»Vor ein paar Monaten konnte ich es kaum abwarten, hier wegzukommen. Aber jetzt vermisse ich es sehr. Ich habe so viel Zeit meines Lebens hier verbracht...«

Sie führte ihn die Treppe hinauf und durch einen schmalen Gang zum Hauptlabor. Auf den in Reihen angeordneten hölzernen Arbeitstischen standen noch die Geräte, die man bei Bendix nicht hatte brauchen können. »Willkommen im Zentrum wissenschaftlicher Forschung!« sagte Monty.

»Mir gefällt es. Ihr hättet die Innenausstattung des Instituts komplett an das Wissenschafts-Museum verkaufen sollen! Sie hätten sie als Tribut an deinen Vater ausstellen können.«

»Ja...« Sie legte zum Schutz gegen die Kälte die Arme vor die Brust. Das Kopfweh ließ gottlob ein wenig nach. Sie hatten gestern abend wirklich zuviel getrunken. Conor hatte eine Flasche Champagner mitgebracht, um Monty nach Walter Hoggins Beerdigung ein wenig aufzumuntern, und sie hatten sie innerhalb weniger Minuten leergetrunken.

Die Beerdigung war sehr deprimierend für sie gewesen. Es war natürlich schön, die vielen alten Mitarbeiter wiederzusehen, aber als der Sarg durch den Vorhang im Krematorium glitt und Hoggins Frau und Töchter laut weinten, war sie von Reue- und Schuldgefühlen erfaßt worden.

Konnte es nicht sein, daß sie an seinem Tod schuld war?

Nein, ein lächerlicher Gedanke... Er war an einem Herzanfall gestorben. Mrs. Hoggin hatte ihr bei der Beerdigung gesagt, daß Walter in letzter Zeit tatsächlich Probleme mit dem Herzen gehabt, sie aber verheimlicht habe. Er stand auf einer Warteliste für eine koronare Bypass-Operation. Aber Monty konnte den Gedanken einfach nicht abschütteln, daß der arme alte Walter denselben Weg wie Zandra Wollerton und Jake Seals gegangen war – was für ein Weg auch immer das war...

Ein Schauder überlief sie. Drei Tote. Zwei Unfälle und ein Herzinfarkt. Ein irrationaler Zorn auf Hubert Wentworth stieg plötzlich in ihr auf. Es war alles seine Schuld. Wenn der dumme alte Narr nicht zu ihr gekommen wäre, wäre das alles nicht passiert…

Monty zeigte Conor das Regal, auf dem alle kleineren Geräte, die er angefordert hatte, aufgereiht waren. Conor staunte: »Ich dachte, wir kämen in ein völlig desolates Labor, aber das hier ist besser ausgestattet als viele, die ich in den USA gesehen habe.« Er legte seine Aktentasche auf einen Arbeitstisch neben ein Mikroskop.

»Und alles funktioniert noch, ist eben nur alt.«

»Schade, daß ihr das alles verscherbeln müßt.«

»Es ist ein konstanter Alptraum für uns. Wissenschaftler werden in unserem Land nicht entsprechend ihrer Bedeutung gewürdigt.«

»Außer bei kommerziellen Unternehmen.«

Er ging herum, sah sich die anderen Geräte im Labor an. »Habt ihr computergestützte Gen-Sequenzierungsgeräte gehabt?«

»Nein, ich… ich glaube nicht.«

Er schüttelte den Kopf. »Ein paar hunderttausend Dollar mehr, und ihr wärt hier so gut ausgestattet gewesen wie jedes andere moderne Genforschungs-Labor. Ihr hättet dann Bendix Schere nicht gebraucht.«

»Wir hätten das nötige Geld wahrscheinlich zusammenbekommen, wenn mein Vater einige seiner Forschungsergebnisse hätte patentieren können«, sagte Monty wehmütig.

»All das Zeug hier hat seinen Wert – ihr solltet es an einen Dritte-Welt-Diktator verkaufen, der ins Geschäft des Klonens einsteigen will… Mal ernsthaft, ihr habt hier, soweit ich das beurteilen kann, immer noch ein voll ausgestattetes Genforschungslabor – so mancher Forscher würde sich die Finger danach ablecken.«

»Als Bendix Schere damals einige Labortechniker herschickte, haben die nur mitleidig gelächelt. Sie sagten, die meisten unserer Geräte stammten noch aus der Arche Noah.«

»Das liegt daran, daß Bendix keine Geräte hat, die älter als zwei Jahre sind.« Conor ging zu seiner Aktentasche und öffnete sie.

Auf seinem Laptop lag ein brauner Umschlag. Er zog ein zusammengefaltetes Blatt Computerpapier daraus hervor, faltete es auf dem Tisch auseinander und strich es mit der flachen Hand glatt.

Die Überschrift lautete: BENDIX SCHERE. MATERNOX. PRODUKTCODE: BS PR65789/0987. ANALYSEVERFAHREN ZUR QUALITÄTSKONTROLLE.

Monty sah sich das Papier neugierig an. Sie hatte bisher nur die Forschungsseite der pharmazeutischen Industrie kennengelernt, wußte über den Produktionsprozeß nur das, was ihr bei der alltäglichen Arbeit begegnet war. Über den unteren Teil des Bogens verliefen Zahlenreihen, im oberen Teil war eine Kurve ausgedruckt, die der Herzschlagkurve eines EKGs glich, jedoch keine Ausschläge unterhalb der Achse aufwies.

»Ich brauche jetzt die Kapseln. Hast du die normalen ohne Schwierigkeiten bekommen?«

»Ich habe meinem Arzt gesagt, ich würde schon seit zwei Jahren eine Schwangerschaft anstreben, aber es würde nicht klappen. Er hat mir dann ein Rezept für Maternox ausgestellt.«

Er sah sie stirnrunzelnd an, wußte nicht, ob sie einen Spaß machte. »Einfach so? Ohne Tests? Ohne Untersuchung? Ohne Einschaltung eines Spezialisten?«

Sie grinste. »Er ist ein Freund der Familie. In Wahrheit habe ich ihm gesagt, mein Vater brauche eiligst ein paar Maternox-Kapseln für ein Experiment, und über ein Rezept von ihm könne ich schneller an sie rankommen, als wenn ich sie mir von unserer Fabrik schicken lassen würde.«

Monty holte zwei Tablettenfläschchen aus dem Reißverschlußfach ihrer Handtasche. Das eine enthielt die Kapseln mit der verdächtigen Losnummer, die sie im Bad der Kingsleys gefunden hatte, das andere die neu beschafften mit einer unverdächtigen Losnummer.

Conor schraubte den Deckel des Kingsley-Fläschchens ab, schüttelte eine der Kapseln heraus und legte sie in eine flache Glasschale, die er mit »A« beschriftete. Dann verschloß er die Phiole wieder und gab sie Monty zurück. Als nächstes nahm er eine Kapsel aus dem von Monty beschafften Fläschchen, legte sie ebenfalls in eine Schale und beschriftete sie mit »B«.

Er schaute sich beide Kapseln sorgfältig an. Sie sahen absolut identisch aus. Dann brach er sie nacheinander auf, schüttete den Inhalt in die jeweiligen Schalen und studierte das Granulat ausführlich mit dem bloßen Auge. Schließlich entnahm er den Schalen nacheinander ein einzelnes Körnchen und betrachtete es unter dem Mikroskop. Sie schienen vollkommen gleich zu sein.

Er schüttete den Inhalt der Kingsley-Kapsel aus der Schale in ein kleines Reagenzglas, fügte mit einer Pipette so viel Wasser hinzu, daß das Granulat damit bedeckt war, schraubte den Deckel auf das Glas, steckte es in die Klammer eines Rüttelgerätes und stellte es an.

Das Granulat löste sich innerhalb weniger Minuten auf, und es entstand eine Lösung, die wie Lebertran aussah. Mit einer anderen Pipette hob er die Lösung aus dem Reagenzglas und entleerte sie in eine Kristallschale, die er dann unter einen Spektralphotometer schob.

Dieselbe Prozedur wiederholte er mit der Lösung des Granulats der unverdächtigen Kapsel. Die Spektren beider Lösungen waren über weite Strecken gleich, aber bei einer Wellenlänge zwischen 250–300 Nanometern zeigte sich bei Kapsel A eine Spitze des Absorptionsspektrums, die bei Kapsel B nicht vorhanden war.

Conor schaltete die Maschine ab und sah Monty an. »Bist du absolut sicher, daß es sich bei den Kapseln aus dem Bad der Kingsleys um Maternox handelt?«

»Nicht hundertprozentig. Sie waren in dieser Phiole, und sie sehen wie Maternox aus, also nahm ich an, daß es welche sind. Warum fragst du?«

Er schüttelte nachdenklich den Kopf. »Irgendwas ist unheimlich an der Sache.«

Angst stieg in ihr auf. »Was?«

»Die Übereinstimmung ist nur teilweise vorhanden.« Er sah Monty jetzt mit tiefer Besorgnis an. »In der verdächtigen Kapsel ist etwas Zusätzliches enthalten. Und ich glaube nicht, daß es sich um einen schlichten Qualitätsfehler bei dieser Losnummer handelt. Man hat der ursprünglichen Formel irgendwas hinzugefügt. Und zwar mit voller Absicht.«

»Was könnte das zum Beispiel sein?«

»Keine Ahnung. Ich weiß nicht mal, wo ich mit meiner Suche anfangen soll... Ich muß ein paar empirische Tests machen – vielleicht habe ich Glück.« Er schaute auf die Uhr an der Wand. Es war zehn nach elf. »Das kann Stunden dauern. Hast du so lange Zeit? Und wenn ja, was machst du inzwischen?«

»Ich habe dir doch gesagt, daß ich fast mein ganzes Erwachsenenleben hier verbracht habe. Da kommt es auf einen Tag mehr auch nicht mehr an.« Sie lächelte – und verbarg darunter die Angst, die sie immer mehr gefangen nahm.

59

Berkshire, Samstag, 26. November 1994

Conor arbeitete mehrere Stunden in höchster Konzentration. Monty verbrachte die Zeit damit, mehrmals die Akte Medici auf dem Screen von Conors Laptop zu lesen, noch einmal nach den verschwundenen Akten ihres Vaters zu suchen und einen Spaziergang über den Campus zu machen.

Es wurde dunkel, als sie ins Labor zurückkam. Sie küßte Conor, aber er war durch die Betrachtung eines kleines Teströhrchens abgelenkt, das er gerade aus einem Rüttelstand genommen hatte.

Er steckte das mit »A« gekennzeichnete Röhrchen in die Trommel einer kleinen Tischzentrifuge; auf der gegenüberliegenden Seite der Trommel steckte bereits das mit »B« beschriftete Kontrollröhrchen. Er schloß den Deckel der Zentrifuge und schaltete sie ein. Es ertönte ein schrilles Jaulen, das bald in ein tiefes Brummen überging.

Nach wenigen Minuten war ein Klicken zu hören, und die Zentrifuge verlangsamte die Umdrehungen. Conor öffnete den Deckel, nahm als erstes das Röhrchen »A« heraus und hielt es gegen das Licht der Neonlampe an der Decke. Der Inhalt hatte sich in drei klar voneinander getrennte Schichten aufgeteilt: eine gelbliche Flüssigkeit auf dem Boden, einen weißen Schwebstoff in der Mitte und eine klare, dünne Flüssigkeit im oberen Teil.

Mit einer Mikropipette hob er die oberste Schicht ab und gab sie in ein anderes, in einem Gestell steckendes Teströhrchen. Dann fügte er die zweieinhalbfache Menge Vinylalkohol dazu, verschloß das Röhrchen, schüttelte es sanft mit der Hand und steckte es dann wieder in die Zentrifuge. Dieselbe Prozedur wiederholte er mit dem Röhrchen »B« und stellte dann die Zentrifuge an.

Er ließ sie zehn Minuten laufen. Während dieser Zeit wechselten sie nur wenige Worte; Spannung lag in der Luft. Dann klickte der Zeitschalter, und die Zentrifuge lief aus, blieb stehen. Conor nahm das Teströhrchen »A« wieder zuerst heraus und hielt es gegen das Licht. Die oberen drei Viertel des Inhaltes bestanden aus einer klaren Flüssigkeit, am Boden hatte sich eine feste weiße Kugel gebildet. Er hob die Flüssigkeit mit der Pipette ab, gab Wasser auf die kleine Kugel, verschloß das Röhrchen, wiederholte die Prozedur mit der Kontrollsubstanz und steckte beide Röhrchen in den Rüttelstand.

»Okay«, sagte er dann und brach damit das Schweigen. »Jetzt nähern wir uns dem berühmten Augenblick der Wahrheit...«

Er ging hinüber zu einem flachen, mit durchsichtigem Sicherheitsglas ummantelten Gerät zur Gel-Chromatographie. Er vermischte Agarose-Gel mit Salzlösung und stellte die Mischung dann für vier Minuten in ein Mikrowellen-Geltrockengerät. Dann kippte er die gerade noch flüssige

Lösung in eine flache Schale und drückte perforierte Plexiglas-Schablonen hinein. Während die Lösung sich verdickte und setzte, ging er in die nebenan liegende Dunkelkammer und überprüfte die dort vorhandene Ausstattung. Als er zurückkam, hatte die Lösung sich gesetzt, und er hob die Schablonen heraus. Sie hatten in der Gel-Lösung Reihen kleiner Schlitze hinterlassen. Dann schob er die Schale in das Chromatographie-Gerät.

Als nächstes fügte er beiden Maternox-Proben blauen Farbstoff und eine Kalibrierungs-Lösung hinzu. Dann träufelte er vorsichtig, einen Tropfen nach dem anderen, Maternox-Lösung in die Schlitze in dem Agarose-Gel. Als er diese mühsame Arbeit beendet hatte, schaltete er das Chromatographie-Gerät ein. Kleine tintenblaue Punkte bildeten sich in den mit den Maternox-Lösungen gefüllten Schlitzen; sie wanderten, sich verdichtend, im Lauf der nächsten Viertelstunde langsam nach rechts.

»Lust auf ein bißchen frische Luft?« fragte Conor, als er sicher war, daß alles richtig lief. »Das dauert jetzt noch mal vierzig Minuten.«

Monty nickte dankbar. Sie hatte einen Bärenhunger… In der fast leeren Kantine der Universität setzten sie sich mit zwei großen Schalen Gulasch an einen Tisch, der weit außerhalb der Hörweite aller anderen Gäste stand.

Monty sprach trotzdem mit gedämpfter Stimme: »Conor, mir geht eines nicht aus dem Kopf – es muß einen Grund dafür geben, daß sie es Akte *Medici* nennen. Ich meine, sie haben den Namen *Polyphem* benutzt, und der Zusammenhang mit dem Zyklopen-Syndrom ist offensichtlich. Welche Logik steckt aber hinter *Medici*?«

»Die Medicis waren während der Renaissance eine mächtige Familie in Florenz, richtig?«

»Ja. Ziemlich brutal, aber auch große Mäzene der Kunst, der Literatur und des Wissens allgemein.«

»Vielleicht ist das ja gemeint.«

Monty schüttelte den Kopf. »Ich meine, es müßte mehr dahinterstecken.«

»Was zum Beispiel?«

»Das weiß ich nicht. *Polyphem* oder *polyphemus* in der lateinischen Form ist so was wie ein krankhafter Scherz, aber es steckt eine gewisse Logik dahinter. Und so muß es meiner Meinung nach auch mit *Medici* sein.«

»Was ist mit der anderen Datei, die da erwähnt wird, zu der ich aber keinen Zugang bekommen habe – *Latona*? Sagt dir das irgendwas?«

»Latona?« Sie murmelte das Wort nachdenklich mehrmals vor sich hin. »Ich hab's! Stammt das nicht aus Ovids *Metamorphosen*? Der römische Name von Leto, der Mutter von Apollo und Diana, die beide von Jupiter mit ihr gezeugt wurden? Nach der Legende wurde sie mal von lykischen Schäfern beleidigt, die daraufhin in Frösche verwandelt wurden.«

Frösche...

Als sie das Wort ausgesprochen hatte, fühlte sie sich plötzlich äußerst unbehaglich, erinnerte sich an den Frosch, der neulich abends in ihre Küche eingedrungen war. »Mein Gott, das ist wirklich unheimlich!«

Conor sah sie mit einem seltsamen Lächeln an, erinnerte sich offensichtlich ebenfalls an diesen Zwischenfall. »Du hast dieses Trauma mit Fröschen, nicht wahr? Sie jagen dir Furcht ein?«

»Ja.«

»Bist du mal in Dr. Crowes Büro gewesen?«

Sie mußte einen Moment nachdenken, sagte dann: »Nein, nur in Rorkes. Warum?«

»Mir ist aufgefallen, daß er einen Frosch aus Pappmaché auf seinem Schreibtisch stehen hat. Das Ding ist unübersehbar, sieht gruselig aus.«

»Hey!« rief sie. »Sir Neil hat ebenfalls einen Frosch auf seinem Schreibtisch sitzen – sieht aus wie vergoldet oder so was. Ein scheußliches Ding! Ist wahrscheinlich eine sehr teure Skulptur, aber ich konnte ihr keinerlei Schönheit abgewinnen.«

»Es gibt hier also Verbindungen zwischen Zyklopen, Fröschen und den Medicis. Schönes Rätsel, das man uns da aufgibt.«

»Vielleicht hat da irgend jemand nur einen ausgesprochen bizarren Sinn für Humor.«

»Ich würde sagen, daß Humor auf der Prioritätenliste bei Bendix Schere sehr weit unten rangiert«, meinte Conor.

Als sie zurück im Labor waren, stellten sie fest, daß die Wanderung der kobaltblauen Farbstofflinien in dem Chromatographie-Gerät weit fortgeschritten war. Conor sah sich das Ergebnis schweigend an. Nach einer weiteren Viertelstunde schaltete er das Gerät ab, zog den Stecker raus und trug es in die Dunkelkammer.

Er stellte das Chromatographie-Gerät vorsichtig auf einen UV-Transilluminator, ein wie ein Foto-Vergrößerungsapparat aussehendes Gerät zum Durchleuchten mit ultravioletten Strahlen und schloß es dann an. Beide setzten Schutzhelme mit Plexiglasvisieren auf. Als Conor das Deckenlicht ausmachte, war es einen Augenblick völlig dunkel im Raum; dann wurde er vom purpurroten Glühen des UV-Lichts erhellt. Monty schaute auf das Chromatographie-Gerät und sah zu ihrem Erstaunen, daß sich in der Gel-Lösung kleine Stränge bildeten, die hellorange aufleuchteten.

Conor machte ein Polaroid-Foto von den Strängen. Dann schaltete er das UV-Durchleuchtungsgerät aus und knipste das Deckenlicht wieder an. Monty sah an seinem Gesichtsausdruck, daß er sehr beunruhigt war. »Was ist das?« fragte sie. »Diese Stränge?«

»Es ist kein Protein, wie ich zunächst dachte – es ist Desoxyribonucleinsäure – DNS; und sie ist ungefähr sechs Kilobasen lang.«

Sie sah ihn stirnrunzelnd an. »Ich verstehe nicht... Ich kann dir nicht folgen...«

»Sechstausend Basen pro Nucleotid«, sagte er mit schwerer Stimme.

»Ich bin anscheinend heute schwer von Begriff. Ich kapier' das immer noch nicht...«

»Du hast doch diese Wanderungslinien im Chromatographie-Gerät gesehen. Und die Stränge, die unter dem UV-Licht orange aufgeleuchtet haben und nach denen du gefragt hast... Das sind DNS-Stränge.«

»Willst du damit tatsächlich sagen, in den verdächtigen Maternox-Kapseln wäre DNS?«

»Ja. Diese Kapseln enthalten DNS und irgendein Adaptionssystem... Monty, wir haben es hier mit einem Fall von Genmanipulation zu tun. Den Frauen, die diese Kapseln einnehmen, werden irgendwelche Gene in den Körper hineinmanipuliert. Sie werden damit zu Trägerinnen zusätzlicher Gene einschließlich der Instruktionen zu ihrer Adaption, das heißt zur Aufnahme in das Körpersystem.«

Monty riß geschockt den Mund auf, aber es kam kein Ton heraus. Eisige Kälte ließ das Blut in ihren Adern erstarrren. »W... was für Gene?«

»Ich weiß es nicht – meine Kenntnisse reichen nicht aus, um das herauszufinden. Das kann nur ein wirklich erfahrener Molekularbiologe feststellen... Wie dein Vater zum Beispiel.«

Sie schluckte. »Conor, ich kann nicht absehen, auf was wir hier gestoßen sind, aber was es auch ist, ich möchte meinen Vater nicht mit hineinziehen.«

Conor lehnte sich vor und schaute sich die DNS-Stränge unter dem Mikroskop an. »Deine Freundin Anna steht auf dieser Liste, nicht wahr?«

»Ja«, sagte sie düster.

Er hob den Kopf und sah sie an. Alle Farbe schien aus seinem Gesicht gewichen zu sein. »Monty, ich kann nicht einmal Spekulationen darüber anstellen, was hier vor sich geht. Ich hatte den vagen Verdacht, es könnte sich um Genmanipulation handeln, und dieser Verdacht hat sich nun bestätigt. Das ist alles, was ich mit Sicherheit weiß.«

»Was *glaubst* du denn, um was für ein Gen es sich handeln könnte?«

»Der Name Joseph Mengele sagt dir sicher was, oder? Dieser Nazi-Arzt, der in Auschwitz medizinische Experimente mit den Insassen des Konzentrationslagers gemacht hat?«

Monty erinnerte sich an die quälenden Berichte über die entsetzlichen Experimente, die der wahnsinnige Doktor Mengele an Menschen durchgeführt hatte, um dem Wunsch seines Führers, eine Herrenrasse zu schaffen, nachzukommen. »Ja«, stammelte sie.

»Nun, wenn es sich bei diesen Maternox nicht doch um irgendeinen monströsen Verunreinigungs-Unfall handelt, dann gibt es jemanden bei Bendix Schere, der Dr. Mengele wie einen blutigen Amateur aussehen läßt.«

60

Berkshire, Samstag, 26. November 1994

»Was sage ich denn jetzt zu Anna Sterling, Conor?«

Er sah den beiden Katzen zu, die hungrig über ihre Freßnäpfe auf dem Küchenboden herfielen. »Ich meine, du solltest zunächst einmal gar nichts sagen«, schlug er vor, ließ die Eiswürfel in seinem Whiskyglas klirren und trank einen Schluck.

»Sie wird sterben, nicht wahr?«

»Das können wir nicht mit Sicherheit sagen.«

»Doch, wir wissen es ganz genau.« Sie nahm ohne Dank die Zigarette, die er ihr anbot, und steckte sie hastig an. »Die Akte Medici registriert bisher vier Tote und keine erfolgreiche Geburt. Das sind vier Tote in vier Fällen, also hundert Prozent, Conor.«

Er schüttelte den Kopf, steckte seine Zigarette nicht an. »Vier von *sieben* Fällen. Es sind drei Fehlgeburten aufgeführt; über die Mütter wird nichts gesagt, also nehme ich an, daß sie gesund sind.«

»Großartig! Was soll ich denn nun machen? Zu Anna gehen und ihr mit aller Kraft in den Bauch boxen und sagen: *Tut mir leid, das ist nur zu deinem Besten*?« Sie zog die Kühlschranktür auf, schaute wütend auf ihre Vorräte. »Ich wollte dir ein richtig schönes Abendesen kochen, aber jetzt ist es dafür zu spät. Du mußt dich mit einer Lasagne aus der Mikrowelle zufrieden geben.«

Conor schaute auf die Uhr. Es war Viertel nach zehn. Monty hatte gesehen, daß das blinkende Lämpchen am Anrufbeantworter das Vorliegen einer Nachricht anzeigte, war im Moment aber gedanklich zu beschäftigt, um sich darum zu kümmern. Statt dessen äußerte sie ihre Ängste: »Conor, diese Sache ist ein paar Nummern zu groß für uns. Meinst du nicht, wir sollten damit zur Polizei gehen?«

»Ich halte das nicht für eine gute Idee«, sagte Conor.

»Warum nicht?« Sie legte einen Korkenzieher auf den Tisch und stellte eine Flasche Rotwein daneben.

»Weil ich nicht glaube, daß es eine Sache für die Polizei ist«, sagte er ausweichend.

»Vier Frauen sind tot und weitere zehn könnten sterben, und das ist keine Sache für die Polizei?« Sie zog an der Zigarette. »Hör zu, die Firma hat gegen alle möglichen Gesetze verstoßen. Sie haben die Formel eines Medikaments geändert, ohne die strikt vorgeschriebenen Prozeduren einzuhalten. Herrgott, sie haben keine Tierversuche vorgeschaltet, das Komitee zur freiwilligen Selbstkontrolle der Pharmaindustrie nicht unterrichtet, keine Ausnahmegenehmigung bei den zuständigen Stellen eingeholt... Was sie tun, ist ein flagranter Bruch der Deklaration von Helsinki. Das ist kein geringfügiger Verstoß gegen protokollarische Regeln, das ist eine kriminelle Handlung schlimmster Art. Sie machen Versuche der Stufe vier, ohne die Stufen eins, zwei und drei vorgeschaltet zu haben. Sie haben weder das Medizinische Kontrollamt noch das Amt zur Überprüfung der Sicherheit von Medikamenten eingeweiht. Nichts dergleichen!«

Conor nickte; er wußte sehr gut, daß jedes neue oder in der Zusammensetzung veränderte Medikament zunächst einmal toxikologischen Tests an Nagetieren, manchmal auch an einer Reihe anderer Säugetiere, unterzogen werden mußte. Danach gab die zuständige Aufsichtsbehörde die Erlaubnis, Versuche der Phase eins mit einer kleinen Zahl von gesunden Freiwilligen durchzuführen. Wenn diese Phase ohne Beanstandungen abgeschlossen war, konnten Versuche der Phase zwei stattfinden, bei denen an einigen hundert Freiwilligen die Wirksamkeit und optimale Dosierung des Medikaments getestet wurde. In Phase drei mußten mehrere tausend Freiwillige in Tests zur Wirksamkeit und Bekömmlichkeit einbezogen werden. Wenn das Medikament diese Phase erfolgreich überstanden hatte, konnte die betroffene Pharmafirma eine Produktionslizenz bei den zuständigen Kontrollinstanzen – in Großbritannien bei der Medicine Control Agency, in den USA bei der Food and Drug Administration – beantragen. Wenn diese Lizenz vorlag und das Medikament auf den Markt kam, mußte die Überwachungsstudie der Phase vier erfolgen; dabei wurde die Wirkung des Medikaments von Hunderten ausgewählter Ärzte bei Tausenden von Patienten beobachtet und das Ergebnis an die Kontrollinstanzen gemeldet. Diese Phase erstreckte sich circa über ein Jahr. Die Erfolgsrate war sehr gering. Die wenigsten der entwickelten Präparate schafften es bis zur Produktionslizenz, und normalerweise dauerte es zehn bis fünfzehn Jahre, bis ein neues Präparat endlich auf den Markt kam. Die Entwicklungskosten waren enorm, konnten hundert Millionen Pfund übersteigen, und wenn die Lizenz nicht erteilt wurde, konnte die betroffene Firma ihr investiertes Geld abschreiben. Die im Zulassungssystem eingebauten Sicherheiten gegen das, was Bendix Schere in diesem Fall zu tun schien, waren äußerst streng. Monty wunderte sich, warum ein Konzern von der Größe Bendix Scheres das Risiko einging, zu solchen Tricks zu greifen, denn verhältnismäßig viele Leute mußten eingeweiht werden.

»Conor, Bendix Schere hat doch sicher interne Prüfer, die so etwas verhindern müßten, oder?«

Conor öffnete die Weinflasche und dachte dabei an Dr. Linda Farmer, die Frau, die für die Kontakte der Firma zu Ärzten verantwortlich war. Sie war den Leuten, die sich nach Maternox erkundigt hatten, äußerst kühl und wenig hilfsbereit gegenübergetreten. Er verstand jetzt, warum.

»Du denkst an Firmen, denen ernsthaft am Wohlergehen der Menschen gelegen ist, statt es nur in bombastischen Reklamesendungen zu behaupten. Bei Bendix Schere scheint das einzige Bestreben zu sein, diese verdammte Sache auf Biegen und Brechen durchzuziehen.«

Monty fühlte sich müde, ausgelaugt. »Ich verstehe immer noch nicht, warum du dagegen bist, daß wir die Polizei einschalten.«

»Überleg dir doch mal, was wir damit erreichen würden: *Vier* tote Frauen sind für uns viel, aber wenn du diese Zahl prozentual auf alle Frauen beziehst, die Maternox nehmen und pro Jahr im Kindbett sterben, dann erscheint diese Zahl sehr klein. Nicht völlig unbedeutend, aber klein.«

Er steckte jetzt seine Zigarette an und fuhr fort: »Die Änderung der Zusammensetzung eines Medikaments ist nicht unbedingt eine kriminelle Handlung; es ist unethisch, natürlich, aber wir müssen erst einmal wissen, was *genau* in diesen Kapseln ist – erst dann haben wir die entsprechende Munition, um Breitseiten abfeuern zu können.«

»Wir könnten doch der Polizei eine Kopie der Akte Medici aus deinem Computer geben...«

»Und die zuckt mit den Schultern und meint, das sei Sache des Komitees zur Überwachung der Medikamentensicherheit.«

»Wirklich? Dann wenden wir uns eben an dieses Komitee.«

»Stell dir doch mal die Folgen vor, wenn wir mit einem Papier zur Polizei gehen, an das ich dadurch gekommen bin, daß ich mich in das Computersystem der Firma gehackt habe. Um es ganz klar zu sagen – *ich* bin derjenige, der eine kriminelle Handlung begangen hat. Wenn wir damit zu diesem Komitee gehen, bin ich beruflich geliefert – und keine Pharmafirma stellt mich je wieder ein. Und denk doch auch mal an deine eigene Situation.«

»Wie meinst du das?«

»Maternox ist ein Bestseller-Medikament. Bendix erzielt fast die Hälfte seiner Profite damit.« Er sah sie prüfend an.

»Wenn ein Skandal Maternox vom Markt fegt, geht der Konzern über Nacht pleite. Und dann geht für deinen Vater und dich wieder der ›Kampf ums Dasein‹ los.«

»Als ob das jetzt noch eine Rolle spielen würde!« Sie stützte den Kopf in die Hände. »Mein Gott, *hätte ich doch nur...* Wenn ich doch verdammt noch mal nur nicht in diese Sache reingeschlittert wäre! Ich hätte auf meinen Vater hören sollen, ich hätte ...«

Conor schüttelte den Kopf. »Du hast das Richtige getan, Monty. Du hast dir nur die falsche Firma ausgesucht.«

Sie zog an ihrer Zigarette, bis die Glut an den Filter gelangte. »Vielleicht wäre es am vernünftigsten, wenn wir geradewegs zu Sir Neil Rorke gehen würden. Er wäre bestimmt entsetzt, wenn er erfährt, was da los ist.«

Conor schüttelte heftig den Kopf. »Betrachte die Sache mal aus seiner Position. Er weiß, wenn er die Polizei oder dieses Komitee einschaltet, ist die Firma wegen der Wirkung in der Öffentlichkeit geliefert. Aus und vorbei. Ende von Bendix Schere... Und es ist auch das Ende der Finanzierung der Arbeit deines Vaters und eure Mitarbeiter sitzen auf der Straße. Der Name deines Vaters ist wegen seiner Verbindung zu Bendix Schere besudelt. Und ...« Er starrte sie verbissen an, wollte noch etwas hinzufügen, brach aber ab. »Zurück zu Rorke. Bei all seinem ›Netter-Onkel-Image‹ – er wüßte ganz genau, wie er nach Bekanntwerden des Skandals dastehen würde. Er ist der Aufsichtsratsvorsitzende, verdammt noch mal, ob er nun einen oder sieben Tage in der Woche für die Firma tätig ist, und die Leute würden ihn für ein verdammt dämliches Arschloch halten, daß er nicht gewußt hat, was da gelaufen ist.«

Monty sah ihn erstaunt an. »Plädierst du tatsächlich dafür, daß wir *nichts* unternehmen?«

»Ja – bis wir herausgefunden haben, was das für eine DNS ist. Wir müssen das erst einmal wissen, damit wir Klarheit haben.«

Sie nickte zögernd. »Und was vermutest du? Was glaubst du, was das für eine DNS ist?«

»Ich weiß es wirklich nicht. Vielleicht dreht jemand bei der Abteilung Forschung und Entwicklung durch…« Er trommelte mit den Fingerspitzen auf die Tischplatte. »Das Patent für Maternox läuft in drei Jahren aus, und sie haben keine gleichwertigen Produkte in der Entwicklung, um es zu ersetzen… Vielleicht steckt Crowe hinter der ganzen Sache; vielleicht hat er den Anteilseignern der Firma einen Haufen Mist erzählt und kann jetzt nicht halten, was er ihnen versprochen hat. Die schnellste Möglichkeit, ein Patent zu erlangen und ein Medikament auf den Markt zu bringen, ob hier oder in den USA, ist es, ein bereits vorhandenes Produkt zu modifizieren.«

Conor schaute auf die Zeitung auf dem Tisch, wurde von etwas abgelenkt, wandte sich dann wieder an Monty: »Meiner Meinung nach ist es am wahrscheinlichsten, daß die Verantwortlichen bei der Abteilung Forschung und Entwicklung versuchen, mit aller Gewalt eine Modifikation von Maternox durchzuboxen. Weiß Gott, was das sein könnte… Ich meine – dieses ganze Konzept, unfruchtbare Frauen als unfreiwillige Versuchskaninchen zu benutzen, ist eine verdammte Sauerei, aber so was kommt in diesem Industriezweig nun mal vor.«

»Und du meinst, man sollte schlafende Hunde nicht wecken? Bring mir doch nur ein einziges vernünftiges Argument, damit ich es schlucke, daß vier Frauen gestorben sind und meine beste Freundin die nächste sein könnte? Ich werde jedenfalls nicht einfach rumsitzen und das zulassen!«

Er drückte sanft ihre Hand. »Das werde ich doch auch nicht, Monty, ich verspreche es dir. Aber wir müssen zunächst einmal rausfinden, was zum Teufel in diesen Kapseln steckt, ehe wir eine Entscheidung treffen können, was zu tun ist… Und ich kenne nur einen einzigen Menschen, der diese Analyse für uns machen kann.«

Ihre Blicke trafen sich. »Mein Vater?«

»Charley Rowley war sehr beunruhigt, wieviel Staub seine Bitte um Überlassung der Maternox-Chromatographieschablone und einiger Musterkapseln aufgewirbelt hat, bis hin zu der Tatsache, daß er überwacht wurde. Erinnerst du dich? Es gibt niemanden in der Firma, dem wir trauen können. Außer deinem Vater.«

»Hast du keinen Freund in den Staaten, der die Analyse machen kann? Oder können wir uns nicht an irgendein unverdächtiges Labor hier in England wenden?«

Conor steckte sich die nächste Zigarette an. »Bei allen vier Frauen, die an diesem fiebrigen Ausschlag eines nicht identifizierten Typs der pustulösen Psoriasis – der Pustel-Schuppenflechte – starben, trat der erste Anfall im fünften Schwangerschaftsmonat auf. Was auch immer den Schwangeren da passiert, es fängt zu diesem Zeitpunkt an. Das Baby deiner Freundin soll am 10. Juni geboren werden; wir haben jetzt den 26. November, also ist sie seit zweieinhalb Monaten schwanger. Wenn in diesem Fötus etwas steckt, das sich auf seine Mutter überträgt, wird die Gefahr mit jedem Tag größer – wenn es nicht sogar schon zu spät ist.« Er zog heftig an seiner Zigarette. »Es gibt nicht viele Molekularbiologen, die in der Lage sind, diese Analyse zu machen, und sie dauert mindestens vierzehn Tage. Natürlich kann ich mich nach jemand anderem umsehen – ich muß irgendwann in nächster Zeit sowieso nach Washington, aber wir dürfen keine Zeit verschwenden...«

Monty nickte, dachte nach.

Conor lehnte sich zurück, blies eine Rauchwolke zur Decke. »Bendix Schere wird jedenfalls deine Freundin oder die anderen Frauen nicht alarmieren, das steht fest.«

»Aber die behandelnden Ärzte werden doch irgendwann einmal zwei und zwei zusammenzählen, oder?«

Er schüttelte den Kopf. »Das Berichtssystem in diesem Land ist ausgesprochen langsam. Es kann noch mehrere Jahre dauern, bis die Behörden einen Zusammenhang erkennen.« Er hob die Schultern. »Bei zehn, vielleicht vierzehn Fällen im Jahr... Und vergiß nicht, Maternox hat auf der ganzen Welt einen ausgezeichneten Ruf als sicheres Medikament – vielerlei andere Faktoren könnten als Ursache angesehen werden. Zum Beispiel Umweltverschmutzung. Und selbst wenn genügend Beweise vorlägen – niemand wird sich vorwagen und bei einer so geringen Zahl aufgetretener Fälle eine Schadensersatzklage durch Bendix Schere riskieren.«

»Ein Journalist wie Hubert Wentworth, ausgerüstet mit einer Kopie der Unterlagen aus deinem Computer, könnte das aber tun …«

Sie sahen sich schweigend an.

»Was du da in deinem Computer hast – es ist Dynamit, nicht wahr, Conor?«

»Schlimmer. Reines Plutonium.«

»Hast du eigentlich eine Sicherheitskopie von den Unterlagen gemacht?«

»Ich habe ein Backup auf einer Diskette, die ich in meinem Appartement versteckt habe.«

»Meinst du nicht, wir sollten im Hinblick auf die Einbrüche, die es in diesem Zusammenhang gegeben hat, einen Computerausdruck irgendwo anders hinterlegen, zum Beispiel bei einem Rechtsanwalt?«

»Ich habe keinen Drucker, benutze einen im Büro, wenn ich ihn brauche. Das kann ich in diesem Fall natürlich nicht machen, da jemand den Ausdruck zu Gesicht bekommen könnte. Was hältst du davon, wenn wir diesem Journalisten eine Diskette geben?«

»Ist das nicht auch problematisch? Wentworth könnte auf die Idee kommen, die Sache zu veröffentlichen.«

»Er ist in Ordnung, oder?«

»Ja, soweit ich das beurteilen kann. Er wird von einem Rache-Dämon getrieben, aber ich glaube, er ist ein aufrichtiger und sehr ernsthafter Mann.« Sie verzog das Gesicht. »Ich kenne ihn eigentlich nicht wirklich – ich habe ihn erst ein paarmal getroffen.«

»Er ist nicht der Herausgeber der Zeitung, richtig?«

»Nein, er ist stellvertretender Nachrichtenredakteur.«

»Okay … Diese Akte Medici steht nicht auf einem offiziellen Briefbogen der Firma Bendix Schere, es werden keine Namen genannt, es gibt keine Unterschrift. Theoretisch könnte jeder, der wütend auf die Firma ist, die Akte konstruiert haben. Um mit dieser Story durchzukommen, wird Wentworths Herausgeber zuverlässige Bestätigungen aus anderen Quellen verlangen, ehe er sie zu veröffentlichen wagt.«

»Was für Bestätigungen?«

»Bei einer so schwerwiegenden Sache mindestens eine eidesstattliche schriftliche Erklärung von mir als einem Angestellten der Firma. Siehst du das Problem? Ich muß auch an uns denken, Monty. Für den Fall, daß die Sache sich dramatisch zuspitzt.«

Sie erkannte dieses Argument schweigend an.

»Hast du die private Telefonnummer von diesem Mr. Wentworth?« fragte Conor.

»Ja, sie steht auf seiner Visitenkarte.«

»Wir sollten ihn anrufen und versuchen, uns morgen mit ihm zu treffen.«

Sie sah auf die Uhr. »Ich könnte ihn jetzt gleich anrufen – er nimmt mir die späte Stunde sicher nicht übel.«

»Nein, nicht von hier. Wir machen das morgen früh von einer Telefonzelle aus.«

Sie sah ihn alarmiert an. »Du meinst, mein Telefon könnte angezapft sein?«

»Ich habe mir deine beiden Apparate angeschaut. Sie sind sauber.«

»Du hast was? Du bist ganz schön vorsichtig, wie?« Sie sagte das halb im Scherz, halb im Zorn.

»Wir *müssen* vorsichtig sein, Monty. Deine Telefone hier im Haus sind sauber, aber die Leitung draußen könnte angezapft sein; sie verläuft ja oberirdisch an Masten. Jemand kann deine Gespräche mithören, indem er vom geparkten Wagen aus einfach einen Abhörstrahl auf die Leitung richtet. Und wenn Bendix Schere was mit dem Tod von Wentworths Reporterin zu tun hat, wird man seinen privaten Telefonanschluß abhören, so daß du selbst bei einem Anruf von einer Telefonzelle aus nur wenig sagen solltest. Und du mußt es vermeiden, deinen Namen zu nennen.«

Montys Kopf schmerzte wieder, wie heute morgen, und

jeder Appetit war ihr vergangen. Sie ging hinüber zum Anrufbeantworter und drückte den Nachrichten-Knopf.

Anna hatte angerufen. Sie sagte, in London werde ein Theaterstück aufgeführt, das sie sehr gerne sehen würde, und ob Monty diese oder nächste Woche mit ihr hingehen wolle. Ein zweiter Anruf stammte von Police Constable Brangwyn, der mitteilte, sie hätten noch keine Spuren im Zusammenhang mit dem Einbruch ins Cottage gefunden.

Conor hielt eine Seite der Zeitung hoch. »Hier ist ein Artikel über Dr. Crowe.«

»Oh – was steht denn drin?« Sie zerschnitt die Tomaten für einen Salat.

Conor las vor:

Pharma-Gigant Bendix Schere verkürzt durch Computersimulation die Forschung nach neuen Medikamenten um Jahre.

Der Vorstandsvorsitzende Dr. Vincent Crowe sagte uns: »Wir sind Pioniere auf dem Gebiet der molekularen Computersimulation. Noch vor zehn Jahren waren die meisten Wissenschaftler der Meinung, es sei unmöglich, chemische Reaktionen durch Computerprogramme korrekt zu simulieren. Sie hatten jedoch die sich bietenden Möglichkeiten neuronaler Netze für den Bereich der Chemie falsch eingeschätzt. Wir haben heute bei Bendix Schere die fortschrittlichsten computergestützten Forschungseinrichtungen auf der Welt, und in den nächsten zehn Jahren werden sich die Vorteile für unseren Konzern zeigen und positiv auswirken.«

Frage unseres Reporters: »Bendix Scheres Wachstum im vergangenen Jahrzehnt vom weltweit siebzehnten auf den vierten Platz hat sowohl die Konkurrenten als auch die Wirtschaftsanalytiker erstaunt. Aber wie wird es dem Konzern ergehen, wenn die weltweiten Patente für sein Fertilitäts-Wundermedikament Maternox und das Ulkus-Medikament Zoxcin in drei beziehungsweise vier Jahren auslaufen?«

»Wir betrachten die Genetik als einen hauptsächlichen zukünftigen Wachstumsbereich«, sagte Dr. Crowe dazu. »Wir halten bei Bendix Schere derzeit mehr Gen-Patente als jede andere Pharmafirma auf der Erde, und wir reichen fast jede

Woche ein neues Patent ein. Wir beschäftigen das größte Genforschungs-Team auf der Erde, und wir sind zuversichtlich, daß es auf diesem Gebiet zu bedeutsamen Durchbrüchen kommen wird, die noch vor der Jahrhundertwende zur Entwicklung neuer pharmazeutischer Produkte führen und das Gesicht der Medizin sowohl im Bereich der Diagnose als auch dem der Therapie einschneidend verändern wird.«

»Ich mag diesen Dr. Crowe überhaupt nicht«, sagte Monty.

»Der Kerl hat einen schweren Persönlichkeitsdefekt. Kommt wahrscheinlich daher, daß er neunzig Prozent seiner Gene mit Schimmelpilzen teilt.«

Monty grinste. »Ich dachte, das wäre bei uns allen so.«

»Nein, beim Rest der Menschheit sind es nur achtzig Prozent.«

Ihr Lächeln verebbte. »Es beunruhigt mich, diese Kingsley-Kapseln mit mir rumzutragen. Wenn sie mir wegkommen, ist es fast unmöglich, weitere zu beschaffen. Sollte ich nicht unseren Familienanwalt bitten, zwei davon in seinem Panzerschrank einzuschließen?«

»Gib diesem Mr. Wentworth zwei davon. Im Safe einer Zeitungsredaktion sind sie wahrscheinlich sicherer; dort gibt es Wachpersonal, das Rechtsanwälte nicht haben. Wenn ich jemand wäre, der herausfinden will, was du gegen mich in der Hand hast, würde ich nach deinem Haus als nächstes die Kanzlei deines Anwalts durchsuchen.«

»Da hast du wahrscheinlich recht.«

Er nahm ihre Hand, zog sie auf seinen Schoß, und sie küßten sich. Sie legte die Arme fest um seinen Hals. »Ich bin so schrecklich verunsichert. Es ist, als ob ...«

»Als ob was?«

»Als ob nichts so ist, wie es zu sein scheint. Diese sechs unterirdischen Stockwerke zum Beispiel, zu denen niemand Zugang hat ...«

»Dafür könnte es eine völlig harmlose Erklärung geben – könnte doch zum Beispiel ein Atombunker sein.«

»Warum hat Winston Smith dann einen Panikanfall bekommen, als ich ihn danach gefragt habe? So was kriegt man nicht, wenn es um leerstehende Kellergeschosse geht... Ich möchte zu gern wissen, was da unten ist, Conor.«

»Du könntest ja deinen guten Freund Sir Neil Rorke fragen«, sagte er und sah sie von der Seite an.

»Das könnte ihn in Verlegenheit bringen. Und er würde wahrscheinlich peinliche Fragen stellen, wie ich zu dem Wissen über die fehlenden Stockwerke gekommen bin... Ich habe eine viel bessere Idee. Du solltest dich in die Personalakten von Bendix hacken und mir Smith' Adresse beschaffen. Da wir sowieso morgen unterwegs sind, könnten wir ihm einen Besuch abstatten. Ich habe so das Gefühl, als ob er außerhalb des Bendix-Gebäudes gesprächiger wäre.«

Er lächelte. »Kennst du ein billiges Hotel in der Nähe? Wir könnten zwei Fliegen mit einer Klappe schlagen.«

»Du willst nicht hier im Cottage bleiben?«

»Natürlich will ich über Nacht hierbleiben. Aber du brauchst ein sicheres Telefon, um Wentworth anzurufen, und ich brauche eines, um mich in das Bendix-Computersystem einzuklinken und diese Adresse rauszufinden. Laß uns als erstes morgen früh in so ein Hotel gehen.«

»Um dort nur für zwei Telefonate ein Zimmer zu nehmen? Das klingt nach Verschwendung.«

Sein Blick wurde hart. »Es ist ganz bestimmt keine Verschwendung, wenn man alles versucht, um am Leben zu bleiben, Monty.«

Eine eisige Kälte kroch durch ihren Körper. »Was verbirgst du vor mir, Conor?«

Er sagte nichts.

»Irgend etwas nagt an dir, treibt dich an, Conor. Es gibt Augenblicke, in denen du im Zusammenhang mit Bendix Schere genauso fanatisch wirkst wie der alte Hubert Wentworth. Meinst du nicht auch, es wäre langsam an der Zeit, mich einzuweihen? *Eumenides.* Dein Computer-Anwendername. *Die Eumeniden. Rachegeister.* Ist es *das*, was dich antreibt?«

Er gab keine Antwort.

»Du willst dich rächen, wie Wentworth sich rächen will? Kommt daher deine Motivation?« Die Spitzen in ihren nächsten Worten erschreckten sie selbst. »Oder habe ich dich bisher völlig falsch verstanden? Ist das alles nur ein Spiel für dich? Bist du nur ein *bißchen* neugierig, aber nicht neugierig genug, um deinen Job für das zu riskieren, an was du glaubst?«

Er hob die Hände, legte sie um ihr Gesicht. »Ich habe dich am Montag gewarnt und dir vorgeschlagen, die Finger von dieser Maternox-Sache zu lassen, solange es noch geht, aber du hast mir gesagt, du wärst kein Mensch, der leicht aufgibt. Fang nicht an, mit mir rumzustreiten, Monty, wir sind auf derselben Seite.«

»Sind wir das wirklich? Ich weiß nichts über dich. Wir schlafen miteinander, wir reden miteinander, und es ist wunderschön mit dir, wirklich, aber du sagst mir nie etwas über dich selbst. Immer, wenn ich Fragen nach deinem Hintergrund, deiner Vergangenheit, deinen Motiven stelle, machst du Ausflüchte wie ein Politiker. Ich weiß nichts über deine *wahre* Persönlichkeit.«

»Du wirst es erfahren, wenn die Zeit dafür gekommen ist.«

»Und wann wird das sein?«

61

Berkshire, Sonntag, 27. November 1994

Monty saß auf dem Beifahrersitz des BMW, als sie vom Parkplatz des Hotels fuhren, in dem sie sich vor weniger als einer Stunde ein Zimmer genommen hatten. Conor folgte ihren Anweisungen, und nach zwei Meilen fuhren sie auf die M40.

Der Himmel war bewölkt, und in zwei Stunden würde die Abenddämmerung hereinbrechen. Ein dicker Regentropfen explodierte auf der Windschutzscheibe, weitere folgten. Monty dachte darüber nach, wie sie das fällige Gespräch mit ihrem Vater führen sollte. Wieviel sollte sie ihm sagen? Und, was viel wichtiger war – würde sie ihn nicht in Gefahr bringen?

Sie schuldete es Anna – und allen anderen Frauen auf der Medici-Liste –, daß schnell gehandelt wurde. Zwei von ihnen würden noch im Dezember ihre Kinder zur Welt bringen; konnten sie gerettet werden, wenn ihre Ärzte auf die Situation aufmerksam gemacht wurden?

Sie würde ihrem Vater alles erzählen müssen, meinte sie schließlich. Wenn er nicht gerade einen Anfall von Starrköpfigkeit hatte, konnte er sehr klug und vernünftig handeln. Dieser Gedanke erleichterte sie ein wenig.

Hubert Wentworths Haus lag in einer stillen, bescheidenen Straße in den Außenbezirken von Slough. Es hatte einen braunen Rohverputz aus Kiesgranulat und war mit Pseudo-Tudor-Balken verziert, von denen einige schon morsch aussahen. Wie sein Besitzer machte das Anwesen den Eindruck der Vernachlässigung, aber noch nicht des endgültigen Zerfalls.

Monty drückte auf die Klingel, und nach einigen Sekunden machte Wentworth die Tür auf. Sie stellte Conor vor, und die beiden Männer begrüßten sich herzlich.

»Baltimore-Dialekt, wenn ich nicht irre?« fragte der Journalist.

»Erraten.« Conor hätte beinahe »Sir«, hinzugefügt. Trotz des recht schäbigen Aufzugs strahlte dieser Mann echte Autorität aus.

Wentworth führte sie ins Haus. Die Zimmer waren klein und spießig eingerichtet. An der Wand im Flur hing eine Keramikplatte mit der Aufschrift GOTT SEGNE DIESES HAUS. Monty rümpfte beim Geruch nach Moder, Staub und Katzen die Nase; die Atmosphäre des Hauses erinnerte sie an Besuche bei ihrer Großmutter, als sie noch ein kleines Kind gewesen war.

Das Wohnzimmer, in das Wentworth sie führte, war erstaunlich sauber und ordentlich. Fast jede freie Fläche wurde von hängenden und stehenden Fotos eingenommen. Es waren Dutzende.

Auf den ersten Blick schienen alle dieselbe Person zu zeigen – eine auffallend attraktive, etwa fünfundzwanzigjährige indochinesische Frau. Monty erkannte sie als die Frau wieder, deren Foto Wentworth ihr bei seinem Besuch im Cottage gezeigt hatte – seine verstorbene Ehefrau. Die vielen Fotos machen diesen Raum irgendwie unheimlich, dachte Monty. Wie eine Totengruft... Dann sah sie eine Reihe von Fotos, die, vom Baby bis zur jungen Frau, Sarah Wentworth – oder Johnson, wie Monty sie kannte – zeigten. Sie hatte das Pech gehabt, das Pfannkuchengesicht ihres Vaters zu erben statt das attraktive Gesicht ihrer Mutter mit den hohen Wangenknochen. Das Glück oder Pech im Würfelspiel der Gene, dachte Monty.

Trauer schnürte Montys Kehle zu. Da war ein Hochzeitsfoto von Sarah und Alan Johnson, einem recht unscheinbaren Mann mit kurzem, dunklem Haar und leicht abstehenden Ohren. Ebenfalls tot. Hatte sich in seiner Garage vergast. Außer Wentworth waren alle Menschen auf diesen Fotos tot...

Conor und Monty setzten sich, während der Journalist in die Küche ging, um Tee zu machen. Er kam kurz darauf zurück, in den Händen ein Tablett mit einer Teekanne, Tassen und fettigen Kuchenstücken. »Sarah, meine Tochter, hat mir immer sehr guten Kuchen mitgebracht, viel besser als der hier, fürchte ich«, sagte er und goß Tee in die Tassen.

»Haben Sie Sarah selbst großgezogen, Mr. Wentworth?« fragte Monty.

»Ja. Françoise starb, als Sarah erst drei Jahre alt war. Sie war Fotojournalistin.« Er setzte sich, lächelte wehmütig. »Sehen Sie, die Zeitung *Paris Match* bot Francoise an, für einen Monat nach Vietnam zu gehen und einen Fotobericht zu machen. Wir entschlossen uns, zusammen hinzugehen. Ich war an der Entwicklung in Vietnam interessiert und dachte, es könnten sich für mich, der ich im provinziellen Trott steckengeblieben war, neue berufliche Perspektiven ergeben.«

»Und dort ist sie ums Leben gekommen?« fragte Conor. »Im Krieg?«

Er nickte. »Sie wurde getötet, und ich wurde mit einer Entlaubungschemikalie namens *Agent Orange* besprüht. Das ganze Pressekorps geriet versehentlich in diese Entlaubungsaktion. Siebzig Prozent der Reporter, die an dem Tag mit dieser Chemikalie besprüht wurden, sind an Krebs gestorben. Ich muß mich alle sechs Monate untersuchen lassen. Man sagt mir, es wäre nur eine Frage der Zeit...«

Monty sah ihn mitleidig an, wußte nicht, was sie sagen sollte. Sie hatte einen Teil der Story ja schon einmal gehört, und ihr wurde schwindlig bei dem Gedanken an das direkte und indirekte Leid, das Produkte von Bendix Schere diesem Mann zugefügt hatten.

»Agent Orange?« fragte Conor.

»Ja. Oder eine Chemikalie, die fast identisch mit Agent Orange ist. Wie auch immer – sie ist tödlich.« Er schien zum Teppich zu sprechen. »Wie das Napalm, das meine Frau getötet hat, wurde es in einer Fabrik von Bendix Schere in den USA hergestellt.«

In der nachfolgenden Stille bot er den Kuchen an. Monty wollte eigentlich keinen, nahm aber ein kleines Stück, um ihn nicht zu beleidigen. Conor aß sein Stück mit sichtbarem Appetit. »Das kann doch auch gutgehen«, sagte er. »So was hat ja nicht zwangsweise auf jeden dieselbe Wirkung.«

Wentworth lächelte ihn an; aber es war ein Lächeln, in dem eine Spur Neid zu liegen schien. Neid auf Conors Jugend und Naivität und das Leben, das noch vor ihm lag. »Zeit«, sagte er. »Das ist das wichtigste für mich. Die Zeit, die mir noch bleibt. Ich habe keine Angst vor dem Tod, nur Angst davor, unerledigte Angelegenheiten zu hinterlassen. Ich... ich habe oft gedacht...« Er schien sich in einem Gefühlsausbruch zu verlieren, riß sich aber zusammen und setzte neu an: »Es war ein langer Weg für Sie, ich muß zur Sache kommen. Ich habe da etwas, das Sie sehen sollten.«

Er stand auf und verließ das Zimmer. Monty wandte sich Conor zu, aber dieser schien tief in Gedanken versunken zu sein und reagierte nicht.

Wentworth kam mit einer Akte unter dem Arm zurück. Er

sah zunächst Conor an, dann Monty, entschied sich schließlich für sie und übergab ihr den Ordner.

Auf dem Deckblatt stand: VERTRAULICH. UNTERSUCHUNG ZUM TOD VON FRAUEN IM KINDBETT.

Monty sah ihn an, erwartete eine Erklärung.

»Die Regierung«, fing er an. »Sie haben im Gesundheitsministerium eine Kommission gebildet, die alle Todesfälle im Kindbett untersucht. Alle Gynäkologen, Geburtshelfer und Pathologen müssen Formulare ausfüllen und über regionale Sachverständige der Kommission vorlegen. Ich bin in den Besitz der Unterlagen über die ersten drei Frauen gekommen, die nach der Einnahme von Maternox gestorben sind – der Fall der vierten lag noch nicht vor. Und ich habe eine alphabetische Liste aller Frauen, die in Großbritannien in den vergangenen zwölf Monaten bei der Geburt eines Kindes gestorben sind. Für den Fall, ähm, daß wir einen größeren Bereich in unsere Überlegungen einbeziehen müssen.«

»Wie sind Sie an diese Unterlagen gekommen?« fragte Conor.

Wentworth hob langsam den Zeigefinger und tippte sich mit einem sarkastischen Lächeln auf die Seite seiner Nase. »Wenn man sein Leben lang Journalist war, hat man sich bestimmte Verbindungen geschaffen...«

Monty entdeckte einen gewissen Stolz in seinen Augen, der jedoch schnell wieder verflog. Sie wandte sich dem Bericht des Pathologen über Sarah Johnsons Tod zu und überflog ihn. Vieles war für sie Fachchinesisch, aber Teile der Zusammenfassung waren klar:

»... wird die Aufbewahrung von Körperflüssigkeit und Gewebeproben zu weitergehenden Analysen vorgeschlagen, um jede Möglichkeit eines Kausalzusammenhangs zwischen der akuten Pustel-Psoriasis, der viralen Meningitis und der Zyklopie auszuschließen.«

Aufgeregt sah sie sich die Berichte über die anderen beiden Frauen an. Auch hier hatte der Pathologe jeweils einen ähnlichen Vorschlag gemacht. Sie gab Conor den Ordner und zeigte ihm die Berichte.

»Jemand beim Gesundheitsministerium fängt an, nach Zusammenhängen zu suchen, nicht wahr?« fragte er und blätterte die Berichte durch. »Aber es wird noch lange dauern, bis sie auf einen Zusammenhang mit Maternox stoßen.«

»Ohne die Medici-Akte ja«, murmelte Monty leise, so daß nur Conor es hören konnte.

»Hat irgend jemand bereits etwas aus diesem Bericht veröffentlicht?« fragte Conor.

»Nein«, antwortete Wentworth. »Er ist ja als vertraulich eingestuft und den Medien nicht zugänglich. Ich habe vor, ihn für einen Artikel über Fertilitäts-Medikamente zu benutzen. Man muß dabei sehr vorsichtig mit Schlußfolgerungen sein; die Pharmaindustrie reagiert sehr empfindlich auf so was, und sie hängt einem schnell Prozesse an.«

»Ich würde im Moment nichts dergleichen unternehmen«, sagte Conor.

»Mr. Wentworth, Sie sollten sich anhören, was wir seit unserem letzten Treffen herausgefunden haben«, schaltete Monty sich ein.

»Haben Sie denn wichtige Neuigkeiten?«

Conor warf Monty einen warnenden Blick zu und fragte den Journalisten dann: »Sie zeichnen dieses Gespräch doch hoffentlich nicht irgendwie auf? Es muß als inoffiziell betrachtet werden.«

»Selbstverständlich, Mr. Molloy.«

Hubert Wentworth hörte sich mit zunehmend entsetztem Schweigen Montys Bericht über ihren Besuch bei Kingsley und über die geheimnisvollen sechs zusätzlichen Stockwerke im Bendix-Gebäude an; dann berichtete Conor über seine Treffen mit Charley Rowley, den Inhalt der Medici-Akte und das Ergebnis seiner Tests mit den Maternox-Kapseln.

»Um Gottes willen! Das ist ja entsetzlich!« Wentworths Hände zitterten vor Wut. »Menschenversuche. Menschliche Versuchskaninchen. Veränderung der Zusammensetzung eines Medikaments...« Seine Stimme versagte. Er wandte sich an Conor. »Und man braucht vierzehn Tage, um diese DNS zu identifizieren?«

»Ja, ungefähr so lange.«

»Haben Sie denn irgendeine Theorie, um was es sich handeln könnte?«

Conor dachte kurz nach und sagte dann: »Nun, es scheint irgendeine Verbindung zur Psoriasis zu geben. Alle vier Frauen, die im Zusammenhang mit dieser Sache gestorben sind, einschließlich Ihrer Tochter, bekamen einen Ausschlag, der dem bei einer akuten Pustel-Psoriasis ähnelt.« Er sah Monty an. »Wir wissen, daß Bendix Schere vor einigen Jahren Experimente mit Freiwilligen aus seinem Mitarbeiterstab durchgeführt hat und daß einige dieser Leute einen der Psoriasis vergleichbaren Hautausschlag bekamen. Und ein weiterer Zusammenhang könnte darin bestehen, daß einige wichtige Forschungsunterlagen über Psoriasis-Gene aus dem Aktenbestand von Dr. Bannerman verschwunden sind.«

Conor tippte einige Kuchenkrümel mit der Fingerspitze von seinem Teller auf und leckte sie ab. »Wir alle wissen, daß die Patente für Maternox weltweit in drei Jahren auslaufen. Wenn ich der Produzent dieses einträglichen Medikaments wäre, würde ich mit aller Macht versuchen, die Zusammensetzung in irgendeiner Weise leicht zu modifizieren, um es repatentieren lassen zu können. Wenn das nicht möglich wäre, würde ich mich bemühen, Maternox irgendeine zusätzliche Wirkung beizufügen, es sozusagen ›aufzumotzen‹, um es besser zu machen als die Kopien, die nach dem Erlöschen des Patents auf den Markt kommen werden.« Er sah Wentworth an, hob fragend die Augenbrauen. Der Journalist nickte – er hatte verstanden.

»Im Augenblick ist meine vordringlichste Vermutung, daß die Firma Versuche anstellt, um Maternox eine durchschlagskräftige Zusatzwirkung zu verschaffen. Vielleicht will sie ein *Maternox II* entwickeln, das unfruchtbaren Frauen nicht nur zur Schwangerschaft verhilft, sondern auch so was wie eine genetische Schutzformel enthält – zum Beispiel das gesicherte Ausmerzen bestimmter Krankheiten beim Fötus wie zum Beispiel Schuppenflechte.« Er sah Wentworth und Monty an. Beide schienen bestürzt zu sein.

»Du meinst wirklich, das könnte ihre Absicht sein, Conor?« fragte Monty.

»Ja. Es ist jedenfalls eine Möglichkeit. Überleg doch mal, was das für ein Verkaufsschlager werden würde: ›Wir, Bendix Schere, garantieren Ihnen, daß Ihr Kind mit Sicherheit nicht an den üblichen Kinderkrankheiten wie Mumps, Windpocken, Masern und so weiter erkranken wird‹.«

»Medici«, murmelte Wentworth nachdenklich vor sich hin. »Akte Medici?«

»Das ist der Code-Name, den man der Datei gegeben hat«, erklärte Conor.

»Eine unangenehme Familie, diese Medicis.« Der Journalist senkte nachdenklich den Kopf. »Man muß absolute Sicherheit haben. Die Beweise müssen hieb- und stichfest sein …« Er sah auf den Boden, und als er wieder aufschaute, standen Tränen in seinen Augen. »Entschuldigung … Aber ich … ich weiß nicht, was ich erwartet hatte, aber es war nichts dieser Art, nichts von diesem Ausmaß …«

Er schloß die Augen und atmete tief durch. »Meine Tochter. Sie haben das mit meiner Tochter gemacht. Haben Experimente mit meiner Sarah gemacht …« Er öffnete die Augen und sah Monty und Conor an, als müsse er sich erinnern, wer sie seien. »Das ist ein paar Nummern zu groß für meine Zeitung. Die Herausgeber würden es nicht wagen; sie könnten bei einem Konzern von dieser Größe das Risiko einer Schadensersatzklage nicht eingehen …« Er putzte sich mit einem großen blauen Taschentuch die Nase. »Ich habe schon Kontakt zur Fleet Street aufgenommen.« Er hob besänftigend die Hand, als er den Schreck in ihren Augen sah. »Keine Angst – ich habe nur ganz zaghaft ein paar Fühler ausgestreckt … Wir würden Schlagzeilen auf den Titelseiten machen, wenn wir handfeste Beweise hätten. *Wenn* wir das je schaffen …«

Conor sah ihn fest an. »Wenn wir Ihnen eine Kopie unseres Materials auf Diskette und dazu zwei der verdächtigen Maternox-Kapseln übergeben, können Sie uns dann Ihr Wort geben, daß dieses Material im Panzerschrank Ihrer Zeitung verschlossen bleibt, bis wir es freigeben?«

»Sie haben mehr als nur mein Wort, Mr. Molloy. Sie dürfen versichert sein, daß ich nichts unternehmen und kein Wort sagen werde, bis Sie es mir erlauben. Ich könnte diese Story sowieso nicht ohne eine eidesstattliche Erklärung von Ihnen veröffentlichen, und ein Herausgeber in der Fleet Street wird sogar noch zusätzliche Bestätigungen verlangen.«

»Ich nehme an, eine Bestätigung durch Dr. Bannerman zum Inhalt der Kapseln würde unserer Sache erhebliches Gewicht verleihen«, sagte Conor.

»O ja, natürlich«, bestätigte Wentworth.

»Ich werde eine persönliche eidesstattliche Erklärung bei einer Rechtsanwalts-Sozietät hier in England hinterlgen«, sagte Conor. »Der Name des zuständigen Anwalts bei der Sozietät HARBOTTLE AND LEWIS in London ist Bob Storer; ich habe ihm bereits per Einschreiben eine Disketten-Kopie der Akte Medici zugeschickt, und ich werde ihn instruieren, daß er, falls mir irgend etwas zustößt, mit Ihnen Kontakt aufnimmt und Ihnen das Material zugänglich macht.«

Monty registrierte ihre ganz private Reaktion auf diese Aussage: Conor hatte sich endgültig und unwiderruflich festgelegt, er hatte Flagge gezeigt. Sie wußte jetzt eindeutig, wo er stand ...

Kurz darauf gingen Conor und Monty. Wentworth nahm die Diskette und zwei Maternox-Kapseln an sich und versicherte, daß die Beweisstücke im Panzerschrank der *Thames Valley Gazette* absolut sicher seien.

Als sie in der hereinbrechenden Dämmerung zum Wagen gingen und den Gehweg erreicht hatten, schien Conor plötzlich für einen Augenblick den Schritt zu verlangsamen und sich zu versteifen. Er schloß die Beifahrertür des BMW auf, hielt sie für Monty offen und sagte ganz ruhig zu ihr: »Schau dich nicht um und steig schnell ein. Wir haben Begleitung bekommen.«

62

Berkshire, Sonntag, 27. November 1994

»Schau jetzt immer nur nach vorn«, sagte Conor, fuhr aus der Parkbucht und steuerte den Wagen langsam die Straße hinunter.

Monty saß steif auf ihrem Sitz und starrte in den Außenspiegel. Es war kein Wagen hinter ihnen zu sehen.

Conor fuhr bis zum Ende der Straße, bog dann links ab, kurz danach noch einmal, kam in eine Wohnstraße, bog am Ende wieder links ab, kam so zurück auf Wentworths Straße, einige hundert Meter von seinem Haus entfernt. Rücklichter eines Wagens verschwanden am Ende der Straße, dort, wo sie vor rund einer Minute abgebogen waren.

Fünfzig Meter vor dem Haus des Journalisten hielt Conor an und zeigte auf eine Lücke in der Reihe der geparkten Wagen. »Diese Lücke war da, als wir ankamen, aber als wir eben aus dem Haus kamen, stand dort ein grauer Ford mit einem Mann auf dem Fahrersitz. Das hat mich natürlich stutzig gemacht. Und jetzt ist er wieder weg. Zufall?«

»Hast du auf dem Weg hierher aufgepaßt, ob uns jemand verfolgt hat?«

»Ich habe sehr genau aufgepaßt. Wir sind nicht verfolgt worden.«

»Meinst du, Wentworths Telefon wird angezapft? Wußten sie – wer auch immer es ist – deshalb, daß wir hier waren?«

»Macht eigentlich gar keinen Sinn – wenn sie wußten, daß wir hier waren, warum sollten sie dann unsere An- und Abfahrt beobachten?«

»Vielleicht haben sie mit irgendeinem Gerät in dem Ford unser Gespräch aufgezeichnet…«

Conor nickte, und zum ersten Mal meinte Monty, Angst in seinen Augen zu entdecken. Ihre Gedanken rasten. Sie versuchte sich zu erinnern, welche Einzelheiten sie eben besprochen hatten, überlegte, was ein Außenstehender daraus schließen konnte. »Wenn sie uns *wirklich* abgehört haben, haben wir alles verraten, nicht wahr?«

Conor fuhr wieder los. »Laß uns hoffen, daß sie uns nicht abgehört haben; aber wir tun zu unserer eigenen Sicherheit gut daran, vom Schlimmsten auszugehen. Wir müssen jetzt schnell vorgehen, wirklich schnell …«

»Daddy ist heute abend in Glasgow; er hält einen Vortrag vor Wissenschaftlern und kommt morgen früh zurück. Ich gehe mit ihm zum Lunch und rede dann mit ihm.«

»Möchtest du, daß ich dabei bin?«

Monty erinnerte sich an die Kommentare ihres Vaters über Conor beim Essen am vergangenen Donnerstag. »Nein, es ist besser, wenn ich allein mit ihm rede«, sagte sie. Dann suchte sie auf dem Stadtplan die Straße in Whitechapel, in der Winston Smith wohnte.

»Was meinst du, wie dein Vater reagieren wird?« fragte er.

»Es wird sicher nicht einfach sein. Ich darf ihm nicht alles auf einmal an den Kopf werfen; ich muß es ihm Schritt für Schritt beibringen.«

»Ich habe den Eindruck gewonnen, daß er ganz schön sauer auf Bendix Schere ist. Es kommt ihm wahrscheinlich gerade recht, wenn er der Firmenleitung ans Leder kann.«

»Das stimmt. Ich kann mir vorstellen, daß er in unserem Sinn reagieren wird, aber ich muß sichergehen, daß er auch die damit verbundenen Gefahren erkennt.«

Es war bereits dunkel, als sie vor dem häßlichen Wohnblock im East End ankamen, in dem Winston Smith lebte. Conor parkte am Straßenrand, und als Monty ausstieg, beugte sie sich noch einmal zu ihm und grinste: »Paß auf, daß dir niemand die Räder abmontiert, während du auf mich wartest.«

Er schaute auf einige völlig heruntergekommene Wagen auf der anderen Straßenseite, verzog das Gesicht und nickte.

Monty vergrub die Hände tief in ihren Jackentaschen und ging mit schnellen Schritten zum Eingang. Die Smith' wohnten im zweiten Stock, wie sie dem Namensverzeichnis neben der Tür entnahm. Sie stieg durch das verdreckte Treppenhaus hoch, fand Wohnung Nr. 27 und läutete.

Eine schwarze Frau in den Vierzigern, gekleidet in einen Wollpullover und eine dicke Baumwollhose, öffnete die Tür. Sie hatte Krücken unter die Achseln geklemmt, war sehr dünn, und ihr Gesicht war ausgemergelt.

Die Frau starrte Monty lange an und antwortete dann: »Er liegt im Krankenhaus.«

»Oh, das wußte ich nicht…«

»Am Freitag nachmittag ging's ihm plötzlich wieder mal besonders schlecht.«

»Ich… ich bin eine Arbeitskollegin. Wollte nur mal kurz mit ihm sprechen. Ich hatte keine Ahnung…«

Die Augen der Frau verengten sich zu Schlitzen. »Arbeitskollegin?«

»Ja, bei Bendix Schere.« Monty wußte plötzlich nicht mehr, was sie noch sagen sollte. »In welchem Krankenhaus ist er denn?« fragte sie schließlich.

»In der Klinik. Da, wo er immer hingeht.«

»Die Bendix-Klinik?«

»Hammersmith.«

»Ach so, ja… Wie geht es ihm denn?«

»Hat wieder diesen Ausschlag gekriegt. Macht ihm echt schlimme Schmerzen.« Sie sah Monty von oben bis unten an und fragte dann: »Sind Sie die Tochter von diesem Wissenschaftler?«

»Oh, entschuldigen Sie, ich habe vergessen, mich vorzustellen. Ja, ich bin Montana Bannerman.«

Die Frau nickte ausdruckslos. »Sie reden mit meinem Mann über Bücher, nicht wahr? Er ist Ihnen dafür sehr dankbar. Aber sie machen ihm auch angst. Er sagt mir, Sie stellen ihm dauernd Fragen. Und jetzt hat er Angst, er hätt' Ihnen zuviel gesagt.«

»Wollen Sie mit mir darüber sprechen?«

Mrs. Smith schüttelte den Kopf. Ihr Blick glitt suchend an Monty vorbei, als ob sie sich vergewissern wollte, daß sonst niemand zuhören konnte.

»Ich will ja nur ein bißchen mehr über unsere Firma erfahren... Die Leute bei Bendix Schere sind sehr geheimnistuerisch, und ich hatte das Gefühl, da wäre was, das Ihr Mann mir sagen wollte, aber er scheint sich nicht sicher zu sein, ob er mir trauen kann. Ich wollte ihn nur wissen lassen, daß er mir wirklich vertrauen kann... Sagen Sie, darf ich nicht einen Moment reinkommen und Ihnen das alles erklären? Ich will ja nur Ihrem Mann helfen...«

Mrs. Smith verzog ängstlich das Gesicht. »Tut mir leid, nein; tut mir leid... Wir sind kranke Leute, und die Firma ist gut zu uns, gibt uns die Medikamente kostenlos, und Winston kriegt im Krankenhaus immer ein Einzelzimmer. Bitte, lassen Sie ihn in Ruhe.«

»Haben Sie selbst damals auch bei diesem Medikamenten-Versuch mitgemacht, Mrs. Smith?«

»Die Firma war immer gut zu uns, mehr sag' ich nicht. Danke, daß Sie hergekommen sind, danke für Ihr Interesse, wie's meinem Mann geht. Ich sag' ihm, Sie wärn hiergewesen.«

Dann schloß sie die Tür.

Monty überlegte, ob sie es noch mal versuchen sollte, drehte sich dann aber um und ging zurück zum Wagen.

Die Bendix-Klinik in Hammersmith war ein zwölfstöckiges Gebäude mit Rauchglasfassaden. Sie lag in bequemer Entfernung vom Flughafen Heathrow und zog wohlhabende Patienten aus Asien und dem Mittleren Osten an, die sich wegen kosmetischen Operationen, Abtreibungen, Infertilitätsbehandlungen und, seit neuestem, genetischen Screenings einfliegen ließen. Das Bendix-Hammersmith, wie die Klinik genannt wurde, stand sowohl in privaten wie auch medizinischen Kreisen im Ruf, eines der luxuriösesten und modernsten Privatkrankenhäuser Großbritanniens zu sein, und eine Reihe hervorragender Spezialisten bürgten mit ihren Namen für eine optimale Behandlung.

Monty war sehr erstaunt, daß die Firma einem ihrer Wachmänner eine kostenlose und derart luxuriöse Behandlung zukommen ließ. Selbst im Hinblick auf die von Sir Neil Rorke öffentlich verkündete Fürsorge der Firma roch das nach Schuldgefühlen oder irgendwelchen finsteren Absichten, wenn man Winston Smith in einem Zimmer unterbrachte, das 400 Pfund pro Tag kostete.

Conor blieb wieder im Wagen, während Monty zum Empfang ging. Elektrische Türen glitten auf und schlossen sich hinter ihr. Die Dreifachverglasung der Fenster hielt den Verkehrslärm Londons fern, und der leichte Blütenduft in der Empfangshalle erinnerte Monty an den Geruch in der Lobby des Bendix-Gebäudes. Die Halle war mit Plüsch-Teppichboden ausgelegt, der in regelmäßigen Abständen das Bendix-Schere-Logo zeigte, die Wände und die Decke waren mit Pinienholz verkleidet, und es gab einen eleganten Geschenkartikel- und einen Blumenladen. Es gehörte zur Bendix-Schere-Philosophie, Krankenhausatmosphäre zu vermeiden und den *Gästen* – wie die Patienten ausschließlich genannt wurden – das Gefühl eines Aufenthaltes in einem Landhaus-Hotel zu vermitteln.

Monty ging zur Rezeption und fragte die platinblonde Empfangsdame so lässig wie möglich, in welchem Zimmer Winston Smith läge.

»Würden Sir mir bitte Ihren Namen sagen?« lautete die Gegenfrage.

»Monty war auf diese Frage nicht vorbereitet; krampfhaft suchte sie nach einem Namen. »Gordon«, fiel ihr schließlich ein. »Mrs. Lindsey Gordon.«

»Ihre Anschrift bitte, Mrs. Gordon?«

»Ist es nicht ein wenig ungewöhnlich, daß Sie das alles wissen wollen?«

»Wir brauchen die Angaben aus Sicherheitsgründen«, antwortete die junge Frau mit unerschütterlicher Höflichkeit.

Monty gab eine fiktive Adresse an, um dann hören zu müssen, daß Besuche bei Mr. Smith nicht erlaubt seien. Weder der Hinweis, daß sie eigens für diesen Besuch zwei Stunden Fahrt auf sich genommen habe noch Appelle von Frau zu Frau konnten die Empfangsdame erweichen. »Dann geben

Sie mir wenigstens seine Zimmernummer, damit ich ihm ein paar Blumen schicken kann«, sagte Monty schließlich.

»Wenn Sie der Floristin da drüben den Namen angeben, wird Ihr Auftrag prompt erledigt«, sagte die junge Frau.

Monty ging zu dem Blumenladen, und während sie den kleinsten Strauß – sechs Tulpen – für satte fünf Pfund kaufte, sah sie aus den Augenwinkeln, daß die Empfangsdame von zwei teuer gekleideten Asiatinnen angesprochen wurde und deshalb abgelenkt war. Sie bezahlte, ging schnell zu den Aufzügen und schlüpfte in eine Kabine, deren Türen offenstanden. Ohne lange zu überlegen drückte sie auf einen der Knöpfe – es war der für den sechsten Stock.

Als die Türen aufglitten, befand sie sich in einem breiten Korridor, der mit demselben Plüsch-Teppichboden ausgelegt war wie die Halle, und nur zwei uniformierte Krankenschwestern, die einen Wagen mit chirurgischen Instrumenten vor sich herschoben, ließen darauf schließen, daß man sich hier in einem Krankenhaus und nicht in einem Fünfsternehotel befand.

Monty ging in entgegengesetzter Richtung den Flur hinunter, kam an Krankenzimmern vorbei, die alle mit Namensschildern der darin untergebrachten »Gäste« gekennzeichnet waren: A. Gupta, Miss E. Carderelli, D. Patel, H. Wintergarten... Kein Winston Smith. Am Ende des Flurs befand sich in einer Nische ein Schalter mit mehreren Telefonen und einem großen Anschlagbrett an der Wand – offensichtlich eine kleine Schwesternstation. Monty schaute sich um. Die beiden Schwestern waren verschwunden. Sie schlüpfte hinter den Schalter, schaute auf das Anschlagbrett. Fast sofort fiel ihr Blick auf einen großen Bogen mit der Überschrift BELEGUNG 6. UND 7. ETAGE. Sie überflog hastig die Namen, fand den gesuchten: W. SMITH – 712.

Sie ging zurück in den Flur, zu den Aufzügen. Eine Schwester trat aus der Tür eines Krankenzimmers vor ihr und kam auf sie zu. Monty wollte mit abgewandtem Blick an ihr vorbeigehen, aber die Schwester blieb stehen und lächelte sie an. »Kann ich Ihnen helfen, Madam?«

Monty errötete ein wenig. Die Schwester war hübsch, wie alle Schwestern hier und hatte ein offenes, sommersprossiges Gesicht. »Ich … ähm … bin wohl auf der falschen Etage«, stammelte sie. »Das ist nicht die siebte, nicht wahr?«

»Nein. Eins höher.« Sie deutete zu den Fahrstühlen hinüber.

Monty dankte ihr, und kurz darauf stand sie in einem Flur, der in der Gestaltung identisch zu dem im 6. Stock war. Sie orientierte sich an den Türnummern, ging nach rechts. 710. 711. 712.

Zu ihrem Erstaunen befand sich kein Namensschild an der Tür mit der Nummer 712. Alle Türen, die sie bisher gesehen hatte, waren mit Namensschildern versehen gewesen … Ein Krankenpfleger mit einem Schiebekarren voller Eßtabletts kam auf sie zu. Sie atmete tief durch, drehte den Türknauf, drückte gegen die Tür.

Sie war verschlossen.

Sie versuchte es noch einmal, klopfte dann zaghaft, drückte das Ohr an die Tür. Nichts … Sie klopfte wieder, diesmal kräftiger. Dann ließ die Stimme eines Mannes dicht hinter ihr sie erstarren.

»Suchen Sie etwas?«

Monty fuhr herum. Ein großer, eleganter Mann mit dunklem, welligem Haar starrte sie durch die Gläser seiner schicken Brille mit hochgezogenen Augenbrauen an. Sein Blick war kalt und feindlich. Sie meinte, diesem Mann schon einmal begegnet zu sein, wußte aber nicht wo. Auf seinem Namensschild stand »Dr. F. Charles Seligman«.

Sie atmete tief durch, und Zorn überlagerte plötzlich ihre Angst. »Ich möchte meinen Freund Mr. Smith besuchen«, sagte sie.

»Mr. Smith darf keine Besucher empfangen.«

»Wir sind in einem Privatkrankenhaus. Alle Patienten dürfen jederzeit Besucher empfangen. Deshalb sind ja nicht einmal Besuchszeiten festgelegt.«

Der Mann sah sie prüfend an, und Monty erkannte, daß auch er sich zu erinnern versuchte, wo sie sich schon einmal getroffen hatten. Dann verzog er das Gesicht zu einem verbindlichen Lächeln.

»Mr. Smith geht es nicht gut. Es ist zu ermüdend für ihn, Besucher zu empfangen, und wir können daher im Moment nur engen Verwandten Besuche erlauben. Hinterlassen Sie bitte die Blumen und, so Sie wollen, eine Nachricht für ihn bei der Stationsschwester; sie wird beides gerne an Mr. Smith weiterleiten.«

Er faßte sie am Ellbogen und zog sie energisch von der Tür weg.

63

London, Sonntag, 27. November 1994

»Hier wohnst du also?«

Gunn, barfuß und im Morgenmantel, starrte in einer Mischung aus Überraschung und Verlegenheit durch den Türspalt auf Nikky, die auf dem Treppenabsatz stand, gekleidet in Jeans und einen Dufflecoat – und umwerfend aussah.

»Wie hast du mich gefunden?« fragte er.

»Hältst du mich für doof? Als Oberboß bei der Überwachung anderer Leute solltest du besser darauf achten, ob du selbst nicht verfolgt wirst.«

Er drückte die Tür ein Stück weiter zu. »Hör zu, ich rufe dich morgen an, wir gehn ins Kino oder so was …«

»Willst du mich nicht reinbitten? Ich habe drei Tage gebraucht, um dich hier aufzustöbern, und jetzt kriege ich nicht mal eine Tasse Kaffee zur Belohnung?« Sie versuchte, an ihm vorbei in die Wohnung zu schauen, und er drückte die Tür noch ein Stück weiter zu. Er hatte sie seit dem Krach am vergangenen Mittwoch nicht mehr gesehen, und er vermißte sie schrecklich. Aber er konnte sie nicht hereinbitten, nicht jetzt …

»Was verbirgst du vor mir, Soldier?«

»Nichts ...«

»Eine Frau?«

»Nein, natürlich nicht.«

»Sehr gut. Also kriege ich jetzt einen Kaffee ... Wie oft hast du mich in den vergangenen Tagen angerufen? Zehnmal? Zwanzigmal? Dreißigmal? Und wie viele Tonnen Blumen hast du mir geschickt? Ich habe das als Zeichen angesehen, daß du mich wiedersehen willst. Also, du läßt mich jetzt rein, oder du siehst mich nie mehr wieder, kapiert?«

Unter dieser Drohung machte Gunn die Tür auf; Nikky trat ein und ging an einer winzigen Küchenecke vorbei in ein schäbiges Wohn- und Schlafzimmer. Es war ausgestattet mit einem Bett, zwei verschlissenen Sesseln, einem abgetretenen Teppich und schmutzigen Netzvorhängen. Aus einer Stereoanlage drang leise Vivaldi-Musik, und auf dem Tisch stand ein eingeschalteter Laptop.

Nikky sah ihn kopfschüttelnd an. »Du wohnst tatsächlich in so einer Bruchbude?« fragte sie ungläubig und mitleidig zugleich. Ein lautes Rumpeln ließ sie zusammenzucken, und sie ging zum Fenster, sah die Lichter eines Zuges nur wenige Meter entfernt vorbeihuschen. »Um Gottes willen ...«

»Ich habe nicht vor, mein Leben lang hierzubleiben. Was hast du denn gedacht? Daß ich in einem Palast wohne?«

»Deshalb hast du mich also nie zu dir eingeladen? Und mir hast du erzählt, du hättest ein großes Haus mit Swimmingpool!«

»Du hast gesagt, materielle Dinge wären nicht wichtig für dich.«

»Das stimmt auch.«

»Ich habe tatsächlich ein großes Haus mit Swimmingpool. Das Miststück lebt dort mit den Kindern. Ich stecke bis zum Hals in Hypothekenschulden, kann das Haus aber nicht verkaufen, weil ich es zu erträglichen Bedingungen nicht loswerde und die Familienfürsorge mir dabei wegen der Kinder alle möglichen Steine in den Weg legt. Noch Fragen?«

Nikky küßte ihn und legte die Arme um seinen Hals.

»Komm, laß uns ins Bett gehn. Ich habe dich seit vier Tagen nicht mehr in mir gespürt und drehe wegen Entzugserscheinungen fast durch.«

Er drückte sie fest an sich, und Nikkys Blick fiel über seine Schulter auf den Computerscreen. Es stand eine lange Namensliste drauf; hinter jedem Namen befand sich ein seltsames schwarzes Zeichen.

Sie las einige der Namen: *Conor Molloy; Montana Bannerman; Charles Rowley; Hubert Wentworth.* Dann erkannte sie das seltsame Zeichen. »Sag mal, sind das Christbäume da auf dem Bildschirm?« murmelte sie.

Gunn zuckte zusammen, riß sich von ihr los, ging zum Laptop und klappte hastig den Screendeckel zu.

»Ist das deine Namensliste für Weihnachtskarten?« fragte sie neckend. »Conor Molloy, Montana Bannerman, Charles Rowley, Hubert Dingsbums? Irgendwie ahne ich, daß es besser für mich ist, wenn ich *nicht* auf dieser Liste stehe.«

»Da hast du recht«, knurrte Gunnl

»*Montana Bannerman* – komischer Name. Ist sie Amerikanerin? Eine deiner vielen Freundinnen?«

»Nein, das ist sie nicht. Und wie kommt es, daß du all diese Namen im Kopf behältst? Ich wußte nicht, daß du ein fotografisches Gedächtnis hast. Ich weiß überhaupt wenig von dir.«

»Du glaubst doch nicht im Ernst, daß ich dich tagelang verfolgt habe, um diese Adresse rauszufinden? Ich habe sie vor Wochen mal auf einer Telefonrechnung gesehen, die ich in deiner Jackentasche gefunden habe.« Sie lächelte süßlich. »Auch ich weiß anscheinend vieles von dir nicht.« Sie küßte ihn wieder. »Ab ins Bett!«

64

London, Montag, 28. November 1994

Unter Montys Morgenpost war auch ein dicker brauner Umschlag, auf dessen Rückseite ein großer Aufkleber prangte:

SYMPOSIUM »MEDIZINISCHE GENFORSCHUNG«
IN WASHINGTON VOM 09.–12. DEZEMBER 1994.
UNTERLAGEN FÜR TEILNEHMER.

Zusätzlich zu den üblichen Unterlagen – Programm der Tagung, Hotelreservierung, Rückflugtickets der Economy-Klasse London – Washington – London – waren auch eine Einladung für sie beide zu einem Empfang vor dem Dinner im Weißen Haus am Freitagabend und ein vordatierter Scheck über 1000 Dollar als Honorar für den Vortrag, den ihr Vater vor dem Plenum halten würde, beigefügt.

Dick Bannerman hatte sich gefreut, als Monty ihn zum Lunch ins *Greenhouse* eingeladen hatte. Das Restaurant lag in einiger Entfernung vom Bendix-Gebäude, und Monty war sicher, daß sie sich dort ohne heimliche Zuhörer unterhalten konnten. Jetzt beobachtete sie ihren Vater, wie er die Maternox-Kapsel, die sie vor ihn auf das Tischtuch gelegt hatte, in die Handfläche nahm und sorgfältig betrachtete.

Seine Reaktion auf all das, was sie ihm berichtet hatte, war weniger emotional gewesen, als sie gedacht hatte. Sein hauptsächliches Mißtrauen hatte sich gegen Conor Molloys Rolle in der Angelegenheit gerichtet. Im Hinblick auf seine feindselige Haltung gegenüber Conor hatte Monty ihm nicht gesagt, daß sie sich liebten.

»Bist du sicher, daß das eine Maternox-Kapsel ist und nicht irgendein anderes Medikament, das diese Mrs. Kingsley eingenommen hat?«

Sie nickte. »Der Teil der Formel, den Conor analysieren konnte, stimmt exakt mit der Zusammensetzung der Standard-Maternox-Kapseln überein, die wir als Vergleichsmuster benutzt haben.«

Er sah sie eindringlich an. »Was hat dieser amerikanische Typ eigentlich vor? Was will er mit all dem erreichen?«

»Ich weiß es nicht«, antwortete Monty offen.

»Will er vielleicht seine Integrität als Patentanwalt schützen? Könnte das der Grund sein?«

»Ja, das könnte sein.«

Ihr Essen kam, Leber mit Schinken für ihn, Fischpastete für Monty. Bannerman steckte die Kapsel zurück in die Phiole. »Ich könnte diese Tests im Labor bei Bendix machen. Wäre viel einfacher als in Berkshire. Wenn ich ein bißchen aufpasse, wird niemand rausfinden, was ich da mache.«

Monty schüttelte vehement den Kopf. »Nein, das ist viel zu riskant. Denk doch an die Überwachungskameras in den Labors. Wir wissen ja nicht, wer uns da beobachtet.«

»Um Himmels willen, Kind, niemand kann doch erkennen, was ich da im einzelnen mache! Ich führe doch laufend irgendwelche Experimente durch.«

Monty war nicht überzeugt.

Er schaute auf den Datumsanzeiger seiner Uhr. »Am Donnerstag nächster Woche müssen wir zu diesem verdammten Symposium nach Washington fliegen. Es bleiben uns also gerade noch zehn Tage, wenn ich sofort, heute noch, anfange. Du hast gesagt, Anna Sterlings Leben würde auf dem Spiel stehen, und das heißt, daß jeder Tag zählt. Ich fange also am besten gleich nach dem Essen mit den Tests an.«

»Aber in Berkshire wäre es *sicher*«, insistierte Monty. »Jeder weiß, daß das alte Labor noch betriebsbereit ist, niemand wird sich was dabei denken, wenn du dort noch arbeitest, und niemand wird dir dort bei der Arbeit über die Schulter schauen.«

Er lächelte sie liebevoll an. »Darling, ich weiß nicht, was diese Mistkerle vorhaben, und ich traue der pharmazeutischen Industrie ja alles mögliche zu, aber es fällt mir doch verdammt schwer zu glauben, daß sie an ihrem Bestseller-Medikament rumpfuschen und irgendwelche illegalen Menschenversuche machen.«

»Wollen wir hoffen, daß du recht hast« sagte sie. »Zum Besten aller, die betroffen sind.«

»Im übrigen brauchst du dir um meine Sicherheit keine Sorgen zu machen, Monty. Wir beide wissen verdammt gut, warum Bendix Schere mich an Bord geholt hat: Weil ich der Firma fünf bis zehn Jahre, wenn nicht mehr, Forschung und Entwicklung auf dem Gebiet der Genforschung erspare. Sie werden mich wohl kaum um die Ecke bringen, wenn ich mal ein paar Tests mit einem Medikament durchführe, dessen Patent sowieso bald ausläuft.«

Sie grub die Gabel in die Mitte ihrer Fischpastete und sah zu, wie der Dampf entwich. Wie bei einem Mini-Vulkan, dachte sie. »Wollen wir hoffen, daß du in allem recht hast, Daddy«, sagte sie noch einmal. »Laß uns das ganz fest hoffen.«

65

London, Montag, 28. November 1994

Die Juwelenaugen des schwarzen Pappmaché-Frosches auf Dr. Crowes Schreibtisch schauten Gunn mit einem leicht höhnischen Ausdruck an; jedenfalls kam es ihm so vor. Er starrte entschlossen zurück, während er darauf wartete, daß der Vorstandsvorsitzende das Telefonat beendete, das ihre Besprechung unterbrochen hatte.

Nach einigen Minuten legte Crowe den Hörer so vorsichtig auf, als sei er aus chinesischem Porzellan und wandte sich wieder an Gunn. »Wo waren wir stehengeblieben?«

»Bei Mr. Rowley, Sir.«

»Ach ja, der arme Mr. Rowley… Sehr bedauerlich; ein überaus tragischer Unfall. Sie haben alles im Griff?«

»Ja.«

»Irgendein Interesse bei den Medien?«

»Nein, bisher ist keinerlei Interesse zu erkennen. Die Hawaiianer haben großartige Arbeit geleistet.« Gunn lächelte. »Die Leute dort wissen, daß es dem Tourismusgeschäft abträglich ist, wenn man den Unfall eines Besuchers zu laut hinausposaunt.«

»Verständlich ... Und die britischen Medien?«

»Hunderte von britischen Bürgern sterben jährlich während ihres Urlaubs; nur wenige dieser Todesfälle kommen in die Presse und wenn, dann nur auf lokaler Ebene. Rowleys Eltern leben in einem Dorf in Sussex, eine jüngere Schwester wohnt in London, seine Freundin ebenso. Eventuell berichten die Lokalzeitungen in der Gegend der Eltern darüber. Aber der *Sussex Evening Argus* oder die *Mid Sussex Times* werden bestimmt keinen Starreporter nach Hawaii schicken – selbst wenn sie Grund zu irgendwelchem Mißtrauen hätten, was aber nicht der Fall ist.«

Crowe nickte. »Und intern, in der Firma?«

»Kontrollierte Herausgabe der Todesnachricht. Ich denke, wir haben das voll im Griff.«

Crowe schien zufrieden zu sein. »Sie wollten mir noch etwas über diese Miss Bannerman berichten?«

»Diese Angelegenheit sieht nicht besonders gut aus, Sir. Am Donnerstag fuhr Mr. Molloy von der Abteilung P & V zu einem kleinen Hotel in Paddington, wo er nur drei Stunden blieb. Wir haben das über das Kfz-Verfolgungssystem festgestellt und jemanden hingeschickt.«

»Hat Mr. Molloy sich dort mit einer Frau getroffen? Oder ist er deshalb so schnell wieder gegangen, weil ihm die Tapete im Hotelzimmer nicht gefiel?«

Gunns Spürhund hatte den Hotelportier mit 50 Pfund bestechen müssen, um eine Antwort auf diese Fragen zu bekommen, aber mit solchen Details wollte Gunn seinen Chef jetzt nicht belästigen. »Keines von beidem, Sir; er hat von dort aus telefoniert.«

»Mit wem?«

»Mit uns, Sir. Mit der Nummer zum Einloggen in das Bendix-Schere-Computersystem.«

Crowe versteifte sich. »Von einem Hotelzimmer aus?

Warum? Um sich Zugang zu etwas zu verschaffen, zu dem er keinen Zugang haben dürfte?«

»Das ist die einzige Möglichkeit, die ich mir denken kann, Sir. Der Systemmanager hat eine Überprüfung vorgenomen, aber keinen Hinweis darauf gefunden, daß Mr. Molloy sich zu dieser Zeit in unser System eingeloggt haben könnte.«

»Seine Überprüfung müßte doch aber die Telefonnummer aufgezeigt haben, von der aus das System angewählt wurde, oder nicht?«

»Offensichtlich nicht, Sir. Wir haben entweder zur Zeit noch einen Fehler im System, der das Aufspüren von Mr. Molloys Aktivitäten verhindert, oder…« Er atmete tief durch, wußte, daß Crowe sauer sein würde. »Oder aber Molloy versteht es bestens, seine Spuren zu verwischen. Was wiederum darauf hinweisen würde, daß er weitaus mehr über die Anwendung der Computertechnik weiß, als in seinen Bewerbungsunterlagen eingegeben ist.«

»Ich war bisher der Meinung, unser Computersystem sei völlig sicher, Major Gunn.«

»Kein System ist absolut sicher, Sir; die Technik schreitet schnell fort, und Hardware und Software werden praktisch jeden Tag verbessert. Wir haben eines der sichersten Systeme der Welt, und wir werden es im nächsten Frühjahr einem Update unterziehen. Ich muß meine Arbeit im Rahmen eines festgelegten Budgets verrichten, woran Sie mich ja permanent erinnern, Sir…«

Crowe sah ihn ausdruckslos an. »Fahren Sie fort.«

»Am vergangenen Freitag zeigte das Fahrzeugverfolgungssystem auf, daß Mr. Molloy einen Besuch bei Miss Bannerman in ihrem Cottage in Berkshire machte und über Nacht dort blieb. Am Samstag morgen fuhr er in Begleitung von Miss Bannerman zum Campus der Berkshire-Universität und verbrachte den ganzen Tag und den frühen Abend im alten Labor der Bannermans, dann fuhren die beiden zurück zum Cottage und blieben die Nacht über zusammen dort.«

»Was haben sie in diesem Labor gemacht?«

»Wir waren nicht in der Lage, das festzustellen.«

»Haben Ihre Leute denn nicht abgehört, was die beiden während dieser Zeit miteinander geredet haben?«

»Wir haben wegen der hohen Kosten nur eine begrenzte Anzahl von Abhörgeräten, Sir. Miss Bannerman und Mr. Molloy sind nur zwei von dreißig Mitarbeitern hier im Land, die wir derzeit ständig überwachen müssen. Wir haben Probleme mit einem unserer früheren Virologen in Northumberland, der vermutlich geheime Informationen an ein Konkurrenzunternehmen weitergibt und uns damit schweren Schaden zufügen könnte; dann ist da dieser verdammte Labortechniker in Plymouth, darüber hinaus vier Leute in Reading, die...«

Crowe hob die Hand, schnitt ihm das Wort ab. »Ich habe alle Ihre Berichte gelesen, vielen Dank... Konnten Ihre Leute denn wenigstens nachträglich in das Bannerman-Labor eindringen?«

»Nein. Das wäre zu riskant gewesen. Man hätte dabei das Alarmsystem auslösen können.«

Crowe ballte die Fäuste. »Meinen Sie nicht, es hätte sich *gelohnt*, dieses Risiko einzugehen, um herauszufinden, was die beiden in dem Labor gemacht haben?«

Gunn schüttelte den Kopf. »Nein – sie dürfen keinesfalls mitbekommen, daß sie beschattet werden. Wir werden zu gegebener Zeit schon rausfinden, was die beiden dort gemacht haben.«

Crowe sah ihn zweifelnd an, sagte aber nichts.

Gunn fuhr mit seinem Bericht fort: »Am Sonntag nachmittag fuhren die beiden zu einem Hotel in Berkshire, wo sie nur eine Stunde blieben. Molloy hackte sich von dort aus wieder in unser Computersystem ein. Dann machten sie einen Besuch beim stellvertretenden Nachrichtenredakteur der *Thames Valley Gazette,* dem Chef dieser Zandra Wollerton. Sehr erstaunlich, nicht wahr? Danach fuhren sie zur Wohnung eines unserer Wachmänner. Der Name des Mannes ist Winston Smith, und er gehörte zu der Gruppe, mit der wir damals die Beta-Tests durchgeführt haben. Er liegt zur Zeit im Bendix-Hammersmith. Miss Bannerman machte den Versuch, ihn dort zu besuchen, was aber verhindert wurde.«

Crowe hörte sich all diese unangenehmen Nachrichten zunächst schweigend an. »Es sieht so aus, als ob wir ein Problem hätten, Major Gunn«, sagte er dann.

»Ja, es sieht ganz danach aus. Ich möchte die beiden rund um die Uhr beschatten, aber dazu brauche ich zusätzlich rund vierzig Leute.«

»Vierzig?«

»Wenn man zwei Personen rund um die Uhr überwachen will – heimlich, ohne daß diese Personen es merken –, ist das das Minimum. Das MI5 setzt in solchen Fällen sogar *pro* Person vierzig Leute ein ... Wir brauchen jedenfalls drei Wagen mit je zwei Mann in Achtstundenschichten, also achtzehn Mann pro Person im Vierundzwanzigstundeneinsatz.«

»Vierzig Leute kosten im Monat rund achtzigtausend Pfund, Major Gunn. Summen in dieser Größenordnung muß ich vom Vorstand genehmigen lassen.«

»Bitte tun Sie das, Sir. Ich kann ohne diese personelle Verstärkung keine zusätzlichen Überwachungsaufgaben durchführen. Entweder kriege ich dieses Personal, oder ich muß an anderer Stelle Aufgaben vernachlässigen. Oder aber ...« Er brach ab.

Sie wechselten einen kurzen Blick, der das ausdrückte, was zwischen ihnen ungesagt blieb; als Crowe sich jedoch nicht weiter dazu äußerte, fuhr Gunn fort: »Ich habe bei diesem Molloy von Anfang an kein gutes Gefühl gehabt, und inzwischen bin ich überzeugt, daß Miss Bannerman unseren Medici-Versuchen auf die Spur gekommen ist. Seit ihrem Lunch mit Seals kommt sie mir äußerst verdächtig vor. Sie ist eine verdammt harte Nuß, und ich habe so ein Gefühl, daß es uns gar nicht gefallen wird, was wir über sie rausfinden.«

»Ja, sie ist eine harte Nuß«, sagte Crowe. »Ihr Vater wird ihr wohl kaum Einhalt gebieten ... Sie hat damals die Verhandlungen mit uns zur Übernahme des Bannerman-Instituts knallhart geführt.« Er runzelte die Stirn. »Aber warum hat sie versucht, diesen Wachmann zu besuchen? Er kann doch keinerlei Informationen über Medici haben.«

»Ich weiß es auch nicht, Sir. Aber ich werde es herausfinden.«

Crowe nahm ein dünnes schwarzes Notizbuch aus der Innentasche seiner Jacke und schrieb etwas hinein. »Ich werde Ihre finanzielle Anforderung bei der Vorstandssitzung am kommenden Donnerstag zur Sprache bringen, Major Gunn. Ich darf Sie bitten, mir bis dahin die genauen Einzelheiten Ihres erweiterten Budgets zukommen zu lassen.«

»Selbstverständlich, Sir.« Gunn lächelte.

66

London, Montag, 28. November 1994

Am Nachmittag kurz vor fünf läutete Conors Telefon. Er hob ab und meldete sich: »Conor Molloy.«

»Hi, hier ist Dave Schwab.«

Der Anrufer hatte eine feste, ernste Stimme, die im Einklang mit seiner Persönlichkeit stand. Mit vierunddreißig Jahren gehörte er zu den jüngeren Prüfern des amerikanischen Patentamtes, und Conor betrachtete ihn als seinen Freund. Sie hatten sich während des Studiums der Molekularbiologie in Carnegie Mellon getroffen, und auch später hatten sich ihre Wege immer wieder gekreuzt. Conor schloß aus dem Anruf, daß die Prüfung seines Psoriasis-Patentantrags an Schwab übertragen worden war.

Er betrachtete dies mit gemischten Gefühlen. Wegen ihrer Freundschaft würde er mit Argumenten bei Schwab wahrscheinlich eher durchkommen als bei einem fremden Prüfer, und Schwab war sicher bereit, über gewisse Dinge hinwegzusehen, aber andererseits war er ein absolut integrer Mann, und es konnte sein, daß er in dem Bestreben, auf jeden Fall objektiv zu bleiben, überkorrekt an Conors Antrag heranging.

»Dave! Hi, wie geht's dir?«

Sie tauschten ein paar Freundlichkeiten aus; dann sagte Schwab: »Also, ich bin als Prüfer für den Antrag von Bendix Schere bestimmt worden. Er hat bei uns hier die Nummer... ähm, 08/190/790. Hast du sie?«

»Ja, kam mit der Empfangsbestätigung. Nur zur Sicherheit – es geht um unseren Antrag MA 68 1459 01, richtig?«

»Ja, stimmt.«

»Ihr Jungs habt schnell gearbeitet. Vielen Dank dafür.«

Schwabs Ton wurde kühler. »Ich habe ein paar Probleme mit dem Antrag, Conor. Wir müssen da einiges besprechen.«

Conor war nicht überrascht. Ihm war klar, daß dieser Antrag, wenn überhaupt, nur mit erheblichen Einschränkungen durchkam. Aber er wurde dafür bezahlt, für Bendix Schere zu kämpfen, und er mußte Crowe beweisen, daß er sein Bestes gab. »In welchen Bereichen siehst du Probleme, Dave?«

»Du verlangst zuviel in dem Antrag und mußt erhebliche Abstriche machen.«

»Ich verstehe das. Okay.«

Sie besprachen bestimmte Einzelheiten des Antrags, und Conor machte einige Zugeständnisse, die Schwab zunächst einmal zufriedenstellten, an der grundsätzlichen Berechtigung des Patentantrags aber nicht rüttelten.

»Okay, jetzt sieht die Sache schon besser aus«, sagte Schwab. »Wenn wir alles besprochen haben, kannst du den Prüfbescheid innerhalb einer Woche haben. Es gibt da noch ein anderes Problem – ich bin ab der übernächsten Woche bis Neujahr nicht im Dienst.«

Conor schaute auf den Terminplan an der Wand. Dr. Crowe hatte zur Erlangung der US-Patente für Dick Bannermans Forschungsarbeit einen sehr engen Zeitrahmen abgesteckt. »Können wir uns noch vor der übernächsten Woche treffen? Du faxt mir die wichtigsten Fragen und Beanstandungen, die du noch hast, und ich schnappe mir die entsprechenden Unterlagen und springe damit in den Flieger.«

»Mal sehen... Heute ist Montag. Ich habe noch einen Berg Arbeit hier liegen... Donnerstag, 8. Dezember, morgens – würde dir das passen?«

»Natürlich. Alles klar.«

»Conor, ich muß dir sagen, daß ich auch mit dem reduzierten Antrag nicht glücklich bin. Ich habe patentrechtliche Bedenken, aber ich muß mir das alles noch mal durch den Kopf gehen lassen... Wie ist das Wetter in England?«

Sie plauderten noch eine Weile über das Wetter hüben und drüben und über gemeinsame Bekannte; dann verabschiedeten sie sich.

Conor hatte gerade aufgelegt, als es klopfte und Martin Walker, der Leiter der Unterabteilung P & V hereinkam.

Walker war in jeder Hinsicht ein Bendix-Schere-Mann. Er trug einen Anzug, der so eng saß, als sei er am Körper festgenäht. Er hielt einen Stapel Papiere in der Hand, und sein Gesichtsausdruck, sonst stets emotionslos, war sehr ernst.

»Ich habe eine traurige Nachricht, Mr. Molloy... Mr. Rowley ist am Wochenende in Hawaii einem tragischen Unfall zum Opfer gefallen. Er ist ertrunken.«

Walker schob eines der Blätter in seiner Hand auf Conors Schreibtisch. »Dr. Crowe hat gebeten, jedem, der Mr. Rowley näher kannte, dieses Rundschreiben persönlich zu übergeben. Es wird natürlich in die nächste Ausgabe der Firmenzeitung aufgenommen.«

Conor starrte mit blicklosen Augen auf das Papier und stammelte: »Char... Mr. ... Rowley ist... *tot*?«

»Prima Kerl. Schrecklicher Verlust für uns... Einer dieser dummen Unfälle, hervorgerufen durch Übermut, wie es scheint. So unnötig, aber so ist das nun mal... Ich werde ihn sehr vermissen; er war ein großartiger Patentfachmann.«

Conor brachte es irgendwie fertig, das Papier zu lesen. Die Überschrift lautete:

BÜRO DES VORSTANDSVORSITZENDEN.

»*AN ALLE MITARBEITER:*

Ich bedaure, Ihnen mitteilen zu müssen, daß unser Kollege Mr. Charles Rowley von der Unterabteilung Patente und Ver-

träge während einer Dienstreise zu Bendix Hilo auf Hawaii offensichtlich einem Badeunfall zum Opfer gefallen ist. Seine Leiche ist noch nicht gefunden worden.

Mr. Rowley war ein hochgeschätzter Mitarbeiter, der Bedeutsames bei der Entwicklung der Genforschung in unserer Firma geleistet hat. Alle, die ihn gekannt haben, werden ihn schmerzlich vermissen.

Dr. Vincent Crowe, Vorstandsvorsitzender.«

»Wissen Sie... ehm... wie es passiert ist?« stammelte Conor mit fast versagender Stimme.

»Wie ich gehört habe, ist es bei einer Strandparty passiert. Mr. Rowley ging zu mitternächtlicher Stunde eine Wette ein, er könne eine Bucht hin und zurück durchschwimmen. Man hat ihn vor gefährlichen Strömungen gewarnt, aber er ließ sich nicht abhalten... Ich muß jemanden finden, der seine Arbeit übernimmt. Wird schwer sein. Er hatte die ganze Bannerman-Sache im Griff... Wir machen am besten eine Besprechung. Neun Uhr in meinem Büro?« Dann ging er.

Conor saß noch minutenlang da und starrte auf Crowes Memorandum. Dann ließ die Betäubung nach und machte einer wachsenden Unruhe Platz. Tief in seinem Gedächtnis stieg eine Erinnerung auf...

67

London, Montag, 28. November 1994

Monty trat kurz nach sechs aus dem Aufzug und warf einen schnellen Blick zu den Schaltern hinüber, aber Winston Smith war nicht zu sehen.

Sie ging zu dem Fahrstuhl neben dem Expreß-Aufzug für die Direktoren und blieb davor stehen; wartete, horchte, starrte auf ihr verzerrtes Spiegelbild in den Bronzetüren... Und dann hörte sie tatsächlich wie von oben kommendes

Rumpeln hinter den Türen, aber wie beim letztenmal setzte es sich nach unten fort und verklang schließlich.

Kein Zweifel – da wurde ein weiterer Aufzug betrieben, der im Erdgeschoß nicht anhielt.

Sie schaute auf den weißen Marmorboden. Im Kellergeschoß darunter befand sich das Fitneßcenter; die Übungsräume mit den verschiedensten Geräten, die Squash-Courts, der computerisierte Golf-Übungsplatz, das Schwimmbad, die Whirlpools, die Sauna-Anlagen. Sie fuhr spontan mit dem nächsten Aufzug nach unten.

Hinter dem Schalter in der Vorhalle saß ein gutaussehender blonder Muskelmann in weißem Trainingsanzug, der sie strahlend anlächelte. »Hallo, junge Dame! Nehmen Sie heute abend an unserem Spezialprogramm teil?«

»Ich war noch nie hier – ich möchte mich nur mal umsehen.«

»Natürlich. Darf ich Ihren Bendix-Ausweis sehen ... Jawohl, schauen Sie sich nur gründlich um, und wenn Sie irgendwelche Fragen haben, wenden Sie sich an mich. Mein Name ist Bud.«

Monty kam durch den breiten Flur mit Umkleidekabinen in eine große Halle mit vielerlei Übungsgeräten. Über dem Eingang prangte ein Schild mit der Aufschrift KREISLAUF-TRAININGSZENTRUM. Männer und Frauen arbeiteten eifrig an den Geräten; manche lasen Bücher, Zeitschriften oder das Firmenmagazin, während sie ihre Beine trainierten.

Am gegenüberliegenden Ende der Halle sah Monty das Zeichen NOTAUSGANG und ging an der Wand entlang darauf zu. Sie schaute sich um, ob jemand sie beobachtete, stieß dann die Tür auf und kam in einen breiten, mit dem üblichen Plüschteppich ausgelegten Flur. An den Wänden hingen alle möglichen Feuerlöschgeräte, und vor einer Tür mit der Aufschrift WIEDERBELEBUNGSSTATION – ZUTRITT NUR FÜR FACHPERSONAL stand ein Krankentransportwagen.

Über einer Eisentür daneben leuchtete wieder das Notausgangszeichen, und sie öffnete sie mit einiger Kraftanstrengung. Dahinter lag eine nur nach oben führende Treppe, an deren Fuß ein Schild verkündete: NOTAUSGANG ZUR EINGANGSHALLE – NUR IM BRANDFALL BENUTZEN!

Sie hörte ein leises Surren und schaut hoch. Eine Videokamera war direkt auf sie gerichtet, wie sie bestürzt feststellte. Schnell vergewisserte sie sich noch einmal, daß es keine nach unten führende Treppe gab, ging dann zurück in den Flur und in entgegengesetzter Richtung weiter. Der Korridor schien rund um die Peripherie des Gebäudes zu führen. Sie überprüfte alle Notausgänge, an denen sie vorbeikam, und bei allen gab es nur nach oben führende Treppen.

Schließlich ging sie zurück zum Eingang des Fitneßcenters, sagte Bud, sie werde sich bald an einem Fitneßprogramm beteiligen, und fuhr dann mit dem Aufzug wieder hoch zur Lobby. Draußen vor dem Eingang vergrub sie gegen den beißend kalten Abendwind ihre Hände tief in den Taschen ihres Burberrys.

Wenn dieser unsichtbare Aufzug nicht in der Lobby und im Fitneßcenter stoppte, wo kam er dann her und wo fuhr er hin? fragte sie sich. Was verband er mit was? Und warum zum Teufel hielt man seine Existenz geheim? Vielleicht war es einfach nur irgendein Lastenaufzug zur Versorgung der Kantine oder zum Transport von Laborgerät? Ja, das konnte sein; aber ganz zufrieden war sie mit dieser Erklärung nicht. Schließlich konnte es ja einen Zusammenhang mit den sechs fehlenden Stockwerken geben …

Statt zu ihrem Wagen ging Monty einmal rund um das Gebäude. Sie zählte acht Notausgänge, ebenso viele, wie sie im Kellergeschoß gefunden hatte, und sie sah nichts, das wie ein getrennter, verborgener Eingang ausgesehen hätte.

Enttäuscht ging sie zu ihrem MG. Conors BMW stand noch auf dem Parkplatz. Gut, dachte sie; Conor hatte ihr den Reserveschlüssel zu seiner Wohnung gegeben, und sie mußte noch zu einem Supermarkt fahren, um verschiedene Sachen für das Dinner einzukaufen, das sie zubereiten wollte.

Sie nahm ihre Übernachtungstasche sowie den Plastikbeutel mit den Lebensmitteln aus dem Kofferraum, und auf dem Weg zur Eingangstür von Conors Appartementgebäude schaute sie aufmerksam die Straße rauf und runter; sie hatte es sich angewöhnt, immer zu überprüfen, ob Anzeichen für eine Beschattung zu erkennen waren. Manchmal fragte sie sich, ob sie mittlerweile paranoid sei.

Der in der Wohnung hängende Geruch von Conors Zigaretten beruhigte sie, und sie machte sich daran, mehrere fleischige Mönchsfisch-Filets für den Backofen vorzubereiten. Dann rief sie Anna Sterling an, um die Pläne für ihr abendliches Treffen an einem der folgenden Tage zu besprechen. Zu ihrer Erleichterung teilte Anna ihr mit, daß Mark für ein paar Tage dienstlich nach Brüssel müsse und sie ihn begleiten werde. Der Gedanke, Anna zu treffen und ihr nichts sagen zu dürfen, war Monty sehr unangenehm gewesen, aber ihr war eingefallen, daß sie für Mittwoch nächster Woche Theaterkarten für sie beide gekauft hatte, und sie fragte sich, ob ihr Vater bis dahin schon ein Ergebnis des Maternox-Tests vorliegen haben würde. Sie fühlte sich ein wenig schuldig, weil sie ihm heute abend im Labor nicht zur Hand ging. Aber wenn sie tatsächlich auf Schritt und Tritt überwacht wurde, war es sicherer für ihn, die Experimente allein durchzuführen. Gottlob hatte er letztlich zugestimmt, die Tests im alten Labor und nicht im Bendix-Gebäude zu machen.

Als sie die Melone zerteilte, hörte sie, wie ein Schlüssel im Türschloß gedreht wurde, und Conor kam herein. Sein Gesicht war bleich, und er küßte sie nur abwesend, ohne die übliche Wärme, und ging dann ruhelos in der Küche auf und ab.

»Bist du okay?« fragte sie besorgt.

Er nickte, sagte aber nichts.

»Soll ich dir einen Drink machen? Whisky?«

»Ja, ich brauche einen, und zwar einen großen. Und du wirst auch einen brauchen.«

Er zog die Jacke aus, streifte die Krawatte ab, hängte beides über eine Stuhllehne, knöpfte dann den obersten Knopf seines Hemdes auf. Er ging ins Wohnzimmer, setzte sich aufs

Sofa, zog die Schuhe aus, ging dann zum Fenster und starrte hinunter auf die Straße.

Sein Verhalten beunruhigte Monty. Was würde er ihr zu sagen haben? Sie gab Eiswürfel in zwei Whiskygläser, goß Glenfiddich ein und ging zu ihm. Sie setzten sich aufs Sofa. »Was ist los?« fragte sie.

»Charley Rowley. Ich nehme an, du hast es noch nicht gehört?«

»Was gehört?«

»Er ist in Hawaii ertrunken.«

Sie ließ beinahe ihr Whiskyglas fallen. Sie hatte das Gefühl, in ihr würde etwas explodieren.

Conor steckte sich mit zitternden Fingern eine Zigarette an. »Ich kann es nicht glauben, daß er tot ist…«

»Conor, das ist ja schrecklich! Mein Gott…«

Er schüttelte den Kopf heftig hin und her. »Irgendwas ist faul an der Sache, macht keinen Sinn…«

»Oder macht zuviel Sinn?«

»Ein Unfall…« Conors Stimme klang jetzt wütend. »Jedesmal ein Unfall, ein gottverdammter *Unfall*… Rowley war verängstigt, als wir aus dem Pub kamen, hat im Taxi dauernd nach hinten geschaut. Und er war bestimmt kein Mann, der schnell Angst hatte.«

Auch du, Conor, siehst jetzt verängstigt aus, dachte Monty. »Hat man dir gesagt, wie es passiert ist?«

»Er war angeblich blau, versuchte, im Dunkeln durch eine Bucht zu schwimmen.«

Monty legte den Arm um ihn. »Es tut mir so leid… Du hast ihn sehr gemocht, nicht wahr?«

»Er war einer von den Guten; und die sind bei Bendix Schere dünn gesät.«

»Sie sind überhaupt dünn gesät.« Sie nahm ihm sanft die Zigarette aus der Hand und machte einen tiefen Zug. »Ist mein Vater der nächste?«

»Ich glaube nicht, daß man gegen einen so wertvollen Mitarbeiter mit diesen Mitteln vorgehen wird. Die beste Milchkuh schlachtet man nicht.«

Monty wünschte sich, in seiner Stimme hätte mehr Überzeugungskraft gelegen.

»Es gibt zwei Möglichkeiten, Monty. Wenn dein Vater nichts Negatives an diesen Kapseln findet, haben wir den falschen Baum angepinkelt. Wenn er aber feststellt, daß da etwas Negatives ist, müssen wir uns entscheiden, ob wir zu Rorke gehen oder zur Polizei oder zu den Aufsichtsbehörden ...«

Ein lautes Summen in der Diele ließ die beiden zusammenfahren. »Jemand läutet an der Haustür«, sagte Conor.

»Sei vorsichtig... Laß niemanden rein!«

Sie gingen in die Diele, und Conor hob den Hörer der Sprechanlage ab. »Hallo?« Monty beobachtete ängstlich sein Gesicht. »Pizza? Nein, ich habe keine Pizza bestellt... Nein, hier ist Appartement zwei; Sie haben auf den falschen Klingelknopf gedrückt. Okay, macht nichts ...«

Monty ging zurück ins Wohnzimmer, zog den Vorhang ein Stück zur Seite und schaute auf die Straße. Ein Motorrad war vor dem Eingang abgestellt, auf dessen großer Packtasche in grellroten Buchstaben PIZZAZZ PIZZAS stand.

Conor kam zu ihr, legte von hinten die Arme um ihre Hüfte und küßte ihr Ohrläppchen. »Falscher Alarm«, sagte er.

Eine Gänsehaut hatte sich auf ihrem Rücken gebildet, und sie drückte sich an ihn, suchte die Wärme seines Körpers. »Es tut mir leid – ich bin sonst nicht so nervös.«

»Du brauchst dich nicht zu entschuldigen«, sagte er ruhig. »Wenn man nervös ist, hält einen das wachsam; und Wachsamkeit ist bei uns beiden im Moment dringend angesagt.«

Sie aßen am Wohnzimmertisch. Conor schob den letzten Bissen von seinem Fisch in den Mund. »Das war köstlich«, sagte er. »Du bist eine großartige Köchin.«

»Nein, ich habe nur Glück, daß mir hin und wieder mal ein Gericht halbwegs gelingt.«

»In Washington gibt es ein tolles Restaurant, das ich dir eines Tages ...« Er unterbrach sich. »Da fällt mir ein – ich muß nächste Woche für ein paar Tage nach Washington.«

»Nächste Woche? Wann genau?«

»Ich fliege am Mittwoch und komme am Wochenende zurück.«

»Ich fliege am Donnerstag mit meinem Vater ebenfalls nach Washington!«

»Das gibt's doch nicht!«

»Doch. Nicht zuletzt, weil wir an einem Dinner mit Präsident Clinton teilnehmen werden... Und Daddy wird bei einem Genetik-Symposium einen Vortrag halten. Fliegst du etwa auch deshalb rüber?«

»Nein, ich wußte gar nichts von diesem Symposium. Ich muß zum US-Patentamt.« Er trank einen Schluck Wein. »Das sind gute Neuigkeiten... Warst du schon mal in Washington?«

»Nein.«

»Der Dezember ist nicht gerade der beste Monat für einen Besuch. Es ist dann meistens verdammt kalt.«

»Hör mal, es wäre schön, wenn ich deine Mutter treffen könnte.« Sie sah ihn strahlend an. »Wäre das möglich?«

Er nickte. »Ich will sie natürlich auch besuchen. Ich regele das.«

Monty goß sich Wein nach. »Was hat dein Vater eigentlich gemacht?«

Conor streifte die Asche von seiner Zigarette. »Er war Angestellter im Staatsdienst.«

»Habt ihr euch gut verstanden?«

»Das kann ich nicht eindeutig beantworten. Er starb, als ich sieben war.«

»Oh, tut mir leid... An einer Krankheit?«

Conor zog an seiner Zigarette, antwortete nicht. Monty merkte, daß sie offensichtlich einen wunden Punkt berüht hatte und wechselte schnell das Thema.

In dieser Nacht hatte Conor wieder seinen Alptraum – der Vogel, der im Zickzack vom Himmel herabtaucht, halb fliegend, halb stürzend, wie ein Schatten, der sich selbst verfolgt. Als er auf dem Boden aufschlug, verwandelte er sich diesmal jedoch nicht in seinen Vater, der zu ihm aufschaute, sondern blieb still liegen. Ein Feuerring flammte um den Vogel auf, kleine, grelle Flammen. Und dann flüsterte eine Stimme in Conors Ohr: »Sie hätten das nicht tun sollen. Sie wußten doch, daß er nicht schwimmen konnte.«

Conor fuhr hoch, war plötzlich hellwach. »O Gott«, sagte er. »O mein Gott!«

Monty wurde wach. »Was ist, Conor? Was ist los?«

»Charley Rowley … Sie haben gesagt und sogar schriftlich verkündet, Charley sei beim Schwimmen ertrunken. Aber er hat mir noch am Donnerstag gesagt, er habe Angst vor Wasser – und könne deshalb nicht schwimmen.«

68

London, Dienstag, 29. November 1994

Die Heizung des MG funktionierte nicht richtig, und Monty fror erbärmlich. Dazu steckte sie auch noch im Stau, und die Stimme im Radio verkündete nur schlechte Nachrichten über die Verkehrssituation in London am heutigen Morgen – überall Stau, Stau, Stau. Zeit zum Nachdenken …

Charley Rowley. Sie hatte ihn nur einmal ganz kurz getroffen und konnte sich kaum an ihn erinnern, aber er spukte ihr dauernd im Kopf herum. Tod durch Ertrinken …

Die Akte Medici. Da liegt der Hund begraben, dachte sie. Warum *Medici*? Warum benannte man einen Medikamentenversuch nach einer Florentiner Renaissance-Familie? Was steckte dahinter? Okay, die Medici waren sehr mächtig gewesen, und unter ihrem Einfluß war das mittelalterliche Florenz zum kulturellen Zentrum Europas aufgeblüht. Andererseits waren sie auch sehr grausam und skrupellos gewesen. Aber in Verbindung mit einem Medikament? Sie fragte sich, ob es vielleicht einen Zusammenhang zwischen dem Wort *Medici* und dem Wort *Medizin* gab …

Sie wog das Pro und Kontra ab, zu Sir Neil Rorke zu gehen. Wenn Charley Rowley ermordet worden war, weil er die chromatographische Maternox-Schablone besorgt hatte, waren sie alle in Lebensgefahr – ihr Vater, Conor, sie selbst.

Conor war zutiefst erschüttert. Mit dem Tod seines Freundes waren die Leute, die im Zusammenhang mit dieser Sache bereits ihr Leben gelassen hatten, nicht länger bloße Namen auf einer Liste. Sie dachte über die Argumente Conors nach, das Ergebnis der Tests ihres Vaters erst einmal abzuwarten. Diese Argumente galten nur so lange, wie sie keine klaren Beweise hatten. Mit diesem eindeutig vorgetäuschten »Badeunfall« des Nichtschwimmers Charley Rowley konnten sie diese Beweise in die Hand bekommen.

Jemand in dieser ruchlosen Clique bei Bendix Schere hatte seine Hausaufgaben nicht präzise gemacht. Man hatte wahrscheinlich Rowleys Familie und seiner Freundin dieselbe »Badeunfall«-Story erzählt. Diese Leute aber wußten, daß er nicht schwimmen konnte. Sie würden Fragen stellen… Wenn ich ein Familienmitglied wäre, würde ich eine sofortige Untersuchung durch die Behörden Hawaiis verlangen, dachte Monty. Und das würde die Familie wohl zweifellos auch tun.

Ein weiterer Grund, sich an Rorke zu wenden und ihn vor dem möglichen Desaster für die Firma zu warnen, das sich da hinter seinem Rücken zusammenbraute. Oder?

Endlich floß der Verkehr zügiger, und nach einer weiteren Viertelstunde kam sie vor dem Wohnblock Winston Smiths an, fand sogar eine Parklücke direkt vor dem Gebäude.

Es war Viertel nach neun. Der Berg an Arbeit im Büro würde warten müssen – sie hatte jetzt andere Prioritäten. Sie würde sich mit ihrem Vater zum Lunch in einem italienischen Restaurant in der Nähe des Bendix-Gebäudes treffen; sie hatten abgemacht, nur im äußersten Notfall etwas zur Maternox-Sache am Telefon zu besprechen.

Mrs. Smith öffnete die Tür nur einen kleinen Spalt. Sie saß in einem Rollstuhl und schaute ohne Anzeichen des Erkennens zu Monty hoch.

»Hallo«, sagte Monty. »Es tut mir leid, Ihnen schon wieder auf den Wecker zu gehen, aber ich brauche dringend eine Auskunft.«

»Er ist noch in der Klinik.«

»Ich wollte mit Ihnen sprechen, Mrs. Smith.«

»Ich kann nicht aufstehn.« Die Hände der Frau zitterten. »Ist einer von meinen schlimmen Tagen. Ich komm' nicht aus dem Stuhl hoch.«

Monty zauberte ihr betörendstes Sie-können-mir-vertrauen-Lächeln hervor. »Darf ich ganz kurz zu Ihnen reinkommen? Ich muß dringend mit Ihnen über Ihren Mann sprechen.«

Die Frau zögerte, zog dann die Tür auf, fuhr den Rollstuhl zur Seite. Monty trat in die kleine Diele und drückte dann die Tür hinter sich zu. Es roch penetrant nach feuchter Wäsche und Urin, und Monty fragte sich, ob die arme Frau infolge ihrer Krankheit den Urin nicht mehr halten konnte. Durch eine offene Tür sah man in ein kleines Wohnzimmer, aber Mrs. Smith dehnte ihre Einladung nicht über die Diele hinaus aus.

»Hören Sie, Mrs. Smith – Sie meinen, Bendix Schere würde das Beste für Ihren Mann tun, aber ich bin davon nicht überzeugt. Ich glaube, sie benutzen ihn als Versuchskaninchen.«

Die Frau sah sie ausdruckslos an, und Monty war sich nicht sicher, ob sie sie verstanden hatte. »Ihr Mann hat mir erzählt, daß er vor etwa zwölf Jahren freiwillig an einem Medikamenten-Versuch teilgenommen hat und daß er seitdem an Erkältungen und einem immer wiederkehrenden schmerzhaften Hautausschlag leidet. Das stimmt doch, nicht wahr?«

Die Frau sah Monty jetzt mit wachem Blick an. »Ich hab' auch an so 'nem Versuch teilgenommen. Am selben wie mein Mann.«

Monty hatte das bereits bei ihrem ersten Besuch vermutet. Mit einer Mischung aus Entsetzen und Mitleid sah sie die Frau an. »Sie haben an demselben Versuch teilgenommen, und dann haben Sie diese … diese Parkinson-Krankheit bekommen, nicht wahr?«

Ein Zittern überlief den Körper der Frau, vom Kopf bis zu den Zehen. »Es hat sechs Jahre danach angefangen. Der Dr. Seligman hat nicht rausfinden könn', was eigentlich los ist. Hat alle möglichen Tests gemacht. Dann hat er gesagt, es wärn dieselben Symptom' wie bei Parkinson, aber ich hätt' kein Parkinson.«

Monty runzelte die Stirn. Der Name Seligman kam ihr bekannt vor... Und dann erinnerte sie sich an das Namensschild des aalglatten Mannes, der sie vor der Tür von Winston Smiths Krankenzimmer abgefangen hatte: *Dr. F. Charles Seligman.*

»Haben Sie denn auch mal einen anderen Arzt aufgesucht?«

Mrs. Smith sah Monty verstohlen an, als wollte sie Mut sammeln, um ihr etwas zu sagen. »Ich war beim Doktor im Gesundheitszentrum hier in der Nähe. Er hat mir Blut abgezapft und andre Tests gemacht, und als ich kurz drauf wieder hin bin, hat er dasselbe gesagt – es wärn die Symptome wie bei Parkinson, aber es wär nicht richtiger Parkinson. Und er hat gesagt, es wär zu lang nach den Versuchen und man könnt' das nicht in 'nen Zusammenhang bringen.« Wieder schüttelte ein Zittern den Körper der Frau. »Es hat gesagt, das käm' wahrscheinlich alles nur aus meim Kopf.«

Monty verzog das Gesicht. »Und Ihr Mann – wann haben Sie ihn zum letzten Mal gesehen?«

»Gestern – bin mit dem Taxi hin, das die Firma geschickt hat. Ich sag' Ihnen ja, sie sind gut zu uns.«

»Ja, das könnte man meinen... Wie geht es ihm?«

Ihr Gesicht wurde trauring. »Sehr schlecht.«

»Wären Sie damit einverstanden, wenn wir ihn mal von einem anderen Arzt untersuchen lassen?«

»Nein, nein. Vielen Dank. Sie tun in der Klinik alles für ihn; und ich glaub', er hat auch nicht mehr die Kraft für neue Untersuchungen.«

Monty schluckte ihre Frustration runter. »Nun, dann sagen Sie ihm bitte meine besten Genesungswünsche...«

Der Blick der Frau wurde plötzlich hellwach, aufgeregt.

»Hörn Sie, Miss Bannerman…« Sie hob die Hand und ließ den ausgestreckten Zeigefinger neben ihrer Schläfe kreisen. »Mein Gedächtnis ist nicht mehr arg gut… Mein Mann – er hat gestern abend hohes Fieber gehabt, aber er wollt, daß ich Ihnen 'ne Nachricht von ihm sagen soll.«

Montys Augen weiteten sich.

»Er war nicht ganz klar im Kopf, und mein Gedächtnis ist wirklich nicht gut. Ich hätt's mir aufschreib'n solln… Es geht um ein Parkhaus.«

»Ein Parkhaus?«

»Ja. Er sagt, sie müssen in das Parkhaus gegenüber von Bendix gehn. Charles Street? Chalter Street? Er sagt, dort wär' der Eingang.«

»Was für ein Eingang?«

»Er hat gesagt, Sie tät'n das verstehn.«

In diesem Moment fiel bei Monty der Groschen. Sie nickte aufgeregt. »Natürlich! Alles klar! Ich habe verstanden. Vielen Dank, Mrs. Smith!«

Minuten später fuhr sie so schnell und so rücksichtslos, wie es der dichte Verkehr zuließ, zum Bendix-Gebäude.

69

London, Dienstag, 29. November 1994

Conor war überrascht, ein dreiseitiges Fax vom US-Patentamt auf seinem Schreibtisch vorzufinden, als er ins Büro kam. Darüber hinaus erwartete ihn ein Mahnschreiben wegen des unsauberen Zustands seines Wagens mit der Aufforderung, sofort für Abhilfe zu sorgen, da sonst die in solchen Fällen vorgesehene Strafe verhängt werden müßte. Es war mit »G. Snape, Innerer Dienst Bendix Schere« unterzeichnet.

Conor steckte das Memo wütend in den Reißwolf, nahm sich aber vor, den Wagen heute noch durch eine Waschanlage zu fahren. Dann las er das Fax durch, das Dave Schwab verfaßt hatte. Es enthielt, wie sie abgesprochen hatten, die Punkte in dem Patentantrag, mit denen Dave nicht glücklich war. Darüber hinaus schlug er vor, die für nächsten Donnerstag geplante Besprechung in Washington um einen Tag vorzuverlegen, damit er mehr Zeit für die Bearbeitung hätte.

Conors Gedanken wanderten zu Charley Rowley. Er war, daran gab es keinen Zweifel, ermordet worden. Und Conor mußte mit der Tatsache leben, daß er dem armen Kerl in diese verfluchte Sache hineingezogen hatte. Er würde ihn rächen...

Er entschloß sich, in der Mittagspause zu einer Telefonzelle zu gehen und Rowleys Eltern anzurufen. Wie er wußte, war die Familie reich, und vielleicht war sie ja auch einflußreich. Wenn er diese Sache zum Kochen bringen konnte, würde Bendix Scheres Mordkommando vielleicht eine Weile den Kopf einziehen müssen...

Sie brauchten nur noch wenige Tage Zeit. Nur noch so lange, bis Dick Bannerman mit den Tests zu Ergebnissen gekommen war. Zehn Tage...

Es klopfte, und Martin Walker, der Abteilungsleiter P & V, kam herein. »Guten Morgen, Mr. Molloy, haben Sie die Tagesordnung für unsere Besprechung um neun vorliegen?«

»Ich habe meine E-Mail noch nicht gelesen.« Er hielt Schwabs Fax hoch. »Habe mich bisher damit beschäftigt.«

Walker sah weniger selbstbewußt aus als sonst. »Es scheinen sich widersprechende Storys über den Tod des armen Mr. Rowley im Umlauf zu sein. Ich hatte das anfangs so verstanden, als sei er bei einem Wettschwimmen durch eine Bucht ertrunken, aber das war falsch. Er ist in Wirklichkeit bei einer nächtlichen Angeltour über Bord gefallen und ertrunken.«

»Das ist natürlich ein großer Unterschied...«

»Nun, es erinnert mich an euer Chappaquiddick. Wenn solche Unfälle passieren, schwirren alle möglichen Gerüchte durch die Gegend...«

»Die Gerüchte im Fall Chappaquiddick sind entstanden,

weil jemand versucht hat, die Wahrheit zu verschleiern«, sagte Conor und sah Walker fest an.

»Nun ja... Wissen Sie, die Leute geraten in Panik, wenn sich solche Tragödien ereignen. Vielleicht waren sie bei der Strandparty alle betrunken, und dann hat sich jemand eine Story ausgedacht, um den Schiffsführer vor Strafverfolgung wegen Vernachlässigung seiner Aufsichtspflicht zu bewahren. Die traurige Wahrheit ist und bleibt, daß der arme Mr. Rowley ertrunken ist, unter welchen Umständen auch immer.«

Conor fragte sich, wieviel Bestechungsgeld es die Firma gekostet haben mochte, die Behörden auf Hawaii zu dieser Version zu bringen. »Hat man die Leiche inzwischen gefunden?«

»Ich glaube nicht. Wie ich gehört habe, ist das bei den Strömungen und Sogstrudeln an dieser Küste auch kaum zu erwarten.«

Wie vorteilhaft für euch, dachte Conor. Er stellte weitere Fragen, bekam aber nichts Interessantes mehr aus Walker heraus. Er wechselte das Thema und trug den Inhalt von Schwabs Fax vor.

Walker stimmte Conors Reise nach Washington zu, wies noch einmal auf die Besprechung um neun Uhr hin und ging.

Als Monty die Euston Road hinunterfuhr, sah sie den Bendix-Monolithen vor sich aufragen. Sie bog aber nicht rechts in die Einfahrt zum Bendix-Gebäude, sondern links in die Seitenstraße gegenüber ein. Zwanzig Meter vor sich sah sie die Auffahrtsrampe zu einem Parkhaus, das sie natürlich oft gesehen, aber nie richtig wahrgenommen hatte. Bis jetzt...

Ein großes orangefarbenes Schild über der durch einen Schlagbaum versperrten Einfahrt verkündete in schwarzer Aufschrift: LRG-PARKHAUS. NUR FÜR DAUERMIETER.

Monty fuhr an der Rampe vorbei, fand ein Stück weiter eine Parklücke, wenn auch unter einem Parkverbotsschild, lief dann im Nieselregen zurück zur Rampe und hinein ins

Dunkel des Parkhauses. Eine Überwachungskamera beobachtete sie aus einer Einbuchtung in der Decke.

Seltsamerweise gab es hier keinen Aufseher oder Kontrolleur. Die Zufahrt führte in einer scharfen Kurve steil nach unten, und da sie keinen Hinweis auf einen Fußgängerzugang sah, ging sie hinunter. In der immer schwächer werdenden Beleuchtung sah sie hinter der Kurve eine Glaskabine neben einer zweiten, massiven Barriere.

Unter dem feindseligen Blick des uniformierten Aufsehers hinter der Glasscheibe näherte sie sich der Kabine. Auch ihr strahlendes Lächeln bewirkte keine Veränderung auf seinem Gesicht. Im Hintergrund der Kabine saß ein zweiter Aufseher vor einer Reihe von Überwachungsmonitoren. Eine Gebührentafel war nirgends zu sehen.

»Guten Tag, ich interessiere mich für ein Dauerticket – kriege ich das bei Ihnen?« fragte Monty durch das Sprechgitter.

Kalte Augen starrten sie an. »Wir sind voll belegt.«

»Haben Sie eine Warteliste?«

»Im Moment über eine Zeit von drei Jahren.«

»Oh... Aber ich möchte mich trotzdem aufnehmen lassen... Darf ich mich erst mal ein bißchen umsehen?«

»Das ist ein Parkhaus. Da gibt's nichts zu sehen.«

Sie überlegte fieberhaft, wie sie diesem Eisklotz mehr entlocken könnte. »Sie haben hier anscheinend ein gutes Sicherheitssystem. Ich habe einen alten Wagen, einen echten Oldtimer, und ich habe Angst vor Vandalismus...«

»So was kommt bei uns nicht vor.«

»Sehr gut. Sie... äh... überwachen die Fahrzeuge mit Videokameras?«

»Wir haben ein Bildüberwachungssystem mit unabhängiger Stromversorgung.« Sein Blick wich nicht von ihrem Gesicht.

»Und wie viele Wagen passen in das Parkhaus rein?«

»Warum wollen Sie das wissen?«

Sie errötete. »Ich bin nur neugierig, das ist alles.«

Der Kollege des Aufsehers schaute Monty über die Schulter an, schien sich ihr Gesicht einprägen zu wollen. Sie hingegen warf einen Blick auf seine Monitore, erkannte jedoch nichts als Reihen geparkter Wagen, Betonpfeiler und Dunkelheit.

»Um wieviel Uhr schließen Sie abends?«

»Wir schließen nicht.« Er schien langsam die Geduld zu verlieren.

»Okay, danke… Wenn ich mich auf die Warteliste setzen lassen will, an wen muß ich mich wenden?«

»Geben sie mir Ihren Namen.«

»Wo ist denn der Sitz der Verwaltung des Parkhauses?«

»Wenn Sie das wollen, können Sie das mit uns hier regeln.«

»Okay… Vielen Dank.« Sie lächelte ihn noch einmal an und ging dann zurück auf die Straße.

Eine Politesse stand am MG. »Hey!« rief Monty ihr schon von weitem zu. »Ich will gerade wegfahren!«

Die junge Frau grinste sie an. »Noch dreißig Sekunden, und ich hätte Ihnen eine gebührenpflichtige Verwarnung verpaßt.«

»Herzlichen Dank!« Monty zeigte auf das Parkhaus. »Ich wollte mir da drüben ein Dauerticket besorgen. Unfreundliche Typen da drinnen.«

»Verdammt teuer, diese Parkhäuser. Aber immer noch billiger als Strafzettel.«

In ihrem Büro ignorierte Monty den Stapel Post, der auf sie wartete, loggte sich in den Computer ein, rief das elektronische Telefonbuch im Hauptarchiv des Firmensystems auf und gab den Suchbefehl »LRG-Parkhaus« ein. Sofort erschien die Antwort: KEIN EINTRAG.

Sie dachte nach. Parkhäuser unterlagen strengen Feuerschutzmaßnahmen und wurden regelmäßig von den zuständigen Behörden inspiziert… Sie suchte die Nummer der Verwaltung des Stadtteils Westminster heraus, wählte und bat die Vermittlung um eine Verbindung zum Büro des Feuerschutzbeauftragten. Eine freundlich klingende Frau meldete sich.

Monty erklärte ihr, sie müsse mit der Verwaltung des LRG-Parkhauses gegenüber des Bendix-Gebäudes etwas besprechen, könne aber die Telefonnummer oder Adresse nirgends finden. »Können Sir mir die Postanschrift geben?«

»Ich schaue nach; bleiben sie einen Moment dran.«

Monty behielt den Hörer am Ohr und ging inzwischen die eingegangenen Mailbox-Nachrichten durch. Eine stammte von ihrem Vater, der ihr mitteilte, daß schon wieder eine Akte verschwunden sei.

Dann meldete sich die freundliche Frau wieder. »Sie meinen das LRG-Parkhaus, Chaltow Street 11?«

»Ja, das ist es«, antwortete Monty, ein wenig aufgeregt.

»Der Sitz der Verwaltung ist bei uns mit Lombard Street 26, London EC3 registriert.«

Monty notierte sich die Anschrift, dankte der Frau und legte auf.

Der Straßenname kam ihr bekannt vor. *Lombard Street...* Und dann kam ihr die Erleuchtung. Sie sprang auf, ging zum Aktenschrank und holte sich die Akte mit der Aufschrift ÜBERNAHME BANNERMAN-INSTITUT DURCH BENDIX SCHERE – SCHRIFTWECHSEL heraus.

Sie legte den dicken Ordner auf den Schreibtisch, blätterte ihn hastig durch und stieß auf den Schriftverkehr mit den Anwälten von Bendix Schere, der Sozietät Dean-Wilson.

Die Anschrift der Anwälte lautete: Lombard Street 26, London EC3 6BK.

70

London, Dienstag, 29. November 1994

Conor sah Monty über den kleinen Tisch in dem Pub hinweg an. »Bendix Schere *besitzt* dieses Parkhaus?«

»Was soll man sonst daraus schließen? Die Adresse des registrierten Verwaltungsbüros ist zugleich die der Bendix-

Schere-Anwälte. Das kann doch nicht purer Zufall sein. Und die Typen in der Kabine des Parkhauses sahen eher wie Wachmänner aus als wie einfaches Aufsichtspersonal.«

»Ich nehme an ...« Er verschob sein Bierglas auf dem Tisch wie eine Schachfigur. »Vielleicht waren auf dem Parkplatz am Gebäude nicht genug Plätze, und man hat als Privileg für die Bosse Parkmöglichkeiten in dem Parkhaus geschaffen – ist im Winter ja auch angenehmer.«

»Crowe und Rorke haben beide Chauffeure. Und die für Direktoren reservierten Plätze auf unserem Parkplatz waren meistens besetzt, soweit ich gesehen habe.«

Er fuhr sich mit den Fingern durchs Haar. »Erzähl mir noch mal genau, was diese Mrs. Smith gesagt hat.«

Monty tat es.

Er wiederholte die wichtigste Passage: »Winston Smith läßt dir also sagen: *Dort ist der Eingang.* Und du meinst jetzt, das wäre der Eingang zu unseren sechs fehlenden Stockwerken? Und das, was sich dort befindet, kann nur mit diesem verheimlichten Aufzug von der Direktoren-Etage aus oder durch das Parkhaus erreicht werden?«

»So sieht es aus.«

Er bot Monty eine Zigarette an, gab ihr Feuer und steckte sich dann selbst eine an. »Vielleicht gucken sich die Direktoren da unten Pornofilme an«, sagte er.

Sie grinste. »Dann müssen sie ja einen großen Vorrat haben, wenn sie sechs Stockwerke dafür brauchen.«

»Vielleicht sind es ja nur fünf – zählt das Fitneßcenter nicht auch als eine Etage?«

»Kann sein. Okay, dann eben fünf.«

Er drückte ihre Hand. »Es war sehr tapfer von dir, da rumzuschnüffeln, aber ich weiß nicht, ob es sehr klug war.«

»Niemand außer den Wachmännern hat mich gesehen«, verteidigte sie sich. Dann fielen ihr die Kameras ein, die sie bei ihrer Untersuchung der Notausgänge rund um das Fitneßcenter beobachtet hatten. »Ich meine, ich bin schließlich eine Angestellte und berechtigt, im Fitneßcenter rumzulaufen – keine Vorschrift verbietet das.«

»Wir befinden uns jenseits aller Vorschriften, Monty. Wir haben den Kopf bereits in den Rachen des Tigers gesteckt, und wenn du ihm gleichzeitig in die Hoden trittst, ist das tapfer, aber nicht besonders klug.«

Sie dachte über diese Zurechtweisung nach, streifte die Asche von ihrer Zigarette. »Ich war so verdammt neugierig, hatte so eine Ahnung... Hab mich wohl hinreißen lassen. Tut mir leid.«

Er sagte nichts.

»Willst du denn nicht wissen, was da unten ist?« fragte sie. »Du bist doch auch neugierig, oder?«

»Ich will sehr vieles wissen, Monty, aber an einem Ort rumzuschnüffeln, den Bendix Schere unter allen Umständen geheimhalten will, bringt uns nichts ein als unwillkommene Aufmerksamkeit. Bis dein Vater Testergebnisse erzielt hat, müssen wir auf Sparflamme kochen, okay? Wir müssen unsichtbar bleiben, dürfen nichts als gute Mitarbeiter sein, die fleißig ihrer Arbeit nachgehen.«

»Wie Charley Rowley?«

»Charley Rowley hat fortlaufend gegen das System aufgemuckt.«

»Und sie haben es toleriert, bis er zu weit ging und seine Nase in Maternox gesteckt hat?«

Conor hob sein Glas, der Bierdeckel blieb am Boden hängen und fiel dann in den Schoß. Er zeigte darauf und sagte: »Hast du das gesehen? So war es auch mit Charley. Wurde er gestoßen, oder ist er gefallen?«

»Wirklich erstaunlich, wie schnell sie die Story über seinen Tod geändert haben.«

»Und sie ist jetzt so plausibel«, sagte Conor und lächelte bitter. »Das Problem mit dem Nichtschwimmer Charley wurde mit einem Schlag beseitigt.«

»Hast du mit seiner Freundin oder einem seiner Verwandten gesprochen?«

Er hob in seiner Geste der Frustration die Hände. »Ich habe mit seiner Mutter gesprochen. Sie ist eine nette Frau, aber ich bin kaum zu Wort gekommen. Sie war der irrigen

Meinung, ich würde anrufen, um den Unfall zu erklären, und sie sagte mir, es sei schon jemand von der Firma bei ihnen gewesen und hätte alles erläutert. Der Verlust ihres Sohnes hat sie völlig aus dem Gleichgewicht gebracht. Sie sagte, sie würde verstehen, daß so was geschehen könne, vor allem in einem fremden Land.«

»Hawaii ist wohl kaum ein *fremdes* Land. Es ist ein Staat der USA.«

»Soll ich dir ihre Telefonnummer geben? Du kannst ja selbst mit ihr sprechen.«

»Das mache ich auch.«

Er schüttelte den Kopf. »Das führt zu nichts – denk doch mal darüber nach. Bendix hat durch die neue Version den Hals aus der Schlinge gezogen. Wenn du einen Privatdetektiv mit ein paar Tausendern in bar in der Tasche rüberschicken würdest, könnte er *vielleicht* was rausfinden. Aber dieser Mann würde umgehend dasselbe Schicksal erleiden wie Charley.«

»Glaubst du wirklich, daß die Firma so erbarmungslos ist?«

Er sah sie mit gespielter Überraschung an. »Guten Abend, meine Hübsche, auf welchem Planeten lebst du eigentlich?«

»Ich lebe auf der Erde, aber ich wäre lieber woanders.«

»Washington wird ein guter Ersatzort sein.«

»Ja, ich freue mich schon darauf.«

»Schöne Stadt, miese Leute. Jeder zehnte Einwohner ist Rechtsanwalt; die anderen neun sind entweder Straßenräuber oder Politiker, und man kann sie nur deshalb auseinanderhalten, weil die Straßenräuber ehrlicher sind.«

»Es überrascht mich, daß Bendix dort kein Büro unterhält.«

»Sie haben so was Ähnliches dort. Nun ja, in der Nähe, in Maryland – ihre größte Fabrik in den USA. Wenn du blind eine Nadel in eine Weltkarte steckst, triffst du mit hoher Wahrscheinlichkeit eine Bendix-Einrichtung.« Er trank sein Glas leer. »Ich muß einen Tag früher als geplant nach Washington – ich fliege am Dienstag. Du kommst am Donnerstag, richtig?«

Sie wirkte plötzlich ein wenig verlegen. »Daddy hat mich wissen lassen, daß er Schwierigkeiten sieht, mit den Tests bis Donnerstag fertig zu werden – und er kann die Analysen nicht unbeaufsichtigt lassen. Er ist darauf eingestellt, Washington zu streichen, wenn das nötig wird.«

Conor zuckte zusammen. »Das kannst du nicht machen, Monty, du *mußt* kommen.«

Sie lächelte plötzlich nervös. »Ich *muß* kommen? Ich meine, ich wäre wirklich gerne da drüben mit dir zusammen, aber was hier läuft, ist ja wohl wichtiger, oder meinst du nicht?«

»Man hat mich eben hierher verfolgt«, sagte er mit ruhiger Stimme. »Als ich anhielt, um meine Zigaretten zu suchen, sah ich, daß etwa hundert Meter hinter mir ein Wagen ebenfalls an den Straßenrand fuhr. Als ich zehn Meilen weiter an einer Tankstelle hielt, fuhr derselbe Wagen vorbei, hängte sich danach irgendwo wieder hinter mich.«

»Wo ist er jetzt?«

»Lauert irgendwo draußen in der Nacht.

»Scheußlicher Gedanke«, sagte sie. »Er ängstigt mich.«

Conor hatte auch Angst um Monty, nicht um sich selbst, aber er sagte es nicht; er wollte sie nicht noch mehr verunsichern. »So was ängstigt mich nicht. Es macht mich nur wütend. Ich mag es nicht, wenn man in meine Privatsphäre eindringt.«

Er legte seine Hand auf ihre und sah ihr fest in die Augen. »Monty, du mußt nach Washington kommen.«

Sie fühlte plötzlich etwas, das sie nicht identifizieren konnte – als ob sie die Vibration einer Gefahr aufnehmen würde. Warum?«

»Vertraust du mir?«

Sie zögerte und sagte dann entschiedener, als sie es in diesem Moment empfand: »Ja.«

»Dann glaub bitte, was ich dir sage.«

71

London, Mittwoch, 30. November 1994

Nikky machte »Channel-hopping«, fand aber kein Programm, das ihr gefiel. Sie legte die Fernbedienung auf den Nachttisch, trank einen Schluck Wein, las einen Absatz in einem Roman von Mario Vargas Llosa, legte das Buch wieder weg und wühlte in den Zeitschriften herum, die über das Bett verstreut waren.

Gunn hatte das Leintuch über den Unterleib gezogen und war tief in Gedanken versunken. Conor Molloy und Montana Bannerman wurden zu einem echten Problem; sie machten ihm große Sorgen.

Diese Miss Bannerman hatte im Rundgang um das Fitneßcenter herumgeschnüffelt und war um das Bendix-Gebäude geschlichen. Sie war noch einmal zur Wohnung von Winston Smith gefahren, und sie war in das Parkhaus gegangen. Das waren bestimmt nicht alles Zufälle, und es gefiel ihm nicht, nicht im geringsten.

Vielleicht wurde ja morgen die Erhöhung seines Budgets genehmigt. Seine Leute waren überlastet und übermüdet, und das Personal reichte nicht für das enge, unsichtbare Netz, das er gern um die beiden Verdächtigen gezogen hätte. Nun ja, es war zumindest gelungen, Wanzen in die privaten Telefonanschlüsse der beiden einzubauen, und die dienstlichen Apparate wurden ja sowieso ständig abgehört. Besonders wichtig war, daß die beiden nichts von der Überwachung merkten.

Was auch immer sie vorhatten, er wollte es Crowe auf dem Silbertablett präsentieren. Das würde ihm nicht nur dringend benötigte Pluspunkte einbringen; er war auch auf die Reaktion des Vorstandsvorsitzenden gespannt, wenn er ihm sagte, daß die Tochter seines gehätschelten Lieblingswissenschaftlers ein böses Mädchen war. Die Idee gefiel ihm, daß Crowe in eine Situation geraten würde, in der er eine Entscheidung treffen mußte, die er ganz bestimmt nicht gerne traf. Crowe hatte Spaß daran, andere Leute zu piesacken und in Verlegenheit zu bringen; in ein oder zwei Wochen würde er selbst ganz schön rotieren ...

Cliff Norris, der Systemmanager, hatte immer noch keine Spur entdeckt, wie und wo Conor Molloy sich in das Bendix-Computersystem eingehackt hatte. Gunn hatte den Bastard Norris im Verdacht, daß er in dieser Sache nicht besonders eifrig nachforschte, wenn überhaupt; die beiden standen auf Kriegsfuß, weil Gunn einen Antrag Norris' auf Kauf neuer Hardware im Vorstand abgeschmettert hatte.

Crowe hatte Gunn vorgeworfen, er habe nicht mehr alles im Griff, und er hatte recht. Gunn hatte tatsächlich einige Fehler gemacht. Aber jetzt sah alles wieder besser aus; Molloy und Miss Bannerman kamen gerade zur rechten Zeit, um Gunns Image aufzupolieren.

Er hatte auch Nikky nicht mehr voll im Griff, und das beunruhigte ihn ziemlich. Aber er war immer noch verknallt in sie ...

»Oje«, sagte Nikky plötzlich. »Der arme Kerl ... In Hawaii ertrunken!«

Er zuckte zusammen, drehte sich zu ihr um und sah, daß sie die neueste Ausgabe der Bendix-Schere-Firmenzeitschrift las.

»Wo zum Teufel hast du die her?«

»Aus deiner Aktentasche«, sagte sie einfach.

»Du hast das Schloß geknackt?«

»Bei der dämlichen Zahlenkombination, die du eingestellt hast, könnte das jedes Kind.«

Er riß ihr die Zeitschrift aus der Hand. »Das ist vertraulich – nur für Mitarbeiter der Firma.«

»Und was das für glückliche Mitarbeiter sein müssen, wenn man das liest!« Sie zitierte aus dem Gedächtnis: *»Bendix Schere errichtet neue Fabrik in Malaysia. Maternox-Verkauf in Brasilien steigt um sechzehn Prozent. Direktor der Abteilung Forschung und Entwicklung von Bendix Schere Deutschland erzielt durch Veranstaltung eines Radrennens fünftausend Deutsche Mark* *für bosnische Kinder*... Donnerwetter, ist das aufregend!« Sie riß die Zeitschrift wieder an sich und las vor: *Sir Neil Rorke gibt bekannt, daß Bendix Schere fünfundzwanzigtausend Pfund für Mr. Rowleys bevorzugte Wohltätigkeitsaktivität spendet*... Aufregender kann eine Zeitschrift kaum sein, nicht wahr?«

»Jetzt reicht's«, sagte Gunn.

»Ja, es reicht. Ich bin völlig befriedigt. Was kann sich ein Mädchen mehr wünschen? Zweimal toller Orgasmus, gefolgt von einer Nacht im Bett mit dem Bendix-Schere-Magazin; du weißt wirklich, wie man ein Mädchen verwöhnt, Soldier.« Sie schob die Hand unter das Leintuch, streichelte seine Genitalien. »Nicht mehr viel los da unten – laß uns ein Curry essen gehen – nein – zum Mexikaner. Ich bin ganz wild auf Fajitas.«

»Und ich bin total kaputt.«

»Die Fajitas bringen dich wieder auf Vordermann. Ich bin hungrig und scharf.«

»Setz dich auf die Straße und häng dir ein Schild um den Hals: HUNGRIG UND SCHARF – BITTE FÜTTERN UND BUMSEN!«

Sie klopfte ihm auf den Bauch. »Das ist gar nicht lustig. So was sagt man nicht... Komm, laß uns aufstehn.«

»Niks, es ist Viertel nach elf. Ich bin wirklich total erschöpft, und ich muß ganz früh ins Büro, um einen Bericht für Dr. Crowe fertigzustellen.

»Du bist so ein kräftiger, harter Bursche – wie kommt's, daß du Angst vor diesem Dr. Crowe hast?« Sie griff nach dem *Evening Standard*, den Gunn so zusammengefaltet hatte, daß der Wirtschaftsteil mit einem Foto Crowes zu sehen war. »Guck ihn dir doch an, diesen schmächtigen Typ; er hat ein Gesicht wie eine Klapperschlange.«

Gunn grinste: »Du schmeichelst ihm.«

Sie verzog das Gesicht. »Ich kriege eine Gänsehaut, wenn ich den Kerl sehe. Wie viele Leute hat er umgebracht, um so hoch aufzusteigen?«

Ihre Frage elektrisierte ihn, und er sah sie an. »*Was* sagst du da?«

»Er sieht wie ein Killer aus... Hast du auch schon mal jemanden umgebracht?«

»Ja, im Falkland-Krieg.«

»Und danach?«

»Danach war ich immer im Überwachungsdienst eingesetzt. Ich überwache Leute, ich bringe sie nicht um.«

»Sagst du mir da wirklich die Wahrheit, Soldier?«

»Was zum Teufel meinst du damit?«

»Oh, es kann ja purer Zufall sein... Dieser Charley Rowley stand auf deiner Computerliste, dahinter war dieser schwarze Christbaum, und jetzt ist er tot. Komisch...« Sie sah ihn prüfend an, küßte ihn dann auf die Augen. »Wenden wir uns den wirklich wichtigen Dingen des Lebens zu! Du hast die Wahl, wie wir den Abend weiter gestalten; entweder du hast in zehn Sekunden eine kräftige Erektion – oder wir gehn zum Mexikaner essen.«

72

Berkshire, Sonntag, 4. Dezember 1994

Während Monty in der Küche das Frühstück machte, saß Conor im Bademantel im Wohnzimmer vor seinem Laptop und ging methodisch die 236 Nachrichten durch, die alle unter dem Stichwort »Maternox« von seinem Trojanischen Pferd eingesammelt und in seinen toten Briefkasten bei Pavilion Internet eingespeist worden waren. Er hatte das Material gestern nachmittag bei einem weiteren Aufenthalt in einem Hotel aus der Mailbox abgezapft. Er stieß jedoch auf keine interessante Nachricht im Zusammenhang mit der Akte Medici; es handelte sich fast ausschließlich um Verkaufsberichte und Marketing-Memos.

Monty schlug inzwischen Eier in die Pfanne. Ihr Blick fiel durch das Fenster auf die von Rauhreif überzogenen, in der Sonne glitzernden Felder, aber sie nahm die Schönheit dieses

Bildes kaum wahr – sie überprüfte, ob sich irgendeine ungewöhnliche Bewegung da draußen zeigte.

Sie war am Freitagabend bis zur Abzweigung des Feldweges von der Hauptstraße verfolgt worden, da war sie sicher. Conor hatte später, als er zum Cottage gekommen war, einen in der Nähe der Abzweigung abgestellten Wagen mit einem Mann auf dem Fahrersitz gesehen.

In den vergangenen beiden Nächten war sie mehrmals aufgestanden und hatte aus dem Fenster geschaut, aber es war nichts Ungewöhnliches zu sehen gewesen … Conor flog am Dienstag nach Washington, und sie hätte die Reise gerne mit ihm zusammen gemacht, aber ihr Vater meinte, er könne frühestens am Mittwochabend ein Ergebnis der Tests vorlegen.

Sie hatte große Angst um Conor. Charley Rowley war nach Hawaii geschickt und getötet worden … Und der Gedanke, zwei Tage allein zu sein, verursachte ihr einiges Unbehagen.

Insgeheim meinte sie immer noch, es sei falsch von Conor, den Gang zu Sir Neil Rorke noch länger hinauszuschieben. Sie verstand Conors Argumente, aber er hatte den Aufsichtsratsvorsitzenden nie getroffen und wußte nicht, was für ein freundlicher und fürsorglicher Mann er war. Sie akzeptierte das Argument, Rorke würde ziemlich dumm dastehen, wenn er zugeben mußte, von diesen Schurkereien in seiner Firma nichts gewußt zu haben, aber er war ganz bestimmt so charakterstark, daß er ethische Prinzipien über seinen persönlichen Stolz stellen würde.

Je mehr sie darüber nachdachte und je größer ihre Angst um Conor wurde, um so richtiger fand sie es, baldmöglichst zu Rorke zu gehen. Aber sie sprach nicht mit Conor darüber.

»Das Frühstück ist fertig!« rief sie.

Conor kam in die Küche, und sie setzten sich an den Tisch. Monty zog als erstes ein knusprig gebratenes Stück Schinken durch den Ahornsirup auf ihren Teller und schob es in den Mund.

»Davon wird man sehr schnell dick«, sagte Conor.

»Wirst du mich dann noch mögen?«

»Wenn du mir zu dick wirst, kann ich ja immer noch zu den Jungs in der Transgenetik-Abteilung gehen und mir eine schlankere Version von dir zusammenklonen lassen. Selbst wenn ich dann nicht mehr die real existierende jetzige Monty zum Gernhaben hätte, ich würde auf jeden Fall deine Gene zum Mögen haben, nicht wahr?«

Sie grinste ihn zweideutig an. »Okay, aber welche Veränderungen soll ich mir denn bei einer geklonten Version von dir wünschen?« Sie schob die Hand unter seinen Bademantel und legte die Finger um seinen Penis. »Ob da nicht Raum für Verbesserungen wäre?«

»Vielen herzlichen Dank!«

Sie spitzte die Lippen. »Habe ich jetzt deine Gefühle verletzt? Entschuldigung, Darling, das war doch nur ein Scherz.« Sie lehnte sich vor und leckte genußvoll den Sirup von seinem Mund. »Ich möchte nichts an dir verändert haben. Ich liebe jedes kleinste Fitzelchen an dir.«

Und ich habe große Angst um dich…

Nach dem Frühstück zogen sie sich warm an und machten einen Spaziergang. »Mein Gott, ist es schön hier«, sagte Conor. »Unglaublich schön!« Er seufzte. »Manchmal fällt es mir schwer zu glauben, das Universum sei durch einen aus dem Nichts heraus erfolgten Urknall entstanden…«

»Heißt das, daß du an Gott glaubst?«

»Ich glaube an eine gewaltige Schöpferkraft im Universum. Ich zögere, das Wort ›Gott‹ im herkömmlichen Sinn dafür zu benutzen – es ist für mich eher eine ungeheuer machtvolle, intelligente Energiekonzentration.«

Monty sah ihn an und sagte plötzlich: »Ich liebe dich.« Und fügte demütig hinzu: »Entschuldige…«

»Wieso entschuldigst du dich?« Er lächelte sie an. Ein Glitzern auf dem Hügel am Horizont fesselte plötzlich seine Aufmerksamkeit.

»Ich… ich kann mir nicht helfen. Ich liebe dich. Ich liebe dich aus vollem Herzen.«

»Du brauchst dich nicht zu entschuldigen«, sagte Conor

sanft. Er schaute wieder verstohlen zu dem Hügel hinüber, wollte nicht, daß Monty etwas von seiner Beunruhigung merkte. Wieder blitzte es auf dem Hügel auf. Ein Fernglas? Ein Teleobjektiv?

Monty ahnte nicht, daß die Gefahr näher und konkreter war, als sie es sich in diesem glücklichen Moment vorstellen konnte. »Ich … ich habe solche Angst, dir könnte was passieren – *uns* könnte was passieren. Ich habe dich gerade erst gefunden, und ich möchte dich nicht verlieren …«

Er legte die Hand auf ihre Schulter und küßte sie auf die Stirn. Es war seltsam – die mahnenden Worte seiner Mutter vor kaum zwei Monaten, bei seinem letzten Abend in Washington, kamen ihm in den Sinn.

»Conor, du scheinst fest entschlossen zu sein, aber ich möchte dich trotzdem bitten, dir das noch einmal zu überlegen … Ich habe kein gutes Gefühl, was diese Leute angeht, auch wenn sie heutzutage auf der Wir-sorgen-uns-um-Sie-Masche reiten. Es sind böse Menschen, und du solltest dich von ihnen fernhalten.«

Vielleicht hatte sie recht, aber wie hätte er es mit seinem Gewissen vereinbaren können, es nicht einmal versucht zu haben? Wie auch immer – wenn er nicht hierher gekommen wäre, hätte er Monty nicht kennengelernt …

Er umarmte sie und sagte: »Ich liebe dich auch. Ich liebe dich mehr als alles andere auf der Welt.«

73

London, Dienstag, 6. Dezember 1994

Der Wecker in Conors Schlafzimmer rasselte um fünf Uhr; er fuhr hoch und knipste das Licht an. Er mußte früh im Büro sein, um vor dem Abflug nach Washington noch einige Arbeiten zu erledigen.

»Soll ich dir Frühstück machen? Eier oder so was?« fragte Monty.

»Nein, schlaf ruhig weiter. Ich hole mir im Büro einen Kaffee.«

Sie hörte ihn duschen, dann herumlaufen und die letzten Sachen in seinen Koffer stecken. Dann kam er zurück ins Schlafzimmer, küßte sie auf die Wange. »Ich rufe dich heute abend an… Bitte, Monty, versprich mir noch mal, nicht im Cottage zu übernachten.«

»Ich bleibe hier, wie wir es abgemacht haben. Versprochen.«

»Gut.«

Sie streckte die Hand aus, griff nach seinem Arm.

»Conor, bitte, paß gut auf dich auf…«

»Washington ist meine Heimat, da wird mir schon nichts passieren. Sieh zu, daß du so schnell wie möglich nachkommst.« Er küßte sie noch einmal, und dann hörte sie die Wohnungstür ins Schloß fallen.

Sie war jetzt hellwach, rollte sich aus dem Bett, ging nackt ins Wohnzimmer und schaute aus dem Fenster. Sie sah Conor aus der Haustür kommen, die Aktentasche und den Koffer in den BMW legen, und sie hoffte, er würde noch einmal hochschauen, aber er tat es nicht. Er fuhr los.

Dann sah sie zu ihrem Entsetzen, daß hundert Meter die Straße hinunter ein Ford aus einer Parkbucht stieß und hinter Conor herfuhr, ohne die Beleuchtung einzuschalten. Er bog wie Conor an der Einmündung in die Hauptstraße rechts ab.

Panik überfiel sie, und sie wußte nicht, was sie jetzt tun sollte. Sie könnte hinter den beiden Wagen herfahren, aber bis sie angezogen war und im MG saß, waren sie längst zu weit entfernt… Conor ging ins Büro, und ihr fiel Jake Seals ein. Was mit ihm passiert war, als er früh am Morgen ins Bendix-Gebäude gegangen war…

Wenn Conor doch nur ein Autotelefon oder ein Handy hätte… Sie zog sich hastig an, schnappte ihren Regenmantel, überzeugte sich, daß sie die Wohnungsschlüssel dabei hatte, stürzte dann aus der Tür, hinein in die morgendliche Dunkelheit.

Die Windschutzscheibe des MG war an der Innenseite beschlagen; sie wischte eine kleine Stelle frei und fuhr dann los. Es herrschte noch wenig Verkehr, und sie fuhr viel zu schnell, überholte Wagen um Wagen, raste einmal über eine Kreuzung, an der die Ampel schon Rot zeigte.

Conors Wagen stand einsam und verlassen auf dem Parkplatz des Bendix-Gebäudes. Sie stellte den MG ab, lief zum Eingang, wählte im Aufzug Conors Stockwerk.

Zu so früher Stunde war auf der Etage noch kein Wachmann im Dienst. Sie öffnete mit ihrer Smartcard die Flurtür, lief auf Conors Büro zu – und blieb dann überrascht stehen. Conor, noch im Mantel, kam mit einem Becher Kaffee in der Hand auf sie zu und sah sie erstaunt an.

»Hey!« sagte er. »Was ist los? Ist was passiert?«

Vor Erleichterung war sie einen Moment sprachlos. Dann schaute sie sich vorsichtig um, dachte an ihre Übereinkunft, im Bendix-Gebäude nichts Verräterisches zu sagen. »Die Akten, die für Ihre Reise noch fehlten – mir ist plötzlich eingefallen, wo sie waren.«

Er runzelte die Stirn, schien nicht zu verstehen, sah dann aber das Warnsignal in ihren Augen.

Sie nahm ihr Notizbuch heraus, schlug es auf und kritzelte in großen, zittrigen Bruchstaben auf ein Blatt: DU BIST AUF DEM WEG HIERHER VERFOLGT WORDEN. Dann hielt sie ihm das Blatt hin.

Er gab ihr mit einer Kopfbewegung Zeichen, ihm zu folgen und ging voraus in eine Herrentoilette. Dort vergewisserte er sich, daß alle Kabinen leer waren und drehte die Wasserhähne an den vier Becken voll auf. »Wir müssen ab sofort davon ausgehen, daß wir rund um die Uhr überwacht werden«, sagte er. »Aber wenn sie uns umlegen wollten, hätten sie das längst getan. Sie überwachen uns, weil sie nicht sicher sind, was wir alles wissen. Wir müssen ganz ruhig bleiben. Das ist nicht leicht. Aber in Washington wird es uns leichter fallen.«

»Hast du dort Clinton samt der Nationalgarde alarmiert?«

Er lächelte, aber sie sah die Besorgnis in seinen Augen und

bedauerte die bevorstehende Trennung um so mehr. »Vertrau mir«, sagte er.

»Ich vertraue dir«, sagte sie mit schwerer Stimme. »Aber ich habe höllische Angst.«

»Das ist gut so. Es macht dich vorsichtig. Aber du mußt auch einen klaren Kopf bewahren.«

Sie verließen die Toilette, verabschiedeten sich noch einmal kurz, dann fuhr Monty mit dem Aufzug zu ihrer Etage. Sie schämte sich, so in Panik geraten zu sein. Sie hatte einen leichten Kater vom gestrigen Abschiedsabend; zuviel Wein, Whisky und Brandy. Und jetzt auch noch zwei Tage ohne Conor… Mein Gott… Sie drückte die Fingerspitzen gegen die Schläfen, versuchte nachzudenken.

Wie hatte Conor gesagt? *Wenn du nach Washington kommst, wird sich vieles klären, ich versprech's dir.*

Warum? Was würde in Washington geschehen, um plötzlich alles zum Besten zu wenden? Es war wie bei einer weltweiten Version des Schatzsuche-Spiels – *gehen Sie nach Washington, dort finden Sie den nächsten Hinweis…* Nur – Conor war kein Mann, der irgendwelche Spielchen spielte.

War er das wirklich?

Sie holte sich einen Kaffee und wandte sich dann ihrer Arbeit zu. Als erstes las sie das Programm für das Symposium noch einmal durch. Ihr Vater sollte zusätzlich zu seinem Vortrag am Freitag abend eine Fachdiskussion am Samstag mittag leiten, und man bat darum, Anfang der Woche einige kurze Diskussionsnotizen zur Verteilung an die anderen Teilnehmer zu übersenden.

Monty fragte sich, ob er daran gedacht hatte. Mit großer Wahrscheinlichkeit war das nicht der Fall. Sie mußte ihn daran erinnern, aber es war noch zu früh am Morgen – zwanzig nach sechs. Ein langer, langer Tag lag noch vor ihr…

Dann machte sie impulsiv etwas, das sie seit Jahren nicht mehr getan hatte. Sie schob die Finger in den Ausschnitt ihrer Bluse, legte sie um das kleine Silber-Kruzifix, schloß die Augen und betete leise: *Lieber Gott, bitte beschütze Conor und beschütze Daddy.*

Sie hatte sich gestern noch zurückgehalten, Sir Neil Rorke anzurufen, hin- und hergerissen zwischen dem Verlangen, es wegen Conors und ihres Vaters und ihrer eigenen Sicherheit zu tun, und dem Schuldgefühl, gegen Conors Willen zu handeln, aber inzwischen bereute sie diese Entscheidung. Washington war die Hauptstadt mit der höchsten Verbrechensrate auf der Welt, und dort konnte jemand getötet werden, ohne daß viel Aufhebens davon gemacht wurde.

Um 8 Uhr 30 wählte sie Sir Neil Rorkes Nummer. Seine Sekretärin meldete sich und sagte ihr, Sir Neil sei zur Eröffnung der neuen Fabrik in Kuala Lumpur. Er komme am Freitag zurück, und Monty könne gerne eine Nachricht für ihn hinterlassen. »Danke, es ist nicht wichtig«, sagte Monty.

Als nächstes wählte sie auf der Hausleitung die Nummer ihres Vaters. Er meldete sich nicht; sie legte auf und ging durch den Flur zu seinem Büro. Aber er war weder dort noch in einem der Labors. Wahrscheinlich arbeitete er in Berkshire an den Tests, überlegte Monty, aber als sie die alte Nummer wählte, schaltete sich nach mehrmaligem Läuten der Anrufbeantworter ein, und ihre eigene Stimme teilte ihr mit, daß der Anschluß sich geändert habe.

Es war natürlich möglich, daß ihr Vater im alten Labor war und einfach nicht ans Telefon ging, aber sie war dennoch beunruhigt. Sie rief noch mehrmals dort an, erreichte aber immer nur den Anrufbeantworter. Schließlich wählte sie seine Privatnummer, aber die Haushälterin sagte ihr, er sei nicht im Haus.

Ihre Beunruhigung nahm zu. Wenn ihr Vater im Labor einen Unfall hatte, war niemand da, der ihm helfen konnte. Und sie brauchte die angeforderten Diskussionspunkte, um sie nach Washington zu faxen. Um zwölf hielt sie es nicht mehr aus. Sie räumte den Schreibtisch auf und ging zu ihrem Wagen.

Der Parkplatz auf dem Campus war dicht belegt, und erst kurz vor dem Laborgebäude sah Monty den verrosteten grauen Toyota ihres Vaters auf dem reservierten Platz stehen.

Sie war ein wenig erleichtert, stieg aus dem MG und schaute sich sorgsam um. Bei dem dichten Verkehr auf dem Weg hierher war ihr kein besonderes Fahrzeug aufgefallen, das sie verfolgt haben könnte. Auch jetzt war nichts Verdächtiges zu sehen.

Die Eingangstür war zu ihrer Verwunderung nicht verschlossen, und sie hastete die Treppe hinauf zum Hauptlabor.

Sie atmete auf: Dick Bannerman, gekleidet in einen weißen Laborkittel, beugte sich über eine Petrischale und diktierte etwas in einen Minirecorder. Um ihn nicht zu erschrecken, rief sie ihm schon von der Tür aus eine Begrüßung zu, ging dann zu ihm und küßte ihn auf die Wange. Er murmelte noch etwas in den Recorder und sah sie dann an.

»Habe einen ganzen Tag verloren – die Kulturen sind abgestorben«, sagte er bedrückt.

»Warum? Was ist passiert?«

»Mein Fehler.« Er verzog das Gesicht wie ein schuldbewußtes Kind. »Dummheit. Habe die falsche Nährlösung benutzt... Ich bin es nicht gewohnt, so was selbst zu machen.«

»Du siehst müde aus, Daddy. Es ist eins – willst du nicht eine Pause machen und mit mir in die Kantine gehen?«

Er schüttelte den Kopf. »Ich kann das hier nicht allein lassen, ehe es sich nicht stabilisiert hat... Mit Washington wird es ein Problem geben, nachdem ich jetzt einen ganzen Tag verloren habe. Ich bin keinesfalls vor Donnerstag fertig.«

»Daddy, du mußt spätestens am Donnerstag abend drüben sein – du hast dieses Dinner bei Bill Clinton, und der ist nichts weniger als der Präsident der Vereinigten Staaten.«

»Scheiß-Clinton...« Er schaute auf einige Reagenzgläser in einem Rüttelstand. »Ich kann dieses Experiment nicht mittendrin abbrechen und dann neu starten. Ich müßte ganz von vorne wieder anfangen. Wir würden fast vierzehn Tage verlieren, und du willst dieses Risiko für Anna doch nicht eingehen, oder?«

»Kann ich dir nicht helfen, um die Sache zu beschleunigen?«

»Nein, das bringt nichts… Wir sollten die Teilnahme an diesem verdammten Symposium ganz streichen. Ich könnte mich entschuldigen, sagen, ich wäre krank. Es ist ja schließlich nicht so wichtig.«

Monty überlegte fieberhaft und sagte dann: »Wenn du bis zum späten Donnerstag die Tests schaffst, könnte ich wie geplant am Donnerstag morgen fliegen, an dem Clinton-Dinner teilnehmen und dich entschuldigen, und du könntest dann am Freitag morgen nachkommen. Dein Vortrag ist voll ausgebucht – sechshundert Leute.«

»Okay«, sagte er. »So machen wir's.«

Monty schaute auf die Petrischale. »Abgesehen von diesem Drama mit den Kulturen – hast du Fortschritte gemacht?«

»Ja, aber einen Hinweis, was in diesen Kapseln steckt, werde ich erst am Donnerstag kriegen.«

»Bitte denk daran, mit niemandem am Telefon darüber zu sprechen«, sagte sie. »Was du auch rausfindest, sag es mir erst, wenn du in Washington bist.«

Er zupfte mit den Fingern an seinen Lippen.

Monty lächelte. »Ich hole dir ein Sandwich.«

Als sie aus dem Gebäude trat, schaute sie sich nervös um, überprüfte die Wagen auf dem Parkplatz. Fetzen eines Weihnachtsliedes drangen an ihr Ohr. Noch drei Wochen bis Weihnachten, ging es ihr durch den Kopf. Weihnachtsfieber lag in der Luft, überall in der Stadt. Dieser Gedanke ließ plötzlich Ärger in ihr aufsteigen. *Wir sind hier in England, zum Donnerwetter*, dachte sie. Im demokratischen, zivilisierten England, nicht in einer Alptraumdiktatur wie bei George Orwell. Wenn Bendix Schere tatsächlich alle möglichen Gesetze übertrat, illegale Menschenversuche machte, Mitarbeiter überwachte, gnadenlos Menschen umbrachte, dann mußte dem Einhalt geboten werden.

Ein Name drang in ihr Bewußtsein: Detective Superintendent Levine, der Polizeibeamte, der sie nach Jake Seals' Tod im Krankenhaus vernommen hatte.

Sie ging zu einer der Telefonboxen im Vorraum der Kantine, ließ sich von der Auskunft die Nummer von New Scotland Yard geben und wählte sie. Zu ihrer Überraschung sagte die Vermittlungs-Dame sofort: »Ich verbinde Sie.«

Nach einem Klicken in der Leitung meldete sich eine andere Frauenstimme: »Büro Superintendent Levine.«

»Kann ich bitte mit dem Superintendent sprechen?«

»Würden Sie mir sagen, worum es geht?«

»Mein Name ist Montana Bannerman – es geht um den Tod von Mr. Seals.«

»Einen Moment, ich schaue mal, ob er Zeit hat.«

Nach ungefähr einer halben Minute klickte es wieder in der Leitung, dann hörte Monty die feste, schottisch eingefärbte Stimme des Superintendents: »Hier Marcus Levine. Hallo, Miss Bannerman, was für eine angenehme Überraschung, von Ihnen zu hören. Sind Sie gesundheitlich wieder voll auf dem Damm?«

»Ja, ich hoffe es wenigstens. Ich muß mir nur selbst den Daumen drücken, daß sich keine Spätfolgen einstellen.«

»Gefährliche Sache, bei der Pharmaindustrie zu arbeiten.«

»Das glaube ich inzwischen auch.« Er reagierte nicht, und sie nahm das als Zeichen, daß das einleitende Geplauder beendet war. »Ich habe etwas, das Sie wissen sollten, wie ich meine; es mag sein, daß nichts dran ist, aber es könnte Auswirkungen auf Ihre Untersuchung im Fall Jake Seals haben.«

Wieder schwieg er, und sie meinte bereits, das Gespräch sei unterbrochen worden. Aber dann sagte er mit ruhiger Stimme: »Ich höre ...«

»Ich möchte zunächst einmal inoffiziell mit Ihnen sprechen – was ich zu sagen habe, ist sehr spekulativ, und wenn ich falsch damit liege, könnte das großen Schaden anrichten.«

»Natürlich, Miss Bannerman. Wollen Sie hierher kommen, oder ist es Ihnen lieber, wenn wir uns an einem neutralen Ort treffen?«

Die Sicherheit in seiner Stimme beruhigte sie, und sie fühlte sich bestätigt. Ja, sie machte das Richtige, daran gab es keinen Zweifel mehr.

»Für den Fall, daß ich überwacht werde, möchte ich lieber nicht zu Scotland Yard kommen – können wir uns in einem Pub oder Café treffen?«

»Kennen Sie das Strand Palace Hotel?«

Sie dachte einen Moment nach. »Gegenüber dem Savoy?«

»Ja. Es gibt dort hinter dem Foyer ein großes Café, in dem man nicht auffällt. Ich habe hier noch einiges zu erledigen – würde Ihnen fünf Uhr passen?«

»Danke«, sagte sie. »Vielen herzlichen Dank.«

74

Washington, Dienstag, 6. Dezember 1994

Als Conor mit dem Studium des Patentrechtes in Harvard begonnen hatte, hatte sein Professor als erstes erklärt, was es hieß, ein Patent zu erhalten. Es bedeutete ganz einfach, daß die Regierung eine Erfindung kaufte.

Der Erfinder verkaufte seine Entdeckung an die Regierung, und die Bezahlung bestand darin, daß die Regierung ihm siebzehn Jahre – in manchen Ländern zwanzig Jahre – das exklusive Recht zur Ausbeutung dieser Entdeckung garantierte; niemand durfte während dieser Zeit ein ähnliches Produkt auf den Markt bringen und dem Patenthalter Konkurrenz machen.

Regierungen vergaben Patente, um die Forschung zu fördern und sicherzustellen, daß die Einnahmen aus Erfindungen in das eigene Land flossen. Aber es kostete viel Geld, ein Patentamt und Gerichtshöfe zu unterhalten, um Verstöße gegen das Patentrecht verfolgen zu können, und die Regierungen wollten natürlich, daß diese Investitionen auch abgesichert waren. Wenn der Erfinder oder Wissenschaftler seine Erfindung oder Neuentdeckung bereits in irgendeiner Weise bekanntgemacht hatte, sei es in einer Vorlesung oder durch eine Veröffentlichung, würde das Patentamt logischerweise davon ausgehen, daß ein Patentantrag in dieser Sache die »Unschuld der Einmaligkeit« verloren hatte und die Erfindung nicht mehr patentierbar war.

Diesem Problem sah sich Conor ausgesetzt, als er in der Boing 757 der United Airlines auf seinem Fensterplatz saß, den Laptop auf den Knien und die aufgeklappte Aktentasche mit einem großen Stapel von Unterlagen auf dem leeren Nebensitz.

Er wußte natürlich um die Sicherheits-Paranoia von Bendix Schere – daß es ein mit dem Rausschmiß bedrohtes Vergehen war, in einem öffentlichen Transportmittel, sei es Bus, Zug oder Flugzeug, an dienstlichen Papieren zu arbeiten. Aber dieses Flugzeug war zur Hälfte leer, und es saß niemand in seiner Nähe, der auch nur im entferntesten wie ein Industriespion aussah. Und außerdem hatte er noch viel zu tun, um sich auf die Besprechung mit Dave Schwab im Patentamt morgen früh vorzubereiten.

Auf Verlangen Crowes bestand seine Hauptarbeit darin, die Unterlagen so abzufassen und zu ordnen, daß Schwab hinters Licht geführt wurde. Für Crowe bedeutete das kein Problem; wenn der Schuß nach hinten losging, stand nicht Crowes, sondern Conors Reputation auf dem Spiel, ja sogar seine Lizenz als Patentanwalt.

Die Methode, mit der er Schwab austricksen wollte, war die einfachste der Welt: Wegen ihrer Überlastung wurde den Prüfern des US-Patentamtes für die Bearbeitung jedes Patentantrags ein striktes Zeitlimit gesetzt. Dave Schwab hatte zehn Stunden Zeit, die rund zweihundert Seiten des Antrags selbst zu lesen, dazu kamen fünf dicke Stapel mit Papieren und Artikeln, die Dick Bannerman veröffentlicht hatte und mit dem Antrag in Zusammenhang stehen konnten. Connor würde ihm morgen einen weiteren dicken Packen solcher Papiere auf den Schreibtisch legen, wohl wissend, daß Schwab nicht die Zeit haben würde, sie genau durchzulesen.

Fast alles publizierte Material in dem Packen war harmlos. Es stellte in sehr allgemeiner Form die Forschungsarbeit dar, die Dick Bannerman im Hinblick auf die Isolierung der Gene geleistet hatte, die für die Gruppe der Psoriasis-Krankheiten verantwortlich waren. Aber vergraben in dem Bündel war ein einziges gefährliches Blatt – ein Papier, das Bannerman einer auserwählten Gruppe von dreißig Genforschern bei einem Treffen im vergangenen Jahr ausgehändigt hatte. Es enthielt bereits so viele Details aus dem Psoriatak-Patentantrag, daß seine Genehmigung gefährdet war, wenn der Prüfer eine harte Linie verfolgte. Und Dave Schwab verfolgte stets eine harte Linie...

Conor hatte dieses Blatt sorgfältig an einer unauffälligen Stelle in der Mitte des Stapels versteckt, darauf vertrauend, daß Schwab sich auf sein Wort verlassen würde, in dem Packen steckten nur unverfängliche Unterlagen. Wegen der Papierflut, die stets mit Patentanträgen verbunden war, wurde bei dieser Arbeit oft auf einer Vertrauensbasis zwischen Prüfer und Patentanwalt zusammengearbeitet.

Die Stimme des Flugkapitäns, der die bevorstehende Landung ankündigte, unterbrach seine Konzentration. Es war 15 Uhr 30 Ortszeit, 20 Uhr 30 in London. Hoffentlich war mit Monty alles in Ordnung...

Auf dem Freeway herrschte dichter Verkehr, und erst nach einer halben Stunde tauchte die graubraune Wand des Pentagons auf. Das Taxi tauchte in einen kurzen Tunnel ein, bog danach an einer Ampelkreuzung rechts in die Conor wohlbekannte breite Straße ein, die zu beiden Seiten von den modernen Hochhäusern Crystal Citys gesäumt wurde.

Die Leute, die in diesen Hochhäusern wohnten und in der Gegend einem Bürojob nachgingen, konnten, wenn sie das wollten, ihr ganzes Leben im Inneren von Gebäuden verbringen und sich wie Maulwürfe durch ein Spinnennetz unterirdischer Passagen mit Geschäften und Restaurants bewegen.

Es war keine Gegend, die Conor besonders gefiel, aber das US-Patentamt lag in Crystal City, und die Firma erwartete, daß er hier Quartier bezog. Und er wollte die Erwartungen der Firma exakt erfüllen.

Das Zimmer im zwölften Stock des Marriott-Hotels war geräumig und mit dunklen Holzmöbeln ausgestattet, und es bot eine phantastische Aussicht auf die Umgebung.

Conor goß sich einen Whisky aus der Minibar ein, setzte sich in einen Sessel, steckte sich eine Zigarette an und überlegte, ob er seine Telefonanrufe aus einer Zelle in der Lobby machen sollte, meinte dann aber, seine Vorkehrungen, die er zum Schutz vor den Augen und Ohren von Bendix Schere getroffen hatte, seien ausreichend.

Bei der Ankunft im Hotel hatte er in das für ihn vorbestellte Zimmer eingecheckt. Dann hatte er das Hotel durch einen Seitenausgang verlassen, war durch den Haupteingang zurück zum Empfang gegangen und hatte sich bei einer anderen Empfangsdame für das von ihm unter dem Namen C. Donoghue vorbestellte Zimmer eingeschrieben. Das ursprünglich für Mr. C. Molloy bestellte Zimmer stand leer, und am Türknauf hing das Schild BITTE NICHT STÖREN.

Er trank einen Schluck von seinem Whisky, hob dann den Hörer ab und wählte die Nummer, die er seit langem auswendig kannte.

Seine Mutter meldete sich mit einem feierlichen »Hallo?«

»Ich bin es«, sagte er.

»Ist sie bei dir?«

»Sie kommt am Donnerstag.«

Nach einer kurzen Pause fragte sie: »In was für verdammte Schwierigkeiten bist du da geraten Conor?«

»Ich weiß es nicht. Ich dachte, ich könnte es unter Kontrolle halten, aber du hast recht gehabt.«

»Ruf mich an, wenn sie angekommen ist, okay?«

»Ja, mach ich.«

Er legte den Hörer auf, trank den Whisky aus und wählte die Nummer seines Appartements in London.

Es meldete sich niemand. Er schaute auf die Uhr. Viertel vor fünf – Viertel vor zehn in England. Er versuchte es noch mal, für den Fall, daß er die falsche Nummer gewählt hatte, aber ohne Erfolg. Er hoffte, Monty sei einfach nur unterwegs. Oder hatte er einen Fehler gemacht, sie allein zurückzulassen?

Er war davon ausgegangen, daß sie alle sicher seien, bis Dr. Bannerman seine Maternox-Tests beendet haben würde. Jetzt aber hatte er ein ungutes Gefühl. War irgend etwas schiefgelaufen? Das Finale hatte doch nicht etwa schon begonnen, oder doch?

Er legte den Hörer auf, schob eine Zigarette zwischen die Lippen, ging zum Fenster, schloß die Hände um den Rand des Fensterbretts und drückte so fest zu, daß seine Knöchel weiß wurden. Er starrte auf die Spiegelung seines Gesichts in der Scheibe.

Viertel vor zehn. Irgend etwas war nicht in Ordnung. Warum zum Teufel meldete Monty sich nicht?

75

London, Dienstag, 6. Dezember 1994

Gunn saß an seinem Schreibtisch, trank einen Schluck von seinem neuerdings zuckerlosen Tee, verzog angewidert das Gesicht. Nikky hatte anzügliche Bemerkungen über seinen Bauchumfang gemacht, und wie immer wußte er nicht, ob sie es ernst gemeint hatte oder nicht.

Er spannte die Bauchmuskeln an, schlug mehrmals mit der geballten Faust dagegen. Hart wie Stahl. Flach. Keinerlei verdammter Bauch, kein Fett. Okay, wenn er die Muskeln nicht anspannte, war da ein kleines bißchen schwammiges Fleisch. Aber zum Henker, welcher Mann in mittleren Jahren hatte das nicht?

Scheiße. Mittlere Jahre. Das war das Problem. Er verglich sich mit Männern seines Alters – nicht mit Männern *ihres* Alters.

Deshalb kein Zucker mehr im Tee, deshalb der Käse-Salat, den er zum Lunch gegessen hatte, deshalb die Anmeldung im Fitneßcenter heute abend ...

Ein blinkendes Icon auf dem Computerscreen zeigte an,

daß E-Mail für ihn vorlag. Er hatte noch keine Zeit gehabt, sich darum zu kümmern, rief sie jetzt aber auf, und gleich die dritte Nachricht war die, auf die er ungeduldig gewartet hatte.

Von Jon McLusky. Betrifft: Nachforschung Conor Molloy.

McLusky war der Sicherheitschef von Bendix Schere für den Bereich USA mit Sitz in der Fabrikanlage von Maryland.

An Major Gunn:

Ihre Anfrage zu den beruflichen Qualifikationen des Betroffenen enthielt folgende Angaben:

1981–87 Stanford University. Abschluß in Biochemie, gefolgt vom Masters Degree in Organischer Chemie.

1987–89 Carnegie Mellon: Doktorat in Molekularbiologie.

1989–92 Harvard Law School: Jurastudium mit abschließender Zulassung als Rechtsanwalt und Patentanwalt.

1992–94 Tätigkeit in der Abteilung Patente und Verträge bei der Merck Pharmaceuticals Corporation.

An der Biographie stimmt etwas nicht: Angaben zu Merck und Harvard Law School stellten sich als zutreffend heraus, nicht aber die zeitlich davor liegenden Angaben: Weder Carnegie Mellon noch Stanford haben Aktenunterlagen über Molloy.

Gesichert ist auch, daß keine Aktenunterlagen zu den Hintergrundinformationen existieren, die Sie mir zu dieser Person übermittelt haben. Es ist nicht einmal eine Geburtsbestätigung vorhanden.

Die Sache könnte zum Problem für Sie werden. Erbitte Anweisung, welche weiteren Nachforschungen von mir angestellt werden sollen.

Gunn fluchte; er wünschte, er hätte seiner ursprünglichen Eingebung zu diesem Conor Molloy nachgegeben. Irgendwie war ihm dieser Kerl ja von Anfang an nicht geheuer vorgekommen…

Es gehört zu den Standardprozeduren der Firma, bei Bewerbungen mindestens zwei Referenzen von früheren Arbeitgebern oder akademischen Institutionen einzuholen. Die

Referenzen, die über Molloy von Harvard und Merck vorlagen, waren überdurchschnittlich gut. Gunn wußte, er hätte damals zeitlich weiter zurück nachforschen sollen, aber Merck war eine in Personalangelegenheiten ausgesprochen gründliche Firma, und er war davon ausgegangen, daß sie die erforderlichen Überprüfungen bei der Einstellung des Patentanwalts penibel durchgeführt hatte.

Er holte seine Kopie der Personalakte von Conor Molloy aus dem Aktenschrank. Den Unterlagen von Harvard und Merck waren äußerst positive Referenzen von einem Rechtsanwalt in Baltimore namens Michael Clovis beziehungsweise einem Arzt namens Dr. Robert Melville aus Charlottesville beigefügt. Er scannte beide Dokumente in den Computer ein, schickte sie per E-Mail an Jon McLusky und forderte ihn auf, die beiden Referenzen zu überprüfen.

Eine Stunde später kam McLuskys Antwort: Michael Clovis war tatsächlich Anwalt in einer Kanzlei in Baltimore gewesen, aber vier Jahre vor dem in der Referenz angegebenen Datum gestorben. Und Dr. Melville hatte ein Jahr vor dem Datum auf seinem Referenzschreiben das Zeitliche gesegnet…

Gunn starrte düster vor sich hin. Jetzt hatte er gleich zwei schwere Probleme auf einmal. Das eine war Conor Molloy selbst. Das zweite, und das beunruhigte ihn fast mehr, war die Frage, wie er sicherstellen konnte, daß Dr. Crowe nichts von seinem Versagen erfuhr.

Wütend auf sich selbst ließ er seinen Frust an McLusky aus und hämmerte seine Antwort in die E-Mail:

Finden Sie schleunigst raus, wer zum Teufel dieser Conor Molloy tatsächlich ist.

76

London, Dienstag, 6. Dezember 1994

Montys Schuldgefühle, gegen den Rat Conors zu handeln, verschärften sich zunehmend, als sie das elegante Foyer des Strand Palace Hotels betrat.

Sie hatte das Für und Wider ständig abgewogen und war stets zu denselben Schlußfolgerungen gekommen: Sie mußte die Polizei einschalten, und sie würde sie überzeugen müssen, daß ein äußerst diskretes Vorgehen angebracht war.

Detective Superintendent Levine erwartete sie bereits am Eingang zum Café. Er trug einen adretten anthrazitfarbenen Anzug, und sein kurzgeschnittenes schwarzes Haar und das schmale Gesicht verliehen ihm das Aussehen des zielbewußten, tüchtigen Mannes, das sie schon bei ihrem ersten Treffen im Krankenhaus konstatiert hatte.

Er kam auf sie zu und streckte ihr die Hand entgegen. Harte graue Augen, ebenmäßige weiße Zähne, kräftige, glattrasierte Wangen... Sein Händedruck war roboterhaft; er hielt Montys Hand einige Sekunden umklammert und sah ihr dabei fest in die Augen, und es kam Monty vor, als praktiziere er die angelernte Begrüßungstechnik eines Verkäufers.

»Schön, Sie einmal wiederzusehen, Miss Bannerman.«

Sie war ein wenig verlegen: jetzt, da sie sich ihm von Angesicht zu Angesicht gegenübersah. Er war ein hochrangiger Polizeioffizier, und was sie ihm erzählen wollte, konnte dramatische Folgen für einen der größten Konzerne der Welt haben und zu schweren Strafen für die Betroffenen führen.

Levine dirigierte sie in eine von zwei großen Topfpflanzen flankierte Nische, und sie setzten sich, Monty in einen Sessel, er auf ein Sofa daneben. Ein Ober kam, und sie bestellten Tee.

»Sie haben also Informationen zum Tod von Mr. Seals, die Sie an mich weitergeben wollen?« Er lächelte Monty aufmunternd an.

Sie dachte daran, daß größte Vorsicht geboten war. »Ich... ich möchte zunächst noch einmal betonen, daß unser Gespräch absolut vertraulich und inoffiziell sein muß...«

Er hob zustimmend die Hand. »Selbstverständlich – diese Unterhaltung bleibt so lange inoffiziell, bis Sie mir etwas anderes sagen.«

»Danke«, murmelte sie.

Er forderte sie mit einer Geste zum Sprechen auf.

Sie erzählte ihm alles. Vom ersten Gespräch mit Hubert Wentworth; von den vermuteten Morden an Jake Seals, Zandra Wollerton, Walter Hoggin und Charley Rowley; von den Einbrüchen bei den Johnsons, bei Zandra Wollerton, bei den Kingsleys und bei ihr selbst; von Conors Entdeckung der Akte Medici; von den Maternox-Tests, die ihr Vater gerade durchführte.

Levine unterbrach sie nur zu gelegentlichen Rückfragen. Die Unstimmigkeit im Zusammenhang mit Charley Rowleys Tod schien ihn zu fesseln, und besonderes Interesse zeigte er daran, wie weit die Maternox-Tests ihres Vaters vorangeschritten waren.

Als sie fertig war, saß Monty verlegen da. Sie fragte sich, ob Levine ihre Geschichte ernst nehmen würde.

»Wer weiß sonst noch von dieser Sache?« fragte er.

»Niemand.«

»Also nur Ihr Vater, Mr. Wentworth und Mr. Molloy?«

»Ja. Mir war sehr daran gelegen, nichts zu unternehmen, was das Verhältnis meines Vaters zu Bendix Schere hätte stören können. Ich wollte keinen Staub aufwirbeln, um nachher feststellen zu müssen, daß alles nur ein Irrtum war.«

Levines Gesichtsausdruck war maskenhaft. »Ich kann Ihre Besorgnis gut verstehen, Miss Bannerman, und Sie haben richtig gehandelt, mir das alles zu erzählen.« Er schaute auf die Uhr, und für einen kurzen Moment lag ein abwesender Ausdruck in seinen Augen, als konzentriere er sich bereits auf sein nächstes Vorhaben. »Es wäre offensichtlich nicht angebracht, irgend etwas zu unternehmen, ehe wir das Ergebnis der Tests vorliegen haben. Bis dahin habe ich auch nicht genug Beweise, die die Kosten eines Rund-um-die-Uhr-Schutzes für Sie und Ihren Vater rechtfertigen würden. Aber ich werde eine besondere Überwachung Ihrer Privathäuser und des Labors in Berkshire veranlassen, und wenn Sie mir Ihre Autokennzeichen geben, werde ich die Verkehrspolizei anweisen, Ihre Wagen im Auge zu behalten. Ich kenne auch einen Kollegen in Washington, der sich um Ihre, Ihres Vaters und Mr. Molloys Sicherheit dort drüben kümmern wird.«

Monty meinte, einen Funken Wärme in seinen Augen zu erkennen, und sie fühlte sich besser. »Danke«, sagte sie.

Er übergab ihr seine Visitenkarte. »Unter diesen Nummern können Sie mich Tag und Nacht erreichen, ob im Dienst oder zu Hause. Haben Sie keine Hemmungen, mich sofort anzurufen, wenn irgend etwas Sie beunruhigt oder ängstigt.«

Sie steckte die Karte in die Handtasche. »Danke«, sagte sie. »Das ist sehr freundlich von Ihnen.«

Er winkte den Ober herbei. »Wenn die britischen Steuerzahler es sich auch nicht leisten können, Sie unter permanenten Personenschutz zu stellen – sie werden Ihnen zumindest eine Tasse Tee ausgeben können.« Er sagte das mit so ernstem Gesicht, daß sie seinen Scherz beinahe nicht verstanden hätte.

Monty verließ das Hotel mit dem Gefühl, ihre und ihres Vaters sowie Conors Sicherheit bei Levine in guten Händen zu wissen.

Als sie in die enge Covent Garden Street einbog, ertönte plötzlich eine Stimme hinter ihr:

»Hi, Monty! Hi! Was machst du denn hier?«

Sie fuhr herum. Anna Sterling, beladen mit Einkaufstaschen, eilte auf sie zu.

»Was ich hier mache? Was hast *du* denn hier verloren?« Monty freute sich, ihre Freundin zu treffen, war zugleich aber auch verlegen, weil sie immer noch dieses schreckliche Geheimnis vor ihr verbergen mußte.

Anna sah verwegen aus; sie trug Leggins mit Leopardenmuster und hatte das Haar zu einer Struwwelpeter-Frisur gestylt. »Ich habe Geld ausgegeben!« jubelte sie. »Zur Feier dieses besonderen Tages!«

»Oh, tatsächlich?«

Anna nickte heftig. »Ich war gerade mit Mark in Professor Campbells Klinik in der Harley Street – er ist der Top-Ultraschall-Spezialist in London – und habe die Zehnwochenuntersuchung machen lassen. Mein Gott, Monty, es ist unglaublich! Ich habe mein Baby gesehen! Es ist zweieinhalb Zentimeter groß, und ich habe gesehen, wie sein Herz schlägt, wie es seine winzigen Ärmchen und Beinchen bewegt! Es ist wirklich kaum zu glauben! Eine wirklich emotionale Sache, das kann ich dir sagen– es war das schönste Erlebnis, das ich je in meinem Leben gehabt habe. Professor Campbell sagt, ich hätte die gefährliche Zeit hinter mir und könnte jetzt ruhig aller Welt erzählen, daß ich schwanger bin. Monty, ist das nicht großartig?«

»Wunderbar!« rief Monty aus und versuchte dieselbe Begeisterung aufzubringen wie ihre Freundin. »Ganz wunderbar!«

»Was hast du noch vor?«

»Ich habe einen Schaufensterbummel gemacht und wollte gerade nach Hause fahren.«

»Komm, wir gehen was trinken. Einen Happen essen, wenn du willst... Mark ist bei seinem jährlichen ›Old-Boys-Treffen‹, er kommt bestimmt erst spät nach Hause und wird blau sein wie ein Veilchen. Ich kenne ein tolles Chinarestaurant gleich um die Ecke.«

»Prima«, sagte Monty, froh über die Hochstimmung ihrer Freundin, aber im Herzen voller Trauer, wenn sie an die Zukunft dachte...

Sie hatten zusammen bereits eine Flasche australischen Chardonnay getrunken und ließen jetzt die zweite kommen. Monty fühlte sich angenehm benebelt.

Ich sollte nichts mehr trinken, dachte sie, ich muß doch noch zurück zu Conors Appartement fahren... Aber sie war inzwischen über den Punkt hinaus, wo solche Gedanken wichtig sind. Sie war durch den Alkohol entspannt, ertrug so Annas unaufhörliches Geplapper über jedes Detail der Ultraschallunterschung besser, und es half ihr über den Trennungsschmerz von Conor hinweg.

Sie leerten auch die zweite Flasche, und Monty nahm dabei verschwommen wahr, daß sie weitaus mehr trank als Anna, die mehrfach betonte, daß der Gynäkologe ihr nur ein Glas Wein pro Abend genehmigt hatte.

Es war bereits nach elf, als sie das Restaurant verließen und sich verabschiedeten. Monty ging leicht schwankend zum MG, stieg unsicher ein. Ich sollte wirklich nicht mehr fahren, dachte sie, als sie nach mehreren Versuchen den Zündschlüssel nicht ins Schloß brachte. Dann fiel ihr gerade noch rechtzeitig die Alarmanlage ein, und sie schaltete sie mit dem unter dem Armaturenbrett versteckten Schalter aus.

Auf der Fahrt nach Fulham drehte sie das Seitenfenster herunter, um einen halbwegs klaren Kopf zu bekommen. Irgendwie schaffte sie es, Conors Straße zu erreichen und den Wagen in einer Parklücke vor dem Haus abzustellen, und sie dachte sogar daran, die Alarmanlage wieder einzuschalten. Erst als sie ausgestiegen war, fiel ihr ein, daß sie völlig vergessen hatte, nach Verfolgern Ausschau zu halten. Der Alkohol verlieh ihr Mut; sie schaute herausfordernd die Straße hinunter und murmelte vor sich hin: *Kommt nur her, ihr Bastarde, wenn ihr euch traut, ich habe keine Angst vor euch!*

Im Treppenhaus hörte sie das entfernte Läuten eines Telefons und schaute auf die Uhr. 23 Uhr 40. Erst auf den letzten Treppenstufen erkannte sie, daß das Läuten aus Conors Appartement kam. Sie rannte los, brachte den Schlüssel schon beim zweiten Versuch ins Schloß, stolperte in die Diele, ins Wohnzimmer …

Das Läuten hörte auf.

Zwanzig vor zwölf. In Washington war es jetzt … richtig, zwanzig vor sieben abends. Das mußte Conor gewesen sein. Mist! Sie kramte ihr Notizbuch aus der Handtasche, fand die Adresse: *Marriott Hotel, Crystal Gateways, Washington, D. C.,*

Telefon... Nein, sie durfte ihn jetzt nicht anrufen. Nicht in diesem Zustand. Ich muß erst wieder nüchtern sein, dachte sie. Ich mache jetzt erst mal ein kurzes Schläfchen, rufe ihn dann in einer Stunde oder so an... Sie ging zum Fenster, drückte die Stirn an die Scheibe und schaute auf die Straße hinunter. Alles still und verlassen... Ihr Wagen sah im Licht der Straßenlaternen orangefarben aus.

Sie hängte ihren Mantel an die Garderobe in der Diele, ging ins Bad, wusch das Make-up vom Gesicht, putzte die Zähne, schlüpfte dann in das große, ach so leere Bett und schlief sofort ein.

Uaaah... uaaah... uaaahuaaah...

Das entfernte Jaulen drang nur langsam in ihr Bewußtsein.

Uaaah... uaaah... uaaahuaaah...

Sie fuhr hoch, versuchte sich zu erinnern, wo sie war.

Uaaah... uaaah... uaaahuaaah...

Das Geräusch kam ihr bekannt vor. Man hörte es heutzutage überall in London, wo Autos geparkt waren. Aber das Jaulen *dieser* Auto-Alarmanlage war ihr wegen des manchmal vergessenen Ausschaltens nur zu gut bekannt.

»O Gott!« Sie sprang aus dem Bett, rannte ins Wohnzimmer zum Fenster und starrte ungläubig nach unten. Die Motorhaube des MG war hochgeklappt. Ein Jugendlicher mit kahlgeschorenem Kopf stand an der Beifahrertür und schaute nervös die Straße rauf und runter. Ein Kumpan hatte den Kopf in den Motorraum gesteckt. Das Jaulen hörte plötzlich auf. Der Kerl zog den Kopf aus dem Motorraum, richtete sich auf und schlug die Haube zu. Ein großer, schlaksiger Teenager mit Stachelhaarschnitt.

Monty hämmerte in hilfloser Wut gegen die Fensterscheibe. »Hey!« schrie sie. »Hey!«

Völlig nackt rannte sie in die Diele, riß den Mackintosh vom Garderobenhaken. Das Telefon fing an zu läuten, aber sie ignorierte es, stürmte ins Treppenhaus und lief die Stufen hinunter. Als sie die Haustür aufriß, hörte sie das Geräusch des startenden Motors, sah das Aufflammen der Scheinwerfer.

»NEIN! HEY! STOP! STOP!«

Der MG wurde zurückgesetzt, knallte gegen die Stoßstange des Wagens dahinter, und Glasscherben klirrten auf den Boden. Dann raste der MG mit quietschenden Reifen aus der Parklücke, die Straße hinunter. Monty rannte auf bloßen Füßen hinterher, blind gegen alles andere...

Und dann blitzte im Inneren des Wagens plötzlich eine grelle Stichflamme auf, zerfetzte das Dach, sprengte die Türen auf... Eine donnernde Explosion zerriß die nächtliche Stille, der Wagen kippte um, schlitterte wild über die Straße; dann ertönte ein dumpfes RRRUMPFFF, und ein Feuerball zuckte zehn Meter in die Höhe. Trümmerteile flogen durch die Gegend, knallten gegen andere Wagen...

Monty zuckte zurück, sprang zwischen zwei geparkte Wagen, kauerte sich hin. Sie hielt sich an der hinteren Stoßstange des Wagens vor ihr fest und schaute über den Kofferraum auf den zusammensinkenden Feuerball.

Sie sah eine reglose, schwarze, dampfende, flammenumzüngelte menschliche Gestalt zur Hälfte aus dem lodernden Wrack hängen...

In den Häusern ringsum gingen Lichter an. Fenster wurden aufgerissen. Monty sank auf die Knie. Hörte das Zischen und Prasseln der Flammen, roch den beißenden Gestank verbrennenden Autolacks und, süßlich und ekelerregend, den Gestank von verschmorendem Fleisch.

Schock erfaßte sie. Ein unkontrollierbares Wimmern drängte sich aus ihrer Kehle, ihr Magen rebellierte, und sie klammerte sich an die Stoßstange, als sei sie ein Rettungsring. Der Geruch nach versengtem Fleisch wurde intensiver, und sie mußte sich würgend übergeben.

Schritte hasteten an ihr vorbei. Stimmen. Jemand schrie etwas. Sirenen in der Ferne... Sie blieb, wo sie war. Das Bild der verkohlten menschlichen Gestalt in dem Flammenmeer fuhr immer wieder wie ein Tranchiermesser durch ihr Bewußtsein. Fahrzeuge kamen angerast, Blaulichter blitzten. Polizeiwagen, Feuerwehrwagen, Krankenwagen. Irres Jaulen ersterbender Martinshörner.

Dann eine feste, ruhige Stimme aus einem Lautsprecher: »Bitte zurücktreten. Folgen Sie den Anweisungen der Polizeibeamten und treten Sie zurück.«

Monty kauerte noch immer neben der Pfütze aus Erbrochenem, versteckt zwischen den beiden Wagen, zitterte unkontrolliert vor Angst und Schock.

Ich sollte aufstehen und mit jemand sprechen, dachte sie. Sollte ihnen sagen, daß es mein Wagen ist. Aber sie wollte das nicht, wollte niemandem gegenüber zugeben, daß das grotesk zerfetzte Objekt da drüben, das immer noch wie ein Scheiterhaufen loderte, ihr gehörte.

Sie war nicht fähig, irgend etwas zu sagen. Sie war unfähig, irgend jemandem zu erklären, daß das, was man da mit dem Wagen gemacht hatte, für sie gedacht gewesen war.

77

Berkshire, Dienstag, 6. Dezember 1994

Die Tasten klickten regelmäßig: klick-klick-klick, Pause, klick-klick-klick, Pause, nur unterbrochen von häufigen Korrekturen und Flüchen. Dick Bannerman tippte die Buchstaben im »Adlersuchverfahren« mit beiden Zeigefingern ein und beobachtete dabei die Gruppen, die auf dem Screen erschienen: AGT TCA TGG GAA ATC TTA GTA AAG CAA...

Die Gruppen – Codierungen für Aminosäuren, *Basentripletten* genannt – repräsentierten drei der vier Basen Adenin, Thymin, Guanin und Cytosin, die die Grundsteine allen Lebens bilden. Bannerman las sie von einer langen Säule auf einem Blatt neben sich ab.

Bisher hatte es erst einmal, vor einigen Tagen, ein Aha-Erlebnis gegeben: Der ursprüngliche Test hatte gezeigt, daß die Maternox DNS enthielten, aber als er versucht hatte, sie zu inkubieren, zu »bebrüten«, hatte das nicht funktioniert. In nachfolgenden Tests hatte er festgestellt, daß es sich nicht um

DNS, Desoxyribonucleinsäure, sondern um RNS, Ribonucleinsäure, handelte. RNS-Viren wurden in der Gentechnik manchmal als Übertragungssysteme benutzt. Es sah also so aus, als ob die Maternox-Kapseln etwas enthielten, das auf die Anwendung gentechnologischer Prozesse schließen ließ. Aber welcher?

Durch umgekehrte Transkription hatte er die RNS in DNS überführt, mit der er dann eine Serie vertikaler Gel-Chromatographie-Tests gemacht hatte, deren Ergebnis auf Filmstreifen mit je zweihundert Basen festgehalten wurde. Die letzten dieser Basen gab er jetzt in einen Computer ein. Er mußte sich einen harmlosen Dateinamen für dieses Experiment ausdenken; einen Namen, mit dem er selbst es identifizieren konnte, der für andere jedoch keine Aussagekraft hatte.

Kapsel1.Seq., tippte er ein.

Dann rief er im Internet die Britische Genom-Datenbank, das britische Zentrum der internationalen *Human Genome Organisation*, auf... *Hugo*, wie es abgekürzt genannt wird, ist das bisher ambitionierteste Joint-venture in der Welt der Wissenschaft. Über spezielle Computerprogramme in vielen Ländern werden alle neu identifizierten Gene umgehend in eine internationale Datenbank aufgenommen und damit allen Wissenschaftlern der Erde zugänglich gemacht. Ziel des Projektes ist es, bis zum Jahr 2005 alle 100 000 menschlichen Gene identifiziert zu haben...

Dick Bannerman rief sein Proscan-Programm auf und gab den Befehl ein, eine Datenbank-Suche zu starten und eine Übereinstimmung zwischen den zweihundert Basen, die er gerade eingegeben hatte, und existierenden, identifizierten Genen zu finden. Dann lehnte er sich zurück und überließ sich seinen Gedanken. Solche Genom-Suchaktionen konnten manchmal Stunden dauern...

Neun Uhr abends. Eine lange Nacht lag vor ihm, aber das kümmerte ihn nicht. Er freute sich, wieder in seinem alten Labor zu sein, und es gefiel ihm hier viel besser als in diesem verdammten Bendix-Gebäude – trotz aller moderner Ausrüstung dort.

Was für ein Chaos, dachte er. In was für einen verdammten Schlamassel hat uns Monty da gebracht... Sie war ein gutes Kind, und sie hatte es gut gemeint, aber er wünschte bei allen Teufeln der Hölle, er hätte seinen Instinkten nachgegeben und sich nicht von ihr beeinflussen lassen. Natürlich, sie hatten finanzielle Schwierigkeiten gehabt, aber sie waren über die Runden gekommen, und in seinem Institut waren sie freie, unabhängige Menschen gewesen. Sie hatten nicht Finsterlingen wie diesem Crowe Rede und Antwort stehen müssen, und sie hatten schon gar nicht Formulare in dreifacher Ausfertigung ausfüllen müssen, wenn sie eine Schachtel Pipetten brauchten.

Crowe war ein Mann, mit dem er nicht zurechtkam. Sicher, er hatte, anders als die meisten anderen Vorstandsvorsitzenden in der pharmazeutischen Industrie, einen wissenschaftlichen Hintergrund – sogar einen beeindruckenden –, aber Bannerman fand ihn überheblich und dogmatisch. Mehr als alles andere aber gründete sich seine Abneigung darauf, daß Crowe in die Reihe der Wissenschaftler in der freien Wirtschaft einzuordnen war, deren einziges Interesse an der Forschung darin bestand, kommerziellen Gewinn zu erzielen.

Auf dem Weg zur Kantine, wo er einen Happen essen wollte, stellte er sich die Frage, wie wasserdicht der Kontrakt war, den er mit Bendix Schere abgeschlossen hatte – und ob es nicht eine Möglichkeit gab, daraus wieder auszusteigen, ehe er das alte Labor unwiderruflich aufgegeben hatte.

Als Bannerman nach der kurzen Essenspause wieder ins Labor zurückgekehrt war, stellte er sofort fest, daß der Computer die Suche nach Übereinstimmungen abgeschlossen hatte. Er setzte sich hin und sah sich das Ergebnis an.

Eine senkrechte Linie teilte den Screen in zwei Hälften. Links standen die Basentripletten, die er eingegeben hatte, rechts, unter der Überschrift Größtmögliche Übereinstimmung, war zu lesen:

Prozent Übereinstimmung:	86 %
Definition:	Polio-Virus (RNS Poliomyelitis)

Er schüttelte ungläubig den Kopf. *Polio*. War es das, was die Maternox-Kapseln hervorriefen? Übertragung des Gens, das Kinderlähmung hervorruft, an Frauen, die eine Schwangerschaft anstreben? Er diktierte das Ergebnis in seinen Minirecorder und fügte dann seine Zwischenbeurteilung an.

»Das Polio-Virus zeigt wahrscheinlich die Absicht an, ein orales Übertragungssystem einzusetzen. Die meisten Viren können zur oralen Übertragung genetischen Materials nicht verwendet werden, da sie im menschlichen Verdauungstrakt nicht überleben. Das Polio-Virus jedoch ist dazu fähig. Es ist gentechnisch einfach, ein defektes Polio-Virus zu produzieren, das sich nicht reproduzieren kann.«

Er las noch einmal durch, was sich auf dem Screen zeigte. 86 % bedeutete eine hohe, aber eben nicht vollständige Übereinstimmung. Er kam zu dem Schluß, daß es erforderlich war, die ganze Gensequenz in die Datenbank einzuspeisen.

Er loggte sich aus der Genom-Datenbank aus und begann mit der langen, monotonen Arbeit, weitere sechstausend Basentripletten in den Computer einzugeben.

Kurz vor Mitternacht spuckte die Datenbank die prozentuale Übereinstimmung aus. Die Daten enthüllten, daß die ersten 2000 und die letzten 2000 Basen des Strangs wie zuvor eine 86 %ige Übereinstimmung mit Polio aufwiesen. Aufgeregt schaute er auf die Übereinstimmung bei den zentralen 2000 Basen:

Prozent Übereinstimmung:	98 % bei 2000 Basen

Er hatte mit seinem Verdacht recht behalten. Das Polio-Virus war ein Vektor, ein Überträger; es besetzte den Anfang und das Ende des Genstrangs. Die Tatsache, daß das Virus nur eine 86 %ige statt einer 100 %igen Übereinstimmung aufwies, war höchstwahrscheinlich dadurch zu erklären, daß es manipuliert worden war und sich nicht reproduzierte – und daher den aufnehmenden menschlichen Organismus auch nicht mit Polio infizierte.

Letztlich ergab jetzt alles einen Sinn – obwohl er verzweifelt hoffte, sich zu irren. Er dachte an die Akten, die aus seinem Bestand verschwunden waren, insbesondere die eine spezielle Akte – und las die nüchternen Buchstaben, die jetzt den Namen *Psoriasis* auf dem Screen formten.

»Ihr Schweinehunde«, sagte er, schwer atmend und darum kämpfend, das Entsetzen und die Wut im Zaum zu halten, die in ihm aufstiegen. »O Gott, ihr verfluchten Bastarde.«

Die Widerspiegelung eines Schattens huschte über den Bildschirm. Er fuhr herum. Direkt hinter ihm stand Dr. Crowe.

Das Erscheinungsbild des Vorstandsvorsitzenden war wie immer makellos. Er trug einen Kamelhaarmantel mit Samtkragen.

»Guten Abend, Dr. Bannerman«, sagte er. »Ich kam zufällig vorbei und dachte, ich sollte mal ein wenig mit Ihnen plaudern. Sie haben sich in den letzten Tagen ja kaum einmal sehen lassen.« Er deutete zur Tür des Büros, wo jetzt eine weitere Gestalt auftauchte. »Haben Sie Major Gunn, unseren Sicherheitsdirektor, bereits kennengelernt?«

78

Berkshire, Dienstag, 6. Dezember 1994

Hubert Wentworth war müde. Es war zwei Uhr morgens, aber er ging ja nie früh ins Bett. Und er hatte den Abend mit wichtiger Arbeit verbracht, die Zeit gut genutzt. Die Zeit... *Zeit zu leben und Zeit zu sterben.* Er mußte seine Angelegenheiten ordnen. Und schließlich zu Françoise gehen, die nun schon seit dreiunddreißig Jahren auf ihn wartete...

Er war in der vergangenen Woche beim Arzt gewesen, und

der Bericht des Onkologen war nicht gut. Eine Operation war dringend erforderlich; ein radikaler Eingriff, und er wußte nicht, ob er sich ihm tatsächlich unterziehen sollte. Vor einigen Jahren hätte er wahrscheinlich noch einen Sinn darin gesehen. Damals gab es noch so vieles, was auf Erledigung wartete. Jetzt aber sah es anders aus; eine Woche, vielleicht zwei, das war alles an Zeit, was er noch brauchte… Operation. Schmerzen. Physiotherapie. Chemotherapie. Verlängerung des Todeskampfes. Nein, dem wollte er sich nicht mehr aussetzen…

Er starrte auf sein Lieblingsfoto von Françoise. Sie lächelte warmherzig und glücklich, ein Lächeln, das nur ihm und ihm ganz allein galt… *Sie werden darüber hinwegkommen,* hatten sie gesagt. *Die Zeit heilt alle Wunden.* Sie lagen falsch damit. Dreiunddreißig Jahre, und er hatte Tag und Nacht nur an sie gedacht… Natürlich, er hatte auch Sarah, ihre gemeinsame Tochter, sehr geliebt; sie war sein ein und alles gewesen, aber er hatte in jeder ihrer Bewegungen das Bild ihrer Mutter gesehen, in jedem ihrer Worte das Echo von Françoises Stimme gehört. Und auch sie war jetzt tot. Er schaute auf das Foto auf dem Kaminsims. Sarah und Alan an ihrem Hochzeitstag. Beide tot…

Sie hatten ihm seine Frau und seine Tochter genommen. Hatten das Bendix-Gebäude als Monument ihres Erfolges errichtet statt als Grabstein für Françoise – wobei sie etwas so Vulgäres auf ihrem Grab nicht geduldet hätte.

Er strich mit seinen dicken Fingern über das Foto. *Ich habe dir versprochen, ich würde nicht eher ruhen, bis ich sie der gerechten Strafe zugeführt habe…*

Er lehnte sich zurück, schaute stolz auf die Reihe von ordentlich beschrifteten Aktenordnern mit Dokumenten, die zu seinen Füßen auf dem Boden standen.

Dreiunddreißig Jahre… Vor fünfzehn Jahren war er dicht davor gewesen, Bendix Schere wegen des Trockenmilch-Skandals festnageln zu können, aber sie hatten frühzeitig Wind von der Sache bekommen und Druck auf seine Herausgeber ausgeübt, ihnen mit Schadenersatzklagen und Entzug von Anzeigen gedroht. Und innerhalb weniger Tage waren seine beiden Hauptzeugen bei Unfällen ums Leben gekommen.

Dreiunddreißig Jahre lang hatte er Bendix Schere beobachtet, jeden Zeitungsartikel über die Firma und jeden Bericht ihrer Wissenschaftler gesammelt. Maternox… Dreiunddreißig Jahre geduldigen Wartens, des Wartens darauf, daß sie sich eines Tages eine Blöße geben würden. Und jetzt, endlich, war es soweit.

Die Akte Medici.

Es war 2 Uhr 10; er war müde, ging aber trotzdem noch einmal alle Unterlagen durch, angefangen bei Sarahs Tod. Zandra Wollerton hatte ihre Arbeit gründlich gemacht. *Zu gründlich*… Da war die Kopie von dem Fax, das Sarahs Arzt an Dr. Linda Farmer, die Leiterin der Medizinischen Informationsabteilung bei Bendix Schere, geschickt hatte und in dem er auf einen möglichen Zusammenhang zwischen Sarahs Erkrankung und Maternox hingewiesen hatte. Da war der Bericht über Alans vermutlichen – angeblichen? – Selbstmord; noch unvollständig, da die Untersuchung noch nicht abgeschlossen war: auch diese Sache mußte man im Auge behalten.

Dann las er erneut die Unterlagen über den Tod der anderen drei Frauen durch und schließlich den Computerausdruck von Conor Molloys Diskette.

Und ganz zum Schluß ging er noch einmal seinen eigenen, detaillierten Bericht zu der ganzen Angelegenheit durch. Er brauchte jetzt nur noch auf das Ergebnis von Dr. Bannermans Test zu warten… Er hatte sich für *The Sunday Times* als die Zeitung entschieden, der er die Unterlagen übergeben würde. Die Zeitung hatte die Veröffentlichung zugesagt, wenn das Beweismaterial hieb- und stichfest war und, neben dem Ergebnis des Maternox-Text, eidesstaatliche Erklärungen von Dr. Bannerman und Conor Molloy enthielt.

Er steckte alle Unterlagen wieder zurück in die Ordner. Morgen würde er das wichtige Material in den Panzerschrank der *Thames Valley Gazette* einschließen.

Er brauchte jetzt eine Tasse Tee, und dann …

Er zuckte zusammen, als er im Obergeschoß ein Geräusch hörte, das nach schlurfenden Schritten klang. Er runzelte die Stirn, stand auf und ging in die Diele. Horchte. Nichts. Absolute Stille … Ich muß mir das eingebildet haben, dachte er und ging in die Küche.

79

London, Mittwoch, 7. Dezember 1994

Ich muß hier weg, dachte Monty. *Und zwar schnell.*

Sie zitterte immer noch unter der Einwirkung des Schocks und in der eisigen Nachtluft auch vor Kälte. Langsam kroch sie zum Gehweg, richtete sich vorsichtig auf und schaute sich um. Spiegelungen des Feuers sprangen sie aus allen Fenstern ringsum an, und Blaulichtstreifen zuckten wie Irrlichter über die Dächer der geparkten Autos.

Das ist doch alles nicht wahr, dachte sie und schloß für einen kurzen Moment die Augen. *Bitte, lieber Gott, gib, daß das alles nur ein Traum ist.*

Sie ging langsam zum Eingang des Appartementgebäudes. In der offenen Tür stand ein dunkelhäutiger Mann. »Eine Bombe? Eine Bombe, nicht wahr?« fragte er aufgeregt.

»Ich … ich glaube ja.«

»Die IRA«, sagte er. »Immer die IRA.« Er schüttelte den Kopf. »Der Waffenstillstand war nicht ernst gemeint. Es ist eine Schande. Diese Leute sind …«

Sie drängte sich an ihm vorbei, stolperte die Stufen zu Conors Appartement hoch, schloß die Tür hinter sich, legte die Sicherungskette vor. Es war 1 Uhr 45. Ich habe ungefähr zwei Stunden geschlafen, überlegte sie. Und ich bin wieder nüchtern, wirklich völlig nüchtern … 20 Uhr 45 in Washington. Ruf Conor an. Erzähl es ihm. Und warne ihn.

Unter keinen Umständen von meinem Appartement aus bei mir

anrufen, hatte er gesagt. Ich muß zu einer Telefonzelle laufen... Sie drückte die Faust gegen die Zähne, biß in die Knöchel. *Levine.* Detective Superintendent Levine. Er hatte gesagt, sie könne ihn jederzeit anrufen, wenn etwas sie ängstigen würde.

Sie kramte seine Karte aus der Handtasche und wählte mit zitternden Fingern die angegebene Privatnummer. Er meldete sich nach dem dritten Läuten. »Ja, hallo?« Seine Stimme klang verschlafen, aber er erkannte sie sofort.

»Hier ist Montana Bannerman«, sagte sie.

Seine Stimme war plötzlich hellwach. »Ja, Miss Bannerman, was ist los?«

»Jemand hat versucht, mich umzubringen. Vor ein paar Minuten ist mein Wagen in die Luft geflogen.«

»Ist mit Ihnen alles in Ordnung?« fragte er hastig.

»Ja, mir ist nichts passiert. Es waren zwei Jugendliche, die... die...« Ihre Stimme brach, als das Grauen erneut von ihr Besitz ergriff.

Es entstand eine kurze Pause, dann sagte er: »Okay. Bleiben Sie, wo Sie sind. Halten Sie die Tür fest verschlossen und reagieren Sie nicht, falls jemand läutet. Ich werde Sie sofort unter Personenschutz stellen. Packen Sie ein paar Sachen zum Übernachten ein. Ich komme so schnell wie möglich zu Ihnen – ich brauche quer durch London etwa eine halbe Stunde bis zu Ihnen. Okay?«

»Ja, vielen Dank«, sagte sie und schluckte, als die emotionale Anspannung sie übermannte.

Sie legte den Hörer auf und wischte mit der Rückseite der Hand die Tränen ab, die ihr über die Wangen liefen. Plötzlich versteifte sie sich, ein Eisklumpen bildete sich in ihrem Magen.

Ich brauche quer durch London etwa eine halbe Stunde bis zu Ihnen...

Woher zum Teufel wußte er, wo sie sich befand? Wie konnte er wissen, daß sie in London war und nicht zu Hause in ihrem Cottage in Berkshire? Sie hatte ihm nicht gesagt, daß sie in Conors Appartement wohnen würde.

Panik erfaßte sie. Die Wände des Zimmers schienen auf sie einzudringen. Eine halbe Stunde. Er würde eine halbe Stunde brauchen…

O mein Gott…

Sie rannte ins Schlafzimmer, riß den Mackintosh vom Körper, zog sich an, lief mit ihrem kleinen Koffer ins Bad, schob ihre Kosmetika und Waschsachen hinein, rannte zurück ins Schlafzimmer, warf alle anderen Kleidungsstücke samt Unterwäsche in den Koffer, schaute immer wieder auf die Uhr…

Fünf Minuten waren vergangen. Sie schlüpfte wieder in den Regenmantel, nahm den Koffer und ihre Handtasche und rannte aus der Wohnung. Der dunkelhäutige Mann stand immer noch an der Eingangstür. Sie quetschte sich an ihm vorbei, ohne etwas zu sagen, schaute die Straße hinauf und hinunter, lief dann nach rechts, weg von dem brennenden Wagen und dem Menschenauflauf, rannte bis zur Einmündung der Straße in die Cromwell Road, schaute sich wieder nach links und rechts um.

Es herrschte noch wenig Verkehr. Sie stolperte atemlos weiter, sah nach rund zweihundert Metern das gelbe Schild FREI auf dem Dach eines herankommenden Taxis und winkte frenetisch mit der Hand, in der sie die Tasche hielt. Zu ihrer Erleichterung blinkte der Fahrer, zum Zeichen, daß er sie gesehen hatte, mit dem Fernlicht und fuhr dann neben ihr an den Bordstein.

Sie kletterte keuchend auf den Rücksitz.

»Wohin?« fragte der Fahrer.

Sie wußte nicht, wo sie hinfahren sollte. Ihr Gehirn war wie paralysiert. *Wohin?* Was um Himmels willen hatte sie Levine bei ihrem Treffen alles erzählt? O Gott, tatsächlich *alles* – von ihrem Vater, von Conor, von Hubert Wentworth…

Wohin? Zur Polizei? Zu Scotland Yard? Wie viele Freunde hatte Levine dort? Wie groß war sein Einfluß? Hatte er Police Constable Brangwyn angewiesen, bei der Untersuchung des Einbruchs ins Cottage nichts zu finden? Hatte er bei Jake Seals' Tod etwas vertuscht?

Sie mußte irgendwohin, wo sie nicht auffiel, mußte telefonieren, mußte so schnell wie möglich mit ihrem Vater sprechen. »Bringen Sie mich zum Flughafen Heathrow«, sagte sie schließlich.

Sie schaute immer wieder nach hinten, prüfte, ob sie verfolgt wurden, sah keine Anzeichen dafür ...

Als sie Hammersmith erreichten, bat sie den Fahrer, an einer Telefonzelle zu halten, was er auch prompt tat. Sie wählte die Privatnummer ihres Vaters, aber er meldete sich nicht. Sie wählte die Nummer noch einmal, ließ es zwei Minuten läuten. Nichts ...

Sie stieg wieder ins Taxi. »Wissen Sie, wo der nächste Autoverleih ist, der zu dieser Zeit schon geöffnet hat?« fragte sie den Fahrer.

»Draußen am Flughafen, denke ich. Avis, Hertz oder so 'ne große Firma. Soviel ich weiß, hat Hertz durchgehend geöffnet.«

»Okay, fahren Sie mich hin«, sagte Monty. »So schnell Sie können.«

80

Washington, 30. April 1968

Sie nahm ihn an der Hand; ihr Gesicht war kreidebleich, bleicher, als er es je gesehen hatte, weißer, als das Gesicht des Clowns im Zirkus an seinem Geburtstag, nur daß seine Mutter nicht lachte. Ihre Gesichtszüge waren verängstigt, angespannt. »Daddy ist in Schwierigkeiten, wir müssen sofort zu ihm«, sagte sie. Ihre Stimme klang gepreßt, zitterte, als ob ihre Kehle zusammengedrückt würde. Sie hatte ihr langes Haar an den Seiten hochgesteckt, und einige Strähnen hingen unordentlich herunter. Sie trug eine lange, bauschige weiße Bluse, die in der Taille von einem breiten Gürtel umschlossen wurde.

»Was für Schwierigkeiten?«

Sie zerrte ihn an der Hand aus der Tür ihres Hauses in der schmucken Vorstadt, hinaus in den warmen Sonnenschein des Frühlingstages, schob ihn auf den Beifahrersitz des verbeulten Plymouth, schnallte ihn an, lief dann zur Fahrerseite, stieg ein und fuhr los. Schweißtropfen perlten von ihrer Stirn. Sie hatte Angst vor etwas, schreckliche Angst, und diese Angst übertrug sich auf ihn.

Seine Mom war sonst eine ziemlich langsame Fahrerin, aber jetzt fuhr sie schneller als Daddy, hupte dauernd, fluchte über jeden, der ihr im Weg war.

»Was für Schwierigkeiten?« fragte er noch mal.

»Große.« Sie hielt vor einer roten Ampel, klopfte ungeduldig auf das Lenkrad. »Mach schon, komm, verdammt noch mal…«

»Und warum hat er große Schwierigkeiten, Mom?«

»Er ist ein guter Mann. Dein Daddy ist ein guter Mann, aber sie mögen ihn nicht.«

»Wer *sie*?«

»Schlechte Menschen.«

Seine Mutter raste wieder los, als die Ampel umschaltete, und er schwieg eine Weile. »Was für schlechte Menschen, Mom?« fragte er dann.

»Böse Menschen. Sind vom Teufel besessen. Das absolute Böse.«

»Und warum mögen sie Daddy nicht?«

»Weil er nicht machen will, was sie von ihm verlangen.«

»Und was ist das?«

»Sie wollen, daß er sich selber untreu wird.«

Er dachte über diese Worte nach, verstand nicht genau, was sie bedeuteten, mußte sich dann mit den Händen am Armaturenbrett abstützen, als seine Mutter vor einer weiteren Ampel eine Vollbremsung hinlegte.

Sie schaute ängstlich nach rechts oben, und er beugte den Kopf, folgte ihrem Blick. »Arbeitet Daddy da drin?« fragte er und nickte in Richtung eines häßlichen, schlammig-braunen Hochhauses.

Sie antwortete nicht. Das Hochhaus schien aus zwei Gebäuden zu bestehen, eines wuchs aus dem anderen heraus. Dann sah er seine Mutter wieder an. Ihre knochigen Finger mit den großen Ringen, die sie stets trug, waren um das Lenkrad gekrallt, so fest, daß die Knöchel ganz weiß waren. Ihr Gesicht glänzte vor Schweiß, und ihre Haare waren feucht. Sie murmelte irgendwas vor sich hin, schien zu beten.

Ein dicker Angstkloß bildete sich tief in seiner Kehle, stieg langsam hoch. Er hatte seine Mom noch nie so gesehen. Sie war von entsetzlicher Furcht gepackt.

Die Ampel schaltete auf Grün; sie fuhr los und bog nach rechts auf einen großen Parkplatz direkt vor dem braunen Hochhaus ein. Sie ignorierte ein großes Schild mit der Aufschrift RESERVIERT, stellte den Wagen direkt darunter ab und sprang heraus, ohne den Motor abzustellen.

Er löste den Gurt, stieg ebenfalls aus, und als er hinter seiner Mutter herlief, hörte er hoch über sich ein tiefes, gedämpftes Knirschen, unmittelbar gefolgt von einem viel lauteren, scharfen Knall wie von einem Gewehrschuß. Seine Mutter blieb wie angewurzelt stehen, schaute ruckartig nach oben. Ihre Augen traten aus den Höhlen, und ihre Hand fuhr zum Mund. Ein leises Wimmern stieg aus ihrer Kehle.

Auch er sah hoch. Eine Fensterscheibe explodierte nach außen, und die Luft dort oben war plötzlich erfüllt von Glassplittern, die wie Federn aus einem aufgeschlitzten Kissen nach allen Seiten davonsegelten. Und in ihrer Mitte sah er einen riesigen schwarzen Vogel.

Er stürzte im Zickzack nach unten, halb fliegend, halb fallend, wie ein Schatten, der sich selbst verfolgt, und schlug dann mit einem dumpfen Geräusch nur ein paar Meter vor ihm auf dem Boden auf. Der Kopf zuckte hoch, und es sah so aus, als würden seine Augen ihn dabei anstarren.

Der kleine Junge stand da, war unfähig, sich zu bewegen, schien mit den Füßen am Boden festgeschweißt zu sein, war blind gegen die Glassplitter, die um ihn herum auf den Boden regneten. Der Schock ließ ihn unkontrolliert zittern. Und dann rang sich ein wimmerndes Stöhnen aus seiner

Kehle, steigerte sich zu einem durchdringenden, gellenden Schrei.

»DAAADDDDYYYYYY...«

81

Berkshire/London/Washington, Mittwoch, 7. Dezember 1994

Um zehn vor vier bog Monty mit dem gemieteten Vauxhall in die Zufahrt zum Haus ihres Vaters ein. Sie sah sofort, daß sein Toyota nicht da war.

Sie fühlte sich auf eine seltsam dumpfe Weise von dem Schock über das, was vor nicht einmal drei Stunden passiert war, befreit – als ob ihr explodierender MG nur eine Szene in einer irren Virtual-Reality-Show gewesen sei.

In der Diele sah sie, daß die Post ihres Vaters, von der Haushälterin auf dem Garderobentisch aufgestapelt, ungeöffnet war, und der ordentliche Zustand seines Arbeitszimmers und der leere Papierkorb bestätigten, daß er seit dem gestrigen Morgen nicht mehr im Haus gewesen war.

Sie ging zurück zum Vauxhall und fuhr los, in Richtung Universität. Sie behielt die wenigen entgegenkommenden Wagen im Auge – vielleicht war ja der Toyota ihres gerade nach Hause fahrenden Vaters darunter. Sie wußte, sie sollte so schnell wie möglich Conor anrufen, aber sie mußte als erstes ihren Vater finden, um die Gewißheit zu haben, daß mit ihm alles in Ordnung war.

Zu ihrer Bestürzung stand weder der Toyota ihres Vaters auf dem Parkplatz vor dem alten Labor, noch brannte im Gebäude irgendwo Licht. Sie hastete zum Eingang, schloß die Tür auf, stellte beunruhigt fest, daß die Alarmanlage nicht eingeschaltet war; die Aktivierung der Alarmanlage gehörte zu den ganz wenigen Dingen, an die ihr Vater stets dachte.

Es war unheimlich still im Gebäude, und als sie die Treppe

hochschaute, bekam sie plötzlich Angst, was sie da oben vorfinden würde.

Bitte, lieber Gott, laß alles in Ordnung sein, dachte sie.

Sie machte das Licht an, stieg die Treppe hoch und blieb vor der offenen Tür des dunklen Labors stehen. In rascher Folge drückte sie die vier Lichtschalter. Nichts zu sehen. Als sie zum Büro ihres Vaters ging, schlug ihr Herz schneller. Vor der Tür zögerte sie und drückte sie dann mit einem Ruck auf.

Ein ungewohnter roter Punkt glühte in der Dunkelheit auf dem Boden neben dem Schreibtisch. Irgendein Gerät, das er vergessen hatte auszuschalten, nahm sie an. Sie machte das Licht an und sah jetzt, daß es das Mini-Diktiergerät ihres Vaters war. Er trug es normalerweise immer bei sich, hatte es selbst nachts neben dem Bett liegen, um Ideen und Einfälle festzuhalten. Sie hob es auf, erkannte, daß das kleine rote Licht deshalb brannte, weil das Gerät auf »*Aufnahme*« geschaltet war, und daß die eingelegte Kassette bis zum Ende durchgelaufen war.

Sie drückte auf den Rückspulknopf, wartete einige Sekunden, schaltete dann auf »*Wiedergabe*«, hörte aber nur ein leises statisches Zischen. Sie spulte ein gutes Stück weiter zurück, aber wieder war nur das Zischen zu hören. Erst als sie fast bis zum Anfang der Kassette zurückgegangen war, wurde die Stille plötzlich durch die quiekenden Laute von schnell rückwärts ablaufenden Worten unterbrochen. Sie ging noch ein Stück zurück, schaltete dann erneut auf »*Wiedergabe*«, und plötzlich hörte sie die Stimme ihres Vaters, ein wenig schwach und müde:

»Das Polio-Virus zeigt wahrscheinlich die Absicht an, ein orales Übertragungssystem einzusetzen. Die meisten Viren können zur oralen Übertragung genetischen Materials nicht verwendet werden, da sie im menschlichen Verdauungstrakt nicht überleben. Das Polio-Virus jedoch ist dazu fähig. Es ist gentechnisch einfach, ein defektes Polio-Virus zu produzieren, das sich nicht reproduzieren kann.«

Die den Worten folgende Stille wurde nur durch Hintergrundgeräusche unterbrochen – Schritte, ein laufender Wasserhahn, eine brodelnde Kaffeemaschine, das Klicken von Keybordtasten. Dann hörte Monty den leisen Ausruf ihres Vaters: »*Ihr Schweinehunde! O Gott, ihr verfluchten Bastarde!*«

Sie wollte die Kassette schon stoppen, um den Absatz davor noch einmal abzuspielen, als sie plötzlich die unverkennbare Stimme von Dr. Crowe hörte:

»*Guten Abend, Dr. Bannerman. Ich kam zufällig vorbei und dachte, ich sollte mal ein wenig mit Ihnen plaudern. Sie haben sich in den letzten Tagen ja kaum einmal sehen lassen… Haben Sie Major Gunn, unseren Sicherheitsdirektor, bereits kennengelernt?*«

Stille. Dann sagte ihr Vater: »*Ich erwarte eine Erklärung von Ihnen, Crowe, was zum Teufel Sie da mit Ihrem verdammten Maternox anstellen!*«

Dann eine Stimme, die Monty nicht kannte, aber offensichtlich die von Major Gunn war: »*Umgekehrt, Dr. Bannerman – wir erwarten eine Erklärung von Ihnen, was Sie da mit einer der Firma gehörenden Formelschablone für Maternox anstellen.*«

»*Was ziehen Sie vor – daß ich diese Erklärung vor dem Komitee für Medikamentensicherheit abgebe oder vor einem Gerichtshof? Und jetzt verlange ich, daß Sie Ihr Eindringen in diesen meinen Besitz abbrechen und schleunigst verschwinden. Wenn Sie schon das Bedürfnis haben, um ein Uhr morgens jemanden zu einem Schwätzchen aufzusuchen, dann schlage ich Ihnen dringend vor, es bei Ihren Anwälten zu tun, denn, bei Gott, Sie werden sie brauchen.*«

Danach war ein lautes Klirren zu hören; ihr Vater schrie etwas, das sie nicht verstand, dann folgten die Geräusche eines Handgemenges, ein dumpfer Aufschlag… Danach trat eine unheimliche Stille ein, nur durchbrochen von Schritten und Geräuschen, die sie nicht identifizieren konnte.

»*Richtig, rollen Sie ihm den Ärmel hoch, ich verpasse ihm dann die Spritze… So, jetzt wird er uns keinen Ärger mehr machen; er wird brav wie ein Lamm sein.*«

Monty war entsetzt. Hörte nichts mehr als weitere Schritte, schweres Atmen, Schleifgeräusche… Schließlich ein Klicken – wahrscheinlich das Schließen der Tür.

O Gott, dachte sie entsetzt. *Um Himmels willen…* Automatisch schaltete sie den Recorder aus. *Dieses Monster Crowe hatte ihren Vater entführt.* Sie lehnte sich an den Schreibtisch und starrte durch das Fenster hinaus in die Dunkelheit.

Was jetzt? Würden sie ihn umbringen, wie sie all die anderen umgebracht hatten?

Ihr erster Instinkt sagte ihr, sie müsse die Polizei anrufen, aber dann dachte sie an den höflichen, ach so effizienten Superintendent Levine, und ein Schauder überlief sie.

Levine war ein hoher Polizeioffizier und steckte wahrscheinlich mit Crowe unter einer Decke. Nachdem sie ihn gestern nachmittag getroffen und ihm alles erzählt hatte, war innerhalb weniger Stunden ihr Wagen in die Luft geflogen, und Crowe wußte plötzlich, daß ihr Vater die Tests mit Maternox durchführte. Zufall? Nein, unmöglich. Conor hatte vor einigen Tagen gesagt, die Dinge hätten den Punkt, an dem man noch von Zufall hätte sprechen können, längst überschritten, und er hatte völlig recht. Wie groß war die Machtbasis Levines innerhalb der Polizei? War er der einzige Cop, der mit Crowe zusammenarbeitete, oder war das Pestgeschwür viel größer?

Sie starrte angstvoll auf den Recorder. Diese Kassette war ein echtes, handgreifliches Beweisstück. Vielleicht kam einer der Gangster auf den Gedanken, daß so etwas existieren könnte, und kam zurück, um danach zu suchen... *Ich muß so schnell wie möglich weg von hier*, fuhr es ihr durch den Kopf. *Sofort...*

Sie steckte den Recorder in die Manteltasche und lief die Treppe hinunter, ohne die Lichter auszumachen. Nur schnell weg von hier...

O Gott, wo bist du, Daddy?

Sie schaltete die Alarmanlage ein, um Crowe oder einem seiner Gehilfen die Rückkehr zum Gebäude zu erschweren, sprintete dann zu ihrem Vauxhall und fuhr mit Vollgas los.

Über eine Strecke von mehreren Meilen beobachtete sie ängstlich im Rückspiegel, ob sie verfolgt wurde, hielt sich auf großen, hell erleuchteten Straßen, um einen Verfolgerwagen auch dann zu erkennen, wenn er ohne Licht fuhr, und erst als sie sicher war, daß niemand hinter ihr her war, hielt sie vor einer Telefonzelle an.

Zunächst wählte sie Hubert Wentworths Privatnummer, aber es meldete sich niemand. Dann kramte sie ihr Notizbuch aus der Handtasche, schlug die Seite auf, auf der sie sich Conors Nummer in Washington notiert hatte und wählte.

Als sich die Vermittlung des Hotels meldete, sagte sie: »Ich möchte Mr. Conor Molloy sprechen.«

»Zimmer 1609«, bestätigte der Mann an der Vermittlung nach einigen Sekunden. »Ich verbinde.« Monty hörte den Rufton, aber Conor meldete sich nicht. Sie schaute auf die Uhr. 4 Uhr 15, also 23 Uhr 15 in Washington. Conor war vielleicht bei Freunden oder seiner Mutter. Hoffte sie. Hoffte sie inständig...

Der Mann an der Vermittlung meldete sich wieder und bestätigte, daß sich in Zimmer 1609 niemand meldete. Monty bat, Conor durch einen Pagen ausrufen zu lassen; nach minutenlangem Warten kam die Antwort, Mr. Molloy habe sich leider nicht gemeldet. Monty hätte ihm am liebsten die Nachricht hinterlassen, er solle sich verstecken, fand aber, daß das ziemlich dumm klingen würde. Erschöpft und verängstigt legte sie auf.

Ihre Gedanken waren in wildem Aufruhr. Was sollte sie jetzt tun? Wem konnte sie trauen? Sie ging zurück auf die leere Straße und in die relative Sicherheit des Wagens. Wenn ein so hoher Polizeioffizier wie Levine in die Sache verwickelt war, würde es nicht lange dauern, bis man über die Mietwagenfirma ihre Spur gefunden hatte... Wohin hatten sie ihren Vater gebracht? Ins Bendix-Gebäude? Sie konnte es schlecht ohne jede Hilfe stürmen. Und sie mußte Conor warnen.

Sie traf eine schnelle Entscheidung und fuhr los.

Immer noch keine Antwort... Conor legte den Hörer auf, stützte das Kinn in eine Hand und dachte nach. Es war 4 Uhr 30 in England. Wo zum Teufel war Monty? Wahrscheinlich bei ihrem Vater – der einzige Gedanke, der ihn tröstete. Er hatte über die Auskunft versucht, Dick Bannermans Privatnummer herauszufinden, aber sie war im Telefonbuch Londons nicht eingetragen. Er war zweimal aus dem Zimmer gegangen und hatte über ein Haustelefon nachgefragt, ob eine Nachricht für Conor Molloy vorliege – ohne Erfolg.

Warum hatte sie nicht angerufen?

Er goß sich einen weiteren Whisky aus der Minibar ein, steckte sich eine Zigarette an, verband das Modem mit dem Telefonanschluß und wählte die Nummer des Bendix-Computersystems in London. Das System mußte für mehrere Stunden außer Betrieb gewesen sein, denn er hatte während des ganzen Abends versucht, eine Verbindung herzustellen, war aber nicht durchgekommen. Diesmal aber klappte es.

Auf die Anfrage Benutzernamen eingeben tippte er den Benutzernamen von Cliff Norris, dem Systemmanager, ein, dann das Paßwort a*l*c/hem>i ist; er hielt den Atem an.

Auf dem Screen erschien die Liste der Optionen. So weit, so gut, dachte er. Er war im System. Dann gab er den Dateinamen Medici ein und drückte die Ausführungstaste.

Auf dem Screen erschienen die Worte: Datei mit eingeschränkter Zugangsberechtigung. Paßwort eingeben.

Er tippte poly*phe^mus ein, drückte die Ausführungstaste. Der Computer reagierte sofort:

Ungültiges Paßwort. Zugang verweigert.

Er versuchte es noch mal. Vielleicht hatte er einen Fehler bei der Eingabe gemacht. Aber das Ergebnis war dasselbe. Sie hatten das Paßwort geändert, und das stimmte ihn sehr nachdenklich. Beunruhigte ihn.

Es zeigte an, daß sie das Eindringen eines Hackers in ihr System entdeckt hatten. Aber hatten sie auch eine Spur zu ihm gefunden? Extrem unwahrscheinlich; er hatte genug Abwehrmechanismen eingebaut. Wenn es ihnen aber trotzdem gelungen war – was würden sie unternehmen?

Bendix Schere war skrupellos, sicher, aber alles, was seine Bosse unternahmen, war von einer äußerst professionellen kommerziellen Logik diktiert. Er war für die Firma natürlich nicht unersetzbar; sie würden innerhalb weniger Tage Ersatz für ihn finden. Andererseits aber würde diese Person wahrscheinlich nicht ohne weiteres bereit sein, unlautere Spielchen mit dem US-Patentamt zu treiben. Wenn er seinen Geschäften in Washington nach außen hin ganz normal nachging, würden sie ihn höchstwahrscheinlich in Ruhe lassen, zumindest so lange, bis er morgen die Unterredung mit Schwab geführt hatte. Und er war geradezu versessen auf diese Unterredung. Wenn das Patentamt erst einmal den kompletten Satz des Psoriatak-Antrags einschließlich des versteckten, betrügerischen Papiers in Händen hatte, würde er über weitere Munition gegen diese Bastarde verfügen. Seine Karriere als Patentanwalt würde ruiniert sein, wenn er die Existenz dieses Papiers enthüllte, aber es würde auch jede Chance für ein Psoriatak-Patent zunichte machen. Wenn man ihm ans Leder wollte, hatte er Crowe gegenüber ein durchschlagendes Druckmittel in der Hand. Wenn er lange genug am Leben blieb, es einzusetzen …

Um 9 Uhr 30 am nächsten Morgen verließ er das Zimmer, ging ins Treppenhaus und stieg zum sechzehnten Stock hoch.

Dort zog er vorsichtig die Tür zum Flur auf, schaute nach links und rechts. Außer dem Schiebewagen eines Zimmermädchens war nichts zu sehen. Er ging leise zur Tür von Zimmer 1609 und sah, daß das Schild BITTE NICHT STÖREN immer noch am Türknauf hing.

Er vergewisserte sich noch einmal, daß niemand zu sehen war, bückte sich dann und überprüfte das Haar, das er zwischen Tür und Türrahmen festgeklebt hatte.

Es war zerrissen.

82

London, Mittwoch, 7. Dezember 1994

Crowes schmale, karmesinrote Lippen hoben sich noch intensiver als sonst von seinem bleichen Gesicht ab. Er saß hinter seinem Schreibtisch und starrte Gunn wütend an. »Also?«

Gunn biß die Zähne zusammen, um ein Gähnen zu unterdrücken; seine Glieder waren schwer wie Blei, sein Kopf dröhnte und er war so müde, daß er fast halluzinierte. »Wir hatten großes Pech«, sagte er.

»Pech?« Crowes Stimme klang ätzend.

»Die Chancen standen eine Million zu eins.«

»Wie konnten Sie nur auf den idiotischen Gedanken kommen, eine Autobombe einzusetzen? Wir tun alles, um kein Aufsehen zu erregen, und Sie gehen hin und unternehmen etwas, das Schlagzeilen in allen Zeitungen macht.«

»Ich nehme an, Sie werden das gleich anders beurteilen, Sir.« Gunn spielte seine Trumpfkarte aus. Er legte ein Exemplar der Mittagsausgabe des *Evening Standard* vor Crowe hin. Die Schlagzeile lautete:

AUTOBOMBE RADIKALER TIERSCHÜTZER
TÖTET ZWEI MENSCHEN

Crowe überflog den Artikel. »Wie haben Sie das denn hingekriegt?«

»Es hat sich praktisch von selbst ergeben, Sir. Auf das Bannerman-Institut in Berkshire sind in den vergangenen Jahren mehrere äußerst aggressive Anschläge verübt worden, und die Bannermans haben Briefe und Anrufe mit Todesdrohungen erhalten. Von Dr. Bannermans Privathaus sind mal die Scheiben eingeworfen worden, und seine Autoreifen wurden zerstochen. Die Tierschützer scheinen eine Offensive gestartet zu haben, greifen auf breiter Front an, und einige ihrer Splittergruppen sind äußerst anarchisch. Eine dieser Gruppen hat bereits die Verantwortung für den Bombenanschlag übernommen, und ich wette, weitere werden folgen. Ich dachte, es wäre die perfekte Gelegenheit – *Tierschützer-Terroristen töten Tochter eines führenden Genforschers.*«

»Statt dessen haben Sie allerdings zwei Oldtimer-Freaks in die Luft gejagt… Und Sie haben die Spur der jungen Frau verloren.«

»Wir haben die Möglichkeit, sie aufzustöbern, Sir.«

Crowe ging nicht weiter auf dieses Thema ein. »Haben Sie noch andere Überraschungen geplant? Zusätzliche pyrotechnische Veranstaltungen?«

»Nein, Sir.«

»Haben Sie den Amerikaner aus dem Verkehr gezogen?«

»Ich warte auf die Bestätigung.«

»Und wie geht es dem guten Dr. Bannerman heute morgen?«

»So, wie Sie es erwartet haben. Er singt allerdings nicht gerade Loblieder auf Sie.«

»Darauf kann ich gut verzichten. Aber ich will, daß er anderweitig singt, und zwar sehr laut und sehr schnell.« Crowe brachte jetzt sogar ein Lächeln zustande.

»O ja, wir werden ihn zum Singen bringen, Sir.« Gunn sah erleichtert, daß die frostige Kälte seines Bosses verflogen war. »Wir werden ihn in jeder von Ihnen gewünschten Lautstärke zum Singen bringen.«

83

Washington, Mittwoch, 7. Dezember 1994

Crystal Plaza war ein unregelmäßiger Komplex aus Beton- und Glashochhäusern, deren kühle Fassaden nicht sofort deutlich machten, wo ein Gebäude aufhörte und das nächste begann. Die Präsenz des US-Patentamtes im Gebäude 2201 wurde nur mit Goldschrift in bescheidener Größe an der gläsernen Eingangstür angezeigt.

Der Zugang zum Gebäude war nur über die offene Plaza möglich, aber Conor ging davon aus, daß Zeit und Ort seines Treffens den Jagdhunden von Bendix Schere sowieso bekannt waren und man ihn überwachte. Das zerrissene Haar an der Tür des Hotelzimmers hatte ihn darauf vorbereitet, in Schwierigkeiten zu geraten, aber er erwartete sie nicht hier in der Öffentlichkeit; sie würden später auf ihn zukommen.

Das Innere des Gebäudes war ein Labyrinth aus blaßgrün gestrichenen Fluren mit Büros, Fachbibliotheken und riesigen Archiven, in denen Kopien aller jemals auf der Erde erteilten Patente aufbewahrt wurden. In der Ehrenhalle, sieben Stockwerke unterhalb von Dave Schwabs Büro, hingen reihenweise Kupferporträts der Erfinder, deren Ideen die technische Entwicklung vorangebracht, manchmal sogar die Welt verändert hatten. Zum Beispiel von Sikorsky, dem Pionier der Hubschrauberentwicklung; von Frank B. Colton, dem Erfinder der oralen Kontrazeptiva; von Elisha G. Otis, dem Erfinder des modernen Fahrstuhls.

Hundertfünfzig Patentprüfer arbeiteten in dem Gebäude, ausgestattet mit der Macht, kleine Erfinder oder multinationale Konzerne reich zu machen oder in Verzweiflung zu stürzen, je nachdem, ob sie ihren Erfindungen oder Entdeckungen das Patent erteilten oder die Anträge abschmetterten …

Conor saß seinem alten Freund in dessen Büro gegenüber und starrte mißmutig auf die Papierstapel auf dem Schreibtisch. Schon vor einer Stunde hatte er die Tasse Kaffee ausgetrunken, die Schwab ihm hingestellt hatte – das Maximum an Bewirtung, das amerikanischen Patentprüfern ihren Kunden gegenüber amtlich zugestanden wurde, um jeden Anschein bevorzugter Behandlung zu vermeiden. Schwab hatte tatsächlich die kleine Kaffeemaschine, die neben seinem Sturzhelm – er war begeisterter Motorradfahrer – auf einem Tisch im Hintergrund stand, nicht nachgefüllt.

Schwab saß gebeugt hinter seinem Schreibtisch, ging einen trivialen Punkt nach dem anderen durch, schien pingeliger denn je zu sein, und sie kamen nur im Schneckentempo voran. Conor konnte sich nur schwer konzentrieren; seine Gedanken kreisten um Monty – und um die Frage, wie er unbemerkt von seinen ganz sicher draußen auf ihn lauernden Verfolgern aus dem Gebäude herauskommen konnte.

Schwab nahm den nächsten Papierstapel in Angriff. »Dann wollen wir mal sehen, was wir hier haben. Was hast du da drin alles versteckt?«

Conor sah ihn stirnrunzelnd an, gab sich Mühe, nicht so auszusehen, als ob er wirklich etwas versteckt hätte, aber mit dem Herzen war er nicht bei der Sache. »Versteckt? Jetzt komm aber…«

Schwab lächelte. »Hör mal, du knallst mir fünf Stapel Papiere auf den Tisch, wohl wissend, daß ich nur ein paar Stunden Zeit habe, das alles zu prüfen, und willst dann behaupten, da wäre nichts drin versteckt, das nicht ganz koscher ist?«

»Nichts Wichtiges jedenfalls. Meinst du denn, ich würde dir so was antun?«

Schwab hob die Schultern. »Na ja, dein Kopf steckt in der Schlinge, nicht meiner.«

»Das weiß ich sehr gut.« Conor wollte raus hier, raus aus dem muffigen Büro mit der leeren Kaffeemaschine und dem alten Freund, der so verdammt selbstgerecht geworden war. Er wollte Schwab sagen, daß es bei Bendix Schere gewaltig stank und er den Patentantrag in den Papierkorb werfen sollte, aber der Moment zum Abbruch aller Brücken war noch nicht gekommen. Er zwang sich zur Ruhe.

Schwab sah ihn nachdenklich an. »Eines möchte ich dir noch sagen, Conor. Paß auf dich auf. Identifiziere dich nicht zu sehr mit deiner Firma. Diese großen Konzerne quetschen die Arbeitskraft gescheiter, einsatzfreudiger Leute, wie du einer bist, aus wie eine Zitrone. Ich habe es erlebt, daß Patentanwälte auf dem Stuhl da saßen und verzweifelt weinten. Lohnt sich nicht. Es gibt wichtigere Dinge im Leben. Es muß Zeit bleiben, auch mal an einer Rose zu riechen, verstehst du?«

Conor nickte, sagte nichts.

»Weißt du, selbst die größten Bastarde der Geschichte gaben ihren Leuten Zeit zur Erholung. Man muß manchmal ausspannen, auftanken. Selbst die verdammten Medici gaben ihren Leuten Erholungspausen.«

Conor zuckte zusammen und starrte ihn an. »Die *Medici*?«

»Ja, und die waren ja nun wirklich ziemliche Bastarde.«

»Ich hatte ganz vergessen, daß du ein Renaissance-Freak warst.«

»Bin es immer noch.«

»Sag mal, Dave, hatten die Medici irgendwas mit dem pharmazeutischen Gewerbe zu tun?«

»Na ja, es gab damals viele Alchemisten, die versucht haben, irgendwelche Metalle in Gold zu verwandeln oder Mittel gegen Krankheiten zu finden, aber im fünfzehnten Jahrhundert gab es natürlich noch kein hochentwickeltes pharmazeutisches Gewerbe.« Schwab rollte die Zunge im Mund, sah nachdenklich aus. »Obwohl man sagen kann, daß die Medici durchaus mit dem medizinisch-pharmazeutischen Wissen ihrer Zeit Schritt hielten.«

»Auf welche Weise?«

»Indem sie es zu ihrem Vorteil ausnutzten, wie sie *alles* zu ihrem Vorteil ausnutzten. So hatten sie zum Beispiel eine hübsche Methode, ihr Personal bei der Stange zu halten: Wenn sie neues Personal einstellten, wurden die Leute erst einmal vergiftet.«

»Wie …?«

»Heimlich natürlich. Sie gaben ihnen ein Getränk, das mit einem sehr langsam wirkenden Gift auf der Basis von Quecksilber vergiftet war. Und dann führten sie ihnen mit der Nahrung ein Gegengift zu.«

»Was hatte das denn für einen Zweck?«

»Ganz einfach – man nimmt Quecksilber auf, und es bleibt lebenslang im Körper, richtig?«

»Ja, stimmt.«

»Okay. Die giftigen Chemikalien, die die Medici ihrem Personal zuführten, konnten nie mehr aus dem Körper entfernt werden. Aber sie konnten mit einem Gegenmittel unter Kontrolle gehalten werden. Solange die Leute zweimal täglich das Gegenmittel zu sich nahmen, ging es ihnen gut. Die chemische Zusammensetzung dieses Mittels wurde jedoch von den Medici geheimgehalten. Das Personal konnte also niemals aus dem Dienst der Medici ausscheiden; sie brauchten das Gegenmittel und waren somit auf Gedeih und Verderb den Medici ausgeliefert. Wenn sie dennoch weggingen, waren sie innerhalb weniger Wochen tot.«

»Ist das tatsächlich wahr?«

»Ja. Es war ihre Methode, sich die Loyalität ihres Personals zu sichern. Ist nicht ohne makabre Eleganz, nicht wahr?«

Conor überlief ein plötzlicher Schauder, als ihn die Erkenntnis überfiel... »Um Gottes willen!« rief er aus. »Das haben sie doch nicht wirklich getan!«

»Doch, das haben sie. Es liegen Dokumente darüber vor.«

»Ich... ich meine nicht die Medici.«

Schwab sah ihn fragend an. »Wer denn sonst?«

Conor schaute auf den Boden. »Ich... es... es ist nicht wichtig«, sagte er. »Vergiß es.« Aber seine Gedanken rasten, geschockt von der Ungeheuerlichkeit der Konsequenzen, die sich aus dieser Gedankenfolge ergaben.

Der Medici-Versuch.

Die Worte schossen durch seinen Kopf. Hatte Dr. Bannerman die DNS inzwischen identifiziert? Wenn ihm das gelungen war und Conor mit der eben gewonnenen Erkenntnis recht hatte, dann hatte der Wissenschaftler damit sein Todesurteil unterschrieben. Und Montys und Conors und Wentworths. Ohne Zweifel...

In diesem Augenblick klingelte das Telefon. Schwab hob den Hörer ab. »Ja«, sagte er zögernd, »er ist hier.« Er hielt Conor über den vollgepackten Schreibtisch hinweg den Hörer hin. »Ist für dich«, sagte er.

84

London, Mittwoch, 7. Dezember 1994

Um 17 Uhr 10 wählte Gunn über die gesicherte Standleitung die Nummer von McLusky in Maryland, und als der Bendix-Schere-Sicherheitschef für den Bereich USA sich meldete, kam er ohne Umschweife zum Thema. »Guten Tag, Mr. McLusky, ich hatte erwartet, daß Sie von sich hören lassen…«

McLusky stieß ein verlegenes Lachen aus und sagte dann: »Oh, äh, ich warte noch auf eine konkrete Bestätigung, Major Gunn.«

»Es ist jetzt Mittag bei Ihnen – ich hatte erwartet, daß Sie die Sache gestern abend erledigen.«

»Das hatten wir auch geplant, aber es hat nicht geklappt. Er hat nicht in seinem Hotelzimmer übernachtet.«

»Wollen Sie etwa sagen, Sie hätten seine Spur verloren?«

»Nein, das nicht, Major Gunn, wir haben sie heute morgen wieder aufnehmen können. Er ist bei dieser Besprechung im Patentamt, und wenn er rauskommt, greifen wir ihn uns.«

»Okay. Aber es muß astrein nach Unfall aussehen… Im übrigen haben Sie noch nicht abschließend über seinen Hintergrund berichtet.«

»Ich dachte, wenn wir ihn sowieso aus dem Verkehr ziehen, wäre das nicht mehr so wichtig.«

»Ich will immer wissen, wen ich umlegen lasse, Mr. McLusky«, sagte Gunn. »Ich betrachte vollständige Information als guten alten Brauch, und gute alte Bräuche sind unserer Firma sehr wichtig.«

85

Washington, Mittwoch, 7. Dezember 1994

»Conor, das verstößt gegen alle Vorschriften, ich kann das nicht machen.«

»Du hast die Maschine in ein paar Stunden zurück.«

Dave Schwab schüttelte den Kopf. »Ich weiß nicht …«

»Dave, erinnere dich daran, wie ich dir damals Rückendeckung gegen Julie verschafft habe, als du dich mit dieser – wie hieß sie noch? – Hollis Emmerson rumgetrieben hast?«

»Das war damals, und jetzt ist jetzt.«

»Richtig, aber du hast damals schreckliche Angst gehabt, du könntest Julie verlieren, und jetzt habe ich verdammte Angst und brauche deine Hilfe.«

»Ich könnte in Teufels Küche kommen.«

»Dave, jetzt bleib doch auf dem Teppich, verdammt noch mal. Du bist im Staatsdienst der Vereinigten Staaten von Amerika, und man verbietet dir nicht, Freunde zu haben; man kann dich doch nicht hängen, weil du einem Freund einen Gefallen tust – einen Gefallen, der nichts mit unserer geschäftlichen Beziehung zu tun hat.«

»Meine Vorgesetzten könnten das anders sehen.«

Conor wurde langsam wütend. »Aber sie werden doch nichts davon erfahren, verdammt noch mal!«

Schwab hob die Hände. »Okay, okay, nimm dir die Maschine.«

»Und du rufst Julie an und sagst ihr, daß ich vorbeikomme und ihren Helm und ihr Lederzeug abhole?«

»Ja, ich rufe sie an. Mein Lederzeug ist im Schrank hinter dir.« Schwab griff nach hinten und gab Conor den Sturzhelm, dazu die Schlüssel für das Motorrad. »Du fährst mit dem Aufzug bis in die Tiefgarage und gehst dann nach rechts. Du findest sie leicht, es ist eine rote 750er Suzuki. Wenn du die Ausfahrt hochkommst, öffnet sich die Schranke automatisch.«

Conor stand auf. »Ich bringe sie heute nachmittag zu dir nach Hause zurück... Ich wußte doch, daß du ein guter Mensch bist.«

Die Bar in der Ankunftshalle des *Dulles Airport* war dicht besetzt, und als Conor ankam, sah er sie nicht sofort. Dann aber entdeckte er den blonden Wuschelkopf, und sein Herz machte einen freudigen Satz.

Ihr Gesicht leuchtete auf, als sie ihn sah; sie fielen sich in die Arme und küßten sich lange, ehe sie etwas sagten.

»Conor«, jubelte sie, »du bist heil und gesund! Mein Gott, habe ich mir Sorgen um dich gemacht!«

Er sah ihr in die Augen. »Und ich habe mir solche Sorgen um dich gemacht! Ich bin fast verrückt geworden, als ich dich nicht erreichen konnte.«

Sie drückte ihr Gesicht gegen das weiche Leder von Schwabs Motorradanzug. »Das Zeug steht dir gut. Ich wußte gar nicht, daß du ein heimlicher *Hell's Angel* bist!«

Er lächelte, legte den Arm um sie, drückte sie an sich. »Das erste Mal seit fünfzehn Jahren, daß ich mit einem Motorrad gefahren bin.« Er schaute sich vorsichtig um, aber es waren zu viele Menschen in der Bar, als daß er unter ihnen jemanden hätte ausmachen können, der sie beobachtete. Er war ganz sicher, daß ihn auf der Fahrt vom Patentamt zum Flughafen niemand verfolgt hatte.

»Sie haben meinen Wagen in die Luft gesprengt!« Der Damm war gebrochen, und sie berichtete im Stakkato-Tonfall, was passiert war: »Sie haben versucht, mich mit einer Bombe in meinem Auto zu töten, und sie haben meinen Vater entführt, und ich konnte Hubert Wentworth nicht erreichen. Mein Gott, ich war eine solche Närrin, eine so verdammte Närrin – ich habe nicht auf dich gehört und bin zur Polizei gegangen, zu diesem Superintendent Levine, und ich glaube, er steckt mit den Bendix-Gangstern unter...«

Er unterbrach sie. »Sind all diese Dinge vor oder nach deinem Gespräch mit Levine passiert?«

Sie informierte ihn kurz über den Ablauf der Ereignisse.

Während er zuhörte, flog sein Blick immer wieder unruhig über die Menschenmenge.

»Okay«, sagte er, als er geendet hatte. »Laß uns von hier verschwinden, wir reden später ausführlich miteinander.«

»Wo gehen wir hin?«

»An einen Ort, wo wir sicher sind und wo es jemanden gibt, der wahrscheinlich deinen Dad finden kann.«

»Ich habe im Flugzeug intensiv nachgedacht, Conor. Ich weiß, warum ich in diesen Schwierigkeiten bin. Aber warum steckst du da mit drin? Warum machst du das alles? Was hast du für Beweggründe?«

Er reagierte nicht.

»Sag es mir.« In ihrer Stimme lag plötzlich eine Bestimmtheit, die ihn verblüffte.

»Okay ... Du willst es wissen: ich werde es dir sagen.« Er lächelte grimmig. »Nicht nur das – ich werde es dir zeigen.«

86

Washington, Mittwoch, 7. Dezember 1994

Conor steuerte das Motorrad auf eine breite, ruhige Straße, die hinaus in die Vorstadt führte, und paßte auf, daß er die vorgeschriebene Geschwindigkeit nicht überschritt. Im Rückspiegel vergewisserte er sich immer wieder, daß sie nicht verfolgt wurden.

Trotz aller Schwierigkeiten, in denen sie sich befanden, machte ihm die Fahrt Spaß. Es war schön, Montys festen Griff um seine Hüfte zu spüren, und er fühlte den nostalgischen Wunsch, selbst wieder ein Motorrad zu besitzen. Wenn sie das alles hinter sich hatten, würde er sich ein Motorrad kaufen und mit Monty eine lange Fahrt durch eine sonnige Gegend machen. Wenn sie dann noch lebten ...

Eine halbe Meile vor ihnen tauchte ein massives, düsteres Hochhaus auf. Zweihundert Meter davor fuhr er an den

Bordstein, stellte den Motor ab, stemmte die Füße gegen das enorme Gewicht der Maschine fest auf den Boden und klappte das Visier des Sturzhelms hoch.

Monty stieg ab, zog den Sturzhelm vom Kopf und schüttelte ihr Haar. Trotz Julie Schwabs wollgefüttertem Lederanzug über ihrer Kleidung fror sie erbärmlich.

Sie folgte Conors Blick und schaute zu dem Hochhaus vor ihnen hinüber. Es war schmutzig-braun und schien auf den ersten Blick aus zwei getrennten, hintereinander stehenden Gebäuden zu bestehen. Bei genauerem Hinsehen erkannte sie, daß es sich um zwei Türme desselben Gebäudes handelte. Monty fand es imposant, aber auch ziemlich häßlich und ohne jeden Charme. Vor dem Haupteingang hatte sich eine Gruppe von Demonstranten versammelt, die laute Sprechchöre anstimmte, als ein Mann aus dem Gebäude kam und zu einem Taxistand auf der anderen Straßenseite ging.

Conor wirkte seltsam in sich gekehrt.

»Was ist das für ein Gebäude?« fragte Monty.

Er legte den Arm um sie und atmete tief durch. »Ich mußte dich hierherbringen«, sagte er. »Ich mußte dir diesen Ort zeigen. Aber glaub mir: Das ist der Ort auf der Erde, den ich am meisten hasse.«

Er küßte sie auf die Schläfe, und sie spürte, daß er zitterte. »Viele Leute sind von etwas besessen«, fuhr er fort. »Wie dein Vater, der, wie du mir gesagt hast, von der Forschung nach dem Erreger von Brustkrebs besessen ist…«

Die Erwähnung ihres Vaters verursachte bei Monty neue Wellen der Besorgnis. Sie schluckte und nickte dann.

»Er ist von der Idee besessen, die Gene zu identifizieren und auszumerzen, die Brustkrebs hervorrufen. Ich weiß, was so eine Leidenschaft bedeutet. Du wachst morgens mit diesem einen Gedanken auf und schläfst abends mit demselben Gedanken ein. Bei deinem Vater ist das durch den Krebstod deiner Mutter ausgelöst worden, etwas, das er nicht vergessen kann. Und bei mir ist es ähnlich – auch ich kann etwas nicht vergessen, und deshalb kann ich ihn sehr gut verstehen. Dein Vater geht damit auf seine Weise um, ich auf meine.«

Monty hörte ihm wie gelähmt zu, sah auf seinem Gesicht eine Mischung aus Trauer und grimmiger Entschlossenheit.

Das Gebäude wirkte aus der Nähe noch höher, und es war viel länger, als Monty zunächst gedacht hatte. Einige der Demonstranten skandierten immer noch ihre Sprüche, einige schwangen Spruchbänder und amerikanische Flaggen, andere stolzierten mit Plakaten im Kreis herum. Auf einem der Plakate stand in mehrfarbigen Buchstaben: VITAMINE UND AMINOSÄUREN MÜSSEN LEGAL BLEIBEN! Und auf einem anderen: LÖST DIE FDA AUF!

»Ist *das* das Gebäude der FDA? Der Food and Drug Administration – der obersten Aufsichtsbehörde über Nahrungsmittel und Medikamente in den USA?«

Er schien sie nicht gehört zu haben und marschierte los, über den schmalen Grasstreifen, der die Straße von dem großen Parkplatz vor dem Gebäude trennte; er ging so schnell, daß Monty Mühe hatte, mit ihm Schritt zu halten.

»Wie viele Leute, mit denen wir in dieser Sache gesprochen haben, sind inzwischen tot, Monty? Jake Seals, Zandra Wollerton, Walter Hoggin, Charley Rowley… Bei Rowley wissen wir es nicht genau, aber in allen anderen Fällen scheint kein anderer Mensch irgendwie beteiligt gewesen zu sein. Wollerton kracht durch eine geschlossene Schranke in einen Zug. Seals gießt eine tödliche Säure über sich. Hoggin hat eine Herzattacke. Wenn man die Fälle einzeln betrachtet, meint man, es seien ganz ›normale‹ Schicksalsschläge. Wenn man sie aber zusammen betrachtet, sieht es ganz anders aus, nicht wahr?«

»Bei der Bombe in meinem Wagen kann man bestimmt nicht von ›normalem Schicksalsschlag‹ sprechen.«

»Du kannst sicher sein, daß sie es den Medien gegenüber aber als einen solchen dargestellt haben.«

Sie blieben in einigem Abstand vor dem Gebäude stehen. Conor legte den Kopf in den Nacken und deutete mit dem Zeigefinger nach oben. »Du hast mich ein paarmal nach meinem Vater gefragt, aber ich habe dir kaum etwas über ihn erzählt… Das hier ist der Sitz der FDA, der Behörde, die die Konzessionen für alle pharmazeutischen Produkte in den USA vergibt.«

Sie nickte, aber die kalte Wut in seiner Stimme war ihr unheimlich. Er kam ihr plötzlich wie ein Fremder vor.

»Mein Dad hat hier gearbeitet, hatte sein Büro im elften Stock. Das Fenster da oben, sieh es dir gut an…« Er schwieg einen Moment und fuhr dann fort: »Ich habe meinen Vater geliebt. Er war ein großer, gutaussehender Mann – aber irgendwie sehr still… Ich habe ihn wirklich sehr geliebt. Wir machten zusammen Bergwanderungen. Ich sehe ihn noch vor mir, wie er schweigend vor mir her einen Pfad hochsteigt, in Gedanken versunken, privaten Träumen nachhängend, welche auch immer es waren.« Conor biß sich auf die Lippen. »Er trug immer Hemd und Krawatte, selbst wenn wir zu Baseball- oder Footballspielen gingen. Hatte altmodische Wertvorstellungen. Eine von ihnen war, daß er leidenschaftlich an den Unterschied zwischen Gut und Böse glaubte.«

Monty sah ihn an, hörte die Emotion in seiner Stimme.

»Er arbeitete als Prüfer bei der FDA und hatte über einen Antrag von Bendix Schere zur Erteilung einer Produktionslizenz für ein Medikament zu entscheiden. Meine Mutter hat mir nachher erzählt, daß die Leute von Bendix Schere ihn schwer unter Druck setzten, ihn zu bestechen versuchten, ehe sie dann die Geduld mit ihm verloren… Sie wollten ein Medikament auf den Markt bringen, von dem mein Dad meinte, daß es nicht genügend getestet worden sei. Er war von der Sicherheit des Medikaments nicht überzeugt und blockierte deshalb die Produktionslizenz. Das Medikament enthielt fast dieselbe Zusammensetzung wie ein anderes, das nach seiner Einführung auf den Markt bei mehr als fünftausend Babys entsetzliche Deformationen zur Folge hatte. Das Mittel hieß Contergan…«

»Mein Gott«, flüsterte sie.

Conor fuhr fort: »Eines Tages – ich war damals acht – zerrte meine Mutter mich in ihren Wagen und sagte, wir müßten sofort zu Dad, er sei in schlimmen Schwierigkeiten. Sie raste wie eine Verrückte hierher, ließ den weißen Plymouth an dieser Stelle stehen.« Seine Stimme wurde immer angespannter, und er atmete schwer. Er zeigte wieder nach oben. »Er fiel aus diesem Fenster, da oben im elften Stock. Zuerst dachte ich, es sei ein großer Vogel. Dann schlug er auf dem Boden auf, und sein Kopf zuckte hoch, und ich erkannte, daß es mein Vater war. Er schien mich anzusehen. Ich habe diesen Blick nie vergessen können. Kein Mensch auf der Welt könnte das.«

Ein großer Teil des Rätsels, das Conor bisher für Monty gewesen war, löste sich damit von selbst, aber die Erleichterung darüber wurde von Trauer und Entsetzen überlagert. »Er… er wurde aus dem Fenster gestoßen?«

»Eine Sekretärin sagte kurz nach dem Fenstersturz meines Vaters zu meiner Mutter, sie habe zwei Männer aus Dads Büro kommen sehen. Sie fiel noch am selben Abend einem Verkehrsunfall zum Opfer. Die Polizei behauptete, es würde ihr keine Aussage solchen Inhalts von der Frau vorliegen. Niemand sonst hatte irgendwas gesehen – zumindest hat es niemand *zugegeben.*«

Der Schatten eines Vogels glitt über den Asphalt, und Monty zuckte wie unter einem elektrischen Schlag zusammen.

»Mein ganzes Leben lang wollte ich wissen, was *wirklich* mit meinem Dad geschehen ist. Und herausfinden, wer für seinen Tod verantwortlich ist. Vielleicht verstehst du jetzt, was mich zu Bendix Schere geführt hat…«

87

London, Mittwoch, 7. Dezember 1994

Seit dem Anruf bei Levine um 1 Uhr 48 hatte man diese verdammte Miss Bannerman aus den Augen verloren.

Gunns Hemdkragen war offen; Nikky bestand neuerdings

darauf, daß er diese verdammten weichen Hemden trug, die nicht für Krawatten gedacht waren ... Er wandte sich wieder dem Bericht auf seinem Computerscreen zu.

Montana Bannerman war verschwunden, und diese Tatsache gefiel ihm gar nicht. Weiß der Teufel, an wen sich dieses Miststück jetzt wenden und Terror machen würde ... Er schaute auf die Uhr: 20 Uhr 32. Nikky würde wieder ausflippen, aber das war im Moment nicht von vorrangiger Bedeutung ... 15 Uhr 30 in Washington, und laut McLusky war Molloy immer noch bei der Besprechung im US-Patentamt. Hoffentlich stimmte das ... Und immer noch wußte niemand, wer dieser verdammte Bastard wirklich war.

Im Moment lief alles schief ... Als er vergangene Nacht mit Crowe in Bannermans Labor gekommen war, hatte er auf dem Schreibtisch des Wissenschaftlers ein kleines, offensichtlich eingeschaltetes Diktiergerät liegen sehen, es aber dann in der Hast des Aufbruchs vergessen. Als er später wieder hingefahren war, konnte er es nicht mehr finden. Es kam nur ein Mensch in Frage, der es an sich genommen haben konnte: Montana Bannerman.

Was zum Teufel war auf dem Band? Vielleicht nichts, vielleicht aber auch alles. Das, was der Wissenschaftler über die Maternox-Kapseln herausgefunden hatte, der verräterische Wortwechsel ... Wo konnte das Biest nur stecken? Sie hatten die Nummer des Leihwagens herausgefunden, und Levine hatte eine Fahndung ausgelöst, aber bisher ohne Erfolg.

Das Telefon klingelte. »Gunn.«

»Wo bleibst du, Soldier? Wir wollten schon vor einer halben Stunde losfahren.« Sie klang wütend und verletzt.

»Tut mir leid, Niks, aber ich habe ein Mordsproblem am Hals.« Ein flackerndes Lämpchen zeigte an, daß ein anderer Anruf vorlag. »Ich muß abbrechen, ich rufe dich gleich zurück.«

»Wenn du dich in drei Minuten nicht gemeldet hast, fange ich an, Löcher in deine Anzüge zu brennen.« Sie legte auf.

McLusky war in der Leitung. »Keine guten Nachrichten, Major Gunn. Molloy ist uns durch die Lappen gegangen.«

Gunn sah ängstlich auf die Uhr. Wenn Nikky drei Minuten sagte, meinte dieses beknackte Mädchen das auch... »McLusky, sind Sie von allen guten Geistern verlassen?«

»Tut mir leid. Der Kerl hat sich in Luft aufgelöst.«

Gunn dachte an den Mist, den McLusky beim ersten Bericht über Rowleys Tod gebaut hatte. Es hatte die Firma mehrere hunderttausend Dollar gekostet, die Sache wieder in Ordnung zu bringen. Er wurde wirklich zu alt und mußte gefeuert werden.

»Vielleicht bemühen Sie sich endlich mal herauszufinden, wer dieser Molloy wirklich ist«, knurrte Gunn. »Dann finden Sie vielleicht auch raus, *wo* er ist.«

»Wir tun alles, was wir können.«

Und zwar schleunigst, dachte Gunn, legte auf und schaffte es gerade noch rechtzeitig, fünfzehn Sekunden vor Ablauf der drei Minuten, Nikky zu erreichen.

88

Washington, Mittwoch, 7. Dezember 1994

Monty saß steif vor Kälte auf dem Soziussitz des Motorrads. Sie war tief erschüttert von dem, was Conor ihr gerade erzählt hatte, und die Angst um ihren Vater war dadurch noch größer geworden. Der einzige kleine Trost war, daß sie jetzt die Motivation des Mannes, den sie liebte, besser verstand...

Die Fahrt schien ewig zu dauern, führte durch Vorstädte, offene Landschaft und wieder durch Wohngebiete. Dann endlich bog Conor in eine Einfahrt ein, hielt vor einem Stahltor, neben dem der Pfeiler eines Sicherheitssystems samt eingebauter Kamera aufragte. Er klappte das Visier des Sturzhelms hoch, drückte auf einen Knopf und sagte: »Ich bin's.«

Das Tor glitt auf, und sie fuhren weiter zu einem weitläufigen Haus im Hazienda-Stil auf einer kleinen Anhöhe. Zwei Wagen waren davor abgestellt, ein blaues Mercedes-Coupé und eine graue Limousine mit einem Chauffeur hinter dem Steuer.

»Klienten – meine Mutter hat mich vorgewarnt, es wären welche da«, sagte Conor. Er legte den Helm und die Handschuhe auf den Motorradsitz, und Monty machte es ihm nach. Dann gingen sie, mit ihrem Gepäck in den Händen, zum Eingang.

Auf Conors Läuten öffnete ein junges lateinamerikanisches Dienstmädchen in gestärkter Schürze die Tür, lächelte Conor erkennend an und sagte: »Bitte hereinkommen, Ihre Mutter gerade fertig mit Sitzung.«

Als sie in die große Diele kamen, dachte Monty, sie hätten einen Tempel oder eine Kunstgalerie betreten. Kerzen brannten in Haltern an den Wänden und in hohen schmiedeeisernen Ständern. Die Luft war leicht parfümiert, entweder durch die Kerzen oder durch Räucherstäbchen, und leise Klänge von New-Age-Musik drangen aus versteckten Lautsprechern. An den Wänden hingen abstrakte Bilder, viele davon im Stil des religiösen Symbolismus, und auf Säulen, Tischchen und in Wandnischen thronten bizarre Statuetten.

Monty hörte Stimmen, dann kamen drei Männer in Straßenanzügen und eine auffallend schöne, schwarz gekleidete Frau um eine Flurecke. Die Frau lächelte Conor und Monty begrüßend an, signalisierte, daß sie sich gleich um sie kümmern werde.

Monty war von der äußeren Erscheinung dieser Frau fasziniert. Sie schien höchstens Mitte Fünfzig zu sein; ihr langes schwarzes Haar war von silbernen, attraktiven Strähnen durchzogen, und ihr klassisch schönes Gesicht hätte, wenn die Trägerin nur einige Jahre jünger gewesen wäre, ohne weiteres als Titelbild für das Magazin *Vogue* dienen können. Die Ähnlichkeit mit Conor war unerkennbar.

»Okay«, sagte einer der Männer in breitem texanischem Akzent. »Wir fangen dann also gleich im Januar mit den Testbohrungen in New Mexico an und schaun mal, was dabei rauskommt.«

»Die vergangenen zwölf Monate waren wirklich beeindruckend«, sagte ein anderer Mann. »Mit Ihrer Hilfe wird auch das nächste Jahr wieder sehr erfolgreich für uns sein.«

Die Frau lächelte und neigte hoheitsvoll den Kopf. »Ich versuche immer, mein Bestes zu geben.«

»Sie haben ja schon viele Wunder bewirkt.«

Ein Schatten fuhr über ihr Gesicht. »Nein, Gentlemen, Wunder sind Vorgänge, die wir nicht erklären können. Was ich betreibe, ist sehr wohl erklärbar und damit eine *Wissenschaft*; ich bewirke keine Wunder.«

Das Trio verabschiedete sich und ging. Als das Dienstmädchen die Tür hinter den Männern geschlossen hatte, wandte sich die Frau Conor zu.

»Hi Mom.« Er gab ihr einen Kuß auf die Wange, den sie steif entgegennahm wie einen Tribut, den ihr ein Sklave schuldet, nicht wie die Begrüßung durch ihren einzigen Sohn.

»Ich möchte ... ehm ... ich möchte dich mit ... ehm ... Montana Bannerman bekanntmachen«, stammelte Conor, den seine übliche Sicherheit verlassen zu haben schien. »Montana, das ist meine Mutter.«

Monty stand verlegen da, wußte nicht, ob sie die Hand ausstrecken sollte oder nicht. »Ich freue mich, Sie kennenzulernen, Mrs. Molloy.«

Die Frau warf Conor einen unwilligen Blick zu und sah dann Monty wieder an. »Mein Name ist Donoghue. Tabitha Donoghue.«

Monty war verwirrt, durchforschte ihr Gedächtnis. Hatte Conor vergessen ihr zu sagen, daß seine Mutter wieder geheiratet hatte? Sie sah Conor an, aber der strich sich nur verlegen durchs Haar.

Seine Mutter hielt den Blick prüfend auf Monty gerichtet. »Sie müssen sehr müde von dem langen Flug sein. Sie sollten ein heißes Bad nehmen und sich ausruhen.«

Monty war tatsächlich erschöpft, aber ihre Gedanken waren bei ihrem Vater. »Es geht mir gut, ich möchte nur ...«

Tabitha Donoghue hob die mit vielen Ringen verzierte Hand. »Sie sehen völlig erschlagen aus. Ruhen Sie sich aus, dann sehen wir weiter... Juanita wird Ihnen das Zimmer zeigen.«

Das Zimmer mit Doppelbett und angegliedertem Bad war groß und komfortabel eingerichtet. Monty ließ sich erschöpft auf die Bettkante sinken, und Verzweiflung und Angst krampften ihren Magen zusammen.

Conor küßte sie auf die Stirn. »Ich muß das Motorrad zurückbringen; ich bin in einer Stunde wieder hier. Tu, was meine Mutter gesagt hat – ruh dich aus. Du bist hier sicher, niemand kann wissen, daß wir in diesem Haus sind.«

»Kann ich nicht mit dir fahren?« fragte sie. Sie hatte plötzlich Angst um ihn.

»Nein, bleib hier, das ist sicherer.«

Sie sah ihn an. »Warum haben deine Mutter und du unterschiedliche Familiennamen?«

»Ich nahm an, Bendix Schere würde sich an den Namen meines Vaters erinnern, und bei meiner Bewerbung würden Alarmglocken läuten. Also habe ich mich neu erfunden, das ist alles.«

»Ach so«, sagte sie, zufrieden mit dieser Antwort.

»Und keiner von den Leuten, die in Washington nach mir suchen, weiß etwas davon, also wird auch niemand hier nach uns suchen. Es ist am sichersten, wenn du dich nicht sehen läßt.«

Er küßte sie und ging, überließ sie ihren Gedanken... Wieso konnte Conors Mutter sich einen so hohen Lebensstandard mit einem so luxuriösen Haus leisten, wenn ihr Mann im Staatsdienst gearbeitet hatte? Vor allem aber, warum zum Teufel war sie, Monty, hier in den USA, dreitausend Meilen von ihrem Vater entfernt, den man entführt hatte und der ihre Hilfe brauchte? Wie hatte sie nur so den Kopf verlieren können?

Nein, sie hatte nicht den Kopf verloren, sagte sie sich dann. Allein auf sich gestellt hätte sie in England nichts tun können, als darauf zu warten, daß man sie umbrachte. Sie war hierhergekommen, um Conor zu warnen und mit dem einzigen Verbündeten zusammenzusein, den sie noch hatte. Aber jetzt, einmal hier angekommen, fühlte sie sich verlassen, schien allen Boden unter den Füßen verloren zu haben... Dann sah sie sich im Spiegel an der Wand und erschrak über ihr Aussehen. Ihr Gesicht war aufgedunsen vor Müdigkeit, ihr Haar vom Sturzhelm völlig zerdrückt, und ihr kam der Gedanke, daß die elegante Tabitha sich sicher gefragt hatte, was ihr Sohn nur an ihr finden konnte.

Ihr Gehirn raste zu sehr, um auch nur ein paar Minuten dösen zu können, und so duschte sie, zog danach frische Kleidung an und betrieb ein wenig Schadensregulierung an ihrem Make-up und ihrem Haar, ehe sie sich schließlich aus dem Zimmer wagte.

»Kaffee, Montana?« fragte Tabitha Donoghue zur Begrüßung. Sie saß vor dem Kaminfeuer und rauchte eine dünne Zigarette. Eine silberne Kaffeekanne, dünne Porzellantassen und eine Schale mit Gebäck standen auf einem Marmortischchen.

»Gerne«, antwortete sie und setzte sich gegenüber ihrer Gastgeberin in einen Sessel. Tabitha Donoghue goß mit anmutigen Bewegungen Kaffee ein, und Monty bewunderte erneut ihr Aussehen. Trotz einiger verräterischer Fältchen in den Augen- und Mundwinkeln und ein wenig erschlaffender Haut am Hals konnte man sie für eine Frau von Anfang Vierzig halten. Sie sah Monty mit einem Ausdruck an, der aus einer tiefen Traurigkeit herzurühren schien; dann sagte sie mit ruhiger Stimme: »Einige Dinge im Leben lohnen den Einsatz nicht, Montana.«

»Wie... wie meinen Sie das?« fragte Monty verunsichert.

»Das Leben besteht aus Kompromissen; Sie werden das bestätigt finden, wenn Sie einmal älter sind.« Tabitha stand plötzlich auf, begann im Zimmer umherzuwandern, schaute auf die Wände, richtete eine schrägstehende Kerze gerade. Monty gewann den Eindruck, Mrs. Donoghue wolle es hinauszögern, ihr wieder Auge in Auge gegenüberzusitzen.

Dann fiel ihr Blick auf ein gerahmtes Foto auf dem Kaminsims, das Mrs. Donoghue in einer Umgebung zeigte, die ein

Ölfeld zu sein schien. Neben ihr stand ein attraktiver Mann, dessen Gesicht Monty bekannt vorkam.

»Das bin ich mit Uri Geller«, sagte Tabitha Donoghue; sie schien Augen im Hinterkopf zu haben.

Monty war verblüfft. »Bei welcher Gelegenheit?«

»Wir beide haben einige Ölfelder für einen großen Konzern lokalisiert.« Sie richtete eine andere Kerze gerade. »Daraus besteht heutzutage ein wichtiger Teil meiner Arbeit.«

»*Tatsächlich?* Wie machen Sie das denn?«

»Durch Radiästhesie – Aufspüren von Erdstrahlen«, antwortete sie nüchtern.

»Mit einer Wünschelrute? Wie die Leute, die Wasser unter dem Erdboden feststellen können?«

»Nein, meistens mit einem Pendel über einer Landkarte. Manchmal gehe ich auch vor Ort, um die Lage genauer zu bestimmen, aber meistens brauche ich das nicht; ich finde den Lagerort bis auf etwa hundert Meter genau mit dem Pendel auf der Karte.« Sie lächelte. »Die Ölkonzerne geben natürlich nicht gern zu, daß sie Leute wie mich einsetzen – es bringt sie in Verlegenheit, daß ich im Grunde ihre ganze High-Tech-Ausrüstung überflüssig mache.«

Monty war jetzt klar, woher Mrs. Donoghues offensichtlicher Wohlstand stammte. Sie wollte schon fragen, ob sie übersinnlich veranlagt sei, aber dann fiel ihr die vorherige Zurechtweisung der drei Texaner ein: *»Ich praktiziere eine Wissenschaft, ich bewirke keine Wunder.«*

»Setzen Sie Ihre Macht… äh, Ihre Fähigkeiten auch für andere Dinge ein, Mrs. Donoghue?«

»Ich finde vermißte Personen für die Polizei.« Sie zuckte mit den Schultern, als sei das nichts Besonderes.

»Ich habe von dieser Radiästhesie gelesen, aber ich habe keine Vorstellung davon, wie diese… ehm, Wissenschaft funktioniert.«

Tabitha Donoghue setzte sich wieder in ihren Sessel. »Viele Dinge funktionieren auf eine Weise, die wir nicht verstehen, Montana«, sagte sie sanft. »Manchmal möchten Menschen sie nicht verstehen, manchmal sind die Dinge natürlich aber auch jenseits unserer normalen Aufnahmefähigkeit… Den wahren Durst nach Wissen und Erkenntnis verspüren nur wenige Menschen. Die anderen haben entweder nicht die Zeit oder den tiefen inneren Drang dazu. Haben Sie einmal darüber nachgedacht, wie ironisch es ist, daß die meisten Menschen den Großteil ihres Lebens mit geschlossenen Augen verbringen, um dann mit offenen zu sterben?« Sie schaute plötzlich auf die Uhr, schien ängstlich zu sein. »Conor müßte langsam zurückkommen…«

Monty schaute ebenfalls auf die Uhr. Es war fast eine Stunde vergangen. »Vielleicht hat er nicht gleich ein Taxi bekommen.«

Das Dienstmädchen erschien in der Tür. »Ich geh' jetzt, Missy Donoghue.«

»Ich bringe Sie zur U-Bahn«, sagte Mrs. Donoghue und stand auf. Sie sah Monty mit großen, gehetzten Augen an und sagte dann mit schwerer, vibrierender Stimme: »Gehen Sie nicht ans Telefon und machen Sie niemandem die Haustür auf – *wirklich keinem…*«

Kurz darauf hörte Monty die Haustür ins Schloß fallen. Sie trank ihren Kaffee aus, schlenderte dann durch das Haus, hoffte, irgendwo Kinderbilder von Conor und Fotos von seinem Vater zu finden.

Die erste Tür führte ins Büro, das mit modernster Computer-Technik ausgestattet war und in dem auch das Pendel, anscheinend Mrs. Donoghues wichtigstes Arbeitsgerät, an einem dünnen Faden von der Decke hing. Es bestand aus einem Bergkristall-Kegel und schwebte millimeterdicht über einem Tisch mit einer Glasplatte, unter die Landkarten geschoben werden konnten. Auf einem kleinen Schreibtisch in der Ecke standen ein Foto von Conor im Graduierungsornat und ein Hochzeitsfoto von Mrs. und Mr. Donoghue.

Monty stellte fest, daß zwischen Vater und Sohn kaum eine Ähnlichkeit zu erkennen war. Mr. Donoghue sah gut aus, ohne Zweifel, aber Conor hatte offensichtlich durch das Erbe des Aussehens seiner Mutter vom noch besseren Teil des Genpools seiner Eltern profitiert.

Bleierne Müdigkeit überfiel sie plötzlich erneut; sie ging zurück in ihr Zimmer, schleuderte die Schuhe von den Füßen und legte sich aufs Bett. Conors Mutter war eine seltsame Frau, resümierte sie, aber es ging auch ein fast furchteinflößendes Fluidum geistiger Stärke von ihr aus. Und sie war einer der ganz wenigen Menschen, denen sie und Conor trauen konnten...

Und sie hatte gesagt, sie könne vermißte Menschen wiederfinden... Vielleicht auch ihren Vater? Monty hatte plötzlich das Gefühl, daß Tabitha Donoghue in der jetzigen Situation wahrscheinlich der Mensch war, der ihnen am ehesten helfen konnte.

89

London, Mittwoch, 7. Dezember 1994

Kurz vor 22.00 Uhr, als Gunn gerade mit einem frischen Becher Kaffee in sein Büro zurückkam, läutete das Telefon. Es war wieder McLusky, und er klang diesmal äußerst selbstgefällig.

»Wir haben Ihren Mann, Major Gunn.«

»Was heißt das? Haben Sie ihn geschnappt oder definitiv aus dem Verkehr gezogen?«

Die Selbstgefälligkeit wich aus McLuskys Stimme. »Ähm ... also ... was ich meine ... Wir haben ihn identifiziert. Wir wissen jetzt, wer er wirklich ist.«

Gunn sagte nichts und wartete ab.

»Der Name ist *Donoghue*. Dieselben Vornamen: Conor Henry. Hat den neuen Namen vor ein paar Jahren angenommen – gab *Donoghue* heimlich auf und wurde *Molloy*. Erzählte seinen Freunden irgendeine beschissene Story, Molloy sei der Name seines verstorbenen Vaters. Hat alle Personalunterlagen ändern lassen, auch in den Computerdateien – bei der Sozialversicherung, bei seiner Bank, bei den Kreditkartenfirmen, sogar in seinem Führerschein. Der Bursche ist ein Profi; er hat sorgfältig gearbeitet, das muß man ihm lassen.«

»Donoghue?« Gunn schrieb den Namen auf und sagte ihn zugleich laut vor sich hin.

»Richtig.«

»Conor Henry *Donoghue*. Sagt euch das da drüben irgendwas?«

»Noch nicht, aber wir überprüfen das weiter. Irgendwas wird bestimmt dabei rauskommen. Niemand ändert ohne Grund seinen Namen.«

»Ich freue mich, daß Sie endlich mal einen Fortschritt erzielt haben«, sagte Gunn. »Ich sehe zu, was ich hier bei uns rausfinden kann.« Er legte auf, pustete auf seinen Kaffee und dachte scharf nach. Dann gab er über das Keyboard ein Suchkommando zum Namen *Donoghue* in die Bendix-Schere-Datenbank ein und drückte dann die Return-Taste.

Fast sofort erschien der Name *Henry Joseph Donoghue* auf dem Bildschirm, dazu eine Liste der Dateien, in denen der Name auftauchte – aber alle unterlagen dem höchsten Sicherheitsgrad des Systems, und nicht einmal er, der oberste Sicherheitschef, hatte Zugang dazu. Nur eine Person in der Firma konnte die Akten über Henry Joseph Donoghue öffnen…

Die Zeit, in den sauren Apfel zu beißen und Crowe zu verständigen, war gekommen.

Er trank noch einen Schluck Kaffee, nahm allen Mut zusammen und wählte Crowes Nummer. Er war nicht überrascht, als der Vorstandsvorsitzende sich sofort meldete. Der Mann war wie ein verdammter Vampir; er schien abends nie nach Hause zu gehen, nie Schlaf zu brauchen.

»Sagt Ihnen der Name Donoghue was, Sir? Henry Joseph Donoghue?« fragte Gunn nach der üblichen Begrüßung.

Es blieb lange Sekunden still. »Warum fragen Sie das, Major Gunn?«

Gunn schluckte. »Es gibt da eine vage Möglichkeit, daß es eine Verbindung zu unserem Freund Molloy gibt.«

»Was für eine Verbindung?«

»Ich bin mir noch nicht sicher, Sir. Sieht so aus, als ob Molloy nicht aufrichtig zu uns war. Sein wirklicher Name ist *Donoghue*. Er hat sich vor einigen Jahren den Namen Molloy zugelegt. Ich habe gerade eine Suche nach dem Namen Donoghue im Computer gestartet, und es gibt auch Hinweise auf entsprechende Dateien – aber Sie sind der einzige, der Zugang dazu hat.«

»Ich denke, es ist wohl am besten, Sie kommen sofort zu mir in mein Büro, Major Gunn.«

Als Gunn hereinkam, wirkte Crowe angespannter als sonst. Er sagte nichts, sondern nickte nur mit dem Kopf zu seinem Computerscreen. Gunn stellte sich neben ihn und las:

12. MÄRZ 1967
STRENG GEHEIMES MEOMORANDUM,
VERTEILUNG NUR AN DIREKTOREN DES FIRMENVORSTANDES.

PROJEKT MEDICI – EINE STRATEGIE FÜR DAS 21. JAHRHUNDERT.

Die Wissenschaft arbeitet darauf hin, die Krankheiten beim Menschen auszumerzen. Am Ende dieses Jahrhunderts werden wir feststellen müssen, daß viele der Krankheiten, die für die pharmazeutische Industrie besonders lukrativ sind, durch neue Heilmethoden und Fortentwicklung der Gentechnik ausgerottet sein werden. Dazu gehören, um nur die wichtigsten zu nennen: Krebs, Diabetes, Geschwüre des Verdauungstraktes, Depressionen, kardiovaskuläre Erkrankungen, Nierenversagen, Schuppenflechte, Herpes, Parkinsonsche Krankheit, Alzheimer-Krankheit, multiple Sklerose.

Um dieser Entwicklung zu begegnen, werden wir neue Abarten dieser Krankheiten beziehungsweise völlig neue chronische Krankheiten schaffen müssen, und zwar sowohl bei der heutigen Generation als auch bei zukünftigen Generationen der Bevölkerung. Dann werden wir neue Medikamente zur Heilung dieser Krankheiten bereitgestellt haben müssen, um sie auf den Markt werfen und Profit daraus schlagen zu können.

Als Übertragungssysteme sollten wir von unserer Firma derzeit produzierte, weltweit von Millionen Patienten eingenommene, unverdächtige Medikamente einsetzen. Die Zeit ist abzusehen, in der die Fortschritte in der Gentechnik es uns erlauben werden, dieses sowohl bei Kindern als auch bei Erwachsenen durchführen zu können, ohne eine Entdeckung befürchten zu müssen. Unser höchstes Ziel sollte es jedoch sein, zur Übertragung die Keimbahn zu benutzen, wodurch erreicht würde, daß die Krankheiten auch gesichert an zukünftige Generationen weitergegeben werden.

Wir haben bereits erfolgreich mit einigen Abarten von Grippeviren experimentiert, die wir durch bestimmte Losnummern unserer auf Aspirin und Diazepam basierenden Schmerzmittel zur Verbreitung gebracht haben, und wir untersuchen zur Zeit die Möglichkeiten, die sich uns in unseren Fertilitätsmedikamenten bieten…

Gunn las weiter, alle fünfunddreißig Seiten des Berichts, der am Ende von Dr. Vincent Crowe unterzeichnet war.

Als er fertig war, wandte er sich an den Vorstandsvorsitzenden. »Ich wußte nicht, daß der *Medici-Versuch* seinen Ursprung vor so vielen Jahren hatte, Sir.«

»Es sind von diesem Bericht nur sechs Exemplare verteilt worden«, sagte Crowe. »Sie wurden von den Empfängern gelesen und dann im Reißwolf vernichtet. Das Original wurde codiert auf Computer-Lochkarten gezogen, und das schien nachdem damaligen Stand der Sicherheitsanforderungen ein ausreichender Schutz zu sein.« Er machte eine kleine Pause. »Ein Angestellter in der Programmierabteilung unserer Firma, der mit der Anfertigung der Lochkarten zu tun hatte, machte jedoch eine Kopie des kompletten Satzes und erstellte sogar eine Klartext-Kopie des Berichts. Wir nehmen an – ganz sicher waren wir nie –, daß beides an Henry Donoghue, der damals bei der FDA als Prüfer arbeitete, ausgehändigt wurde.«

»Und man hat die Unterlagen nicht mehr sicherstellen können?«

»Nein.«

»Das war 1967 – vor siebenundzwanzig Jahren... Wenn jemand sie in der Zwischenzeit ans Tageslicht hätte bringen wollen, hätte er das doch längst getan, oder nicht?«

»Das meine ich auch«, sagte Crowe. »Wir haben Donoghues Witwe über Jahre beobachtet, in der Hoffnng, sie würde uns zu den Unterlagen führen, aber das ist nicht geschehen.«

»Wissen Sie, wo sie derzeit wohnt?«

»Sie lebte damals in Georgetown, Washington, D. C.. Es kann nicht allzu schwer sein, sie zu finden. Vielleicht wohnt sie ja sogar noch unter derselben Adresse.«

90

London, Mittwoch, 7. Dezember 1994

Vor ihm befand sich eine Wand. Sie war mit einer hellgrauen Rauhfasertapete bezogen. Ein Fernsehgerät stand auf einem weißen Regal. Ein gerahmtes Bild, das ihn irritierte, hing daneben an der Wand. Es wirkte irgendwie kindlich, zeigte Sonnenblumen in einer Vase; er kannte es, aber der Name des Künstlers war ihm entfallen.

Es machte Dick Bannerman zunehmend wütend, daß er diesen Namen nicht aus den Datenbanken in seinem Gehirn hervorholen konnte. Ein Impressionist: wie Monet, Cézanne, Degas, einer aus dieser Gruppe. Der Name lag ihm auf der Zunge, ließ sich aber einfach nicht hervorholen. Kein Ohr...

Der Bursche ohne Ohr, er hatte es sich abgeschnitten… G… G…

Ein Teil seines Gehirns schien ebenfalls abgeschnitten worden zu sein. Er konnte sehen, hören, fühlen, schmecken, aber keinen einzigen Muskel bewegen. Er probierte, ob die Augenlider noch funktionierten, schloß die Augen und öffnete sie langsam wieder. Kein Problem. Aber alles andere an seinem Körper war blockiert.

Er sah die verschwommene Silhouette dessen, was er für einen Schlauch zur künstlichen Ernährung hielt, aus seinen Nasenlöchern ragen, und er spürte eine Verengung im Hals. In die Oberfläche der linken Hand führte der Schlauch einer Tropfinfusion. Er hörte das beständige Surren eines Ventilators. Von rechts oben schien Licht auf ihn herunter. Vielleicht war dort ein Fenster; es konnte aber auch eine elektrische Lichtquelle sein. Er hatte keinerlei Zeitvorstellung, wußte nicht, ob es Nacht oder Tag war, und er wußte schon gar nicht, wo er sich befand.

Jemand war mehrmals bei ihm gewesen; ein großer, sonnengebräunter Mann im Straßenanzug, den er kannte, aber nicht identifizieren konnte. Vielleicht war dieser Mann ja auch jetzt hier im Raum, befand sich nur außerhalb seines Blickfeldes.

Er konnte sehen, wie sich das Bettuch unterhalb seiner Nase im Gleichklang mit dem Luftstrom eines Ventilators hob und senkte. Und er spürte, daß er zum Abfluß des Urins einen Katheter im Penis stecken hatte.

Seine Erinnerung war verschwommen. Eben war er noch in seinem alten Labor in Berkshire gewesen, jetzt war er plötzlich hier. Er erinnerte sich nicht, warum er nicht in seinem neuen Labor im Bendix-Gebäude gewesen war. Vielleicht spielte ihm ja sein Gedächtnis einen Streich… Hatte er einen Schlaganfall gehabt? Wo war Monty? Warum hatte sie ihn bisher noch nicht besucht?

Ich bin ein verdammter Hirntoter.

Er starrte wieder auf das Bild. G… Wer verdammt noch mal war der Mann, der es gemalt hatte?

Ich war in meinem alten Labor, und jetzt bin ich hier.

Er versuchte sich systematisch zurückzuerinnern. *Zwei Männer…* Aber weiter kam er nicht. Er schaute wieder auf das Bild. Van Gogh. Ja natürlich,Vincent van Gogh! Er fühlte sich durch diesen kleinen Triumph seines Geistes plötzlich in Hochstimmung. Er war der erste Hirntote, der seine Kenntnisse der Kunstgeschichte wieder hervorholen konnte…

91

Washington, Mittwoch, 7. Dezember 1994

Monty wachte jäh in ihrem dunklen Zimmer auf, als irgendwo eine Tür zugeschlagen wurde. Nur langsam verflogen die Bilder des Alptraums, den sie gerade gehabt hatte: Dr. Crowe, ein brennendes Auto, Menschen, die sie verfolgten und wilde Drohungen gegen sie ausstießen…

Sie wußte im ersten Moment nicht, wo sie war. Dann drang ein Lichtstrahl ins Zimmer. Sie erkannte Conors Silhouette in der Tür.

»Hi«, sagte er. »Darf ich das Licht anmachen?«

»Natürlich.«

»Möchtest du noch ein bißchen schlafen?«

Monty schüttelte den Kopf. »Alles okay?« fragte sie dann.

»Ja. Ich bin mit dem Taxi auf weiten Umwegen hergekommen und bin sicher, daß mich niemand verfolgt hat.«

Monty war jetzt hellwach. »Meine Handtasche…« Sie setzte sich auf. »In meiner Handtasche ist Daddys Diktiergerät. Spiel das Band ab.«

Conor nahm die Tasche von der Frisierkommode und holte den Mini-Recorder heraus. »Du meinst den hier?«

»Ja. Hör dir das Band an.«

Er drückte den Wiedergabe-Knopf und regulierte die Lautstärke, als die Worte nur verzerrt, von einem starken Knistern überlagert, zu hören waren.

»Umgekehrt, Dr. Bannerman, wir erwarten eine Erklärung von Ihnen, was sie da mit einer der Firma gehörenden Formelschablone für Maternox anstellen.«

»Was ziehen Sie vor – daß ich diese Erklärung vor dem Komitee für Medikamenten-Sicherheit abgebe oder vor einem Gerichtshof?«

»Du mußt das Band bis zum Anschlag zurückspulen«, sagte Monty. »Hör es dir ganz von vorne an.«

Die Tür ging auf, und Tabitha Donoghue kam herein, in der Hand einen Becher mit einem dampfenden Getränk. »Ich habe Ihnen einen Schlaftrunk gemacht, Monty.«

»Danke, aber ich... ich glaube nicht... Ich möchte nicht schlafen, ich möchte meinem Vater helfen...«

Der Recorder quietschte, als Conor das Band zurückspulte. Dann hörten die drei sich schweigend das Band in voller Länge an. Als es zu Ende war, fühlte Monty sich zutiefst unglücklich.

»Bitte«, sagte sie, »wir müssen meinen Vater finden. Könnten wir nicht den britischen Botschafter in Washington einschalten? Sonst wird Dr. Crowe ihn...« Ein Schauder überlief sie und ließ es nicht zu, daß sie ihre qualvollen Gedanken aussprach.

»Haben Sie einen Gegenstand, der ihrem Vater gehört?« fragte Tabitha. »Einen persönlichen Gegenstand, den er in letzter Zeit getragen oder zumindest oft berührt hat?«

Monty schüttelte den Kopf. »Nein... So was habe ich nicht, nicht hier...« Dann korrigierte sie sich. »Wie... wie wäre es mit dem Diktiergerät? Es gehört ihm, und er hat es immer bei sich.«

Conor gab es seiner Mutter. Sie nahm es zwischen beide Handflächen, drückte leicht darauf, schloß die Augen, konzentrierte sich.

»Willst du es nicht mit dem Pendel versuchen, Mom?« fragte Conor.

»Das brauche ich nicht«, antwortete sie, ohne die Augen zu öffnen. »Ich fühle ihn ganz deutlich, ich weiß, wo er ist, ich sehe ihn vor mir... Er sieht sympathisch aus; hat einen fast kahlen Schädel, aber an den Seiten fällt ihm langes, silbergraues Haar bis über die Ohren, am Hinterkopf bis in den Nacken.«

Monty staunte über diese Beschreibung, aber das Foto ihres Vaters war oft genug in der internationalen Presse zu sehen gewesen, und es war durchaus möglich, daß Conors Mutter sich von daher an sein Aussehen erinnern konnte. Nur daß sie keine Frau war, die es nötig hatte, in einer solchen Situation zu lügen. »Ja, das klingt nach Daddy«, sagte sie.

Tabitha Donoghue hielt die Augen weiterhin geschlossen und fuhr fort: »Er lebt, und doch lebt er nicht richtig… Ich verstehe das nicht ganz… Er liegt auf dem Rücken auf einem Bett, irgend etwas führt in seinen Mund, wie ein Beatmungsgerät. Aber er ist nicht ohnmächtig, und sein Gehirn arbeitet rege.«

»Ist er gelähmt?« fragte Monty.

»Das kann ich nicht erkennen… Er liegt in einem kleinen Raum und ist von elektronischen Geräten umgeben.«

»Was ist das für ein Raum?« fragte Monty.

»Er hat keine Fenster.«

»Wie viele Stockwerke hat das Gebäude?« fragte Conor.

»Ungefähr acht.«

»Acht? Bist du sicher? Nicht mehr? Sonst könnte es nämlich das Bendix-Gebäude sein.«

»Nein, acht«, bestätigte sie mit fester Stimme.

»Die Hammersmith-Klinik«, sagte Monty. »Die Bendix-Klinik. Sie hat acht Stockwerke… O Gott, warum ist er dort? Er ist anscheinend verletzt…«

»Ich weiß nicht, was man dort mit ihm macht, aber ich spüre keine Verletzungen… Nein… Ich spüre es ganz deutlich – der Körper dieses Mannes ist unversehrt.«

»Bitte, Conor, wir müssen etwas unternehmen«, sagte Monty mit zitternder Stimme.

»Morgen, Liebling, morgen«, sagte Conor. »Im Moment können wir nichts unternehmen. Nicht vor morgen.«

»Warum wenden wir uns nicht an den britischen Botschafter?«

»Was könnte er denn unternehmen? Er würde höchstens die britische Polizei einschalten, und dann laufen wir Gefahr, wieder in die Hände dieses verdammten Levine zu fallen. Und wir wissen doch nicht einmal, ob wir dem Botschafter trauen können – oder irgendeinem anderen Menschen auf der Welt. Wir dürfen kein Risiko eingehen. Und eines ist klar, Monty – du brauchst wegen deines Vaters nicht in Panik zu verfallen. Sie brauchen ihn lebend, sie brauchen sein Wissen.« Er warf seiner Mutter einen Blick zu, den sie mit offensichtlichem Unbehagen erwiderte.

Monty bemerkte diesen Austausch zwischen Mutter und Sohn und fragte sich, was da vorging.

»Wir fliegen morgen nach England und holen deinen Vater dort raus«, sagte Conor.

»Wie… wie sollen wir uns denn… gegen sie wehren – sie werden uns umbringen, wenn wir in England sind.«

Wieder bemerkte Monty einen Blickwechsel zwischen Mutter und Sohn.

»Mom wird mit uns kommen. Sie hat etwas in England, das das Blatt zu unseren Gunsten wenden wird.«

Monty runzelte die Stirn. »Was meinst du damit?«

Tabitha selbst beantwortete die Frage, und ihre Stimme war weniger kontrolliert als bisher: »Kurz vor seinem Tod erhielt mein Mann in seinem Büro einen Anruf von einem Angestellten bei Bendix Schere in London – einem Programmierer, der früher bei der FDA gearbeitet hatte und den mein Mann recht gut kannte. Diesem Angestellten war bei seiner Arbeit ein streng geheimer Bericht in die Hände gefallen, der ihn erschaudern ließ. Er meinte, er müsse jemanden informieren, jemanden in entsprechender Stellung, dem er vertrauen und der etwas unternehmen könne, und so wendete er sich an Henry.«

Sie verhakte ihre Finger ineinander. »Dieser Mann war zu verängstigt, den Bericht in die Staaten zu bringen oder zu schicken; er bestand darauf, daß Henry nach England kam und ihn sich dort ansah. Henry war neugierig, denn er war schon lange entsetzt über die Praktiken von Bendix Schere, also flog er rüber. Als er das Dokument las, erkannte er sofort, daß es sich um Dynamit handelte. Er nahm es auf Drängen des Mannes an sich. Dann, noch in derselben Nacht, wurde der Bendix-Angestellte bei einem Verkehrsunfall getötet. Henry bekam es jetzt natürlich mit der Angst zu tun. Er hinterlegte das Dokument in einem Bankschließfach, ließ mich als alleinigen autorisierten Zugangsberechtigten eintragen – sozusagen als Versicherungspolice, falls ihm etwas zustoßen sollte – und kam mit dem nächstmöglichen Flug zurück.« Sie schwieg einen Augenblick und sagte dann: »Henry starb vier Tage nach seiner Rückkehr.«

»Was... was stand denn im offiziellen Polizeibericht als Todesursache?« fragte Monty.

»Selbstmord.«

»Selbstmord?« wiederholte Monty ungläubig.

»Henry war bei einem Psychiater in Behandlung – er litt schon seit längere Zeit unter Depressionen. Diesem Psychiater gelang es in meisterhafter Form, den Leichenbeschauer zu überzeugen, daß mein Mann stark selbstmordgefährdet gewesen sei. Ich habe nie herausgefunden, ob der Psychiater diese Aussage aufgrund seiner tatsächlichen Überzeugung gemacht hat oder ob seiner Überzeugung durch ein dickes Geldbündel von Bendix Schere nachgeholfen wurde.«

»Was haben Sie mit dem Dokument gemacht?«

»Nichts... Henry hatte mir gesagt, was es enthält, aber ich bin nicht nach London geflogen, um es mir anzusehen... Nach Henrys Tod wurde ich lange Zeit auf Schritt und Tritt verfolgt, und zweimal wurde bei mir eingebrochen – sie haben das Haus im wahrsten Sinn des Wortes auseinandergenommen.« Sie hob die Schultern. »Ich wußte, daß Bendix Schere einflußreich und mächtig war, und ich hatte einen Sohn aufzuziehen, der seinen Vater verloren hatte und mich brauchte. Ich sagte mir, daß es Henry nicht zurückbringen würde, wenn ich nach England flog und dieses Dokument an mich nahm. Es würde mich nur in Lebensgefahr bringen...«

»Wenn es noch da ist – und davon gehe ich aus –, wird es uns die starke Verhandlungsposition verschaffen, die wir dringend brauchen«, sagte Conor und drückte Montys Hand.

Monty nickte, aber ihr Gesicht war verzerrt vor Angst. Sie erwiderte schwach den Druck seiner Hand – es brachte ihr ein wenig Trost.

92

London, Donnerstag, 8. Dezember 1994

»Das ist sie, nicht wahr?« fragte Nikky. Sie saß, den Rücken gegen die Seite des Bettes gelehnt, nackt auf dem Boden und kaute eine Olive. Sie spülte sie mit einem Schluck Martini hinunter und ersetzte sie dann durch eine neue. Mit der freien Hand zupfte sie an ihrem Schamhaar.

»Wer?« fragte Gunn. Er saß auf dem Bett und balancierte den Laptop auf den Knien. Es war ein Uhr, und er war erst vor weniger als einer Stunde nach Hause gekommen. Er wartete auf den Anruf von diesem Kretin McLusky mit der Bestätigung, daß er den Aufenthaltsort von Henry Donoghues Witwe herausgefunden hatte. Gunn war sicher, daß sie damit auch Molloy und die Bannerman-Tochter aufspüren würden.

»Mein Schamhaar ist zu lang«, plapperte Nikky. »Ob ich es mir schneiden lassen soll, wenn ich nächstesmal zum Friseur gehe? Jedenfalls hat es dieselbe rote Farbe wie meine Haare auf dem Kopf. Hast du so was schon mal bei einer anderen Frau gesehen?«

»Nein, hab' ich nicht… Niks, ich muß noch arbeiten, sei doch mal zehn Minuten still.« Gunn studierte die Namensliste auf dem Screen: *Zandra Wollerton. Hubert Wentworth. Charles Rowley. Conor Molloy. Montana Bannerman. Dr. Richard Bannerman.*

Dr. Bannerman… Immer noch ein ungelöstes Problem… Er schaute auf Nikkys dunkelroten Haarschopf. Auch sie war ein Problem. Seit sie die Namen auf dem Computerscreen gelesen hatte. Ja, sie war ein Problem, um das er sich eines Tages würde kümmern müssen. Lose Enden… Man durfte lose Enden niemals hinnehmen. Sie fielen immer auf den zurück, der sie zugelassen hatte.

»Es ist *sie*, nicht wahr?« griff Nikky ihre ursprüngliche Frage wieder auf.

»Wer? Wovon redest du?«

»Von Weihnachtsbäumen. Von *ihr*. Von deiner Freundin auf der Weihnachtsliste.«

»Was?«

»Von dem Mädchen hier auf der Titelseite.« Sie reichte ihm den *Evening Standard* über die Schulter, ohne zurückzuschauen.

Er starrte auf das Foto des ausgebrannten MG und überflog dann den Artikel mit der Überschrift ZWEI TOTE BEI EXPLOSION EINER AUTOBOMBE IN LONDON: »Die Polizei konnte die Identität der beiden Opfer noch nicht feststellen… könnten auch die Täter gewesen sein… geht von terroristischen Tierschützern als Bombenleger aus… vorgesehenes Ziel war Montana Bannerman, Tochter des Nobelpreisträgers Dr. Richard Bannerman, der einen schweren Schlaganfall erlitten hat und auf der Intensivstation eines Krankenhauses behandelt wird… Miss Bannerman befindet sich auf einer Geschäftsreise in Übersee…«

»Montana Bannerman«, sagte Nikky. »Sie stand auf deiner Liste mit den Weihnachtsbäumen. Dieselbe Liste, auf der auch dein Kollege Charley-Boy stand, der arme Kerl, der in Hawaii ertrunken ist. Du scheinst schrecklich sorglos mit euren Mitarbeitern umzugehen, Soldier. Ich glaube nicht, daß ich für dich arbeiten möchte. Wär mir zu riskant.«

93

Washington, Donnerstag, 8. Dezember 1994

Ein schillerndes Augenpaar starrte Monty aus der Dunkelheit an, beobachtete sie aus unmittelbarer Nähe mit sanfter Neugier. Ein zweites Augenpaar kam dazu, dann noch eines, noch eines, immer mehr, und die Luft war erfüllt vom sauren Geruch der reptilischen Haut dieser Wesen. Zunächst waren sie noch still, dann aber hallte ein gurgelnder Laut durchs Zimmer.

»Quaaaak!«

Stille. Dann eine Antwort: »Quaaaak!«

Ein Angstschauder überlief Monty, sie zitterte, versuchte nach hinten auszuweichen, stieß gegen eine Wand. Die Tür befand sich gegenüber, und dazwischen waren diese schillernden Augen und der immer stärkere Chor aus gräßlichem Gequake.

Und dann sprang aus der Dunkelheit heraus eine dieser Kreaturen gegen ihren Kopf, verhedderte sich mit schleimigen Beinen in ihrem Haar. Weitere folgten, immer mehr, sprangen gegen ihren Kopf, in ihr Gesicht, gegen ihre Brust, den Bauch, die Schultern. Bedeckten schließlich ihren ganzen Körper, krallten sich in ihre Haut, in ihre Augen …

»Neinnnn!« Sie riß die Biester von ihrem Gesicht, warf sie zurück in die Dunkelheit; aber immer mehr sprangen auf sie ein, hingen wie Trauben an ihr. »O Gott! Hilfe! Hilfeeee!« Jetzt fielen sie auch von der Decke auf sie herab, erdrückten sie mit ihrem Gewicht. »Hilfeeee! Hilfeeee!«

»MONTY! LIEBLING! WACH AUF!«

Conor Stimme, von weit her, sanft, ruhig, flüsternd. »Monty, komm, wach auf! Liebling …«

Sie öffnete langsam die Augen, blinzelte in das Licht, das sie plötzlich umgab, wußte nicht, wo sie war. Doch … Sie war in Washington, im Haus von Conors Mutter. Die Realität hatte sie wieder …

Mit der Erleichterung, daß der Alptraum vorbei war, stieg jedoch sofort auch wieder die Angst um ihren Vater in ihr auf. Sie sah in Conors Augen, dicht vor den ihren, sah die Besorgnis und die Zuneigung. »Tut mir leid«, murmelte sie, »ich habe dich aufgeweckt.«

Er küßte sie sanft auf die Stirn. »Was um Himmels willen hast du denn geträumt?«

»Von Fröschen. Ich habe geträumt, das Zimmer wäre voll von diesen Biestern und sie… sie würden auf mich losgehen.«

»Du hast ein Trauma im Hinblick auf Frösche, nicht wahr? Ich erinnere mich, wie du fast ausgeflippt bist, als sich damals einer in deine Küche verirrt hatte.«

Sie schluckte. »Seit meiner Kindheit. Es ist dumm, und es tut mir leid, daß ich dich geweckt habe, aber…«

»Du hast es mir damals gesagt. Es ist nicht dumm. Jeder Mensch hat Angst vor irgendwas.«

Sie berührte seine Wange mit der Hand, wollte sicher sein, daß er wirklich bei ihr war. »Wird es von jetzt an immer so sein, Conor? Werden wir in ständiger Angst leben müssen?«

Er sagte nichts.

»Mein Gott, und ich dachte, Bendix Schere sei ein wahr gewordener Traum… Ich dachte, mit unserem Eintritt in die Firma seien alle unsere Probleme gelöst, und ich hätte die Chance, ein normales Leben zu führen.« Sie lachte bitter.

»Hast du denn jemals ein wirklich normales Leben geführt?« fragte er ruhig. »Kann das überhaupt jemand von sich sagen?«

Sie seufzte. »Ja, bei mir war es so, als ich ein Kind war und meine Mutter noch lebte… Ich war glücklich. Ich machte dasselbe wie die anderen Kinder, wir machten dasselbe wie die anderen Familien. Das meine ich mit ›normalem Leben‹… Und wie war es bei dir? Als du ein Kind warst?«

»Das ist lange her. Das war damals, und jetzt ist jetzt.«

»Das sagst du immer…«

»Es ist eine allgemeine Wahrheit. Nichts bleibt, wie es einmal war. Und wir legen auch andere Maßstäbe an. Die Meßlatte, die ich als Kind von sieben Jahren an die Dinge in meinem Leben anlegte, unterscheidet sich sehr von der heutigen.«

Monty wußte, daß er in gewisser Weise recht hatte. Sie drückte sich fester an ihn. »Was auch passiert, ich hoffe, wir haben noch viel Zeit miteinander. Darauf hoffe ich mehr als auf alles andere.«

»So geht es mir auch.« Er küßte sie. »Möchtest du noch mal schlafen?«

Sie schüttelte den Kopf. »Ich bin hellwach.«

»Unsere inneren Uhren sind durcheinander. Wir leben noch nach der westeuropäischen Zeit in England.«

Sie warf einen Blick durch das feudale, recht kühl wirkende Zimmer. »Bist du in diesem Haus aufgewachsen?«

»Nein. Unser damaliges Haus war viel kleiner. Höchstens ein Viertel so groß wie dieses. Mom fügt eins ans andere…«

»Sie verdient ihr Geld damit, daß sie mit dem Pendel Ölfelder für die großen Konzerne findet, wie sie mir sagte.«

»Sie verdient ein Vermögen damit.«

»Sie hat nicht wieder geheiratet, oder?«

»Nein. Sie hat einen sehr starken Charakter – es gibt kaum Männer, die mit einer solchen Frau zurechtkommen.«

Conor steckte sich eine Zigarette an, ließ Monty einen Zug machen; sie mußte husten, und ihre Gedanken kehrten in die Gegenwart zurück. »Was um Himmels willen mache ich mit diesem Dinner im Weißen Haus und mit Daddys Vortrag am Samstag morgen?«

»Verschwende einfach keinen Gedanken daran. Es sei denn, du willst verkünden, daß der Vortragsredner gekidnappt worden ist.«

»Hey, das ist gar keine schlechte Idee!« rief sie. »Ich sollte das machen – wir haben ja das Tonband, nicht wahr? Es würde einen riesigen Wirbel verursachen, und dann…«

»Nein«, sagte er ruhig. »Das ist viel zu gefährlich.«

»Warum?«

»Weil Bendix Schere verdammt clever ist. Und weil du deinen Vater lebend wiederhaben willst und nicht, daß er umgebracht wird.«

»Ich verstehe das nicht…«

»Die Akte Medici in meinem Computer ist gut, aber sie steht nicht auf einem Briefbogen der Firma, und sie ist von niemandem unterzeichnet worden. Bendix könnte einen Zeitungsherausgeber mit Leichtigkeit von einer Veröffentlichung abschrecken. Dieses Tonband ist auch gut, aber es ist kein *Beweis*. Aber was da in diesem Bankschließfach in London liegt, ist ein *klarer Beweis*. Ich bin sicher, es ist *der* Beweis, den wir brauchen. Wenn wir dieses Dokument in den Händen haben, werden wir loslegen. Nicht eher. Vertrau mir… Du mußt mir vertrauen.«

»Das tue ich«, sagte sie ruhig.

94

London, Donnerstag, 8. Dezember 1994

Nikky Fitzhugh-Porter spürte Gunns Kuß auf der Wange, hörte seine Abschiedsworte, dann das Zuschlagen der Wohnungstür. Ein Zug rumpelte draußen vorbei. Sie öffnete die Augen, schaute auf den Wecker – 6 Uhr 45. Zu früh, noch viel zu früh. Ich muß bis nach neun warten, überlegte sie. Aber zu viele Gedanken jagten ihr durch den Kopf, und sie konnte nicht wieder einschlafen. Schließlich konzentrierte sie sich auf ihre Semesterarbeit über Graham Greene, die sie um 12 Uhr mit ihrem Tutor besprechen wollte.

Um 7 Uhr 30 hielt sie es im Bett nicht mehr aus, stand auf, duschte sich und zog sich an. Dann begann sie mit einer sorgfältigen Durchsuchung der Wohnung, fand aber nicht das, wonach sie suchte. Es war in der Festplatte von Gunns Laptop gespeichert, und er hatte keinen Ausdruck davon gemacht. Den Computer hatte er natürlich, wie immer, in seiner Aktentasche mitgenommen.

Aber in ihrer Erinnerung war ein kleiner Auszug daraus gespeichert. Nicht viel – nicht genug, Antworten auf ihre

Fragen zu geben, aber durchaus genug, ihr große Sorgen zu bereiten.

Um drei Uhr in der Nacht hatte das Telefon geläutet. Gunn hatte den Hörer abgenommen und flüsternd mit jemandem gesprochen; sie hatte so getan, als ob sie fest schlafen würde. Gunn hatte zum Schluß ziemlich wütend geklungen.

»Tabitha Donoghue ist definitv Molloys Mutter? Sie haben die Adresse? Sehr gut… Er ist bestimmt dort und die Bannerman-Tochter auch. Ihr könnt euch alle drei auf einmal schnappen… Keine Kinkerlitzchen mehr, Mr. McLusky – die Haustür eintreten und die drei rausholen… Warum nicht – ist es ein Haus, oder ist es das verdammte Fort Knox?«

Molloy und die Bannerman-Tochter. Zwei Namen auf der Liste mit den schwarzen Weihnachtsbäumen in Gunns Computer… Auch dieser Charles Rowley hatte auf der Liste gestanden. Und war in Hawaii ertrunken, wie sie im Bendix-Schere-Magazin gelesen hatte.

Der Wagen der Bannerman-Tochter war mit einer Bombe in die Luft gesprengt worden. Nach allem, was sie heute nacht mitgehört hatte, hatte ihr Soldier-Boy jemandem den Auftrag gegeben, diese Frau umzubringen…

Nikky verließ die Wohnung und frühstückte in einem Café. Dann ging sie in eine Telefonzelle. Eine Frauenstimme meldete sich. »New Scotland Yard.«

»Ich möchte etwas Verdächtiges melden«, sagte Nikky.

»Könnten Sie mir das etwas detaillierter sagen, damit ich Sie zur richtigen Abteilung durchstelle?«

»Ja«, antwortete Nikky. »Es hat was mit der Autobombe von Dienstag nacht zu tun – und mit der Pharmafirma Bendix Schere. Ich… ich glaube, zwei Angestellte dieser Firma sind in großer Gefahr.«

»Bleiben Sie dran, ich verbinde.«

Etwa dreißig Sekunden blieb es still in der Leitung, dann klickte es, und eine Männerstimme meldete sich. »Detective Superintendent Levine. Was kann ich für Sie tun?«

95

London, Donnerstag, 8. Dezember 1994

Dick Bannerman hörte, wie die Tür geöffnet und wieder geschlossen wurde; dann trat Dr. Crowe in sein Blickfeld. In seiner Begleitung war ein Mann in blauem Anzug, den der Genforscher nicht auf Anhieb einordnen konnte.

Beide Männer blieben am Fußende des Bettes stehen und betrachteten ihn, als ob er ein Ausstellungsstück von minderem Interesse in einem Museum sei. Dann zog Crowe einen Umschlag aus der Jackentasche und hielt ihn hoch. »Sir Neil Rorke hat mich gebeten, Ihnen das hier zu überbringen. Er war entsetzt, als er von Ihrer … Krankheit erfuhr, und er hat mich beauftragt, Ihnen seine besten Wünsche für eine schnelle Genesung zu übermitteln. Soll ich den Umschlag für Sie öffnen?«

Bannerman versuchte zu nicken, und zu seiner Überraschung gelang es ihm tatsächlich, den Kopf ein Stück zu bewegen.

»In ein paar Minuten werden sie wieder normal atmen können; Dr. Seligman wird das Beatmungsgerät abstellen, dann können wir uns unterhalten.« Crowe riß den Umschlag auf und hielt Bannerman eine Büttenkarte vor die Augen. Der Text war mit der Hand geschrieben und lautete: *»Ein Schlaganfall ist eine scheußliche Sache, aber ich bin sicher, Sie werden völlig wiederhergestellt und bald wieder unter uns sein. Sir Neil Rorke.«*

Der Wissenschaftler erschrak. Seine schlimmste Befürchtung wurde bestätigt – er hatte einen Schlaganfall gehabt! Wie schlimm war es? Völlige Paralyse? Nein … Irgendwas stimmte da nicht … Eine Erinnerung rumorte in seinem Kopf. Vergangene Nacht? Oder wann? Dr. Crowe und ein anderer Mann … Gunn? Ja! So war sein Name, und er war der Sicherheitsdirektor des Konzerns. Die Erinnerung war nebelhaft … Sie waren in sein altes Labor gekommen, und dann war er hier in diesem Zimmer aufgewacht. Mein Gott, wenn die beiden nicht gekommen wären, wäre er vielleicht jetzt tot… Aber was zum Teufel hatten sie bei ihm gewollt?

Die Erinnerung wurde von Sekunde zu Sekunde klarer. Richtig, er hatte gerade diesen Test mit den Maternox-Kapseln gemacht, hatte die DNS identifiziert. »Krch…« Seine Stimmbänder arbeiteten anscheinend wieder, aber irgend etwas steckte in seinem Hals, und er mußte husten. Der Beatmungstubus…

»Nur noch einige Minuten, Dr. Bannerman. Versuchen Sie bitte nicht, mit dem Tubus im Hals zu sprechen.«

Er spürte seine Hände wieder, die Füße. Konnte mit den Zehen wackeln, den Kopf bewegen, vor und zurück, plötzlich auch nach den Seiten. Konnte jetzt sehen, wo er sich befand: in einem Krankenzimmer. Fensterlos. Wie das Bendix-Gebäude.

Er überprüfte die Bewegungsfähigkeit jedes einzelnen Gliedes, spannte die Muskeln an, testete die motorische Kontrolle, hob und senkte jeden Arm und jedes Bein einzeln; stellte erleichtert fest, daß es funktionierte, wenn auch jeweils nur in Ansätzen. Aber solange die Bewegungsfähigkeit noch vorhanden war, konnte man an einer Verbesserung, ja sogar an der völligen Wiederherstellung arbeiten. Physiotherapie… Er hatte irgendwo gelesen, daß es sehr wichtig war, nach einem Schlaganfall so schnell wie möglich mit der Physiotherapie zu beginnen.

Maternox… Die Ereignisse dieser Nacht mit dem Schlaganfall – war es erst die vergangene Nacht gewesen? – wurden immer klarer. Die Ergebnisse der Maternox-Tests! Zorn kochte in ihm hoch.

»Ich werde jetzt den Tubus entfernen«, sagte Dr. Seligman. Bannerman spürte ein kitzelndes, würgendes Rucken in seiner Kehle, und Panik überfiel ihn, als er für einen Moment keine Luft mehr bekam; schließlich aber hielt Dr. Seligman den langen weißen Beatmungstubus in der Hand. Er konnte wieder frei atmen und sog die Luft tief ein. Seine Kehle fühlte sich wund und geschwollen an.

Das Beatmungsgerät zischte ein letztes Mal, stellte dann die Arbeit ein.

»Wie fühlen Sie sich?« fragte Crowe ruhig.

»Ich … ich hatte einen … Schlaganfall?«

»Leider ja. Aber nur einen ganz geringfügigen. Sie haben Glück gehabt.«

»Na, das kann man ja wohl nicht Glück nennen. Ich bin erst achtundfünfzig.«

»Nun, so was kann in jedem Alter passieren. Sie sind hier in guten Händen. Sie kennen Dr. Seligman, den Direktor unserer Klinik?«

»Welcher Klinik? Wo bin ich?«

»In der Bendix-Hammersmith-Klinik.«

»Für wie lange?«

»Das kommt darauf an …«

»Auf was?«

Crowe wich seinem Blick aus. War der Schlaganfall doch schlimmer, als man ihm sagte? War ein weiterer zu erwarten?

»Dr. Bannerman, in der modernen Medizin hängt sehr viel vom Verhalten des Patienten ab.«

»Wo ist meine Tochter? Weiß sie von dem … von der Sache?«

»Wir versuchen, in Kontakt mit ihr zu treten. Sie ist, wie wir annehmen, in den USA.«

»O verdammt! Welcher Tag ist heute?«

»Donnerstag.«

»Verdammter Mist … ich … ich müßte morgen zu einem Dinner im Weißen Haus sein. Soll bei einem Symposium in Washington einen Vortrag halten …« Er schaute sich um, suchte nach einem Telefon, sah erstaunt, daß es keines gab.

»Man wird Verständnis haben«, sagte Crowe teilnahmsvoll. »Machen Sie sich deshalb keine Sorgen.«

Dick Bannerman dachte nach. Über Maternox. Er mußte seine Erkenntnisse an Monty weitergeben, falls er einen weiteren Schlaganfall bekam und völlig verblödete. Oder starb. Ganz sicher war der verdammte Crowe in diese widerliche Maternox-Sache verstrickt … Aber er mußte vorsichtig sein... Er schaute Seligman an und fand, daß er genauso unsympathisch aussah wie Crowe. Er sagte nichts, versuchte, sich aufzusetzen, schaffte es aber nicht. Seligman schien seine Bemühungen mit einem leichten Grinsen zu beobachten.

Inzwischen schlenderte Crowe durchs Zimmer, von einem der technischen Geräte zum anderen. Seine Augen leuchteten, als er Bannerman ansah und dann wie nebenbei fragte: »Die moderne Technologie hat so viele wunderbare Dinge hervorgebracht, nicht wahr, Dr. Bannerman?«

»Da kann man nur mit Ja und Nein zugleich antworten. Wie so viele meiner Kollegen in der Genforschung fürchte ich, daß irgendein Irrer eines Tages zu weit geht. Sie brauchen sich ja nur vorzustellen, was ein vereinsamter Irrer im Rahmen von Bendix Scheres Langzeitstrategie anstellen könnte.«

Crowe ging zu dem Sonnenblumen-Bild van Goghs und tippte mit dem Zeigefinger darauf. »Das ist das Werk eines vereinsamten Irren. Eines gepeinigten Genies, das in Armut und Qual starb. Jetzt ist sein Bild mehr wert als das Bruttosozialprodukt einiger Entwicklungsländer. Zu ihren Lebzeiten hat man die Impressionisten verlacht, weil sie es wagten, anderes zu malen als die große Masse. In der Beurteilung der Nachwelt sind sie die Genies, die die Malerei von den Fesseln befreit haben, unter denen sie zu ersticken drohte.«

Dick Bannerman war über den messianischen Glanz in Crowes Augen beunruhigt und fragte sich, ob er das Gespräch auf ein zu gefährliches Thema gebracht hatte.

Crowe war in seinem Redefluß nicht mehr zu bremsen. »Die Hälfte aller großen Helden in der Geschichte sind entweder als Irre oder als Ketzer gebrandmarkt worden. Kopernikus, weil er erkannte, daß die Erde sich um die Sonne dreht und nicht umgekehrt; Galilei, weil er ihn unterstützte, und dann Charles Darwin... Man könnte zehntausend Namen solcher verkannter Genies auflisten. Ich wage zu sagen, daß auch Sie auf dieser Liste stehen. Sie sind Nobelpreisträger, und dennoch hat die Mehrheit der wissenschaftlichen Gemeinschaft Sie ignoriert, und bevor es zu unserer Zusammenarbeit kam, haben Sie unendlich viel Ihrer kostbaren Zeit dafür aufwenden müssen, mit dem Hut in der Hand an die Türen von Geldgebern zu klopfen.«

»Ich habe aber zumindest nichts Illegales oder Unmoralisches getan.« Bannerman war nicht länger gewillt, mit seiner Meinung hinter dem Berg zu halten.

Crowe zuckte die Schultern. »Die Wahrheit ist doch aber, daß wir auf unserem Gebiet im Interesse des großen Ganzen Dinge tun müssen, die ein wenig unangenehm sind, nicht wahr?«

Bannerman ließ seinem Zorn freien Lauf. »Und deshalb machen Sie wohl auch diese verruchte Sache mit Maternox, Dr. Crowe? Sie benutzen dieses Medikament als Tarnung, um in Form einer Genmanipulation ein Psoriasis-Gen in die Keimbahn eines Fötus einzuführen. Irgendwann in der Zukunft, wenn dieser Fötus, dieses Baby, ein Erwachsener geworden ist, wird er Psoriasis bekommen – und er wird dieses Gen wiederum an seine Nachkommen weitergeben. So ist es doch, nicht wahr?«

Crowe nickte zustimmend, als ob er gerade einen Konvertiten in seiner neuen Glaubensgemeinchaft begrüßen würde.

»Ich nehme an, Sie tun das, um Bendix Schere einen zukünftigen Markt für seine Medikamente zu sichern, oder?«

»Sehr richtig. Es handelt sich – natürlich! – um eine neue Abart der Psoriasis, für die wir die entsprechenden Medikamente bereitstellen, um sie dann zum richtigen Zeitpunkt auf den Markt zu werfen. Aber es geht nicht nur um die Schuppenflechte, Dr. Bannerman. Wir arbeiten an der Entwicklung von Genen, die eine breite Skala neuer chronischer Krankheiten bei zukünftigen Generationen verbreiten werden, und alle diese Krankheiten erfordern die richtige medikamentöse Behandlung. Die Verbreitung der Gene in die Keimbahnen erfolgt über die Mutter, und wir stellen sicher, daß die entsprechenden Medikamente patentiert sind und in zwanzig, dreißig, vierzig Jahren, wenn sich die Krankheiten zu manifestieren beginnen, für den Markt bereitstehen. Recht elegant, finden Sie nicht auch?«

Bannerman war wie betäubt. »Elegant?«

»Ist Ihnen irgendein anderer Geschäftszweig auf der Erde bekannt, in dem eine Firma in der Lage ist, eine biologische Nachfrage für ihre Produkte selbst zu schaffen, zu kreieren?«

»Ja. Das kolumbianische Drogenkartell.«

Crowe rümpfte die Nase. »Ein primitiver und untauglicher Vergleich, der völlig unangebracht ist.«

Dick Bannerman betrachtete den Irren, der da vor ihm stand, und er betete, Crowe möge wirklich nur ein einzelner isolierter Psychopath in dieser Branche sein. »Sie meinen das alles tatsächlich ernst, nicht wahr?«

»Eine von sechs Frauen auf der Erde benötigt eine Behandlung wegen Unfruchtbarkeit, und die meisten von ihnen nehmen Maternox, Dr. Bannerman. In zwanzig Jahren werden ihre Kinder Erwachsene sein, und sie werden an neuen Abarten der Psoriasis sowie depressiver, arterieller, renaler Krankheiten – oder was auch immer – leiden. Das Ergebnis wird sein…« Crowes Stimme steigerte sich jetzt zu der eines triumphierenden Vertreters, der zum Höhepunkt seines Verkaufsgesprächs kommt. »In der ersten Hälfte des nächsten Jahrhunderts werden über zehn Prozent der Menschen in der westlichen Welt auf pharmazeutische Produkte von Bendix Schere angewiesen sein. Und wir beabsichtigen keinesfalls, zur gentechnischen Übertragung neuer Krankheiten ausschließlich Maternox einzusetzen; nein, wir hoffen, viele unserer anderen Massenprodukte zur Übertragung von Krankheits-Genen verwenden zu können. Wir müssen dazu nur noch die richtige Methode zur Übertragung der Gene finden.«

»Und die Übertragung des Psoriasis-Gens hat bei Ihrem Medici-Versuch nicht funktioniert, so ist es doch, oder?«

»Wir müssen noch ein paar Kinderkrankheiten überwinden«, räumte Crowe ein.

»Bringen Sie denn nicht wenigstens einen kleinen Funken moralisches Denken auf? Einen winzigen Funken Humanität?«

Crowe sah den Genforscher kalt an. »Dr. Bannerman, glauben Sie an Gott?«

»Was hat Gott mit dieser Sache zu tun?«

Crowe warf Dr. Seligman einen flüchtigen Blick zu und antwortete dann: »Gott hat sehr viel damit zu tun. Wir leben in einer Welt, die immer mehr aus den Fugen gerät. Und warum? Weil sie in den besitzergreifenden Klauen eines Despoten steckt, der seit Tausenden von Jahren ungehindert regiert. Er ist ein Scharlatan, ein egozentrischer Poseur, ein sadistischer Tyrann, ein Massenmörder, und sein Name ist *Gott*, Dr. Bannermann. *Unser Vater im Himmel. Gott der Allmächtige*... Wie viele Menschen sind in seinem Namen ermordet worden? Ist irgend jemand in der Lage, die Zahl der Toten zu benennen, die es während der Kreuzzüge, bei den sogenannten heiligen Kriegen, und während der römisch-katholischen Inquisition zwischen 1229 und 1834 gegeben hat? Von den Toten ganz zu schweigen, die in den vergangenen tausend Jahren als Ketzer hingerichtet wurden?«

Crowes Augen sprühten Funken. »Nennen Sie mir ein Land, in dem es zu Blutvergießen gekommen ist, das nicht auf religiöse Gründe zurückzuführen wäre, und ich werde Ihnen zwei Länder aufzählen, in denen es so gewesen *ist*! Wir werden das alles ändern, Dr. Bannerman. Wir werden unser Schicksal selbst in die Hand nehmen, ein neues Zeitalter beginnen, und ich biete Ihnen die Gelegenheit, sich uns anzuschließen. Arbeiten Sie mit uns an der Erreichung dieses Ziels zusammen!«

Bannermans Antwort war eindeutig: »Niemals, Crowe!«

Erstaunlicherweise blieb Crowes Stimme ruhig und freundlich: »Eines wollte ich Ihnen noch sagen, Dr. Bannerman. Es ist nicht der Profit, der uns vorrangig interessiert – es ist die Kontrolle. Im nächsten halben Jahrhundert werden wir die pharmazeutische Industrie dominieren. Wir werden die Herstellung, die Verteilung und den Handel des Großteils aller Medikamente auf der Erde unter Kontrolle haben. Wir werden in der Lage sein, den Schmerz zu kontrollieren, und, was noch wichtiger ist, die Ausbreitung, die Reproduktion des Schmerzes. Denken Sie darüber nach… Wir werden mehr Macht haben als irgendeine politische Partei auf diesem Planeten.«

»In fünfzig Jahren werden Sie tot sein, Crowe. Was also haben Sie davon?«

Crowe lächelte. »Ich glaube nicht, daß ich dann tot bin. Wissenschaftler wie Sie haben ja bereits damit begonnen, die für das Altern verantwortlichen Gene zu isolieren. Wenn man zusätzlich die neuesten Entwicklungen auf dem Gebiet der Organverpflanzung und der von uns selbst betriebenen Regenerierung der Gehirnzellen in Betracht zieht, wird es innerhalb weniger Jahre zu einer dramatischen Verlängerung der menschlichen Lebenszeit kommen. Ich werde in fünfzig Jahren noch unter den Lebenden weilen, und zwar mit einem Geist und Körper, der gesünder und jugendlicher ist als der, über den ich jetzt verfüge. Wenn Sie mit uns kooperieren, wird es bei Ihnen genauso sein.«

Wieder war Dick Bannermans Antwort kurz und prägnant: »Sie haben nicht mehr alle Tassen im Schrank, Mann.«

Dr. Crowe zuckte nicht mit der Wimper. »Oh, ich gehe davon aus, daß Sie mit der Zeit unseren Standpunkt verstehen lernen. Glauben Sie mir, ich meine es ehrlich mit Ihnen, Dr. Bannerman. Wir brauchen Sie nämlich; wir brauchen Ihre Hilfe dringend.«

»Ja, das ist wahr! Sie haben Probleme mit der Übertragung der Psoriasis-Gene durch Maternox, weil Sie die falsche Methodik anwenden. Sie haben einen grundsätzlichen Fehler gemacht, und diesen Fehler können wahrscheinlich höchstens drei Wissenschaftler auf dieser Erde ausmerzen, und einer davon bin ich!«

Crowe sah ihn aufmerksam an. »So? Vielleicht klären Sie uns dann mal auf?«

»Lieber will ich Ihnen in der Hölle begegnen!«

»Das könnte ohne weiteres passieren, mein Freund. Aber ich fürchte, man wird Ihnen den Luxus dieser Wahl nicht zugestehen.« Er gab Seligman ein Zeichen, der irgend etwas an dem Tropfstand regulierte.

Bannerman spürte sofort, daß ihn die Lähmung wieder erfaßte. Er wollte etwas sagen, brachte aber keinen Ton mehr zustande.

»Einer der großen Vorteile der Bendix-Kliniken ist ihre völlige Abgeschirmtheit«, sagte Crowe. »Wir dürfen Ihnen versichern, daß unsere Gäste niemals gestört werden – wenn erforderlich, auf ewige Zeiten.« Er lächelte. »Haben Sie verstanden?«

Bannerman grunzte etwas Unverständliches.

»Nein?« Crowe gab sich besorgt. »Dann erlauben Sie mir, daß ich etwas mehr ins Detail gehe: Entweder Sie helfen uns, oder wir halten Sie, bei klarem Bewußtsein, in einem Zustand absoluter körperlicher Bewegungsunfähigkeit – wenn es sein muß, für zehn, zwanzig oder dreißig Jahren. Ich weiß nicht, wie lange Sie das durchstehen werden – ohne lesen oder schreiben zu können, nur dazuliegen und die Wände anzustarren. Ich kann mir vorstellen, daß es Ihnen vorkommen wird, als seien Sie lebendig begraben… Lassen Sie es mich wissen, ob ich mit dieser Annahme recht habe. Wir geben Ihnen die Gelegenheit, ein oder zwei Tage darüber nachzudenken.«

Dr. Seligman schob ihm den Beatmungstubus wieder in den Hals, und kurz darauf war Bannerman allein im Zimmer, starrte auf die Sonnenblumen von van Gogh und lauschte auf das regelmäßige Zischen des Beatmungsgerätes…

96

London, Donnerstag, 8. Dezember 1994

Gunn hob den Hörer ab. McLusky war am Apparat.

»Gute Nachrichten, Major Gunn. Wir haben mit Hilfe unserer Polizei-Quellen einen Taxifahrer aufgetrieben, der Molloy gestern um 17 Uhr zu einem Wohnhaus in Georgetown gebracht hat. Es ist das Haus von Tabitha Donoghue.«

»Gute Arbeit ... Ist er noch dort? In diesem Haus?«

»Wird gerade überprüft. Ich habe aber noch andere Neuigkeiten.« McLusky klang wieder einmal sehr selbstzufrieden. »Montana Bannerman ist gestern von London mit einem United-Flug nach Washington gekommen. Gab als Aufenthaltsort das Marriott in Crystal Springs an, ist aber dort nicht aufgetaucht.«

»Sie ist bestimmt bei Molloy. Wie ist Ihr Plan?«

»Wir haben das Donoghue-Haus unter Beobachtung, und wir haben das Telefon angezapft.«

»Wir müssen sehr vorsichtig sein«, mahnte Gunn und dachte an den Presserummel wegen der Autobombe. »Sie müssen sauber arbeiten. Es muß wie ein Unfall aussehen. Und denken Sie daran – Molloy und die Bannerman-Tochter haben Vorrang. Dieser Mrs. Donoghue heften Sie sich dann danach an die Fersen.«

»Es ist wohl am besten, wir warten, bis sie aus dem Haus kommen, und kümmern uns dann um sie.«

»Verlieren Sie sie ja nicht wieder aus den Augen.«

»Diesen Molloy bestimmt nicht. Der Bastard hat mich um den Schlaf einer ganzen Nacht gebracht – dafür muß er büßen.«

97

Washington, Donnerstag, 8. Dezember 1994

»Organisationskomitee des Genetik-Symposiums, was kann ich für Sie tun?« meldete sich die Stimme eines Mannes.

»Hier ist Monana Bannerman. Ich rufe wegen meines Vaters Dr. Richard Bannerman an, der am Samstag einen Vortrag halten sollte ...«

»Ja«, unterbrach sie der Mann, »wir waren sehr betroffen, als wir von seinem Schlaganfall erfuhren. Wir haben, was seinen Vortrag angeht, umdisponiert.«

»Schlaganfall?« wiederholte Monty bestürzt. »Haben Sie *Schlaganfall* gesagt?«

»So sind wir informiert worden. Durch ein Fax. Gibt es da...« Die Worte hingen in der Luft.

»Ich... es tut mir leid... ich wußte nicht, daß sich schon jemand mit Ihnen in Verbindung gesetzt hat.« Sie dankte abwesend und legte auf.

»Schlaganfall«, wiederholte sie Conor gegenüber automatisch. »Jemand von Bendix Schere hat dem Organisationskomitee ein Fax geschickt und mitgeteilt, mein Vater hätte einen Schlaganfall gehabt.«

Conor arbeitete ihr gegenüber im Wohnzimmer an seinem Laptop und schaute nur kurz auf. »Sie haben alles im Griff, da kann man Gift drauf nehmen.«

»Aber Conor...«

»Ihr Vater hat keinen Schlaganfall gehabt.«

Monty fuhr herum, und sah Tabitha Donoghue mit einem Tablett in den Händen ins Zimmer kommen. Wie gestern war sie ganz in Schwarz gekleidet.

»Er wird gegen seinen Willen festgehalten, aber er ist weder krank noch verletzt«, sagte sie und stellte das Tablett ab. »Ich kann nicht genau sagen, was sie mit ihm anstellen, aber ich gehe davon aus, daß er unter Drogen gesetzt wird.« Dann fuhr ihr Kopf herum zum Fenster, und sie sagte mit scharfer Stimme: »Wir haben Besuch.«

Monty schaute hinaus auf den abfallenden Rasen, sah aber niemanden.

»Was für Besuch?« fragte Conor.

»Ich habe gerade einen Spaziergang zum Tor gemacht. Hundert Meter den Hang runter sitzen zwei Männer in einem blauen Nissan, der in einer Parkbucht an der Straße abgestellt ist. Ich habe es jetzt zum drittenmal überprüft – sie stehen schon den ganzen Morgen dort. Sie haben den Platz geschickt gewählt, der Wagen ist nur schwer zu sehen, aber er gehört da nicht hin. Sie überwachen das Haus. Ich habe Juanita angerufen und ihr gesagt, sie solle heute zu Hause bleiben. Ich will nicht, daß das Tor aufgemacht wird.«

Die Temperatur im Zimmer schien plötzlich um einige Grade gefallen zu sein. Monty hatte so etwas befürchtet, aber die Bestätigung ängstigte sie doch. »Wie haben sie herausgefunden…«

»Ich weiß es nicht«, sagte Conor. »Aber es bedeutet, daß sie die Verbindung zwischen *Molloy* und *Donoghue* hergestellt haben.« Er sah seine Mutter besorgt an.

»Ich habe drei verschiedene Flüge nach London für uns gebucht«, sagte Tabitha. »Alle zwischen sieben und acht Uhr heute abend; wir werden also erst nach Einbruch der Dunkelheit von hier aufbrechen müssen. Außerdem habe ich Scheinbuchungen auf unsere Namen für verschiedene Flüge nach Los Angeles, Rom, New York, Hongkong und Sidney vorgenommen. Es wird sicher für einige Verwirrung sorgen, wenn sie Informanten bei den Fluglinien haben sollten.«

»Dunkelheit oder nicht, wir werden Probleme mit den Kerlen vor dem Tor haben«, überlegte Conor laut. »Wann hast du diese Buchungen gemacht?«

»Gestern abend.«

»Okay. Und wann hast du erstmals festgestellt, daß dieser Wagen draußen steht?«

»Ich habe seine Ausstrahlung um sechs Uhr heute morgen zum erstenmal aufgenommen.«

»Nicht vorher.«

»Nein.«

»Ich frage mich nämlich, ob das Telefon angezapft war«, sagte Conor und schaute auf die Uhr. Es war 10 Uhr 30.

»Wenn sie das Telefon gestern schon angezapft hätten, hätten sie durch unsere Gespräche erfahren, daß ihr beide herkommt, und dann hätten sie schon gestern abend mit der Überwachung begonnen«, sagte Tabitha. »Aber die hat erst heute morgen angefangen.«

»Bist du sicher?«

Tabitha sah Conor empört an, schien ihre Glaubwürdigkeit durch ihren Sohn in Frage gestellt zu sehen. »Habe ich mich jemals getäuscht?«

»Nein.« Er sagte das ungewohnt demütig.

»Wenn sie wissen, daß wir hier sind, warum warten sie dann draußen?« fragte Monty.

»Ich nehme an, sie warten darauf, daß wir das Grundstück verlassen«, antwortete Conor. »Dann sind wir am ehesten verwundbar.«

»Gibt es einen Hinterausgang?« fragte Monty, und sie hörte die Angst in ihrer eigenen Stimme.

»Ja, wenn auch durch den Nachbargarten. Dahinter ist eine Straße.«

»Sie haben auch dort einen Wagen stehen«, sagte Tabitha ruhig. »Er überwacht diese Straße.« Sie goß Kaffee ein, lehnte sich dann zurück und nahm einen kleinen Umschlag aus ihrer Handtasche. Sie schlitzte ihn mit dem Zeigefinger auf und schüttelte den Inhalt in ihre Handfläche: zwei dünne Schließfachschlüssel an einem schmalen Lederanhänger. Dann sah sie Monty anklagend an. »Ich dachte, ich hätte das alles vor Jahren hinter mir gelassen. Ich hatte nie die Absicht, mich mit dieser Sache noch einmal zu beschäftigen.«

»Ich glaube nicht, daß irgendeiner von uns die *Absicht* hatte, sich...« begann Monty, aber Tabihta unterbrach sie.

»O doch. Conor hat das ganz bestimmt *beabsichtigt*. Vom Tag des Todes seines Vaters an hat es in ihm gesteckt, hat ihn aufgefressen – der Gedanke an diese bösen mächtigen Männer, die seinen Pa umgebracht haben. Diese Besessenheit hat sein ganzes bisheriges Leben bestimmt.« Sie lächelte traurig. »Ich habe fünfundzwanzig Jahre lang versucht, es ihm auszureden; habe versucht, ihm zu sagen, daß er gegen die Macht und die Skrupellosigkeit dieser Leute nicht ankommt. Jetzt, letztendlich, hat er es verstanden – nehme ich wenigstens an. Aber es ist wahrscheinlich zu spät...«

»Welche Gründe auch immer er hatte, Mrs. Donoghue, er hat richtig gehandelt. Edmund Burke hat einmal gesagt: *Für den Triumph des Bösen ist nichts weiter erforderlich, als daß die guten Menschen nichts tun...*«

Tabitha sah sie aus ihren dunklen Augen mit einer Mischung aus Respekt und Schmerz an. Erstmals spürte Monty eine frauliche Verbundenheit zwischen ihnen aufkeimen.

»Meine Mutter war ein Medium und eine Heilerin, Monty«, sagte Tabitha. »Sie hat ihr ganzes Leben lang versucht, Menschen zu retten, die sich zu tief in okkulte Dinge verstrickt hatten, in Vorgänge, die sie nicht verstanden, mit denen sie nicht fertig wurden.« Sie steckte sich eine Zigarette an. »Haben Sie sich an der Schule für Geschichte interessiert?«

»Ja.«

»Dann werden Sie sich erinnern, daß es häufig zu Belagerungen von befestigten Städten kam, nicht wahr? Nur sehr wenige der Angreifer waren erfolgreich, indem sie schnellstmöglich gegen die Stadtmauern anstürmten. Die meisten siegten, indem sie Geduld zeigten, taktierten, die Stadt infiltrierten und ausspionierten, sich Hilfe von innen sicherten, langsam nach dem Vorbild des Trojanischen Pferdes einsickerten und von innen angriffen, von innen die Tore für die Hauptstreitmacht öffneten.«

»Genau das haben wir getan«, sagte Conor und sah seine Mutter herausfordernd an.

»Quatsch!« sagte Tabitha scharf. »Wie lange warst du in der Firma? Weniger als zwei Monate, und du hast ein Chaos sondergleichen angerichtet. Du hast versucht, die Stadtmauern in einem einzigen Ansturm zu bezwingen, und jetzt sind deine Feinde wie Hornissen hinter dir her und trachten dir nach dem Leben. Auf diese Weise wirst du sie nicht besiegen, Conor.«

»Ich werde sie besiegen«, sagte Conor ruhig. »Du solltest mir das glauben.«

Seine Mutter sah ihn schweigend an, und auf ihrem Gesicht lag ein solcher Ausdruck von Traurigkeit, daß Monty davon angesteckt wurde. »Das hat dein Vater auch gesagt, Conor. Genau mit denselben Worten.«

Um 16 Uhr wurde es langsam dunkel. Schneeregen fiel, und die Verkehrsnachrichten waren nicht gut. Conor war für den ersten Flug vorgesehen, um 19 Uhr mit Continental, und die Eincheckzeit war auf 17 Uhr festgelegt. Tabitha griff zum

Telefon und bestellte zwei Taxis zum Haus. Für den Fall, daß jemand mithörte, gab sie als Ziele Dupont Circle und Crystal Springs an.

Dann, im Schutz der Dunkelheit, kroch Conor in den Kofferraum von Tabithas Mercedes und Monty legte sich flach auf die Rückbank. Das Gepäck stellten sie auf den Beifahrersitz.

Als die Taxis ankamen, türmte Tabitha große und kleine Kissen auf den Rücksitzen beider Wagen auf, was aus einiger Entfernung nach Passagieren aussah, gab jedem der Fahrer einen Hundertdollarschein, wies sie an, beim Verlassen des Grundstücks nach links abzubiegen, dann so weit zu fahren, wie man für fünfzig Dollar kam, und die restlichen fünfzig Dollar als Trinkgeld zu betrachten.

Dann stieg sie in den Mercedes und sah den Taxis nach, die durch das geöffnete Tor fuhren und wie verabredet nach links abbogen. Kurz danach raste ein Wagen hinter den Taxis her, einige Sekunden später ein zweiter. Tabitha wartete, bis die Kolonne außer Sicht war, fuhr dann los, ohne das Licht einzuschalten, und schlug den Weg zum Dulles-Airport ein.

98

London, Donnerstag, 8. Dezember 1994

Nikky lag auf Gunns Bett und zappte rastlos durch die Fernsehkanäle.

Verhalten Sie sich ganz normal.

O natürlich, großartig – als ob nichts geschehen wäre. *Hi, mein geliebter Soldier-Boy, hast du einen guten Tag im Büro gehabt? Wie viele Leute hast du heute um die Ecke gebracht?*

Verhalten Sie sich ganz normal, hatte Detective Superintendent Levine zu ihr gesagt. Er hatte gut reden; er mußte nicht die Nacht mit jemandem im Bett verbringen, den er gerade verraten hatte …

Der Detective hatte ihr höflich zugehört, aber hatte er ihr auch geglaubt? Sie war sich nicht sicher. Er hatte gesagt, er würde sofort mit den Untersuchungen beginnen, würde Kontakt zur Polizei in Washington aufnehmen und sie bitten, Mr. Molloy und Miss Bannerman zu beschützen. Er schien ein ernster, humorloser Mann zu sein, und er hatte ihr versichert, daß sie mit dem Anruf bei ihm richtig gehandelt habe und ihre Identität selbstverständlich geheimgehalten würde.

Jetzt aber fragte sie sich, ob sie nicht doch eine verdammte Närrin gewesen war. Vielleicht hatte sie völlig falsche Schlüsse gezogen. Mißverstanden, was da insgesamt vor sich ging, falsch verstanden, was er bei diesem Anruf mitten in der Nacht gesagt hatte. Levine hatte keinen Zweifel daran gelassen, daß ihm ihre Aussagen doch recht zweifelhaft vorkamen. Und er hatte sie zur strikten Geheimhaltung verpflichtet, bis er Beweise für ihre Aussage gefunden hätte.

Sie goß sich ein weiteres Glas Wein ein. Ihr Soldier ein Mörder? Niemals! Was zum Teufel hatte sie sich eigentlich dabei gedacht? Sie überlegte, ob sie ihm ihren Verrat beichten sollte, wenn er nach Hause kam, und fragte sich, ob er es von der humorvollen Seite betrachten würde. Nein, entschied sie, es wäre nicht klug, es ihm zu gestehen...

Gunn stieg die Treppe zu seiner Wohnung hoch. Es war fast Mitternacht, und er war völlig erschöpft. Der erlösende Anruf von McLusky, daß die Sache erledigt war, war nicht gekommen, und jetzt hatte er ein fast noch größeres Problem am Hals.

Nikky.

Crowe hatte ihn am frühen Nachmittag zu sich ins Büro zitiert und vor Wut geschäumt. Gunn hatte ihn noch nie so wütend gesehen. Nikky hatte sich anscheinend mit der Polizei in Verbindung gesetzt, und es war nur einem Glücksfall zu verdanken, daß sie an Levine geraten war.

Crowes Anweisungen waren einfach und klar gewesen: Nikky war bis spätestens Sonntag zu eliminieren. Er ließ keine Diskussion zu, und Gunn hatte schließlich zustimmen müssen.

Aber so einfach war die Sache für Gunn nicht. Er war zu leichtsinnig gewesen, jetzt folgte die Strafe auf dem Fuß. Aber er liebte dieses Mädchen, verdammt noch mal, und trotz seines Ärgers und dem Gefühl, von ihr verraten worden zu sein, bewunderte er sie insgeheim für das, was sie getan hatte. *Du dummes kleines Miststück,* dachte er, als er den Schlüssel ins Schloß steckte. *Warum zum Teufel hast du dummes, süßes Miststück das nur getan?*

99

London, Freitag, 9. Dezember 1994

In dem Gedränge um die Gepäckdrehscheibe im Terminal eins auf dem Flughafen Heathrow bemerkte niemand das Trio, das seit drei Stunden in einer Ecke der Halle, versteckt hinter einer Reihe von Telefonzellen, auf seinen Gepäckstücken saß.

Conors Hinterteil wurde vom Sitzen auf seinem Hartschalen-Samsonite langsam taub, aber das beeinträchtigte die Konzentration kaum, mit der er auf dem Keyboard seines Laptops herumhämmerte. Die Anzeige des Akkus ging gegen Null, das Display auf dem Screen begann bereits zu verblassen, und es waren, wenn er Glück hatte, noch etwa dreißig Minuten Arbeitszeit übrig.

Tabitha Donoghue las in einem Stadtführer von London, Monty in einer Tageszeitung, aber beide behielten die Menge im Auge.

Monty hatte vor zwei Stunden in der Bendix-Hammersmith-Klinik angerufen und ihren Vater zu sprechen verlangt, aber man hatte sie an Dr. Seligman verwiesen, der zur Zeit jedoch nicht im Dienst war.

Seligman. Sie erinnerte sich an den aalglatten Arzt, der sie damals vor der Tür von Winston Smith' Krankenzimmer abgefangen hatte. Sie war versucht gewesen, der patzigen Empfangsdame zu sagen, sie werde einen Neurologen zu ihrem Vater schicken und ihn in ein anderes Krankenhaus verlegen lassen, aber sie wollte nicht in ein Wespennest stechen und ihren Vater eventuell in Gefahr bringen. Und sie hatte auch nicht so lange sprechen wollen, damit man den Anruf nicht zurückverfolgen konnte. Dann hatte sie bei der *Thames Valley Gazette* angerufen und nach Hubert Wentworth gefragt. Man sagte ihr, er sei seit Dienstag nicht in der Redaktion gewesen. Beunruhigt hatte sie zweimal bei ihm zu Hause angerufen, aber es hatte sich niemand gemeldet.

Dann hatte sie ihre eigene Nummer gewählt und ihren Anrufbeantworter abgehört. Eine sehr bedrückt klingende Anna Sterling hatte eine verworrene, unklare Nachricht hinterlassen. Monty hatte sofort bei ihr zurückgerufen, aber nur den Anrufbeantworter erreicht. Hatte Anna eine weitere Ultraschalluntersuchung machen lassen? War dabei etwas Negatives festgestellt worden Oder hatten sich die ersten Anzeichen der Viruserkrankung gezeigt, die sie vermutlich töten würde?

Jetzt beobachtete sie Conor, der das kleine Diktiergerät ans Ohr hielt, das er gestern abend auf dem Dulles-Airport gekauft und mit dem er mehrere Kopien des Bandes gemacht hatte, das ihr Vater kurz vor dem Kidnapping besprochen hatte. Conor hörte es ab und tippte anscheinend zugleich eine weitere Kopie in den Computer ein.

Es war 11 Uhr 30. Nach Tabitha war der letzte Vormittagsflug aus Washington bereits vor zwei Stunden gelandet, und falls jemand drüben in der Ankunftshalle auf sie gewartet hatte, würde er inzwischen längst aufgegeben haben. Trotzdem warteten sie weiter, um die Chancen zu vergrößern, den Flughafen unbeobachtet verlassen zu können.

Conor hatte bisher wenig gesagt. Als sie als letzte der drei angekommen war, hatte er über den Laptop gebeugt dagesessen und Zahlen, Buchstaben und Kommandos in den Computer eingegeben, in denen sie einen Programmierungs-Code zu erkennen glaubte. Er und seine Mutter hatten offensichtlich einen Plan.

Auch Monty hatte einen Plan in der Hinterhand. Ihre Begeisterung für ihn hatte geschwankt, aber er ging ihr nicht aus dem Kopf. *Sir Neil Rorke.*

Er war eine allgemein respektierte Persönlichkeit. Er saß in Wohltätigkeitsgremien, bei denen die Königinmutter und Prinz Charles die Schirmherrschaft übernommen hatten. Er war von der Königin zum Ritter geschlagen worden. Er war Vorsitzender eines hochrangigen regierungsamtlichen Beratergremiums und auf Fotos mit John Major zu sehen. Er würde entsetzt sein, wenn er erfuhr, was in der Firma vor sich ging, deren Aufsichtsratsvorsitzender er war.

Er war Montys einzige Hoffnung, und ihre Gedanken kehrten immer wieder zu ihm zurück. Er war ein Mann mit den notwendigen Beziehungen, diesen Superintendent Levine bei der Polizei zu umgehen. Und er war ein Mann, dem die moralische Integrität über alles ging – egal, wie groß sein Anteil an den Besitzer-Obligationen der Firma auch war. Oder ...?

Aber ehe sie zu Rorke ging, mußte sichergestellt sein, daß Wentworth mit einer Kopie des Tonbandes und einem Computerausdruck der Akte Medici in der Redaktion einer der großen überregionalen Zeitungen bereitstand. Und das bedeutete, daß *ihr* Plan im Moment noch rein theoretisch war. Es kam also zunächst einmal nur Conors und Tabithas Plan in Frage ...

Conor stand auf, schaute sich vorsichtig um. »Okay«, sagte er dann. »Laßt uns gehen.«

Die drei wechselten Blicke; dann hob Conor seinen Samsonite auf einen Gepäckwagen und ging. Tabitha folgte ihm fünf Minuten später, und nach weiteren fünf Minuten machte Monty sich auf den Weg. In der Abfertigungshalle sah sie Tabitha und Conor schon nicht mehr; sie waren bereits auf dem Weg in die Stadt.

Sie fuhr mit dem Taxi zum Sheraton Skyline Hotel, wo Conor pro forma ein Zimmer auf ihren Namen vorbestellt hatte.

Sie trug sich am Empfang ein, mietete sich dann am Schalter von Thrifty Car Rental in der Hotelhalle einen Wagen und fuhr davon. Dreißig Minuten später hatte sie mit dem kleinen braunen Rover die M4 erreicht.

Hubert Wentworth' blauer Nissan stand vor der Garage seines Hauses, und bei seinem Anblick war Monty ein wenig erleichtert. Erstaunt war sie aber, als sie sah, daß – um zwei Uhr nachmittags – die Vorhänge vor den Wohnzimmerfenstern zugezogen waren. Sie drückte auf die Klingel; keine Reaktion. Auch auf ihr Klopfen hin rührte sich nichts.

Sie ging zur Rückseite des Hauses. Zwei Milchflaschen standen vor der Hintertür. Sie klopfte wieder und wollte gerade am Türgriff rütteln, als zu ihrem Erstaunen die Tür aufging.

Sie zögerte, in das Haus einzudringen, tat es dann doch und betrat die Küche. Im Spülstein lag ein benutzter Teller, auf dem Abtropfbrett ein Häufchen Mandarinenschalen. Monty erstarrte, als sie plötzlich Stimmen hörte. Horchte. Erkannte dann, daß die Stimmen aus dem Fernseher kamen. Sie atmetete tief durch und rief dann zaghaft: »Mr. Wentworth? Hallo?« Keine Antwort... Sie ging weiter, schaute ins Wohnzimmer. Der Fernseher lief, und der Raum war völlig überheizt.

Dann ging sie zögernd die Treppe hinauf, rief mehrmals Wentworth' Namen. Kam zur ersten Tür, klopfte, drückte sie auf. Ein kleines Arbeitszimmer. Leer.

»Mr. Wentworth?« Die nächste Tür stand ein kleines Stück offen. Sie klopfte wieder, wartete.

Aus dem Zimmer drang der Gestank von Exkrementen.

Ihr Magen verkrampfte sich, aber sie stieß die Tür ein Stück weiter auf, hielt wegen des Gestanks den Atem an.

Als erstes sah sie einen umgekippten Stuhl. Dann fiel ihr Blick auf etwas, das sie einen flüchtigen Augenblick lang für eine fleischfarbene Gummipuppe hielt. Sie hing am Haken der Deckenlampe, ein Stromkabel um den Hals, eine Plastiktüte über dem Kopf, und bis auf die Unterhose war sie nackt.

Nein! Um Gottes willen nein! Bitte…! NEIIIIN! Ein leises Wimmern des Entsetzens drang aus ihrer Kehle.

Crowe, du gottverdammter, geisteskranker Bastard! schrie es in ihr. *Du mieses Schwein!*

Monty versuchte, sich zusammenzureißen; sie mußte jetzt alle ihre Kräfte mobilisieren. Sie trat vor und berührte Hubert Wentworth' nackten Arm, er war eiskalt, und das Fleisch fühlte sich wie Wachs an.

Sie rannte aus dem Zimmer, überlegte auf dem Weg nach unten fieberhaft, stürzte zum Telefon, wählte die Notrufnummer 999. Als sich die Zentrale meldete, legte sie den Hörer auf den Boden, sagte nichts – sie wußte noch vom Erste-Hilfe-Kurs vor Jahren, daß immer dann, wenn sich in solchen Fällen ein Anrufer nicht meldete, die Polizei eingeschaltet wurde und Ermittlungen im Haus des Anrufers anstellte. Sie lief auf demselben Weg, den sie gekommen war, aus dem Haus und hörte hinter sich eine gedämpfte Stimme aus dem Hörer: »Hallo? Hallo Anrufer? Melden Sie sich! Können Sie nicht sprechen? Hallo?«

100

Brighton, Freitag, 9. Dezember 1994

»Ah, Mr. Eumenides!«

Conor lächelte über diese Begrüßung, als er das chaotische High-Tech-Büro von Pavilion Internet betrat. Er erkannte den Mann wieder, der hinter seinem Schreibtisch stand und ihm die Hand entgegenstreckte.

Langes, vorzeitig ergrauendes Haar; ein Gesicht wie Nick Nolte nach einer Abmagerungskur, grüne Jacke über einem purpurroten T-Shirt, eine silberne Musiknote im rechten Ohr, altmodische Brille. *Andy Holyer*, erinnerte er sich gerade noch rechtzeitig, als sie sich die Hände schüttelten. »Wie geht es Ihnen, Andy?«

»Okay.« Er lächelte. »Ich mag diese Eumeniden-Mädchen. Die Furien – gnadenlose Rachegöttinen, nicht wahr?«

»Ja, stimmt.«

Andy Holyer deutete auf einen Stuhl. »Nehmen Sie Platz, Bob – Bob stimmt doch, oder? Bob Frost?«

»Ja, stimmt«, wiederholte Conor den Namen, unter dem er den E-Mail-Account eröffnet hatte. Er setzte sich und legte seine Aktentasche auf die Knie. »Sagen Sie, haben Sie internationale Verbindungen zu Providern von Internet-Zugängen?«

»Ja, haben wir. Wir stehen mit vielen regelmäßig in Verbindung.«

»Wo? In den Staaten? Europa? Asien?«

»Überall.« Andy Holyer hob die Schultern. »Auch in China, Rußland – überall.« Er tippte etwas in sein Keyboard ein und drehte dann den Monitor in Richtung Conor. Ein rotierender Erdball war zu sehen, und fast in allen Ländern blinkten kleine Lichter. »Jeder Lichtpunkt zeigt Internet-Repräsentanz an.« Er gab wieder etwas auf dem Keyboard ein, und der Globus wurde durch eine Liste mit Städten ersetzt: Wien, Moskau, Wladiwostok, Paris, Kapstadt, Hongkong – eine fast endlose Liste.

Conor hakte nach. »Und von hier aus könnten Sie mir einen Internet-Account in all diesen Städten einrichten?«

Holyer nickte. »Wäre ziemlich teuer für Sie, aber von uns aus möglich. An wie viele denken Sie denn?«

»Zweihundert.«

Holyer blinzelte. »Das meinen Sie doch wohl im Scherz?«

»Nein, ich meine es ernst... Wie schnell könnten Sie das schaffen?«

»Nur das Einrichten von Accounts, richtig?«

»Ja, nur das.«

Holyer griff nach seinen Zigaretten. »Okay, hören Sie, ich kann es nicht garantieren, aber ich denke, in sieben bis zehn Tagen könnten wir das schaffen.«

»Es geht doch hier um ein Geschäft, das Sie gerne machen würden, nicht wahr?«

»Natürlich, sehr gerne sogar.«

»Also, hier ist das Problem: Ich kann weder zehn Tage noch eine Woche warten. Ich weiß natürlich um die Schwierigkeiten mit den verschiedenen Zeitzonen, aber ich brauche alles komplett eingerichtet innerhalb von vierundzwanzig Stunden.«

»Alle zweihundert Accounts?« fragte Holyer entsetzt.

»Ja, alle zweihundert.«

101

London, Freitag, 9. Dezember 1994

Monty fuhr wie betäubt durch die Stadt zu Winston Smith' Adresse. Das Bild vom toten Hubert Wentworth überlagerte alle anderen Gedanken.

Brausender Verkehr. Personenwagen, Lieferwagen, Lastwagen. Normalität. Normales Leben. Freitagnachmittag. All die Leute, die ein Leben führen konnten, das nicht von Bendix Schere beeinträchtigt wurde. Die auf dem Weg nach Hause waren, ins Wochenende.

Nicht so ihr Vater.

Und nicht Hubert Wentworth.

Zweiter Stock, erinnerte sie sich, als sie den Wohnblock in Albert Court erreichte. Wohnung 27.

Sie mußte Mrs. Smith dazu bringen, daß sie sie hereinließ. Und vielleicht war ja Winston Smith auch wieder zu Hause. Sie läutete, und kurz darauf bewegte sich ein Schatten hinter der Milchglasscheibe. Die Tür wurde ein kleines Stück geöffnet, und wunde, blutunterlaufene Augen starrten Monty aus einem fahlen Gesicht entgegen. Da war ein Anzeichen der Erinnerung, aber nicht des Willkommens.

»Hallo, Mrs. Smith«, sagte Monty, alarmiert von ihrem Aussehen. »Ich hoffe, Winston…«

»Kommen Sie bitte rein.« In dieser Aufforderung lag eine Dringlichkeit, die Monty veranlaßte, sofort in den engen Flur zu treten. Mrs. Smith humpelte ihr auf ihren Krücken voraus ins Wohnzimmer.

Als sie dann sprach, lag ein leichtes Zittern in ihrer Stimme. »Sie haben es also noch nicht gehört, Miss Bannerman? Mein Mann ist am Montag gestorben ...«

Für Monty war diese Nachricht ein Schock, und sie mußte sich zusammenreißen, um die richtigen Worte zu finden. »Mein Gott, das tut mir leid«, sagte sie. »Schrecklich leid ...«

Es entstand eine peinliche Stille, die schließlich von Mrs. Smith durchbrochen wurde: »Die Beerdigung war gestern. Sie haben eine Feuerbestattung gemacht. Ich hab' das seltsam gefunden, denn er hat immer eine normale Beerdigung haben wolln. Aber der Arzt, der in den letzten Stunden bei ihm war, hat gesagt, Winston hätt' seine Meinung geändert. Die Schwester hat's dann auch bestätigt.«

Feuerbestattung, dachte Monty. Natürlich – sie wollten nicht das Risiko einer Exhumierung und forensischen Untersuchung eingehen. Ohne Zweifel steckte Crowe dahinter. »Es hat keine Autopsie gegeben?«

»Nein.« Mrs. Smith holte einen weißen Umschlag vom Kaminsims. »Aber da ist was, das Winston Ihnen hat geben wolln.«

Monty nahm den Umschlag stirnrunzelnd entgegen. »Danke.«

Ein dünner, flacher harter Gegenstand steckte in dem Kuvert. Monty entschloß sich, den Umschlag nicht vor der trauernden Witwe zu öffnen; vielleicht enthielt er etwas, das sie beunruhigen würde. Sie merkte, daß Mrs. Smith große Anstrengungen unternahm, sich vor ihrer Besucherin nicht gehen zu lassen. Zusätzliche nervliche Beanspruchungen mußten ihr erspart werden.

Wortlos legte Monty den Arm um ihre Schulter. Mrs. Smith duldete ebenso wortlos diese Geste, und so gingen die beiden Frauen zur Wohnungstür und verabschiedeten sich still voneinander.

Als sie in ihrem gemieteten Rover saß, öffnete Monty den Umschlag und zog ein Blatt Papier heraus. Eine weiße Plastik-Smartcard war mit einem Klebestreifen daran festgeheftet. Die Karte war fast identisch mit der, die sie von Bendix Schere erhalten hatte. Eine kurze, undatierte Notiz in zittriger Handschrift besagte:

Liebe Miss Bannerman,
die Pin-Nummer ist 0626.

Mit der Karte kommen Sie in viel mehr Räume rein als mit Ihrer eigenen. Überall im Gebäude, wo Sie reinwollen – sogar in Raum 101!

Sie müssen nur selbstsicher auftreten, dann wird niemand an Ihrer Zugangsberechtigung zweifeln. Mein Freund Roger hat von Montag bis Freitag zwischen 8 Uhr morgens und 2 Uhr nachmittags Dienst. Er zeigt Ihnen alles, was Sie sehen wollen. Sie können ihm vertrauen. Es tut mir leid, daß ich selber nicht mutig genug war.

Winston Smith

Monty wischte sich mit dem Handrücken die Tränen vom Gesicht, sah auf die Karte und dachte nach.
Überall im Gebäude, wo Sie reinwollen …

102

London, Freitag, 9. Dezember 1994

Auf dem Russell Square herrschte dichter Berufsverkehr, aber es war noch nicht zu einem Stau gekommen. Vor Monty ragte das dunkelgraue Hochhaus des Royal Bloomsbury Hotels in der langsam einsetzenden Abenddämmerung auf.

Sie fuhr am Haupteingang vor, sagte dem Portier, sie

komme in zwei Minuten zurück und lief in die Lobby, zum Empfangspult. Ja, sagte ihr die junge Frau, Mrs. Frost sei angekommen und habe Zimmer 1109 bezogen.

Monty ließ sich mit dem Zimmer verbinden, und fast sofort hörte sie Tabitha Donoghues gereizte Stimme: »Wo zum Teufel stecken Sie, Montana?«

»Ich bin unten in der Lobby«, antwortete Monty, erstaunt über Tabithas Ton. »Ich komme sofort hoch.«

»Ich weiß nicht, was da vor sich geht... Irgendein irrer Scherz... Sie haben uns im *elften* Stock untergebracht!«

»Ist das wichtig? Entschuldigen Sie, aber ich... ich verstehe nicht...«

»Mein Mann – Conors Vater... sehen Sie denn nicht? Er ist aus dem elften Stock gestürzt worden? Sie haben das absichtlich so arrangiert... Ich habe Conor ja gewarnt – diese Leute sind zu mächtig für uns.«

Die Frau ist ja völlig aufgelöst, dachte Monty alarmiert. »Ich komme hoch.«

Monty eilte zu den Aufzügen, fuhr zur elften Etage, lief durch den Flur. 1103... 1105... 1107... 1109.

Eine kreidebleiche Tabitha Donoghue im blauen Bademantel öffnete ihr die Tür.

»Wo ist Conor?« fragte Monty. »Ist er hier?«

»Nein.« Tabitha zerrte sie hastig ins Zimmer, schloß die Tür und legte die Sicherungskette vor. »Er hat vor einer Stunde angerufen. Sagte, er müsse die ganze Nacht durcharbeiten. Er hat gefragt, was Sie erreicht haben – bei diesem Journalisten.«

»Sie haben ihn umgebracht.«

Ein Ausdruck hoffnungsloser Verzweiflung trat auf Tabithas Gesicht. »Ja... Sie werden uns alle töten. Sie wissen, daß ich hier bin, sie sind auf dem Weg hierher...«

»Woher wollen Sie das wissen?«

»Sie sind schon ganz nahe... Kommen immer näher, ich spüre sie...« Tabithas Pupillen waren erweitert, und sie lief ruhelos im Zimmer auf und ab. Monty fragte sich, ob sie unter dem Einfluß irgendeiner Droge stand.

Tabitha zog einen dicken brauen Umschlag unter dem Bett hervor und gab ihn Monty. »Das ist es, was sie haben wollen. Wegen dieser Papiere haben sie meinen Mann umgebracht.«

»Ist das die einzige Ausfertigung?«

»Ja... Sie warteten vor der Bank auf mich. Ich habe sie zwei Stunden lang an der Nase herumgeführt, bin kreuz und quer durch die Stadt, aber sie wissen natürlich, daß ich hier in diesem Hotel bin... Das Hotel hat sicher einen Fotokopierer, aber wir haben keine Zeit mehr, es dauert viel zu lange, das alles zu kopieren. Die Lochkarten sind der Beweis, nicht der Computerausdruck.« Ihre Augen flogen nervös hin und her. »Sie können jeden Augenblick hier eintreffen... Nehmen Sie das, machen Sie zunächst einmal eine Kopie des Computerausdrucks und verstecken Sie die Lochkarten irgendwo.«

Monty sah sie zögernd an, wußte nicht, wie sie mit dem aufgeregten Zustand der Frau umgehen sollte. »Ich habe aber doch keine bessere Chance als Sie...«

»Ich kann sie täuschen, Ihnen Zeit verschaffen. Ich kann ihnen sagen, die Papiere wären im Hotelsafe – irgendwas... Gehen Sie jetzt. Gehen Sie! Schnell!« Sie ging zur Tür. »Gehen Sie, ehe sie hier ankommen!« Dann senkte sie die Stimme zu einem Flüstern. »Conor hat ein Zimmer im Park Lane Hotel auf dem Namen Rosenberg gebucht. Nehmen Sie dort wieder Kontakt mit mir auf, wenn das noch möglich ist...«

Monty stopfte den schweren Umschlag in ihre Handtasche. Tabitha schaute durch den Türspion, löste dann die Sicherungskette und öffnete die Tür.

Monty lief durch das Treppenhaus nach unten, verließ das Hotel durch einen Seitenausgang, sah keinen Verdächtigen, hastete zu ihrem Rover... In Washington hatte Tabitha einen so ruhigen und gefestigten Eindruck gemacht. Der Zustand, in dem sie eben gewesen war, ängstigte Monty sehr, und während sie sich in den Verkehr einfädelte, fragte sie sich, ob es klug gewesen war, sie allein zu lassen.

Sie war kaum ein paar Meter gefahren, als der Verkehr zum Stillstand kam. Argwöhnisch schaute sie in den Rückspiegel. Einige Leute gingen gerade in das Hotel, aber es schien eine Gruppe älterer Touristen zu sein. Dann überlegte sie, ob sie einen Blick in den Umschlag werfen sollte, um sich anzusehen, was er enthielt, entschloß sich aber, das erst an einem sicheren Ort zu tun.

Wenn es noch so etwas wie einen sicheren Ort für sie gab …

Und dann, ganz plötzlich, ohne jede Vorwarnung, nicht einmal durch das Zucken eines Schattens, krachte etwas mit einem ohrenbetäubenden Knall auf das Dach ihres Wagens. Der Rover schaukelte wie wild hin und her, das Dach wurde gegen ihren Schädel gedrückt. Monty erstarrte vor Schreck, sah, daß die Windschutzscheibe oben aus dem zerdrückten Rahmen gesprungen war und wie ein aufgeklappter Unterkiefer über die Motorhaube hinausragte.

Einen Augenblick dachte sie, ein Baum sei auf den Wagen gestürzt. Dann aber riß sie den Mund zu einem entsetzten, lautlosen Schrei auf, als die Hand einer Frau, die manikürten, mit Ringen bestückten Finger gespreizt, vom Dach rutschte und dicht vor ihren Augen hin- und herbaumelte.

Sie wollte die Wagentür aufstoßen, aber sie bewegte sich keinen Millimeter. Sie drückte mit der Schulter dagegen, aber auch das war vergebens. Ein breiter Blutstrom ergoß sich über das Türfenster. Sie keuchte in kurzen, schnellen Stößen, schob sich auf den Beifahrersitz; die Tür auf dieser Seite ließ sich öffnen. Sie nahm ihre Handtasche und sprang aus dem Wagen.

Überall standen Leute und starrten in ihre Richtung. Monty drehte sich um, und das Blut gefror in ihren Adern.

Ein menschlicher Körper lag auf dem eingedrückten Dach ihres Wagens, mit dem Rücken zu ihr, halbnackt, kaum von dem offenstehenden blauen Bademantel bedeckt.

Hoch über ihrem Kopf sah Monty das gezackte Loch in der Glaswand der Hotelfassade, im elften Stock, dort, wo sie eben noch gewesen war. Und während sie hochstarrte, schlich sich eine neue Art von Angst in ihr Bewußtsein, intensiver und kälter als alle Furcht, die sie bisher jemals verspürt hatte – Todesangst.

103

London, Freitag, 9. Dezember 1994

»Liegenlassen!« schrie eine Frau. »Man darf sie nicht bewegen!«

Ein Mann im Fischgrätenanzug drängte sich an Monty vorbei, nahm ihr die Sicht. »Ich bin Arzt«, hörte sie ihn sagen. Nach wenigen Augenblicken verkündete er mit ruhiger Stimme: »Kein Puls mehr. Sie hat sich beim Aufschlag offensichtlich das Genick gebrochen.«

Monty sah alles nur noch verschwommen, drängte sich vorsichtig durch die Menge. Ich muß schleunigst hier weg, dachte sie. Bevor die Polizei kommt; sonst nehmen sie mich auf eine Polizeiwache, und dort wartet dann vielleicht Levine auf mich…

Sie lief durch die hereinbrechende Dunkelheit davon, die schwere Handtasche über der Schulter, wich Passanten auf dem Gehweg aus, schlängelte sich durch die Autos, kam in eine Straße, die sie kannte. Great Russell Street. Rechts vor sich sah sie den schwarz-goldenen Gitterzaun vor dem Britischen Museum. Ein ständiger Strom von Besuchern kam aus dem Eingang. Eine Menschenmenge – das versprach Sicherheit…

Sie drängte sich an den Leuten vorbei und lief die Treppe hoch zur Säulenhalle vor dem Eingang. Ein uniformierter Wachmann hielt sie an. »Tut mir leid, das Museum schließt gerade.«

»Ich…« Sie schnappte nach Luft, und ihre Gedanken überschlugen sich. Im Museum gab es jemanden, den sie kannte – einen Freund ihres Vaters. Er würde ihr helfen, würde ihr Zuflucht gewähren und es ihr ermöglichen, das Material in ihrer Handtasche zu kopieren. »Ich… ich wollte nur jemanden besuchen«, keuchte sie. »Dr. Knox-Roberts.«

Die abweisende Haltung des Wachmanns änderte sich schlagartig, er zeigte zum Auskunftsschalter am anderen

Ende der Eingangshalle und sagte mit respektvoller Stimme. »Dort wird man Ihnen weiterhelfen, Ma'am.«

Sie dankte ihm, ging über den Marmorboden zu dem Schalter und versuchte, die Aufmerksamkeit einer Frau auf sich zu lenken, die gerade ein Telefongespräch führte. »Was kann ich für Sie tun?«

Monty zögerte; dann sagte sie: »Würden Sie bitte Dr. Knox-Roberts sagen, Monty Bannerman möchte ihn sprechen?«

Die Frau runzelte die Stirn. »Erwartet Dr. Knox-Roberts Sie?«

»Nein, das nicht. Aber es ist sehr wichtig.«

»Ich weiß nicht, ob er hier ist. Ich habe ihn längere Zeit nicht mehr gesehen.« Sie nahm den Telefonhörer ab und drückte auf einen Knopf. Eine Lautsprecherstimme verkündete, daß das Museum endgültig geschlossen würde, und überlagerte das Gespräch der Frau. Monty sah sie ängstlich-erwartungsvoll an.

Die Frau legte den Hörer auf und sah Monty an. »Tut mir leid, er ist bis März im Iran bei einer archäologischen Ausgrabung«, sagte sie.

Monty dankte ihr und drehte sich verzagt um. Die Halle war inzwischen fast leer; einige Nachzügler drängten sich noch um den Bücher-Verkaufsstand. Sie ging zu ihnen hin, und ihre Absätze klickten auf dem Marmorboden, riefen Erinnerungen wach. Sie hatte das Britische Museum immer geliebt. Sie war als Kind und Teenager oft mit ihrem Vater hiergewesen und hatte dabei auch die Möglichkeit gehabt, mit Dr. Knox-Roberts hinter die Kulissen der Ostasiatischen Abteilung zu schauen. Jetzt aber fühlte sie sich fremd hier, bedroht, nicht anders als draußen auf der Straße.

»Tut mir leid, wir haben geschlossen«, sagte der Verkäufer, als sie ein Buch in die Hand nahm. Sie legte es wieder hin und überlegte verzweifelt, was sie als nächstes tun sollte. Was zum Teufel machte Conor, daß er die ganze Nacht durcharbeiten mußte? Was sollte sie mit dem Inhalt des Umschlags in ihrer Handtasche machen?

Sie mußte irgendwo in der Nähe einen Kopierladen finden, mehrere Kopien von dem Computerausdruck machen und das Original an den Anwalt ihres Vaters schicken. Vielleicht eine Kopie an Dr. Knox-Roberts senden, auch wenn sie drei Monate in seiner Post liegenbleiben würde. Auf jeden Fall würde sie dort sicher aufgehoben sein.

Und eine Kopie zu Sir Neil Rorke mitnehmen...

Die Lochkarten sind der Beweis, nicht der Computerausdruck. Was hatte Tabitha damit gemeint? Es war jetzt 17 Uhr 20. Sie sah eine Reihe von Telefonzellen, schlüpfte in eine hinein, wählte die Nummer des Bendix-Gebäudes und bat darum, mit dem Aufsichtsratsvorsitzenden verbunden zu werden. Sie hoffte, daß Rorkes Sekretärin zu dieser späten Stunde am Freitag nachmittag noch im Dienst war.

Erleichtert hörte sie kurz darauf die freundliche, ihr bekannte Stimme der Sekretärin. »Es tut mir schrecklich leid, aber Sir Neil arbeitet freitags nicht hier in seinem Büro.«

»Wo kann ich ihn denn erreichen?« fragte Monty.

»Sind Sie Miss Bannerman?«

»Ja«, bestätigte Monty, beeindruckt, daß die Frau sie an der Stimme erkannte.

»Sir Neil ist zur Jagd in Schottland. Er kommt morgen früh zurück; er nimmt an einem Lunch in Kent teil. Er wird am späteren Vormittag in seinem dortigen Haus zu erreichen sein. Möchten Sie, daß ich ihm eine Nachricht übermittle?«

Monty dankte ihr und sagte, sie würde selbst versuchen, ihn übers Wochenende zu erreichen. Rorke hatte ihr bereits bei den Übernahmeverhandlungen seine private Anschrift samt Telefonnummer gegeben – für den Fall, daß sie einmal ganz privat etwas mit ihm besprechen wollte.

Sie ging zum Ausgang, tief in Gedanken versunken, wo sie die Nacht verbringen und wie sie Kontakt zu Conor aufnehmen könnte.

Die Eingangstür war inzwischen geschlossen. Der Wachmann öffnete einen Flügel für sie, und die kalte Abendluft strich über ihr Gesicht. Dann, noch vor der Treppe, blieb sie wie erstarrt stehen. Sie sah den weißen Wagen durch das Gittertor kommen, sah die fluoreszierenden Streifen an der Seite, das flackernde Blaulicht.

Der Wagen hielt mit quietschenden Bremsen am Fuß der Treppe, die hintere Tür wurde aufgestoßen, die Innenbeleuchtung ging an, und sie erhellte das kurzgeschorene Haar und das adrette Profil von Detective Superintendent Levine.

104

London, Freitag, 9. Dezember 1994

Panik erfaßte Monty. Sollte sie die Flucht über die Rasenfläche wagen? Nein – Levine und seine Helfer würden sie einholen... Sie traf eine spontane Entscheidung. Keine gute vielleicht, aber besser als gar keine... Sie drehte sich um, hämmerte gegen die Eingangstür, gab dem Wachmann, der sie gerade hinausgelassen hatte, verzweifelte Zeichen, formte mit den Lippen die Worte: »Ich habe was vergessen!«

Er machte die Tür wieder auf, und sie rannte an ihm vorbei. »Entschuldigung, ich habe was in der Bibliothek vergessen!« Dann wandte sie sich nach links und lief die breite Treppe zum ersten Stock des Museums hoch.

»Hey!« rief der Wachmann hinter ihr her. »Hey, Ma'am, wir haben geschlossen! Auch die Bibliothek ist...«

Sie lief weiter, hinein in die Dunkelheit, erreichte das Ende der Treppe, sah die schattenhafte Statue eines knienden Mannes im Kampf mit irgendeinem wilden Tier, die, wie sie sich erinnerte, am Eingang zur Abteilung »Prähistorisches und Römisches Britannien« stand.

Sie rannte weiter, kam in den ersten Ausstellungsraum des »Römischen Britanniens«, es war stockdunkel hier, und sie verlangsamte ihren Schritt. Sie hörte jetzt nichts mehr als das leise Klicken ihrer Absätze auf dem Boden und ihren keuchenden Atem.

Verzweifelt versuchte sie, sich die Lage der Räume ins Gedächtnis zurückzurufen. Nach dem »Römischen Britannien« mußte der Saal »Frühes Mittelalter« kommen, dann ging es links zum »Urzeitlichen Persien«...

Hinter sich, nicht weit entfernt, hörte sie Stimmen, der Strahl einer Taschenlampe huschte an ihr vorbei und ermöglichte ihr eine gewisse Orientierung. Sie lief wieder los, wurde dann aber vom Strahl einer Taschenlampe direkt vor sich erfaßt; sie blieb stehen. Der Strahl wurde gesenkt, und sie erkannte die Silhouette eines Wachmanns. Bevor er etwas sagen konnte, rief Monty ihm in einer plötzlichen Eingebung zu: »Haben Sie sie gesehen? Die beiden Männer? Sie haben gerade einen Einbruch in die Büros gemacht, ich bin hinter ihnen her, sie müssen hier irgendwo sein!«

»Verdammt, nein, ich hab' keinen gesehn!«

»Geben Sie mir für eine Sekunde Ihre Taschenlampe.«

Er hielt sie ihr tatsächlich hin; sie riß sie ihm aus der Hand und lief los. Im Schein der Lampe kam sie viel schneller voran, und sie sprintete durch das urzeitliche Persien, kam nach Babylon, umrundete die Gräber von Ur, verpaßte in ihrer Panik die richtige Abzweigung und landete zwischen den ägyptischen Mumien. Hinter ihr zuckten Strahlen von Taschenlampen auf, eine Alarmsirene heulte los. Sie lief ein Stück zurück, bog zur Koptischen Kunst ein, rannte hindurch, fand das Treppenhaus zum nördlichen Nebeneingang. Vor der Tür stand ein Wachmann.

»Schnell!« rief sie ihm zu. »Es sind Einbrecher im Haus! Die Polizei ist schon draußen, lassen Sie sie rein!«

Er reagierte schnell, schloß die Tür auf, öffnete sie, schaute erwartungsvoll nach draußen. Monty drückte sich an ihm vorbei, schaute sich schnell nach allen Seiten um, schoß dann wie eine Rakete über den Montague Place, hinüber zum Bedford Place und schließlich in die Tottenham Court Road.

Sie entdeckte ein Taxi mit dem »Frei«-Schild, winkte ihm heftig zu, sank erleichtert auf den Rücksitz und war so außer Atem, daß sie im ersten Moment nicht sprechen konnte.

Der Fahrer ließ die Glas-Trennwand ein Stück herunter. »Wohin bitte?«

Sie keuchte, hustete. *Weg von hier* war alles, was ihr im ersten Moment einfiel. »Fahren Sie einfach ein Stück weiter, ich sage es Ihnen dann.«

Sie schaute durch das Heckfenster, aber in der dichten Lichterkette hinter ihr war nicht zu erkennen, ob jemand das Taxi verfolgte. Jedenfalls kein Blaulicht... Sie näherten sich der Euston Road. Das Bendix-Gebäude lag weniger als eine Meile entfernt. Sie lehnte sich vor. »Biegen Sie nach links in die Euston Road ein«, sagte sie. Sie wollte sich so weit wie möglich vom Bendix-Gebäude entfernen.

Dann lehnte sie sich zurück, schloß die Augen und dachte nach. Wie hatten sie die Spur zu Tabitha gefunden? Nach Tabithas Aussage hatten sie die Bank beobachtet, in der Conors Vater vor so vielen Jahren das Schließfach gemietet hatte... Oder waren sie ihr über eine Kreditkarten-Transaktion auf die Spur gekommen? Durch die Eintragung im Hotel? Waren die Gespräche in ihrem Haus in Washington doch schon früher abgehört worden, als sie angenommen hatten?

Es gab verschiedene Möglichkeiten. Sie durfte es nicht riskieren, zurück zum Sheraton Skyline zu fahren. Und auch nicht zum Park Lane Hilton, wo nach Tabithas Aussage Zimmer für sie unter dem Namen »Rosenberg« gebucht waren.

Wo war Conor?

...Er hat vor einer Stunde angerufen. Sagte, er müsse die ganze Nacht durcharbeiten.

Sie mußte Conor finden, ihm vom Mord an seiner Mutter erzählen, ihn warnen. Aber wie? Warum zum Teufel hatten sie heute morgen auf dem Flughafen keine zusätzlichen Pläne für den Notfall gemacht? Was auch immer Conor vorhatte, sie war sicher, daß seine Pläne von dem Material abhängig waren, das in dem Umschlag in ihrer Handtasche steckte. Und wenn sie sich nicht trafen und sie ihm die Papiere nicht übergeben konnte, war er nicht in der Lage, an die Verwirklichung dieser Pläne zu gehen... Sir Neil Rorke schien in zunehmendem Maß als einzig erfolgversprechende Option in Frage zu kommen. Aber er war erst morgen früh wieder erreichbar...

Wo sollte sie die Nacht verbringen? Bendix Schere schien überall Augen und Ohren zu haben. Der Gedanke, in irgendein Hotel zu gehen und dann wehrlos in einem Zimmer herumzusitzen, schreckte sie ab. Und sie konnte nicht zu irgendwelchen Freunden gehen und sie in die Sache mit hineinziehen. Eine Zeitungsredaktion? Eine Radiostation?

Sie mußte zunächst einmal die Dokumente lesen und herausfinden, wie belastend sie für Bendix Schere waren und wie groß die Sprengkraft der Munition war, die sie in Händen hatte …

Sie schaute wieder durch die Heckscheibe auf das Kaleidoskop der Autoscheinwerfer hinter sich. Jedes dieser Lichterpaare konnte zu den Verfolgern gehören. Im Augenblick meinte sie, sie müsse irgendwie in Bewegung bleiben, sich unter vielen Menschen aufhalten. In einer Menschenmenge würde sie sicherer sein, als wenn sie irgendwo allein war, zum Beispiel in einem Hotel. Sie lehnte sich vor und wies den Taxifahrer an:

»Fahren Sie mich zum Leicester Square.«

105

London, Freitag, 9. Dezember 1994

Helle Lichter überall. Monty bezahlte den Taxifahrer und stieg aus. Eine Blechbläserkapelle spielte *In the Bleak Midwinter,* Sammelbüchsen klapperten. Tausende von Menschen drängten sich aneinander vorbei. Der Geruch von Kebab ließ ihren Magen revoltieren. Es war kalt, und eine lange Nacht lag vor ihr.

Sie wanderte ruhelos um den Platz, suchte nach einem Ort, wo sie sich aufhalten konnte. Die Cafés und Restaurants waren zu hell erleuchtet, zu überfüllt. Sie brauchte einen ruhigen, vor Blicken geschützten Ort. Und sie suchte vor allem nach einem Kopierladen; aber selbst wenn sie einen finden würde: Um 18 Uhr an einem Freitag bestanden nur wenig Chancen, daß er noch geöffnet hatte.

Sie kam in die St. Martin's Lane, wollte schon wieder umkehren, sah aber dann den Trafalgar Square vor sich – und entdeckte die Kirche. Sie diente auch als Obdachlosenasyl, wie ein handgeschriebenes Schild verkündete, und sie war Tag und Nacht geöffnet.

Sie ging die Treppe zu dem wuchtigen korinthischen Säulen-Vorbau hoch und stieß die schwere Eichentür auf. Im Inneren war es warm und anheimelnd. Kerzen brannten, der Altar war weihnachtlich-festlich geschmückt. Etwa zwei Dutzend Leute saßen verstreut in den Bänken, meist Jugendliche, manche knieten und beteten. Es herrschte tiefe Stille.

Monty bekreuzigte sich unwillkürlich und beugte vor dem Altar den Kopf. Dann ging sie zu einem Seitenflügel, schlüpfte in eine leere Bank und schob sich bis zum anderen Ende durch, bis dicht an die Außenwand. Es war gerade noch hell genug hier, um lesen zu können, und ein schwacher, aber angenehmer Wärmestrahl aus einem Heizungsschacht in der Wand strich über ihre Beine.

Sie nahm den Umschlag aus der Handtasche und ließ den Inhalt neben sich auf die Bank gleiten. Er bestand aus einem dicken, von einem ausgeleierten Gummiband zusammengehaltenen Stapel Lochkarten, mindestens tausend, wie sie schätzte, sowie einem Computerausdruck auf dünnem Endlospapier.

Die Karten waren gebrochen weiß, rund 15 Zentimeter lang und 8 Zentimeter breit; in jede einzelne war ein Lochmuster gestanzt, und der Name BENDIX SCHERE war in transparentem Braun, wie ein Wasserzeichen, über die ganze Breite gestempelt. Sonst war außer der am unteren Rand aufgedruckten Warnung NICHT BIEGEN, FALTEN ODER KNICKEN! nichts auf den Karten zu lesen, und Monty schob den Stapel wieder in den Umschlag zurück. Dann wandte sie sich dem Computerausdruck zu.

Die Überschrift war in Großbuchstaben gedruckt und lautete:

12. MÄRZ 1967
STRENG GEHEIMES MEMORANDUM.
VERTEILUNG NUR AN DIREKTOREN
DES FIRMENVORSTANDES.

PROJEKT MEDICI – EINE STRATEGIE FÜR DAS
21. JAHRHUNDERT.

Monty begann zu lesen, faltete jedes dünne Blatt sorgfältig an der Perforation, unterbrach oft, um die gelegentlichen Neuankömmlinge argwöhnisch zu beobachten. Als sie das ganze Dokument gelesen hatte, war sie über den Inhalt maßlos entsetzt. Und sie verstand jetzt, warum Bendix Schere sich so skrupellos darum bemüht hatte, dieses Papier nicht in falsche Hände gelangen zu lassen.

In dem Memorandum waren nicht nur die Grundlagen der Strategie detailliert dargestellt, es wurde auch berichtet, daß bereits auf Aspirin und Diazepam basierende Medikamente eingesetzt worden waren, um Grippeviren auf Menschen zu übertragen; darüber hinaus waren fünfzig spezifische Krankheitsverläufe bei unfreiwilligen Versuchskaninchen aufgelistet, und in fünf Fällen hatten die Versuche zum Tod der Betroffenen geführt. Am Ende des Dokuments war – in Druckschrift – Crowes Name als Verfasser angegeben.

Sie las das Dokument noch einmal durch, und diesmal wurde ihr Entsetzen von ohnmächtigem Zorn überlagert. Als sie fertig war, dachte sie gründlich darüber nach, welche Optionen ihr blieben, und sie wünschte sich verzweifelt, nicht länger warten zu müssen, sondern auf der Stelle etwas unternehmen zu können.

Das Dokument war nicht handschriftlich unterzeichnet, es war nicht auf Papier mit dem Briefkopf von Bendix Schere gedruckt, und der Angestellte, der es beschafft hatte, war nach Tabitha Donoghues Aussagen 1967 gestorben. Aber die Lochkarten stammten unzweifelhaft von Bendix Schere. Und der Computerausdruck war ganz sicher nichts anderes als die Wiedergabe des auf den Lochkarten eincodierten Textes. Und trotz des unzweifelhaft hohen Alters der Karten würde es noch alte Computer geben, mit denen das verifiziert werden konnte. Sie verstand jetzt, was Tabitha mit dem Satz *Die Lochkarten sind der Beweis, nicht der Computerausdruck* gemeint hatte.

Hubert Wentworth hatte gesagt, eine Zeitung brauche handfeste Beweise, wenn sie die Sache veröffentlichen wolle. Dieses Dokument in Verbindung mit den Lochkarten sowie Conors Diskette über die Fortschreibung der Akte Medici waren Beweis genug. Mein Gott, wenn Conor das hier sah…!

Sie saß lange Zeit still da, dachte nach, überlegte, welche Handlungsmöglichkeiten sie hatte. Hubert Wentworth hatte angedeutet, die *Sunday Times* sei interessiert an der Sache. Sie könnte sofort zur Redaktion dieser Zeitung gehen – aber das würde keine Garantie für die Sicherheit ihres Vaters bedeuten. Crowe könnte in Panik geraten und überstürzt handeln. Irgendwie kam sie immer wieder auf Sir Neil Rorke zurück…

Schließlich nahmen Hunger und Durst überhand, und sie ging in die Suppenküche, die in der Krypta der Kirche eingerichtet war. Gegenüber den wahrhaft Bedürftigen fühlte sie sich wie eine Betrügerin, nahm aber dankbar eine Schale Eintopf und einen Becher Tee entgegen. Auf dem Rückweg zu ihrer Kirchenbank drückte sie einen größeren Geldschein in den Schlitz des Opferstocks.

Sie verbrachte die Nacht ausgestreckt auf ihrer Bank. Hin und wieder erhielt sie Besuch von einem Geistlichen mit Pferdeschwanz, der seine Runden unter all den armen Seelen in der Kirche drehte und mit ihnen betete. Sie schlief unruhig, fühlte sich jedoch sicher hier, und sie war, wenn auch nur für wenige Stunden, ihrem sehr realen Alptraum entronnen. Aber sie wußte, wenn der Morgen kam, war ihr Vater immer noch in den Händen böser Mächte, und die Tatsache, daß die Mutter des Mannes, den sie liebte, grausam ermordet worden war, würde weiter auf ihr lasten.

Und sie wußte nicht, wo Conor war. Hatte er vom Tod seiner Mutter erfahren?

Sie wußte nur, daß er ein Zimmer im Hilton gebucht hatte und irgendwann im Verlauf des Morgens versuchen würde, dort Kontakt aufzunehmen. Eine Option war, im Hilton auf ihn zu warten, aber sie wußte natürlich nicht, wer sonst noch dort warten würde. Und ob Conor überhaupt dorthin kommen würde.

Tabitha hatte ihr eindringlich geraten, die Lochkarten gut zu verstecken, und dieser Rat war ganz sicher angebracht. Aber wo? Dann sah sie plötzlich, daß das perfekte Versteck nur Zentimeter von ihr entfernt war: der Heizungsschacht. Sie faltete den Umschlag fest um die Karten, kniete sich hin und schob das Paket durch die Stäbe des Gitters so weit in den Schacht hinein, daß es von außen nicht zu sehen war.

Dann verließ sie, mit dem Computerausdruck in der Handtasche, die Kirche, ging zu einer Telefonzelle und rief das Park Lane Hilton an.

Es überraschte Monty nicht, als man ihr sagte, daß niemand unter dem Namen *Rosenberg* eingecheckt hatte. Sie war darauf vorbereitet und hatte sich überlegt, wie sie Conor eine Nachricht zukommen lassen konnte. Sie erzählte dem Mann an der Rezeption eine Story, die der schmerzlichen Wahrheit nahekam: Mrs. Rosenberg habe einen Unfall gehabt, und es sei nun sehr wichtig, daß man Mr. Rosenberg oder Mr. Molloy eine kurze Nachricht übermittle, sofern sich einer von beiden telefonisch melden oder an der Rezeption erscheinen würde.

Der Mann an der Rezeption erklärte sich gerne bereit dazu.

106

London, Samstag, 10. Dezember 1994

Kurz nach zehn lenkte Conor den gemieteten Ford vor eine Parkuhr in einer ruhigen Wohnstraße in Mayfair, zwei Blocks hinter dem Park Lane Hilton und stellte dann den Motor ab. Er blieb im Wagen sitzen und sammelte, eingeschlossen in einen Kokon betäubender Trauer, seine Gedanken.

Tot. Seine Mutter war tot...

Die Warnung, die sie in der Nacht vor seinem Aufbruch nach England ausgesprochen hatte, dröhnte durch seinen Kopf. Wenn er doch nur auf sie gehört hätte... Bendix Schere hätte zwar seine ruchlosen Pläne weiter verfolgen können, und er hätte Monty nicht kennengelernt. *Aber seine Mutter würde noch leben.*

Wo zum Teufel war Monty? In den Krallen dieses verdammten Bastards Crowe? Oder versteckte sie sich irgendwo? Bei Freunden? Bei Wentworth? In einem Hotelzimmer? Hatte sie die Dokumente über das Projekt Medici aus dem Jahr 1967, oder hatte seine Mutter sie nicht mehr an Monty übergeben können?

Er war müde, gefährlich müde. Er hatte die ganze Nacht hindurch gearbeitet und nur eine halbe Stunde an einer Tankstelle auf dem Weg hierher im Wagen vor sich hingedöst. Seine Gedanken rasten, überschlugen sich, und er mußte sich zusammenreißen, um klar denken zu können.

Vom Tod seiner Mutter hatte er bei einem Anruf im Royal Bloomsbury Hotel am vergangenen Abend erfahren. Während der Nacht hatte er dann abermals im Hilton angerufen und gefragt, ob jemand von der Familie Rosenberg eingetroffen sei; er hatte es auch im Sheraton Skyline versucht, aber in Montys Zimmer hatte sich niemand gemeldet.

Sie war entweder den Gangstern in die Hände gefallen oder versteckte sich irgendwo. Wenn letzteres zutraf, würde sie versuchen, mit ihm Kontakt aufzunehmen. Vielleicht hatte sie im Park Lane Hilton eine Nachricht für ihn hinterlassen; vielleicht wartete sie auch irgendwo vor dem Hotel darauf, daß er auftauchte.

Er behielt die Taxis und geparkten Wagen mißtrauisch im Auge, hastete in einiger Entfernung zweimal am Haupteingang und an den Seiteneingängen des Hotels vorbei. Dann ging er durch einen Seiteneingang hinein und schaute sich im Foyer sorgfältig um. Ein Mann, der zeitunglesend in der Nähe des Haupteingangs saß, erregte seinen Verdacht, und er behielt ihn im Auge, als er sich in die Schlange vor der Rezeption einordnete.

»Würden Sie bitte nachsehen, ob eine Nachricht für Mr. Rosenberg vorliegt?« fragte er den Empfangschef, als er schließlich an der Reihe war. »Mrs. Rosenberg hätte gestern abend ankommen sollen, aber sie hatte einen… Unfall.«

Der Empfangschef ging in einen rückwärtigen Büroraum. Conor trommelte ungeduldig mit den Fingern auf die Theke. Der zeitunglesende Mann war aufgestanden und begrüßte ein älteres Ehepaar. Der Empfangschef kam zurück und reichte Conor einen zusammengefaltenen Zettel. Die Nachricht lautete:

»8 Uhr 55. Bin zu Sir Neil Rorke nach Kent gefahren. Nimm dort Kontakt zu mir auf.«

O mein Gott, dachte Conor. O du naives, dummes Mädchen…

Die Uhr über dem Empfangsschalter zeigte 10 Uhr 05. Conor drehte sich um und rannte aus dem Hotel zu seinem Wagen.

107

Kent, Samstag, 10. Dezember 1994

Monty bewunderte und beneidete die grandiose Zufahrt zu Sir Neil Rorkes Landhaus. Sie hatte im Charing-Cross-Bahnhof ein schnelles Frühstück verschlungen, war dann in einen Schnellzug nach Tunbridge Wells in Kent gestiegen und von dort mit dem Taxi zu Rorkes Landhaus in der Nähe eines verschlafenen Dorfes gefahren.

Monty ließ sich am geöffneten Tor des Anwesens absetzen und ging zu Fuß über den von Lorbeerbüschen gesäumten Kiesweg auf das zunächst noch nicht einzusehende Landhaus zu. Nach einer Kurve kam es dann, etwa hundert Meter vor ihr, in Sicht. Es entsprach den Fotos, die sie vor einigen Wochen im Magazin *HELLO!* gesehen hatte – ein beeindruckendes, wenn auch kühl wirkendes Gebäude mit grauen Mauern, einem Schieferdach, einer wohlproportionierten georgianischen Fassade und einer eleganten weißen Veranda.

Als sie die Treppe zur Veranda hochging, ertönte im Inneren des Hauses lautes Hundegebell, und als sie auf die Klingel drückte, steigerte es sich zu einem wütenden Kläffen. Eine wohlbekannte Baritonstimme versuchte, dagegen anzukommen: »Bartholomew! Simeon! Still! Still!«

Die Tür wurde geöffnet, und Sir Neil Rorke, gekleidet in einen seidenen Paisley-Morgenmantel und schwarze Lederslipper, stand gebückt vor ihr und hielt zwei große junge Doggen an den Halsbändern fest.

Für einen flüchtigen Moment meinte Monty, einen Ausdruck offener Feindschaft auf seinem Gesicht zu erkennen, und sie schloß daraus, daß er wütend war, weil seine Privatsphäre am Wochenende gestört wurde. Aber noch ehe sie ganz sicher war, verschwanden alle Anzeichen von Feindseligkeit, und in Rorkes Augen zeigte sich ein Ausdruck echter Freude.

»Miss Bannerman! Was für eine nette Überraschung!«

»Bitte entschuldigen Sie, daß ich Sie am Wochenende störe, Sir Neil.«

»Aber nein doch, ich freue mich jederzeit, Sie zu sehen, meine Liebe! Kommen Sie bitte herein.« Die Hunde fingen erneut an zu bellen; er befahl ihnen wieder, still zu sein und sagte dann: »Entschuldigen Sie meinen Aufzug, aber ich bin erst vor einer Stunde aus Schottland zurückgekommen. Ich wollte gerade ein Bad nehmen und mich umziehen – ich muß zu einem weihnachtlichen Wohltätigkeitsessen ins Dorf.«

Der Fliesenboden der Halle war mit Perserteppichen bedeckt, an den eichengetäfelten Wänden hingen Ölgemälde und goldgerahmte Spiegel, und eine breite, elegant geschwungene Treppe führte nach oben. Rorke schloß die Tür, ließ die Hunde los und befahl ihnen: »Ab in die Körbchen!« Sie gehorchten diesmal sofort und trotteten davon.

Er lächelte Monty freundlich an: »Tee, Kaffee – oder ein Glas Sherry?«

»Kaffee wäre sehr schön.«

Er führte sie in einen elegant möblierten Salon und entschuldigte sich dann für einen Moment. Monty konzentrierte sich darauf, wie sie Sir Neil die scheußliche Wahrheit beibringen sollte, wurde aber dann vom scharfen »Ping!« eines Telefons irgendwo im Haus, als sei ein Hörer abgehoben oder aufgelegt worden, in die Wirklichkeit zurückgeholt. Sie nahm das Diktiergerät aus ihrer Handtasche, überprüfte, ob das Band ganz zurückgespult war und legte es auf das Tischchen vor sich.

Kurz darauf kam Rorke zurück. Er hatte sich umgezogen, trug jetzt einen Anzug und ein gestreiftes Hemd. In den Händen hielt er ein Tablett mit Kaffee und Gebäck. »Meine Frau ist leider nicht im Haus«, sagte er entschuldigend.

Er setzte das Tablett ab, hob die Augenbrauen, als er das Diktiergerät sah, setzte sich Monty gegenüber auf das Sofa und goß Kaffee ein. »Nanu, meine Liebe, wollen Sie mich interviewen?« fragte er.

Sie lächelte dünn, war plötzlich sehr nervös. »Nein. Auf diesem Band ist etwas, das Sie sich anhören sollten. Ich fürchte, es wird Ihnen einen Schock versetzen.«

Rorke hörte sich aufmerksam das Band und anschließend Montys Bericht an. Sie trug ihn so detailliert wie möglich vor, und er nahm ihn ungläubig staunend zur Kenntnis. Dann überflog er den Computerausdruck mit dem Memorandum über das Projekt Medici. Monty hatte die ganze Zeit den Eindruck, er warte auf den Beweis für etwas, das er bereits wußte.

Als er alles zur Kenntnis genommen hatte, stand er entschlossen auf, und statt Zeit damit zu verschwenden, sein Entsetzen zum Ausdruck zu bringen, zeigte er sich sofort zum Handeln bereit. »Die unmittelbaren Prioritäten sind, Ihren Vater zu finden und entsprechenden Schutz für Sie und Mr. Molloy bereitzustellen; danach gilt es, Überlegungen anzustellen, was wir für Anna Sterling und all die anderen Frauen auf dieser scheußlichen Liste tun können.«

Er schaute wieder auf das Memorandum. »Einer meiner engsten Freunde ist Sir Patrick Norton, der Chief Commissioner der Stadtpolizei von London. Wer auch immer dieser kleine Scheißer Levine ist, wir werden ihn an die Leine legen. Eines ist klar – wir müssen schnell handeln. Wenn diese Verbrecher Sie beobachtet haben, werden sie wissen, daß Sie hier sind. Ich rufe jetzt sofort Sir Patrick in seinem Haus an... Ich will Crowe noch heute verhaftet sehen. Und das wird nur der Anfang sein!«

Rorke ging mit schweren Schritten aus dem Zimmer. Monty spürte plötzlich Mitleid mit ihm, fühlte sich zugleich irgendwie schuldbewußt, daß sie ihm diese schlimme Nachricht über die ruchlosen Vorgänge in seiner Firma hatte überbringen müssen.

Von draußen drang wieder mehrmals das »Ping« des Telefons zu ihr herein. Sie steckte das Diktiergerät und das Memorandum zurück in ihre Handtasche.

Nach zehn Minuten kam Rorke zurück in den Salon, einen

gefalteten Mantel über dem Arm. Er schien um Jahre gealtert zu sein. »Kommen Sie, wir gehen. Sir Patrick hat es arrangiert, daß der Chief Constable der Polizei von Kent persönlich herkommt und uns abholt. Er wird in rund fünf Minuten eintreffen und uns mit einer Eskorte zur Bendix-Hammersmith-Klinik bringen. Zu Ihrem Vater ...«

Monty war beeindruckt, wie weit Rorkes Beziehungen reichten; endlich griffen die großen Zahnräder einmal zu ihren Gunsten ineinander. Wenn ich doch nur eher zu Rorke gegangen wäre statt zu diesem Mistkerl Levine, dachte sie ...

Es war 13 Uhr 30. »Ihr Lunch?« fiel Monty plötzlich ein. »Sie werden doch erwartet.«

»Ich habe bei den Leuten angerufen und mich entschuldigt«, sagte er schnell.

Danach entstand ein fast peinliches Schweigen zwischen ihnen; die Situation verlangte jetzt keine weiteren Worte mehr, erkannte Monty.

Es läutete an der Haustür, und sofort bellten die Hunde wieder los, aber es klang gedämpft, als ob die Tiere irgendwo eingesperrt wären. Rorke stand auf und ging in die Halle; Monty folgte ihm. Durch ein Fenster sah sie die vordere Hälfte eines schwarzen Mercedes mit getönten Scheiben, der in der Auffahrt abgestellt war.

Rorke zog mit einem Ruck die Tür auf und bedeutete Monty mit einem Handzeichen, voranzugehen. Sie machte einen ersten Schritt, blieb dann wie angewurzelt stehen.

Dr. Crowe und Dr. Seligman standen auf der Veranda, Schulter an Schulter und blockierten ihr den Weg.

Sie fuhr entsetzt herum, sah Rorke hilfesuchend an. Sein Gesicht war plötzlich eine Maske kalter, weißglühender Wut. Und Monty erkannte entsetzt, daß diese Wut sich nicht gegen die beiden Männer richtete, sondern gegen sie.

»Sie wehleidiges, dreckiges, lästiges Miststück! Wie können Sie es wagen, hinter uns herzuschnüffeln, wie Sie das getan haben? Wie können Sie unbedeutendes kleines Miststück so etwas wagen?«

Monty spürte ein scharfes Brennen in ihrem Oberschenkel,

wie von einem Wespenstich. Sie sah noch, wie Rorkes Gesicht sich plötzlich seltsam verzerrte, zu zerschmelzen schien. Dann gaben ihre Beine unter ihr nach.

108

London, Samstag, 10. Dezember 1994

»Fahren Sie geradeaus weiter, am Dorfanger vorbei, dann kommen Sie nach ungefähr einer Meile zum Eingangstor – zwei große Steinpfeiler.

Conor dankte dem Bauern und fuhr weiter. Er hatte sich auf dem Weg zum Dorf bereits zweimal verfahren, und es war schon fast 13 Uhr 30 – viereinhalb Stunden nach dem Erhalt von Montys Nachricht. Er kam am Dorfanger vorbei, hinter dem Dorf auf eine von Bäumen gesäumte, kurvenreiche Straße, und dann, nach einer leichten Senke, sah er in etwa zweihundert Metern Entfernung das imponierende Eingangstor zu Rorkes Anwesen vor sich liegen. Er bremste ab, wollte erst einmal langsam an der Einfahrt vorbeifahren, um sich einen allgemeinen Eindruck zu verschaffen. Aber im gleichen Moment bog ein schwarzer Mercedes aus dem offenen Tor und kam ihm entgegen.

Als der Wagen an ihm vorbeifuhr, erhaschte er durch die getönte Scheibe der hinteren Tür einen Blick auf Crowes charakteristisches Habichtsprofil – und, neben ihm, auf das bleiche, verängstigte Gesicht Montys.

Conor erstarrte. O Gott…

Er fuhr jedoch langsam weiter, schaute in den Rückspiegel, bis der Mercedes die Kurve hinter der Senke genommen hatte und aus seiner Sicht verschwunden war, stieg dann auf die Bremse, drehte in einem hastigen Manöver um und raste hinter dem Mercedes her.

Der Mercedes fuhr schnell, und Conor sah ihn erst nach einigen Minuten wieder vor sich, als er gerade einen Lastwagen überholte. Er selbst hing dann längere Zeit hinter dem Lastwagen, konnte wegen der vielen Kurven nicht überholen, und als er es auf einer geraden Strecke endlich schaffte, war der Mercedes nicht mehr zu sehen. Conor gab Gas, überholte in halsbrecherischen Manövern einige andere Wagen, ignorierte die Geschwindigkeitsbeschränkung in einem Dorf und war sehr erleichtert, als er den Wagen weit vor sich wieder entdeckte. Er bog gerade in die Zufahrt zur Autobahn in Richtung London ein.

Conor blieb ein gutes Stück zurück und ließ stets mehrere Wagen zwischen sich und dem Mercedes; er hatte es in dem starken Verkehr leichter, unentdeckt hinter ihm zu bleiben. Innerlich aber kochte er vor Zorn – und vor Angst.

Am liebsten hätte er dem selbstmörderischen Drang nachgegeben, den Mercedes von hinten zu rammen, Crowe zusammenzuschlagen und Monty aus seinen Klauen zu befreien. Aber er riß sich zusammen. Ein kurzes Stück fuhr er dichter auf, erkannte das Nummernschild des Mercedes und die Silhouetten der Insassen auf dem Rücksitz. Monty in der Mitte, Crowe rechts von ihr, ein anderer Mann links. Rorke? Nein, zu kurz geschnittene Haare. O Gott, Monty hatte wie ein Zombie ausgesehen …

Ich bleibe in deiner Nähe, Liebling. Und ich werde diese Bastarde töten …

Er ließ sich wieder weiter zurückfallen. Sie kamen zum Ende der Autobahn, und jetzt wurde es schwer, den Mercedes im dichten Verkehr Londons nicht aus den Augen zu verlieren. Sie fuhren durch Barnes und Hammersmith, und als sie die Euston Road erreichten, gab es keinen Zweifel mehr, wo die Reise hinging.

Ein verrückter Plan ging ihm durch den Kopf: Dem Mercedes bis zum Bendix-Parkplatz zu folgen und Monty irgendwie in seinen Ford zu ziehen, wenn sie ausgestiegen war. Das Überraschungsmoment wäre auf seiner Seite. Aber es gab zu viele Risiken dabei. Und der Ford war wahrscheinlich nicht stabil genug, um die Schranke am Ausgang zu durchbrechen.

Er mußte ruhig bleiben. Er hatte genügend Munition in der Hand, ihnen Einhalt zu gebieten, wenn er richtig vorging und selbstbewußt und überzeugend auftrat. Er würde zumindest Zweifel bei ihnen wecken können…

Wo waren die Dokumente seiner Mutter?

Trug Monty diese Dokumente bei sich, oder war es ihr gelungen, sie irgendwo zu verstecken? Er wußte nicht genau, was sie enthielten, aber wenn Bendix Schere es für notwendig erachtet hatte, den Programmierer umzubringen, der sie damals an sich genommen hatte, anschließend seinen Vater und jetzt auch seine Mutter, dann mußten sie genug Sprengstoff enthalten, um die Firma in die Luft jagen zu können.

Wir waren so dicht dran, dachte Conor. Mein Gott, wir waren wirklich so dicht dran…

Rechts vor ihm tauchte der fensterlose Monolith des Bendix-Gebäudes auf, und mit diesem Anblick stieg auch aller Haß, der sich seit siebenundzwanzig Jahren in ihm aufgestaut hatte, wieder in ihm hoch.

Zu seiner Überraschung bog der Mercedes nicht rechts zum Bendix-Gebäude ab, sondern nach links. Er hatte sich bereits in die Rechtsabbieger-Spur eingeordnet und war zwischen zwei Taxis eingeklemmt. Zu spät…

Conor sprang aus dem Ford, spurtete zur Kreuzung, sah gerade noch, daß der Mercedes die Rampe zu einem Parkhaus hochfuhr. Zu dem geheimnisumwitterten Parkhaus, von dem Monty ihm erzählt hatte, wie ihm einfiel.

Er rannte zurück zu seinem Wagen, erreichte ihn, als die Ampel gerade auf Grün schaltete, drängte sich rücksichtslos in die linke Fahrspur, bog ab und fuhr langsam an dem Parkhaus vorbei. Der Mercedes war verschwunden. Er fuhr an den Bordstein und hielt an. Seine Gedanken überschlugen sich. Sie hatten seine Mutter getötet, weil sie wußten, daß sie die Dokumente aus dem Bankschließfach geholt hatte. Wenn Monty sie bei sich gehabt hatte, würden sie sie ebenfalls töten. Wenn sie sie inzwischen irgendwo versteckt hatte, würden sie sie foltern, um sie zur Preisgabe des Verstecks zu zwingen. Und sie dann töten…

Kurz vor ihm war eine Telefonzelle. Er ging hin und wählte die Nummer des Bendix-Gebäudes. Gleich nach dem ersten Rufton meldete sich eine männliche Stimme: »Bendix Schere.«

»Ich möchte Dr. Crowe sprechen«, sagte Conor.

»Es tut mir leid, Sir, Dr. Crowe ist heute nicht anwesend. Bitte rufen Sie am Montag wieder an.«

»Er *ist* anwesend«, knurrte Conor. »Er ist gerade angekommen.«

»Moment bitte.« Nach einer langen Stille in der Leitung meldete sich der Mann wieder, höflich, aber bestimmt: »Es tut mir leid, Dr. Crowe wird tatsächlich erst am Montag wieder anwesend sein.«

»Verdammt!« explodierte Conor. »Dr. Crowe ist im Gebäude – ich weiß, daß er da ist!«

»Bitte rufen Sie am Montag nach neun Uhr wieder an, Sir.« Die Verbindung wurde abgebrochen.

Conor knallte wütend den Hörer auf und rannte zurück zu seinem Wagen. Er fuhr einmal um den Block, viel zu schnell, und er hatte nur ein einziges Bild vor Augen: Montys bleiches, verängstigtes Gesicht... Er bog zum Bendix-Gebäude ein und reichte dem Wachmann seinen Ausweis durch das Wagenfenster.

»Der Parkausweis?« fragte der Wachmann.

»Was?«

»Ohne Parkausweis darf ich Sie nicht reinfahren lassen.«

»Sie verdammtes Arschloch!« Conor platzte der Kragen. »Das ist ein Mietwagen! Mein Firmenwagen ist in Reparatur?«

Der Wachmann blieb ungerührt, ließ die Schranke nicht hoch. Conor stieß zurück und stellte den Wagen in einer Parkbucht vor dem Eingang ab. Dann rannte er, blind vor Wut, zum Personeneingang und stürmte die Treppe zum Gebäude hoch. Die automatischen Türen glitten auf, und er lief durch die Halle, steckte seine Smartcard in den Schlitz an der Drehtür und tippte seine Pin-Nummer ein.

Aber die Tür bewegte sich nicht. Begleitet von drei

scharfen Pieptönen leuchtete über der Tür der Schriftzug ZUGANG VERWEIGERT auf. Conor versuchte es noch einmal – mit demselben Ergebnis. Er fluchte und ging zu dem Wachmann hinter dem Sicherheitsschalter. »Irgendwas stimmt mit meiner Karte nicht«, sagte er. »Sie hat anscheinend einen Kratzer abgekriegt.«

Der Wachmann sah ihn argwöhnisch an. »Darf ich Ihren Firmenausweis sehen?«

Conor zeigte ihn vor. Sein Name auf dem Ausweis schien eine Alarmglocke bei dem Wachmann auszulösen. Er schluckte, lächelte Conor nervös an. *Mr. Conor Molloy.* Dieser Name stand seit heute morgen auf seinem Computerscreen. Er wählte hastig Major Gunns Telefonnummer.

109

London, Samstag, 10. Dezember 1994

In dem Mercedes herrschte eine unheimliche Stille, die durch das von den getönten Scheiben hervorgerufene Dämmerlicht noch unterstrichen wurde. Der Geruch nach Leder stieg in Montys Nase, als der Wagen durch den Londoner Verkehr glitt.

Sie saß eingeklemmt zwischen Crowe und Seligman, und es kam ihr vor, als sei ihr Körper in Zement gegossen. Sie mußte eine Zeitlang geschlafen haben oder ohnmächtig gewesen sein, wie sie erkannte; jetzt aber war sie hellwach, wenn auch ein wenig verwirrt. Sie fuhren die Park Lane hinunter. Hier war ich gestern abend, dachte sie, und versuchte sich zu erinnern, warum sie hier gewesen war. Jetzt umrundeten sie Marble Arch. Natürlich. Sie würden nach der Marylebone Road in die Euston Road einbiegen... Ihre Handtasche lag mit geöffnetem Verschluß auf ihrem Schoß. Das Medici-Projekt-Papier war daraus verschwunden.

Angst erfaßte sie, steigerte sich, engte ihre Brust ein. Der

Verkehr, die Gebäude und die Menschen draußen glitten wie in einem düsteren, unbekannten London an den dunklen Wagenfenstern vorbei – eine Szenerie wie in einem nuklearen Winter.

Ich sollte den Leuten Zeichen geben, dachte sie. Sollte schreien, auf mich aufmerksam machen. Aber niemand würde sie sehen oder hören....

Sie waren jetzt auf der Euston Road, kamen an der Euston Station vorbei. Das Bendix-Gebäude ragte rechts vor ihnen auf, aber statt sich rechts einzuordnen, glitt der Mercedes in die Linksabbieger-Spur, verlangsamte das Tempo, bog dann in eine breite Straße mit hohen Bürogebäuden ein, beschleunigte wieder und fuhr scharf links die Rampe zu einem Parkhaus hoch.

Entsetzt starrte Monty auf das schwarz-orange Schild an der Wand: LRG-PARKHAUS. NUR FÜR DAUERMIETER.

Die Schranke vor dem Eingang hob sich, und der Mercedes fuhr in das Parkhaus hinein, die steile Zufahrt hinunter, an der Kabine mit dem verbissenen Wachmann vorbei, den Monty von ihrer Erkundung vor einigen Tagen wiedererkannte. Eine weitere Schranke öffnete sich, nachdem der Chauffeur eine Karte in den Schlitz einer Konsole gesteckt hatte.

Die Parkfläche hier unten war viel größer, als Monty sich vorgestellt hatte. Die meisten Plätze waren leer. Natürlich – es war Samstag... Der Mercedes bog scharf rechts ab und hielt vor einer Reihe von Aufzugtüren.

Der Chauffeur öffnete die Wagentür für Crowe und hielt sie ihm auf. Seligman gab Monty ein Zeichen, ihm zu folgen; sie schob sich über den Rücksitz und stieg aus. Ihre Beine waren schwer wie Blei.

Crowe steckte eine Karte in die Bedienungstafel für die Aufzüge und gab seine Pin-Nummer ein. Sofort glitt eine der Türen auf; Crowe wartete, bis Monty die Kabine betreten hatte und folgte ihr dann zusammen mit Seligman. Die Kabine sank schnell nach unten, hielt schließlich an. Sie kamen in eine mit grauem Marmor ausgekleidete Halle, in der zwei uniformierte Wachmänner hinter einem Schalter saßen.

Crowe nahm keine Notiz von ihnen und ging zu einer schweren Metalltür, wiederholte die Prozedur mit der Karte und der Pin-Nummer. Hinter der Tür lag ein langer, leerer, hell erleuchteter Flur.

Monty folgte Crowe, war zu benommen, um sich zur Wehr setzen zu können.

Sie wehleidiges, dreckiges, lästiges Miststück...

Diese Worte waren nicht impulsiv aus Rorke herausgesprudelt; sie waren ihm aus tiefstem Herzen gekommen. Es war alles ihre eigene Schuld; sie hatte wieder einmal gegen Conors Rat gehandelt. Aber sie konnte und wollte es immer noch nicht glauben – war Sir Neil Rorke wirklich an diesen ruchlosen Verbrechen beteiligt? Doch nicht dieser Gentleman...

Vielleicht bringen sie mich zu meinem Vater, dachte Monty plötzlich. Oder zu Conor.

Es konnte aber auch sein, daß sie sie irgendwo hinbrachten, wo man sie töten würde...

Sie kamen an mehreren Labors vorbei. Die Türen der meisten waren geschlossen. An den Wänden im Korridor hingen weder irgendwelche Bilder noch Anschlagbretter noch die üblichen Warnschilder, was die düstere Anonymität dieses Kellergeschosses noch verstärkte.

Am Ende des Flurs stießen sie auf eine weitere Metalltür, und Crowe vollzog wieder die übliche Öffnungsprozedur. Sie führt in ein nur schwach beleuchtetes, eiskaltes Treppenhaus. »Nur eine Etage«, sagte Crowe. »Dazu brauchen wir den Aufzug nicht.«

Monty runzelte die Stirn. Die Treppe führte nur nach unten, nicht nach oben.

»Die Feuer-Fluchtwege verbinden nur die Kellergeschosse miteinander, Miss Bannerman«, beantwortete Crowe die ungestellte Frage. »Von hier unten kann sich kein Feuer in die oberen Stockwerke ausbreiten; es trennen uns neun Meter Beton von ihnen.

»Aber wie kommen die Leute denn dann bei einem Brand hier raus?«

»Alle Kellergeschosse sind durch ein Halongas-System gesichert. Jedes Feuer wird sofort erstickt.«

Monty starrte ihn an. Feuerlöschsysteme auf der Grundlage von Halogenkohlenwasserstoff, kurz Halon genannt, waren wegen der Gefahr eines durch Kurzschlüsse verursachten Feuers in Räumen mit Computer-Ausstattung üblich. Sie erstickten ein Feuer durch komprimierten Ausstoß von Halongas, das den Sauerstoff durch die Lüftungsschächte aus dem Raum drückte und dem Feuer damit die Nahrung entzog. Diese Systeme waren hocheffizient – aber auch tödlich: Einmal ausgelöst, wurde aller Sauerstoff in einem Raum innerhalb von Sekunden beseitigt, und falls sich noch Menschen in diesem Raum befanden, waren sie unweigerlich zum Erstickungstod verurteilt.

»Ist das hier unten nicht gefährlich für Ihre Mitarbeiter?«

»Es zwingt sie dazu, bei der Arbeit gut aufzupassen«, antwortete er mit einem dünnen Lächeln.

Eine Etage tiefer kamen sie zunächst in einen kleinen Vorraum. Ein Wachmann mit dunklen Ringen unter den Augen und einer fleckigen, verfärbten Gesichtshaut stand hinter einer kleinen Konsole mit einer Reihe von Monitoren. Crowe ging an ihm vorbei, dann durch eine weitere Metalltür in einen breiten Korridor, in dem es penetrant nach Desinfektionsmittel roch. Und Monty nahm noch einen anderen, ihr bekannten, stets als besonders unangenehm empfundenen Geruch wahr – den Gestank feuchter Tierhaare und von nassem Stroh. Sie waren in einem Tierlabor angelangt.

Sie folgte Crowe in einen düsteren, höhlenartigen Saal, der nur von ultraviolettem Licht erleuchtet war. Der Tiergestank war hier noch stärker. Eine Konsole mit Monitoren und Computergeräten verlief durch die Mitte des Raumes, und zu beiden Seiten reihten sich vom Boden bis zur Decke gläserne Tierkäfige über- und nebeneinander.

Sie kamen an Käfigen mit Hunden, Affen und Nagetieren vorbei, und viele dieser Tiere waren mit Drähten an Monitore und andere Geräte auf der Konsole angeschlossen. Dann blieb Crowe vor einem Glasfenster stehen und winkte Monty zu sich heran.

Als sie näher trat, erkannte Monty, daß es sich eher um einen Brutkasten als um einen Käfig handelte. Eine kleine, rosafarbene Kreatur, etwa fünf Zentimeter lang, lag zusammengekrümmt in dem Kasten, angeschlossen an eine Art Minisonde. Monty dachte zuerst, es wäre eine junge Maus, aber als sie genauer hinsah, erkannte sie mit äußerstem Entsetzen und Abscheu, daß es ein Fötus war.

»Was ist das?« fragte sie. »Ein Affenfötus?«

Crowe lächelte. »Nein, es ist ein Klon, entwickelt aus menschlicher DNS.«

»Um Gottes willen!« Sie trat zurück, taumelte. »Was... was machen Sie...«

»Beeindruckend, meinen Sie nicht auch?«

»Aber das... das ist ein menschliches Wesen!«

Crowe deutete mit einer weit ausholenden Geste auf die Reihen der Brutkästen. »Das sind alles menschliche Föten, Miss Bannerman. Unser erster Erfolg nach jahrelangem Experimentieren. Sie sind erst drei Wochen alt, also noch in einem sehr frühen Stadium.«

Monty trat zögernd wieder auf den Brutkasten zu. Zu beiden Seiten des Raumes waren vom Boden bis zur Decke auf einer Strecke von gut hundert Metern in kleinen Abständen jeweils sechs solcher Kästen mit Föten hintereinander aufgestapelt. Sie starrte mit aufgerissenen Augen erst Crowe, dann Seligman an. »Was... was um Himmels willen machen Sie hier?« Sie brachte die Frage nur krächzend hervor.

»Es gibt keinen Grund, geschockt zu sein, Miss Bannerman«, sagte Seligman mit sanfter Stimme. »Sie sind letztlich ja nur *technisch* gesehen menschliche Wesen.«

»Technisch?«

»Wir verhindern, daß sich bei ihnen ein Gehirn entwickelt. Wir betrachten das als unsere ethische Verpflichtung. Keiner dieser Föten wird jemals über ein menschliches Bewußtsein verfügen; sie sind demnach nichts weiter als Lebewesen niedrigster Ordnung wie etwa Pflanzen; die haben höchstens das Niveau von Seeanemonen.«

Monty drückte ihr Gesicht an die Scheibe, bebte innerlich vor Zorn, wandte sich dann wieder den beiden zu, konnte sich kaum unter Kontrolle halten. »Sie können so etwas doch nicht machen«, brachte sie heraus. »Sie… Sie haben nicht das… Recht dazu.«

Crowes Zungenspitze erschien für einen Augenblick zwischen seinen dünnen, rubinroten Lippen. »Wir Menschen haben gefährlich anspruchsvolle Vorstellungen von Recht und Humanität, Miss Bannerman. Aber wir müssen diese Vorstellungen unseren Bedürfnissen anpassen. Wenn wir das nicht tun, werden wir untergehen. Die Gentechnik entwickelt sich sehr schnell, und Bendix Schere muß das Rennen gewinnen. Wir können es uns nicht leisten, Jahr um Jahr mit klinischen Tierversuchen zu vergeuden – und auf vielen Gebieten der tierischen Genetik erzielen wir nicht die Ergebnisse, die wir brauchen. Wir *müssen* an Menschen experimentieren.«

Monty dachte plötzlich an den Bendix-Schere-Reklamespot im Fernsehen, in dem Sir Neil Rorke in einem afrikanischen Dorf liebevoll die kleinen Kinder an sich gedrückt hatte. BENDIX SCHERE – DIE FÜRSORGLICHSTE FIRMA DER WELT…

Sie schaute auf einen anderen Fötus. »Wer arbeiter hier, Dr. Crowe? Was für Leute arbeiten hier unten? Akzeptieren sie das alles?«

»Einige werden sehr gut bezahlt, Miss Bannerman. Und andere sind nicht in der Lage, von uns wegzugehen.«

»Wie meinen Sie das?«

Er lächelte. »Man kann sich nicht in jedem Fall die Loyalität der Mitarbeiter erkaufen. Manchmal muß man sie gezielt herbeiführen.«

»Herbeiführen?« Dann dämmerte es ihr. Winston Smith… Sie hatten nicht nur Medikamentenversuche mit ihm angestellt, sie hatten ihn auch durch irgendwelche andere Substanzen zu einem völlig verängstigten, medikamentenabhängigen Sklaven gemacht. Wie den Rest der Wachmänner hier, ohne Zweifel…

»Sie scheinen recht bekümmert zu sein, Miss Bannerman… Wir sollten unsere Besichtigungstour fortsetzen. Vielleicht ist unser Aquarium… ehm… mehr nach Ihrem Geschmack.«

Diesmal fuhren sie mit dem Aufzug eine Etage nach unten. Monty war verzweifelt. O Gott, sie mußte irgendwie hier rauskommen! Es mußte jemanden geben, der mächtiger war als Rorke und diese Männer hier, jemand, der erkannte, was hier vor sich ging, und ihm Einhalt gebot. Sie schloß die Augen, betete, daß ihr Vater und Conor wohlauf waren. Conor hatte einen Plan. Aber seine Mutter war Teil dieses Planes gewesen, und sie hatten auf der Fahrt hierher die einzige Kopie dieses wichtigen Dokuments aus ihrer Handtasche genommen…

Als sie aus dem Aufzug in einen recht schäbigen Flur traten, gab es hier zu ihrer Überraschung keinen Wachmann, sondern nur eine Überwachungskamera.

Wenige Meter entfernt befand sich eine Tür mit einem kleinen Sichtfenster und einem dicken Gummipolster um den Rahmen. Crowe steckte wieder einmal seine Smartcard in den Öffnungsmechanismus, gab seine Pin-Nummer ein, und die Tür glitt zischend auf. Dahinter lag eine enge Luftschleuse. Als sich die Tür hinter ihnen schloß, sagte Crowe: »Sie leben ja auf dem Land, Miss Bannerman – ich nehme an, Sie interessieren sich für das Leben der Tiere in freier Natur?«

»Ich verstehe nicht…«

»Für Mutter Natur, unsere treusorgende Ernährerin?« Er stieß die rückwärtige Tür der Luftschleuse auf; dahinter herrschte fast völlige Dunkelheit, und sie waren plötzlich von feuchter, warmer, übelriechender Luft umgeben. Es stank nach stehendem Wasser und verfaulenden Wasserpflanzen.

Monty folgte Crowe zögernd zu einem Metallgitter, das sich zu beiden Seiten bis in die Tiefe des Raumes erstreckte und, wie sie jetzt sah, fast einen Raum von der Größe eines

Fußballfeldes umspannte. Reihen von Infrarotlampen an der Decke warfen einen schwachen Lichtschein nach unten und pumpten eine intensive Wärme in den Raum. Sie schaute über das Gitter, sah tintenschwarzes Wasser, dann das Aufblitzen reflektierten Lichtes. Licht in den Augen Hunderter unsichtbarer Kreaturen. Und jetzt hörte sie auch das dumpfe Gurren und Quaken, das gelegentliche Plätschern des Wassers...

Ein Schatten hüpfte neben ihr durch das Halbdunkel, fiel platschend ins Wasser, und sie fuhr entsetzt zurück, trat auf Seligmans Füße. »Nein!« schrie sie. »Um Gottes willen...« Würde ihr Alptraum wahr werden? Würden diese schleimigen Ungeheuer sie anspringen, gegen ihre Brust, in ihr Gesicht?

Quaaaak... Quaaaak... Quaaak...

»Nein! Hilfe! Bitte nicht!« Sie taumelte weiter zurück, schob Seligman zur Seite, keuchte, wimmerte.

Crowe beugte sich über das Gitter, hob mit beiden Händen etwas aus dem Wasser, hielt es ihr entgegen. »Was ist denn los mit Ihnen, Miss Bannerman?«

Sie starrte wie versteinert auf die schleimig-glänzende Kreatur, die er in den Händen hielt. Sie strampelte mit den Beinen, machte das breite Maul auf und zu, blinzelte mit den von einer feuchten Haut überzogenen Glotzaugen.

Montys Augen hatten sich an das Halbdunkel gewöhnt, und sie erkannte Crowes Beute jetzt deutlicher. Ein Schauder überlief sie – die Kreatur hatte fast die Größe einer Katze.

»Sie haben was gegen Frösche, nicht wahr, Miss Bannerman?« Crowes Zähne glänzten im Infrarotlicht auf. »Warum eigentlich? Dieser kleine Bursche ist uns so ein lieber Freund... In zwanzig Jahren wird er Bendix Schere zu einem äußerst profitablen Medikament verhelfen.« Er hielt ihr den Frosch dicht vor das Gesicht, und sie taumelte zurück, bis sie mit dem Rücken an die Tür stieß.

»Bitte«, flehte sie. »Bitte nicht!«

Crowe schob den Frosch dennoch näher auf sie zu. »Dieses Tier ist ein Wunderkind unserer Mutter Natur, Miss Bannerman. Und es ist zugleich auch eines der seltensten auf der Erde. *Rheobatrachus silus* – der *Gastrisch Brütende Frosch.* Wir haben hier in diesem Raum die größte Zuchtanlage der Welt für dieses Tier – über viertausend Exemplare. Und eine neue ist bereits im Bau, in der Nähe von Reading, und dort werden wir einen Bestand von hunderttausend heranzüchten.«

Er schien Montys Entsetzen zu genießen und schob den Frosch noch näher auf sie zu. »Der menschliche Magen ist ein wunderbares Organ, nicht wahr? Überlegen Sie, was er alles verdauen muß: Kohlehydrate, Mineralien, alle möglichen Proteine. Haben Sie sich mal gefragt, wie es kommt, daß unsere Magensäure die Magenwand nicht auffrißt? Eine interessante Frage, meinen Sie nicht auch?«

Sie starrte ihn schweigend an.

»Nun, ich werde Ihnen die Antwort geben. Die Magenwand ist aus ganz speziellen Zellen aufgebaut, die unempfindlich gegen Ammoniak und Kohlendioxyd sind. Nur diese speziellen Zellen verhindern, daß wir einen qualvollen Tod durch innere ›Selbstverdauung‹ erleiden müssen. Sehr clever, nicht wahr? Und das bringt uns zu unserem kleinen Freund hier zurück.« Er streichelte den Frosch zärtlich. »Die meisten Lebewesen legen Eier oder entwickeln ihren Nachwuchs in der Gebärmutter. Aber nicht diese Lady hier. Sie zieht ihre Jungen in ihrem Magen auf… Wie aber können die Jungen in ihrem Magen überleben? Warum werden sie nicht von der Magensäure aufgefressen? Warum werden sie nicht ›verdaut‹?«

Monty schluckte, und Schweiß lief ihr am ganzen Körper hinunter.

»Sehen Sie«, fuhr Crowe fort, »sobald die Froschmutter die Eier herunterschluckt, setzt sie eine Substanz frei, die die Säuresekretion unterbindet, und das bleibt während der gesamten Dauer der Brutzeit so. Wir haben die menschlichen Gene identifiziert, die für die Entwicklung der ammoniak- und kohlendioxydresistenten Magenwand-Zellen verantwortlich sind. Mit Hilfe Ihres Vaters werden wir diese Zellen manipulieren und über Maternox in die menschlichen Föten einführen. Wenn die so behandelten Babys dann herangewachsen und in die Pubertät gekommen sind, werden diese manipulierten Gene durch die hormonelle Umstellung aktiviert, und sie werden aufhören, die resistenten Zellen zu reproduzieren, was wiederum dazu führt, daß die Magenwände der Betroffenen von der Magensäure aufgefressen werden. Ohne ausgleichende Medikation, und zwar für den Rest ihres Lebens, würden diese Menschen einen qualvollen Tod erleiden.«

»Und… und Sie… werden ein… ein Medikament produzieren, das auf der Basis des Säurehemmers, den die Drüsen dieser Frösche hervorbringen, eine Behandlung dieser… dieser Erkrankung ermöglicht«, stammelte Monty.

Crowe zog die Hände mit dem Frosch von ihrem Gesicht zurück. »Richtig, Miss Bannerman«, sagte er, und auf seinem Gesicht lag der Ausdruck tiefer Befriedigung. »Völlig richtig! Die Ärzte werden diese Erkrankung als neue Abart von Magengeschwüren diagnostizieren, die durch den Streß des modernen Lebens hervorgerufen wird.« Er lächelte wieder. »Wir haben das entsprechende Medikament bereits konzipiert und warten darauf, es einzusetzen, aber das hat ja noch rund zwanzig Jahre Zeit, und wir werden es natürlich erst patentieren lassen, wenn sich die ersten Krankheitsfälle zeigen.«

Er streichelte wieder den Kopf des Frosches, als ob er ein preisgekröntes Hündchen wäre. »Wußten Sie übrigens, Miss Bannerman, daß der Frosch und der Mensch ein ähnlich aufgebautes Organ gemeinsam haben?«

Monty sagte nichts.

»Das Auge. Wußten Sie nicht, daß das menschliche Auge und das Froschauge sich technisch gesehen sehr ähnlich sind? Wir glauben, daß ein Mensch, wenn seine Augen durch die eines Frosches ersetzt werden, immer noch in der Lage sein wird, recht gut zu sehen. Und umgekehrt natürlich auch.«

Crowe schaute auf den Frosch hinunter und starrte dann Monty scharf an. »Ich nehme an, Sie wundern sich, warum

Dr. Seligman uns begleitet. Lassen Sie mich Ihnen das erklären: Dr. Seligman ist zwar in seiner Hauptfunktion unser Direktor für medizinische Forschung und Entwicklung, er ist jedoch ursprünglich in der Schweiz zum Augenchirurgen ausgebildet worden. Er hat intensive Forschungen über das menschliche Auge betrieben, und er glaubt, daß die Anwendung der Gentechnologie es wahrscheinlich ermöglichen wird, viele Arten der Blindheit zu heilen. Natürlich erfordert das noch sehr viel praktische Erprobung, nicht wahr, Dr. Seligman?«

Seligman neigte zustimmend den Kopf.

Crowe streichelte weiterhin sanft den Kopf des Frosches. »Ich weiß nicht genau, Miss Bannerman, wie viele Informationen Sie, Ihr Vater oder Mr. Molloy über die Medici-Versuche im Besitz haben und an wen Sie sie eventuell weitergegeben haben. Ich frage mich auch, wo die Lochkarten über das Medici-Projekt geblieben sind. Ich brauche diese Informationen jedoch im Moment nicht, verstehen Sie? Nicht in dieser Minute. Wir werden Sie eine Weile in Ruhe lassen und Ihnen die Möglichkeit geben, darüber nachzudenken, was Sie uns zu sagen bereit sind.« Er machte eine Pause und fuhr dann fort:

»Ich bin ganz sicher, daß Ihr Vater, wenn Sie sich für unsere … ähm … Experimente zur Verfügung gestellt haben, eine weitaus größere Bereitschaft zur Zusammenarbeit mit uns an den Tag legen wird, als er das bisher getan hat. Bis dahin kann ich mir für Sie keinen besseren Ort als diesen hier vorstellen, um darüber nachzudenken, wie es sein wird, wenn Sie die Welt mit den Augen eines Frosches betrachten werden. Was natürlich nur dann der Fall sein wird, wenn die Operation erfolgreich verläuft.«

Er drehte sich um und ließ den Frosch zurück in das Becken gleiten.

»Bitte lassen Sie mich nicht hier zurück«, flehte Monty. »Nicht hier, bitte! Ich werde Ihnen alles sagen, was ich weiß – auch wenn es nicht viel ist.«

Crowe studierte einen Moment ihr Gesicht und legte ihr

dann sanft die Hand auf die Schulter. »Ich möchte, daß Sie sehr sorgfältig über jedes Detail nachdenken, das Sie kennen oder von dem man Ihnen erzählt hat. Sie haben uns eine Menge Sorgen gemacht, meine Liebe, wirklich.« Er lächelte.

Und dann trat er ihr brutal die Füße unter dem Körper weg und stieß sie gleichzeitig nach hinten. Sie stürzte mit einem lauten Knall auf den Metallboden, und der Schmerz und der Schock nahmen ihr den Atem.

Die Tür glitt mit einem scharfen Zischen hinter den beiden Männern zu. Sie war allein mit dem Quaken der Frösche und dem Plätschern des Wassers. Das Quaken schien lauter zu werden, immer mehr Frösche schienen darin einzustimmen, es zu einem Crescendo zu steigern. Und in ihrer panischen Angst kam es ihr vor, als ob die Frösche sich um sie herum sammelten, um einen gemeinsamen Angriff auf sie zu starten.

110

London, Samstag, 10. Dezember 1994

»Soldier, ich mag dieses Spielchen nicht mehr.«

Gunn kaute am Nagel seines Daumens ...

Nikkys Gesicht, eingerahmt von den roten Haaren ... Sie schaut zu ihm hoch, liegt nackt und gefesselt auf dem Bett ...

Und dann der Moment, als sie erkennt, daß es nicht um ein ausgefallenes Sexspielchen geht und er tatsächlich anfängt, das Seil um ihren Hals zuzuziehen ...

Er würde diesen Blick niemals vergessen können.

Er trat aus dem Aufzug und ging, begleitet von zwei Wachmännern, zum Froschaquarium. Ja, das Geld hatte ihn verführt. *Das Miststück* hatte ihn arm und Bendix Schere zum reichen Mann gemacht. Aber er mochte das Spiel nicht mehr. Jake Seals war ein kleiner Punk gewesen, Rowley ein Dummkopf, Zandra Wollerton eine verdammte Giftnudel ...

Aber mit Nikky war es etwas anderes. Verdammt, er liebte sie. Liebte sie wirklich…

Und er hatte es nicht fertiggebracht, sie zu töten. Hatte das Seil wieder gelockert und so getan, als sei es doch ein etwas zu weit gehendes, abwegiges Sexspielchen, und sie hatte ihm geglaubt, und kurz darauf einen tollen Orgasmus gehabt.

Aber jetzt mußte er sich zusammenreißen und sich um diese Miss Bannerman kümmern… Er ging durch die Luftschleuse in das Aquarium und starrte in dem gedämpften Infrarotlicht ungläubig um sich.

Sie war verschwunden.

111

London, Samstag, 10. Dezember 1994

Conor lief ruhelos in der Lobby hin und her. Er spürte es ganz deutlich – Monty war in Gefahr. Er starrte den Wachmann hinter dem Schalter wütend an. Nun mach schon, verdammt noch mal… Er rang zornig und frustriert die Hände. *O Gott, laß es nicht zu spät sein, bitte, laß es nicht zu spät sein.* Er ging erneut zu dem Wachmann. »Was ist denn los, verdammt noch mal?« fuhr er ihn an.

Der Mann zuckte zusammen und sagte nervös: »Ich muß jede Minute 'ne Antwort kriegen, Sir.«

Conor schaute auf die Uhr. Seit seiner Ankunft waren fünfzehn Minuten vergangen. Er setzte sich auf ein Sofa, sprang sofort wieder auf, ging um den Marmor-Springbrunnen in der Mitte der Lobby. Setzte sich wieder hin, öffnete seine Aktentasche, überprüfte den Inhalt.

»Okay, er wird Sie jetzt empfangen. Sie sollen den Direktoren-Schnellaufzug nehmen. Ich bring' Sie hin.« Der Wachmann ging ihm voraus zu den Aufzügen und steckte seine Spezialkarte in einen Schlitz in der Wand neben der Fahrstuhltür; sie ging sofort auf. Conor trat in die Kabine und war erstaunt, daß sie nicht wie erwartet nach oben, sondern nach unten glitt. Als sie nach einigen Sekunden schneller Fahrt anhielt, öffnete sich die Tür zu einem kleinen Vorraum mit einem unbesetzten Schalter für das Wachpersonal. Dahinter befand sich eine Metalltür. Conor trat in den Raum, und sofort glitt die Tür des Fahrstuhls hinter ihm zu.

Absolute Stille. Er wartete einige Sekunden, ging dann zu dem Pult, auf dem ein Keyboard und ein ausgeschalteter Monitor standen. Er tippte auf einige Tasten, aber nichts geschah. Dann fesselte etwas an der Decke seine Aufmerksamkeit – eine orangefarbene Warnlampe neben einer komplexen Anordnung von Sprinkler-Düsen. An der Wand darunter hing ein Warnschild:

GEFAHR! AUTOMATISCHES HALONGAS-FEUERLÖSCHSYSTEM. BEI AUFLEUCHTEN DER LAMPE SOFORT RAUM VERLASSEN! HUPTON ZEIGT AN, DASS SYSTEM IN FÜNFZEHN SEKUNDEN AKTIVIERT WIRD.

Sie mußten krankhafte Angst vor dem Ausbruch eines Feuers haben, wenn sie in einem Raum, in dem sich nicht nur Maschinen befanden, sondern in der Regel auch Menschen aufhielten, ein so gefährliches System installiert hatten, ging es ihm durch den Kopf.

Minuten verstrichen. Er setzte sich auf die Ecke des Schalters. Was zum Teufel ging hier vor sich? Zehn Minuten. Zwanzig. Er lief verzweifelt im Raum auf und ab, schrie die Wände an: *»Dr. Crowe, ich muß Sie sprechen! Sie müssen etwas Wichtiges wissen! Schauen Sie auf Ihrem Computer ins Internet – gehen Sie in* USENET NEWS, *sehen Sie sich die Überschrift an:* VERBRECHERISCHES KOMPLOTT BEI EINER PHARMAFIRMA. *Sehen Sie sich das um Himmels willen an, Mann!«* Dann hämmerte er wütend und frustriert mit den Fäusten gegen die Tür.

Schließlich setzte er sich wieder auf die Ecke des Schalters. Fünf weitere Minuten vergingen. Er legte verzweifelt den Kopf in die Hände und fragte sich, wie er so dumm gewesen sein konnte, in diese Falle zu laufen. Und überlegte krampfhaft, was er unternehmen könnte …

112

London, Samstag, 10. Dezember 1994

Monty beobachtete die drei Männer durch die Schlitze der Jalousie vor der Tür. Sie rannten durch den Flur, kamen vom Froschaquarium zurück. Der Mann im Anzug verlangsamte seine Schritte und sprach aufgeregt in ein Handy, aber sie konnte wegen des Dröhnens der großen Pumpe in ihrem Rücken nicht verstehen was er sagte.

Sie müssen nur selbstbewußt genug auftreten…

Der Mann im Anzug und einer der Wachmänner stiegen in den Fahrstuhl; der andere Wachmann ging im Korridor auf und ab, kam in ihre Richtung, blieb direkt vor der Tür stehen und starrte auf die Jalousie. Sie konnte sein Gesicht deutlich sehen: dicke Wulstlippen, stechende, gemeine Augen.

Monty hielt den Atem an, aber sie war inzwischen jenseits aller Furcht, wurde nur noch von einem einzigen Gedanken beherrscht: zu überleben. Sie mußte und würde es schaffen, hier rauszukommen und der Welt zu berichten, was bei Bendix Schere vor sich ging.

Der Wachmann griff zum Türknauf. Ihr Herz klopfte. Überraschung war die einzige Waffe, die sie hatte; wenn sie ihm fest zwischen die Beine trat und mit den Fingern auf seine Augen losging, hatte sie vielleicht eine Chance…

Er rüttelte am Türknauf, wollte sich vergewissern, daß die Tür korrekt verschlossen war – und ging wieder. Monty atmete tief durch. Wartete mehrere Minuten; der Mann kam nicht zurück. *Sie müssen nur selbstbewußt genug auftreten…*

Leichter gesagt als getan… Sie nahm die kleine Plastikkarte, die Winston Smith ihr hatte zukommen lassen, aus der Handtasche. Gottlob waren Crowe und Seligman nicht auf den Gedanken gekommen, ihre Handtasche zu durchwühlen… In seiner Notiz hatte Winston Smith darauf hingewiesen, daß man mit dieser Karte alle Türen im Gebäude öffnen könne, und er hatte bisher recht behalten – sie war damit aus dem Aquarium entkommen.

Sie drückte vorsichtig die Tür ein Stück auf und schaute durch den Spalt. Der Flur war leer. Eine Kamera zeigte in ihre Richtung. Ich muß schleunigst hier weg, dachte sie.

Roger… Der Name auf Winston Smith' Notiz. *Mein Freund Roger ist von Montag bis Freitag, 8–16 Uhr, im Dienst, und er wird Ihnen alles zeigen, was Sie sehen wollen. Sie können ihm vertrauen, er ist ein guter Mann.* Wenn sie Roger fand, würde er ihr vielleicht tatsächlich aus dem Gebäude raushelfen können. Aber heute war Samstag, fiel ihr ein. Vielleicht gab es dennoch eine Chance. Winston Smith' Schichten hatten sich wegen des Ausfalls anderer Wachmänner auch oft verändert.

Ruhe bewahren… Sie durfte jetzt nicht den Kopf verlieren. Sie überlegte, auf welcher Etage sie sich befand. Drittes Untergeschoß? Sie konnte mit dem Aufzug nach oben fahren, aber das wäre sehr riskant. In den Kabinen waren Überwachungskameras. Am besten die Treppe nehmen. Und Roger suchen.

Sie schlüpfte in den Flur. Nach wenigen Metern kam eine Abzweigung nach rechts, und kurz dahinter sah sie zu ihrer Erleichterung eine Stahltür mit einem Kartenschlitz in der Bedienungstafel. Sie schob die Karte in den Schlitz, tippte 0626 ein, und das rote Lämpchen wurde grün. Die Tür führte in ein nur schwach beleuchtetes Treppenhaus. Die Tür hinter ihr glitt zischend zu.

Trotz des Halbdunkels konnte sie erkennen, daß die Treppe mehrere Etagen nach oben, aber nur eine nach unten führte. Sie endete unten vor einer weiteren Stahltür und der blanken Wand.

Klar, ich muß nach oben, dachte sie. Sie schaute hoch, suchte nach möglichen Verstecken, aber es waren weder Nischen noch abzweigende Türen zu erkennen.

Und dann erstarrte sie. Eine Tür zischte da oben irgendwo auf, Schritte kamen auf sie zu, laute Stimmen waren zu hören. Keine Zeit, die Tür wieder mit der Karte zu öffnen. Sie huschte nach unten und kauerte sich am Fuß der Treppe in die dunkle Ecke neben der Tür… Ein Klicken und Zischen eine Etage über ihr, wo sie eben noch gewesen war. Dann Stille.

Sie schob die Karte in die Tür, gab die Nummer ein, stieß die Tür vorsichtig auf. Und erstarrte.

In dem kleinen Vorraum saß ein Wachmann hinter einem Pult. Er war etwa im gleichen Alter wie Winston Smith, sah genauso krank aus wie er. Er schaute ihr mit einem Blick entgegen, der eher freundlich als feindlich war, und sie wußte sofort, daß sie Roger gefunden hatte.

Sie zog Winston Smith' Notiz aus der Handtasche und hielt sie ihm hin. Er nahm sie mit zitternder Hand entgegen, überflog sie und schaute dann ängstlich zu der Kamera an der Decke hoch. »Ich kann Ihnen nicht helfen«, flüsterte er.

Hinter dem Mann war eine Tür, und wohin sie auch führte, Monty mußte hindurch. »Roger, Winston Smith ist tot, sie hätten ihn heilen können, aber sie haben ihn sterben lassen…«

Die Tür hinter Roger glitt auf, und zwei Wachmänner stürmten in den Raum, gefolgt von dem Mann im Anzug…

113

London, Samstag, 10. Dezember 1994

»Ich nehme an, Sie fühlen sich wohl, Dr. Bannerman?«

Ein Infusionsschlauch führte immer noch in Dick Bannermans Handrücken, aber der Beatmungstubus war aus seinem Hals entfernt worden, und er atmete normal, ohne technische Hilfe. Er sah, daß man ihn an einen anderen Ort gebracht hatte – in dieses kleine, spärlich möblierte, fensterlose Zimmer, das nicht nach Krankenzimmer aussah.

Er war hellwach, aber seine Glieder waren schwer wie Blei, und es kostete einige Anstrengung, den Arm ein paar

Zentimeter zu heben und seine Finger zu strecken. Er drehte langsam den Kopf zur Tür, wo Dr. Crowe stand, gekleidet in einen grünen Operationskittel. Eine Operationsmaske hing unter seinem Kinn.

»Wo zum Teufel haben Sie mich hingebracht?«

»Ich würde mir an Ihrer Stelle jetzt nicht den Kopf über geographische Details zerbrechen, Dr. Bannerman. Sie müssen ihn sich für andere Dinge freihalten.« Crowe kam zu ihm ans Bett. »Ich hätte es vorgezogen, die Angelegenheit auf andere Weise zu erledigen; man erhält oft nicht die besten Resultate, wenn man die Leute unter Druck setzt, aber manchmal hat man keine andere Wahl. Ich hoffe, wir verstehen uns.«

Bannerman sah ihm fest in die Augen. »Sie verstehen mich anscheinend überhaupt nicht, Crowe. Sie können mit mir anstellen, was Sie wollen, aber ich werde Ihnen oder dieser verdammten Firma auch nicht im geringsten helfen. Ist das klar?«

Der Vorstandsvorsitzende neigte den Kopf. »Ich denke, Sie werden Ihre Meinung ändern.« Er drehte sich um und zeigte auf einen Fernsehbildschirm in einer Ecke des Zimmers. »Schauen Sie sich das an, Dr. Bannerman. Es sind nicht Sie, dem wir weh tun werden.«

Er schaltete das Fernsehgerät ein. Das Bild eines Operationssaals erschien auf dem Monitor. Eine Liege wurde gerade von zwei Männern in Operationskitteln hereingeschoben und unter einer großen Operationslampe in Stellung gebracht.

Dick Bannerman sah deutlich, daß seine Tochter auf der Bahre lag. Sie war mit Lederriemen an Armen, Beinen und um den Hals festgeschnallt. Die Kamera fuhr auf ihr Gesicht zu, als ob sie aus nächster Nähe das Entsetzen auf ihrem Gesicht zeigen wollte.

»Wir werden uns später noch einmal unterhalten, Dr. Bannerman«, sagte Crowe. »Sie sollen die Möglichkeit haben, noch einmal alles zu überdenken.«

Dann ging er.

Conor schaute verzweifelt auf die Uhr. Die Zeit, die er für die Verhandlung mit Crowe einkalkuliert hatte, lief ab. Seine Fingerknöchel waren wund vom Klopfen an die Tür, und er steckte sie in den Mund, saugte daran, spürte den kupfernen Geschmack von Blut.

Die Tür ging auf. Ein Wachmann mit einer Pistole in der Hand kam herein. »Dr. Crowe möchte, daß Sie sich was ansehen, Mr. Molloy«, sagte er mit einem breiten Grinsen.

»Ich muß mit Dr. Crowe sprechen«, sagte Conor. »Und zwar sofort. Bringen Sie mich zu ihm. Ich muß dringend mit ihm sprechen.«

Der Wachmann schüttelte den Kopf. »Nein, das geht nicht.« Er hielt die Pistole auf Conor gerichtet, schob eine Karte in die Workstation und tippte mit einem Finger mehrere Zahlen auf dem Keyboard ein. Der Monitor erwachte zum Leben. Ein Operationssaal erschien auf dem Screen. Monty lag ausgestreckt und festgeschnallt auf einer Liege; mehrere Leute in Operationskitteln waren um sie versammelt.

Conor keuchte vor Entsetzen. »Was machen die da? Was um Himmels willen ist da los?«

»Dr. Crowe meinte, Sie wären interessiert daran, das zu sehen«, sagte der Wachmann und grinste erneut.

Conor starrte auf den Bildschirm. Sah das panische Entsetzen auf Montys Gesicht... Es war schwer, die Gesichter der anderen Leute zu erkennen. Crowe, das sah Conor, rückte gerade eine Operationsmaske vor Mund und Nase zurecht, und neben ihm stand ein elegant wirkender Mann mit Chirurgenhandschuhen. »Was um Gottes willen haben die mit ihr vor?«

Die Kamera zeigte Montys Gesicht in Großaufnahme, fuhr dann zurück,. zeigte wieder den ganzen Operationssaal. Conors Blick fiel auf eine orangefarbene Warnlampe und die Düsen eines Feuerlöschsystems an der Decke, die auf dem Monitor gerade noch am oberen Rand zu sehen waren. Es war dasselbe System wie in diesem Raum. Halongas.

Auch der Wachmann schaute auf den Bildschirm. *Jetzt*!

schoß es Conor durch den Kopf, und er sprang den Mann an, griff nach seinem Handgelenk mit der Waffe. Ein Schuß löste sich mit ohrenbetäubendem Knall, fuhr in den Boden. Conor holte mit der rechten Faust aus, schlug dem Mann mit voller Kraft gegen die Nase, und sie taumelten beide zurück, stießen gegen den Schalter. Conor riß das Knie hoch, traf den Mann zwischen den Beinen, schlug erneut zu, umklammerte mit beiden Händen den Unterarm mit der Waffe, knallte die Hand gegen die Ecke des Schalters. Die Pistole fiel klirrend zu Boden. Blind vor Wut krallte Conor die Finger in die Haare des Mannes und schlug sein Gesicht gegen das Keyboard. »Wo ist sie?« Er riß den Kopf des Mannes hoch und knallte ihn noch mal gegen das Keyboard, noch mal und noch mal…

Der Mann fing an zu winseln: »Hören Sie auf! Bitte, hören Sie auf!«

Conor riß ihn an den Haaren herum, bog ihn rückwärts über den Schalter, krallte die Finger der freien Hand um seine Geschlechtsteile und drückte zu. »Wo ist sie? Sag es mir, oder ich reiße dir die Eier ab!«

Der Mann schrie vor Schmerz auf. »Zwei… zweite Etage. Mit dem Fahr… Fahrstuhl zur zweiten Etage.« Blut lief ihm aus Mund und Nase. »Re… rechts halten, den Schildern nach… Es ist aus… ausgeschildert.«

Conor zog die Karte aus der Workstation und hielt sie ihm vor die Nase. »Komme ich damit rein?«

»Der Mann nickte.

»Und wie ist die Pin-Nummer? Die verdammte Pin-Nummer?«

»Null-sechs-zwei-sechs.«

»Wenn du Schwein mich angelogen hast, komm' ich zurück und mach' dich endgültig fertig, ist das klar?«

Der Mann nickte; Conor steckte die Karte zwischen die Zähne, zog den Kopf des Mannes hoch und schlug ihm die Faust so fest gegen die Schläfe, daß ein heftiger Schmerz durch seine Hand fuhr. Der Wachmann verdrehte die Augen, und als Conor ihn losließ, sackte er leblos zu Boden.

Conor hob die Pistole auf und rannte zum Aufzug.

114

London, Samstag, 10. Dezember 1994

In dem Raum roch es nach Antiseptika. Monty blinzelte in das grelle Licht der Lampe über ihr. Ihre Arme und Beine schienen in einen Schraubstock gespannt zu sein. Sie versuchte den Kopf zu heben oder zu drehen, aber auch er war so straff eingezwängt, daß sie ihn nicht bewegen konnte.

Panisches Entsetzen schnürte ihr die Kehle zu. Neben ihr war ein Operationsteam mit etwas beschäftigt, das sie nicht sehen konnte. Hin und wieder schaute einer der Leute in ihre Richtung, und an den über der Operationsmaske sichtbaren Augen erkannte sie Dr. Crowe, Dr. Seligman und Dr. Linda Farmer. Eine andere Frau, die sie nicht kannte, vervollständigte das Team.

Chirurgische Instrumente klirrten. Seligman hielt mit einer langen Zange ein blutiges Objekt in die Höhe und studierte es sorgfältig. Dann machte er dasselbe mit einem zweiten, gleich aussehenden Objekt. Worte wurden murmelnd gewechselt, dann wandte sich das Team Monty zu.

Sie fing in ihrer Verzweiflung an, still zu beten. Die unbekannte Frau trat zu ihr und hielt ihr vorsichtig ein Metalltablett entgegen, mit einer Geste, als wolle sie vor einem Altar eine Opfergabe präsentieren. Ein großer Frosch kroch langsam über das Tablett. Dort, wo seine Augen hätten sein müssen, waren nur zwei blutige, leere Augenhöhlen zu sehen.

Montys ganzer Körper verkrampfte sich vor Entsetzen. Sie stieß ein gurgelndes Wimmern aus.

Die Frau schob den Frosch noch näher vor Montys Gesicht, so nahe, daß er fast ihre Nase berührte. Sie zitterte, rang keuchend nach Luft. Roch das Tier, sah, wie seine Hautfalte am Hals beim Atmen pulsierte. Monty schloß die Augen. Sie konnten sie nicht zwingen, sich dieses scheußliche Bild anzusehen. Wenigstens diese Freiheit hatte sie noch.

Als sie die Augen wieder öffnete, hatte sich die Frau abgewandt, präsentierte ihr aber gleich darauf ein anderes Tablett zur Besichtigung. Ordentlich nebeneinander auf zerstoßenem Eis arrangiert lagen die blutigen Augäpfel des Frosches.

Panisches Entsetzen erfaßte Monty. Sie zerrte mit den Handgelenken und den Füßen an den Gurten.

Jemand schob einen Wagen mit chirurgischen Instrumenten neben die Liege, und das Operationsteam gruppierte sich um sie. Seligman nahm ein kleines Skalpell in die Hand, hob es hoch und inspizierte es, dann ein Instrument mit einem langen dünnen Griff und einem halbrunden Spatel am Ende.

»Neieinnnnnnn!« schrie Monty.

Seligman ließ den Spatel zwischen Daumen und Zeigefinger rotieren. Er glitzerte im Licht der Operationslampe hell auf.

»Nein!« keuchte Monty. »Bitte nicht! Ich mache alles, was Sie wollen! Aber nicht meine Augen, bitte nicht! Bitte …«

»Ich werde mich beeilen«, sagte Seligman völlig emotionslos. »Bei der Transplantation von Augäpfeln muß zügig gehandelt werden, denn die Enden der Sehnerven sterben schnell ab.« Dann verhärtete sich sein Gesichtsausdruck. »Frösche sind Kaltblütler, Miss Bannerman, und Kaltblütler haben nur ein geringes Schmerzempfinden. Ich habe daher keine Anästhesie bei dem Frosch vorgenommen, und ich werde auch bei Ihnen keine wertvolle Zeit mit einer Anästhesie verschwenden.«

Dann wandte sich Crowe an sie: »Haben Sie darüber nachgedacht, ob Sie uns etwas erzählen wollen, ehe Dr. Seligman anfängt, Miss Bannerman? Oder sollen wir erst einmal ein Auge entfernen und zusehen, ob Sie dann eher dazu bereit sind?«

»Da ist nichts«, stieß sie hervor. »Ich … ich habe nur mit Mr. Wentworth und Zandra Wollerton gesprochen. Und die sind tot. Ich habe mit niemandem sonst gesprochen, ich schwöre es.«

»Und Mr. Molloy? Mit wem hat er geredet, Miss Bannerman?«

»Das weiß ich nicht.«

»Oh, Sie wissen das bestimmt.«

»Nein. Ich weiß es wirklich nicht. Ich habe ihn nicht mehr gesehen, seit … seit … Ich weiß nicht, wo er ist.«

Crowe sah sie wütend an und sagte dann barsch: »Entfernen Sie das erste Auge, Dr. Seligman. Danach reden wir erneut mit ihr. Ein kleiner Schmerz wird ihrer Erinnerung auf die Sprünge helfen, und es wird ihr dann sicher einfallen, wo sie die Lochkarten gelassen hat.«

»Retraktor«, sagte Seligman, und ein kleines Drahtscharnier mit Gummirändern wurde über ihr rechtes Auge geschoben, hielt es weit offen. »Sehr schön«, sagte Seligman dann. »Ich durchtrenne jetzt die Bindehaut.«

Nein, bitte nicht, das dürfen sie mir nicht antun. Bitte nicht … Monty starrte in Seligmans Augen, flehte ihn verzweifelt an. Aber er runzelte nur konzentriert die Brauen, beugte sich über sie, so weit, daß sein Gesicht nur noch Zentimeter von ihrem entfernt war. Ein Lichtblitz zuckte an der Klinge des Skalpells auf, als es langsam, aber unaufhaltsam auf ihr Auge zukam, und dann verschwamm, als es nur noch Millimeter von ihrem Auge entfernt war.

115

London, Samstag, 10. Dezember 1994

Zweite Etage … rechts halten … den Schildern folgen …

Conor drängte sich aus dem Aufzug, noch ehe die Türen ganz aufgegangen waren; er kam in einen leeren Vorraum, identisch mit dem, den er gerade verlassen hatte.

Er steckte die Smartcard des Wachmanns in die Tür, gab die Nummer ein, drückte sie auf, schaute mit der Pistole im Anschlag nach links und rechts in den Flur. Leer. Er lief nach rechts, kam nach zwanzig Metern zu einer Abzweigung mit mehreren Hinweisschildern. Er folgte dem Schild OPERATIONSSÄLE, kam zu einer Tür mit der Aufschrift OP 1, schaute durch das Sichtfenster. Leer. Lief weiter. OP 2. Und hier waren sie. Vier Leute in grünen Operationskitteln standen um eine Liege. Ein Mann, wahrscheinlich der Chirurg, beugte sich über Monty...

Er steckte mit zitternden Fingern die Karte in die Tür, hämmerte die Nummer ein, wollte die Tür aufstoßen. Sie gab nicht nach. War sie etwa von innen zusätzlich verriegelt? Er versuchte es noch einmal. Kein Erfolg. Dann zog er an den Griffen der beiden Türflügel, und sie schwangen gegen den Widerstand starker Spiralfedern auf. Jemand aus der Gruppe fuhr zu ihm herum – eine Frau, die er nicht kannte.

»Rühren Sie sie nicht an!« schrie er und richtete die Pistole auf die Gruppe. »Alle weg von ihr! Treten Sie alle von ihr zurück! Sofort, oder ich schieße! Ich knalle jeden ab, der nicht sofort zurücktritt!«

Für einen Augenblick erstarrten alle vier – als ob die Standbild-Taste bei einem Videoband gedrückt worden wäre.

Crowe starrte Conor mit seinen kalten grauen Augen über die Operationsmaske hinweg an, und in diesem Augenblick war der Drang, auf den Abzug zu drücken, bei Conor fast übermächtig. Er hatte noch nie in seinem Leben eine Waffe abgefeuert, jetzt jedoch würde er es ohne Zögern tun. Aber er wußte nicht, wie genau er treffen würde, ein Geschoß könnte Monty verletzen. Monty... Er mußte sie hier rausholen...

Alle Augen waren auf ihn gerichtet.

»Los, weg von ihr! Bewegung!« Die vier Gestalten in den grünen Kitteln traten zurück, weg von der Liege. Conor beobachtete sie wie ein Habicht und fixierte dann den Chirurgen. »Skalpell fallen lassen!« Er richtete die Pistole auf den Mann, und das Skalpell fiel klirrend zu Boden.

Er blieb in der Tür stehen, schaute kurz über die Schulter. Noch niemand im Flur. Er konnte klar denken, überraschend klar, und er war ganz ruhig. Er war Herr der Situation. Jetzt Schritt für Schritt vorgehen...

»Hände auf den Kopf! Los, alle die Hände auf den Kopf!« Sie gehorchten.

Er schaute wieder in den Flur. Nichts. Schaute zur Decke, auf die Videokamera, auf das Feuerlöschsystem, wieder auf die Kamera. Irgendwo würden Wachmänner die Szene beobachten und bald eingreifen. Keine Zeit zu verlieren. Nicht eine einzige Sekunde.

»Sie da!« schrie er der unbekannten Frau zu und richtete die Pistole auf sie. »Schieben Sie die Liege zu mir her. Die anderen bleiben stehen. Wer auch nur die geringste Bewegung macht, kriegt eine Kugel in den Bauch.«

Der Haß in ihm stand kurz vor der Explosion. Der Haß, der sich in so vielen Jahren aufgestaut hatte... Er mußte diesen Haß loswerden, mußte ihm freie Bahn geben, ehe er ihn zerstörte. Die Frau schob jetzt die Liege auf ihn zu, die Liege mit Monty. Brachte seine Monty zurück zu ihm... Sie war kreidebleich, schien aber in Ordnung zu sein, unverletzt.

Ich muß ruhig bleiben. Habe es bis hierher geschafft. Muß jetzt ganz ruhig bleiben, darf mich nicht hinreißen lassen...

Komm, Crowe, tu, was du jetzt gerne tun möchtest, und ich werde das tun, was ich *so schrecklich gerne tun möchte. Gib mir einen Grund, dich zu erschießen. O Gott, wie gerne würde ich dich abknallen, du verdammtes Stück Scheiße!*

Er schaute über den Pistolenlauf auf Crowe. Auf Seligman. Auf Linda Farmer. Kurze, wilde Wutanfälle explodierten in seinem Kopf. Er starrte auf die Operationslampe. Dann wieder auf Crowe. Seligman. Farmer. Wieder auf die Lampe. Die Pistole ging los, ließ seine Hand zurückzucken. Eine Blende des Lampengehäuses zersplitterte, die Birne dahinter explodierte. Ein weiterer Schuß, die nächste Birne explodierte. Ein dritter Schuß, und Glassplitter regneten auf das Trio unter der Lampe herab, klirrten auf den Boden.

Conor sah den Schreck auf Crowes Gesicht. Sah ihn zusammenzucken, als er den nächsten Schuß abgab und die vierte Birne noch lauter explodierte als die anderen. Flammen drangen knisternd aus der Lampe, und dichter, beißender Qualm verbreitete sich unter der Decke. Und dann zuckte eine greller orangefarbener Lichtblitz durch den Raum. Noch einer. Und noch einer…

Conors Blick ging von Crowes Gesicht zur Decke. Das rotierende Warnlicht des Feuerlöschsystems war aktiviert worden. Crowe und Seligman schauten alarmiert nach oben, machten einen Schritt in Richtung Tür.

»Stehenbleiben!« bellte Conor. »Bleiben Sie stehen!« Das Ende der Liege war jetzt in seiner Reichweite. Er griff mit der freien Hand nach dem Metallbügel hinter Montys Kopf, richtete die Pistole auf die unbekannte Frau, die wie versteinert nach oben auf das Warnlicht starrte und die Liege festhielt.

Conor zog die Liege zu sich heran, rammte sie dann der Frau mit voller Wucht gegen den Bauch, und sie stürzte rückwärts auf den Boden. Grelle Huptöne heulten los, und eine laute, blecherne Tonbandstimme verkündete:

»DAS FEUERLÖSCHSYSTEM IST AKTIVIERT WORDEN. VERLASSEN SIE SOFORT DEN RAUM… DAS FEUERLÖSCHSYSTEM IST AKTIVIERT WORDEN. VERLASSEN SIE SOFORT DEN RAUM…«

Crowe, Seligman und Farmer wurden von Panik erfaßt, setzten sich in Richtung Tür in Bewegung. Conor richtete die Pistole auf sie, schrie sie an: »Stehenbleiben! Bleiben Sie stehen oder ich schieße!« Er zog die Liege rückwärts durch die Tür, hinaus in den Flur, und als die Tür mit einem lauten Klicken zugeschwungen war, rammte er das Fußende der Liege dagegen, schob das Kopfende herum und drückte es gegen die Wand des Flurs. Die Liege paßte in der Länge genau zwischen die Tür und die Wand. Die aus dem Operationssaal nur nach außen zu öffnende Tür war solide festgeklemmt, niemand konnte aus dem Operationssaal heraus…

Ein Warnlicht flackerte an der Wand über der Tür. Monty starrte Conor geschockt an.

Die blecherne Tonbandstimme war jetzt nur noch gedämpft zu hören. »VERLASSEN SIE SOFORT DEN RAUM… VERLASSEN SIE SOFORT DEN RAUM… NOCH ZEHN SEKUNDEN BIS ZUR AUSLÖSUNG DES FEUERLÖSCHSYSTEMS… NEUN… ACHT… SIEBEN…«

Von innen wurde wild gegen die Tür gehämmert. Eine Faust schlug wie rasend gegen das Sichtfenster, versuchte, das Glas zu zerschmettern.

»FÜNF... VIER...«

Crowes Augen über der Operationsmaske starrten Conor durch das Sichtfenster an. Rasende Wut war darin zu erkennen. Und panische Angst.

»DREI...ZWEI...«

Conor wollte wegschauen, brachte es aber nicht fertig. Nein, er durfte das, was gleich geschehen würde, nicht zulassen... Seine Hand zuckte zum Bügel der Liege. Aber im gleichen Moment erzitterte die Tür, als ob ein gewaltiger Rammstoß sie von innen getroffen hätte. Conor versuchte wieder, den Blick abzuwenden. Schaute jedoch weiter in Crowes graue Augen. *O Gott, das da drinnen sind doch Menschen...* Brechreiz würgte ihn; die Pistole glitt aus seiner Hand und fiel auf den Boden. Er mußte sofort die Liege wegziehen, die Tür öffnen...

Doch dann zuckten die Bilder des Alptraum durch seinen Kopf. Der große schwarze Vogel hängt mit ausgestreckten Flügeln in der Luft... Schlägt auf dem Boden auf, der Kopf fährt hoch, und die Augen starren ihn an...

So, wie Crowe ihn jetzt anstarrte.

Und er dachte an seine Mutter. Starrte zurück in diese grauen Augen. Nein! Nein, er mußte hart bleiben...

Ein durchdringender Schrei der Todesangst war zu hören.

Crowes Gesicht verschwand. Das Licht hinter dem Sichtfenster wurde dunkler. Das Rauschen eines enormen Luftzugs im Operationssaal übertönte alle anderen Geräusche. Conor ging zur Tür und preßte das Gesicht gegen das Sichtfenster. Ein Schneesturm wütete da drinnen – das Halongas, das den Sauerstoff aus dem Raum drückte, die Temperatur unter den Gefrierpunkt sinken, den Atemdampf zu Eis erstarren ließ.

Die vier in dem Raum eingeschlossenen Menschen schienen einen rituellen Tanz aufzuführen, zerrten die Masken von den Gesichtern, sperrten die Münder auf, saugten die

Wangen ein, rissen in Schock und Angst die Augen unnatürlich weit auf.

Die Frau, die Conor zu Boden gestoßen hatte, rutschte auf den Knien über den Boden, hämmerte mit den Fäusten gegen ihre Brust, und ihre Gesicht war eingeschrumpft wie ein Ballon, aus dem die Luft abgelassen wurde. Sie kippte um, trommelte mit Händen und Füßen auf den Fliesenboden.

Linda Farmer stand gebückt da, den Kopf zur Decke gestreckt, das Gesicht eine verzerrte Maske irrer Qualen. Seligman stapfte zusammengekrümmt in einem kleinen Kreis herum, schüttelte wie ein Irrer die Fäuste auf und ab.

Crowes Gesicht erschien wieder vor dem Fenster, versperrte die Sicht. Er formte irgendwelche Worte mit dem Mund. Conor drehte sich weg, schaute auf Monty, fing an, die Riemen um ihre Beine zu lösen. Das Hämmern an der Tür wurde schwächer. Conor löste die Riemen um Montys rechtes Bein, wandte sich dem linken zu. Das Hämmern hörte auf...

Als Conor wieder durch das Sichtfenster schaute, stand Crowe noch immer da – eine scheußliche Marionette mit purpurrotem Gesicht, aus den Höhlen quellenden Augen und hervortretenden Adern; sein Körper wurde von einem wilden Zittern geschüttelt, als sei er an eine Starkstromleitung angeschlossen. Er versuchte immer noch verzweifelt, Conor etwas zu sagen. Conor drehte sich um und fing damit an, die Riemen an Montys Armen und am Hals zu lösen.

»Was ist los?« fragte Monty verstört.

Conor löste den letzten Riemen, schaute immer wieder den Flur auf und ab und wandte sich dann wieder dem Sichtfenster zu. Crowes Gesicht war verschwunden.

Conor schaute nach innen. Crowe lag zusammengekrümmt direkt vor der Tür auf dem Boden, wurde von wilden Zuckungen geschüttelt, schnappte würgend nach Luft. Seligman, Linda Farmer und die andere Frau lagen zusammengekrümmt und in letzten Zuckungen auf dem Boden, die Arme zur Tür ausgestreckt, die hervorquellenden Augen bereits blicklos.

»Conor!«

Er fuhr herum. Zwei Wachmänner kamen den Korridor herunter auf sie zugerannt. Die Pistole ... Er hob sie vom Boden auf, sprang vor Monty, hielt den beiden deutlich sichtbar die Waffe entgegen. »Stopp!« schrie er ihnen entgegen.

Die beiden gehorchten, schauten Conor nervös an, hoben die Hände.

»So ist es richtig!« schrie er. »Und jetzt hören Sie mir gut zu! Ich möchte Sir Neil Rorke am Telefon sprechen, und zwar sofort, haben Sie verstanden?«

»Conor ...« Monty versuchte, ihn zu unterbrechen.

Aber Conor beachtete sie nicht. »Einer von Ihnen bleibt hier bei uns, der andere holt Sir Neil ans Telefon, klar? Los, machen Sie schon ...«

»Conor!«

Er erkannte jetzt die Angst in ihrer Stimme und sah, daß sie in den Flur hinter ihm starrte. Ein Schatten huschte auf ihn zu, und dann explodierte etwas in seinem Kopf.

116

London, Samstag, 10. Dezember 1994

Die Pistole flog aus Conors Hand, und während er zur Seite kippte, nahm er noch verschwommen wahr, daß sie bis zur anderen Seite der Liege über den Boden schlitterte. Ein Arm legte sich um seinen Hals, die Füße wurden ihm unter dem Körper weggetreten, und er stürzte rückwärts auf den Boden. Ein kräftiger, ihm unbekannter Wachmann kniete sich auf ihn.

Eilige Schritte waren zu hören. Lautes Rufen. Jemand schrie: »Nehmt die Liege weg! Zieht die verdammte Liege weg! Macht sofort die verdammte Tür auf!«

Conor war benommen; er versuchte dennoch, sich freizustrampeln, aber seine Arme wurden von den Knien des

Wachmanns fest auf den Boden gepreßt. Und der Mann hielt ihm den Lauf einer Pistole vor die Augen.

»Ich kriege sie nicht weg!« schrie jemand. »Sie ist festgeklemmt! Herrgott, sie steckt fest, faß doch mal einer mit an!«

Der Wachmann schob sich langsam von Conors Brust, richtete sich auf, hielt die Pistole auf ihn gerichtet. »Aufstehen! Sofort!«

Conor stemmte sich hoch, kippte wieder zur Seite, gegen die Wand. Wachmänner tauchten jetzt aus allen Richtungen auf. Zwei von ihnen versuchten mit aller Kraft, die Liege wegzuziehen. Conor sah, daß sie sich tatsächlich kaum bewegen ließ; der Druck des Halongases im Operationssaal drückte die Tür nach außen und klemmte die Liege um so fester ein.

»Hochheben!« schrie jemand. »Hebt sie hoch!«

»Nehmt erst mal die verdammte Frau runter!«

Sie zerrten Monty von der Liege, legten sie auf den Boden. Einer der Männer kroch unter die Liege und versuchte, sie hochzustemmen. Sie bewegte sich immer noch nicht. Monty kroch, kreidebleich und zitternd, auf Händen und Knien über den Boden. Conor machte einen Schritt auf sie zu, aber der Wachmann drückte ihm die Pistole gegen die Rippen und zwang ihn, stehenzubleiben.

Ein hart aussehender Mann im Straßenanzug kam mit schnellen Schritten und flatternder Krawatte um die Ecke am Ende des Flurs. Conor erkannte ihn sofort: Major Gunn, Sicherheitsdirektor. Dann, einige Schritte dahinter, tauchte die unverwechselbare Gestalt von Sir Neil Rorke auf. Er wirkte sehr aufgeregt.

Mit einem lauten metallischen Knirschen kam die Liege endlich frei. Einer der Männer steckte seine Karte in die Tür, tippte die Pin-Nummer ein und zog dann die Tür auf. Ein heftiger kalter Luftstrom zischte in den Flur. Rorke drängte sich als erster in den Operationssaal. Gunn blieb noch einen Augenblick stehen, starrte Monty und Conor an, folgte dann Rorke.

Conor wechselte einen Blick mit Monty. Sie war auf die

Füße gekommen, sah arg mitgenommen aus, aber ansonsten schien mit ihr alles in Ordnung zu sein. Ein halbes Dutzend Wachmänner blockierte inzwischen jeden möglichen Fluchtweg.

Es entstand ein langes Schweigen. Conor starrte auf die ein Stück geöffnete Tür des Operationssaals. Zwei Männer in Laborkitteln kamen mit einer großen schwarzen Tasche den Flur heruntergerannt, stürzten in den OP.

»Wie geht es dir?« fragte Conor Monty.

»Schnauze!« blaffte der Wachmann und drückte ihm wieder die Waffe gegen die Rippen. »Ich will von keinem von euch beiden ein Wort hören, ist das klar?«

Conor sah ihn an. »Ich muß mit Sir Neil sprechen ...«

Der Mann reagierte nicht.

Etwa zehn Minuten vergingen. Dann wurde die Tür des OP aufgestoßen, und Rorke kam heraus. Sein Gesicht war aschfahl. Gunn folgte ihm, gab mit ruhiger Stimme Befehle an die Wachmänner. Rorke sah Monty an, dann Conor und sagte schließlich mit bebender Stimme zu Gunn: »Bringen Sie diesen Scheißkerl irgendwohin und erschießen Sie ihn. Und dieses verdammte Miststück und ihren Vater ebenfalls. Sie haben genug Schaden angerichtet. Legen Sie sie um.«

Gunn warf Conor einen Blick zu und wandte sich dann an den Aufsichtsratsvorsitzenden. »Bei allem Respekt, Sir, ich fürchte, wir brauchen diese Leute noch.« Wieder sah er Conor an.

Conor ergriff hastig die Gelegenheit. »Sir Neil«, sagte er, ruhiger, als ihm zumute war, »Ich habe Dr. Crowe eine sehr wichtige E-Mail geschickt, weiß aber nicht, ob er sie gelesen hat. Ich denke, Sie sollten besser einen Blick darauf werfen, denn ...«

»Es ist mir egal, was Sie denken, Mr. Molloy. Es interessiert mich nicht, was Sie noch zu sagen haben.«

»Dr. Crowe hat die Nachricht noch gelesen«, sagte Gunn, plötzlich ziemlich schroff. »Ich habe mich den ganzen Tag damit beschäftigt. Sie sollten besser auf diesen Mann hören, Sir Neil.«

Gunn schloß die Tür von Rorkes Büro. Der Aufsichtsratsvorsitzende, kreidebleich vor Schock und Wut, schaltete seinen Computer an, loggte sich ein und trat dann zurück. Gunn gab auf dem Keyboard einen Befehl ein. Conor stand neben den beiden und sah gelassen auf den Text, der auf dem Screen erschien. Auch Monty schaute, wenn auch weniger gelassen, auf den Bildschirm.

X-Sender: eumenides@mailhost.pavilion.co.uk
Datum: Samstag, 10. Dezember 1994, 07:48:56 + 0000
An: crowe@bendixs.co.uk (Dr. Vincent Crowe)
Von: eumenides@pavilion.co.uk
Anlage: Niederschrift Tonband
Betreff Akte Medici

Hallo, Dr. Crowe,
hier ist Conor Molloy. Sie werden, da bin ich sicher, an dem nachfolgenden Dokument interessiert sein, auf das ich bei einem Zugriff auf geheime Dateien im Bendix-Schere-Computersystem gestoßen bin. Es ist Ihnen ja bestens bekannt, nicht wahr?

DATEI MEDICI
Maternox. Status: Phase eins.
Losnummer: BS-M-6575-1881-UKMR.
Erstellungsdatum: 31. Oktober 1993
Erwarteter konzentrierter Eingang von Ergebnissen:
Sep 94 – Jun 95…

Es folgten die Einzelfallberichte über Sarah Johnson und die bis zu diesem Zeitpunkt verstorbenen anderen drei Frauen – Zeenat Patel, Roberta McDonald und Caroline Kingsley –, dann die Liste der übrigen Frauen, die nach Einnahme der manipulierten Maternox schwanger geworden waren – einschließlich der Daten der erwarteten Niederkunft. Die Symptome bei der verstorbenen Frau und ihren Babys waren identisch: Schwere Pustel-Psoriasis und Tod durch Atemversagen bei den Müttern; Zyklopen-Syndrom in Verbindung mit akuter Psoriasis und Tod infolge schwerer Deformationen an den Atemorganen der Babys.

Conors E-Mail ging danach wie folgt weiter:

Darüber hinaus bin ich sicher, Dr. Crowe, daß Sie an der folgenden Niederschrift des Textes auf einer Diktier-Kassette interessiert sind, die im Labor von Dr. Richard Bannerman in Berkshire sichergestellt wurde, und zwar in der Nacht, als er an der Analyse der Maternox-Kapseln arbeitete. Die Stimmen auf dem Band sind als die von Dr. Bannerman, Ihnen selbst und Major Bill Gunn identifiziert worden:

Dr. Bannerman: *»Das Polio-Virus zeigt wahrscheinlich die Absicht an, ein orales Übertragungssystem einzusetzen. Die meisten Viren können zur Übertragung genetischen Materials nicht verwendet werden, da sie im menschlichen Verdauungstrakt nicht überleben. Das Polio-Virus jedoch ist dazu fähig. Es ist gentechnisch einfach, ein defektes Polio-Virus zu produzieren, das sich nicht reproduzieren kann.«*

(eine Pause)
»Ihr Schweinehunde... O Gott, ihr verfluchten Bastarde.«

Dr. Vincent Crowe, Vorstandsvorsitzender Bendix Schere: *»Guten Abend, Dr. Bannerman. Ich kam zufällig vorbei und dachte, ich sollte mal ein wenig mit Ihnen plaudern. Sie haben sich in den letzten Tagen ja kaum einmal sehen lassen... Haben Sie Major Gunn, unseren Sicherheitsdirektor, bereits kennengelernt?«*

Dr. Bannerman: *»Ich erwarte eine Erklärung von Ihnen, Crowe, was zum Teufel Sie da mit Ihrem verdammten Maternox anstellen!«*

Major Bill Gunn, Sicherheitsdirektor Bendix Schere: *»Umgekehrt, Dr. Bannerman – wir erwarten eine Erklärung von*

Ihnen, was Sie da mit einer der Firma gehörenden Formelschablone für Maternox anstellen.«

Dr. Bannerman: »*Was ziehen sie vor – daß ich diese Erklärung vor dem Komitee für Medikamentensicherheit abgebe oder vor einem Gerichtshof? Und jetzt verlange ich, daß Sie Ihr Eindringen in diesen meinen Besitz beenden und schleunigst verschwinden. Wenn Sie schon das Bedürfnis haben, um ein Uhr morgens jemanden zu einem Schwätzchen aufzusuchen, dann schlage ich Ihnen dringend vor, es bei Ihren Anwälten zu tun, denn bei Gott, Sie werden sie brauchen.«*

Major Bill Gunn: »*Richtig, rollen Sie ihm den Ärmel hoch, ich verpasse ihm dann die Spritze... So, jetzt wird er uns keinen Ärger mehr machen; er wird brav wie ein Lamm sein.«*

Dr. Crowe, Sie werden eine Audio-Kopie dieser Aufnahme unter einem Icon mit der Bezeichnung »Entführung Dr. Bannerman« finden, das automatisch auf Ihre Festplatte eingespielt wird. Wenn Sie das Icon anklicken, werden Sie den Originalton hören können.

Die gleiche E-Mail-Nachricht samt der Kassetten-Niederschrift wurde in diesem Moment bei 200 E-Mail-Nutzern rund um den Globus abgespeichert. Falls Sie eine Bestätigung haben wollen, werden Sie sie an folgenden Orten vorfinden: Wien. Moskau. Paris. Kapstadt. Zagreb. Warschau. New York. Washington. Chicago. Los Angeles. Rom. Wladiwostock. St. Petersburg. Hongkong. Sidney. Brisbane. Reykjavik. Göteborg... Am Ende dieser Nachricht finden Sie die entsprechenden E-Mail-Adressen und können sich dort die Bestätigung einholen.

Zum Schutz von Bendix Schere habe ich diese E-Mail-Nachricht verschlüsselt. Wenn ich jedoch bis heute abend 19.00 Uhr westeuropäischer Zeit nicht persönlich interveniere, wird einer dieser 200 Nutzer automatisch den Text entschlüsseln und sofort mit der Versendung der Nachricht an alle 9300 derzeitigen Newsgroups im Internet beginnen. Ein anderer Nutzer wird sofort mit der Versendung von Kopien an den Präsidenten der Vereinigten Staaten, den britischen Premierminister sowie alle anderen Staatspräsidenten der Welt, die Adressen im Internet haben, anfangen. Ein dritter Nutzer wird diese Information an alle Zeitungen sowie Fernseh- und Radiosender in Großbritannien, den Vereinigten Staaten und in allen anderen Ländern versenden, soweit sie E-Mail-Adressen haben.

Ich habe ein Programm erstellt, das alle 200 Nutzer miteinander verbindet. Sollten sie den Versuch unternehmen, auch nur einen einzigen dieser Nutzer zu deaktivieren, wird die Veröffentlichungskette wie oben dargestellt in Gang gesetzt. Zusätzlich wird in diesem Fall über einen eingebauten WORM-Virus die Versendung von Kopien so lange fortgesetzt, bis jede Person auf der Erde, die mit dem Internet in Verbindung steht, eine Kopie erhalten hat.

Im Wissen um Ihren Hang zum Töten der Menschen, die Ihre Pläne durchkreuzen könnten – wie Jake Seals, Zandra Wollerton, Walter Hoggin, Charley Rowley, Hubert Wentworth sowie meine Eltern Henry Donoghue und Tabitha Donoghue –, weise ich mit Nachdruck darauf hin, daß es sehr unklug von Ihnen wäre, auch mich zu töten. Ich bin der einzige Mensch, der die Herausgabe der Information – wie oben dargestellt – durch entsprechende Befehle stoppen kann. Die notwendigen Vorsichtsmaßnahmen habe ich, da können Sie sicher sein, getroffen.

Um meine persönliche Sicherheit auch langfristig gewährleistet zu sehen, habe ich die Regelung getroffen, daß dieser Stoppbefehl in den kommenden zwölf Monaten jeden Samstag um 19.00 Uhr westeuropäischer Zeit erneuert werden muß. Als zusätzliche Vorsichtsmaßnahme habe ich

Fotos von mir und Details aus den Angaben in meinem Paß an die 200 E-Mail-Nutzer verteilt. Der Stoppbefehl wird nur akzeptiert, wenn ich persönlich erscheine und den Befehl eingebe. Wenn irgendein Detail der codierten Befehlseingabe nicht stimmt, wird automatisch und unwiderruflich die Verteilung der Information einsetzen.

Rorke sah Gunn fragend an. Der Sicherheitsdirektor erwiderte den Blick sehr ernst. »Ich fürchte, das stimmt alles, Sir. Unser Systemmanager und sein Team haben es seit dem Eingang der Nachricht bei Dr. Crowe überprüft. Mr. Molloy scheint tatsächlich getan zu haben, was er sagt.«

Rorke zog die Schreibtischschublade auf, holte ein Dokument heraus und legte es vor sich hin. Es war der PROJEKT-MEDICI-Computerausdruck, den man Monty bei der Fahrt mit dem Mercedes aus der Handtasche genommen hatte. »Diese Kassette mag ja recht interessant sein«, sagte er, »aber sie ist nicht datiert, und ohne die Bestätigung durch Dr. Bannerman können Sie vor Gericht nichts damit anfangen.« Er sah Conor und Monty nacheinander an. »Die Akte Medici von 1993 ist nicht unterzeichnet und nicht auf Firmenbögen gedruckt. Es ist unmöglich, ihre Authentizität zu beweisen. Und dieses Dokument hier aus dem Jahr 1967« – er hob es mit verächtlichem Gesicht hoch – »ist nicht unterzeichnet und auf normalem Papier gedruckt. Wie stellen Sie sich denn vor, irgend jemanden von seiner Herkunft und Echtheit überzeugen zu können?«

Monty schlüpfte aus einem ihrer Schuhe, schob die Hand hinein und zog unter der Einlegesohle eine kleine Karte hervor, die in der Mitte gefaltet war. Sie schob sie Rorke über den Schreibtisch zu. Die Karte war gebrochen weiß, rund fünfzehn Zentimeter lang und acht Zentimeter breit, und ein Lochmuster war in sie hineingestanzt. Der Name BENDIX SCHERE war über die ganze Breite aufgestempelt…

»Mit dieser Lochkarte und den anderen eintausendzweihundertfünfunddreißig werden wir diesen Beweis führen können«, sagte sie.

117

London, Samstag, 10. Dezember 1994

Rorke starrte die Lochkarte an und warf Monty dann einen wütenden Blick zu. »Also dann – was verlangen Sie?«

»Meinen Vater«, antwortete sie.

»Auf einer einzelnen Lochkarte steht nur eine Textzeile, und ohne den Rest der Karten können Sie nichts beweisen. Oder wollen Sie etwa behaupten, Sie wären im Besitz des ganzen Kartenstapels?«

»Sie wissen genau, daß es so ist«, sagte Monty ruhig.

Gunn schaute auf die Uhr. Es war zehn vor vier. »Wo müssen Sie heute abend um 19.00 Uhr sein, Mr. Molloy?«

»Anderthalb Fahrstunden von hier.«

Rorke wandte sich an Conor. »Was verlangen Sie sonst noch? Ich nehme an, Sie haben sehr gründlich darüber nachgedacht.« Es lag kein Groll oder Haß in seiner Stimme, er stellte die Frage ganz nüchtern, als handle es sich um ein nachrangiges Problem, das er aus dem Weg geräumt haben wollte, ehe er sich wichtigeren Dingen zuwandte.

»Was haben Sie mit meinem Vater gemacht? Wo ist er?« fragte Monty, ehe Conor antworten konnte.

Gunn warf Rorke einen Blick zu und antwortete an seiner Stelle: »Ihr Vater ist hier im Bendix-Gebäude. Es geht ihm gut.«

»Hier? Warum ist er hier? Ich dachte, er hätte einen Schlaganfall gehabt…«

Gunns Stimme war höflich und freundlich. »Ihr Vater ist bei guter Gesundheit.« Er warf Rorke erneut einen Blick zu, als ersuche er ihn um Hilfe. »Er… er steht unter dem Einfluß von Beruhigungsmitteln.«

»Ich will ihn sehen«, sagte Monty. »Und zwar sofort. Bringen Sie mich zu ihm.«

Rorke schaute ängstlich auf die Uhr.

»Dieses Gespräch wird erst fortgeführt, wenn wir Dr. Bannerman gesehen haben, Rorke«, griff Conor zu Montys Unterstützung ein.

»Das Gespräch wird erst fortgeführt, wenn wir die restlichen Lochkarten gesehen haben«, erwiderte Rorke trotzig.

Conor schüttelte den Kopf. »Miss Bannerman und ich haben nichts mehr zu verlieren, Rorke. Sie aber haben *alles* zu verlieren; das sollte Ihnen inzwischen klargeworden sein.«

Rorke sah ihn verächtlich an, zögerte einen Moment und tippte dann etwas auf seinem Keyboard ein. Ein Videobild erschien auf dem Screen. Dr. Bannerman lag mit geschlossenen Augen auf einem Bett. »Zufrieden?« fragte Rorke. »Da ist er, und ein Blick auf die Uhr an der Wand über ihm wird Sie überzeugen, daß das Bild der Realzeit entspricht.«

Der Anblick des bleichen Gesichts ihres Vaters, der Infusionsschläuche und der medizinischen Überwachungsgeräte waren ein Schock für Monty. »Wie schlimm ist sein Schlaganfall?«

»Ich nehme an, man wird uns gleich mitteilen, daß er gar keinen Schlaganfall hatte«, sagte Conor.

»Ist das wirklich so?« fragte Monty.

»Jeder Besucher würde den Eindruck haben, er hätte einen Schlaganfall erlitten und alle Fähigkeiten zur Kommunikation verloren, nicht wahr?« Conor sah die beiden Männer an. »Sehr clever, wirklich sehr clever...«

»Es ist tatsächlich alles in Ordnung mit ihm? Er hatte keinen Schlaganfall?« fragte Monty.

»Wenn man die Infusionen mit Betäubungs- und Beruhigungsmitteln stoppt, wird er in ein oder zwei Stunden wieder gesund und munter auf den Beinen sein«, sagte Conor.

Gunns Gesichtsausdruck bestätigte diese Vermutung.

Monty starrte Rorke an. »Ich verlange, daß die Infusionen sofort gestoppt werden.«

»Ich will vorher meine eben gestellte Frage beantwortet haben und von Mr. Molloy erfahren, was er sonst noch von uns verlangt«, konterte Rorke.

»Ich...« Ein warnender Blick Conors ließ Monty verstummen.

»Ich habe die entsprechenden Unterlagen in meiner Aktentasche, die sich noch in Ihrer reizenden Gästesuite befindet.«

Gunn tätigte einen Anruf, und einige Minuten später brachte ein Wachmann die Aktentasche.

Sie setzten sich alle an Rorkes Konferenztisch, und Conor öffnete die Tasche. Monty sah Rorke für einen Moment an und war beunruhigt über seinen selbstbewußten Gesichtsausdruck.

»Das erste Rätsel, das wir lösen müssen, Rorke, ist das Ihrer weiteren Rolle bei dieser Firma.« Conor nahm ein Blatt Papier aus der Aktentasche und legte es vor sich auf den Tisch. »Bendix Schere hat die Besitzverhältnisse an der Firma stets streng geheimgehalten. Das ist nicht überraschend, nicht wahr, Rorke, da Sie und Crowe hundert Prozent der Anteile an der Firma in Besitz haben. Und Sie und Crowe haben einen Vertrag geschlossen, daß beim Tod des einen seine Obligationen in den Besitz des anderen übergehen.«

Monty sah verwirrt erst Conor, dann Rorke an.

»Als Sie 1958 in den Konzern eintraten, war er ein kränkelnder Gigant, in abgewirtschaftetem Zustand, mit einem miserablen Management und schlechter Führung. Sie stiegen schnell auf, und 1961 rekrutierten Sie Crowe für die Abteilung Forschung und Entwicklung. Während dieser Zeit erlitten drei Ihrer vorgesetzten Kollegen, die Ihrem weiteren Aufstieg im Weg standen, den ›Unfall‹-Tod. 1962 organisierten Sie mit Unterstützung durch ein Bankenkonsortium eine Abfindung der bisherigen Anteilseigner. Sie sprangen in der Produktion auf den Beruhigungsmittel-Zug auf, und die Firma machte enorme Profite – genug, um 1966 das Bankenkonsortium auszuzahlen. Und genug für Crowe und Sie, riesige Summen auf Schweizer Bankkonten anzusammeln. 1975 übernahmen Sie beide dann über eine Scheinfirma und unter Einsatz der angesammelten Millionen Bendix Schere endgültig. Das drang wegen der komplexen Firmenkonstruktion nicht an die Öffentlichkeit, und einer der wenigen

Leute, die Bescheid wußten, starb wieder einmal bei einem tragischen ›Unfall‹.«

Conor machte eine Pause und fuhr dann fort. »Sicher, Sie beteiligten Ihre Direktoren an dem großen Kuchen. Sie sind ja schließlich fair. Sie leiteten neunundvierzig Prozent der Dividende in die Taschen der Direktoren, räumten ihnen in gleicher Höhe ein Mitspracherecht ein, aber Crowe und Sie behielten das Sagen, und keiner der Direktoren besitzt eine schriftliche Bestätigung über diese Abmachung. Sie gilt nur, solange sie in der Firma tätig sind – aber es geht natürlich um enorme Summen, und Geld stellt immer eine große Verlockung dar. Die jährliche Dividende reicht von einigen hunderttausend bis zu mehreren Millionen Pfund pro Kopf. So was nimmt man gern an, nicht wahr, Rorke?«

»Und man hat seine Leute damit fest im Griff. Man kann sich mit so viel Geld jede gewünschte Loyalität erkaufen, nicht wahr, Rorke? Da hat man dann auch keine Hemmungen, mal ein paar unbequeme Leute umzulegen – was soll's? Willkommen in Rorkes gnadenlosem Killer-Team ...«

Rorke sah ihn an, und der Haß in Conors Augen spiegelte sich in seinen wider. »Warum hören Sie nicht mit dieser Scharade auf und sagen mir endlich, was Sie von uns verlangen?«

Conor nickte. »Okay. Ich habe alles vorbereitet.« Er nahm vier Ausfertigungen eines Dokuments aus der Aktentasche, schob ein Exemplar Rorke hin, ein weiteres Monty und ignorierte Gunn zunächst noch. »Lesen Sie sich das durch, ich mache uns inzwischen einen Kaffee.«

Rorke sah auf den dünnen Papierstapel vor sich. »Wir haben nicht die Zeit, das jetzt alles zu lesen.«

»Sie werden es schon schaffen«, sagte Conor und schob nun auch Gunn ein Exemplar zu. »Sie sollten sich das ebenfalls ansehen, Gunn. Es betrifft auch Sie.« Er stand auf.

»Nimmt jemand Milch? Zucker?«

Dreißig Minuten später hatte Rorke das letzte Blatt durchgelesen. Er sah Conor ungläubig an. »Sie verlangen nicht viel, Molloy, wie?«

»Nein«, sagte Conor ruhig. »Angesichts der Umstände verlange ich tatsächlich recht wenig.«

»Sie wollen also, daß ich alle meine Direktoren mit Sitz im Vorstand feuer und Sie, Miss Bannerman und Dr. Bannerman in den Vorstand berufe? Sie selbst als Vorstandsvorsitzenden?«

»Dr. Bannerman, Miss Bannerman und ich werden einen neuen Vorstand zusammenstellen, und ich denke, wir werden nicht allzu viele Ihrer derzeitigen Mitspieler behalten... Es ist ein guter Handel für Sie. Sie bleiben lebenslang Aufsichtsratsvorsitzender, Sie halten weiterhin die Mehrheit an den Inhaberobligationen und Sie behalten Ihr derzeitiges Gehalt. Und Sie wahren Ihr Gesicht gegenüber der Sie bewundernden Öffentlichkeit und Ihren Freunden aus dem Königshaus.«

»Und ich verpflichte mich, sämtliche Profite der Firma für medizinische Forschungseinrichtungen und wohltätige Zwecke zu spenden?«

»Sie haben Bendix Schere ja stets ›die fürsorglichste Firma der Welt‹ genannt«, erwiderte Conor. »Sie wird es von jetzt an tatsächlich sein... Sie haben keine Kinder. Sie haben weiterhin Ihr Gehalt. Wenn Ihre Frau Sie überlebt, wird sie bis zu Ihrem Tod Ihr Gehalt als Pension erhalten. Ich meine, das ist mehr als fair.«

»Und Sie erwarten außerdem von mir, daß ich Ihnen meine rechtliche Handlungsvollmacht abtrete? Sie haben vielleicht Nerven...« Rorke wechselte einen Blick mit Gunn; zwischen ihnen schien eine stille Kommunikation stattzufinden. »Haben Sie sonst noch was, Molloy? Haben Sie noch mehr im Ärmel?«

Monty sah Conor ängstlich an. Rorke würde das alles ganz bestimmt nicht schlucken...

Conor jedoch war zuversichtlich. Er wußte von Montys Aussage eben und Rorkes Reaktion darauf, daß die Lochkarten mit dem gespeicherten Text des Projekts Medici in Sicherheit waren, und das gab ihm die Möglichkeit zu bluffen.

»Nein«, antwortete er ruhig auf Rorkes Frage. »Das ist alles. Das ist mein Preis.«

Rorke saß eine Weile nachdenklich da. »Und mein Preis sind die Lochkarten«, sagte er schließlich. »Schaffen Sie sie her, dann reden wir über alles.«

Conor schaute auf die Uhr. »Haben Sie das Firmensiegel verfügbar?«

»Weshalb fragen Sie das, Molloy?«

»In Großbritannien ist das Firmensiegel auf einem Dokument in Verbindung mit den Unterschriften von zwei Vorstandsmitgliedern oder vergleichbaren leitenden Angestellten rechtlich bindend. Sie und Major Gunn könnten also das Dokument, das Sie gerade gelesen haben, rechtsverbindlich unterschreiben.«

»Ich mag mich ja im Moment in einem Schockzustand befinden, Molloy, aber ich verfüge durchaus noch über meine geistigen Kräfte. Ich weiß, was einen Vertrag rechtlich bindend macht.«

»Okay«, sagte Conor. »Sie unterzeichnen jetzt das Dokument, hier vor unseren Augen, sozusagen als einen Akt des guten Willens. Sie behalten es hier, schließen es in Ihrem Panzerschrank ein, wenn Sie wollen. Ich stoppe inzwischen die Veröffentlichung im Internet und bringe die Lochkarten hierher. Das ist der Akt des guten Willens von unserer Seite. Wenn wir zurück sind, übergeben Sie uns Dr. Bannerman. Zunächst einmal aber warte ich auf Ihre und Major Gunns Unterschrift. Denken Sie an den Termin um 19.00 Uhr ... Im übrigen brauche ich ein Mobiltelefon.«

Rorke und Gunn wechselten wieder einen Blick, und Monty sah, daß Gunn leicht nickte. Irgend etwas ging zwischen den beiden vor, das sie ängstigte, aber ein leichtes Blinzeln Conors beruhigte sie.

Gunn schaute auf die Uhr, sah dann zu Rorke und nickte. Rorke nahm seinen Füller zur Hand.

118

London, Samstag, 10. Dezember 1994

Levine nahm den Hörer beim dritten Läuten ab. »Guten Tag, Neil«, sagte er, ein wenig überrascht sowohl über den Anruf generell als auch über Rorkes nervösen Ton. »Ist alles in Ordnung?«

»Wir haben ein Problem«, antwortete Rorke. »Sie müssen sofort eingreifen. Wir haben vier Leichen, und es sind nicht die, an die Sie jetzt denken.«

Gunn kam zurück ins Büro, nachdem er Monty und Conor zum Aufzug gebracht hatte. Er setzte sich wieder an den Konferenztisch und las noch einmal sorgfältig die unterschriebenen Dokumente durch.

Rorke beendete das Gespräch mit Levine und kam zu Gunn an den Tisch. Sein Gesicht war angespannt. »Wir sitzen ganz schön in der Klemme. Wir werden eine interne Untersuchung über die Schuldfrage durchführen, Gunn, aber nicht jetzt. Wir müssen gelassen bleiben und uns auf die anstehenden Probleme konzentrieren. Sie haben ein Überwachungsteam auf sie angesetzt?«

»Zwanzig Mann, Sir.«

»Sehr gut… Und jetzt zu dieser Internet-Sache. Wenn Sie die richtigen Computerfachleute mit dem entsprechenden Know-how darauf ansetzen, können wir die Sache doch hoffentlich stoppen, oder?«

»Wahrscheinlich, aber dazu brauchen wir Zeit.«

»Wie lange?«

»Unser gesamtes Computerteam arbeitet seit heute morgen daran. Die günstigste Schätzung der Leute lautet ›mehrere Tage‹. Es ist wegen der eingebauten Sicherungsfallen zu riskant, irgendwelche Abkürzungswege zu versuchen.«

»Okay. Sie wollen Bannerman haben, sind jetzt also auf dem Weg, wohin auch immer, um die um 19.00 Uhr ablaufende Frist nicht zu verpassen. Meinen Sie, Sie könnten Molloys System bis zur nächsten Frist am kommenden Samstag knacken?«

Gunn dachte nach und antwortete dann: »Ja, ich denke, das gibt uns genug Zeit. Ich sehe da keine größeren Probleme.«

»Sie müssen hundertprozentig sicher sein, Gunn. Wir können es uns nicht leisten, die Aufpasser vom medizinischen Sicherheitskomitee und der FDA im Nacken sitzen zu haben. Nicht jetzt…«

Gunn schwieg. In drei Monaten sollte die Phase zwei der Medici-Versuche beginnen. Wenn Conor Molloys Information über das Internet verbreitet wurde, würde Bendix Schere mit einer Menge gut geplanter praktischer Arbeit und noch mehr Bestechungsgeldern *vielleicht* den Sturm überleben; an weitere Medici-Versuche war dann jedoch auf lange Sicht nicht mehr zu denken. Die Lochkarten waren auf jeden Fall der unwiderlegbare Beweis, mit dem Molloy ihnen an den Kragen konnte – etwas, das Zeitungsherausgeber liebend gern aufgreifen würden. Kaum einer würde sich durch Bestechung von einer Veröffentlichung abhalten lassen; die Leute in diesem Land waren zu wild darauf, sich über Skandale in der Pharmaindustrie empören zu können.

Gunn sah, daß auch Rorke die Handlungsmöglichkeiten abwog. Und der Gesichtsausdruck des Aufsichtsratsvorsitzenden bestätigte, was sie beide inzwischen wußten: Es gab keine angemessenen Optionen.

»Ja, Sir, ich bin sicher, daß wir es bis zum nächsten Samstag schaffen.«

Rorke schaute angeekelt auf die Dokumente. »Sie lassen das hier am besten gleich durch den verdammten Reißwolf laufen. Ich will das Zeug nicht mehr hier rumliegen haben.«

»Ich denke, wir sollten damit noch ein paar Stunden warten, Sir Neil. Nur für den Fall…«

»Es gibt kein *›nur für den Fall‹*, ist das klar?« Zunehmende Wut vibrierte in Rorkes Stimme.

In der Erkenntnis, daß Rorke kurz vor einem Tobsuchtsanfall stand und er, Gunn, letztlich die Verantwortung für die Geschehnisse trug, vermied er es, Rorke noch weiter zu provozieren. Er nahm gehorsam die Dokumente vom Schreibtisch, ging in Rorkes Vorzimmer und schaltete den Reißwolf ein.

Rorke blieb am Konferenztisch sitzen, hörte befriedigt das Geräusch des arbeitenden Geräts, war aber tief in Gedanken versunken, ging alles noch einmal durch, listete auf, was jetzt zu tun war.

Als Gunn zurückkam, sagte Rorke: »Wir müssen eine Presseverlautbarung entwerfen über Dr. Crowe und…«

Gunn unterbrach ihn. »Ich habe darüber bereits nachgedacht. Wir sollten noch ein paar Stunden warten – auf Levine…«

Rorke runzelte einen Moment die Stirn, dann glitt ein Ausdruck der Bewunderung für Gunn über sein Gesicht. »Ja, natürlich! Es könnte ja erforderlich werden, der Liste der Leute, die bei diesem Unfall den Erstickungstod erlitten haben, noch zwei Namen hinzuzufügen…«

»Genau das meine ich, Sir.«

119

London, Samstag, 10. Dezember 1994

»Haben Sie einen Hinterausgang? Einen Notausgang oder so was?«

Andy Holyer sah Conor und Monty erstaunt an. »Es gibt einen Notausgang – über ein Flachdach und dann eine Leiter runter. Sie kommen dann in eine Nebengasse.«

»Sehr gut«, sagte Conor.

Sie hatten von London zum Büro von Pavilion Internet in Brighton eine sorgfältig geplante Route genommen: Conors gemieteten Ford hatten sie am Flughafen Gatwick stehen lassen, waren mit dem Zug nach Brighton gefahren und dann mit dem Taxi vom Bahnhof zu Pavilion. Conor war ziemlich sicher, daß sie, falls sie vom Bendix-Gebäude aus verfolgt worden waren, diese Verfolger abgehängt hatten. Aber er konnte nicht ausschließen, daß Gunns Computerteam die Quelle seiner Internet-Aktivitäten aufgespürt hatte, und dann würde man ihre Spur hier bei Pavilion wieder aufnehmen.

Aus der Nebengasse kamen sie auf die dunkle, windige Seepromenade und winkten ein Taxi heran. In den nächsten zehn Minuten wechselten sie noch zweimal das Taxi, und als sie nach ihren Beobachtungen sicher sein konnten, daß niemand hinter ihnen her war, bat Conor den Fahrer des vierten Taxis, sie zum nächsten Avis-Mietwagenbüro zu bringen.

Anderthalb Stunden später krochen sie im dichten Verkehr über die Themse. Monty drängte sich so nahe wie möglich an Conor, versuchte, ihr Martyrium zu vergessen und sich nur auf den Augenblick zu konzentrieren. Conors Plan machte Sinn. Sie würden die Lochkarten aus der Kirche holen, ein Hotel mit einer Kopiermaschine suchen, alle Karten kopieren und die Kopien, zusammen mit einer Original-Lochkarte, an den Anwalt der Bannermans schicken. Danach würden sie Rorke anrufen und sich an einem belebten öffentlichen Platz mit ihm verabreden, um den Tausch Original-Lochkarten gegen ihren Vater zu vollziehen.

Conor würde den Tausch jedoch in zwei Schritten vornehmen: Ihren Vater gegen die Hälfte der Lochkarten, dann die von Rorke und Gunn unterzeichneten Dokumente gegen die andere Hälfte.

Sie hatte sich noch keine Gedanken darüber gemacht, wie sie ihrem Vater das alles beibringen sollte – und wie er darauf reagieren würde. Sie hatte diese Überlegungen deshalb noch nicht angestellt, weil sie die böse Ahnung hatte, daß der Plan nicht funktionieren könnte. Conor war stark und intelligent, aber Rorke war sehr clever und mächtig – er würde das alles nicht ohne Gegenwehr hinnehmen. Sie hatte eine ungeheure Angst, Conor könnte irgendeine Wendung nicht bedacht haben, irgendeinen Trick, den Rorke und Gunn noch ausspielen würden, fürchtete, etwas Unerwartetes könnte in der Dunkelheit auf sie lauern. Und selbst nach dem Austausch der Lochkarten gegen ihren Vater stellte sich die bange Frage, ob sie jemals ihres Lebens sicher sein konnten, solange Rorkes Handlanger, wie zum Beispiel Levine, noch frei herumliefen.

»Conor, eines habe ich nicht verstanden – warum erlaubst du Rorke, als Aufsichtsratsvorsitzender oder auch nur in irgendeiner anderen Funktion im Amt zu bleiben?«

»Aus zwei Gründen: Erstens wird er auf diese Weise sein Gesicht wahren können. Wir nehmen ihm nicht alles weg – der Öffentlichkeit gegenüber wird sich nichts ändern –, und er wird weiterhin sein hohes Gehalt beziehen. Er kommt verhältnismäßig gut weg bei der Sache. Wenn aber Leute nichts mehr zu verlieren haben, neigen sie zu Verzweiflungstaten. Er wird es sich bei dieser Lösung bestimmt zweimal überlegen, ob er mehr riskieren soll.«

»Bieg jetzt rechts in die Uferstraße ein«, warf sie dazwischen.

»Zweitens: Wenn die Firma über Nacht den Vorstandsvorsitzenden *und* den Aufsichtsratsvorsitzenden verliert, von den Direktoren im Vorstand ganz zu schweigen, wird das zu einem enormen Vertrauensverlust für die Firma führen. Wir brauchen Rorke, und wir werden einen Weg finden müssen, irgendwie mit diesem Bastard zusammenzuarbeiten.«

»Meinst du denn *wirklich*, du könntest das?«

Conor gab keine Antwort. Er hatte Angst und versuchte, das vor Monty zu verbergen. Rorke war stark angeschlagen, er schäumte vor Wut, und man durfte ihn keinesfalls unterschätzen oder zu sehr provozieren. Aber Conor glaubte nicht, daß der Mann etwas Leichtfertiges unternehmen würde.

Wie sehr Rorke sich auch bemühte, Conors Internet-Aktivität zu stoppen, es würde Wochen, vielleicht sogar Monate dauern, bis er sicher sein konnte, es wirklich geschafft zu haben. Gunn wußte das, und er würde bestimmt dafür sorgen, daß Rorke es verstand und in seine Überlegungen einbezog…

Trotzdem spürte Conor Rorkes Gegenwart überall in seiner Nähe, hatte das Gefühl, unsichtbare Augen würden ihn von den tausend Dächern über ihm und aus den Wagen auf der Straße anstarren.

Die Erinnerung an das, was er Crowe und den anderen drei Leuten in dem Operationssaal angetan hatte, war noch nicht voll in sein Bewußtsein gedrungen. Trotz allem Haß, den er gegen diese Menschen empfunden hatte, hatte er dennoch kein gutes Gefühl dabei. Es war, als ob er mit dieser Tat einen persönlichen Rubikon überschritten habe und in eine düstere, nebelverhangene Wildnis eingetaucht sei…

Er war sehr müde, aber um so konzentrierter mußte er sich jetzt vor Augen halten, daß er sowohl Jäger als auch Gejagter war.

Kurz nach 21.00 Uhr betraten Monty und Conor die Kirche. Sie war leer, was Montys Angst nur vergrößerte, als sie an den Kirchenbänken vorbeiging bis zu der, auf der sie die Nacht verbracht hatte, während Conor als Wachposten zurückblieb.

Sie fand den Umschlag auf Anhieb, steckte ihn in ihre Handtasche und ging zurück zu Conor. »Okay«, sagte sie.

Er stieß die schwere Tür auf – und erstarrte.

Gunn stand vor der Tür, in der Hand eine Pistole.

»Schön zu sehen, daß junge Leute wie Sie noch zum Beten in eine Kirche gehen«, sagte Gunn. »Oder haben Sie nur eine Spende in den Opferstock geworfen, Mr. Molloy? Man muß ja schließlich eine Gebühr für ein Schließfach zahlen.«

»Sehr witzig«, sagte Conor. Seine Stimme bebte… Was hatten sie falsch gemacht? Wie hatte dieser Mistkerl sie finden können? Er starrte Gunn an. »Was wollen Sie von uns?«

Gunn lächelte und sah sie nacheinander an. »Ich möchte vor allem ein wenig mit Ihnen plaudern.«

Er winkte sie mit der Pistole zurück in die Kirche, folgte ihnen und schloß die Tür.

120

London, Samstag, 10. Dezember 1994

»Ich weiß nicht, wie Sie darüber denken, Sir, aber ich könnte einen Kaffee gebrauchen.«

»Ein Drink wäre mir im Moment lieber, Major Gunn«, sagte Rorke. »Als kleine Medizin für meine Nerven.«

»Ich hole uns zwei Whiskys«, sagte Gunn und ging zur Schrankbar. Alkohol war den Mitarbeitern der Firma zwar verboten, aber der Aufsichtsratsvorsitzende nahm für sich Sonderregelungen in Anspruch. Gunn goß zwei großzügige Chivas Regal ein und gab Rorke eines der Gläser.

»Zum Wohl«, sagte Rorke verbissen.

»Auf Ihr Wohl.«

Rorke trank das Glas zur Hälfte leer, schwenkte es dann in der Hand. »

»Levine wird ganz schön zu tun kriegen«, stellte er fest.

»Wir werden uns die Arbeit aufteilen«, sagte Gunn.

Rorke trank sein Glas leer, stand auf, lief im Zimmer auf und ab, war tief in Gedanken versunken. »Sie haben heute abend gute Arbeit geleistet«, sagte er schließlich.

»Danke.« Gunn gähnte. Es war kurz vor Mitternacht.

Rorke schaute auf die Lochkarten auf dem Schreibtisch, ging hin, blätterte die obersten durch. »Diese Dinger haben uns eine Menge Ärger gemacht. Verdammt viel Ärger ...«

»Aber das ist jetzt vorbei.«

Rorke sah ihn müde an. »Gehen Sie manchmal ins Theater?«

Gunn dachte an Nikky und ihre Leidenschaft für das Theater. Sie hatte ihm im vergangenen Jahr vieles über Literatur beigebracht. »Ja, das tue ich«, antwortete er.

Rorke nickte. »Arthur Miller. Kennen Sie sein Werk?«

»Der Tod des Handlungsreisenden?«

»Ja, das ist von ihm. In seinen Dramen taucht immer wieder der Kernsatz auf: ›*Alles fällt stets auf den Urheber zurück.*‹

Das sollte man sich merken.« Der Aufsichtsratsvorsitzende warf Gunn einen Blick zu, der ihn unangenehm berührte.

»Weise Worte.«

Rorke starrte die Karten düster an. »Wir sollten sie durch den Reißwolf schieben, ehe wir nach Hause gehen.«

»Ich mache das gleich.«

Rorke taumelte plötzlich und hielt sich an der Ecke des Schreibtischs fest. Gunn eilte zu ihm.

»Alles in Ordnung, Sir?«

Rorke lächelte, war aber plötzlich kreidebleich. »Alles okay … Ich habe heute einen schlimmen Schock erlitten, und ich bin todmüde. Ich gehe gleich nach Hause.«

»Noch einen Schluck Whisky?«

Rorke schüttelte den Kopf, ging dann um den Schreibtisch herum zu seinem Keyboard und tippte etwas ein. »Der Computer tut's nicht mehr – macht seit Stunden keinen Mucks mehr. Ist dieser verdammte Molloy dran schuld?«

»Ich glaube nicht, daß Molloy uns in Zukunft noch irgendwelchen Ärger macht, Sir.«

Rorke sah ihn einen Moment fragend an, lächelte dann. »Nein«, sagte er mit schwacher Stimme. »Nein, natürlich nicht.«

Gunn sah ihn aufmerksam an. »Das System ist wegen Wartungsarbeiten seit zehn Uhr heute abend abgeschaltet.«

»Ach so…« Rorke ging wieder um den Schreibtisch herum, klammerte sich an die Kante, als brauche er eine Stütze. Dann seufzte er laut. »Wir müssen uns noch um unseren Freund Bannerman kümmern…« Er sah Gunn fragend an.

»Sir?«

»Aber sechs Tote an einem Abend sind genug, oder?«

Gunn nickte.

»Am besten halten wir ihn noch für ein paar Wochen in dem Zustand, in dem er jetzt ist, warten ab, bis sich die Aufregung um die heutigen Ereignisse gelegt hat. Und dann lassen wir ihn langsam in die ewigen Jagdgründe hinüberwechseln. Verdammt schade, ihn zu verlieren, aber wir haben ja nichts mehr von ihm, und wir dürfen nichts riskieren…« Rorkes Stimme klang plötzlich verzerrt, nuschelnd.

»Schlaganfälle sind schrecklich«, sagte Gunn. »Wenn es ganz schlimm kommt, machen sie einen zu einem lebenden Toten.«

»Schrecklich…«, stimmte Rorke zu.

Gunn nahm den Kartenstapel, ging ins Vorzimmer und schaltete den Reißwolf ein. Als er nach einer Minute zurückkam, lag Rorke reglos auf dem Boden.

Gunn kniete sich neben ihn hin, hob eines seiner Augenlider an und überprüfte dann den Puls. Als die Untersuchung zu seiner Zufriedenheit verlaufen war, ging er zum Schreibtisch und wählte die Nummer von Conors Mobiltelefon.

»Okay«, sagte er, als Conor sich meldete. »Alles in Ordnung. Sie können herkommen.«

Der neue Vorstandsvorsitzende von Bendix Schere startete den Motor seines Mietwagens und fuhr die wenigen hundert Meter zum Bendix-Gebäude…

121

London, Samstag, 10. Dezember 1994

Kurz nach Mitternacht erreichten Monty und ihr Vater in ihrem Mietwagen die Ausläufer von Maidenhead. Trotz allem, was Gunn mit ihnen in der unheimlichen Stille der Kirche abgesprochen hatte, hielt Monty ein wachsames Auge auf die Autolichter hinter ihr.

Gunn hatte Blut an den Händen, und in einer normalen Welt würde er jetzt hinter Zuchthausmauern sitzen. Aber sie lebte schon seit vielen Wochen nicht mehr in der normalen Welt, wie sie sie früher gekannt hatte. Sie lebte in einer Welt, in der sie ständig ums Überleben hatte kämpfen müssen und in der sie nun auf die Zusammenarbeit mit einem Killer angewiesen war…

Gunns Story hatte halbwegs plausibel geklungen. Wie zahlreiche andere Menschen war er in die Geldfalle von Bendix Schere geraten und von der kranken Moral der Firmenbosse angesteckt worden – in einer Mischung aus Geldgier, Naivität und äußeren Umständen. Das war natürlich keine Entschuldigung für das, was er getan hatte, aber es gab, wie sie erkannt hatte, durchaus auch eine menschliche Seite an diesem Mann... Und der Handel, den er ihnen angeboten hatte, war vermutlich die einzige Möglichkeit, jemals wieder in Sicherheit leben zu können.

Noch vor einigen Stunden hätte sie ihn mit bloßen Händen erwürgen können. Jetzt würde sie mit ihm zusammen im Vorstand von Bendix Schere sitzen... Sie dachte gequält daran, wie aktuell Conors häufig zitierter Spruch geworden war: *Das war damals, und jetzt ist jetzt.*

Gunn hatte ihnen die von ihm und Rorke unterzeichneten Dokumente übergeben, und sie lagen jetzt zusammen mit den Lochkarten auf dem Rücksitz des Wagens. Aber sie fühlte sich immer noch nicht wirklich sicher, hatte immer noch Angst, es könnte plötzlich doch irgend etwas Unvorhergesehenes auftauchen, etwas, das sie übersehen hatten.

Ihr Vater saß zusammengekauert, aber hellwach neben ihr. Sie war erstaunt gewesen, wie schnell er sich erholt hatte. Bereits eine halbe Stunde, nachdem Gunn in Begleitung eines ihr unbekannten Arztes in sein Zimmer gekommen war, hatte er die Bewegungsfähigkeit seiner Arme und Beine fast vollständig wiedererlangt, auch wenn er nur mit Schwierigkeiten gehen konnte. Die Drogen hatten seine Muskeln paralysiert, nicht aber sein Gehirn. Gunn sagte, er werde am nächsten Morgen wieder voll hergestellt sein, da dann die paralysierenden Substanzen aus seinem Körper ausgeschieden seien.

»Was soll ich Anna Sterling sagen, Daddy?« fragte sie.

»Die Wahrheit«, antwortete Dick Bannerman knapp.

»Conor meinte, ich solle das nicht tun.«

Bannerman schwieg einen Moment. »Wie viele andere

Frauen haben Maternox von dieser verdammten Losnummer eingenommen und sind in Gefahr?«

»Zehn. Das ist die Zahl, die in der Medici-Akte steht.«

»In welcher Zeitspanne stehen die Geburten an?«

»Zwischen jetzt und dem Juni nächsten Jahres.«

»Molloy hat dir wirklich gesagt, du sollst Anna nicht die Wahrheit sagen? Verstößt das nicht gegen die Prinzipien, über die wir beide uns stets einig waren, Darling?«

»Wir hatten heute abend keine Zeit, ausführlicher darüber zu reden. Aber Conor meint, wenn die Wahrheit über dieses Medici-Projekt an die Öffentlichkeit käme, würde das vernichtend für die Firma sein.«

»Ja, das ist zweifellos richtig...« Er verfiel wieder in Schweigen. »Weißt du«, sagte er dann, »ich finde es gut, daß Molloy den Deckel auf dem Topf läßt. Ich fange langsam an, den Burschen zu bewundern. Anfangs mochte ich ihn nicht, aber er wird mir immer sympathischer. Ich habe seine Aktionen da unten im Keller auf dem Monitor verfolgen können – er ist ein echter Könner auf dem Gebiet der Pyrotechnik... Scheint letztlich doch gar kein übler Bursche zu sein...«

»Nein, das ist er nicht. Er ist kein übler Bursche.«

Sie stellte den Motor ab und stieß die Beifahrertür für ihren Vater auf. Die Dunkelheit draußen wirkte bedrohlich.

»Meinst du, dieser Gunn ist tatsächlich vertrauenswürdig?« fragte Bannerman plötzlich.

»Ich weiß es nicht«, antwortete sie wahrheitsgemäß. »Bis jetzt hat er Wort gehalten. Er hat dich befreit, er hat uns die Lochkarten überlassen, und er hat diese wichtigen Vertragsdokumente gerettet und uns übergeben.«

Als sie ins Haus kamen, läutete das Telefon. Monty eilte durch die Küche, knipste im Vorbeigehen überall die Lichter an und nahm den Hörer ab, ehe der Anrufbeantworter sich einschaltete.

Es war Conor.

»Ist mit euch beiden alles in Ordnung?« fragte er.

»Ja«, antwortete sie, und ihre Nerven begannen plötzlich wieder zu flattern. »Sind gerade ins Haus gekommen.«

»Ich brauche noch eine Weile«, sagte er. »Ich muß noch vieles erledigen – eine Menge Schubladen müssen noch aufgeräumt werden. Major Gunn und ich kommen gut miteinander zurecht.« Conors Lächeln über Gunns Geniestreich, einen Satz irgendwelcher Lochkarten aus dem Firmenarchiv zu holen und Rorke damit zu täuschen, übertrug sich über das Telefon.

»Und du bist wirklich okay?« fragte sie.

»Alle Zylinder laufen auf Hochtouren…«

»Und… und wie hat Rorke reagiert?«

»Okay«, antwortete er. »Gut. Kein Problem.« Und dann übertrug sich wieder sein Grinsen über die Leitung. »Er hat alles in horizontalem und irgendwie abwesendem Zustand aufgenommen.«

Conor kam schließlich um sieben Uhr am nächsten Morgen an und fiel sofort in tiefen Schlaf. Monty lag hellwach im Bett und ließ sich alles noch einmal durch den Kopf gehen.

Um neun Uhr meinte sie, der frühestmögliche Zeitpunkt für einen Anruf am Sonntag morgen sei gekommen, und ging nach unten. Die Sonntagszeitungen lagen auf dem Boden in der Diele; sie hob sie auf und überflog die Schlagzeilen auf dem Weg zur Küche. Und zuckte zusammen, als ihr die Schlagzeile auf der ersten Seite des Sunday Telegraph ins Auge fiel:

FIRMENMANAGER STERBEN IM INFERNO EINES LABORUNFALLS

Sie blieb stehen und überflog den Artikel.

»Dr. Vincent Crowe, Vorstandsvorsitzender des Pharmakonzerns Bendix Schere und zwei Direktoren des Firmenvorstandes, Dr. Charles Seligman und Dr. Linda Farmer sowie die Laborassistentin Mary Baines starben gestern abend den Erstickungstod, als ein Feuer in der elektrischen Anlage eines verschlossenen Labors die Halongas-Feuerlöschanlage auslöste… Der Aufsichtsratsvorsitzende Sir Neil Rorke brachte sein Entsetzen über den Verlust dieser herausragenden Mitarbeiter und Freunde zum Ausdruck… Ein Untersuchungs-

team des Gesundheitsministeriums und der Polizei hat heute morgen die Arbeit aufgenommen, um in Zusammenarbeit mit Fachleuten der Firma die Ursache für den Unfall zu ergründen…«

Monty legte die Zeitung auf den Küchentisch, und ihre Gefühle über den Tod dieser Menschen waren noch immer so unklar wie gestern. Aber sie wußte eines – von jetzt an würde sie mit Lügen und Halbwahrheiten leben müssen… Sie nahm den Telefonhörer ab und wählte Anna Sterlings Nummer. Annas Mann Mark meldete sich.

»Hallo Mark! Alles in Ordnung bei euch?« Sie gab sich Mühe, so normal wie möglich zu klingen. »Ich wollte schon ein paarmal anrufen, aber bei uns ging es ziemlich… ehm… hektisch zu. Wie geht's Anna?«

Es folgte eine lange Stille; Angst krampfte Montys Magen zusammen. »Mark? Bist du noch da?«

»Sie hat das Baby verloren.«

»Was? Was… was ist passiert?«

»Am Donnerstag morgen: Drei Uhr. Man hat sie ins Krankenhaus gebracht. Ich war auf einer Geschäftsreise.«

»O Gott… Wie geht es ihr?«

»Ganz gut. Sie ist natürlich deprimiert. Kommt morgen nach Hause. Ich hole sie ab.«

In seiner Stimme war die Trauer um den Verlust des Babys deutlich zu hören, und sie übertrug sich auf Monty. Sie hatte Mitleid mit ihm, mit beiden, ahnte instinktiv, welches Leid und welche Qualen sie durchgemacht hatten.

Sie drückte den Hörer fest ans Ohr und schluckte, schwankte zwischen Trauer und Erleichterung. »Sag Anna bitte, daß ich mit ihr fühle und sehr traurig bin.«

122

London, Samstag, 24. Dezember 1994

Ein kleiner Weihnachtsbaum stand in einer Ecke des komfortablen Krankenzimmers in der Bendix-Hammersmith-Klinik, und jeder freie Platz war mit Genesungs- und Weihnachtskarten bedeckt.

Lady Rorke saß ergeben am Bett ihres Mannes, dankte Gunn und Nikky für ihr Kommen und wünschte ihnen frohe Weihnachten. Gunn schloß die Tür hinter sich, legte den Arm um Nikky und ging mit ihr den Flur hinunter.

»Sie tun dir leid, nicht wahr, Soldier?«

Gunn nickte.

»Schrecklich, wenn man Weihnachten so verbringen muß. Das Leben ist manchmal ganz schön ungerecht: Da liegt ein Mann, der so viel geleistet hat – schlimm, so zu … zu enden.«

»Mistkerl!« sagte Gunn nur.

Nikky überhörte diese Äußerung, legte den Arm um seine Hüfte und drückte ihn fest an sich. Mein Gott, war sie froh, daß sie zur Polizei gegangen war, statt ihren Soldier direkt mit dem Verdacht zu konfrontieren, er plane die Ermordung von Conor Molloy und Montana Bannerman! Und *danke, lieber Gott*, auch für die Diskretion dieses Detective Levine, der Bill Gunn nichts davon erzählt hatte, daß die Polizei von ihr eingeschaltet worden war … Sie liebte ihren Soldier aus ganzem Herzen, und ihre Dummheit hätte alles kaputtmachen können. Wie verdammt leicht man im Leben doch falsche Schlüsse zog!

Die Aufzugtüren vor ihnen öffneten sich, und Conor Molloy und Montana Bannerman kamen heraus, beladen mit Geschenkpäckchen und Karten. Die beiden Paare begrüßten sich.

»Ich nehme an, Sie haben Nikky, meine … ähm … Verlobte noch nicht kennengelernt«, sagte Gunn. »Wir haben uns gestern abend verlobt.«

»Großartig!« sagte Conor. »Wir sollten bei Gelegenheit einmal einen Schluck darauf trinken!« Er blinzelte Gunn zu. »Ab dem nächsten Jahr gelten ja neue Firmenvorschriften…«

In den vergangenen vierzehn Tagen hatte sich enorm viel ereignet, ging es Monty durch den Kopf. Ihre Liebe und Bewunderung für Conor hatte sich noch vertieft, und sie freute sich schon sehr auf den Urlaub auf Barbados, den sie für Anfang des Jahres gebucht hatten.

Sie hatte einen schweren Kampf mit ihrem Gewissen austragen müssen, als es um die Zukunft von Bendix Schere gegangen war. Conor hatte sie zum Schluß überredet, den Direktorenposten im Vorstand zu übernehmen – und den neuen Status quo zu akzeptieren. Ausschlaggebend dafür war vor allem gewesen, daß die Firma enorme Summen an Forschungs- und Wohltätigkeitseinrichtungen vergeben und so manche Not, wie sie und ihr Vater sie auch gekannt hatten, lindern können würde. Und, wie Conor betont hatte, sie kannten jetzt wenigstens die Wahrheit über Bendix Schere; man konnte nicht sicher sein, daß andere pharmazeutische Firmen moralisch integrer waren und weniger Leichen im Keller hatten als Bendix Schere. Einen Teufel, mit dem man es einmal zu tun gehabt hatte, konnte man leichter im Auge behalten…

Ihr Vater und Conor hatten sich zu einem Kompromiß zusammengerauft. Dick Bannerman akzeptierte die Stellung als Direktor für Forschung und Entwicklumg unter der Bedingung, daß keines der Forschungsergebnisse der Firma auf dem Gebiet der Gentechnik je patentiert würde. Für einen Patentanwalt war das eine harte Nuß, aber Conor hatte letztlich zugestimmt.

Gunn hatte sich als äußerst effizient erwiesen, und Conor hatte recht behalten, daß sie ihn brauchten. Er hatte sowohl eine sehr erfolgreiche Operation zur Schadensbegrenzung durchgeführt, als auch die Firma im wahrsten Sinn des Wortes von Crowes und Rorkes Gefolgsleuten »freigefegt«. Er hatte, wie er ihr versicherte, genügend Mittel zur Verfügung, jeden ruhig zu stellen, der etwas über die Geschehnisse ausplaudern könnte – von Bestechung aus einem reichlich gefüllten Fonds bis hin zu brutaler Erpressung. Sie ließ ihn gewähren und stellte so wenig Fragen wie nur möglich...

Einer der größten Erfolge in dieser Hinsicht war, daß man Levine zum vorzeitigen Ausscheiden aus dem Polizeidienst mit Wirkung vom 1. Januar gezwungen hatte. Man hatte ihm gedroht, sein dickes Bankkonto in der Schweiz und seine hohen Schmiergelder an eine Reihe von Gefolgsleuten bei Scotland Yard aufzudecken. Monty meinte, Levine sei damit viel zu gut weggekommen, akzeptierte die Lösung letztlich aber. Die Situation erforderte es nun mal, daß unangenehme Kompromisse geschlossen werden mußten.

Eines der Dinge, die immer noch an ihr nagten, war die scheußliche »Forschungsarbeit«, die man an den Embryos in diesem Kellerlabor durchgeführt hatte. Sie war sehr zufrieden, daß ihr Vater als eine seiner ersten Amtshandlungen angeordnet hatte, diese Experimente sofort einzustellen. Er hatte Versuche dieser Art in der Firma für alle Zeiten untersagt. Aber sie fragte sich mit bangem Herzen, wie viele Experimente ähnlicher, vielleicht sogar noch spezifischerer Natur in anderen Labors auf der Erde durchgeführt wurden...

Lady Rorke empfing sie freundlich im Krankenzimmer, und Monty konnte nicht anders, als Mitleid mit ihr zu empfinden. Rorke mochte ein wahrhaft böser Mensch sein, aber seine kinderlose Frau schien uneingeschränkt an ihm zu hängen. Monty beobachtete sie, als sie den Umschlag der Karte öffnete, die sie mitgebracht hatten, den Text Rorke laut vorlas und die Karte dann zu der großen Sammlung der anderen legte. Und sie sah, daß die Augen des Aufsichtsratsvorsitzenden unter halb geschlossenen Lidern seiner Frau folgten, als sie die mitgebrachten Geschenkpäckchen unter den kleinen Weihnachtsbaum legte.

»Haben sich an Sir Neils Zustand Veränderungen ergeben, Lady Rorke?« fragte Conor.

»Leider nicht«, antwortete sie. »Keine Besserung... Es muß schrecklich für ihn sein. Frustrierend... Er weiß, was um ihn herum vorgeht – er kann sehen und hören, und sein Gehirn ist völlig in Ordnung, soweit die Spezialisten das beurteilen können –, aber er hat keinerlei Kontrolle über seine Muskeln, und er kann nicht sprechen … Schlaganfälle sind etwas Grausames, nicht wahr?«

Conor nickte grimmig. »Man wird zum lebenden Toten«, sagte er.

»Ich weiß aber zumindest, daß er hier in besten Händen ist.«

»Ja«, bestätigte Conor. »Das ist wahr. Und wir werden zusehen, daß auch weiterhin das Beste für ihn getan wird, solange er lebt.« Er lächelte Rorke an. »Das kann natürlich noch sehr lange dauern …«

Monty starrte auf Rorke, wie er da auf dem Bett lag, mit dem Beatmungstubus in der Kehle und Infusionsschläuchen im Handrücken. Es war wirklich eine Ironie des Schicksals, daß genau das, was Rorke für ihren Vater vorgesehen hatte, nun ihn selbst ereilt hatte.

Irgendwie eine *zu* große Ironie des Schicksals, oder …?

Aber sie vermied es, diesen Gedanken zu vertiefen. Fragen stellen würde anklagen bedeuten, und in letzter Zeit waren ihr bereits zu viele Illusionen genommen worden. Es war an der Zeit, nach vorne zu schauen und ein neues Leben zu beginnen. Und sie wollte einfach daran glauben, daß der Mann, mit dem sie dieses neue Leben zu teilen beabsichtigte, ein guter Mann war …

Noch vor ein paar Monaten, vielleicht sogar noch vor ein paar Wochen, hätte sie da wahrscheinlich ein wenig nachgehakt. Aber das war damals, und jetzt war jetzt.